Grover Cleveland
Die Freiheit des Schwarzen Milan
Roman

Antonia Verlag Hamburg

Grover Cleveland

Die Freiheit
des
Schwarzen Milan

Roman

Antonia Verlag Hamburg

Die Deutsche Bibliothek – CIP-Einheitsaufnahme
Cleveland, Grover:
Die Freiheit des Schwarzen Milan/
Cleveland, Grover. – Hamburg:
Antonia Verlag

© 1994 Verlagsservice Monika Rohde
1. Auflage 1998
Umschlaggestaltung: Martina Rußmann, Alvesloe/Hamburg
Satz: Verlagsservice Monika Rohde, Bonn
Druck: Wiener Verlag, Wien

Vorwort

Dieses Buch, das ich meiner Frau Ingrid widme, erzählt die Geschichte meines Vaters, den ich selbst nie kennengelernt habe, soweit ich sie aus der Familienüberlieferung und aus eigenen Recherchen erschließen konnte.

Den Grundstock bildete ein Päckchen mit Dokumenten, die ich von meiner Tante Sophie erhielt. Die darin enthaltenen Fakten suchte ich damals und später durch eigene Nachforschungen zu ergänzen.

Als mir jene Dokumente Jahre nachdem ich sie empfangen hatte, wieder in die Hände fielen, machten sie mich erneut auf die bunte Lebensgeschichte meines Vaters und damit auf meine eigenen Wurzeln neugierig und ich beschloß, diese Lebensgeschichte aufzuzeichnen.

Dabei mußte ich manches – Ereignisse wie Charakterzüge von Personen – aus spärlich überlieferten Tatsachen und reichlich einfühlender Phantasie neu erschaffen; so daß, wer immer in diesem Buch sein Porträt zu erkennen glaubt, sicher sein darf, daß dieses Porträt mindestens ebensoweit die Schöpfung des Autors wie das Abbild einer wirklichen Person ist.

Auch bleibt das Bild, das ich hier von meinem Vater zeichne – selbst wenn es sich auf eine Reihe von Tatsachen stützt, die ich im Lauf der Zeit herausgefunden und hier aneinandergefügt habe – ein Bild meiner Phantasie; es kann nur eine Annäherung an den wirklichen Menschen sein und ist zugleich der Versuch, eine Brücke in die Vergangenheit zu schlagen, eine Brücke, die ich den Leser einlade, mit mir zu überschreiten.

Grover Cleveland

1. Der Anfang vom Ende

Das graue Asphaltband der Pennsylvania-Interstate-Autobahn verlor sich im Dunst der Ferne, noch ehe es den Horizont erreicht hatte. Aus der nach Westen rollenden Fahrzeugkolonne löste sich ein hellbeiger Bentley mit schokoladenbraunen Kotflügeln und bog rumpelnd über die schlecht ausgebaute Abfahrtsrampe in eine kleinere Nebenstraße ein, die in unregelmäßigen Windungen den Blauen Bergen zustrebte. Der klotzige, für die fünfziger Jahre typische Chrombesatz blitzte und blinkte im grellen Sonnenlicht bei jedem Durchfahren der zahlreichen Schlaglöcher. Bald aber dämpfte eine dicke Staubschicht Glanz und Farbkontrast der eleganten Limousine. Niedriges Buschwerk löste die wenigen zerzausten Bäume ab, die bisher den Wegesrand gesäumt hatten, und vereinzelte Felsbrocken kündeten die Paßhöhe an, zu der sich das Sträßlein in immer enger werdenden Kehren emporschlängelte.

Die Frau lenkte den schweren Wagen ruhig und umsichtig über die von Wind und Regen ausgewaschene Fahrspur. Ihr Gesicht wirkte kühl und gelassen, während der Mann neben ihr mit offensichtlichem Unbehagen in die öde Landschaft blickte. Schließlich räusperte er sich: »Verdammt einsame Gegend.« Es klang wie ein Stoßseufzer. »Verdammt schlechte Straße!« setzte sie mit Nachdruck hinzu. Um einem eventuellen Vorwurf zu begegnen, stellte er beflissen fest: »Es ist aber der richtige Weg – ich habe mich eingehend erkundigt.«

Die schlanke Frau, etwa Anfang fünfzig, trug ein apartes Chanel-Kostüm, dessen modisch kurzer Rock ihre hübschen, langen Beine betonte. Das kräftige Blondhaar war hochgesteckt, und ein paar silberne Strähnen setzten freundliche Lichter in die strengen Flechten. Ihre hellblauen, weit auseinanderstehenden Augen über den stark ausgeprägten Wangenknochen signalisierten Energie und Zielstrebigkeit.

Der stattliche Mann mit dem schmalen, sportlich gebräunten Gesicht, über dessen hohe Stirn das schlohweiße Haar fiel, schien einige Jahre älter zu sein als seine Begleiterin. Er wirkte sehr distinguiert, was von der großen Hornbrille und dem dunklen Zweireiher mit hellem Nadelstreifen unterstrichen wurde.

Sie blickte ihn erstaunt an. »Was heißt erkundigt? Wenn du ihn persönlich dorthin gebracht hast, dann mußt du doch den richtigen Weg kennen!« Er schaute starr gerade aus. »Ich bedaure, dich zu enttäuschen, meine Liebe, aber die Sache war mir einfach zu peinlich, darum habe ich meinen Sozius mit dieser Aufgabe betraut. Sinclair hat die leichtere Hand für solche Fälle.«

Ihre Aufmerksamkeit richtete sich wieder auf die Straße. »Schon gut, Harry.«

Eigentlich hieß er ja Ronald, Ronald Harrison, ein angesehener Jurist mit gutgehender Anwaltspraxis und prominenter Klientel in einem der vornehmsten Viertel von Philadelphia, und er hätte gern gehört, sie hätte Ron zu ihm gesagt. Weil sie aber seit Beginn ihrer Bekanntschaft beharrlich diese eigenwillige Kurzform seines Familiennamens benützte, hatte er sich daran gewöhnt und sah sogar eine gewisse Vertrautheit darin. »Schon gut!« und mit einem mokanten Anheben der Mundwinkel bemerkte sie leichthin: »Bei der Scheidung warst du nicht so empfindsam, und dein Plädoyer enthielt eine ganze Reihe handfester Argumente, die ...«

Seine Stimme klang bitter, als er sie unterbrach: »Du weißt genau, liebe Eva, daß es dafür sehr persönliche Gründe gab. Immerhin wollte ich dich heiraten – und ich will es noch immer!« Eine grollende Erregung bemächtigte sich seiner sonst so überlegen wirkenden Ruhe. »Ich verstehe überhaupt nicht, was dich daran hindert, endlich meine Frau zu werden!?«

Ihre schön geschwungenen, immer noch üppigen Lippen waren wieder ernst, als sie sanft entgegnete: »Du weißt es, Harry! Die Kinder ...«

Mit einer heftigen Handbewegung fiel er ihr abrupt ins Wort. »Deine Kinder sind inzwischen erwachsen! Sie leben ihr eigenes Leben, und kümmern sich, entschuldige bitte, einen Dreck um das deinige!«

Eva schüttelte sanft lächelnd den Kopf. »Du weißt genau, Harry, daß mir die Kinder über alles gehen, und schließlich sind sie ja auch der Grund für unsere heutige Mission.« Erklärend fügte sie hinzu: »Das ihrem Vater verbliebene Vermögen ist immerhin noch sehr beachtlich.«

»... und seine Kinder werden es zu gegebener Zeit erben!«

»Ich denke dabei aber an *meine* Kinder!«

»Natürlich, meine Liebe, denke ich auch daran. In seiner jetzigen Situation könnten wir eine eventuelle Verfügung, die dem entgegenstehen würde, anfechten und mit großer Sicherheit annullieren.«

»Der Brief, lieber Freund, den wir abgefangen haben, beweist doch, daß er irgendwann nach der Scheidung Kontakt mit dem Bastard in Deutschland aufgenommen hat!«

Er versuchte, die Erregung, die bei den letzten Worten ihre Stimme beben ließ, zu dämpfen: »Du meinst seinen Sohn mit der anderen, aber das war doch noch, bevor ihr geheiratet habt ...«

Sie hatte sich rasch wieder gefangen und fuhr mit kühler Sachlichkeit fort: »... nach allem, was ich weiß, hat er ihn nie offiziell als seinen Sohn anerkannt.«

»Jedenfalls nicht amerikanischem Recht entsprechend, und das allein wäre maßgebend! Es sei denn, er hätte eine derartige Erklärung noch vor seiner Einlieferung in das Sanatorium bei einem amtlichen Notar hinterlegt.«

»Genau das müssen wir herausbekommen, Harry, und darum will ich heute den Stier bei den Hörnern packen.« Ihre Augen glänzten vor Eifer, und der hübsche Mund war nur noch ein schmaler Strich. Er schaute sie besorgt an. »Es wird nicht leicht für dich sein, meine Liebe, immerhin warst du über zwanzig Jahre mit ihm verheiratet und vielleicht ist er doch nicht so, so ...« Er zögerte einen Augenblick. »Sprich es ruhig aus, Harry, er ist so verrückt!

Glaube mir, Ralf Dollberg zerbrach letztlich an einer Welt, die er, wie einst Don Quichotte, nicht so sehen wollte, wie sie nun mal ist, mehr aber noch an sich selbst. Er ist ein notorischer Einzelgänger, der sich immer mehr von der Gesellschaft abgesondert hat. Er hatte das Glück, nein, das Pech, durch den immensen Reichtum seiner Eltern nicht auf andere Leute angewiesen zu sein, jedoch nur scheinbar, denn in der Isolation verliert jeder Mensch den Maßstab, auch das Maß seiner selbst.« Fast dozierend klang jetzt ihre Rede, die sie so heftig begonnen hatte, und die strenge Falte zwischen ihren sprühenden Augen glättete sich wieder, als sie tief Luft holte.

Ronald Harrison nutzte diese Pause und bemerkte, nicht ohne einen Hauch von Ironie: »Das klingt ja wie ein Plädoyer der Verteidigung. Keine Spur von Haß ...«

Sie unterbrach ihn mit leichtem Kopfschütteln: »Nein, Harry, wo keine Liebe mehr ist, muß nicht unbedingt Haß sein ...«, und nachdenklich murmelte sie vor sich hin: »Haß wäre viel mehr, als ich empfinde. Haß ist ein Gefühl, das lebt und sich vielleicht noch wandeln könnte. Resignation und Mitleid aber sind das Ende jeder Beziehung.«

Ihrem Begleiter zugewandt, überlegte sie laut: »Bestenfalls suche ich manchmal nach einer Erklärung, nach einer Rechtfertigung für sein Verhalten. Mit seinen hervorragenden Begabungen hätte er so viele Möglichkeiten gehabt, aber er stand ja unter keinerlei Erfolgszwang, und der individuelle Freiheitsdrang war stärker als sein Ehrgeiz.« Sie seufzte tief. »Doch, mein lieber Freund, das weißt du ja alles!«

Im Schatten schroffer Felswände, die zu beiden Seiten hochragten, erreichte der Wagen den höchsten Punkt der Paßstraße. Am Ende der Schlucht blinzelten die beiden Insassen geblendet in den strahlend blauen Himmel. Ein Greifvogel zog einsam seine Kreise. »Sieh doch, Harry! Ein schwarzer Milan. Das war sein Symbol der Freiheit. Er wollte so frei sein wie dieser Vogel und wurde schließlich vogelfrei!«

Als sei die letzte Silbe das Stichwort gewesen, fiel in diesem Augenblick ein Schuß. Sein Widerhall brach sich mehrfach in den Bergen, und der Milan stürzte, sich um die eigene Achse drehend, senkrecht in die Tiefe. Der dumpfe Aufschlag des getroffenen Vogels ließ eine kleine Staubwolke aufwallen, die, von einzelnen Federn durchwirbelt, konzentrisch über den Asphalt huschte und sich rasch verlor wie das verhallende Echo des Schusses.

Aus dem knackenden Unterholz kletterte der Schütze über die steile Böschung und beugte sich, auf die noch rauchende Schrotflinte gestützt, über das tote Tier. Mit quietschenden Reifen stoppte der schwere Bentley dicht vor der kauernden Gestalt des alten Mannes, der sich entsetzt aufrichtete und abwehrend die Hände vor den Körper hielt. Eva war ebenfalls zutiefst erschrokken und schwang sich, am ganzen Körper zitternd, aus dem Wagen. »Verdammt!! Warum stehen Sie denn mitten auf der Straße? Um's Haar hätte ich Sie überfahren.«

Ronald, der gefaßter herantrat, fügte den heftigen Worten beruhigend hinzu: »Zum Glück ist Ihnen nichts passiert, guter Mann ...« Verschüchtert schaute der bärtige Alte unter dem hochgeklappten Schild seiner Jockeymütze hervor und stotterte: »Verzeihung, Ma'am. Nichts für ungut.« Er wandte sich wieder dem Vogel zu. »Ich wollte nur ...«

Interessiert beugte sich Ronald nun auch über den toten Milan. »Ein prachtvolles Exemplar!«

Mit aufleuchtender Miene nickte ihm der Alte eifrig zu. »Prachtvoll! Nicht wahr? Und so selten hier oben! Lebt sonst eher in feuchten Niederungen, kam gewiß vom Bergsee dort drüben.« Nachdenklich, fast geistesabwesend fügte er hinzu, während er zärtlich über das Gefieder des Tieres strich: »Vielleicht hat er sich von seiner Sippe abgesondert, oder sie haben ihn ausgestoßen. Doch, doch, so etwas gibt es!«

Treuherzig nickte er dabei Ronald zu, der ihn kopfschüttelnd ansah und dann neugierig fragte: »Aber was machen Sie mit diesem Vogel?«

»Präparieren! Ausstopfen will ich ihn. Sie verstehen?« Mit maliziösem Lächeln musterte die Frau inzwischen den verschrobenen Waidmann. Dann aber wurde sie ungeduldig und drängte: »Bitte, Harry, laß uns endlich weiterfahren.« Sie drehte sich noch einmal nach dem Vogelschützen um, der sich vorsichtig bemühte, die Beute in seiner Botanisiertrommel unterzubringen.

»... die Privatklinik von Professor Morlander, die muß doch hier in der Nähe sein. Sind wir da auf dem richtigen Weg?« Betulich trippelte der Alte wieder heran.

»Gewiß Ma'am, gewiß doch!« Und kichernd murmelte er in sich hinein: »Dachte mir's, die ›Psychiatrische‹, was anderes gibt's ja nicht hier in Heavenscorner, verdammt einsame Ecke!« Er duckte sich unter Evas hartem Blick. »Nichts für ungut, Ma'am.«

Plötzlich kam Bewegung in die verwegene Gestalt und übereifrig plappernd, deutete der alte Mann hinter sich: »Kann's Ihnen zeigen, gleich hier, nur wenige Schritte. Bitte, kommen Sie!« Mit einladender Handbewegung ging er eilig voran. »Kommen Sie nur, gleich um die Ecke. Schöner Blick, werden sehen Ma'am, bitte!«

Ein wenig zögernd folgten ihm die beiden durch eine Gruppe

verkrüppelter Zirbelkiefern zu einem Plateau mit beklemmendem Ausblick auf bizarre, wild zerklüftete Felsformationen. Tief unter ihnen breitete sich eine nach Südwesten hin offene Hochfläche aus, deren rückwärtige Seite von steilaufragenden Granitwänden begrenzt wurde. Vor diesem großartigen Hintergrund erhob sich ein schneeweißes Gebäude im Kolonialstil der Südstaaten. Die klassizistische Fassade über dem Portal ruhte auf einer Säulenkolonne, die dem Bauwerk eine pompöse Note verlieh. Fenster und Türen waren hellblau abgesetzt. Der Hauptkomplex wurde von zwei einfacheren, ebenfalls in hellblau und weiß gehaltenen Trakten flankiert. Die beiderseits anschließende, mannshohe Hecke umfaßte eine quadratische Parkanlage mit Bäumen, Büschen und Blumenrabatten. Gepflegte Wege durchkreuzten geometrische Rasenflächen. Da und dort standen gußeiserne Ruhebänke, schneeweiß lackiert, mit verschnörkelten, ›hellblau abgesetzten Ornamenten.

Der Alte erreichte als Erster den Felsvorsprung und hielt für die beiden nachfolgenden die Zweige auseinander. Dabei maulte er vor sich hin: »... daß man die Irren immer aussortieren muß! Die sogenannten ›Normalen‹ schämen sich ihrer offenbar? Sie glauben, das Problem sei gelöst, wenn man die ›Anderen‹ aus dem Gesichtskreis schafft. Dabei können die da unten eigentlich froh sein, daß ihre Angehörigen das nötige Kleingeld haben. Sehen Sie nur, Ma'am, ist nämlich eine verdammt noble Klapsmühle, Verzeihung, ich meine ja nur so ...«

Inzwischen erreichten auch Eva und Ronald den Aussichtspunkt und blickten erstaunt auf das Areal der Klinik im Talkessel. »Donnerwetter, das ist ja eine phantastische Anlage!« rief Eva anerkennend aus. Der Alte nickte und brabbelte drauflos: »... und so sicher! Wer da mal drin ist, kommt nie mehr raus und wenn er nicht ganz verrückt wär', hier würde er's, auf die sanfte Tour, gewiß bald werden!«

Verwundert schaute Ronald ihn an. »Wie meinen Sie denn das, guter Mann?«

»Hm, ich denk' halt so, wenn die feine Gesellschaft einen loshaben will, aus welchem Grund auch immer, dann – aber was geht das mich an! Nichts für ungut, Ma'am«, antwortete der Bärtige mit einem scheuen Seitenblick auf Eva, vor der er einen Heidenrespekt zu haben schien.

Von hier oben erkannte man deutlich die Menschen, die sich auf dem Gelände bewegten. Das Personal war vorwiegend weiß gekleidet. Die Schwestern trugen kesse Häubchen; nur die breiten Schulterkragen waren hellblau, wie auch die halblangen Mäntelchen der Pfleger, die ihre militärischen Schiffchen keck in die Stirn gezogen hatten. Es war überhaupt alles in Blau und Weiß gehalten, sogar die üppigen Hortensiensträucher.

Der Waldläufer reichte dem Anwalt seinen Feldstecher. Kaum hatte Ronald hindurchgesehen, entfuhr ihm überrascht der Ausruf: »Nanu – Hochspannung!« Ein knallgelbes Schild an dem Maschendrahtzaun hinter der Hecke war ihm durch das Fernglas ins Blickfeld gesprungen.

»S'ist nur wegen der wilden Tiere, Schlangen und so, sagen sie«, erläuterte eifrig der seltsame Kauz.

Eva beobachtete inzwischen, wie die Patienten vom Pflegepersonal im Park herumgeführt wurden. »Sieh nur, Harry, wie behutsam und liebevoll man diese bedauernswerten Menschen betreut.« Ronald schwenkte sein Glas in diese Richtung und sah, wie soeben eine elegante Dame von zwei Pflegern aus dem Haus geführt wurde, sorgfältig verschnürt mit einer Zwangsjacke, über die eine adrette Schwester eilfertig ein leichtes Nerzcape breitete.

Wenig später saßen Eva und Ronald wieder im Wagen, der, eine Staubwolke aufwirbelnd, durch die steilen Serpentinen nach unten kurvte. Der Anwalt schüttelte bedenklich den Kopf. »Ich kann mir nicht helfen, meine Liebe, die ganze Sache ist mir verdammt unangenehm. Wir hätten ihn nicht hierherbringen dürfen!«

»Aber, Harry, ich verstehe dich nicht. Es war doch die beste Lösung, und es ist auch das Beste für ihn!«

Sie bemühte sich, freundlich und ruhig zu erscheinen, doch die Unmutsfalte zwischen ihren Augen war beängstigend tief. »Hast du seinen letzten Anfall vergessen? Ich sehe noch die Schlagzeilen der Boulevardpresse vor mir: ›Tragödie im Kuhstall‹, ›Farmer läuft Amok‹, und wer weiß, was sonst noch alles passiert wäre ...«

»Gewiß, meine Liebe, du hast ja recht, aber schließlich war auch der Friedensrichter nicht bereit, ihn deshalb für unzurechnungsfähig erklären zu lassen.«

Fast zornig entgegnete ihm Eva: »Natürlich nicht! Die niemals endende Rache an dem Abtrünnigen könnte doch verpuffen, wenn man diesen als verrückt abstempeln würde. Für diese Herren muß er voll verantwortlich bleiben. Ja, wenn er arm und unbekannt wäre – aber sein Name und die seinerzeit konfiszierten Millionen, die der Staat jetzt endlich freigeben mußte, sind der *Legion* ein Dorn im Auge. Sie glauben, ohne Bürgerrechte und ohne Papiere – er bekam doch nicht einmal einen Staatenlosenpaß – säße er im goldenen Käfig und würde ihnen nie mehr entkommen.«

Bei diesen Worten ereiferte sie sich wieder sehr, und Ronald legte beruhigend seine Hand auf ihren Arm. »Im Grunde liegen diese Machenschaften doch auf deiner Linie.«

Ein ungewöhnlich kalter Blick streifte ihren Begleiter, als sie mit hartem Unterton entgegnete: »Nein, Harry, nein! Damit will ich nichts zu tun haben, aber ich sehe die Situation anders ...«

Nach einigen Minuten des Schweigens fuhr sie betont sachlich fort: »Erinnere dich bitte an den letzten Bericht von Detektiv Mailer, mit dem er uns einen Brief des Deutschen zuspielte. Darin wurden gewisse Andeutungen gemacht, die uns zunächst harmlos erschienen, zum Beispiel der Wunsch nach einem Foto, ›so wie du heute aussiehst‹, schrieb er, und dann die begeisterte, auffallend ausführliche Schilderung einer Wanderung in den Schweizer Bergen oder der Hinweis auf einen früheren Bekannten, ›aus der guten alten Zeit‹, der an einem genau beschriebenen Ort verstorben sei. Glaube mir, Harry, ich habe diesen ominösen Brief hundertmal gelesen, und ich bin ganz sicher, daß er Teile eines raffinierten Planes enthält, der ihm ermöglichen sollte, den Amerikanern zu entwischen, samt seinem Geld, das eigentlich *meinen* Kindern gehört!« Die letzten Worte hatte Eva erregt vor sich hingezischelt. Sie klangen so böse, daß sie selbst darüber erschrak. Rasch die Tonart wechselnd bemerkte sie obenhin: »Auf jeden Fall glaube ich, daß die Durchführung eines solchen Planes mit Hilfe des Deutschen gelingen könnte.«

Ronald Harrison, der aufmerksam und mit wachsender Besorgnis ihren leidenschaftlichen Äußerungen folgte, versuchte sie nun zu beruhigen: »Aber, meine Liebe, du siehst Gespenster, so einfach ist das nicht, und überhaupt, in seiner jetzigen Lage ...«

Sie unterbrach ihn schroff: »Natürlich sind uns die Ereignisse entgegengekommen! Und glücklicherweise haben wir schnell reagiert. Du siehst doch jetzt ein, daß es das Beste war, ihn hierher zu bringen. Überlege doch mal, wenn ...«

Sie brach mitten im Satz ab, denn in diesem Augenblick erreichte der Wagen eine Einfahrt, die durch ein schmiedeeisernes Gittertor abgesperrt wurde. Aus der Rezeption trat, überraschenderweise in dunkelblauer Uniform, der Pförtner. Er wechselte einige Worte mit Ronald, der die Scheibe heruntergekurbelt hatte; dann zog er sich salutierend in die Portiersloge zurück, und lautlos glitt das schwere Stahlgitter zur Seite. Der staubige Bentley passierte ein protziges Transparent:

Psychiatrische Klinik Heavenscorner – Prof. Dr. Eric J. Morlander

Als die beiden durch die Kolonnade auf das Hauptportal zugingen, kam ihnen über die breite Freitreppe eine dünne Frauensperson entgegen. Sie trug ein dunkles, enggeschnittenes Kostüm. Die strenge Frisur des brünetten Haares und die starke Brille mit großen, getönten Gläsern ließen ihr Alter nur schwer erkennen. Beide Hände steckten tief in den Taschen des weißen Arztkittels, der ihre knabenhafte Figur umflatterte. »Gestatten Sie, Dr. Maxwell, Herr Professor Morlander läßt bitten!«

Nach dieser knappen Begrüßung, die jedoch nicht unfreundlich, eher uninteressiert klang, machte die Assistentin des Chefs auf der untersten Stufe kehrt und schritt wieder treppauf, ohne sich auch nur einmal nach den beiden umgesehen zu haben. In Morlanders Büro komplimentierte Frau Dr. Maxwell die Besucher in bequeme Ledersessel und ließ sie dann allein. Gespannt erwarteten sie nun das Erscheinen des Professors. Der Raum wirkte ausgesprochen kühl. Das in Weiß und Chrom gehaltene Mobiliar von Le Corbusier beschränkte sich auf die nötigsten Stücke.

Der einzige Farbfleck an den weißgetünchten Wänden war ein manieristisches Ölgemälde, das riesige Hortensienblüten in dem schon bekannten Hauscolorit darstellte. Eva schaute ihren Rechtsbeistand nachdenklich an und meinte dann: »Mein lieber Freund, ich glaube, es wäre besser, wenn ich zunächst allein mit Ralf reden würde.«

Ronald studierte angestrengt das Muster des prächtigen Kelims, der beinahe den ganzen Fußboden bedeckte und nickte zustimmend. Dieser Vorschlag kam seinem Gemütszustand entgegen. »Wie du meinst, meine Liebe. Seit eurer Scheidung ist er sowieso nicht besonders gut auf mich zu sprechen.« Eine Tür fiel ins Schloß. Professor Morlander erwies sich als überaus höflicher, sehr verhalten agierender Mann, dessen Andeutung eines Handkusses in Eva die Assoziation europäischer Lebensart wachrief.

»Verehrte gnädige Frau, ich freue mich, nun endlich Ihre persönliche Bekanntschaft machen zu dürfen. Es ist mir eine ganz besondere Ehre, Ehre.« Wesentlich kühler wandte er sich an Ronald: »Maître Harrison, ich hoffe, Sie hatten eine gute Fahrt, Fahrt.«

Der Anwalt neigte taktvoll den Kopf. Innerlich amüsierte er sich über die seltsame Marotte des Professors: Als wollte dieser seine eigenen Worte bestätigen oder ihnen einen besonderen Nachdruck verleihen, wiederholte er ab und zu das letzte. Jetzt rieb er sich eifrig die Hände, was immer er damit zum Ausdruck bringen wollte, und erklärte: »Unser Patient ist in bester Verfassung, Verfassung. Natürlich haben wir Mister Dollberg für das Gespräch ein wenig ruhiggestellt, ruhiggestellt.«

Verbindlich lächelnd verbeugte er sich kaum merklich. »Gnädige Frau brauchen also nichts zu befürchten. Verzeihung bitte, darf ich vorgehen, vorgehen ...« Schon hatte er sich in Bewegung gesetzt. Die gläserne Pendeltür öffnete sich automatisch, und die Gruppe gelangte in eine Wandelhalle mit dezent blauweißem Ambiente. Der konservative schwarze Gehrock betonte den auffallend hellen Teint des Arztes. Sein weißblondes Haupthaar war millimeterkurz geschoren, wodurch der mächtige Schädel mit der breiten Stirn fast kahl zu sein schien. Wimpern und Brauen waren kaum zu sehen, nur die großen dunklen Augen stachen förmlich aus dem nackten Gesicht und erinnerten irgendwie an ein Amphibium. »Kontaktlinsen mit dunkelgefärbten Pupillen«, dachte Ronald bei sich. Der Mann, der trippelnd über die Marmorfliesen huschte, war offenbar ein Albino! Erst jetzt bemerkte der hochgewachsene Anwalt, daß Morlander von sehr kleiner Statur war. Dieser ging auf eine der vielen Türen zu und klopfte an. Ronald, das blanke Messingschild mit der Nummer 123 vor Augen, unterdrückte ein Lächeln, das ihn bei dem deutlich dreimaligen Pochen überkam. Es erschien ihm alles so maßlos theatralisch in dieser seltsamen Klinik.

Frau Dr. Maxwell trat aus dem Zimmer. Das Stethoskop hatte sie wie ein Halsband um den Nacken geschlungen. Automatisch zog sie dabei einen Vierkantschlüssel aus dem Türschloß, das auf der Innenseite keine Klinke aufwies, und steckte ihn in die Tasche. Morlander blickte prüfend in den Raum und drehte sich dann mit einer einladenden Geste zur Seite.

»Bitte, gnädige Frau, bitte! Alles in bester Ordnung, Ordnung!«

Eva lächelte Ronald verlegen zu und ging, erst zögernd, dann aber entschlossen, hinein. Der Professor schloß die Tür, warf dem ein wenig verloren in der Halle stehenden Rechtsanwalt mit trockenem Räuspern einen nichtssagenden Blick zu und folgte seiner sich zielstrebig entfernenden Assistentin. Nur noch ein paar Schwestern eilten in verschiedene Richtungen an dem Alleingelassenen vorüber.

Aus einem der hohen Fenster sah er in den Park hinaus, wo die Gärtner den Rasen sprengten, denn es war immer noch sommerlich warm. Die elegante ältere Dame, die auf der Gartenbank unterhalb des Fensters saß, schützte sich mit einem breitrandigen Strohhut vor der grellen Sonne. Sie strickte emsig, und das entstehende Teil hatte die Farben blau und weiß. Der stille Beobachter trat näher an die Glasscheibe und kniff die Augen zusammen, damit er genauer erkennen konnte, was er dort zu entdecken glaubte: Das Handgelenk der zufrieden vor sich hin summenden Strickerin war mit der gußeisernen Armlehne durch Handschellen verbunden, und in das monotone Klappern der Stricknadeln mischte sich ein leises Klirren der Stahlkette.

Der schrille Ton einer Alarmglocke riß Ronald aus seiner Betrachtung. Über Zimmer 123 zuckte nervös ein grellrotes Blinklicht. Mit wenigen Schritten stand er davor, drückte die Klinke nieder und riß die Tür auf. Eva stürzte schreckensbleich heraus in seine Arme. Schwestern und Pfleger drängten sich an den beiden vorbei ins Zimmer, aus dem wütende Schreie zu hören waren, Poltern fallender Gegenstände und Klirren von splitterndem Glas. Morlander hastete mit leicht gesenktem Kopf herbei. Er trug jetzt eine dunkle Brille und einen wehenden weißen Kittel. »Beg your pardon, Madam ...«, flüsterte er ein wenig atemlos. »Verzeihung, gnädige Frau, dieser Anfall, Anfall, ist mir unverständlich. Wir hatten ihn doch ruhiggestellt, effektiv ruhiggestellt! ... müssen sofort die Dosis erhöhen!«

Dann war auch Doktor Maxwell zur Stelle, und beide eilten in das Krankenzimmer, aus dem nur noch gedämpfte Laute drangen. »Bitte, beruhige dich, meine Liebe, es ist ja schon alles vorbei. Aber, wie kam es denn zu einer solchen Reaktion?«

»Er ist wahnsinnig, Harry, absolut wahnsinnig!« Eva zitterte noch am ganzen Leib, doch dann versuchte sie, gefaßt zu berichten: »Erst war er ganz friedlich. Ja, er freute sich offensichtlich über meinen Besuch. Ich glaubte schon, du habest recht, Harry, und sein Geist sei nicht so verwirrt, wie ich angenommen hatte. Als ich aber auf des Pudels Kern zu sprechen kam, wurde er plötzlich ganz still und schrecklich blaß. Es war, als wäre alles Leben aus ihm gewichen. Dann aber, ach, Harry, es war furchtbar ...«

Die Erinnerung ließ sie aufs Neue schaudern, und Ronald strich zärtlich über ihren Kopf an seiner Schulter. »Wie Lava beim Ausbruch eines Vulkans stieg plötzlich alles Blut in sein Gesicht. Er schrie und beschimpfte mich auf das Übelste. Er verfluchte seine Familie, die ihn verraten und verkauft habe. Ach, Harry, ich sah einen Menschen, der unwiderruflich dem Wahnsinn verfallen ist ... und sein Sohn, dieser Deutsche, an ihn klammert er sich wie ein Ertrinkender an einen Strohhalm, lächerlich pathetisch deklamierte er, jener sei der Messias, der Retter, der komme, um ihn zu erlösen!«

Die in der Erinnerung nachhallenden Worte jagten ihr erneut Schauer über den Rücken. Ronald reichte ihr sein Taschentuch. Sie schneuzte sich heftig und fuhr dann gefaßter fort: »Du siehst, Harry, meine Besorgnis war nicht unbegründet.«

»Gewiß, meine Liebe, aber psychologisch betrachtet läßt dieser ohnmächtige Wutanfall vermuten, daß die befürchtete Nachlaßverfügung bislang nicht getroffen wurde. Dank seines krankhaften Mißtrauens gegen jedermann, selbst gegen den einzigen Menschen, auf den er offenbar noch baut!«

Wieder lief ein Zittern durch ihre Glieder. »Es war grauenvoll, wie er brüllte, ›Natterngezücht, das der Engel der Rache zertreten werde‹. Er wollte sich auf mich stürzen, riß die hinderliche Infusionskanüle vom Arm und schleuderte das ganze Gerät in die Ecke. Da entkam ich und konnte den Alarmknopf drücken. Dann warst du da, Harry, danke!«

Sie löste sich aus seinen Armen und schaute auf den Flur hinaus, über den das Pflegepersonal hin- und herhuschte, als wäre nichts besonderes geschehen. Niemand nahm Notiz von den beiden. »Bitte, Harry, laß uns gehen. Ich bekomme keine Luft mehr in diesem blauweißen Paradies, das die Hölle ist!«

Sie zog ihn mit sich, doch er zögerte noch. »Und Professor Morlander ..?«

»Was schert mich der Professor, ich will raus, nur weg von hier, bitte, Harry!« Hand in Hand strebten sie dem Ausgang zu.

★

Ralf Dollberg lag wieder in seinem Bett. Die kräftigen Hände der Pfleger preßten ihn tief in die Kissen. Morlander band den Arm des Patienten mit einem Gummiband ab und ortete in der Beuge die geeignete Vene. Eine verlegen lächelnde Schwester versuchte, die steife Hand des Kranken zu einer Faust zu falten, was ihr aber nicht so recht gelingen wollte. Morlander desinfizierte die Einstichstelle mit einem alkoholgetränkten Wattebausch. »Bitte, die Injektionsspritze, Spritze!« Die Assistentin hatte das Medikament bereits aufgezogen und reichte ihrem Chef rasch die Spritze. Der hielt sie senkrecht gegen das Licht und klopfte an den Glaszylinder, um gewissenhaft etwaige Luftbläschen zu eliminieren. Dann drang die Hohlnadel tief in das bläulich schimmernde Gefäß ein. Der Arzt löste den Stauschlauch, und das starke Narkotikum ergoß sich in den pulsierenden Blutstrom. Mit einem leichten Ruck zog er die Kanüle aus der Ader und murmelte vor sich hin: »... gleich sind wir wieder ganz ruhig, ganz friedlich, friedlich.«

Die verzerrten Gesichtszüge des nahezu Siebzigjährigen entspannten sich. Das vorsorglich zwischen seine Zähne geschobene Tuch wurde ihm aus dem Mund genommen, und er atmete tief durch. Gnädig bedeckten die dunklen Lider das blaurotgeäderte Weiß der nach innen gedrehten Augäpfel. Ein leises Stöhnen entrang sich der trockenen Kehle. Durch die geöffneten Fenster drang das Aufheulen des startenden Bentley an Ralfs Ohr. Es war das letzte Geräusch, das sein schwindendes Bewußtsein noch registrierte. Die Umstehenden beobachteten ein Lächeln auf seinen wundgebissenen Lippen. Der dumpfe Klang des Motors hatte eine Erinnerung geweckt, deren Sog die befreiten Gedanken in die Tiefe der Vergangenheit tauchte, und wie in einem Spiegel sah Ralf Dollberg sein verjüngtes Gesicht. Die Fingerspitzen strichen genüßlich über den schmalen, jetzt wieder dunklen Oberlippenbart. Während die Filmrolle der Rückblende blitzschnell abspulte, änderte sich die Zündfolge, und das diese Reminiszenz auslösende Geräusch wurde zum gleichmäßigen Pochen eines *Maybach*-Achtzylindermotors mit Einspritzvergaser.

2. Wildwest in Eberbach

Der junge Mann mit dem Menjoubärtchen war Anfang dreißig. Fröhlich pfeifend saß er am Volant eines nagelneuen Maybach Cabriolets Baujahr 1923. Das Verdeck hatte er zurückgeschlagen, und die laue Luft des heiteren Sommertages wehte dem Autler um die Nase. Sein nicht sehr üppiger Haarschopf mit den tiefen Geheimratsecken wurde von einer enganliegenden Pilotenhaube aus feinstem Chevreauleder verhüllt, und die riesige Zelluloidbrille schützte seine Augen gegen den Fahrtwind. So kutschierte er durch eine liebliche Flußlandschaft, wo sich zwischen sanften Hügeln der Neckar durch Wiesen und Wälder schlängelte.

»Das also war die Heimat meiner Eltern«, dachte Ralf Dollberg und meinte, hier könnte man sich gewiß recht wohl fühlen. Dabei kam ihm kaum noch zum Bewußtsein, daß er sich eigentlich auf der Flucht befand.

An einer Weggabelung standen einige Schilder. Der Automobilist folgte dem, das nach Eberbach zeigte. Mißtönend mischte sich das ferne Pfeifen einer Lokomotive in seine beschwingte Melodie. Bald darauf gelangte er an einen Bahnübergang, an dem eine dicke Bäuerin schnaufend die Schranke herunterkurbelte. Ein Personenzug der Badischen Großherzoglichen Staatseisenbahnen ratterte zischend und fauchend vorüber. Automobil und Bahnwärterhaus waren sekundenlang in eine Wolke aus Dampf und Rauch gehüllt.

An einem Fenster des Abteils zweiter Klasse (Waggons erster Klasse wurden auf diesem Streckenabschnitt nicht mitgeführt) saß ein hagerer Mann mittleren Alters. Die harten Augen in dem gebräunten Gesicht blickten lustlos in die Gegend. Seine stramme Haltung und die steifen Bridgehosen ließen auf eine militärische Laufbahn schließen. Das leger geschnittene Sakko mit den großen Karos und der ebenfalls karierte Golfsack, aus dem ein paar Schläger ragten, deutete jedoch eher auf einen Sportsmann hin. Auch das an der ledernen Reisetasche baumelnde Namensschild sagte nicht mehr aus: C.H. Griffith aus Hamilton N.J. (USA).

Der Zugführer öffnete die Abteiltür und legte grüßend zwei Finger an seine rote Dienstmütze. »Entschuldige'se, gell, Sie send doch der Herr, der in Eberbach ausschteige mecht? De ibernägschte Haltestation isch'es denn, bittschön!« Griffith wollte sich schon erheben und nach seinem Gepäck greifen. Doch der Beamte drückte ihn sanft in den Sitz zurück, wobei ihn das Bremsen des Zuges unterstützte.

»Ha noi, no'it de nägschte, de ibernägschte Station erscht! Hier habe mer'n kleine Aufenthalt bis dr Gegezug durch isch.« Der militärische Sportsmann schaute bei diesem Dialekt etwas hilflos drein, schien dann aber zu verstehen und bemühte sich um ein dünnes Lächeln.

»Thank you, merci – villen Dank!« Nach geraumer Zeit zuckelte das Bähnle weiter, seinem, Griffiths, Ziel entgegen. Eberbach, ein kleines, romantisches Städtchen im nördlichen Baden, hatte einen sehr bescheidenen Bahnhof mit nur einem Perron, der von einem in Ruß und Staub erblindeten Glasdach dürftig bedeckt wurde. Unter dem ebenfalls stark angeräucherten Ortsschild stellte sich der Stationsvorsteher in Positur, um den soeben eingefahrenen Personenzug abzufertigen. Nur wenige Reisende stiegen aus. Griffith zwängte sich mit seinem Gepäck durch die Sperre und trat, den zur Stadt führenden Ausgang benutzend, auf den kleinen Vorplatz hinaus. Gerade gegenüber stand ein Backsteingebäude mit einem Wellblechanbau, vor dem eine Benzinpumpe installiert war. Eine Holztafel verkündete mit großen Lettern:

Automobilreparatur- und Mietwagenbetrieb Anton Hägele.

Aus der Werkstatt ragte der Kühlergrill einer älteren, nicht mehr ganz reinrassigen *Horch*-Limousine. Der Mechaniker im blauen Overall versuchte, das Gefährt mit einer Handkurbel in Gang zu bringen. Nach einigen Rückschlägen und Fehlzündungen gelang ihm das auch, und als der zunächst stotternde Motor rundlief, fragte Griffith den Mann, ob er ihn wohl zum *Hotel Krone* bringen könnte. Der sah den Fremden belustigt an, kniff ein Auge zu und sagte in ortsüblicher Mundart: »Des trifft sich aber gut, der Herr, i bin grad dabei, von dort einen Fahrgast z'hole. Komme' Se, schteige' Se ein!«

Vor der Krone stieg Griffith aus und drückte dem Chauffeur, der ihm Reisetasche und Golfsack reichte, einen Geldschein in die Hand. Im Hoteleingang stieß er beinahe mit einem elegant gekleideten jungen Mann zusammen, der sich erschrocken bemühte, ein voluminöses Rosenbukett in Sicherheit zu bringen. Es war der angemeldete Fahrgast, der eilig den Mietwagen bestieg und dem Fahrer die Adresse nannte, worüber dieser sich so freute, daß er lachend in die Hände klatschte.

»Aber heut' geht's wie am Schnürle! Da kann i ja gleich mein Chef mit zurückbringe. Der isch nämlich grad beim Herrn Kommerzienrat Rupp drauße«, und vertraulich fügte er hinzu: »Der hat'n ganz tolle Wage abg'liefert, volltankt und nachg'sehe. Ein Maybach, müsset Se wisse – so oin han i meiner Lebtag no koin g'sehe. G'hört scheints am'e ganz feine Herr, der grad beim Herr Kommerzienrat zu Besuch isch, i glaub, des isch ein Amerikoner.«

Der junge Mann hatte dem im Dialekt geführten Redefluß interessiert zugehört. Wer mochte wohl dieser Amerikaner und was der Grund für seinen Aufenthalt im Hause Rupp sein? Nun, gewiß erfuhr er das schon bald.

Eine Freitreppe führte zum Eingang der Villa Rupp. Vor der schweren Eichentür stand Melli, die Perle des Hauses, mit schneeweißer Spitzenschürze über dem tiefschwarzen Taftkleid und einem niedlichen Rüschenhäubchen auf ihren krausen Locken. Anton Hägele, Inhaber der Reparaturwerkstatt am Bahnhof, in einem blauen Mechanikerkittel, übergab dem Mädchen die Autoschlüssel, was diese mit einem leichten Knicks quittierte, nicht ohne einen bewundernden Blick auf die Luxuskalesche geworfen zu haben, die blitzblank poliert vor dem Gartentor stand. Ein paar Kinder hatten sich um das Auto geschart, das ihr lebhaftes Interesse weckte. Ein besonders kecker Junge belachte sein verzerrtes Spiegelbild auf dem glänzenden Gehäuse eines Scheinwerfers. Der Mechaniker schimpfte und scheuchte die Kinder weg. Mit dem Taschentuch wischte er sorgsam die Fingerspuren ab. Dann ging er auf den sich nähernden Polizisten zu, der seinen Kaiser-Wilhelm-Schnurrbart in achtunggebietende Stellung brachte und bat ihn, auf das Fahrzeug aufzupassen, da sich immer mehr neugierige Passanten einfanden.

Hupend tauchte nun auch die Kraftdroschke mit dem Rosenkavalier auf. Hägele schaute erst verdutzt, ging dann aber erfreut seinem Chauffeur entgegen und half dem Fahrgast über das Trittbrett. Durch das Signal aufmerksam geworden, kam das Dienstmädchen nochmals aus dem Haus und erkannte den Herrn mit dem Bukett, der einen Moment anerkennend das prächtige Vehikel betrachtete, dann aber salopp die Treppe emporeilte. Mit einem diesmal sehr tiefen Knicks ließ Melli den jungen Mann eintreten und strahlte ihn an: »Ach je, der Herr Doktor, das ist aber eine große Freude, daß der Herr Doktor schon angekommen sind!«

Im Vestibül nahm sie ihm die Blumen ab. »Der Herr Kommerzienrat erwarten Herrn Doktor im ›Grünen Salon‹«

Diskret klopfte sie an eine der hohen Türen, steckte den Kopf hinein und flötete betulich: »Verzeihung, gnädiger Herr, der Herr Doktor ...«

Dann gab sie den Weg frei und flüsterte dem Gast verschmitzt lächelnd zu: »Die gnädigen Fräulein sind noch oben, werde aber sofort die Ankunft von Herrn Doktor melden ...«

Kommerzienrat Rupp, ein jovialer älterer Herr von beachtlicher Leibesfülle, ging mit überraschender Behendigkeit auf den Eintretenden zu und umarmte ihn herzlich. »Schön, dich zu sehen, Karl-Otto, ich hoffe, du hattest eine gute Reise!«

Ralf Dollberg hatte sich aus dem tiefen Fauteuil erhoben und trat mit höflicher Zurückhaltung heran. In diesem Augenblick öffnete sich die lederbeschlagene Tür, und der mahagonifarbene Bubikopf einer reizenden jungen Dame schob sich ins Zimmer. »Entschuldige, Papa, dürfen wir ...?«

»Aber natürlich, Kindchen!« und mit glucksendem Lachen fügte Rupp hinzu: »Denkst du, ich weiß nicht mehr, was Sehnsucht ist!?«

Sie stürmte herein, dem jungen Mann in die offenen Arme. »Ach, Karl-Otto, danke für die herrlichen Rosen. Ich bin ja so glücklich!« Er küßte sie dezent. »Ich natürlich auch, Liebes.«

Ein wenig zögernd betrat nach ihr eine ebenso junge Dame den Grünen Salon, dieses Heiligtum, das gewöhnlich nur den Herren der Schöpfung vorbehalten blieb. Sie war eine herbe Schönheit mit flachsblonden Zöpfen, die an den Seiten zu lustigen Schnecken aufgesteckt waren. Mit ihren leuchtend blauen Augen blickte sie erwartungsvoll in die Runde. Auf seine polterige Art klatschte der Kommerzienrat in die Hände und rieb selbstzufrieden deren

Innenflächen aneinander. »Na, dann darf ich wohl mal die Anwesenden miteinander bekanntmachen.«

Er wandte sich an Ralf und wies mit einer Kopfbewegung auf die aparte Erscheinung mit dem modischen Pagenschnitt, die kapriziös ihre hüftlange Perlenkette vor dem ziemlich kurzen, rosé-changierten Chiffonkleidchen rotieren ließ.

»Meine Tochter Beate – die sich morgen mit diesem jungen Mann verheiraten will.« Seinen Blick auf jenen richtend, fuhr er fort: »Herr Dr. Hansen«, und in vertraulichem Ton fügte er erklärend hinzu, »erfolgversprechender Bankiersproß aus Bremen, hat einige Zeit in der Schweiz volontiert und wird jetzt beim Herrn Papa einsteigen.«

Dr. Hansen nickte Ralf lächelnd zu, wandte sich dann aber spontan der zweiten Dame zu, die ein Komplet aus eierschalen-farbenem Crêpe de Chine trug, dessen einziger Schmuck eine dicke Bernsteinkette war. Karl-Otto küßte ihr galant die Hand, während der Hausherr seine Vorstellung fortsetzte: »Beates beste Freundin, Eva Planck, seit ihrer gemeinsamen Pensionatszeit in der Schweiz herzlich verbunden.«

Aller Augen hatten sich jetzt erwartungsvoll auf Ralf gerichtet. »Und dieser junge Herr, der uns heute mit seinem Besuch überrascht, ist Ralf Dollberg, der Sohn meines Jugendfreundes Berthold, der vor vielen Jahren in die Neue Welt ausgewandert ist. Mit viel Fleiß und guten Kenntnissen der deutschen Bierbrauerkunst machte er in den Staaten sein Glück und viele Millionen.«

Ralf schüttelte allen die Hände, und die Gesellschaft verteilte sich in die wuchtigen, um den runden Palisandertisch gruppierten Sessel aus moosgrünem Veloursleder, die dem Raum seinen Namen gaben. Gerhard Rupp setzte mit umständlicher Zeremonie eine dicke Havanna-Zigarre in Brand, und Beate lächelte Eva verschmitzt zu: »Habe ich dir nicht prophezeit, daß wir noch rechtzeitig einen charmanten Tischherrn für dich finden werden?« Der Kommerzienrat nickte zustimmend und verkündete zwischen ein paar paffenden Zügen: »... und mit seinem schicken Automobil wird er morgen das Brautpaar kutschieren und den Hochzeitszug damit erheblich aufwerten!«

Dr. Hansen neigte sich höflich zu Ralf hinüber und sagte, nur um etwas gesagt zu haben: »Sehr liebenswürdig, Mister Dollberg, very nice!«

Der Hausherr griff nach einer zierlichen Rokokodame aus Messing, deren üppiger Reifrock als Tischglocke ausgebildet war und läutete dem Mädchen. Melli servierte den Tee. Bevor sie mit einem graziösen Knicks den Raum verließ, flüsterte sie dem Kommerzienrat noch zu: »Die gnädige Frau ist immer noch beim Friseur.«

Rupp hatte inzwischen einige Papiere aus der Schublade des Vertikos gekramt und wandte sich an seinen unerwarteten Gast: »Mein lieber Ralf, dein Vater, Gott hab' ihn selig, stand all die Jahre in einem mehr oder weniger engen Kontakt mit mir. Wahrscheinlich verkörperte ich für ihn die alte Heimat. Ich habe ihn immer beneidet, auch um Emma, deine Mutter, die ich sehr verehrte. Aber ich war ihr zu konservativ. Mein Gott, was war sie für ein resolutes Persönchen! Sie brauchte einen Partner, der mit ihr durch dick und dünn ging und glaube mir, sie machte ihn zu dem, was er wurde ...« Versonnen blies er den Rauch seiner Zigarre an den Stuckplafond. »Manchmal schickte mir Berthold auch Photographien oder Zeitungsausschnitte ...«

Dabei hielt er einen schon vergilbten Artikel des *New York Herald* in die Runde. Das Bild zeigte den sehr jugendlichen Ralf in Gesellschaft einiger mondäner Damen. Die Überschrift lautete: *Playboy der Ostküste*.

Ralf Dollberg lächelte verlegen mit einem Seitenblick auf Eva, die ihn offenbar sehr beeindruckt hatte. »... und da, seht nur her, ein erfolgreicher Rennfahrer war er auch!«

Der Kommerzienrat prahlte, als wäre es sein eigener Sohn. »... und hier sogar ein Boxchampion!«

Ralf winkte ab und bemühte sich, das alles zu bagatellisieren: »Vater hat diese Dinge immer mächtig hochgespielt, wegen der Reklame, meinte er. Seine Devise war stets: ›Wirb oder stirb‹.«

Rupp fiel ihm ins Wort: »... ja, leider ist er gestorben, letztes Jahr. Die Prohibition hat ihm wohl sehr zugesetzt!« Ralf versuchte, höflich zu korrigieren: »Herzasthma. Vater litt an Angina pectoris. Er hatte schon einige Jahre zuvor einen Braumeister aus Deutschland engagiert.«

Der Kommerzienrat polterte dazwischen: »Durch meine Vermittlung, ein sehr tüchtiger Mann!«

Bemerkenswert ruhig und beherrscht wurde dies von Ralf bestätigt: »Ja, gewiß, er übernahm nach Vaters Tod die technische

Leitung der Brauereien und erfand ein alkoholfreies Bier, das großen Erfolg hat.«

Mit glucksendem Lachen schlug sich Rupp auf die Oberschenkel und prustete los: »... und somit fließen Gerstensaft und Dollar wieder, wie's Bächlein auf der Wiesen!«

★

Aus dem blanken Messinghahn floß das schäumende Getränk in ein schlankes Tulpenglas.

»Ein gutes Bier haben Sie hier in Deutschland.« Griffith stand am Tresen der Hotelgaststätte und versuchte, mit der Büfettmamsell Konversation zu machen.

»Ja, gell, in Amerika drübe isch Alkohol ja verbote!«

»Nun, so kleinlich darf man das nicht sehen; ein Bierchen kann man schon mal trinken, ohne gleich eingesperrt zu werden. Es sind eher die harten Drinks, Whisky, ich meine Schnaps und dergleichen, die dieses Gesetz betrifft ...«

»Wisset Sie auch, daß noch ein Amerikoner im Hause isch? Ein gewisser Mischter Dollberg, mit einem tolle Auto! Soll au ganz reich sei, Millionär oder so.«

Griffith zeigte gedämpftes Interesse, doch die Schankmaid, stolz auf ihr Wissen, plapperte weiter: »Muß wohl'n Verwandter sei vom Herr Kommerzienrat Rupp, der wo Direktor von der Badische Vereinsbank isch. Dem sei Tochter hat doch morge Hochzich bei uns, und da isch der extra von Amerika rüber'komme. Mein Bekannter, der Herr Franz von der Gärtnerei gegeniber, muß de Wage schmücke, weil der Mischter Dollberg 's Brautpaar zur Kirch fahrt und nach 'm Esse uff de Bahnhof zur Hochzichsreis.«

»Kann ich hier mal telefonieren?« fragte Griffith, als der Redeschwall verebbte, »und zapfen Sie mir bitte noch ein Bier.« In einer Nische hinter der Theke war ein Telefonapparat an der gekachelten Wand installiert. Griffith drehte den Kurbelinduktor, hielt den Hörer ans Ohr und bat schließlich um eine eilige Fernverbindung nach Koblenz. Dann nannte er die gewünschte Nummer und wartete.

★

Ein *Ford T3* rumpelte steif über die holperige Landstraße. Die vier Insassen blickten finster drein. Lenker und offenbar auch Besitzer des Wagens war der Gastwirt Xaver Steiger aus Speyer. In seinem Reiseanzug aus Pfeffer-und-Salz-Tweed mit der hellgrauen Melone wirkte der korpulente Mann durchaus seriös; der an einen Seelöwen erinnernde Schnauzbart ließ ihn sogar gemütlich erscheinen. Nur die kleinen engstehenden Augen, die unstet unter den buschigen Brauen hin- und herhuschten, hätten einen aufmerksamen Beobachter mißtrauisch gemacht. Die neben ihm hockende, gedrungene Gestalt hatte etwas Lauerndes an sich. Die spitze Nase in dem schmalen Gesicht mit der fliehenden Stirn war nach vorn gereckt und man dachte unwillkürlich an eine schnüffelnde Ratte.

Aussehen und Gestik vieler Menschen werden durch ihren Beruf geprägt, und so war es nicht verwunderlich, daß Charles Reaf als Detektiv für die amerikanische Kriminalpolizei im besetzten Koblenz tätig war. Nervös zog er eine überdimensionale Zwiebeluhr aus der Westentasche. Unter seiner abgegriffenen Lederjakke wurde für einen Augenblick das Pistolenhalfter sichtbar, das er unter der linken Achsel trug. Im Fond des Automobils kauerten zwei farblose Gestalten: ein Militärpolizist, Angehöriger der amerikanischen Besatzung und der Arbeiter Hildenbrandt aus Speyer, ein debiler Schlägertyp und Gefolgsmann des Autobesitzers. Dieser räusperte sich und kommentierte Reafs Uhrenkontrolle: »Wir sind gut im Zeitplan! Hm, ich habe ganz andere Bedenken.«

Der andere entgegnete mürrisch, mit stark amerikanischem Akzent: »Kein Anlaß zur Sorge! Unser Informant ist absolut zuverlässig. Well! Soll ein hoher Offizier gewesen sein in der Army, der jetzt ab und zu, anonym, versteht sich, für die *American Legion* tätig ist. Uns kann's egal sein, you see!«

Reaf kaute auf einem Streichholz herum und richtete einen fragenden Blick auf Steiger. »... oder sollten Sie etwa Skrupel haben, weil unsere Aktion mehr oder weniger illegal ist?«

Der Gastwirt schüttelte den Kopf. »Nein, nein, Reaf! Ich denke nur an die ausgesetzte Belohnung. 50.000 Dollar Kopfgeld – ›tot oder lebendig‹ – das ist kein Pappenstiel. Wie, wie läuft das eigentlich?«

Der rattenähnliche Schnüffler blinzelte unsicher zu seinem

Komplizen hinüber, der angestrengt auf die Straße schaute. »Aber, mein lieber Steiger, haben wir nicht immer ein Agreement gefunden, das Sie zufriedenstellte, well? Bei einer so hohen Summe müssen wir damit rechnen, daß mehrere Leute die Finger drin haben, aber wir kommen auch diesmal klar, da können Sie sicher sein, you see?«

★

Im Kronensaal zu Eberbach war das große Fest in vollem Gange. Nach dem Essen wurde die Hochzeitstafel abgebaut, und die Musik spielte danach zum Tanz auf. Elegante Fräcke und rauschende Ballkleider schwangen im Walzertakt über das Parkett. Ralf Dollberg führte seine blonde Partnerin aus der Tanzlinie zu einem mit Konfekt beladenen Büfett. Schnaufend lehnte sich Eva an einen der hohen Barhocker, und Ralf dankte mit einer galanten Verbeugung. Schon war auch ein Kellner zur Stelle und reichte auf silbernem Tablett schlanke Gläser voll perlenden Sekts. Nach einem tiefen Schluck lachten sich die beiden fröhlich an, wie Kinder nach einem lustigen Streich. »Ist das nicht ein fabelhaftes Fest!« schwärmte Eva noch ganz außer Atem.

»*Sie* sind fabelhaft, liebe Eva! Ich danke Gott für die Eingebung, nach Eberbach zu fahren. Es ist nicht auszudenken, daß ich möglicherweise versäumt hätte, Ihre Bekanntschaft zu machen.«

Eva zupfte ein wenig befangen ihr duftiges Kleid aus hellblauem Georgette zurecht, dessen übereinanderliegende Volants sich spiralig um ihren gertenschlanken Körper wanden. Dann schaute sie ihm mit ernster Miene in die Augen.

»Der reiche, weitgereiste und welterfahrene Mister Dollberg, von den Damen der Ostküste verwöhnt«, fügte sie mit deutlicher Ironie ein, »sollte einem jungen Mädchen keine derartigen Komplimente machen!«

Ralf war jetzt ebenfalls sehr ernst geworden. »Wenn Sie mit ›Erfahrung‹ auf mein Alter anspielen ...«

Ein Tusch der Kapelle erregte allgemeine Aufmerksamkeit, eine unverständliche Ansage erhöhte die Spannung, dann fetzten die rhythmischen Takte des neuesten Modetanzes durch den Saal. Der Charleston führte zu einem Generationenwechsel auf der Tanzfläche. Ein junger Mann steuerte auf Eva zu, während Ralf pikiert seinen Satz vollendete: »... möchte ich der Jugend nicht im Wege stehen.«

Doch Eva winkte dem Tänzer höflich dankend ab und wandte sich zur Terrasse, die in einen laubüberdachten Garten mündete. »Nein, nein, Ralf, so habe ich das nicht gemeint. Sie sollten wissen, daß ich schon sehr früh meine Mutter verlor, und Papa, ein ›Kavalier der alten Schule‹, wie man so sagt, hat in mir ein gewisses Vertrauen zu reiferen Herren geweckt. Und obwohl ich erst achtzehn bin ...«

Sie zögerte einen Augenblick. Zwei Korps-Studenten, Bänder und Mützen im bunten Couleur ihrer Verbindung, standen an der Tür zur Terrasse und starrten provozierend zu ihnen herüber. Fast trotzig setzte Eva ihre Rede fort: »... mache ich mir nichts aus diesen jungen Schnöseln!«

Sie schlenderten weiter ins Freie, und ihre Unterhaltung wurde überdeckt vom Säuseln des Windes in den Kastanienblättern und vom Tuscheln einiger älterer Damen an der Terrassentür. »Ach, sieh doch nur, Adelinde, welch ein entzückendes Pärchen!« »... und so charmant, dieser Amerikaner.« »Er soll ja steinreich sein!« »Wer ist denn die Kleine, mit der er so turtelt?«

»Die Freundin der Braut, aus Weinsberg. Ihr Vater soll im gehobenen Verwaltungsdienst tätig sein.«

»Na, na«, rümpfte Adelinde ihre spitze Nase, »man sagt, er sei Gartenoberaufseher in der Landesirrenanstalt.«

★

Griffith stellte sein Gepäck vor der Rezeption ab und beglich die Rechnung. Scheinbar amüsiert beobachtete er die Hochzeitsgesellschaft, bei der einiges im Umbruch war. Das Brautpaar, mittlerweile in salopper Reisekleidung, verabschiedete sich von den engsten Angehörigen und versuchte, möglichst unauffällig zu verschwinden. Kommerzienrat Rupp wies lautstark darauf hin und beschwor die Gäste, sich nur ja nicht stören zu lassen, während seine Gemahlin, in Tränen aufgelöst, aufgeregt mit dem Taschentuch winkte.

Ralf Dollberg half der Braut in den blumengeschmückten Wagen. Eva setzte sich neben den Fahrersitz, und schließlich kam auch Dr. Hansen angerannt, der noch etwas vergessen hatte. Endlich startete der Maybach, ein Dutzend Konservendosen hinter sich herschleppend, und drehte unter dem Applaus der Gäste eine Ehrenrunde.

Inzwischen zuckelte der Ford T3 über die Schlaglöcher der Landstraße. Die arg geschüttelten Fahrtgenossen dösten stumm vor sich hin, nur der Gastwirt Steiger blickte aufmerksam auf den Weg und versuchte, den schlimmsten Vertiefungen auszuweichen. Der Rattentyp schaute auf seine Taschenuhr und zog sie vor dem Einstecken sorgfältig auf.

Griffith stand auf dem Perron, verglich seinen Chronometer an der goldenen Kette mit der staubigen Bahnhofsuhr und nickte beruhigt. Mit kreischenden Bremsen fuhr der Personenzug ein. Das Brautpaar trat auf den Bahnsteig hinaus und verabschiedete sich von Eva und Ralf in der jedem geziemenden Weise: mit Händeschütteln, Umarmung oder Küßchen; mit Wünschen, Lachen und Winken ...

Auch Griffith, zwei Wagen weiter, schwang sich aufs Trittbrett. Hämisches Grinsen verzerrte sein ohnehin nicht sehr sympathisches Gesicht. Dem schrillen Ton einer Trillerpfeife antwortete das dumpfe Tuten der Lokomotive, und mit Zischen und Schnauben setzte sich das Dampfroß in Bewegung, für ein paar Augenblicke alles in eine dichte, weiße Wolke hüllend. Nachdem sich der Dunst wieder gelichtet hatte, standen Eva und Ralf allein, engumschlungen und küßten sich innig.

Der Stationsvorsteher zwirbelte schmunzelnd seinen Schnurrbart, als die beiden übermütig lachend aus dem Bahnhofsgebäude rannten, zu Ralfs Auto, das inzwischen von Blumenschmuck und Dosenballast befreit worden war. Der Mechaniker fummelte noch mit dem Poliertuch über die Motorhaube. Als die zwei Verliebten losbrausten, salutierte er lachend. Ralf warf ihm, nach einer kühnen Wendung nochmals vorbeifahrend, ein Geldstück zu.

Beim Einbiegen in die Hauptstraße mußte er so scharf bremsen, daß Eva gegen das Armaturenbrett prallte. Aus einer Nebenstraße kommend, hatte sich plötzlich ein Ford T3 quer vor den Maybach gestellt. Ralf sprang empört aus dem Wagen. Im nächsten Moment sah er sich von vier Männern umringt. Reaf zog die Waffe und ging energisch auf Dollberg zu, setzte ihm den Revolver auf die Brust und erklärte, hiermit sei er durch die amerikanische Polizei festgenommen. Ralf schlug ihm mit der Linken blitzschnell den Revolver aus der Hand und streckte den verblüfften Angreifer mit einem rechten Haken zu Boden. Mit einem Satz war er wieder am Steuer, wendete das Fahrzeug mit quietschenden Reifen und jagte davon. Zwei der Attentäter kümmerten sich um ihren Anführer, der im Rinnstein lag. Der Gastwirt Steiger, dem die Waffe vor die Füße geschlittert war, hob diese hastig auf, murmelte vor sich hin:»Tot oder lebendig!« und feuerte wild hinter dem Fluchtwagen her, bis die Trommel leergeschossen war und der Hahn nur noch trocken knackte.

Unterdessen hatten aufgeschreckte Passanten den Schauplatz umringt. Auch Mechanikermeister Hägele rannte mit seinen Gesellen zum Tatort. Ein Schutzmann blies mit prallen Backen in seine Trillerpfeife und alarmierte die Kollegen von der nahegelegenen Polizeiwache, die sofort ausrückten. Ein Reifen war getroffen worden. Dollbergs Wagen schleuderte und kam an einem Alleebaum zum Stehen. Die klaffenden Einschläge in der hochglanzpolierten Karosserie und das Splittern der frischgewaschenen Windschutzscheibe versetzten den Mechaniker in rasende Wut. Er stürzte sich mit seinen Leuten auf die Revolverhelden. Einige der Umstehenden griffen ein, und ehe es die herbeieilenden Polizisten verhindern konnten, war eine wüste Schlägerei im Gange. Frauen von Beteiligten kreischten, und eine ältere Dame schlug mit ihrem Stockschirm ziellos in das Gewimmel.

Während dieses Spektakels bemühte sich Dollberg um seine Begleiterin, die offenbar von einem Geschoß verletzt worden war und das Bewußtsein verloren hatte. Der Ärmel des hellen Staubmantels, den sie über das leichte Ballkleidchen gezogen hatte, färbte sich an der linken Seite blutrot. Ralf war ganz verzweifelt. Er hob sie vorsichtig aus dem Wagen und trug sie über die Straße. Besorgte Menschen halfen ihm ins nächste Haus. Inzwischen war die Polizei eingetroffen und hatte die schwer lädierten Spießgesellen festgenommen. Der Wachtmeister stellte die Tatwaffe, eine ›Smith & Wesson‹, sicher, und Anton Hägele schob mit seinen Helfern, von denen einer ein blaues Auge abbekommen hatte, den waidwunden Maybach über den Platz in Richtung Werkstatt. Dann war der Spuk zu Ende.

Nur der Ford T3 stand noch quer auf der Straße, bewacht von einem Schutzmann, der jedoch nicht verhindern konnte, daß ein streunender Köter sein Hinterbein an den verwaisten Wagen stellte.

Im Kronensaal war immer noch ein großer Teil der Hochzeitsgesellschaft anwesend. Die fröhliche Stimmung schien aber verflogen zu sein. Ein Raunen und Wispern lag in der Luft. Die Gäste standen in einzelnen Gruppen zusammen und diskutierten. Im Rauchsalon hatte sich der Familienclan versammelt. Kommerzienrat Rupp ging, aufgeregt seine Zigarre paffend, hin und her. Seine Gattin schlug alle paar Minuten die Hände zusammen und ließ sie dann kraftlos in den Schoß fallen. Wenn sie dabei den Kopf schüttelte, kullerten dicke Tränen über ihre Wangen. Allerdings eher des Rauches wegen, denn der Raum machte seinem Namen alle Ehre. Erst als sich die Tür öffnete, kam der Qualm in Bewegung. Dr. Haller, der Hausarzt der Familie Rupp, trat ein, während er sich noch die Hände trocknete. Ralf Dollberg trug mit betretener Miene des Doktors Jackett hinterher. Dieser berichtete mit knappen Worten, Fräulein Planck wäre medizinisch versorgt worden und würde außer Gefahr sein.

»Sie wird zur Stunde ins Krankenhaus gebracht. In ein paar Wochen ist alles vergessen. Aber Mister Dollberg und ich würden jetzt dringend einen Schnaps brauchen, den wir uns wahrhaftig verdient haben!« Bei den Wartenden löste diese Nachricht Erleichterung aus, und die Büfettmamsell erfüllte schnellstens den Wunsch nach einer geistigen Stärkung. Der Kommerzienrat schüttelte dem Hausarzt dankbar die Hand, mokierte sich dann aber und meinte brummig, Ralf wäre ihnen allen doch wohl eine Erklärung schuldig.

»Verzeih, Onkel Gerhard, (Rupp hatte ihm, dem Sohn seines besten Freundes, diese vertrauliche Anrede angeboten), wenn ich bisher nicht darüber gesprochen habe. Ich wollte euch nicht beunruhigen, und ich glaubte wirklich, die Verfolger hätten meine Spur verloren.«

Ralf Dollberg hatte sich wieder unter Kontrolle und schaute, innerlich amüsiert, auf die wachsende Zuhörerschaft, die voll gespannter Erwartung um ihn herumsaß. Von der Seite drängte sich ein schmächtiger Bursche mit schütterem, rotblondem Haar heran, rückte seine intellektuelle Nickelbrille zurecht und stellte sich vor: »Immanuel Wäckerle, vom *Moosbacher Anzeigenblatt*, gestatten Sie, daß ich mir ein paar Notizen mache?«

Ralf überlegte kurz: Seinen Aufenthalt hatten sie ohnehin ausfindig gemacht. Ein Zeitungsartikel würde ihm somit nicht weiter schaden. Andererseits könnte die öffentliche Anprangerung solcher Kidnappermethoden seine Verfolger möglicherweise abschrecken oder zumindest verunsichern. Also nickte er dem Reporter aufmunternd zu und begann mit seiner Schilderung, zunächst an den Kommerzienrat gewandt, der immer noch nervös den Rauch seiner Havanna zur Decke blies.

3. Die eigentliche Ursache

Während meiner jugendlichen Eskapaden, die hier anscheinend recht gut bekannt sind, studierte ich Ingenieurwissenschaft, speziell Maschinen- und Brückenbau. Vater kaufte mir eine Beteiligung an der *Mercer Automobil Company*, wo ich meine technischen Ambitionen bei der Entwicklung neuer Motoren befriedigen und als Testfahrer meinen Übermut austoben konnte.«

Dollberg hatte sich warmgeredet und vermittelte den interessierten Zuhörern anschaulich die Geschehnisse in jener Zeit. Er berichtete, wie eines Tages die Brüder Wright auf der Suche nach einem superleichten Flugzeugmotor bei *Mercer* aufkreuzten und wie er sich begeistert der Fliegerei zuwandte. Sein Lehrer, Orville Wright, der durch die Folgen eines Absturzes selbst stark behindert war, zog den talentierten Schüler nach dem tragischen Tod seines Bruders Wilbur zum Einfliegen der neuen Modelle heran. Die Fliegerkombination aus schwarzem Leder brachte Ralf den Beinamen ›Schwarzer Milan‹ ein.

»Für mich war es eine herrliche Zeit bis das Verteidigungsministerium aufmerksam wurde, und die Heeresleitung unsere friedlichen Vögel mit Maschinengewehren ausrüstete.«

Wright sah jetzt ungeahnte Möglichkeiten, die Entwicklung der Fliegerei voranzutreiben, denn nach Ausbruch des Krieges in Europa standen für militärische Zwecke immense Geldmittel zur Verfügung. Eine solche Perspektive behagte Dollberg ganz und gar nicht. Er beschloß deshalb, sich von Orville zu trennen. Dieser bat ihn um eine letzte Gefälligkeit: Ralf sollte noch einmal den neuesten Doppeldecker als Demonstration vor einigen maßgeblichen Persönlichkeiten fliegen, deren Einfluß für Wrights weitere Pläne von großer Wichtigkeit wäre. »Diesen Wunsch konnte ich meinem Mentor nicht abschlagen.«

Angeregt seine Zigarre paffend, nickte ihm Kommerzienrat Rupp wohlwollend zu, und der junge Mann blickte nachdenklich auf die um den Lüster treibenden Rauchschwaden. »Wie quellende Kumuluswolken«, dachte er bei sich, und in der Erinnerung an jenen Flug spielte ein Lächeln um seine Züge. Im Geiste sah er seine Maschine aus dem Dunst auftauchen, sich im strahlenden Licht des blauen Himmels wiegen und drehen, fast senkrecht zur Erde stürzen, um sich in elegantem Schwung zu fangen – und wieder hoch aufsteigend in einem Looping die Gesetze der Schwerkraft in Frage zu stellen.

Eine kleine Gruppe am Rande des Flugfeldes, bei den primitiven Wellblech-Hangars, klatschte begeistert in die Hände. Ein paar Zivilisten schwenkten ihre Hüte, würdige ältere Herren in schwarzen Anzügen, manche mit Cut und Zylinder neben goldlitzenbesetzten und ordensbeladenen Galauniformen hochrangiger Militärs.

Das Flugzeug war kaum mehr zu sehen, nur noch so groß wie ein Vogel. Plötzlich kippte es über die Seite ab, begann zu trudeln, immer schneller, und schließlich fiel es wie ein Stein der Erde entgegen genau auf das Menschenhäuflein zu. Ängstliche Rufe wurden laut. Schon hörte man das Pfeifen des Windes in der Verspannung. Da fing der Pilot den rasenden Sturzflug dicht über dem Boden ab. Die Spanten der Tragflächen ächzten furchterregend. Ein reißender Draht knallte wie ein Pistolenschuß, und der Klang einer gebrochenen Klaviersaite schwang schrill durch das Echo. Mit aufheulendem Motor zog die Maschine steil empor, drehte noch einen spiralförmigen Looping und schwebte in einer sanft-verlaufenden Schleife zum Landeplatz.

Die Teilnehmer der Delegation waren in wilder Panik auseinandergestoben und hatten sich schutzsuchend auf die Erde geworfen. Nur einer der Offiziere, ziemlich klein von Gestalt, stand noch aufrecht und schaute verwundert seiner Mütze nach, die über den Rasen rollte.

★

Gespannt waren die Zuhörer im Rauchsalon des Kronensaales Ralf Dollbergs Schilderung gefolgt, und mancher blickte so verwundert drein wie jener kleine Offizier in der soeben gehörten Geschichte.

Der Erzähler fuhr indessen mit seinen Ausführungen fort:

»Man bestürmte mich daraufhin, die Ausbildung der künftigen Kampfflieger zu übernehmen und bot mir spontan den Rang eines Majors an, doch ich lehnte entschieden ab, flog mit meiner eigenen kleinen Sportmaschine, dem Schwarzen Milan hier und da in Flugakrobatikshows und machte ein wenig Bier-Reklame für Papa, der sich darüber sehr freute.«

»Bis jetzt sehe ich noch keinen Grund, deshalb auf dich zu schießen!« brummte Kommerzienrat Rupp und zündete sich eine neue Havanna an.

»Bis dahin natürlich noch nicht«, erwiderte Ralf, »aber 1917 trat Amerika in den Krieg im fernen Europa ein. Unter dem Jubel der Massen und dem Protest von einigen wenigen, so auch meiner Mutter, die ihrer Wahlheimat, dem Land des Fortschrittes, der Freiheit und der Geistesgröße, wie sie bisher glaubte, enthusiastisch zugetan war. Umso herber war für Mama die Enttäuschung, als dieser Staat gegen ihr Vaterland, das sie nie ganz vergessen konnte, ins Feld zog. Und nun sollte auch noch ihr Sohn eingezogen werden, denn kaum war das Kriegsrecht proklamiert worden, erhielt ich auch schon den Stellungsbefehl zu den Heeresfliegern.

Ich muß gestehen, daß es für die alte Dame nicht schwer war, mich zu ihrem Komplizen zu machen: Sie schickte mich auf Reisen und das Einberufungspapier zurück mit dem Vermerk: ›Aufenthalt des Adressaten unbekannt‹. Jedes weitere Schreiben solcher Art retournierte sie jeweils unter Beifügung eines Postkartengrußes von mir immer aus dem Staat der USA, den ich gerade verlassen hatte. Mal war es Texas, mal Kalifornien, dann eine Ansichtskarte von Bush Gardens in Florida oder von einer Bootsfahrt auf dem Intercostal Water Way. Ein andermal schrieb ich aus Wyoming oder aus Louisiana, von New Orleans sandte ich Grüße aus den French Quarters mit einer Photographie, wie ich auf dem Mississippi-River-Boat eine mit Dampf betriebene Orgel spielte. Für mich war es ein lustiges Leben. Die Behörden aber fühlten sich gefoppt, und wir gerieten bald in Verruf. Die Staatsräson verlangte Genugtuung, und die Fahndung nach mir lief auf Hochtouren. Meine Eltern wurden von der Gesellschaft geschnitten. Vater litt sehr unter dem Boykott, zumal immer mehr Staatsaufträge über Heereslieferungen annulliert wurden. Aber Mutter war stur, und ich liebte meine individuelle Freiheit über alles.«

Dollberg machte eine Pause. Die inzwischen nähergerückten Zuhörer sahen ihn erwartungsvoll an. Sein übermütig strahlendes Jungengesicht hatte einen sehr ernsten, nachdenklichen Ausdruck angenommen.

»Als der Krieg aus war, glaubten meine Eltern und ich, das ›Katz- und Maus-Spiel‹ wäre nun ebenfalls zu Ende. Doch darin hatten wir uns gewaltig getäuscht: Mein Fall berührte die nationale Ehre! Unseligerweise wurde ich nicht nur der Kriegsdienstverweigerung bezichtigt, sondern als Deserteur und Verräter gebrandmarkt. So war meine Bewegungsfreiheit in den Vereinigten Staaten arg beschnitten, und ich reiste viel im Ausland umher, immer gewärtig, von Geheimagenten oder Kopfgeldjägern aufgespürt und verschleppt zu werden.«

Auf einen Wink des Kommerzienrates brachte die Bedienung ein Tablett voller schaumgekrönter Biergläser. Die Gäste griffen gerne zu, und Ralf sandte einen dankbaren Blick zu Onkel Gerhard hinüber, denn es war dringend nötig, seine trockengeredete Kehle zu laben.

»Mit Hilfe von Mutters treu ergebenem Chauffeur, Eugene Stecher, gelang es mir hin und wieder, unbemerkt nach Hause zu kommen. Dann lebte ich oft wochenlang in der Burg, wie unser Haus im Volksmund genannt wurde.«

Ralf Dollberg erinnerte sich bei diesen Worten ganz deutlich an die eigenartige Villa seiner Mutter. (Der Vater war inzwischen gestorben und die Witwe des Brauerkönigs hatte in seinem Sinne ein grandioses Begräbnis inszeniert. Trotz Überwachung des Friedhofes durch ein Heer von Detektiven war es Ralf auf abenteuerliche Weise gelungen, unerkannt an der Beisetzung teilzunehmen. Mit Rücksicht auf Vaters Jugendfreund, Gerhard Rupp, der dies vielleicht als pietätlos empfinden könnte, verzichtete Dollberg auf die Schilderung dieser pikanten Story.)

In Gedanken sah er das großartige Anwesen vor sich, das seinen Beinamen offenbar einer mannshohen, von Efeu überwucherten Natursteinmauer verdankte, die das weitläufige Grundstück nach allen vier Seiten abriegelte. Kleine Zinnen und schießschartenähnliche Durchbrüche gemahnten tatsächlich an eine altertümliche Festungsanlage. Der Park innerhalb dieses Bollwerks, der mit vielen spezifisch ›deutschen‹ Bäumen und Büschen bepflanzt war, stieg zur Mitte hin leicht an, so daß sich dort ein kleiner Hügel erhob, auf dessen Kuppe die Villa aus rotbraunem Sandstein stand. Von dem schweren, schmiedeeisernen Gittertor in der rustikalen Umfriedung führte ein Kiesweg nach oben und mündete in einen von antiquierten Kandelabern gesäumten Vorplatz. Über eine breite Freitreppe gelangte man auf eine Terrasse aus Marmorfliesen, die von einer barocken Sandsteinbalustrade umgeben war. Eine mächtige Eichentür mit derben Bronzebeschlägen führte ins Innere des Hauses, das nichts prunkhaftes an sich hatte; ein solides, wehrhaftes Bauwerk mit vornehmem, jedoch sehr dezentem Ambiente.

Zwei Remisen, in die hinteren Ecken der Parkmauer eingelassen, enthielten einerseits Wohnung und Geräteschuppen des Gärtners; die andere beherbergte den Chauffeur und diente als Garage und Werkstatt. Beide hatten schwere Eisentore, die auf die rückwärtige Straße führten, aber gemäß strenger Anweisung stets geschlossen sein mußten. Der nüchterne Backsteinbau an der Rückseite der Villa war das Gesindehaus.

»Mutter ist immer schon eine recht herrische Dame gewesen, die von jeher darauf bedacht war, die gebührende Distanz zwischen sich und ihren Angestellten zu wahren. Dennoch besaß sie deren Achtung. Unter sich nannten die Bediensteten sie respektvoll ›Lady Emma‹.

Er lächelte in sich hinein, fuhr dann aber wieder ernst werdend mit seiner Erzählung fort: »Trotz ihrer arg rassistischen Weltanschauung hatte sie als Köchin eine dicke Negermammi angestellt, weil diese nach einem uralten schwäbischen Rezeptbuch kochte. Sie war zuvor bei einem deutschen Professor im Dienst gewesen. Aus Loyalität wurde im Haushalt auch ihr minderjähriger Sohn Joshua beschäftigt. Eines Tages hatte sich dieser irgend etwas zuschulden kommen lassen, was von meiner Mutter ungewöhnlich hart geahndet wurde, ich glaube, sogar durch körperliche Züchtigung vor versammeltem Personal! Dieses Strafgericht ist mir schließlich zum Verhängnis geworden: Der schwarze Junge, zutiefst gekränkt in seiner Ehre, sann auf Rache, und als ich wieder einmal heimlich in der Burg weilte, um Mama von meinen Erlebnissen in St. Petersburg in Rußland zu berichten, ist es dann geschehen.«

Ralf konnte sich ganz deutlich an diesen schwarzen Tag erinnern, an dem der alte Osborn entsetzt ins Zimmer stürzte und wortlos aus dem Fenster wies. Der treue Butler zitterte an Leib und Seele. Vor dem Gittertor waren drei Männer in Trenchcoats aus einer Limousine gestiegen. Die schwarzen Hüte hatten sie tief in die Stirn gezogen. Einer drückte in brutalem Stakkato auf den elektrischen Klingelknopf. Ein vierter, im Ledermantel, war rasch hinzugetreten und zeigte dem Gärtner durch die Gitterstäbe ein Blatt Papier, offenbar ein amtliches Schreiben. Der biedere Angestellte zuckte die Schultern und blickte hilfesuchend zu dem Fenster über der Terrasse, wo er seine Herrin vermutete. Emma Dollberg lauschte unterdessen ins Haustelefon und fluchte dann sehr undamenhaft: »Verflixt, bei Stecher sind sie auch schon. Anscheinend ist bereits das ganze Grundstück umstellt! Schnell, in die Bibliothek! Du weißt ja ...« sagte sie hastig zu ihrem Sohn, und dann zum Butler mit schon wieder mehr Fassung: »Osborn, lassen Sie die Herren eintreten. Ich erwarte sie im Vestibül!«

Ungeduldig rüttelten die Männer an dem schweren, eisernen Gitter, während sich der Butler gemessenen Schrittes mit dem Schlüssel näherte. »Die gnädige Frau läßt die Herrschaften höflichst bitten.«

Mühsam beherrscht, folgten die Geheimpolizisten dem alten, gemächlich vorantrottenden Faktotum, bis dem Anführer offenbar die Geduld riß. Fluchend lief er, dicht gefolgt von seinen Amtskollegen, an dem entrüstet gestikulierenden Osborn vorbei, auf das Haus zu. Die verschreckte Zofe öffnete die Tür, und rücksichtslos stürmten die Polizisten in die Wandelhalle, wo Emma Dollberg, scheinbar gleichmütig ihr wallendes Gewand aus naturfarbener Honanseide zurechtzupfend, in einem Biedermeier-Ohrensessel thronte und sich mißbilligend den Eindringlingen zuwandte: »Aber, meine Herren, ich bitte Sie ...«

Der Beamte im Ledermantel deutete eine leichte Verbeugung an. »Verzeihung, Madam. Chiefinspektor Stilwell. Ich habe einen Haftbefehl gegen Ralf Dollberg!« Er zog wieder sein Papier aus der Tasche. »Mein Sohn ist nicht hier, wie Sie sehen.«

Einer der Trenchcoatmänner schnarrte in scharfem Ton: »Es hat keinen Zweck, Mistress Dollberg, das Haus ist umstellt, und wir wissen ...«

»Halt die Klappe, Skipper!« schnauzte der Chiefinspektor seinen Untergebenen an. Dann wandte er sich wieder an die Dame des Hauses: »Verzeihung, Madam, aber leider ist es so!«

Ein zweites Papier vorzeigend, erklärte er: »Ein Haussuchungsbefehl, und bevor meine Leute hier alles auf den Kopf stellen, möchte ich Sie bitten, uns die Bibliothek zu zeigen.«

Emma Dollberg konnte nur schwer ihren Schock verbergen. Sie griff nach der Tischglocke, die in der zitternden Hand einen schrilleren Klang hatte. »Osborn, bitte, führen Sie die Herren in die Bibliothek.«

Fast blieben ihr die Worte im trockenen Halse stecken. Während sich der Butler peinlich berührt anschickte, mit den Polizeibeamten nach oben zu gehen, war sie aufgestanden. Schwer atmend und mit zitternden Knien blickte sie der Gruppe nach.

In der Bibliothek steuerte Stilwell zielbewußt auf eine der schweren Bücherwände zu, zog nach kurzem Suchen einen Band Mark Twain, es war der ›Huckleberry Finn‹, heraus und griff tastend in die entstandene Lücke. Fast lautlos wich das Mittelteil des Regals zurück und gab eine dunkle Öffnung frei. Wieder war es der vorlaute Polizist, der in die beklemmende Stille platzte: »Da hat doch dieser verdammte Nigger die Wahrheit gesagt!«

»Halt die Klappe, Skipper!« zischte ihn der Chiefinspektor an, und zu dem Gesuchten, der blinzelnd ins helle Licht des Raumes trat, sagte er stoisch: »Ralf Dollberg, Sie sind verhaftet!«

Im Rauchsalon des Kronensaales trank Ralf einen kleinen Schluck Bier, blickte betreten in die Runde und setzte dann seinen Bericht fort: »Die Justizbehörde überstellte mich alsbald dem Kriegsdepartement, das in diesem Fall ein Exempel statuieren wollte. Vor einem Sondertribunal wurde ich in aller Eile wegen Fahnenflucht zu fünf Jahren Gefängnis verurteilt. Dann brachte man mich bei Nacht und Nebel in das Militärgefängnis Castle William auf Governors Island ...«

»... wo sie dich offensichtlich nicht so lange behalten haben?« knurrte der Kommerzienrat und nahm den Stummel seiner abgebrannten Havanna aus dem Mundwinkel. Auf seinen Wink trug die Serviererin ein großes Tablett mit belegten Broten herein.

»Ich schlage vor«, meinte Rupp in seinem kollernden Tonfall, »daß wir einen kleinen Imbiß zu uns nehmen, bevor unser Held erzählt, wie er ›Uncle Sam‹ durch die Lappen ging.«

Während die Umsitzenden eifrig zulangten, ging Ralf zum Telefon, um sich im Krankenhaus nach dem Befinden der Patientin zu erkundigen. Am Apparat traf er mit dem Lokalreporter Wäkkerle zusammen, der bei der Redaktion vorsorglich die Spalten für seinen Exklusivbericht reservieren ließ. Evas Zustand wurde als recht zufriedenstellend bezeichnet. Man erlaubte Ralf, schon morgen einen kurzen Besuch zu machen. Der Kommerzienrat war über diesen Bescheid sehr erfreut und wollte seinerseits Evas Vater entsprechend informieren. Beruhigt zündete er sich eine neue Zigarre an. Die Anwesenden schauten erwartungsvoll auf Ralf Dollberg, der in seiner Geschichte fortfuhr:»Abgesehen von der begrenzten Bewegungsfreiheit war die Unterbringung in diesem Etablissement gar nicht so schlecht. Die leichten Gitter vor den Fenstern störten kaum die Aussicht auf die Upperbay. Allerdings empfand ich den ständigen Anblick von Liberty Island mit der Freiheitsstatue als bitteren Hohn. Eine Überwindung der Sperrzone, die rund um Castle William, unter teilweiser Einbeziehung der alten Verdeidigungsanlagen von Fort Jay, errichtet worden war, hielt ich für unmöglich.

Dennoch dachte ich unablässig an Flucht. Colonel Durby, der Festungskommandant, hatte einen Narren an mir gefressen. Sein Adjutant, Major McPherson, holte mich fast täglich zum ›Verhör‹, wie es offiziell hieß. Dann mußte ich dem alten Haudegen von meinen Erlebnissen berichten. Am meisten amüsierte ihn die Sache mit den Postkarten, die ich damals an die Rekrutierungsbehörde schickte. Liebend gern hätte er diese besessen und wie eine Schmetterlingssammlung an die Wand gespießt, als Symbol seiner persönlichen Einstellung gegenüber den Schreibstubenhengsten, wie er sich ausdrückte.

Durby war sein Leben lang Soldat gewesen, an allen möglichen Kriegsschauplätzen, und ist dann durch einen – nach seiner Version – irrtümlichen Bürokratenbeschluß auf diesen Posten kommandiert worden, wo er sich zu Tode langweilte. Es war ein gewisser Trost für ihn, mit inbrünstigem Groll über seinen Fall zu lamentieren und sich in solcher Stimmung manche Freiheiten herauszunehmen, die nicht immer mit der Dienstvorschrift zu vereinbaren waren. McPherson, der mehr dem Alkohol als dem Ehrgeiz verfallen war, bestärkte seinen Vorgesetzten in dieser Meinung. Schließlich gesellte sich noch der Zahlmeister, Captain Rainwright, zu unserem Kleeblatt. Das ermöglichte uns, die Zeit mit Kartenspielen zu vertreiben. Beim Bridge begeisterte sich der Colonel für meine, wie er sagte, raffinierte Kombinationsgabe, und ich staunte immer wieder über sein hervorragendes Gedächtnis. Aber bei aller Sympathie vergaß ich meinen Fluchtplan nie.«

Diese Erzählung projizierte in Ralfs Erinnerungsvermögen ein plastisches Bild des Zimmers im Turm der Zitadelle, das der Kommandant als persönliches Domizil auserkoren hatte. Es war nur über eine schmale, steile Stiege zu erreichen, die so laut knarrte, daß es kaum möglich war, diesen Raum unbemerkt zu betreten. Von hier oben konnte Durby die gesamte Festungsanlage überschauen. Am Horizont erhob sich linker Hand die faszinierende Silhouette Manhattans, und rechts schimmerte das unendliche Häusermeer von Brooklyn durch den grauen Dunst. In der Ferne erkannte man zwischen den beiden Stadtteilen New Yorks die imposante Hängebrücke über den Eastriver, in dessen Mündung Governors Island lag.

Der Colonel, ein Mann von hochgewachsener, hagerer Gestalt, zeigte stets stramme Haltung, die ihn jünger erscheinen ließ als er wohl sein mochte. Die buschigen Brauen und der martialische Schnurrbart hatten noch die dunkelbraune Farbe seiner Augen, während das dichte Haupthaar, zentimeterkurz gestutzt, gänzlich ergraut war und zu dem wettergegerbten Ledergesicht einen interessanten Kontrast bildete. Man sah ihn niemals ohne seine Reitgerte, mit der er ständig den Stiefelschaft tätschelte oder manchmal, um seinen Äußerungen Nachdruck zu verschaffen, auf den Tisch schlug, daß es nur so knallte.

Erschrocken ließ Major McPherson in einem solchen Augenblick die Flasche, aus der er gerade einen Schluck nehmen wollte, in seinem Jackett verschwinden. Sein derbes Gesicht, fast so rot wie sein krauser Haarschopf, wurde durch das verlegene Lächeln noch ein wenig breiter. Rasch nahm er aus dem Schrank zwei Kaffeetassen und stellte sie auf den Tisch. Mit undurchdringlicher Miene wies Durby durch eine knappe Seitwärtsbewegung des Kopfes auf den im Hintergrund des Raumes stehenden Gefangenen Dollberg. Der Major holte sofort eine weitere Tasse, und als die Treppe knarrte gleich noch eine vierte. Nach kurzem Klopfen trat Captain Rainwright ein und erwies dem Vorgesetzten die militärische Ehrenbezeigung. Der etwas zu groß geratene Kopf mit dem schütteren Blondhaar saß tief zwischen den leicht nach vorn gebeugten Schultern und ließ seine untersetzte Statur noch gedrungener erscheinen.

Der Kommandant schwang seine Peitsche einladend im Halbkreis. Die drei Männer setzten sich an den Tisch. McPherson hatte inzwischen die Tassen mit dem verbotenen Stoff gefüllt und ließ nun die leere Schnapsflasche bedächtig in einen Lüftungsschacht im Mauerwerk gleiten, wobei Durby ihn mit zusammengekniffenen Augen beobachtete. Erst als der klirrende Aufschlag aus dem steinernen Schlund herauftönte, blickte der Colonel seine Gäste offen an.

»Meine Herren, na denn Cheerio!« Fast feierlich führten sie die Tassen zum Mund, und nachdem sie getrunken hatten, schallte ein befreites Lachen durch das Turmzimmer.

»Meine Herren, ich gebe zu bedenken, daß es an der Zeit wäre, unsere Bridgepartie durch ein munteres Pokerspielchen zu bereichern. Wie wär's mit einem zünftigen Straight Flush?« Dabei schlug er mit seiner Gerte auf den Tisch und seine Vasallen schrien durcheinander: »Flush!« »Full house!« und »Round the Corner Straight!« »Three of a kind!« rief Dollberg in die Runde und dachte bei sich: »Drei von eurer Art und ich als der vierte – da könnte möglicherweise meine Chance liegen!«

Bei dieser Erinnerung huschte ein selbstgefälliges Lächeln über sein Gesicht, und lebhaft gestalteten seine Worte den Fortgang der Geschichte, die Ralf im Kronensaal zu Eberbach vor den Resten der Rupp'schen Hochzeitsgesellschaft zum besten gab.

»Captain Rainwright mußte meine Brieftasche im Depot der Kleiderkammer auslösen, denn ich brauchte ja eigenes Geld, um mitspielen zu können. Ich richtete es so ein, daß das Bargeld bald verspielt war. Als ich nach einigen Tagen wieder eine größere Summe verloren hatte, stellte ich einen Scheck aus, den der Zahlmeister bei der Bank vorlegen sollte. Die Nachricht, die dieser anstelle des Geldes brachte, war für meine Pokerkumpane eine böse Überraschung: Mein beachtliches Vermögen, mit dem die drei gerechnet hatten, war nach meiner Verurteilung vom Staat konfisziert worden. Alle meine Konten waren gesperrt. Dieser Tatbestand war mir wohl bekannt, doch zeigte auch ich mich bestürzt und verlegen. An diesem Tag war die Freude am Spiel restlos verdorben. Die Reitpeitsche knallte mehr als einmal auf den Tisch des Kommandanten. Ein dunkler Schatten war über unsere Freundschaft gefallen.

Ich wartete zwei Tage, dann ließ ich mich beim Colonel melden und bat um ein Gespräch unter vier Augen, wobei ich ihm mein ›Geheimnis‹ anvertraute: In den Zeiten meiner Verfolgung, versuchte ich ihn glauben zu machen, hatte ich als Notgroschen eine Kiste voller Goldbarren, etwa 200.000 Dollar wert, in den westvirginischen Bergen vergraben. Ich wollte ihm gern die Hälfte davon quasi als Kaution überlassen, wenn er mir helfen würde, den Schatz zu heben. Allerdings könnte nur ich selbst das Versteck wiederfinden und darum wäre das ganze Ansinnen gewiß illusorisch, meinte ich resigniert und ließ den Kopf hängen. Auch der Kommandant hatte den Kopf tief gesenkt, wie ein gereizter Stier. Die Spitze der Reitgerte zitterte wie Espenlaub. Ohne jeglichen Kommentar rief er die Ordonnanz, die mich in meine Zelle zurückbrachte, wo ich geduldig wartete, denn ich war ganz sicher, daß dieser Köder saß. Dennoch vergingen drei Tage, bis ich wieder ins Turmzimmer beordert wurde.«

Das wißbegierige Publikum im Rauchsalon harrte gespannt auf Ralfs Schilderung der weiteren Ereignisse. Er selbst sah im Geiste das in der Rückblende abrollende Geschehen, als wäre es heute: Wie ein Feldherr stand Colonel Durby an seinem Arbeitstisch, auf dem einige Landkarten ausgebreitet waren, als oberste ein topographisches Blatt von Westvirginia. Seine Offiziere, Captain Rainwright und Major McPherson, hatten sich respektvoll hinter ihrem Vorgesetzten postiert und erwarteten aufmerksam die strategischen Einsatzbefehle. Nachdem der Gefangene zur Stelle und die Eskorte wieder abgetreten war, hob der Kommandant die Gerte und tippte auf einen imaginären Punkt außerhalb des Kartenstapels.

»Hier etwa dürfte unser Standort sein, aber wo ...« dabei schaute er Dollberg scharf an und schob ihm die Karte von Westvirginia hin, »... wo sitzt der Feind?«

Ralf trat näher, orientierte sich kurz und stellte rasch fest, daß der Zufahrtsweg bereits weit über Maryland hinaus markiert war. Mit dem Zeigefinger umschrieb er flüchtig einen Kreis zwischen den Short Mountains und dem Potomac River. »Hier, Colonel«, sagte er dabei lakonisch.

Durby nickte, als hätte er dies nicht anders erwartet. »Also brauchen wir einen geländegängigen Wagen. Ich denke an den alten Crane-Simplex, den organisieren Sie, Rainwright, und denken Sie an den Stander ›Geheime Kommandosache‹! Am besten stationieren Sie das Fahrzeug drüben am Battery-Quai beim Marinedepot.«

Mit einer knappen Andeutung von strammer Haltung bestätigte der Zahlmeister diese Anordnung. »McPherson leitet die Operation vor Ort.« An diesen gerichtet, fügte er hinzu: »Wir brauchen noch einen guten Fahrer und einen zuverlässigen Unteroffizier. Ihr Vorschlag, Major?«

Der Adjutant überlegte kurz und meldete dann militärisch: »Sergeant Dandridge erscheint mir geeignet, der redet nicht viel, und Corporal Simmons fährt den Wagen.«

»Ausgezeichnet, McPherson – und nehmen Sie Kartenmaterial und Kompaß mit. Vergessen Sie auch die Spaten nicht!«

Mit krauser Stirn überdachte er noch einmal das strategisch perfekt geplante Unternehmen. »... und ein paar leere Munitionskisten, da drin fällt das Zeug am wenigsten auf.«

Mit einem Seitenblick auf den Gefangenen fügte er bedächtig hinzu: »Im übrigen kriegsmäßige Bewaffnung mit scharfer Munition. Verstanden!«

»Jawohl, Sir!«

»Okay. Abmarsch morgen früh um fünf Uhr. Die Wachen werden von mir persönlich instruiert. Bootsmann Kilby wartet am Steg und setzt Sie diskret über.«

Vor Tagesanbruch holte McPherson den Gefangenen aus seiner Zelle. Dabei warf er ihm einen grauen Tuchmantel zu. »Ziehen Sie den über, Dollberg, es ist recht kühl heute morgen, und in dem alten Vehikel zieht's erbärmlich.«

Am Haupttor legte der Major vor den Augen der Posten demonstrativ Handschellen an, die sein linkes und Ralfs rechtes Handgelenk umschlossen. Auf dem Weg zur Anlegestelle passierten die vier Männer noch zwei Wachsoldaten, die schweigend ihre Stacheldrahtbarrieren öffneten. Leise tuckernd, legte die Barkasse ab und war schnell in der dicht über dem Wasser liegenden Dunstschicht verschwunden. Am unbeleuchteten Fenster des Turmzimmers stand Colonel Durby. Die Reitgerte tätschelte nervös den Schaft seines Stiefels.

Wenig später rasselte der graugrüne Army-Tourer mit dem altmodischen Kettenradantrieb durch die zu dieser Stunde noch wenig belebte Häuserschlucht der Downtown von Manhattan. Corporal Simmons strebte über die Westend Avenue zur Riverside und fuhr dann zwischen endlosen Piers und Lagerhallen am Hudson, der seine schmutzige Flut mit fahlen Dunstschleiern kaschierte, entlang. Grell aufleuchtende Nebelschwaden huschten hin und wieder durch die Lichtkegel der Scheinwerfer. Auf der George-Washington-Brücke überquerte Durbys Sonderkommando den Fluß und verließ unangefochten die Peripherie der Millionenstadt New York in südwestlicher Richtung.

Ein trüber Tag brach an. Die Männer brüteten stumm vor sich hin. Major McPherson fröstelte. Schließlich räusperte er sich und griff nach dem unentbehrlichen Flachmann in der Innentasche seines Jacketts. Als er die Verschlußkappe öffnen wollte, spürte er die hinderlichen Handschellen. Mit einem prüfenden Seitenblick auf den Gefangenen steckte er den Brandybehälter zurück und schloß die Stahlfesseln auf. Beide rieben die Handgelenke und grinsten sich an. Nun holte der Adjutant endgültig sein Labsal ans Licht und nahm einen kräftigen Schluck.

»Lausig kalt heute morgen!« Dann reichte er auch Dollberg die kleine Metallflasche. Der nippte nur ein wenig, schüttelte sich und brummte: »Danke, Major. Seit die Prohibition verkündet wurde, scheint es nur noch Fusel zu geben!«

Der Spender konterte gekränkt: »Na, na, seien Sie nur nicht so anspruchsvoll! Verstehen Sie denn überhaupt etwas von Schnaps, ich meine von Spirituosen?«

»Nun ja«, lenkte Ralf ein, »viel getrunken habe ich als Sportsmann nie, nur so gekostet. Als mein Vater noch lebte, müssen Sie wissen, war er Experte auf diesem Gebiet. Er sammelte die erlesensten Branntweine aus aller Welt und lagerte sie in einem speziell dafür eingerichteten Gewölbe im Keller unserer Villa Fäßchen für Fäßchen. Eine berühmte Sammlung, nur so aus Liebhaberei ...«

McPherson war ganz Ohr. »Das nenne ich ein feines Hobby!«

Ralf Dollberg schwadronierte munter drauf los: »Es müssen jetzt noch einige besonders wertvolle Raritäten existieren, streng geheim natürlich, und meine Mutter hütet sie wie ihre Augäpfel! Ich erinnere mich zuletzt noch an einen mindestens fünfundzwanzig Jahre alten Whisky aus dem schottischen Hochland. Sind Ihre Vorfahren nicht auch aus Schottland, Major?«

»Ja, ja doch, aber sagen Sie mal, verdunstet das Zeug nicht in so langer Zeit?«

»Klar, deshalb stieg ja der Preis für so exklusive Qualitäten astronomisch, ich meine damals, als der Stoff noch offiziell gehandelt werden durfte. Aber, da fällt mir gerade ein, meine Heimatstadt Philadelphia liegt doch an unserem Weg, und ich hätte Mama gerne noch einmal gesehen, bevor ich wieder ... Sie verstehen? Die Gute macht sich natürlich große Sorgen.«

McPherson nickte verständnisvoll und schaute auf seine Uhr an der mit Bärenzähnen verzierten Silberkette. Dann blickte er dem Sergeant, der auf einer Generalstabskarte den Weg verfolgte, über die Schulter und meinte gähnend: »Irgendwann müssen wir ja mal Pause machen.«

»Nun war ich ganz sicher, daß mein Fluchtplan gelingen würde«, fuhr Ralf Dollberg mit seiner Erzählung fort, und man spürte noch heute den Triumph, den er damals empfunden hatte.

★

»Wir hatten uns telefonisch angemeldet und der alte Osborn stand schon am geöffneten Gittertor, als das Militärfahrzeug an der Burg ankam und über den Kiesweg zu dem kleinen Platz vor der Terrasse hinaufratterte. Meine Mutter empfing uns in der Halle. Sie begrüßte die beiden Unteroffiziere reserviert, aber höflich und befahl der Zofe, die Herren im Gesindespeiseraum aufs beste zu bewirten. Dem Major gegenüber gab sie sich überaus freundlich und mich selbst schloß sie herzlich in die Arme, wobei ihre Lippen fast unhörbar in mein Ohr flüsterten: »Eugene ist bereit«, und laut sagte sie: »Mein armer Junge! Was mußt du erdulden! Ganz schmal und blaß bist du geworden.«

Dann bot sie sich an, persönlich für unser leibliches Wohl zu sorgen. Nachdem wir uns in der Toilette frisch gemacht hatten, führte sie uns in den Englischen Salon. McPherson war offensichtlich von Mutters Persönlichkeit ebenso beeindruckt wie vom stilvollen Interieur der Burg. Osborn hatte bereits den Tisch gedeckt, und wir tafelten in lukullischer Weise, wobei der Butler darauf bedacht war, das Glas des Gastes nie leer werden zu lassen, während Mama das Tischgespräch anmutig plaudernd in Gang hielt.

Nach dem Essen trat ich ein wenig umständlich mit der Bitte an sie heran, Mister McPherson ausnahmsweise Vaters Heiligtum zu zeigen und eventuell auch eine kleine Degustation nicht auszuschlagen. Der Major sei ein ambitionierter und erfahrener Kenner. Mich selbst wolle man einen Augenblick entschuldigen ...

Osborn geleitete die beiden ins Gewölbe. Der Weg führte über verwinkelte Treppen und lange Gänge, so daß ich genügend Zeit hatte, unbemerkt in die Remise zu gelangen, wo Eugene Stecher mit dem startbereiten *Silver Ghost* wartete. Die ungewöhnlich starke Maschine unter der langgestreckten Motorhaube lief fast lautlos. Alles Notwendige hatte Stecher schon in den Wagen gepackt. Ich zog schnell die bereitgelegte Reisekleidung an. Die blankpolierte Aluminiumkarosserie des eleganten Kabrios blinkte im Sonnenlicht, als der Chauffeur das eiserne Tor öffnete. Im nächsten Augenblick glitt der schwere *Rolls Royce* aus der Garage, und bald waren wir über alle Berge.«

★

Einige Klatscher unter der Zuhörerschaft lösten einen zögernden Beifall aus, der aber von der massigen Gestalt Gerhard Rupps, die sich dominierend in den Vordergrund schob, rasch erstickt wurde. Mit seinem polternden Baß brummte er: »... und die Soldaten, der Offizier, wie haben die reagiert, hm?«

Eine tiefe Falte zwischen den struppigen Augenbrauen drückte sein Mißfallen aus, denn er sah die Sache aus einer anderen Perspektive. Er hatte noch beim Kaiser als Stabsoffizier gedient und war seit dieser Zeit ein wenig ›preußisch‹ angehaucht.

»Als meine Mutter und ihr Butler Osborn den Adjutanten im Gewölbe seinem Schicksal überließen, war dieser nicht mehr in der Lage, die Gefährlichkeit der Situation zu erkennen. Nach geraumer Zeit wurde der stämmige Gärtnersgehilfe beauftragt, McPherson ans Tageslicht zu befördern.

Die beiden Unteroffiziere, auch nicht mehr ganz nüchtern, waren völlig verunsichert. Da ihnen der eigentliche Zweck des Unternehmens unbekannt war, konnten sie sich auch dessen weiteren Verlauf nicht vorstellen. Und außer einigen schulterzuckenden Domestiken war niemand mehr da, den sie hätten fragen können. Nachdem der völlig apathische Major im Wagen verstaut war, hielten sie es für das beste, wieder nach Governors Island zurückzufahren.

Was sich dort abgespielt hat, habe ich nie erfahren. Das

Kriegsdepartement gab lediglich meine Flucht bekannt. Die näheren Umstände wurden verschwiegen. Um einen Skandal zu vermeiden, wurde auch das gegen meine Mutter angestrengte Verfahren sehr bald niedergeschlagen. Umso intensiver fahndete man nach mir.«

Dollbergs maliziöses Lächeln erstarb auf den Lippen, als Kommerzienrat Rupp mit betont ernster Miene das Wort ergriff:»Nun haben wir also eine Erklärung für den Überfall heute nachmittag, der – und das dürfen wir nicht vergessen – beinahe ein Menschenleben gekostet hätte.«

Er machte eine nachdenkliche Pause, bevor er sich wieder heftig umwandte und an Ralf gerichtet fortfuhr:»Mein guter Junge, dein Freiheitsdrang, wie du es nennst, in Ehren und auch der vermeintliche Patriotismus deiner lieben Mutter, die brave Emma verstand es immer schon, ihren Willen durchzusetzen, wenn ich es aber so recht bedenke, dann hast du dich mit renitentem Eigensinn und unverzeihlicher Leichtfertigkeit ganz schön in die Bredouille geritten! Du hast das militärische Prinzip in Frage gestellt, ein Sakrileg ohnehin, aber schlimmer noch, du hast die Offiziersehre diskriminiert, ja, sogar lächerlich gemacht. Das vergeben sie dir nie!!« Rupp war bei seiner hektischen Rede ziemlich außer Atem geraten und blickte schnaufend in die Runde.

»Gewiß schützt dich hierzulande das Asylrecht vor einem offiziellen Zugriff der amerikanischen Behörden, aber ich denke da an gewisse paramilitärische Verbände, die mit allen Mitteln das Soldatentum hochhalten, Veteranenvereine und ähnliches.«

»Der Deutsche Kriegerbund Kyffhäuser oder so«, rief einer dazwischen. Mißbilligend winkte der Kommerzienrat ab und brummte mit seinem tiefen Baß:»Ich glaube aber nicht, daß diese Vereinigungen im Ausland so freche Aktionen wagen würden wie jene bei uns, wie wir es heute hier erlebt haben. Junge, Junge!« Er griff sich an die Stirn.»Was soll man nur dazu sagen!«

Ralf erwiderte zerknirscht:»Ja, gewiß, Onkel Gerhard, du hast ja recht! Übrigens ist es in meinem Fall die American Legion, eine chauvinistische Organisation ehemaliger Frontsoldaten, die auf ihr Banner geschrieben haben, mich zur Strecke zu bringen, wie auch immer!« Jungenhafter Trotz klang in seiner Stimme, als er weitersprach:»Leider ist es nun einmal so, und ich werde gebührend auf der Hut sein. Die Sache mit Eva, ich meine Fräulein

Planck, tut mir natürlich furchtbar leid, das kannst du mir glauben.«

Kommerzienrat Rupp nickte ihm versöhnlich zu, wobei er bemüht war, die ausgegangene Zigarre wieder in Brand zu setzen.

Der Lokalreporter Wäckerle drängte sich heran: »Fabelhafte Story. Werd' einen prima Artikel draus machen. Soll heute nacht noch gesetzt werden. Der Chefredakteur hat bereits die Auflage erhöht. Gestatten Sie mir nur noch eine Frage, Mister Dollberg, wie gelangten Sie von Philadelphia nach Eberbach? Gab es da keine Schwierigkeiten?«

Ralf blickte ihn freundlich an und schüttelte dabei lächelnd den Kopf. Dann anwortete er lakonisch: »Gewiß, mein Lieber, es gab da schon einige Probleme, aber das ist eine andere Geschichte!«

Immanuel Wäckerle blieb dennoch hartnäckig an seiner Seite. Einige der Anwesenden brachen auf und verabschiedeten sich: »Wir werden's morgen im Moosbacher Blättle nachlesen!«

Die anderen schlossen den Kreis um Dollberg enger. Der paffende Kommerzienrat meinte, mit dem angebrochenen Abend könne man ja nichts besseres mehr anfangen und sie wären doch alle neugierig, wie Ralf hierhergekommen sei. Dieser zuckte die Schultern und schickte sich an, dem Wunsche Gerhard Rupps zu entsprechen.

»Bis meine Flucht ruchbar wurde, hatten wir schon einen riesigen Vorsprung gewonnen. Über Baltimore und Chicago fuhren wir an den Großen Seen entlang, durchquerten Minnesota und erreichten unbehelligt die kanadische Grenze bei St. Vincent, einem unbedeutenden Ort, der mir allerdings von früheren Reisen her gut bekannt war. Vorsichtshalber war ich ausgestiegen und schlenderte durch das provinzielle Städtchen, um die Dämmerung abzuwarten.

In einem Drugstore nahe der Zollstation nahm ich den Lunch und beobachtete besorgt, wie Eugene Stecher mit dem Silver Ghost an den Schlagbaum heranrollte. Er trug einen breitrandigen Westernhut – weiß der Teufel, wo er den herhatte – und erinnerte stark an einen texanischen Viehhändler. Sogleich kletterte er aus dem Wagen und entfaltete auf der Motorhaube eine umfangreiche Landkarte. Den Beamten, die sich offenbar bemühten, ihm den Weg zu erklären, bot er jovial Zigarren an. Ich mußte unwillkürlich lächeln, als ich sah, wie großspurig sich der sonst so bescheidene Chauffeur aufspielte. Die Zöllner bewunderten das noble Automobil von allen Seiten und ließen schließlich den aufgeblasenen Besitzer freundlich winkend passieren. Ich atmete auf, konnte man doch aus dem Verhalten den Schluß ziehen,daß noch keine Fahndungsmeldung vorlag.

Dann schlug ich mich unbemerkt durch das Buschwerk der Flußniederung und kam nach etwa zwei Stunden Fußmarsch über morastige Pfade zu einer Brücke, die bereits auf kanadischem Territorium lag. Unter einem Pfeiler verborgen, wartete ich auf Eugene, der mich hier abholen sollte. Alsbald tauchten seine Scheinwerfer auf, deren Strahlenfinger sich geisterhaft durch die Dunkelheit tasteten. Noch in der Nacht erreichten wir Winnipeg und quartierten uns in einem bescheidenen Gasthof ein. Stecher brachte anderentags den Rolls in eine Werkstatt, damit das auffällige Gefährt zunächst einmal von der Bildfläche verschwunden war. Mit meinen Dollars war es leichter als ich befürchtet hatte, neue Papiere für mich zu beschaffen. Durch die finstersten Viertel der Provinzhauptstadt von Manitoba bummelnd, hockten wir in gräßlichen Spelunken herum, tranken mit furchterregenden Individuen Brüderschaft und saßen schon bald im düsteren Souterrain eines halbzerfallenen Hinterhauses jenem kleinen, grauhaarigen Männlein gegenüber, das sich mit süffisantem Grinsen ›König der Fälscher‹ nannte. Ein recht hochtrabender Titel, gewiß, und ich war nicht sicher, ob der Ganove damit sein Können unterstreichen oder die Höhe seiner Honorarforderung relativieren wollte. Wie auch immer, ich erhoffte von einer zweiten Identität, die ich nur im Notfall benützen wollte, größere Chancen für das Gelingen meiner Flucht. Zudem glaubte ich, meine Spur damit leichter verwischen zu können. Zwei Tage später war ich ein Engländer, Privatdozent aus Cambridge und hieß Dave Winthrop! Noch problemloser besorgte der etwas zwielichtige Inhaber der Reparaturwerkstatt kanadische Kennzeichen für den inzwischen dunkelblau lackierten Wagen.

Alsbald kutschierten wir damit nach Osten, um schnellstens an die Atlantikküste zu gelangen. Wir waren guter Dinge, glaubten wir doch, den Häschern entronnen zu sein.

Ich erschrak nicht einmal, als plötzlich das lautstarke Geknatter eines Motorrades den Fahrtwind übertönte. Der grimmig blickende Polizist, der unverhofft an unserer Seite fuhr, deutete mit dem Daumen nach unten und mahnte uns so, die Geschwindigkeit zu mäßigen. Ich nickte ihm beschwichtigend zu, aber Eugene maulte ärgerlich, so schnell würden wir doch gar nicht fahren. Dann wies er besorgt nach hinten und erklärte mir, daß ihm die uns folgende schwarze Limousine schon heute vormittag aufgefallen wäre. Der Motorradfahrer war inzwischen zurückgeblieben. Auf gleicher Höhe mit dem anderen Auto wechselte er offenbar einige Worte mit dessen Insassen, wendete dann und verschwand aus unserem Blickfeld. Das erschien auch mir sehr verdächtig. Es bestand kaum noch ein Zweifel, daß wir verfolgt wurden. Wie konnten sie nur so schnell unsere Spur aufnehmen? Möglicherweise hatte der clevere Mechaniker seine Hand im Spiel, denn mittlerweile war eine hohe Belohnung auf meine Ergreifung ausgesetzt worden.

Ich war froh, als die Straße leicht anstieg und sich zwischen bewaldeten Hügeln hindurchschlängelte, denn ich sah darin eine Chance, den Verfolgern mit Hilfe unseres schnellen Wagens zu entkommen. Wir näherten uns den Laurentischen Bergen, die wir zu überwinden hatten, um unser Ziel, die Hafenstadt Quebec am St. Lorenz-Strom zu erreichen.«

Dollbergs Herz klopfte noch hinterher, als er im Geiste sah, wie damals der Silver Ghost mit quietschenden Reifen durch die Kehren der kurvenreichen Bergstraße raste. Stecher holte das letzte aus der starken Maschine, und sie gewannen schnell an Höhe. Ein paar Serpentinen unterhalb erkannten sie zwischen den vorüberhuschenden Bäumen für kurze Augenblicke die schwarze Limousine, deren Lenker sich offensichtlich ebenfalls bemühte, so schnell wie möglich voranzukommen. Chauffeur Stecher war ganz in seinem Element, und Ralf, der als ehemaliger Rennfahrer sicherlich über die gleichen Qualitäten verfügte, konnte trotz der ernsten Situation ein anerkennendes Schmunzeln nicht unterdrücken.

Spontan bogen sie in eine überraschend abzweigende Nebenstraße ein. Vielleicht ließen sich die Verfolger täuschen. Der Weg stieg jetzt steil an, doch die Kraft des Motors ließ die Fahrgeschwindigkeit kaum abfallen. Plötzlich tanzten Schneeflocken vor der Windschutzscheibe. In der Ebene hatten sie nicht daran gedacht, daß in den Bergen noch Winter war. Die Temperatur sank zusehends. Ralf schlug den Kragen seiner lammfellgefütterten Lederjacke hoch, und Eugene meinte, man müßte wohl das Verdeck des Kabrioletts schließen. Ein schmaler Waldpfad bot die Möglichkeit, ein paar Meter vom Straßenrand zwischen den engstehenden Bäumen anzuhalten. Der gleichmäßig pochende Motor lief leise brummend weiter. Eugene prüfte sorgfältig die Wärme des Zylinderblocks und stellte die Lamellen hinter dem Kühlergrill auf vollen Durchgang, so daß der surrende Ventilator die eiskalte Luft in die Maschine schleuderte. Das Verdeck war rasch zugeklappt und in seinen Halterungen arretiert. Die Schneeschauer wurden zusehends dichter. Der erfahrene Chauffeur nahm eine lange eiserne Kette aus dem am Trittbrett befestigten hölzernen Werkzeugkasten. Geschickt wand er diese zwischen den Speichen spiralig um den Reifen eines Hinterrades und bedeutete Ralf, das gleiche mit dem anderen zu tun, denn er rechnete in Kürze mit einem Schneebelag auf der Straße.

Hin und wieder blickten sie lauschend auf den Weg zurück, doch nur ein paar Waldvögel flatterten aufgeregt piepsend durchs Geäst. In mäßigem Tempo setzten die beiden ihre Bergfahrt fort. Bald wurde das steile Sträßlein enger und schließlich war es nur noch ein unbefestigter Hohlweg, auf dessen Grund die Schneedecke dicker und dicker wurde. Hinter der nächsten Biegung sprang plötzlich ein rotrandiges Warnschild in ihr Blickfeld: Vorsicht! Holzfällerarbeiten!

»Verdammt, das hat uns gerade noch gefehlt!« fluchte der sonst so stille Chauffeur vor sich hin. An der Böschung zu beiden Seiten lagen frischgeschlagene Stämme. Und dann sahen sie vor sich, mitten auf dem abschüssigen Weg, ein schwerbeladenes Langholzfuhrwerk. Mehrere Querhölzer, welche die mit Gleitkufen ausgerüsteten Räder blockieren sollten, standen seitwärts so weit ab, daß ein Überholen unmöglich war. Stecher drückte ungeduldig den Balg des Signalhornes. Vom heiseren Gebrüll der Fuhrleute angefeuert, stemmten sich vier stämmige Pferde in das mit klingenden Schellen besetzte Geschirr. Aber das Gefährt rührte sich kaum von der Stelle. Zurückblickend erkannte Ralf im Schneegestöber entsetzt den Schatten der schwarzen Limousine, die ein paar Haarnadelkurven unter ihnen mit der Straßenglätte kämpfte. Dennoch verringerte sich der Abstand zusehends. Vor wenigen Minuten hatte er noch zu hoffen gewagt, daß die Verfolger ihre Spur verloren hätten. Jetzt waren sie den Flüchtenden wieder auf den Fersen, und dieses verdammte Vehikel versperrte ihnen den Weg!

Die Peitschen knallten dicht über den dampfenden Pferdeleibern. Plötzlich ging ein harter Ruck durch das Gespann. Eines der Zugpferde stürzte; ein anderes bäumte sich hoch auf. Die losgerissene Deichsel flog durch die Luft. Offenbar war ein Bolzen gebrochen. Die Holzfäller schrien wild durcheinander. Eugene Stecher hatte sofort bemerkt, daß sich das Fuhrwerk rückwärts in Bewegung setzte. Erst ganz langsam, dann aber mit rasanter Beschleunigung, kamen viele Tonnen Holz auf den inzwischen schneebedeckten Rolls Royce zu. Schneller als man denken konnte, setzte der geistesgegenwärtige Chauffeur mit aufheulendem Motor zurück. In Sekundenbruchteilen erkannte er seitwärts eine Schneise und riß das Steuer so scharf herum, daß der Wagen fast kippte. Da raste schon das riesige Baumstammbündel vorbei. Durch das Kreischen und Prasseln der talwärtsschießenden Masse dröhnte dumpf aus der Tiefe das blecherne Geräusch des Zusammenpralls mit der schwarzen Limousine. Einige der Holzknechte kümmerten sich um die scheuenden Pferde; die anderen rannten dem entschwundenen Fuhrwerk nach, dessen Rauschen, begleitet vom Krachen und Splittern mitgerissener Bäume, nur noch aus weiter Ferne heraufklang.»Mit dem unversehrten Silver Ghost schafften wir die alte Paßstraße ohne weitere Schwierigkeiten und trafen bald in Quebec ein, wo wir den Wagen in einer Mietgarage unterbrachten, die ich für einige Monate im Voraus bezahlte. Eugene sollte zunächst mit der Eisenbahn nach Philadelphia zurückfahren und alle weiteren Schritte mit meiner Mutter absprechen. Zu diesem Zeitpunkt wußten wir noch nicht, daß auch gegen ihn ein Gerichtsverfahren wegen Beihilfe eingeleitet worden war.

Ich selbst schiffte mich auf dem nächsten Dampfer ein, der Europa anlief und kam über Liverpool nach London. In Folkestone fand ich einen Fischkutter, der mich nach Vlissingen mitnahm, von wo aus ich kreuz und quer durch den Kontinent reiste, bis ich schließlich im Badischen eine Aufenthaltsgenehmigung erhielt und nach Eberbach fuhr, um hier meinen verehrten Onkel Gerhard zu besuchen.«

4. Notwehr

Seit Tagen war der Himmel mit düsteren Wolken verhangen und durch die wallenden Nebelschwaden nieselte es unaufhörlich. Wie flüssiges Blei wälzte sich der große Grenzfluß zwischen Kehl und Straßburg träge durch die Nacht. Auf der französischen Seite stand dicht an der Mole des Industriehafens der Gasthof *Le cerf*. Über dem Eingang war im schwachen Licht einer Laterne immer noch die verwaschene Schrift an der Wand zu lesen: *Hotel zum Hirschen* aber man hätte es eher als Absteige bezeichnen müssen. In einem der schäbigen Zimmer stand ein hagerer Mann am Fenster und stierte durch die halbblinden Scheiben in die Dunkelheit hinaus. Von Regenböen gekräuselt, schillerte die Ölschicht auf dem schmutzigen Wasser zwischen den schwankenden Schiffsleibern im Schein der Positionslampen.

Der Hagere zuckte nervös zusammen, als es energisch an die Tür pochte. »Qui est là?« fragte er leise und drehte den Docht der Petroleumfunzel höher. Statt einer Antwort klopfte es heftiger. Er wiederholte seine Frage in deutsch: »Wer ist denn da?« Dann nahm er einen Revolver aus der Schublade und steckte ihn in den Hosenbund. Ein scharrendes Geräusch ließ ihn nach unten blicken, wo eine Visitenkarte durch den Spalt zwischen Fußboden und Türunterkante geschoben wurde. Zwei gekreuzte Sternenbanner waren zu erkennen und der Aufdruck: Member of American Legion. Auf der Rückseite stand in steiler Handschrift: E.T. Sachs. Noch zögernd hielt der Hagere die Karte wie ein heißes Eisen zwischen spitzen Fingern, dann aber zog er entschlossen den Riegel zurück und öffnete die Tür.

Der späte Besucher schob sich rasch ins Zimmer. Sein Regenmantel war triefend naß. Der rechte Ärmel steckte flach in der Tasche, wo er von einer Sicherheitsnadel gehalten wurde. Mit der Linken schwang der Einarmige seinen Schlapphut, daß die Regentropfen sprühten und schleuderte ihn aufs Bett.

»Endlich, Griffith! Dachte schon, ich müßte den ganzen Puff hier aufwecken. Und was soll die lächerliche Kanone? Den Helden hätten Sie in Eberbach spielen müssen, anstatt Reißaus zu nehmen. Ihre alleingelassenen Hanswurste haben die Aktion ganz schön vermasselt! Was glauben Sie, was ich vom Chef zu hören bekam?«

Sachs hatte inzwischen seinen Mantel abgestreift und über einen Stuhl geworfen. Er war ein untersetzter, fast unscheinbarer Typ. Seine stahlblauen Augen dominierten in dem sonst völlig ausdruckslosen Gesicht. Wie alle kleinen Menschen hielt er sich sehr aufrecht, oder war es die stramme Haltung des ehemaligen Berufssoldaten? Er strich sich die Strähnen des schütteren Grauhaares aus der Stirn. Dann zog er eine zerknitterte Zeitung aus der Tasche und warf sie auf den Tisch. Sie war auf rotem Papier gedruckt und der Titel prangte in fetten Lettern: *Illustrierte Criminalzeitung.*

Sachs deutete auf die Überschrift eines Artikels unter der Rubrik ›Aus dem Gerichtssaal‹: *Das Wildwestdrama von Eberbach.*

Mit verächtlicher Grimasse fauchte er Griffith an: »Lesen Sie!« Er trommelte ein paar Minuten nervös mit den Fingerkuppen auf die Tischplatte, dann als bezweifle er, daß Griffith selbst lesen könne, deklamierte er aus dem Text: »… die amerikanische Regierung sprach offiziell ihr Bedauern über den Vorfall aus und distanzierte sich ausdrücklich von solchen Machenschaften. Das Moosbacher Landgericht verurteilte den Detektiv Charles Reaf und den Militärpolizisten Frank Simmer, beide amerikanischer Nationalität, zu je acht Monaten Gefängnis. Der Gastwirt Xaver Steiger aus Speyer, der mit seiner unrechtmäßig mitgeführten Schußwaffe eine unbeteiligte Person lebensgefährlich verletzte, erhielt fünfzehn Monate und eine Geldstrafe von 2 Billionen Mark. Unter Berücksichtigung seines Geisteszustandes und im Hinblick auf das Abhängigkeitsverhältnis zum Angeklagten Steiger wurde der Hilfsarbeiter Hildenbrand nach einer Verwarnung auf freien Fuß gesetzt.«

Sachs schlug dem zerknirscht dasitzenden Griffith derb auf die Schulter und lachte hämisch: »Sie hatten ja mächtig Schwein, daß Ihre Kumpane dichtgehalten haben, denn offenbar wird der Rädelsführer Griffith nicht gesucht.«

Er faltete die Zeitung wieder zusammen und brummte vor sich

hin: »Bedauerlich ist nur, daß unser Gewährsmann in Koblenz, Kriminalinspektor Schuchardt, der dem Kopfjäger Reaf immer die deutschen Passierscheine ausgestellt hat, aufgrund dieser Panne ein Disziplinarverfahren am Hals hat und seines Postens enthoben wurde.«

Mit schlauem Grinsen überlegte er dann laut: »Sie werden also nicht mit der Affäre in Verbindung gebracht, aber Sie kennen unseren Freund Dollberg – zumindest von Angesicht. Nach unseren Informationen befindet er sich immer noch in Eberbach im Hotel Krone, das Sie ja ebenfalls bestens kennen. Und diesmal werden Sie nicht weglaufen, bevor der Vogel im Netz ist!«

Griffith, der bisher noch kein Wort erwidern konnte, hob abwehrend seine Hand, die von Sachs unsanft niedergedrückt wurde. Dabei flüsterte er ihm zischend ins Ohr: »Keine Ausflüchte, Griffith, Sie stecken schon zu tief im Dreck!«

Mit großer Geschicklichkeit zündete er sich mit der linken Hand eine Zigarette an und lenkte in ruhigem, beinahe freundlichem Ton ein: »Lassen Sie uns keine Zeit verlieren!« Er setzte sich Griffith gegenüber an den Tisch. »Wir beide werden jetzt zusammen einen neuen, viel besseren Plan entwerfen!«

Evas Krankenzimmer in der Privatklinik von Professor Berlinger glich einem Blumenladen. Inmitten der bunten Blütenpracht stand die junge Frau vor einem riesigen weißemaillierten Stahlrohrbett mit funkelnden Messingrosetten und zupfte das spitzenbesetzte Kopfkissen zurecht. Berlingers Klinik galt als sehr luxuriös! Eva trug einen Morgenrock aus großblumigem Seidenatlas, den sie enger gürtete, als es klopfte. Ralf stand in der Tür, halb verdeckt von einem Strauß orange leuchtender Strelitzien: »Nanu, du bist schon aufgestanden?«

»Ja«, jubelte sie ihm strahlend entgegen, »es geht mir heute recht gut. Der Professor sagte, in drei, vier Tagen würde ich entlassen werden. Vater will mich persönlich abholen.«

Bei den letzten Worten wehte ein Hauch von Wehmut über ihr fröhliches Antlitz, denn ihr war eingefallen, daß dies der Abschied sein würde, und sie lenkte schnell ab: »Oh, die wunderschönen Blumen! Aber wenn du jeden Tag frische bringst, die frühestens übermorgen verwelken, dann reicht das Zimmer ohnehin nicht mehr länger.«

Beide lachten, und er legte die Papageienblüten aufs Bett. Rasch nahm Eva sie wieder weg und ließ das Bukett auf einen Stuhl sinken. »Nein«, sagte sie mit übermütigem Lächeln, »wenigstens das Bett muß frei bleiben!« Er nahm sie in seine Arme und küßte sie. Eva zuckte zusammen, als Ralf ihre Schulter berührte. »Verzeih, ich vergaß für einen Augenblick ...«

»Halb so schlimm«, lachte sie tapfer und setzte sich auf die Bettkante.

»Du mußt dich schonen, Liebes«, sagte er sanft und legte sie behutsam nieder. Dann beugte er sich über die Angebetete und bedeckte ihr Gesicht und den schlanken Hals mit stürmischen Küssen. In schwacher Abwehr flüsterte sie: »Aber, Ralf, bitte nicht, wenn jemand kommt.«

Ohne seine werbenden Liebkosungen zu unterbrechen, sagte er beruhigend: »Hab keine Angst, Kleines, niemand wird kommen. Ich habe die Oberschwester bestochen.«

Für einen Augenblick hob Eva die verschämt niedergeschlagenen Lider und sah ihn schelmisch an: »Du auch?« Mit einem leidenschaftlichen Kuß drückte er sie noch tiefer in die Kissen, und ihr Stöhnen schien diesmal nicht dem Schmerz in der Schulter entsprungen zu sein.

★

Als Griffith am Tresen der Gaststätte des Hotels Krone zu Eberbach ein Bier bestellte, erinnerte sich die Büfettmamsell sofort an den markanten Gast, den sie vor wenigen Wochen bedient hatte: »Ja, freilich, und ob ich mich erinnere ka! Kaum waret Sie abg'reist, da war hier dr Deifel los. Unseren andere Amerikoner wollte se kidnäppe. Aber nicht bei uns, kann i Ihne sage. Mir sind doch nicht im Wilde Weschta! So, zum Wohle, der Herr, oder möchte Sie noch a Schnäpsle dazu? Bei uns isch ja dr Alkohol nicht verbote!«

Dann berichtete sie mit großem Eifer alle Details des Eberbacher Überfalls, die jedoch durch die Perspektive der Schankmaid so verzerrt wurden, daß selbst über das stets verdrießliche Gesicht Griffith' ein belustigtes Lächeln huschte.

»Und überhaupt mecht ich betone, daß mir e ganz internationales Hotel sind, secht unsern Chef, denn geschtern isch ein russischer Großfürst ogreist! Mit ema farbige Chauffeur, einem ganz schwarzen Neger. Aber der wohnt net bei uns, driebe im Gasthof Traube hot ma den einquartiert. Und ein Schweizer Kaufmann soll au no komme, heit obed, glaub i, aus Lausanne.«

Das Mädchen hinter dem Schanktisch blinzelte Griffith zu und deutete mit einer burschikosen Kopfbewegung auf den untersetzten Herrn, der in diesem Moment von einem buckelnden Kellner in den Raum komplimentiert wurde. »Grüß Gott, Hoheit!« rief sie ihm vorlaut entgegen. Der so angeredete Gast ließ das vor sein linkes Auge geklemmte Einglas fallen und musterte erstaunt und amüsiert zugleich die kesse Person.

»Charmant, charmant!« Geschickt hatte er das an einem Seidenband baumelnde Monokel aufgefangen, setzte es wieder ein und ging auf die Theke zu. Die spaßhaft gerunzelte Stirn zog sich weit über den Zenit des breiten Schädels, und der dunkelblonde, ein wenig zu lang gewachsene Haarkranz erweckte zusammen mit dem üppigen Backenbart den Eindruck, als würde der massige Kopf direkt auf den ausladenden Schultern sitzen. Die großen Revers seines eleganten Zweireihers aus dezent gestreiftem Kammgarn waren mit Ordensbändchen dekoriert. Jovial korrigierte er: »Mais no, Mademoiselle, nicht sagen Hoheit (er sagte: O-eit), ganz einfach nur Großfürst, is genug, Großfürst Gagarin!«

Höflich neigte er sich zu Griffith hinüber: »Gestatten? Grigorij Iwanowitsch Gagarin.«

»Habe die Ehre«, erwiderte jener und zog stramm die Hacken zusammen: »Major a.D. Courtenay Hearson Griffith!«

»Sehr erfreut«, murmelte der Großfürst förmlich und wandte sich wieder dem Mädchen zu. Er sprach mit französischem Akzent; doch ließen sein rollendes ›R‹ und das rauhe, kehlige ›CH‹ die russische Herkunft erkennen. Noch während er seine Bitte formulierte, reichte ihm das Büfettfräulein einen Holzkasten mit Schachfiguren. »I han mirs scho denkt, Hoheit, Verzeihung, Herr Großfürst! Spiele Sie heit au wieder mit sich allein, wie geschtern?«

Griffith mischte sich eifrig ein: »… wenn Sie einen Partner brauchen, stehe ich gerne zur Verfügung.«

Der Großfürst musterte ihn kritisch: »Oui, mais no victime, kein Opfer, einen Gegner würde ich gern akzeptieren, mein Herr.

Ich muß Sie warnen, in meiner Heimat war ich Schachmeister. Liegt zwar schon Jahre zurück.«

»Dennoch möchte ich eine Partie riskieren!« entgegnete Griffith mit verbindlichem Lächeln. Dann zogen sich die beiden in einen stillen Winkel zurück, wo sie sich unauffällig und unbelauscht besprechen konnten. Das Schachspiel war ihr Alibi.

Am Hoteleingang fuhr eine Droschke vor. Der Hoteldiener nahm die Koffer entgegen. Der unscheinbare Herr im dunkelgrauen Flanell mit steifem Kragen und schwarzer Krawatte entlohnte umständlich den Kutscher. Dann trottete er dem Domestiken nach zur Rezeption.

Griffith hatte sich beim Großfürsten entschuldigt und strebte ebenfalls der Portiersloge zu. Dort nannte der Neuankömmling gerade seinen Namen: »Karl Schmidt aus Lausanne ...«, als Griffith über ihn hinweg den Empfangschef ansprach: »Verzeihung, ist Post für mich angekommen, für Griffith, Zimmer-Nr. 21?« Er sagte das sehr deutlich, und Karl Schmidt aus Lausanne blickte ihn über den Rand seiner Hornbrille streng an.

Eine halbe Stunde später klopfte es leise an die Tür von Zimmer 21 und als diese geöffnet wurde, schlüpfte der Kaufmann aus Lausanne, scheu um sich blickend, rasch hinein. »Haben Sie das Chloroform?«

»Ja, ja«, antwortete der Schweizer ein wenig pikiert unter dem harten Blick des Majors. »Und wie schaffen wir ihn weg?«

»Kein Problem«, beschwichtigte ihn Griffith: »Gagarins Chauffeur Nelson wartet zu gegebener Zeit vor dem Hotel mit dem fahrbereiten Wagen.«

An diesem Abend hatte Ralf Dollberg die Oberschwester der Privatklinik von Professor Berlinger wieder einmal veranlaßt, gewisse Anordnungen zu treffen, die es den beiden Liebenden ermöglichten, ein paar Stunden ungestörten Glücks zu genießen. Erst tief in der Nacht verließ er Eva nach einem letzten innigen Kuß und schlich leise durch den stillen Flur. Die ältliche Ordensschwester an der Pforte, in strenger schwarzer Tracht, blickte unter ihrer tiefsitzenden weißen Haube, wenn auch nicht erstaunt, so doch mißbilligend dem feinen Herrn entgegen. In einer Nische neben der Eingangstür stand in devoter Haltung ein kleiner Negerjunge – aus Holz geschnitzt und naturalistisch lackiert. Bittend hielt er einen hölzernen Kasten in den vorgestreckten Händen mit der Aufschrift: ›Für die armen Heidenkinder‹. Der Holzknabe half Ralf aus seiner Verlegenheit. Er steckte eine größere Münze in den Schlitz des Kastens, worauf der schwarze Boy heftig mit dem wackelnden Kopf nickte. Auch die Nachtschwester nickte dem späten Besucher zu, und der glaubte sogar, ein schwaches Lächeln gesehen zu haben, das über ihre dünnen Lippen huschte. Dann stand er auf der Straße und atmete in der kühlen frischen Nachtluft tief durch, um den beklemmenden Karbolhauch loszuwerden. Er lächelte vergnügt in sich hinein und ging beschwingten Schrittes nach Hause. Die dunkle Gestalt, die aus dem Schatten eines Holunderbusches trat, um ihm zu folgen, bemerkte er dabei nicht.

Etwa zu diesem Zeitpunkt betrat Grigorij Gagarin das Foyer des Hotels Krone. Der alte Nachtportier blinzelte mißmutig dem späten Gast entgegen. Als er aber den Großfürsten erkannte, hellte sich seine Miene schnell auf, hatte er doch gestern abend ein wahrhaft fürstliches Trinkgeld von dem vornehmen Herrn erhalten. Ob er diesem wohl noch untertänigst zu Diensten sein könne?

Nun, es sei zwar schon sehr spät, doch habe er noch große Lust auf einen Schluck Champagner, ging Gagarin auf das Anerbieten des biederen Mannes ein. Aber es müsse der beste Tropfen sein, den das Haus aufzuweisen habe und aus dem tiefsten Keller, damit auch die Temperatur stimme. Er möge ganz ungeniert für sich selbst ebenfalls ein Gläschen bringen, denn er, Gagarin, tränke ungern allein. Von solchem Großmut entzückt, zwirbelte der Bedienstete geschmeichelt die Spitzen seines Schnurrbartes und schlurfte hurtig die Kellerstiege hinunter.

Kaum war er außer Sicht, griff Gagarin nach dem Schlüssel Nr. 17 und eilte die Treppe hinauf. Dort lauerten schon seine Komplizen, die er rasch in Dollbergs Logis einschloß. Noch pendelte der Zimmerschlüssel an seinem Haken, da tauchte schon wieder der Hüter des Hauses auf, mit einer staubbedeckten Flasche, die er sorgfältig abwischte und dann stolz das Etikett präsentierte. Mit geübtem Griff löste der Großfürst den Korken und goß den perlenden Schampus in die hohen Kelche, wobei er mit der Geschicklichkeit eines Zauberkünstlers ein weißes Pülverchen in das Glas des anderen praktizierte. Sie stießen an und tranken sich zu. Der Alte schnalzte anerkennend mit der Zunge und nahm gleich noch einen Schluck. Draußen ertönte das Kläffen eines Hundes, der augenblicklich von seinem Herrn zurückgepfiffen wurde. Der Nachtportier horchte auf und meinte kopfschüttelnd: »Das war keiner aus unserem Revier. Die kenn' ich alle, alle, aber eigenartig ...?« Blinzelnd zog er die schweren Augenlider hoch, hielt sie mühsam einen Moment offen, dann fielen sie ihm zu.

Der kläffende Hund war das mit Nelson vereinbarte Zeichen gewesen. Er hatte Dollberg beschattet und meldete auf diese Weise dessen Rückkehr ins Hotel.

»Zum richtigen Zeitpunkt!« dachte der Russe und schubste den einschlafenden Nachtpförtner in seinen Lehnstuhl hinter dem Tresen. Dann räumte er schnell die Flasche mit den Gläsern weg und versteckte sich hinter der schweren Plüschportiere.

Ralf Dollberg hatte inzwischen den Hoteleingang erreicht und öffnete leise die Tür. Durch das schwachbeleuchtete Foyer ging er zur Rezeption, wo der Portier schnarchend in seinem Sessel hockte. Lächelnd bemüht, den Alten nicht zu wecken, nahm er seinen Zimmerschlüssel vom Brett und stieg auf Zehenspitzen nach oben.

Auch Griffith und Schmidt hatten Nelsons Signal vernommen und machten sich bereit. In dem verdunkelten Zimmer konnten sich die Wartenden nur im schwachen Schein einer Straßenlaterne orientieren.

Behutsam schloß Ralf die Zimmertür auf und trat in den Raum. Ein Handkantenschlag gegen seine Halsschlagader ließ ihn taumeln. Seine Hände wurden brutal nach hinten gerissen und er stürzte mit dem Gesicht voraus auf das Bett. Griffith preßte seine Hand auf Ralfs Mund, um ihn am Schreien zu hindern. Die auf dem Rücken verschränkten Arme des Überfallenen blokkierte der Angreifer mit seinem Knie.

»Schnell den Lappen her!« Schmidt schüttete den Inhalt der Chloroformflasche auf ein flauschiges Tuch. Der süßliche Geruch des Betäubungsmittels breitete sich rasch aus. Als Griffith seine freie Hand danach ausstreckte, riß Dollberg mit einem energischen Ruck den Mund auf, so daß ein Finger der ihn knebelnden

Hand zwischen seine Zähne geriet. Dann biß er mit aller Kraft zu. Der rasende Schmerz preßte einen wilden Schrei über die schmalen Lippen des Majors. Die harte Umklammerung lockerte sich für einen Augenblick. Ralf bekam seine rechte Hand frei, die blitzschnell unter das Kopfkissen griff. Vor seinem Rendezvous mit Eva hatte er dort den entsicherten Browning deponiert, ohne den er seit dem letzten Überfall nie mehr zu Bett gegangen war. Zum Glück hatten die Attentäter nicht danach gesucht und waren auch nicht zufällig auf die Waffe gestoßen. Jetzt fühlte er den kalten Stahl in seiner Hand, und dann waren es nur noch Nervenreflexe, die eine Serie von Schüssen auslösten.

Ein Aufschrei des Schweizers war dazwischen zu hören, und als das metallische Knacken der Automatikpistole anzeigte, daß das Magazin leergeschossen war, schwebte eine unheimliche Stille im Raum. Das verhallende Echo der Schüsse empfand Ralf als dumpfes Rauschen im Ohr, oder war es der Blutstrom, den sein rasendes Herz durch die Adern jagte? Er wußte nicht, wie lange er starr in seiner zusammengekauerten Stellung verharrte. Dann vernahm er erregte Stimmen vor seiner Tür, und als diese aufgestoßen wurde, fiel ein greller Lichtstrahl auf zwei reglos am Boden liegende Körper, unter denen sich dünne, rote Rinnsale zu einer größeren Pfütze vereinigten. Irgendwer rief hysterisch nach der Polizei. Von der Straße her hörte man das Anlassen und Wegfahren eines Automobils.

Gagarin lauschte nach dem Eintreffen Dollbergs angespannt auf die Geräusche von oben. Mit einem kurzen Blick aus dem Fenster vergewisserte er sich, daß Nelson den Wagen vor dem Hoteleingang geparkt hatte. Dann fielen schon die Schüsse, und er wußte sofort, daß etwas schiefgelaufen war. Als nach der Salve zunächst Ruhe herrschte, hielt er es für besser, nicht mehr auf die Komplizen zu warten, sondern die eigene Haut zu retten, bevor die aufgeschreckten Hotelgäste aus ihren Zimmern kämen. Er eilte hinaus, Nelson hatte den Motor bereits angekurbelt, und die beiden Halunken suchten das Weite.

Sie hatten nicht damit gerechnet, daß Wachtmeister Schindelholz, der neben dem Gasthof Traube wohnte, in dieser Nacht nicht schlafen konnte. Er wunderte sich darüber, daß der Schwarze das Fahrzeug zu so später Stunde noch startete, nur um es hundert Meter weiter vor der Krone abzustellen. Um dieser Sache auf den Grund zu gehen, hatte er sich angezogen und zu seiner Frau gesagt, die davon aufgewacht war, er wolle noch einen Stumpen rauchen. Auf der Straße hatte er dann die Schüsse gehört und sah kurz danach einen Mann aus der Krone stürzen. Wachtmeister Schindelholz war ganz sicher, den russischen Großfürsten erkannt zu haben, der mit seinem schwarzen Chauffeur eilends davongefahren war.

Mit hoher Geschwindigkeit bog das rote *Delage*-Kabriolett um die nächste Ecke. Das Quietschen der Reifen überdeckte den schrillen Ton aus Schindelholzens Trillerpfeife. So ahnten die beiden Insassen nicht, daß der pflichtbewußte Wachtmeister die Fahndung nach ihnen schon eingeleitet hatte, bevor die Beamten des Morddezernates der Heidelberger Kriminalpolizei am Tatort erschienen.

Der Arzt stellte Griffith' Tod fest. Eine Kugel war dicht über dem Herzen in den Brustkorb eingedrungen und hatte vermutlich die Aorta zerrissen; die andere durchschlug das Rückgrat im Bereich der unteren Brustwirbel. Der Major mußte sofort tot gewesen sein. Karl Schmidt, der Schweizer war wieder bei Bewußtsein, zwar noch benommen von den Dämpfen des Betäubungsmittels, da sein Gesicht nach dem Niederstürzen auf dem Chloroformlappen zu liegen kam. Durch einen Oberschenkeldurchschuß hatte er viel Blut verloren. Ein weiteres Geschoß war in der linken Schulter steckengeblieben. Sanitäter bemühten sich um den Verletzten und brachten ihn nach Anlegen der Notverbände in das Städtische Krankenhaus.

Ralf Dollberg wurde von zwei Polizisten nach unten gebracht, wo der Kommissar im Foyer sein Hauptquartier aufgeschlagen hatte und die Vernehmungen leitete. Ein Beamter der Spurensicherung steckte den Browning in ein Papierkuvert und legte dieses zusammen mit der sorgfältig verpackten Chloroformflasche in einen Pappkarton, in dem sein Kollege inzwischen die kleinen Tüten mit den Patronenhülsen und den Geschoßfragmenten sowie den Zimmerschlüssel deponiert hatte. Der Nachtportier klagte verstört über Schmerzen im Kopf, den er immer wieder verständnislos schüttelte. Höflich, aber bestimmt wandte sich der Kommissar an Ralf: »Ich nehme an, Sie sind damit einverstanden, Mister Dollberg, wenn wir Sie, zu Ihrer eigenen Sicherheit, zunächst in Gewahrsam nehmen?«

Dieser nickte nur stumm und folgte den beiden Polizisten, die ihn auf einen Wink des Kommissars hinausführten. Ein grelles Blitzlicht flammte auf, und hinter der weißen Wolke des verpufften Magnesiums erkannte Ralf den Lokalreporter Immanuel Wäckerle vom Moosbacher Anzeigenblatt, der ihn durch seine runde Nickelbrille verlegen angrinste. Einer der Beamten schob den Zeitungsmann derb zur Seite, dann traten sie hinaus auf die Straße, wo hinter der gegenüberliegenden Häuserfassade schon das Dämmerlicht des neuen Morgens emporstieg.

★

Acht Tage nach dem abermaligen Debakel um Ralf Dollberg erwies sich die vornehme Villa Rupp erneut als gastfreundliches Haus. Der Kommerzienrat hatte die Freundin seiner Tochter persönlich in der Klinik abgeholt und wieder in demselben Zimmer einquartiert, das sie schon vor ihrem Unfall bewohnte. Evas Vater war am Vormittag eingetroffen, um sie mit dem Abendzug nach Hause zu holen. Rupp meinte, es wäre besser so, als in der Öffentlichkeit eines Hotels eventuellen Belästigungen durch Neugierige ausgesetzt zu sein. Ihm selbst war die ganze Affäre äußerst unangenehm – schon im Hinblick auf das Renommee seiner Bank. Weil er jedoch nicht recht wußte, wie er sich in diesem Fall am besten verhalten sollte, wollte er sich, wie er das auch bei geschäftlichen Entscheidungen gerne tat, erst völlige Klarheit über die vorliegende Situation verschaffen. Aus diesem Grunde hatte er seinen ehemaligen Kommilitonen und Bundesbruder, den Landgerichtspräsidenten Marquardt, zu einem kollegialen Gespräch in seine Villa gebeten.

Friedrich Planck war ein Mann von kräftiger Statur. Das silbergraue Haupthaar und der breite Oberlippenbart waren zu zentimeterkurzen Bürsten gestutzt. Seine wettergegerbte Haut und die derben Hände zeugten von harter körperlicher Arbeit im Freien, obgleich er schon seit vielen Jahren in der Verwaltung tätig war. Als loyaler Untertan hatte er sich im Amt hochgedient und wurde schließlich wegen seines unerschütterlichen Pflichtbewußtseins zum Gartenoberaufseher der Staatlichen Heil- und Pflegeanstalten im württembergischen Weinsberg ernannt. Am Aufschlag seines schwarzen Gehrockes steckte ein Ordensbändchen mit zwei gekreuzten Schwertern. Die kleine Medaille darunter erinnerte an das Gefecht bei Ypern, wo ein Granatsplitter seine Kniescheibe zertrümmert hatte. Mit einem steifen Bein kam er wieder in die Heimat und zu seiner Familie, die er über alles liebte. So war es ein noch härterer Schicksalsschlag für ihn gewesen, als seine Frau wenige Jahre später einem heimtückischen Fieber erlegen war. Alle Liebe und Fürsorge konzentrierten sich nun auf seine einzige Tochter.

Die Begrüßung zwischen Eva und ihrem Vater im Hause Rupp war entsprechend herzlich. Seine schweren Hände zitterten vor Zärtlichkeit, als er beruhigend über ihren Rücken strich. »Du hast mir ja so leid getan, mein gutes Kind und ich war zu Tode erschrocken, als ich erfahren mußte, was dieser Mensch dir angetan hat.«

»Aber, Papa! Er hat doch nichts dafür gekonnt! Er ist der Beste, ich meine, er war so besorgt um mich und er ist so gut zu mir. Du mußt ihn sehen, mit ihm sprechen! Er ist wunderbar, und ich liebe ihn!« Evas schwärmerischer Tonfall war bei den letzten Worten sehr ernst, fast trotzig geworden, so, als erwartete sie einen Widerspruch, den sie von vornherein abweisen wollte.

Es war ein schlimmes Erwachen gewesen, als man ihr an jenem Morgen, wenige Stunden, nachdem sie glückselig in den Armen des Geliebten eingeschlummert war, die Nachricht von dem entsetzlichen Geschehen brachte. Die Träume und Hoffnungen, die sie beseelt hatten, waren es nur Trugbilder gewesen, die sie genarrt hatten? Sie dankte Gott, daß es seinen Feinden nicht gelungen war, ihn zu vernichten. Aber wie sollte das Leben, das sie erträumte, Wirklichkeit werden, wenn es so weiterging mit Verfolgung, Flucht und ständiger Angst? Immer wieder grübelte sie erschüttert über das Unfaßbare, und immer wieder rannen heiße Tränen über ihre blassen Wangen.

Die spontane Mitteilung seiner Tochter, einen fremden Mann zu lieben, war für Friedrich Planck ein schwerer Schock, den er zwar als disziplinierter Beamter zu verbergen suchte, der ihn aber auch zum Nachdenken anregte. Was sollte nun aus seinem Leben werden?

Kommerzienrat Rupp, dem das Mädchen Melli die Ankunft des Besuchers gemeldet hatte, trat ins Vestibül, wo Eva mit ihrem Vater wartete. Er begrüßte Friedrich Planck und freute sich, den Vater seines Schützlings endlich persönlich kennenzulernen. Nach Austausch der üblichen Höflichkeitsfloskeln bat er die beiden in den Grünen Salon. Nebenbei entschuldigte er seine Gattin, die sich wegen einer lästigen Migräne zurückgezogen hätte.

Im Heiligtum des Hausherrn, wie sich Frau Rupp gelegentlich scherzhaft auszudrücken pflegte, machte dieser die Neuangekommenen mit dem bereits anwesenden Landgerichtspräsidenten bekannt. Während Melli zwei weitere Portweingläser aus der Vitrine nahm und zu den anderen bei der Kristallkaraffe stellte, hatte der Kommerzienrat seine unvermeidliche Havanna angezündet und erläuterte mit wenigen Worten die fraglichen, alle Anwesenden betreffenden Zusammenhänge.

Landgerichtspräsident Marquardt war ein hochgewachsener, schlanker Herr, dem die schlohweißen Strähnen immer wieder über die hohe Stirn fielen. Auf dem tiefsten Punkt der geraden, steil nach unten weisenden Nase saß beängstigend knapp ein goldener Kneifer, der den strengen Blick der dunklen Augen ein wenig milderte. Das schmale, lange Gesicht mit dem weißen Spitzbart erinnerte an ein Porträt von El Greco. Über sein Pincenez hinweg blickte er in die Runde und deklamierte mit beruhigend sonorer Stimme: »Nein, nein, der junge Mann hat gewiß nichts zu befürchten. Ein klassischer Fall von Notwehr, absolut einwandfrei! Höchst bedauerlich nur, daß es dabei einen Toten gab. Allem Anschein nach der Anführer des Überfalls. Die Verschwörer und deren Auftraggeber, wer auch immer diese sein mögen, tragen die volle Verantwortung dafür. Der Verwundete, ein gewisser Karl Schmidt aus Lausanne, ist als amerikanischer Spitzel, von seinen ›Geschäftsfreunden‹ Charlie Suisse genannt, in diverse einschlägige Delikte verwickelt und steht dieserhalb auf der Fahndungsliste der schweizerischen Justizbehörde. Sobald er verhandlungsfähig ist, wird er wegen Körperverletzung, Nötigung und Hausfriedensbruch angeklagt werden. Die beiden anderen Komplicen, ein mutmaßlicher Hochstapler aus Wiesbaden, der sich als russischer Großfürst ausgab, und sein Spießgeselle, ein Schwarzer, ehemals Sergeant der amerikanischen Armee, der nach dem Krieg in Frankreich hängengeblieben ist, sind unterdessen ebenfalls verhaftet worden. Sie müssen sich wegen Beihilfe verantworten und der angebliche Chauffeur obendrein noch wegen Vergehens gegen die Verordnung über den Verkehr mit Kraftfahrzeugen.« Karl Schmidt wurde zu 1 Jahr und 9 Monaten Gefängnis sowie zu einer Geldbuße von 3 Billionen Mark verurteilt. Nach Verbüßung seiner Strafe wurde er der Schweizer Gerichtsbarkeit ausgeliefert. Gegen den russischen Abenteurer Gagarin, der sich in Wiesbaden steinreich verheiratet hatte, erkannte das Gericht auf 8 Monate Gefängnis und 2 Billionen Mark Buße, gegen Lionel Nelson, den Farbigen aus Chicago, 3 Monate Haft und eine Geldstrafe von 1 Billion Mark, sowie Ausweisung und Landesverbot. Die Bußgelder erschienen allerdings lächerlich, denn die in amerikanischem Sold stehenden Verschwörer erhielten zu diesem Zeitpunkt für einen Dollar mehr als 2 Billionen Mark.

Geduldig folgten die Zuhörer den juristischen Ausführungen des Landgerichtspräsidenten. Dann räusperte sich der Gastgeber, dankte seinem Vorredner und teilte den Anwesenden mit, während er seine Uhr aus der Westentasche zog, er rechne jeden Augenblick mit dem Eintreffen Ralf Dollbergs, der aus Karlsruhe anreise, wo der junge Mann einer Vorladung des Ministeriums für auswärtige Angelegenheiten Folge geleistet hätte.

»Ich hoffe nur, daß es Ihnen allen genehm ist, wenn ich den Sohn meines besten Freundes, der ja letztendlich als Hauptbetroffener gehört werden muß, in diesen erlauchten Kreis einbeziehe.«

Eva senkte das rot angehauchte Gesicht und bemühte sich, ihren Vater nicht anzusehen, der bisher stumm den Gesprächen gelauscht hatte. Er runzelte die Stirn, konnte aber nicht umhin, zustimmend zu nicken. Ihm war nicht ganz wohl in dieser honorablen Gesellschaft. Erleichtert spürte er die Ablenkung, als Melli ein silbernes Tablett mit Hors d'oeuvres hereintrug und dazu kühles Bier servierte. Rupp erkundigte sich bei der Hausangestellten nach dem Befinden der gnädigen Frau und ordnete an, daß man mit dem Dinner noch warten möge, bis Mister Dollberg eingetroffen sei.

Der dumpf pochende 8-Zylinder-Motor des ankommenden Maybach ließ die Versammelten aufhorchen und erwartungsvoll zur Tür blicken. Ralf Dollberg schien wieder der jugendliche Draufgänger zu sein. Nur wer ihn genau kannte, bemerkte die Sorgenfalten um seine Augen. Aufmerksam musterte er die Anwesenden und grüßte zunächst mit einem leichten Neigen des Kopfes. Dann ging er mit raschen Schritten auf Eva zu und umarmte sie innig. »Schau mich an, Liebes!«

Sanft hob er ihr Gesicht an der Kinnspitze nach oben und blickte tief in ihre blauen Augen. Nach langen Minuten wandte er sich dem alten Mann zu, der hinter seine Tochter getreten war und schaute auch diesem gerade ins Gesicht. Dann reichte er ihm spontan die Hand.

»Mein Name ist Dollberg, Ralf Dollberg. Sie haben gewiß schon von mir gehört«, sagte er mit jungenhaftem Lächeln, doch der andere entgegnete steif: »Planck. Ich bin der Vater dieser jungen Dame!« Das leise Zittern seiner brüchigen Stimme verriet die unheimliche Spannung zwischen den beiden Männern. Mit abweisender Miene drehte sich der Alte um. Nach kurzem Zögern ging Ralf auf den Kommerzienrat zu und umarmte ihn herzlich.

»Danke für deine Bemühungen, Onkel Gerhard, und ganz besonderen Dank auch Ihnen, verehrter Herr Präsident, für Ihre hilfreiche Intervention in meiner mißlichen Lage.« Er machte eine höfliche Verbeugung vor dem hohen Richter, die dieser mit jovialer Geste abwehrte. »Keine Ursache, junger Freund, das war doch selbstverständlich!«

Mit einem zierlichen Knicks flötete Melli in den Grünen Salon: »Die gnädige Frau lassen die Herrschaften zu Tisch bitten!«

An der festlich gedeckten Tafel im Speisezimmer saß Dollberg zwischen Planck und dem Gerichtspräsidenten, zu dem er sich hinüberneigte und in vertraulichem Ton sagte: »Ministerialrat von Steinbach läßt Ihnen freundliche Grüße bestellen.« Marquardt dankte lächelnd und bemerkte obenhin: »Ach ja, ich erinnere mich, hatten 'mal miteinander zu tun. Ein schlauer Fuchs, der ehrenwerte Herr von Steinbach.«

»Und ein blendender Diplomat!« ergänzte Ralf mit beißender Ironie. »Höflicher kann man wohl kaum einen ungebetenen Gast hinauskomplimentieren!« An die Tischgesellschaft gerichtet erläuterte er lakonisch: »Meine Aufenthaltsgenehmigung wurde aufgekündigt. Wegen Gefährdung der öffentlichen Sicherheit.«

Friedrich Planck hob kaum merklich den Kopf und in seinem Blick glomm ein Hoffnungsschimmer. Eva schaute erschrocken drein. Der Glanz in ihren Augen rührte von den wiederaufsteigenden Tränen her.

»Ich habe es befürchtet«, brummte Rupp dazwischen, »aber du darfst das nicht persönlich nehmen, denn wenn man es recht bedenkt, der tote Yankee ... Schließlich stehen wirtschaftliche Interessen auf dem Spiel. Unsere Regierung darf den potentiellen Handelspartner USA nicht verärgern.«

Er blickte gedankenvoll einem Rauchring seiner Zigarre nach. »Haben sie dir schon eine Frist gesetzt?« Ralf nickte bitter: »Ja, binnen 48 Stunden habe ich Baden zu verlassen.«

»Ein verdammt knapper Termin!« warf der Richter ein. Ralf entgegnete kühn: »Zeit genug, hätte ich nicht so wichtige Dinge in Ordnung zu bringen! Sie werden deshalb alle verstehen, daß ich keine Minute verlieren darf.«

Er wandte sich förmlich an Evas Vater: »Verehrter Herr Planck, ich bitte Sie um die Hand Ihrer Tochter.«

Der Alte wurde leichenblaß. Dieser Frontalangriff hatte ihn völlig überrascht. Bestürzt rang er nach Worten. »Mein Herr, ich kenne Sie erst seit knapp einer Stunde, einer Stunde, in der nur chaotische Eröffnungen über mich hereinbrechen. Wie könnte ich da im Handumdrehen eine so schwerwiegende Entscheidung treffen?«

Planck blickte, den Tränen nahe, hilfesuchend über die Tafelrunde. Frau Rupp beugte sich zu der verwirrten Eva hinüber und flüsterte deutlich vernehmbar: »Diese Frage, mein Kindchen, muß vor allem von Ihnen selbst beantwortet werden!« Sie lächelte ihr dabei aufmunternd zu, während Rupp seine Gattin ungläubig anstarrte.

Ralf versuchte, den erregten Mann zu beschwichtigen: »Kommerzienrat Rupp kann Ihnen bestätigen, daß ich über beachtliche Mittel verfüge, die mich durchaus in die Lage versetzen, eine Familie zu ernähren und einer Frau ein angenehmes Leben zu bieten. Ich liebe Ihre Tochter, und Eva liebt mich auch. Wir werden so bald wie möglich heiraten!«

Vater Planck stöhnte verzweifelt: »Mein Kind ist doch alles, was ich auf dieser Welt noch habe. Nein, mein Herr, das können Sie einem alten Mann nicht antun!«

Er schlug die Hände vor's Gesicht. Eva sprang auf und eilte zu ihrem Vater, der schluchzend in sich zusammengesunken war. Das Mitleid mit dem alten Herrn griff ihr ans Herz. Ralfs Spontanität irritierte sie und die schweren Gedanken der letzten Tage legten sich wie Rauhreif auf ihre Seele.

Der Jurist Marquardt hatte sich nun ebenfalls erhoben und plädierte: »Verzeihung, wenn ich mich einmische, junger Freund, doch ich muß Sie darauf hinweisen, daß es in Ihrer augenblicklichen Situation in Deutschland nicht möglich ist, Sie beide nach Recht und Gesetz zu vermählen.«

Frau Rupp warf dem Paragraphenreiter, wie sie ihn im Innersten ihres Herzens nannte, einen verächtlichen Blick zu, aus dem die ganze Resignation ihrer ewig untergeordneten Weiblichkeit sprach. Doch er bemerkte das natürlich nicht und sprach in seiner betulichen Art weiter: »Wäre ich Ihr Anwalt, würde ich raten, noch zu warten, bis sich die Wogen geglättet haben. Wenn Sie Eva wirklich lieben, können Sie ihr kaum zumuten, als – Verzeihung – Ihre Konkubine mit Ihnen zu ziehen.«

Friedrich Planck hatte sich wieder gefaßt. Dankbar hörte er die Worte des Landgerichtspräsidenten. Ralf aber entgegnete diesem aufgebracht: »Wir müssen keineswegs in Deutschland heiraten. Die Welt ist unser Feld. Ich habe Freunde in Rußland, in St. Petersburg, wo wir ohne die hier erforderlichen Papiere getraut werden!«

Frau Rupp geleitete Eva mütterlich besorgt an ihren Platz zurück. Dabei flüsterte sie ihr beschwörend zu: »Jetzt, Kindchen, müssen Sie stark und tapfer sein!« und sie dachte bei sich, wäre ich noch einmal so jung und hätte so einen Mann.

Eva nahm alle Kraft zusammen, blickte dem Geliebten in die Augen und sagte mit tonloser, aber fester Stimme: »Ralf, bitte, versuche mich zu verstehen, und wenn du mir noch einen letzten Beweis deiner Zuneigung geben willst, bringe mich und meinen Vater zum Bahnhof, denn es ist höchste Zeit für den Zug nach Heilbronn.«

Da und dort hingehauchte gelbe und rote Farbtupfer in den Laubkronen der Bäume deuteten auf den nahenden Herbst. Die Luft war schon recht kühl an diesem Morgen. Eine Burg auf der Kuppe einer bewaldeten Anhöhe wurde wie ein Spukschloß von fahlen Nebelschleiern umwoben. Ralf Dollberg fuhr trotz der frühen Stunde mit offenem Verdeck. Dicke Tautropfen klatschten ab und an gegen die Windschutzscheibe. Die triste Stimmung über dem Odenwald entsprach ganz seiner eigenen Gemütsverfassung. Mißmutig dachte er über seine Verabschiedung im Rupp'schen Hause nach, die sich zwar überaus freundlich gestaltet hatte, doch er konnte deutlich fühlen, wie eigentlich jeder erleichtert war.

Nur die gute Tante Henriette, die offenbar recht freudlos neben dem selbstherrlichen Kommerzienrat einherlebte, nahm ihn herzlich in ihre üppigen Arme, küßte ihn wie einen Sohn und flüsterte: »Diese Entwicklung tut mir in der Seele leid, mein lieber Junge!« und sie wünschte ihm aufrichtig alles Glück für seine ungewisse Zukunft. Er lächelte ein wenig bei dem Gedanken, wie nahe sie immer den Tränen war. Und Eva – er glaubte so fest an ihre Liebe – umarmte ihn auf dem Bahnsteig wie einen Bruder. Wortlos stand sie da, als ihr Vater sich förmlich für Herrn Dollbergs Gefälligkeit bedankte, worauf beide eilig in ihr Abteil stiegen. Eva winkte noch einmal zurück. An ihrer Hand glitzerte der Saphir, den Ralf ihr nach dem ersten verliebten Zusammensein geschenkt hatte. Sollte das blaue Funkeln ein Hoffnungsschimmer sein? Der anruckelnde Zug tauchte in eine dicke weiße Wolke aus Dampf und Rauch und die Reisenden entschwanden seinem Blick. In dem lichter werdenden Dunst zeichnete sich eine Frauengestalt ab, die auf ihn zueilte. Für einen Augenblick hoffte er, Eva hätte in letzter Minute ihre Entscheidung bereut, doch eine Fremde rannte an ihm vorüber.

Der Frühnebel war dichter geworden, so daß Ralf die Geschwindigkeit seines Wagens drosseln mußte. Im Rückspiegel glaubte er, einen Schatten zu sehen. Rasch drehte er den Kopf und schaute zurück, doch nur der wabernde Brodem nieselte hernieder. Schließlich hielt er an, stellte den Motor ab und horchte. Aber es war nichts, nicht einmal zwitschernde Vögel, nur weit entfernt klopfte ein Specht. Ralf schloß das Verdeck und nahm eine Landkarte zur Hand. Die Grenze konnte nicht mehr weit entfernt sein. Der Flüchtling Dollberg beschloß, in den Freistaat Bayern hinüberzuwechseln und gelangte auf einem der kleinen Sträßlein durch den Spessart unauffällig ins Fränkische. Die Bischofsstadt Würzburg ließ er links liegen und schwenkte mehr nach Süden. Zu Mittag könnte er in dem altertümlichen Rothenburg sein, wo er als Fremder kaum Aufsehen erregen würde. Nach einem deftigen Mahl im Hotel *Eisenhut* wollte er weiter südwärts. Er fuhr an weiten Feldern mit erntenden Bauern vorbei. Junge Mädchen winkten ihm fröhlich nach. Ralf war wieder guten Mutes und rechnete damit, gegen Abend die Donau zu erreichen.

5. Verena

Ralf Dollberg war es gelungen, in seiner neuen Wahlheimat unterzutauchen. Er wechselte häufig den Aufenthalt und mitunter auch seine Identität, wobei ihm der englische Paß, den er sich in Winnipeg auf der Flucht durch Kanada beschafft hatte, gute Dienste leistete. So dauerte es fast ein halbes Jahr, bis ein Agent der American Legion zufällig auf seine Spur stieß.

Starke Schneefälle, bis in den März hinein, hatten Ralf bewogen, länger als bisher an einem Ort zu verweilen. Er fühlte sich recht wohl in dem kleinen, mittelalterlichen Städtchen, das von einem kreisrunden Mauerring mit vielen Türmen und Toren umgeben war. Als aber endlich der Frühling zum Durchbruch kam, hielt es den unsteten Automobilisten nicht mehr länger. Er verließ Nördlingen in südlicher Richtung, zunächst ohne Ziel, der wiederkehrenden Sonne entgegen.

Doch bald schwand seine fröhliche Stimmung, und eine tiefe Unmutsfalte stand zwischen seinen graugrünen Augen. Zwei Dinge bereiteten ihm Sorgen: Von Zeit zu Zeit stotterte der Motor. Dann erschütterte ein unwilliges Zuckeln den sonst so zuverlässigen Wagen und untergrub das Zutrauen seines Fahrers. Das andere war nur eine Vermutung, ein vager Verdacht, geweckt durch eine Bemerkung der adretten Bedienerin im *Goldenen Ochsen*, mit der Ralf in eine kokette Liaison geraten war. Vor einigen Tagen, als sie ohne Sentimentalität Abschied nahmen, erwähnte das brave Mädchen einen Fremden, der sich in der Gaststätte auffallend interessiert nach dem Besitzer des Maybachs erkundigt hatte. Diese Mitteilung kam ihm wieder in den Sinn, als er im Rückspiegel ein Auto beobachtete, dessen Lenker offenbar bemüht war, sein Fahrzeug in einem bestimmten Abstand zu halten. Aber vielleicht sah er nur Gespenster? Dennoch zog Ralf nach einer unübersichtlichen Kurve den schweren Wagen scharf an den rechten Chausseerand, stieg aus und machte sich scheinbar am Motor zu schaffen. Als der andere seiner ansichtig wurde, glaubte Ralf, der ihn unter der Achsel hindurch beobachtete, einen verblüfften Ausdruck in dessen Gesicht zu erkennen. Gleichwohl hatte dieser sich schnell gefaßt, chauffierte mit kollegialem Winken an Dollberg vorüber und war rasch hinter der nächsten Wegbiegung verschwunden.

»Nun wollen wir doch mal sehen!« dachte Ralf, wendete und fuhr in entgegengesetzter Richtung davon. Ein kleines Wäldchen am Saume der Landstraße veranlaßte ihn, spontan in eine Schneise einzubiegen und zwischen aufgeschichteten Holzstapeln hindurch einem kaum sichtbaren Forstweg zu folgen. Nach einigen abrupten Windungen des Pfades tauchte der über die hochstehenden Baumwurzeln holpernde Maybach im dichten Gestrüpp unter. Ralf stellte den Motor ab und nahm seinen Browning aus dem Handschuhfach.

Die stählerne Kälte der mattverchromten Waffe in seiner Hand löste üble Erinnerungen an die Ereignisse in Eberbach aus: Er hatte einen Menschen getötet! Gewiß, nicht aus Mordlust, sondern in Panik. Man hatte ihn heimtückisch überfallen. Der Richter hatte ihm ohne Einschränkung Notwehr zugebilligt. Aber den Schock konnte er bis heute noch nicht überwinden. So etwas durfte nie wieder geschehen! Darum war er ja immer so vorsichtig. Sollte sich sein jetziger Verdacht bestätigen, mußte er eben versuchen, den Verfolger auf legale Weise loszuwerden. Aber wie? Eins stand jedenfalls fest, seine Freiheit ließ er sich nicht nehmen! Entschlossen steckte er die Pistole in die Innentasche seines leichten Trenchcoats, dessen Gürtel er enger schnallte. Dann ging er zur Straße zurück. Mit einem abgebrochenen Ast verwischte er die Reifenspuren. Ein paar Zweige, die er ins Erdreich steckte, kaschierten die Mündung des Trampelpfades. Ralf stellte sich hinter zwei dicht beieinanderstehenden Eiben, die seine Gestalt fast völlig verbargen, und beobachtete aufmerksam die Fahrbahn. Er dachte an Eva, die bei dem ersten Überfall verletzt wurde. Er durfte nicht vergessen, wie gefährlich und rücksichtslos seine Gegner waren. Vielleicht hätte er hartnäckiger sein sollen, um den Widerstand des starrköpfigen Vaters zu überwinden. Aber Evas Kehrtwendung hatte ihn tief gekränkt und seinen Stolz verletzt. War er denn wirklich so eitel und selbstsüchtig?

Ein bellendes Hupsignal riß ihn aus seinen Gedanken. Auf der

Straße war nichts zu sehen. Noch zweimal hupte es heftig. Der gellende Ton hallte überlaut durch die Waldesstille. Das Herz klopfte ihm bis zum Hals, so erschrocken war er. Doch Ralf faßte sich schnell, denn er erkannte den Klang seiner eigenen Hupe, der aus der Richtung des Maybach erschallte. Unwillkürlich glitt seine Hand in die Manteltasche und entsicherte die Pistole. Den Finger am Abzug pirschte er sich, von Baum zu Baum Deckung suchend, an das Versteck seines Wagens heran. Was er dort sah, löste ein befreiendes Lachen aus: Ein etwa sechsjähriger Junge stand auf dem Trittbrett und bearbeitete mit beiden Händen den Gummiball des Signalhornes. Als er den Autobesitzer erblickte, lief er fröhlich kreischend davon. In sicherer Entfernung blieb der kecke Knabe stehen und schaute sich erwartungsvoll um. Riesige Hosenträger, über einem buntkarierten Hemd, hielten eine derbe, knielange Leinenhose.

Ralf winkte mit freundlicher Miene und bat den Jungen zu sich. Dieser zögerte noch mißtrauisch, dann aber stapfte er mutig heran. Der Bub war barfuß, doch schien ihn das wilde Gestrüpp nicht zu stören. Bevor er die letzen Meter zurücklegte, erklärte er selbstbewußt, um dem Fremden zu zeigen, daß er nicht etwa allein wäre, sein Vater, der Einödbauer, würde dort drüben den Acker pflügen und sein Hof läge ganz in der Nähe. Wie zur Bestätigung hörte man von fern Pferdewiehern und Hundegebell. Das brachte Ralf Dollberg auf eine Idee, wie er einen eventuellen Verfolger abschütteln könnte. Der kleine Junge schaute kühn zu ihm herauf. Er wäre der Loisl, eigentlich hieße er ja Aloisius, aber alle würden nur Loisl zu ihm sagen.

»Also, Loisl, dann darf ich dich wohl auch so nennen; du gehst jetzt zu deinem Vater und sagst ihm, mein Automobil sei kaputt und er möchte es doch bitte mit seinem Pferd herausziehen. Und das hier zeigst du deinem Vater.« Er nahm eine Dollarnote aus der Brieftasche und gab sie dem Jungen. »Gehören tut dieser Geldschein natürlich dir! Dein Vater kriegt noch mehr davon, wenn er mir hilft. Hast du das verstanden?«

Der Loisl nickte heftig und rannte los, daß der Dollar in seiner Hand nur so flatterte. Ralf sah ihm schmunzelnd nach. Dann lief es ihm eiskalt über den Rücken. Wie konnte er nur vergessen, was er hier eigentlich wollte!? Wie gehetzt eilte er zurück auf seinen Beobachtungsposten und überlegte dabei, ob man wohl ein vorbeifahrendes Auto gehört haben könnte. Kaum hatte er wieder Position bezogen, erkannte er auch schon in der Ferne ein Fahrzeug, das rasch näher kam. Es war dasselbe, das vorhin an ihm vorübergefahren war. Er hatte sich nicht getäuscht! Das schwarz-gelbe Kabriolett verringerte seine Geschwindigkeit, als es das Waldstück erreichte. Ralfs Herz raste zum Zerspringen. Das Gesicht hinter der Windschutzscheibe schaute suchend zu ihm her. War es möglich, daß jener ihn sehen konnte? Ralf schmiegte sich noch enger zwischen die stacheligen Zweige der Eiben, die ihn jetzt völlig bedeckten.

Der fremde Wagen rollte nur wenige Schritte von seinem Versteck entfernt vorbei. Nach etwa fünfzig Metern hielt er an, und der Fahrer stieg aufmerksam um sich blickend aus. Der Mann war von kleiner Statur, wirkte aber in seinen Bewegungen behend und kräftig. Er trug einen sportlichen, graugrün melierten Tweedanzug mit modischer Knickerbockerhose und eine karierte Schlägermütze, die er, um besser sehen zu können, aus der Stirn in den Nacken geschoben hatte. Das weinrote Samtgilet und die champagnerfarbene, breitgeknotete Seidenkrawatte gaben ihm etwas dandyhaftes. Zweifellos war es jener neugierige Gast, den die Lisa vom Goldenen Ochsen beschrieben hatte.

Dollberg wagte kaum zu atmen, während sich der andere in die Büsche schlug, offensichtlich einem menschlichen Bedürfnis Rechnung tragend, wie Ralf erleichtert konstatierte. Er versuchte, sich das Signalement des Mannes sowie Typ und Kennzeichen des Fahrzeuges einzuprägen. Dabei saß ihm die Angst im Nakken, Loisls Vater könnte jeden Augenblick mit seinem Pferd erscheinen und nach dem Besitzer des Maybach suchen. Schon glaubte er, von weitem die dumpfen Hufschläge und das Klirren der über den Boden schleifenden Ketten des Pferdegeschirres zu vernehmen. Endlich tauchte der Sportsmann wieder aus dem Buschwerk auf, brachte seine Kleider in Ordnung und klopfte kleine Zweige und Kletten von den wollenen Kniestrümpfen. Genüßlich streckte er seine Glieder und stieg in den Wagen, dessen Motor noch immer lief. Irgendwo wieherte ein Pferd. Aber das Schnüfflergehirn registrierte dieses Geräusch nicht. Auch den kleinen Jungen, der gestikulierend aus dem Wald lief und irgend etwas rief, nahm der Automobilist nur oberflächlich wahr. Sicher wollte der Bub ihn anbetteln, doch er winkte hämisch grinsend ab und startete mit quietschenden Reifen. Dann war seine konzentrierte Aufmerksamkeit wieder auf die Landstraße gerichtet.

Der kleine Loisl war froh, als er Ralf auf sich zukommen sah, denn der fremde Autofahrer hatte ihn für einen Augenblick irritiert. Hand in Hand gingen die beiden dann dem Vater entgegen, der mit seinem Ackergaul dahertrottete.

Der Jungbauer Xaver Oberholzer, ein sympathischer Mittdreißiger, hatte schon früh den landwirtschaftlichen Betrieb übernehmen müssen, weil sein Vater schwerverwundet aus dem Krieg heimgekehrt war und nie mehr die Kraft aufbrachte, dem ansehnlichen Einödhof vorzustehen. Er war kein Freund vieler Worte, und man war sich schnell handelseinig. Die Zeiten waren schlecht, und die harte Währung, die der Engländer Dave Winthrop ihm anbot, würde dem strebsamen Agronomen manche Anschaffung erlauben, die mit der noch auf schwachen Beinen stehenden Rentenmark, die er für seine Produkte erhielt, nicht möglich wären. Darum vertraute er dem reichen Ausländer ohne viel zu fragen.

Mit geschickten Handgriffen befestigte der kräftige Mann die Ketten an dem Auto und schleppte mit seinem Roß den angeblich fahruntüchtigen Maybach aus dem Dickicht aufs freie Feld und über die Wiese seinem Gehöft entgegen. Ralf saß am Volant und schmunzelte, als der junge Bauer vor sich hinbrummte: »Jo mai, recht schön is jo schon, so a lackierte Blechkaross'n, wann's fohr'n dat, aber du bisch halt doch was lebendig's, gel Brauner, hü!«

Dabei tätschelte er liebevoll das glänzende Fell des Pferdes. Neben dem Chauffeur saß stolz der kleine Loisl und fragte, ob er, bittschön, auch mal mitfahren dürfe, wenn das Automobil ganz von alleine fahren würde. Zu Loisls Vater sagte Ralf, er müßte ein bestimmtes Ersatzteil besorgen und auch sonst noch einiges erledigen. Deshalb wollte er den Wagen eine Zeit lang bei ihm einstellen, wobei er noch nicht wisse, wie lange das dauerte. Der Oberholzer meinte nur, bei der angebotenen Miete könne es gar nicht lange genug dauern und der Herr Engländer könne sich ganz auf ihn verlassen. In der Remise gebe es einen geeigneten Verschlag, den er mit Planen abdecken würde; da wäre das Fahrzeug gut und sicher aufgehoben.

Bei einer deftigen Brotzeit, die ihm von der drallen Küchenmagd vorgesetzt wurde, und einem Krug mit sebstgekeltertem

Most lernte Ralf den Großvater kennen, der, wie Loisl erklärte, nach ihm benannt worden sei und Alois hieße. Der Invalide war bemüht, sich nach Möglichkeit auf dem Hof nützlich zu machen, und Ralf erfuhr, daß dieser am nächsten Tag in die Stadt fahren sollte, um Bestellungen einiger Hotels und Gasthäuser auszuliefern. Der Alte war gern bereit, den Fremden mitzunehmen, »falls es dem feinen Herrn auf dem Kutschbock nicht zu unkommod ist«, und der junge Oberholzer bot dem Gast an, die Nacht unter seinem Dach zu verbringen. Die Großdirn sei bereits angewiesen worden, eine Kammer für ihn herzurichten. Er selbst müßte noch den Acker zu Ende pflügen, aber seine Frau käme schon bald von der Pferdekoppel zurück und könnte ihm dann das Anwesen zeigen. Ein gewisser Stolz klang aus diesen Worten, der sich sowohl auf das Anwesen als auch auf die Frau beziehen könnte, dachte Ralf bei sich.

Der alte Oberholzer wollte gerade vorschlagen, selbst den Rundgang mit dem Herrn zu übernehmen, als dessen Frau die Stube betrat. Die Altbäuerin trug ihr schwarzes Werktagsgewand, eine Tracht, die sich seit Generationen nicht verändert hatte. Ein bis zum Kinn zugeknöpftes Mieder zwängte den prallen Busen ein. Über den bauschigen, knöchellangen Plisseerock hatte sie eine dunkelblaue Arbeitsschürze gebunden. Ihr straff zusammengefaßtes Haar war am Hinterkopf zu einem Nest geflochten und mit einem silberverzierten Schildpattkamm aufgesteckt, der als einziger Schmuck dieser offenbar recht resoluten Person wie eine Krone auf dem hocherhobenen Haupt saß. Ehe die beiden Männer Ralf vorstellen konnten, musterte sie diesen von Kopf bis Fuß und bemerkte in sehr sachlichem Ton: »Das ist also der Herr Engländer, der sein neumodisches Vehikel bei uns unterstellen will? Der Loisl hat mich bereits informiert.«

Ralf neigte höflich die Stirn, aber bevor er etwas erwidern konnte, brummte sie schroff: »Was geht's mich an, ist eh Männersach'. Alois, schau her, da hab' ich die Liste der Kommissionen, die morgen zu erledigen sind«.

Der junge Bauer schaute seinen Gast vielsagend an und zog ihn am Ärmel mit sich hinaus. Dort ließ er ihn stehen, rief noch: »Bis heut' abend!« und trabte mit dem Braunen um die Ecke.

»Mir scheint, diese dominante Dame hat sich noch nicht ganz mit dem Altenteil abgefunden«, dachte Ralf, doch seine weiteren

Gedanken, wie spannungsgeladen wohl das Verhältnis zwischen ihr und der Jungbäuerin wäre, wurden durch ein helles Wiehern abgelenkt. Eine etwa dreißigjährige, schlanke Frau sprang behende aus dem Sattel und gab die Zügel dem herbeieilenden Knecht, der den schweißnassen Rappen zum Stall führte. Die langen Beine steckten in sporenbewehrten Schaftstiefeln und ausgebeulten Bridgeshosen aus schwarzem Kordsamt mit Lederbesatz. Der ebenfalls schwarze Rollkragenpullover betonte ihre weiblichen Formen. Sie löste das meergrüne Kopftuch, schlang es um den Nacken und schüttelte das volle kastanienrote Haar, dessen weiche Locken im warmen Licht der schon tiefstehenden Sonne aufleuchteten. Große braune Augen beherrschten das ausgeprägte Gesicht mit den üppigen Lippen. Als sie Ralf erblickte, sah sie ihn fragend an. Artig stellte er sich vor. Natürlich als der Engländer, für den er sich hier ausgab. Er käme viel herum, schwadronierte er drauflos, kenne Gott und die Welt und schätzte sich glücklich, auf dem Einödhof so freundliche, hilfsbereite und – er verneigte sich galant vor der anmutigen Reiterin – so charmante Menschen gefunden zu haben.

Das Kompliment machte Verena Oberholzer für einen Augenblick verlegen. Wie lange hat sie solche Worte nicht mehr gehört, und dieser Fremde sah blendend aus. Seine elegante Erscheinung wirkte ungemein apart vor dem bäuerlichen Hintergrund und übte auf die junge Frau eine Faszination aus, der sie sich nicht zu entziehen vermochte. Sie mußte alle Sinne zusammennehmen, um ihre Gefühle, die sie blitzartig überfallen hatten, zu verbergen. Doch es waren nur Sekunden, dann stand sie wieder fest auf dem derben Kopfsteinpflaster des Vorplatzes und erwiderte höflich, daß auch sie sich freuen würde. Als sie erfuhr, daß er bis morgen bleiben wollte, freute sie sich wirklich über diese Abwechslung in der Abgeschiedenheit des Einödhofes.

Bereitwillig befolgte sie auch die Anweisung ihres Mannes und präsentierte dem sich interessiert gebenden Herrn den umfangreichen landwirtschaftlichen Betrieb. Sie führte ihn durch die Stallungen und bedauerte ehrlich, daß er schon morgen früh abreisen müßte. »Ach, das ist aber schade, ich hätte Ihnen so gern noch das Vorwerk gezeigt. Das ist nämlich mein eigenes Reich. Sie müssen wissen, daß meine Schwiegermutter eine noch sehr rüstige Dame ist, und in einem Haushalt können keine zwei

Weibsleut' obwalten. Na, Sie können sich's schon denken, und da war ich halt recht froh, als mein Mann einwilligte, dort draußen, in der alten Scheuer, eine kleine Pferdezucht einzurichten. Es wirft ja nicht viel ab. Die Schwiegermutter meint sogar, es wäre ein Verlustgeschäft, aber es ist wunderschön! Sie müssen wissen, daß ich mit Pferden aufgewachsen bin.«

Sie hatte sich richtig in Eifer geredet, während die beiden durch das Gehöft schlenderten. Ralf betrachtete immer wieder wohlgefällig seine hübsche Führerin, die offenbar Vertrauen zu ihm gefaßt hatte und es genoß, mit jemandem reden zu können, der aufmerksam und anerkennend zuhörte.

»Ich selbst«, fuhr sie mitteilsam fort, »stamme aus Posen. Meine Familie hat dort ein namhaftes Gestüt besessen, bis wir durch die im Versailler Vertrag festgelegten Gebietsabtretungen alles verloren haben und von den Polen vertrieben wurden.«

Verena war bei dieser Schilderung stiller geworden und ein bitterer Zug lag um ihren Mund. Ein wenig zögernd erzählte sie weiter, und Ralf erfuhr vom Freitod des stolzen Vaters, der, schon angeschlagen vom Verlust seines im Krieg gefallenen Sohnes, diese Schmach nicht ertragen konnte. Die Mutter, vom Gram gebrochen, erkrankte bald darauf und starb auf der Flucht. »So bin ich schließlich als alleinstehendes Flüchtlingsmädchen in Bayern gelandet, wo ich meinen Mann kennenlernte.«

Ralf, erschüttert von der Härte dieses Schicksals, äußerte Worte des Bedauerns, aber die junge Frau entgegnete tapfer, sie habe nicht zu klagen und könne froh sein, hier ein neues Zuhause gefunden zu haben.

»Manchmal fühle ich mich schon ein wenig einsam. Mein Mann, müssen Sie wissen, spricht nicht viel«, und sie lächelte verhalten, »der Hof ist seine große Liebe, und Mutter ...«

Sie brach unvermittelt ab, als hätte sie schon zuviel geredet. Inzwischen waren die beiden wieder am Eingang des Wohnhauses angelangt, und Verena bat ihren Begleiter, sie zu entschuldigen. Man würde sich ja zum Abendbrot sehen und sie hoffe, daß man danach noch ein bißchen plaudern könne. »Wir haben recht selten Besuch auf dem Einödhof, müssen Sie wissen.«

Ralf bedankte sich mit einer chevaleresken Verneigung. Dann ging er noch einmal zurück zur Remise, schloß das Verdeck seines Wagens und verstaute die gesicherte Pistole samt Munition im

Handschuhfach. Aus dem Kofferraum holte er die juchtenlederne Reisetasche. Den breitrandigen Borsalino, der ihm dabei in die Hände fiel, nahm er ebenfalls mit. Hier war der Maybach vorläufig gut aufgehoben, dachte er, und zurrte die Plane über dem Verschlag wieder fest.

Das Abendessen wurde zusammen mit dem gesamten Gesinde eingenommen. Außer ein paar neugierigen Blicken, die ihn flüchtig streiften, nahmen diese einfachen Menschen kaum Notiz von dem Fremden. Später zog sich die Familie in die sogenannte ›gute Stube‹ zurück, deren Interieur sich durch eine etwas vornehmere Note von den übrigen Räumen unterschied. Vor allem war es das Klavier, das Ralf Dollberg besonders auffiel. Verena bemerkte seinen Blick und erklärte eifrig: »Das Hochzeitsgeschenk von meinem Mann.«

Der stopfte umständlich seine Pfeife, und zwischen den Versuchen, diese in Brand zu setzen, brummte er aufmunternd: »Spiel nur was für den Herrn, da hast wenigstens Publikum! I versteh eh nix von Musik.« Der alte Oberholzer in seinem Plüschohrensessel nickte zustimmend: »Und an Obstler könnt'st uns a kredenzen, schon wegen der Harmonie.«

Er kicherte spitzbübisch vor sich hin mit einem scheuen Seitenblick auf seine Frau, die sich an den Biedermeierschreibtisch gesetzt hatte und in einem Journalfolianten buchhalterische Eintragungen vornahm, ohne die übrige Gesellschaft zu beachten. Xaver Oberholzer hatte Flasche und Gläser geholt, und Verena begab sich mit einem zierlichen Knicks vor den Männern zum Instrument. Ralf lächelte ihr zu und bemerkte das Leuchten ihrer Augen über den rot angehauchten Wangen, während sie halb fragend, halb entschieden verkündete: »Peer-Gynt-Suite von Edvard Grieg.« Sie spielte die nordischen Weisen mit erstaunlichem Einfühlungsvermögen und mit bemerkenswert klarem Anschlag.

Das vom flackernden Licht der zu beiden Seiten der Notenauflage angebrachten Kerzenleuchter reizvoll beschienene Gesicht der jungen Frau und die melancholischen Melodien versetzten Ralf in eine romantische Stimmung, aus der er mitten in ›Solveigs Lied‹ aufgeschreckt wurde. Mit einem dumpfen Knall hatte die Altbäuerin ihr Kontenbuch zugeschlagen und die junge unterbrach abrupt ihr Spiel.

»Bei diesem Geklimper kann man doch nicht arbeiten!« Margret Oberholzer war aufgestanden und blickte herausfordernd in die Runde. Ohne sie zu beachten, wandte sich Verena spontan ihrem Gatten zu: »Xaver, was meinst, wenn ich morgen Mr. Winthrop in die Stadt begleite? Nächste Woche kommt die Schneiderin auf d'Stör, da gäb's noch ein paar Nähsachen und Stoffe einzukaufen.«

Giftig warf die Alte ein: »Ich tät meine Frau nicht mit einem wildfremden Mann in die Stadt fahren lassen, von dem man überhaupt nix weiß, und warum der sein feines Auto bei uns heraußen verstecken muß?«

Den jungen Oberholzer ärgerte diese boshafte Tirade seiner Mutter und er wies sie zornig zurecht: »Mutter, bitt'schön. Das ist mei Sach, und mei Frau fährt morgen in die Stadt, punktum! Spiel weiter, Verena, mir hat's g'fallen.«

»Und i geh'!« keifte die alte Oberholzerin und verließ demonstrativ den tabaksdunsterfüllten Raum.

Ralf Dollberg, den die Szene peinlich berührte, erhob sich höflich, wurde jedoch von der zänkischen Bäuerin keines Blickes gewürdigt. Aus dem Plüschohrensessel hörte man ein leises Kichern, und Verena flüsterte mit zitternder Stimme: »Verzeihen Sie, Herr – Mister Winthrop.« An ihren Mann gerichtet sagte sie sanft: »Dank' dir, Schatzl! Aber morgen müssen wir alle früh heraus, da ist's wohl am besten, wenn wir zeitig zu Bett gehen.«

Am frühen Morgen des nächsten Tages zuckelte das Fuhrwerk Alois Oberholzers über die Landstraße der Bezirkshauptstadt entgegen. Es war kühl. Glitzernde Tautropfen kullerten von seinem Schlapphut über die schwarze Pelerine, in die er sich eingehüllt hatte. Auf dem zweiten Kutschbock hockten die beiden Fahrtgenossen. Fröstelnd schlugen sie ihre Mantelkragen hoch. Verena hatte das grüne Kopftuch umgebunden, und Ralf zog den Borsalino mit der breiten Krempe tief ins Gesicht. Selbst wenn sein Verfolger ihnen entgegengekommen wäre, hätte er ihn wohl kaum erkannt.

Am frühen Vormittag erreichten sie Augsburg, wo Ralf auf Empfehlung Alois Oberholzers in einem gutbürgerlichen Gasthof Quartier bezog. Verena bot sich an, dem Fremden die gewiß sehenswerte Stadt zu zeigen, wobei sie schelmisch hinzufügte, sofern neben ihren Besorgungen noch genügend Zeit bliebe. Mit seiner Schwiegertochter, der er anscheinend sehr zugetan war, verabredete der Alte, sie nach Erledigung seiner Geschäfte am späten Nachmittag hier wieder abzuholen.

Ralf konstatierte, teils amüsiert, teils nachdenklich, wie die junge Frau zusehends aufblühte, und er spürte eine wachsende Zuneigung zu dieser charmanten Person. Zwar warnte ihn eine innere Stimme vor dieser Entwicklung, die seine Pläne gefährden konnte, doch impulsiv verdrängte er das vage Gefühl.

Der heute früh noch wolkenverhangene Himmel riß auf, und die schon fühlbare Frühlingssonne tauchte die Welt in ein lebensfrohes Licht. Mit einer Pferdekutsche fuhren sie durch die altehrwürdige Fuggerstadt.

Verena verstand es vortrefflich, viele interessante Details zu vermitteln. Nach der Besichtigung des mächtigen Domes, wußte sie gleich um die Ecke eine behagliche Konditorei, die zu einer Kaffeepause einlud. Der wartende Kutscher grinste verständnisvoll und zog dankend seinen steifen Hut, als ihm der großzügige Fahrgast eine Erfrischung servieren ließ. Später suchten sie ein Textiliengeschäft auf, wo Verena zielstrebig einige Artikel orderte, die sie schon zu Hause auf dem Merkzettel notiert hatte. Ihr weiblicher Instinkt führte sie schließlich in die Trachtenabteilung des Ladens. Hier fand sie auch prompt ein Objekt, das ihre Aufmerksamkeit weckte: eine duftige Bluse aus feinstem Batist, reich mit Valenciennespitzen besetzt. Vor einem Spiegel hielt sie das prächtige Stück an ihren Busen und drehte sich strahlend zu Ralf hin, von dem sie einfach annahm, daß er sich auch für solch modische Dinge interessieren könnte. Anerkennend nickte er ihr begeistert zu, doch sie winkte resigniert ab: »Meine Schwiegermutter würde der Schlag treffen!«

Er war aber so leichtsinnig, ihr eifrig zuzureden, diese aparte Spitzenbluse zu erstehen. Sie waren beide in einer überschwenglichen Stimmung, einem Zustand, in dem man meistens mehr fühlt als denkt. In der Erinnerung an den peinlichen Auftritt gestern abend bäumte sich ein trotziger Mut in der Jungbäuerin auf, und sie ließ die Bluse, die offenbar ihren Maßen entsprach, kurzerhand einpacken. Während sie mit dem Verkäufer zur Kasse ging, hielt Ralf sich diskret im Hintergrund. Tatsächlich aber hatte er in der Vitrine bei den Trachtenaccessoires einen Halsschmuck, der im Bayerischen ›Kropfband‹ genannt wird, entdeckt mit einem meergrünen Turmalin, bei dessen Anblick ihn plötzlich das Verlangen überkam, seiner reizenden Begleiterin eine Freude zu machen. Dabei wurde ihm nicht bewußt, daß er sie damit in Verlegenheit bringen könnte. Rasch entschlossen winkte er einer Verkäuferin, die clever genug war, den Kauf abzuwickeln, ohne Verena etwas merken zu lassen.

Der Kutscher nahm die Pakete in Empfang, dann trabte der Apfelschimmel mit dem Einspänner weiter durch die Straßen des historischen Bischofssitzes. In ausgelassener Stimmung erreichten sie den *Friedberger Hof*, das Gasthaus, in dem Dollberg logierte. Hungrig und durstig freuten sich beide auf ein deftiges Mahl. Verena machte rasch das vom Fahrtwind zerzauste Haar zurecht, und Ralf bestellte schon das Essen mit dem passenden Wein, während der dienstbeflissene Hausbursche alle Gepäckstücke in Ralfs Zimmer schaffte.

Der Schankraum war voll von lärmenden und rauchenden Gästen. Darum deckte man den Tisch im sogenannten ›kleinen Salon‹, einem ruhigeren Nebenzimmer. Beim ersten Glas stießen sie an. Verena sagte leise mit ernstem Gesicht: »Auf diesen unseren Tag! Ich war lange nicht so froh wie heute. Dabei ist es noch keine zwanzig Stunden her, als wir uns zum ersten Mal sahen, und heute, müssen Sie wissen, glaube ich, wir kennen uns schon zwanzig Jahre. Ist das nicht wunderbar?«

Ein wenig verlegen schaute sie ihm auf den meist lächelnden Mund unter dem schmalen Oberlippenbärtchen, der jetzt aber ebenfalls ernster wirkte als sonst. Dabei war sie aufgestanden.

»Und noch etwas möchte ich sagen, bevor ich von dem Wein einen Schwips habe: Danke, Dave, vielen Dank für alles!«

Sie küßte ihn scheu auf die Wange, dann leerte sie mit einem Zug ihr Glas und ließ sich aufatmend in den Sessel fallen.

»Liebe Verena«, Ralf beugte sich hinüber und berührte mit den Lippen ihre Stirn, »auch ich bin heute sehr glücklich, aber meine Dankesrede verschiebe ich bis nach dem Dessert, sonst wird das schöne Essen kalt!«

Der Wirt stellte nämlich in diesem Augenblick die dampfende Suppenterrine auf den Tisch: »Mit einer freundlichen Empfehlung meiner Frau wünsche ich den Herrschaften einen recht guten Appetit.« Als Nachtisch wurde Bayerische Creme serviert, dann räumte die Mamsell das Geschirr ab. Mit einem Blick auf die leere Flasche fragte sie, ob die Herrschaften noch Wein wünschten.

Ralf winkte ab, und als sie wieder allein waren, begann er nochmals: »Liebe Verena, für diesen unseren Tag, wie Sie so schön gesagt haben, möchte auch ich herzlich danken. Erlauben Sie mir darum, Ihnen eine kleine Freude zu machen.« Er nahm das Päckchen aus der Tasche und schob es über den Tisch. »Ich dachte, es würde gut zu Ihrer hübschen Bluse passen und vor allem zu Ihrem prächtigen Haar.«

Verena sah ihn erstaunt an, dann öffnete sie neugierig das bunte Seidenpapier, während sie automatisch sagte, das könnte sie doch nicht annehmen, aber es wäre wunderschön, und probieren möchte sie es schon gern mit der Bluse, die er ihr aufgeschwatzt habe. Dabei lachte sie ihn so offen an, daß ihm ganz warm um's Herz wurde. Als er sie dann bei der Hand nahm, folgte sie ihm wie ein argloses Kind auf sein Zimmer. In dem Paketstapel fand Verena schnell die mit rosa Blümchen bedruckte Kartonschachtel und entnahm ihr die sorgfältig in Seidenpapier gebettete Spitzenbluse. Während sie das Oberteil ihres Kleides aufknöpfte, bemerkte sie im Spiegel, daß Ralf ihr zusah.

Mit scherzhaft erhobenem Zeigefinger mahnte sie, er möchte sich, wie dies einem Gentleman anstünde, gefälligst umdrehen. Folgsam blickte er zum Fenster hinaus; aber bekanntlich steckt in jedem Mann ein Voyeur, und die spiegelnden Flächen der Glasscheiben zeigten ihm ihre entblößten Schultern, rund und hellhäutig, mit kräftigen Armen, denen man durchaus zutraute, ein scheuendes Pferd an die Kandare zu nehmen. Zwischen den dünnen Trägern der seidig schimmernden Hülle, die den festen Busen umspannte, reckte sich stolz der schlanke Nacken unter dem kastanienroten Haarschopf. Er fühlte heißes Begehren aufwallen. Kaum war Verena in die Bluse geschlüpft, bat sie Ralf, ihr beim Anlegen des Schmuckes zu helfen, was er mit leicht zitternden Händen tat. Dann wiegte sie sich kokett in den Hüften.

»Oh, das ist aber hübsch!« Begeistert nickte er ihrem Spiegelbild zu: »Sie sind bezaubernd, Verena!«

Spontan drehte sie sich um, stolperte dabei über das tiefer gerutschte Kleid und fiel ihrem Bewunderer geradewegs in die Arme. Er zog sie heftig an sich und küßte leidenschaftlich ihren bereitwillig dargebotenen Mund. Ihre Arme umschlangen Ralfs Nacken und erwiderten deutlich sein Verlangen. Fast atemlos flüsterte er zwischen den Küssen, mit denen er ihren glühenden

Leib bedeckte: »Es kleidet dich wirklich zauberhaft.« Mittlerweile trug sie nur noch das Halsband.

Dann liebten sie sich mit der Urgewalt eines Sturmwindes, der alle Bedenken wie welkes Laub verwehte. Nur ihre Gefühle türmten sich himmelhoch, zerplatzten in tausend rosa Wölkchen und hüllten die Liebenden ein, bis sie in sanften Schlummer sanken.

Die hallenden Schläge einer Turmuhr drangen wie aus weiter Ferne durch den rosigen Schleier. Erschrocken richtete sich Verena auf: »Mein Gott! Dave, Vater wartet gewiß schon auf mich, was soll ich nur tun? Bitte, hilf mir doch!«

Sie blickte entsetzt auf Ralf hinunter, der zärtlich ihren Körper liebkoste. »Sei unbesorgt, Liebes, es ist erst vier Uhr, und du bist sehr schön. Weißt du das?«

Vom nahen Münster tönten die Vesperglocken. Wenig später saßen die beiden in der Gaststube des Friedberger Hofes, den Blick stumm auf die Tischplatte gerichtet, unter der sich ihre Hände fest gefaßt hatten. Sie dachten an den nahen Abschied und mochten sich gern auf ein Wiedersehen freuen, doch eigentlich fürchteten sie sich davor.

Alois Oberholzer stapfte aufgekratzt in den Raum. Als er neben Verena den Berg von Paketen erblickte, maulte er zum Spaß: »Jo mei, da hab' i mei Zeugl endlich los, und jetzt muß i dafür deins aufladen!«

Er sprach mit schwerer Zunge, und Verena flüsterte Ralf zu: »Der Gute hat den Tag der Freiheit anscheinend auch genossen.«

Nuschelnd berichtete der Alte, daß seine Rösser schon vom Stallburschen versorgt würden, und man sollte bald zufahren, solange es draußen noch hell sei.

»Geh her, Zenz!« rief er der Bedienerin zu, und an Verena gerichtet sagte er: »I denk, wir nehmen no an Enzian, du auch, Schwiegertochter, denn es wird recht kühl werden auf'm Heimweg, und dem Herrn Engländer kann's a net schaden!«

Als er dann mit gemischten Gefühlen am Hoftor stand und Alois Oberholzers Gefährt nachschaute, dachte Ralf bei sich, daß er den Schnaps tatsächlich nötig gehabt hatte.

6. Der Irre von Landsberg

Bei der bayerischen Landespolizei verbrachte Ralf viele Stunden der folgenden Tage um Asyl zu beantragen und lernte die verschlungenen Pfade der Bürokratie kennen, was seine Selbstbeherrschung erheblich auf die Probe stellte. Von einer Dienststelle zur anderen gewiesen, mußte er immer wieder sein Anliegen vorbringen. Doch scheinbar fühlte sich keiner der Beamten zuständig oder kannte wenigstens einen Passus in den Dienstvorschriften, der in seinem Fall Anwendung finden könnte. Man warf ihm sogar vor, er befände sich illegal auf bayerischem Territorium und müßte der alsbaldigen Ausweisung gewärtig sein. Als er eine Aufenthaltsgenehmigung beantragte, stellte sich heraus, daß er nicht über alle erforderlichen Papiere verfügte. Aber einige davon konnte er nur bekommen, wenn er eine Aufenthaltsgenehmigung vorzuweisen hatte. Schon bereute er, den offiziellen Weg gewählt zu haben, anstatt frech seinen falschen Paß aus Kanada zu benützen. Aber jetzt war es zu spät. Resigniert wollte Ralf den Rückzug antreten und in künftigen Fällen wieder zur Selbsthilfe greifen. An Verena wagte er in seiner ohnehin fatalen Situation schon gar nicht mehr zu denken, und die unangenehmen Erinnerungen an die Eberbacher Ereignisse verdrängte er mit einer ärgerlichen Verwünschung.

Da kam ihm in dem säulengesäumten Arkadengang des Präsidiums eine vierschrötige Gestalt entgegen und stellte sich als Kriminalhauptkommissar Moosbrugger vor.

»Herr Dollberg, wenn ich nicht irre? Bitte, folgen Sie mir!« Ein martialischer Schnurrbart verdeckte den Mund des Beamten und gab seinem breitflächigen Gesicht einen undurchschaubaren, mürrischen Ausdruck. Als hätte er die Gedanken des unbequemen Ausländers erraten, warnte er diesen geradeheraus vor unbedachtem Handeln, und bevor Ralf irgend etwas dazu äußern konnte, eröffnete ihm der Hauptkommissar mit penetrant durchdringender Stimme: »Brauchen mir nichts zu erklären, Dollberg, kenne Ihren Fall!« Um diese Aussage zu bekräftigen, schlug er mit der flachen Hand auf das vor ihm liegende Aktenbündel.

»Habe mir Ihre Papiere von Karlsruhe überstellen lassen. Sollte uns eigentlich wurschtegal sein! Was mir aber lästerlich stinkt, ist die verdammte Tatsache, daß diese ominösen Abenteurer und Kopfgeldjäger jetzt auch in unserem endlich wieder geordneten Freistaat Bayern ihr Unwesen treiben. Dabei haben wir, weiß Gott, genug zu tun mit unserem eigenen Kram! Allein im letzten halben Jahr flatterten mir eine handvoll einschlägiger Anzeigen auf den Tisch, eine Leiche dabei, die verdammt mühsam zu identifizieren war, und bei allen das gleiche Motiv: Sie kennen es, Dollberg, aus eigener Erfahrung!«

Ralf war konsterniert von der rüden Art des Kriminalers, bemühte sich jedoch, ruhig zu bleiben, denn wenigstens tat sich nun überhaupt etwas. Moosbrugger hatte bei den letzten Worten seine fleischigen Hände zusammengeschlagen und belferte weiter: »... aber laut Gesetz muß ich mich, wohl oder übel, auf die Seite der Verfolgten schlagen!«

Lakonisch zuckte er mit den Schultern, zog ein Notizbuch aus der Tasche und verlangte von Ralf eine genaue Beschreibung jenes Mannes, der ihm von Nördlingen aus gefolgt war.

»Möglicherweise kommen wir dadurch der bei uns jedenfalls illegalen Organisation dieser dubiosen Legion auf die Spur. Wollte Sie als Lockvogel benützen, Dollberg, aber der Chef ist dagegen. Schade! Wollte Sie übrigens persönlich sehen, sobald Sie hier wieder aufkreuzen würden. Kommen Sie mit!« Der Hauptkommissar wandte sich schroff ab und ging durch eine andere Tür aus dem Raum, ohne sich umzusehen, ob Ralf ihm folgte.

Der ranghöchste Vorgesetzte des ruppigen Kriminalers war Oberstaatsanwalt Arnim von Erxleben, ein gestrenger Herr mit distinguierter Haltung und sehr gepflegtem Äußeren. Obgleich ein bayerisch eingeschworener Vasall, konnte er doch seine preußischen Vorfahren nicht verleugnen. Der hohe, steife Kragen in Verbindung mit dem kurzgeschnittenen Haar vermittelte eine militärische Note, und tatsächlich war von Erxleben während des Krieges ein hochdekorierter Offizier des ruhmreichen Garderegimentes ›Prinz Luitpold‹ gewesen.

Als die beiden eintraten, gab der Polizeichef seinem Untergebenen einen Wink, sich wieder zu entfernen, den dieser mit »Sehr wohl, Herr Präfekt!« bestätigte und eilends befolgte. Kaum hatte sich die hohe Eichentür zum Vorzimmer hinter Moosbrugger geschlossen, maulte er schon los: »Möcht' bloß wissen, warum der Alte soviel Aufhebens mit diesem verdammten Amerikaner macht. Versteh' das einfach nicht!« Die Sekretärin, die ihren Pappenheimer kannte, strich ihm mit der Hand tröstend über das schüttere Haupthaar und meinte mit einem frechen Lächeln: »Verstehen hängt mit Verstand zusammen, mein guter Moosi.«

Der gefoppte Hauptkommissar wandte sich wie beleidigt ab, mußte aber doch lachen und ging grunzend zu der kleinen Tür, die in einen weiteren Vorraum führte, wo zwei uniformierte Ordonnanzbeamte sofort strammstanden, als sie des Vorgesetzten ansichtig wurden. Dieser zischte im Vorbeieilen: »Danke – Wachtmeister Obergfell, Sie melden mir sofort, wenn der Ausländer das Zimmer des Chefs verläßt! Verstanden?«

Arnim von Erxleben komplimentierte Ralf Dollberg zuvorkommend in einen bequemen Sessel. »Ich habe Ihr Dossier studiert, Herr Dollberg, und war ehrlich gesagt neugierig darauf, Ihre Bekanntschaft zu machen.«

»Sehr liebenswürdig, Herr Oberstaatsanwalt, doch glaube ich, zuviel der Ehre. Ich bin nur ein nicht ganz unbescholtener Flüchtling, der Ihrer Hilfe bedarf.«

Der Polizeichef setzte sich wieder in seinen Armlehnstuhl hinter dem klotzigen Schreibtisch. »Ihr gutes Deutsch läßt darauf schließen, daß Sie sich längere Zeit, also schon vor der Eberbacher Affäre, in Deutschland aufgehalten haben?«

»Nein, erst seit dem letzten Sommer, als ich einen Freund meines Vaters besuchte und bei dieser Gelegenheit in Baden um Asyl bat. Meine Eltern lebten dort, bevor sie auswanderten, um in Amerika ihr Glück zu machen. Mutter bestand darauf, daß ich als Kind Deutsch lernte, und an bestimmten Tagen durfte in der Familie nur deutsch gesprochen werden. Ein großer Teil unserer Bibliothek bestand aus deutscher Literatur.«

Ungeduldig fiel ihm der hohe Beamte ins Wort: »Da ich nach allem, was ich über Sie gehört habe, ausschließen möchte, daß Sie aus Feigheit desertiert sind, kann man Ihrem Verhalten doch nur einen gewissen Patriotismus gegenüber der Heimat Ihrer Eltern zugrundelegen, und das ...«

»Verzeihen Sie, Herr von Erxleben«, ereiferte sich Dollberg, »ich habe zwar den Kriegsdienst verweigert, aber Fahnenflucht unterstellten mir die Amerikaner. Offensichtlich, um die Hetzjagd auf mich anzuheizen und Patriotismus ist ein irrationaler Begriff wie jeder ›ismus‹ eine Art Glaube, religiöse Doktrin oder ein politisches Schlagwort bestenfalls eine emotionale Gewissensregung, die ich niemals empfunden habe. Mir ging es ganz einfach um meine persönliche Freiheit.«

Der Präfekt preßte die Kuppen seiner gespreizten Finger gegeneinander und berührte mit den Daumenspitzen die skeptisch geschürzten Lippen. Dabei konzentrierte er den durchdringenden Blick seiner engstehenden grauen Augen auf Ralfs Nasenwurzel. In dozierendem Ton konterte er: »Freiheit erlangt man nicht durch Mißachtung der Gesetze! Der Staat fordert Loyalität, junger Mann, und garantiert dafür seinen Bürgern die größtmögliche Freiheit im Rahmen der bestehenden Ordnung. Glauben Sie denn, ein Waisenkind sei freier, weil es keine Eltern hat, denen es gehorchen muß? Sind nicht auch Sie als Staatenloser so ein Waisenkind?«

Ralf versuchte auszuweichen: »... und ich wollte nicht töten müssen.« »Dennoch haben Sie in Eberbach bedenkenlos getötet!«

»Das war Notwehr ich wurde tätlich angegriffen! Amerika war aber keineswegs bedroht, und sein Eingreifen in den europäischen Krieg hatte ausschließlich pekuniäre Gründe.«

»Der Einzelne kann die Gründe staatlichen Handelns nicht beurteilen!«

»Auch nicht, wenn diese unmoralisch sind?«

»Der Staat *ist* die Moral!«

Ralf blickte den Mann hinter dem Schreibtisch verständnislos an. Dieser hatte sich bei den letzten Worten abrupt erhoben und fuhr heftig fort: »Es geht hier um ein höheres Prinzip, das Sie anscheinend nicht verstehen wollen, ich aber zu vertreten habe und ich tue dies aus voller Überzeugung! Sie sehen, junger Mann, daß unsere Meinungen weit auseinanderklaffen.«

Er setzte sich wieder in seinen Sessel und lenkte ein: »Trotzdem wäre ich unter Berücksichtigung der einschlägigen Bestimmungen grundsätzlich bereit, Ihnen zu helfen. Nur, wie würden Sie selbst sich diese Hilfe vorstellen? Man kann Sie doch nicht ständig eskortieren!«

Noch bevor sich Ralf Dollberg hierzu äußern konnte, stellte der Oberstaatsanwalt, nachdenklich das Tintenfaß musternd, mit sehr sachlicher Stimme fest:»Ich sehe nur die eine Möglichkeit, Sie in Schutzhaft zu nehmen!«

Ralf sah sein Gegenüber entgeistert an und suchte vergebens nach Worten.

»Nun, Sie müssen nicht erschrecken, mein Freund, so schlimm wie das klingen mag, ist es sicher nicht. Mein Vetter ist Direktor der Haftanstalt Landsberg, deren juristische Bezeichnung ›Festung‹ schon eine gewisse Honorigkeit andeutet. Ich werde mich bei ihm dafür verwenden, daß man Ihnen eine angemessene Unterkunft bietet, die sich im Hinblick auf Ihre finanziellen Möglichkeiten zweifellos in mancher Weise recht angenehm gestalten ließe.«

»... mich aber jeglicher Freiheit berauben würde, denn ich wäre Ihr Gefangener!«

»Gewissermaßen, ja. Doch Sie sollten die Sache anders sehen: es wäre ja nur für einige Zeit, bis die Legion Ihre Spur verloren hat. Später könnten Sie, natürlich auf freiwilliger Basis, die Festung jederzeit wieder verlassen, dann allerdings auch den Freistaat Bayern!« fügte er mit sarkastischem Unterton hinzu.»Ich würde Ihnen dringend raten, junger Mann, im Interesse Ihrer persönlichen Sicherheit dieses Angebot anzunehmen. Andernfalls würde man Sie, so leid mir das täte, fristlos und unwiderruflich des Landes verweisen müssen.«

Eine dunkelgrüne Limousine, die Seitenfenster des Rücksitzes mit schwarzen Gardinen verhängt, rumpelte über das holprige Kopfsteinpflaster zur Haftanstalt Landsberg. In den beiden schwarzweißrotgestreiften Schilderhäuschen standen Wachtposten mit Karabinern und aufgepflanzten Seitengewehren. Am Portal der Hauptwache hielt der Wagen an. Das klotzige Bauwerk, von zwei plumpen Rundtürmen mit Zwiebelhauben flankiert, ähnelte einem altertümlichen Burgtor und unterstrich den vom Oberstaatsanwalt als juristisch bezeichneten Begriff Festung. Aber die hohen Backsteinmauern, die sich, in stumpfem Winkel nach rückwärts verlaufend, beidseitig an die Zwiebeltürme anschlossen, deuteten unmißverständlich darauf hin, daß es sich um ein ganz profanes Gefängnis handelte. Die rohen Mauerkronen waren dicht besetzt mit nach innen gebogenen, stacheldrahtdurchflochtenen Eisenspitzen.

Kreischend drehten sich die wuchtigen Türflügel des aus derben Natursteinen gefügten Torbogens in den rostigen Angeln. Ein junger Stabsoffizier in Reichswehruniform trat aus dem Dunkel einer Nische und setzte sich neben den Fahrer, der das Fahrzeug durch ein inzwischen ebenfalls geöffnetes Gittertor in einen weiten Innenhof lenkte. Nach einigen Wendungen erreichte der Wagen ein mehrgeschossiges Gebäude. Die Jugendstilfassade aus Sandstein setzte sich über die gestufte Giebelmauer fort bis zu dem Uhrenturm, der auf dem Sattel des steilen Daches saß und dessen Zifferblatt im Abendschein aufleuchtete. Der Offizier war ausgestiegen und öffnete die Tür zum Fond des Wagens. Salutierend schnatterte er militärisch: »Hauptmann Kattwinkel! Bitte, folgen Sie mir, Herr Dollberg!« Ralf nahm höflich seinen Borsalino ab, legte den Trenchcoat über den Unterarm und schritt mit seinem Begleiter durch die verhältnismäßig kleine Türöffnung in dem schweren Eisentor. Der Fahrer brachte seine Reisetasche.

Das Zimmer im dritten Stockwerk, das Ralf für seinen Aufenthalt in der Festung Landsberg zugewiesen wurde, war von bescheidener Schlichtheit, aber sauber und freundlich getüncht. Durch ein kleines Fenster fiel das letzte Licht des schwindenden Tages in die mit einfachen Buchenholzmöbeln ausgestattete Stube. Nur die militärische Bettstatt war aus grüngrau lackiertem Eisen. Kissenbezüge und Deckbett zeigten das gleiche weißblaue Karo wie die knappen Gardinen. Das schmiedeeiserne Fenstergitter wirkte eher als Zierat, denn als Einschränkung. Besonders zu schätzen wußte Ralf die durch einen dünnen Vorhang vom übrigen Raum abgetrennte Naßzelle, wo in einer engen Nische Toilette, Waschbecken und Dusche (wenn auch nur mit kaltem Wasser) installiert waren. Offenbar dienten die Räume dieser Etage zu Zeiten der militärischen Nutzung des Hauses als Offiziersunterkünfte. Von hier oben blickte man auf den von mehreren schlichten Gebäuden umrahmten Exerzierplatz, wo in unregelmäßigen Zeitabständen Wachmannschaften aufzogen. Hornsignale, hallende Kommandos und das Stakkato der Marschtritte wurden bald zum gewohnten Umweltgeräusch.

Die Tür zum Flur blieb stets unverschlossen. Man hatte allerdings den neuen Bewohner unmißverständlich gebeten, bei eventuellen Exkursionen außerhalb des Hauses nur bestimmte Zeiten und und ein begrenztes Areal einzuhalten. Schon am nächsten Morgen hatte ihm der Hauptmann einen Teil der Anlage gezeigt und bei dieser Gelegenheit das Terrain abgesteckt, in dem sich Ralf Dollberg bewegen durfte. Danach wurde er dem Direktor, Oberst a.D. Joseph Brandstaetter, vorgestellt. Ralf schmunzelte innerlich beim Anblick der dichtbesetzten Ordensspange über dem zivilen Revers des schwarzen Gehrockes. Die Barttracht des Beamten erinnerte an Herzog Maximilian I. von Bayern, dessen Bildnis in einem barocken Goldrahmen an der Wand hing und Brandstetters Loyalität gegenüber den Wittelsbachern dokumentierte. Der ehemals hohe Militär begrüßte seinen Schutzbefohlenen ziemlich reserviert. Näselnd räusperte er sich und musterte Ralf argwöhnisch über seinen randlosen Kneifer.

»Hm, hm, Sie sind also dieser Amerikaner? Nein, eigentlich sind Sie das ja nicht mehr! Staatenloser, wie? Na ja, wie auch immer, ich wollte Sie sehen! Sicher fühlen Sie sich bei uns wohl? Zumindest sicher! Hm, hm, Hauptmann Kattwinkel, unser Verbindungsoffizier vom Sicherheitsdienst, hm ...«

Verlegen räusperte er sich erneut, als hätte er schon zuviel gesagt. »Also Kattwinkel ist zuständig für Sie, ich meine für Ihren Aufenthalt in der Festung und verantwortlich für Ihre Sicherheit. Herr Hauptmann!«

Der sich im Hintergrund haltende Offizier schlug stramm die Hacken zusammen, während der Direktor die kurze Audienz mit einem affektierten Fächeln des Handrückens beendete. Selbst dem ernsthaften Kattwinkel huschte ein ironisches Lächeln über die Lippen, als er nach einer schneidigen Kehrtwendung Dollberg in seine Unterkunft zurückbrachte.

Das persönliche Faktotum des Hauptmannes, der Soldat Alois Hopf, servierte dem Arrestanten pünktlich die Mahlzeiten, die dieser auf seinem Zimmer einzunehmen hatte. Der clevere Bursche besorgte Ralf auch die sonstigen Dinge seines individuellen Bedarfs, wie Zeitungen, Bücher, Spirituosen und Schnupftabak, oder mitunter auch Medikamente, deren Rezepturen Ralf auf seinen, eigens für diesen Zweck angefertigten Vordrucken notierte, und deren Formulierungen so perfekte medizinisch-pharmazeutische Kenntnisse bekundeten, daß der Apotheker des kleinen Städtchens die gewünschten Präparate dem Boten bedenkenlos aushändigte. Alois Hopf fuhr nicht schlecht dabei, denn Ralf belohnte seine Dienste großzügig.

Der junge Offizier erschien in unregelmäßigen Abständen, um mit seinem Schützling zu plaudern, oder hin und wieder eine Partie Schach zu spielen. So verbrachte Ralf Dollberg nun schon die vierte Woche auf der Festung. Als es heute morgen an seiner Tür klopfte, genügte ein Blick auf die Uhr, um zu wissen, daß es Alois war, der wie immer auf die Minute genau das Frühstück brachte. Mit fröhlichem Morgengruß stellte er das Tablett auf den Tisch und legte ein paar Tageszeitungen daneben. Neuerdings versuchte Ralf, sich in den politischen Schlagzeilen und Leitartikeln zurechtzufinden, was eigentlich nie sein Metier war. Heute fand ein Bericht über die Londoner Konferenz des alliierten Reparationsausschusses sein besonderes Interesse, bei dem zwei Amerikaner, Dawes und Young, die Meinung vertreten hatten, man müßte mit Anleihen die deutsche Wirtschaft wieder in Gang bringen, anstatt dieses Land, dem nur die richtige Führung fehlte, durch praktisch unerfüllbare Forderungen insbesondere seitens seiner westlichen Nachbarn auszubluten. Er hatte schon immer die Ansicht vertreten, daß seine ehemaligen Landsleute auf das Geschäft mit Europa spekuliert hatten, als sie in den Krieg eingestiegen waren. Im Grunde wäre es ja in seinem Sinne, wenn man endlich einen Strich unter diese unheilvolle Feindschaft machte. Vielleicht würden sie dann auch seine Verfolgung aufgeben und er könnte sich irgendwo etablieren und etwas Vernünftiges schaffen.

Aber aus dem Gewirr der um die Macht rangelnden Parteien konnte er sich keinen Reim machen. Kopfschüttelnd las er in den Zeitungstexten die kühnen Parolen und die hochtrabenden Namen wie: Rotfront Kämpferbund, Nationale Opposition, Reichsbanner, Deutschvölkische Freiheitspartei, Stahlhelm, Zentrum und so fort. Eigentlich war ihm das alles zuwider, doch seit der seltsamen Begegnung mit diesem fanatischen Eiferer war er nachdenklicher geworden. Immer wieder drängte sich die Erinnerung an jene unheimliche Szene ins Gedächtnis.

Er war ins Dachgeschoß hinaufgestiegen und erklomm über die knarrende Holzstiege den kleinen Turm. Dann betrat er die schmale Plattform unter einem vorspringenden Söller, wo Ralf, wie schon oft, durch die vergitterte Luke über das weite Land hinausschaute. Von der nahen Lech stiegen Nebelschwaden auf und verschleierten das am anderen Ufer liegende Städtchen. Nur die Doppeltürme der hoch auf dem Leitenberg stehenden Heilig-Kreuz-Kirche mit den aufgesetzten Zwiebeln ragten aus dem milchigen Dunst. Hinter der imposanten Silhouette erhoben sich klar und ungewöhnlich nahe die tiefblauen Voralpengipfel, deren Ränder an diesem Abend von der glutrot untergehenden Sonne vergoldet wurden. Aus der stillen Versunkenheit ließ ihn plötzlich ein heiseres Räuspern zusammenfahren und aufhorchen. Dicht hinter ihm sagte eine markante Stimme:»Dieser Blick vermittelt einem doch immer wieder das Gefühl grenzenloser Freiheit!«

Aus einer dunklen Ecke löste sich eine bis dahin unbewegliche Gestalt, ein Mann von kleiner Statur. Ralf hatte sich schnell gefaßt und erwiderte lakonisch:»Ich fühle mich sehr eingeengt durch dieses Gitter und durch jene Mauer dort unten!«

»Das ist nicht von geringster Bedeutung, Herr Dollberg, denn wenn die richtigen Ideen in Bewegung kommen, fallen solche Mauern reihenweise!«

Und während der Fremde weiter deklamierte über die unbändige Kraft des Willens, verstand Ralf von alledem nichts, als nur die Nennung seines Namens. Panik ergriff ihn. Waren seine Verfolger schon in der Festung? Würden sie im nächsten Moment über ihn herfallen? Aber er hatte sich schnell wieder gefaßt und fragte, noch immer etwas verunsichert, woher ihn der andere kenne und wer er selbst denn wäre.

»Ich bin der Führer der Nationalsozialisten! Lesen Sie denn keine Zeitungen?«

Erleichtert konterte Ralf diese mit arroganter Selbstsicherheit in den Raum gestoßene Behauptung:»Gewiß, mein Herr, doch meist beschränke ich mich auf's Feuilleton und den Wirtschaftsteil. Politik interessiert mich nicht!«

»Ein unverzeihlicher Fehler, Herr Dollberg! Politik ist das einzige Mittel, Ideen in Bewegung zu bringen, darum habe ich mich damals, als namenloser Soldat, entschlossen, Politiker zu werden, um Deutschland aus seiner tiefsten Erniedrigung emporzuheben auf den Platz in der Welt, der ihm aufgrund seiner kulturellen, geistigen und rassischen Werte zusteht. Die Vorsehung hat mich dazu bestimmt.«

Er sprach nicht sehr laut, aber die eiskalte Härte der rauhen Stimme ließ Ralf dennoch erschauern. Kantig, abgehackt, wie aus einem Stahlband gestanzt, fielen die Worte. Als der Schmächtige vollends aus dem Schatten trat, hätte Ralf die vom letzten Schein des Abendrots beleuchtete Figur mit den kurzen Lederhosen, in weißen Kniestrümpfen und Haferlschuhen, ein Hirschhornedelweiß auf dem breiten Steg der alpenländischen Hosenträger eher als lächerlich empfunden, wenn nicht der hypnotisch stechende Blick der brennenden Augen diese Äußerlichkeiten weggewischt hätte. Die aus den blusigen Hemdsärmeln ragenden, geballten Fäuste hämmerten in die Luft, und während der Fanatiker von der Zerschlagung aller Feinde des neuen Reiches, der strikten Zurückweisung jenes schmachvollen Diktates und von der gnadenlosen Vernichtung des bolschewistischen Weltjudentums faselte, glaubte Ralf sich zu erinnern, dieses Gesicht schon einmal gesehen zu haben. Das blasse Oval mit dem schwarzen Segment der schräg über die Stirn fallenden Haarsträhne und dem quadratisch gestutzten Oberlippenbart unter der spitzen Nase. Unbewußt hatte er es wahrgenommen, vielleicht auf Plakaten oder auf Propagandahandzetteln, aber nicht weiter beachtet.

Nun redete dieser Besessene beschwörend auf ihn ein. Die Flut der Worte konnte Ralf erst wieder erfassen, als er selbst angesprochen war: »... und Sie haben es gewagt, diesen plutokratischen Imperialisten eine klare Absage zu erteilen, weil Sie Ihre deutschvölkische Herkunft nicht verleugnen wollten, die Stimme des Blutes! Sie gehören zu uns, und ich werde Ihnen, dem Staatenlosen, die angestammte Heimat wiedergeben!«

Ralf versuchte vergeblich, Einspruch zu erheben. Der demagogische Rhetoriker schloß jede andere Meinung rigoros aus. »Noch bin auch ich ein Gefangener, ebenfalls staatenlos, weil der erste Schritt zum neuen Deutschen Reich durch den feigen Verrat ehrloser Reaktionäre niedergeknüppelt wurde. Aber der Glaube an meine Sendung ist unerschütterlich! Meine Zeit wird kommen, und dann brauche ich Männer wie Sie! Ich weiß, was Sie können. Das künftige Deutschland muß wegen der expandierenden Grenzen motorisiert werden. Jeder Volksgenosse wird sein Automobil haben. Dazu müssen wir überdimensionale Straßen bauen, unzählige Brücken werden erforderlich sein. Erkennen Sie die Aufgaben, die auf Sie zukommen? Sind Sie nicht auch ein erfahrener

Flieger? Ein Luftfahrtwesen ungeahnten Ausmaßes wird uns über alle anderen Staaten erheben!«

Ein sieghaftes Lächeln flog über die strengen Züge des ›größenwahnsinnigen Phantasten‹, wie Ralf ihn im Geiste nannte. Plötzlich hatte dieser eine Anstecknadel in der Hand, das Parteiabzeichen der Nazis, mit goldenem Eichenlaub umkränzt. Spontan schickte er sich an, das Emblem an Ralfs Revers zu befestigen. Doch in diesem Moment trat lautlos ein dritter Mann aus dem Dunkel des Turmgelasses. Ralf wich unwillkürlich einen Schritt zurück, erschrocken über den drohenden Blick. Aber dieser Eindruck entstand offenbar nur durch die schwarzen, buschigen Augenbrauen des Fremden, der Ralf im dämmerigen Zwielicht höflich zunickte. Er flüsterte eindringlich mit dem Hageren. Dieser ließ seine Plakette wieder in die Tasche gleiten. Dann hob er den Zeigefinger.

»Darüber reden wir noch, mein lieber Dollberg! Das hier ist unser Parteigenosse, mein Sekretär«, stellte er jenen vor, »übrigens auch ein leidenschaftlicher Flieger! Sie werden sich gewiß gut mit ihm verstehen. Jetzt mahnt er mich zur Arbeit: Wir verfassen nämlich ein Buch. Ich nenne es ›Mein Kampf‹, und um die Zeit hier zu nützen, diktiere ich ihm mein politisches Programm in die Feder, denn die Welt soll wissen, was sie erwartet! Bis bald, mein Lieber, bis bald!«

Wie ein Spuk waren die beiden in der Dunkelheit verschwunden, und Ralf Dollberg zog sich fröstelnd in seine Kammer zurück. Immer wieder dachte er über die eindringlichen Worte dieses Wahnsinnigen nach. Ein hypnotischer Sog ging von seinen irren Ideen aus. Wie aber war es möglich, daß jener so genau informiert war, ja sogar persönliche Einzelheiten kannte? Hatte er möglicherweise Verbindungen zu Leuten, die ihm gefährlich werden konnten, und welche Freiheiten genoß dieser Gefangene eigentlich? Ralf nahm sich vor, morgen mit dem Hauptmann zu sprechen.

Er konnte lange nicht einschlafen und zählte die Stundenschläge der Turmuhr. Ab und zu tönten die monotonen Marschtritte der aufziehenden Wachmannschaften zu ihm herauf. Dollberg schalt sich selbst einen Narren und ging unter die kalte Dusche. Danach mischte er ein Beruhigungspulver. Seit längerem schon bekämpfte er diese innere Unrast, deren Ursache zweifellos der Zustand seiner ›Gefangenschaft‹ war. Er spülte den bitteren Geschmack mit einem Schluck Whisky hinunter. Dann fühlte er sich bald wieder besser und schlief gegen Morgen endlich ein. Beim Erwachen hatte er Mühe, seine Gedanken zu ordnen. Konnte es sein, daß er nur geträumt hatte? Eines stand jedenfalls fest, Kattwinkel würde er nichts von der nächtlichen Begegnung erzählen, denn er schämte sich seiner ängstlichen Phantasie. Aber ein ganz anderer Entschluß keimte in seinem Innern: Ralf Dollberg wollte Landsberg und Bayern verlassen.

★

Vier Tage waren seither vergangen. Der Hauptmann nahm die Mitteilung seines Protegés gelassen und kommentarlos entgegen. Die Formalitäten waren bald erledigt. Kattwinkel selbst würde Dollberg bis zur Landesgrenze begleiten.

Als das plumpe Militärfahrzeug mit dem in Tarnfarben bemaltem Leinenverdeck aus dem Torbogen rumpelte, hatte Ralf das Gefühl, wieder freier atmen zu können. Der Fahrer hatte sich bereits nach dem Weg zum Einödhof erkundigt. Als erster bemerkte der alte Oberholzer den Wagen, der seine Geländegängigkeit auf der Zufahrt des ländlichen Anwesens unter Beweis stellen konnte.

»Jo mai«, rief er schon von weitem, »der Herr Engländer kimmt mit an leibhaftigen Reichswehrler daher!« Er drückte Dollberg schmunzelnd die Hand und freute sich kindisch über die mitgebrachten Zigarren. Auch Xaver Oberholzer stapfte blinzelnd aus dem dampfenden Kuhstall ins helle Licht, um die Ankommenden zu begrüßen: »Recht lang sand's weg g'wesen! Aber dös schadt nix, bloß die lackierte Karossen wird a bißl Staub ang'setzt habn.«

Ralf schüttelte dem Jungbauern herzlich die Hand, stellte den Hauptmann vor und erkundigte sich nach Xavers Befinden und wie aus Höflichkeit, so ganz nebenbei auch nach seiner Frau und nach der Pferdezucht. Der junge Oberholzer schien völlig arglos zu sein, wenngleich ein dunkler Schatten über seine Miene fiel. Er zerknüllte die Mütze, die er immer noch in der Hand hielt, zwischen seinen schweren Fäusten, als suche er Halt daran. In seiner knappen Art berichtete er von jenem Unfall: Beim Zureiten eines einjährigen Hengstes war die junge Frau gestürzt und hatte sich eine schwere Verletzung am Rückgrat zugezogen.

»Sie wird wohl nie mehr recht gehen können, hat der Doktor

gesagt, und jetzt denk i halt allweil drüber nach, was mit dem Vorwerk g'schehen soll.«

Ralf war erschüttert und fand kaum die rechten Worte, dem Jungbauern sein Mitgefühl auszudrücken. Dieser winkte unbeholfen ab und meinte, Ralf möchte dann noch mit seiner Mutter abrechnen; die warte schon lange auf seine Rückkehr und hätte gar schon überlegt, wie man das Automobil losschlagen könne, falls der Herr Engländer nie mehr wiederkäme. Das sei natürlich nur Spaß gewesen, fügte er mit verlegenem Lächeln hinzu. Er war froh, als der Hauptmann Interesse für den Pferdestall zeigte und ihm dazu einige Fragen stellte.

Die Altbäuerin erwiderte in ihrer grantigen Art Ralfs freundlichen Gruß mit mäkelndem Lamento: »So, dann sand Sie also doch wiederkemma! Ham's a scho g'hört, was die junge Frau jetz hat von irene Rösser? Ich war ja allweil dagegen, und jetzt hammer no mehr Sorgen am Hals!«

Sie präsentierte Dollberg beflissen einen Zettel, auf dem sie zusammengestellt hatte, was der ›Herr Engländer‹ zu bezahlen hätte. Ralf reichte ihr großzügig einen höheren Betrag, als sie vereinbart hatten. Da legte sie die Scheine rasch in ihre Stahlkassette und bruttelte anstatt eines Dankes: »Auf Dollar kann i ja eh net rausgeben!«

Dann öffnete sich die Tür zur Küche und der kleine Loisl schob den Rollstuhl mit seiner Mutter in die Gute Stube. Verena hatte die roten Locken streng zusammengefaßt und hochgesteckt. Ihr blasses Gesicht erschien Ralf noch schöner, nur das Feuer in ihren Augen war einem traurigen Glanz gewichen. Stumm drückten sie sich die Hände. Sie trug die Bluse und zwischen den Spitzenrüschen des Ausschnittes blitzte der grüne Turmalin. Ralfs Kehle war wie zugeschnürt.

»Es tut mir unsagbar leid, Frau Oberholzer.«

Sie schüttelte nur langsam den Kopf. »... und ich freue mich unsagbar, Sie noch einmal zu sehen, Mister Winthrop, leben Sie wohl!« Mit einer entschlossenen Bewegung wendete sie den Rollstuhl zum Klavier hin und suchte ein paar Notenblätter.

»Kannst wieder draußen spielen gehen, Loisl. Dank' dir schön.«

Der Junge zog den Fremden am Ärmel hinaus in die strahlende Sonne, und wie ein Wirbelwind rannte er davon hinüber zum Großvater, der auf der Bank unterm Nußbaum saß und genüßlich seine Zigarre schmauchte. Verschmitzt blinzelte er Ralf zu: »Über das Schicksal sollte man sich keine Gedanken machen, dös tut eh was es will, gell, Herr Engländer?«

Vom offenen Fenster der Guten Stube her klang die melancholische Melodie von ›Solveigs Lied‹.

Ralf Dollbergs Fahrer hatte den Maybach inzwischen in Schlepptau genommen und meinte sachkundig, wenn man den Tank bis oben hin voll machen würde, könnte er eventuell wieder anspringen. Dann müßte der Motor mal so richtig auf Touren gejagt werden, denn er glaubte, daß nur die Benzinleitung verstopft wäre.

Der Hauptmann versprach dem jungen Oberholzer beim Abschied, er würde von sich hören lassen. »Die Reichswehr hat bald Bedarf an gutem Pferdematerial und würde dann gern Ihr Gestüt übernehmen, und das sollte Ihr Schaden nicht sein.«

An der nächsten Tankstelle wurde der Maybach wieder selbständig, und Kattwinkel freute sich, so einen eleganten Wagen steuern zu dürfen. Dollberg saß lächelnd daneben, und das häßliche Militärautomobil zuckelte bescheiden hinterdrein. Je mehr sie sich der Grenze näherten, desto größer wurde der Abstand der beiden Fahrzeuge. Dem schneidigen Offizier machte es offensichtlich Spaß, den rassigen Motor an die Kandare zu nehmen, und Ralf mußte neidlos anerkennen, wie sicher jener den schweren Wagen im Griff hatte.

Die Landstraße führte über eine Anhöhe in der Nähe des Städtchens Memmingen. Auf dem Kulminationspunkt hielt Kattwinkel abrupt an. Mit einer ausladenden Handbewegung wies er über das weite Land und sagte grinsend, mit übertrieben pathetischem Unterton: »Württemberg liegt Ihnen zu Füßen, Herr Dollberg!« Sachlich fügte er hinzu: »Hier ist ein Laisser-passer, ein Passierschein, der Sie als legalen Touristen ausweist und der Ihnen sicher auch von Nutzen ist, wenn Sie drüben eine Aufenthaltsgenehmigung beantragen wollen.«

Er steckte noch eine persönliche Visitenkarte dazu, dann stiegen sie aus. Kattwinkel reichte Dollberg freundlich die Hand. »Es war mir wirklich ein Vergnügen, Ihre Bekanntschaft gemacht zu haben.« Plötzlich schaute er ihm ganz ernst ins Gesicht. »... und noch jemand läßt Sie grüßen. Er schickt Ihnen dies als Zeichen seiner Gunst.«

Ralf traute seinen Augen nicht, als der Hauptmann jene Anstecknadel mit dem Hakenkreuz aus der Tasche nahm und sie ihm an die Rückseite seines Revers steckte. Kattwinkel trat einen Schritt zurück, hob den rechten Arm und sagte unmißverständlich:»Heil Hitler!«

Im Weggehen drehte er sich noch einmal um, salutierte militärisch und formulierte beschwörend, wie eine geheime Losung, die Worte:»Deutschland erwache!«

Nach einer strammen Kehrtwendung eilte er, ohne sich noch einmal umzusehen, seinem inzwischen herannahenden Dienstfahrzeug entgegen, das sofort wendete und als der Offizier eingestiegen war rasch um die nächste Wegbiegung verschwand. Ralf stand wie versteinert da. Noch konnte er nicht begreifen, welche Zusammenhänge sich hier offenbart hatten.

Verursachte der Schock ihm schon Ohrensausen, oder lag tatsächlich ein dumpfes Brummen in der Luft, das einen fast körperlichen Druck auszuüben schien? Er löste die Seitenklappen seiner chevreauledernen Kabriohaube, die er unterwegs mit dem Borsalino ausgetauscht hatte. Ganz deutlich hörte er jetzt das tosende Brausen und blickte suchend zum blauen Himmel hinauf, an dem kein Wölkchen zu sehen war. Aber dort drüben, am nahen Horizont, hinter den Wipfeln einer bewaldeten Hügelkette, schob sich ein silbernes, in der grellen Sonne gleißendes Ding empor. Er dachte einen Augenblick lang an einen Freiballon. Aber der müßte ja gewaltige Ausmaße haben! Dann erkannte Ralf einen spindelförmigen Flugkörper, der wie eine riesenhafte Zigarre in der windstillen, vor Wärme flirrenden Luft schwebte. Deutlich sah er jetzt auch die am spitzen Ende kreuzweise angebrachten Leitwerksflächen mit den schwarzweißroten Nationalitätskennzeichen. Ein Luftschiff des Grafen Zeppelin vermutlich auf einer Übungsfahrt. Als die faszinierende Erscheinung nach Süden abschwenkte, waren auch die Gondeln mit den Luftschrauben zu sehen, in denen sich die Antriebsmotoren befanden. Maybachmotoren.

Jetzt kannte er sein neues Ziel: Friedrichshafen am Bodensee. Dort baute man die Zeppelin-Luftschiffe, dort waren auch die Maybachwerke, wo man seinen Motor instandsetzen könnte. Fröhlich schwang er sich ans Steuer und brauste hinter dem in weiter Ferne entschwindenden ›Zeppelin‹ nach Süden.

7. Frommer Glaube und lebende Bilder

Auf der Fahrt durchs Allgäu ließ Ralf Dollberg sich viel Zeit. Er war von dieser Landschaft sehr angetan. Vor dem Hintergrund hoher Berge lagen, zwischen Hügeln und Wäldern eingebettet, weite Täler, und auf sattgrünen Matten weideten braungefleckte Kühe. Da und dort leuchteten in den Niederungen goldgelbe Kornfelder auf oder blinkte als blaues Auge ein kleines Gewässer. Dazwischen lagen winzige Dörfer mit putzigen Fachwerkhäusern und teils spitzen, teils zwiebelförmigen Kirchtürmen. Irgendwo in der Ferne pustete die Lokomotive einer Schmalspureisenbahn weiße Rauchwölkchen in den blanken Himmel und weckte in dem Betrachter den Gedanken, dies alles wäre das Modell einer paradiesischen Welt. Ein Gefühl der Freiheit durchflutete sein Herz. So friedlich hat er das Leben schon lange nicht mehr empfunden.

An einer Ausbuchtung am Straßenrand hatte Dollberg den Wagen abgestellt und wanderte querfeldein über würzig duftende Wiesenhänge zu einer einzelnen Linde, in deren Schatten ein Maler vor seiner Staffelei die lichten Farben der Landschaft in zarte Aquarellstriche verwandelte. Ralf schaute dem skurrilen Künstler interessiert über die Schulter. Schlohweißes Haar und ein üppiger Vollbart umrahmten das faltige, wettergegerbte Gesicht, in dem nur die hellen Augen zu leben schienen. Von dem ungebetenen Zaungast nahmen sie jedenfalls keinerlei Notiz. Der waagrecht im Mund gehaltene Pinsel entband ohnehin von der guten Sitte, Ralfs freundlichen Gruß zu erwidern. Schließlich schob der Alte den zerknitterten Strohhut aus der Stirn und fragte unvermittelt, ob Ralf ein Bild kaufen wollte. Drunten im Gasthof, wo er logierte, hätte er eine Mappe zur Auswahl. Verlegen lächelnd schüttelte Dollberg den Kopf und erklärte, als Tourist (das Wort Flüchtling hatte er verdrängt und gab sich derzeit als Reiseschriftsteller aus) wäre er ständig unterwegs und hätte auch kein festes Heim, das er mit den gewiß recht hübschen Malereien schmücken könnte. Es würde ihn jedoch freuen, da er beabsichtigte, ebenfalls hier zu nächtigen, wenn der Herr Künstler – selbstverständlich als sein Gast – bei einem Kruge Wein die Bilder zeigen und ihm Gesellschaft leisten wollte.

Unverhohlen abschätzend musterte der Maler den Fremden. Dann nickte er zustimmend:»Einverstanden! Ist eh selten genug, daß man eine gescheite Ansprach findet!« womit er in seinem Dialekt den Mangel an guter Konversation beklagte.»Ich bin Francesco Guiseppe Maier. Getauft worden bin i zwar auf Franz-Josef, aber heutzutage ist man mit einem deutschen Namen doch nix wert!« fügte er treuherzig hinzu.

Im *Goldenen Adler* entpuppte sich Francesco schon nach dem ersten Becher Wein als brillanter Erzähler, und dabei wurde auch Ralfs Reiseroute endgültig festgelegt: durch Oberschwaben, das der Maler in den höchsten Tönen lobte.»Lieblicher, bunter, weltoffener – relativ«, setzte er einschränkend leise dazu »als das strengere Allgäu!« Er belegte seine Meinung mit Aquarellen und Zeichnungen, zu denen er jeweils Geschichten und Begebenheiten aus alter Zeit so spannend zu schildern wußte, daß Ralf Dollbergs Neugier geweckt wurde.

Unterwegs fand dieser die Begeisterung seines neuen Freundes, den er anderntags ein Stück weit mitnahm, durchaus berechtigt, doch wurde seine Freude durch das neuerlich auftretende Stottern des Motors getrübt. Beim Abschied in der Nähe von Wolfegg tröstete Francesco den beunruhigten Automobilisten: »Von da aus geht der Weg zum Bodensee nur noch bergab, so daß dein Wagen sein Ziel gewiß auch ohne Motor erreicht.«

Die kurvenreiche Landstraße führte durch einen dichten Wald. Als dieser plötzlich wie eine Tunneldurchfahrt endete, eröffnete sich dem Reisenden ein traumhafter Blick über das Schussental, und dort drüben erkannte er auch schon die mächtigen Türme mit der hochaufragenden Tambourkuppel des Weingartener Münsters. Bald stand er vor der ›größten Barockkirche nördlich der Alpen‹, wie Francesco gesagt hatte. Der Maler schwärmte nicht zu Unrecht von der beschwingten Linienführung der eleganten Fassade, die den Gesetzen der Schwerkraft entgegenzuwirken schien und dem gewaltigen Bauwerk eine gen Himmel strebende Leichtigkeit verlieh. Ja so ungefähr hatte der Alte sich ausgedrückt, und mit dem Anflug eines Lächelns erinnerte sich Ralf an die Geschichte von dem genialen Architekten, der seinerzeit aus Italien kam, niemand wußte genau woher, und der es mit seinem persönlichen Charme verstand, den ebenso kunstliebenden wie ehrgeizigen Prälaten des Klosters, Abt Sebastian Hyller, für seine kühnen Ideen zu begeistern. Der verantwortliche Baumeister, Franz Beer, lehnte jede Kaution ab, und der budgetverwaltende Bruder Andreas kam durch die erhöhten Kosten erheblich in Schwierigkeiten.

»Aber das Kloster war reich, denn ...«, Francesco hatte die an jenem Abend um ihn herumsitzenden Zuhörer, vorwiegend Landwirte, vielsagend angesehen, »... der Prälat verlangte von den Lehensbauern der Konventsäcker die Abgabe der dritten Garbe.«

Ein betroffenes Murmeln war durch die Gruppe gegangen, als der Erzähler eine wirkungsvolle Pause gemacht, dann den randvollen Becher geleert hatte und fortgefahren war: »Der Italiener, Frisoni hat er geheißen, soll aber ein ganz leichtsinniger Windhund gewesen sein, der durch seinen aufwendigen Lebensstil soviel Schulden und geschändete Jungfrauen angehäuft hatte, von zahlreichen Amouren mit verheirateten Damen ganz zu schweigen, so daß sein mächtiger Gönner, der Herr Prälat ihn hat fallen lassen wie eine heiße Kartoffel, worauf der Architekt verschwand, wie er gekommen war.«

Franz-Josef Maier alias Francesco Guiseppe, für den Italien schlechthin als Ursprung allen musischen Schaffens galt, hatte in seinem Resümee eine gewisse Befriedigung durchklingen lassen: »... Doch der künstlerische Impuls hatte sich dem Werk bereits soweit mitgeteilt, daß die Unsterblichkeit seines Schöpfers gesichert war!«

Diese Version der Mitwirkung eines Südländischen am Münsterbau hatte Ralf Dollberg angesichts der beeindruckenden Architektur besonders reizvoll gefunden, mochte sie nun authentisch sein oder nicht. Die Bekanntschaft mit dem skurrilen Maler Maier war auf jeden Fall ein Gewinn, dachte er bei sich.

Auch im Inneren des ›schwäbischen Petersdomes‹, wie diese Kirche oftmals genannt wurde, fand Ralf die Anpreisungen seines Freundes bestätigt: Die klaren Linien der vornehm schlichten Säulen setzten sich über deren Kapitelle hinaus in den Deckenfresken perspektivisch bis ins Unendliche fort. Die Transparenz des gemalten Himmels über den irdischen Figurenszenen war von so entrückter Tiefe, daß er nach einem Wort suchte, einem Synonym für ›Sphärenklänge‹, das auf jene Farben angewandt werden könnte, die der geniale Maler Cosmas Damian Asam mit einer geheimen Mixtur aus Magerkäse, Eiern und Branntwein anrührte, wie Francesco sachkundig zu wissen vorgegeben hatte.

Dieser hatte auch mit seiner Schilderung der Orgel nicht übertrieben. Man konnte sich leicht vorstellen, daß der durch die erweiterte Fassade über dem Hauptportal entstandene konkave Raum sowohl akustisch als auch von der Größe her eine Herausforderung für den berufenen Orgelbaumeister gewesen war. Josef Gabler hatte hierin die Aufgabe seines Lebens gesehen. Mit der kleinsten Pfeife aus Elfenbein bis zur größten, die wie ein eherner Turm emporragte und deren Klang sich den Grenzen des menschlichen Hörvermögens näherte, bildete der große Meister eine Vielzahl von Stimmen der damals gebräuchlichen Musikinstrumente nach. Symbolisch schwirrten pausbäckige Putten aus weißem Marmor mit vergoldeten Instrumenten in Händen als himmlisches Orchester durch den Orgelprospekt.

»Nur eines ist ihm noch nicht gelungen.« Mit erhobenem Zeigefinger hatte Francesco Guiseppe Maier in der Hinterstube des Gasthofes zum Goldenen Adler über die eng um ihn gescharte Zuhörerschaft geblickt und war mit geheimnisvollem Unterton fortgefahren:»Die Menschenstimme, die ›vox humana‹, wie Gabler sie nannte. Sie sollte die Krönung seines Werkes sein. Tag und Nacht grübelte er, probierte die verschiedensten Pfeifenformen oder schmolz neue Zinnlegierungen. Doch vergebens: Der Klang glich nicht annähernd der Stimme von Gottes edelster Schöpfung. Eines Tages ließ sich ein fremder Meister bei ihm melden. Ganz in Schwarz gekleidet, nur am Barett trug er eine rote Hahnenfeder! Uns, meine lieben Freunde, wäre das sicher nicht entgangen, doch Josef Gabler, vom Ehrgeiz verblendet, war arglos. Er dachte nur an sein Problem, das er dem Unheimlichen offenbarte. Zum Wohl, ihr Glücklichen!« Francesco hatte den Becher erhoben und mit großen Augen in die Runde geschaut. Dann hatte er ein flüchtiges Kreuz über der Brust geschlagen und mit Grabesstimme geflüstert:»Der fremde Meister gab dem besessenen Orgelbauer ein Stück seltsam schimmerndes Metall und ließ sich das auf einem Pergament quittieren. Mangels Tinte mußte der sich den Finger ritzen und mit seinem Blute unterzeichnen. Ihr wißt es, Leute ...« Und wieder hatte der Erzähler das Kreuzeszeichen gemacht, »... er hatte seine Seele dem Teufel verschrieben!« Nach dem nächsten Schluck war Francesco ein Stück unter den Tisch gerutscht, und Ralf Dollberg hatte schon befürchtet, der Chronist brächte die Legende des beträchtlichen Quantums Weines wegen nicht mehr zu Ende. Doch dieser hatte sich noch einmal aufgerafft und vom betörenden Klang der von Gabler mit Hilfe des höllischen Metalles gegossenen Orgelpfeifen berichtet.

»Als aber die ›vox humana‹ zum ersten Mal in der heiligen Messe spielen sollte, ertönten nur sündhaft zotige Melodien, und die Gläubigen fingen an, in der Kirche zu tanzen und sich gar lästerlich aufzuführen. Da erkannten die hohen Herren das Satanswerk und Meister Gabler wurde verflucht. Nur der Opfertod seines frommen Töchterleins vermochte den Bann zu brechen: Die verirrte Seele konnte dem Satan entrissen und der Reumütige vor dem Scheiterhaufen gerettet werden. Von Stund an aber sang die Menschenstimme nur noch Lieder zum Lobe des Herrn.«

Ralf dachte schmunzelnd daran, wie der alte Maler nach den letzten, gelallten Worten in einen todesähnlichen Schlaf gefallen und von den Zechkumpanen in andächtiger Stimmung zu Bett getragen worden war. Dann aber schweiften seine Gedanken noch einmal zu dieser Legende zurück. Die Tochter, die sich für den Vater opferte, Stichworte, die ihn an Eva erinnerten. Schon so manchesmal hatte er an sie gedacht, sich nach ihr gesehnt. Auch sie hatte ihre Liebe dem alten Vater geopfert; oder hatte er sich diese Liebe nur eingebildet? Vielleicht hatte sie ihn längst vergessen, war anderweitig liiert oder gar mit einem Mann verheiratet, der ihrem Vater eher genehm war.

Während er so sinnend in dem lichtdurchfluteten Gotteshaus einherwandelte, trat der Kirchendiener aus der Sakristei: ein weißhaariger älterer Herr in hellblauer Livree mit rotweißer Schärpe und ebensolcher Kokarde am Zweispitz. Würdevoll schritt er, den mannshohen Ordnungsstab mit der glänzenden Goldkugel als Spitze in seiner Rechten, durch das Seitenschiff. Vor dem ›Allerheiligsten‹ beugte er demütig Haupt und Knie. Ralf sprach ihn leise an und drückte diskret einen Geldschein in die weißbehandschuhte Linke. Der Alte nickte nur, entfernte sich gemessenen Schrittes und kam alsbald mit einem Mönch des Klosters zurück. Der wies dem Fremden flüsternd einen Platz in dem kunstvoll geschnitzten Chorgestühl zu und verschwand lautlos durch einen Seitengang.

Kurz darauf erklangen die Akkorde einer Bach'schen Fuge, ein paar Läufe mit verschiedenen Stimmen. Die Reinheit der Akustik war tatsächlich verblüffend! Dann schwoll ein Orgelpunkt zum Sturme an, brauste wie ein Orkan von Tönen und Stimmen durch den weiten Raum. Der Mönch mußte alle Register gezogen haben! Mit einem Schlag Totenstille, nur der Nachhall irrte noch sekundenlang durch die herrliche Basilika. Dann schwebte plötzlich ein Ton in der Luft, der Ralf erschauern ließ: nasal, überirdisch fern und doch beklemmend nah ums Herz, weich, wie ein sanfter Hauch, aber dennoch eindringlich wie ein Befehl. Das mußte sie sein, die vox humana! Nein, eine Menschenstimme war das nicht, eher die Stimme von Engeln! Jetzt konnte er sich vorstellen, daß um diesen Klang eine Legende gewoben wurde, die von den Mächten des Himmels und der Finsternis berichtete und von menschlicher Unzulänglichkeit. Tief ergriffen verließ Ralf, der gewiß kein religiöser Mensch war, nach diesem Erlebnis das Gotteshaus.

Das kleine Städtchen, das sich zu seinen Füßen ausbreitete, wirkte so sympathisch, so heimelig, daß ihm ein wenig wehmütig ums Herz wurde, wenn er ans Weiterfahren dachte. Als er dann aber entschlossen in seinem Auto saß, sprang der Motor nicht an. Vergeblich nahm er die Kurbel zu Hilfe, doch die Maschine streikte endgültig. Eine Horde Kinder umringte den Fremden mit dem großen Wagen, Ralf wählte ein paar kräftige Jungen aus, verteilte eine Hand voll Münzen und ließ sich durch die idyllische Ortschaft schieben. Immer wieder versuchte er, den Gang einzulegen, aber der Motor kam nicht. Nur einige Fehlzündungen, bei deren Knallen die Meute jeweils johlend auseinanderstob. Ein Erwachsener gesellte sich hinzu und meinte abschätzig: »He, Sie, am Lamm wär' a Tankstell', vielleicht hilft's. Der hätt' im Notfall au a Garasch.«

Um die nächste Ecke erkannte Ralf auch schon die gelbrote Zapfsäule mit dem Muschelemblem und darüber ein Wirtshausschild *Hotel Lamm*. Der eifrige Wirt, ein gedrungenes Männlein mit Kugelbauch, eilte händereibend herbei, im Geist schon sein bestes Zimmer vermietend, und begrüßte ehrerbietig den gewiß recht anspruchsvollen Gast (dafür hatte er ein sicheres Gespür). Das Auto wäre kein Problem. Der Sohn des Nachbarn, ein geschickter Mechaniker, könnte das rasch in Ordnung bringen. Der Hausbursche holte ihn bereits her, denn der Junge sei derzeit arbeitslos und gerne bereit, sich nützlich zu machen und das Lamm könnte man als erstes Haus am Platze mit bekannt guter Küche und modernst ausgestatteten Zimmern nur bestens empfehlen. Der Herr hätte gewiß Hunger und Durst nach der langen Reise. Die Mamsell wäre schon dabei, eine Vesper zu richten. Sie schoben den Maybach in eine der Garagen, die der zukunftsbewußte Hotelier in den bisherigen Pferdeställen eingerichtet hatte.

Dollberg atmete erleichtert auf, als der auffällige Wagen endlich von der Straße war, denn er hatte ohnehin schon zuviel Aufsehen erregt. Dann kam der Hausknecht zurück mit einem jungen Mann, etwa Mitte Zwanzig, der vom Wirt Markus genannt wurde. Nach einem kurzen Blick auf das Automobil konstatierte der selbstsicher: »Alles klar, Maybach, Achtzylinder Einspritzer, 80 PS, Baujahr 1923, Modell W 4! Die Karosserie wurde von der Firma Spohn in Ravensburg gebaut, wo ich einige Zeit gearbeitet habe. Maybach stellte nur die Motoren her; das Getriebe, Kardan und Differential lieferte die Zahnradfabrik Friedrichshafen.«

Nach diesem Kurzreferat öffnete er mit raschem Griff die Motorhaube. »Sehen Sie, verehrter Herr«, und er zeigte auf die Einspritzpumpe, »hier sitzt bei den neuen Modellen ein Stutzen, an dem ein zusätzlicher Gummischlauch installiert wird, der die Luftzufuhr beim Ansaugen verstärkt. Das erhöht die Leistung des Motors und verhindert vor allem das lästige Verstopfen der Kraftstoffleitung.«

Ralf war verblüfft von den Kenntnissen dieses aufgeweckten Jungen, denn als Techniker und ehemaliger Konstrukteur von Automobilmotoren hatte er natürlich sofort die Zusammenhänge erkannt. Dieser Markus gefiel ihm!

»Wenn es Ihnen recht ist, verehrter Herr, würde ich bis morgen die nötigen Ersatzteile und das erforderliche Werkzeug besorgen, dann wäre Ihr Wagen in einigen Stunden auf dem neuesten Stand der Technik, und Sie werden keinen Ärger mehr haben.«

»Na, na, versprich dem Herren nur nicht zuviel, Markus!« Ein stattlicher Mittfünfziger, graumeliert, mit wachen Augen und kühn geschwungenem Schnurrbart, war zu der Gruppe getreten. Er trug eine steife, uniformartige Schirmmütze mit Kokarde. »Aber, Dät, du weißt genau, daß ich grundsätzlich keine Zusage mache, die ich nicht halten kann«, setzte sich Markus vorwurfsvoll zur Wehr.

Dann mischte sich der Wirt ein und erklärte:»Das ist der Kinobesitzer von nebenan.«

Dieser hatte seine Mütze abgenommen und stellte sich selbst vor:»Hieronymus Scheufele, ich freue mich, wenn mein Sohn Ihnen helfen kann.«

Dollberg drückte Markus einen Geldschein in die Hand.»Für die ersten Auslagen, Herr Scheufele.«

»Alles klar, aber sagen Sie einfach Markus zu mir, und vielen Dank! Morgen rechnen wir dann ab. Für heute wünsche ich noch einen schönen Abend.«

Er zog sich zurück, der Hausdiener trug Ralfs Gepäck nach oben, und der Wirt entschuldigte sich:»Will nur noch rasch im Zimmer nach dem Rechten sehen.«

Dollberg lud den alten Scheufele ein, mit ihm ein Viertele zu trinken. Die äußerlich recht unterschiedlichen Männer fanden schnell Gefallen aneinander. Als Käthe, die dralle Serviererin, mit dem kessen weißen Rüschenschürzchen über ihrem Arbeitsgewand aus schwarzem schon etwas abgewetztem Jacquard, den zweiten Becher Roten kredenzte, war eine angeregte Unterhaltung im Gange. Der Lammwirt schaute vorwitzig über den Tresen und flüsterte mit bissigem Unterton seiner Frau zu, die ebenfalls neugierig unter der offenen Küchentür stand:»Sobald sich irgendwo etwas Besonderes tut, ist dieser Kinoscheufele immer schnell zur Stelle. Hat der denn keine andere Arbeit?«

Zunächst hatte sich Dollberg für Scheufeles Uniform interessiert. Das wäre nur seine Dienstkleidung als Stromzählerableser vom Elektrizitätswerk. Infolge seiner Kriegsverletzung hätte er einen steifen Arm und könnte darum die frühere Tätigkeit als Dampfmaschinist in der hier ansässigen Maschinenfabrik nicht mehr ausüben.

»Ach, Sie waren im Krieg?« Behutsam versuchte Ralf, die Gesinnung seines neuen Bekannten auszuloten.»Ja, ich war Reservist, als aber anno sechzehn die Schlacht bei Verdun so große Verluste forderte, wurde ich doch noch eingezogen, hatte aber Glück im Unglück: Beim Transport zur Front bin ich aus dem rangierenden Eisenbahnwaggon gestürzt. Komplizierter Bruch des Ellenbogengelenkes. Da ist es aus gewesen mit Schießen oder gar

Erschossenwerden. Als kriegsuntauglich bin ich in die Heimat abgeschoben worden, und sie gaben mir dafür sogar noch einen Orden und eine kleine Invalidenrente. Über diese Wendung war ich eigentlich heilfroh, denn meine Familie und mein Geschäft, das Kino, brauchten mich dringend. Ich habe nämlich acht Kinder, müssen Sie wissen!«

Dollberg nickte dem Kinoscheufele anerkennend zu. Von diesem Mann hatte er gewiß nichts zu befürchten, und vertrauensvoll schilderte er mit knappen Worten seine Situation, daß auch er an diesem unheilvollen Krieg hätte teilnehmen sollen – gegen Deutschland – und wie er sich dem entzog, weshalb ihn die Amerikaner seit Jahren verfolgten. Aber nun hätten sie sicher seine Spur verloren, und er spiele schon mit dem Gedanken, sich für die nächste Zeit in dieser Gegend niederzulassen.

Käthe trug, mit einer freundlichen Empfehlung des Lammwirtes, den angekündigten Imbiß auf: eine opulente Aufschnittplatte mit Wurst, Schinken, Käse und Brot. Ralf forderte seinen Gast auf, tüchtig mitzuhalten. »Nun aber, mein lieber Herr Scheufele, würde mich interessieren, was Sie auf die Idee gebracht hat, ein Lichtspielhaus zu eröffnen, und das hier, in der, entschuldigen Sie, hintersten Provinz? Ich kenne solche Theater nur in größeren Städten.«

»Das ist gar nicht so schnell zu erklären!« meinte der Ältere kauend und kratzte sich hinter dem Ohr. Nach kurzem Überlegen berichtete er dann vom ›Blutritt‹, jener Reiterprozession, die am Freitag nach Himmelfahrt mit nahezu zweitausend Pferden, etwa achzig Musikkapellen und Hunderten von Fahnen und Standarten durch die Stadt und die umliegenden Fluren zog. Die Berittenen, meist Bauern aus der ganzen Umgegend, begleiten den Geistlichen, einen Mönch des Klosters, der hoch zu Roß im großen Ornat aus Goldbrokat mit der Reliquie des Heiligen Blutes die Felder segnete.«

Ralfs fragenden Blick bemerkend, erläuterte Scheufele: »Der Reliquiar, ein in Gold und Edelsteinen gefaßter Kristall, enthält nach frommer, recht glaubhaft verbürgter Überlieferung einen Tropfen des Blutes, das Jesus am Kreuz vergossen hat, als ihm ein römischer Legionär mit seiner Lanze die Seite öffnete.«

Ein mokantes Lächeln spielte um Dollbergs Lippen. Der Erzähler bemerkte es wohl und ging verständnisvoll darauf ein:

»Mystifizierung oder Wahrheit, nun, ich bin nicht so bigott; aber der historische Hintergrund ist zweifellos interessant!«

Wie viele Amerikaner sprach auch Dollberg auf Geschichte und Kultur mit einer unbewußten Neugier an, denn ihre Nation ist zu jung, um über die uralten Traditionen der Alten Welt zu verfügen. Instinktiv empfinden sie das vielleicht als Mangel!? Darum ermunterte Ralf den mitteilsamen Scheufele weiterzuerzählen, ohne dabei aber den Wein und die appetitlichen Vesperbrote zu vergessen.

»Vielen Dank, Herr Dollberg! Nun muß man natürlich wissen, daß es damals üblich war, das Blut von Hingerichteten, ob nun Heilige oder Verbrecher, aufzufangen, um es als wundertätiges Heilmittel gegen körperliche und seelische Gebrechen dienstbar zu machen. Aus diesem Grunde führte der römische Söldner, es soll ein Hauptmann gewesen sein, der später zum Christentum konvertierte, diese ›Medizin‹ auf seinen Feldzügen mit sich und brachte sie schließlich nach Mantua, wo er den Schatz aus Angst vor den Feinden Jesu in der Erde vergrub.

Erst um das Jahr 800 trat das Kleinod wieder zutage und wurde an diesem Ort lange Zeit verehrt, bis Kaiser Heinrich IV. die Reliquie seiner Tochter Judith übergab, die sie nach ihrer Vermählung mit Herzog Welf IV. um 1100 n. Chr. dem Kloster Weingarten vermachte, wo sie heute noch verwahrt und verehrt wird. Wie Sie sehen, in den immerhin fast zehn Jahrhunderten ein relativ kurzer und geradliniger Weg!«

Ralf erinnerte sich jetzt wieder an seinen Besuch im Münster. Als der Mönch, der die Orgel spielte, ihn am Hochaltar vorbeiführte, sah er dort auf einem purpurnen Samtkissen einen goldglänzenden Gegenstand schimmern. Ohne Zweifel war das die Reliquie, der Anlaß für die alljährliche Wallfahrt. Dann lauschte er wieder aufmerksam dem eifrigen Erzähler: »Nach der Prozession beginnt ein großes Volksfest. Karussells, Schiffschaukeln und Schießbuden locken mit dröhnenden Orchestrions und sich gegenseitig übertönenden Ausrufern. In den Küchen der Wirtshäuser brutzeln die Bratwürste und Berge von Bretzeln und Wecken türmen sich in großen Körben. Riesige Bierfässer werden angestochen. Einige Tausende, die gekommen sind, um den Blutritt zu sehen, machen diesen Jahrmarkt zu einem wahrhaft spektakulären Ereignis.«

Scheufele geriet erneut in Begeisterung, als er berichtete, wie am ›Blutfreitag‹ des Jahres 1909 eine besondere Attraktion seine Aufmerksamkeit weckte:

»Auf dem Platz unterhalb der Klosterkirche staute sich eine gewaltige Menschenmenge vor einem länglichen Zelt. Bunte elektrische Glühlampen blinkten um ein Schild, das über dem Eingang hing: *Lebende Photographien!* Mißtrauisch las man diese Worte und diskutierte heftig, was wohl hinter diesem neuen Schwindel stecken mochte. Lebendige Bilder, das sei doch ein Unsinn!

Aber die Neugier siegte, und die Schaulustigen strömten in hellen Scharen zur Kasse. In der Mitte zwischen den Sitzreihen aus derben Holzbänken stand eine Laterna magica, in deren Lampengehäuse ein Lichtbogen aufblitzte. An der Schalttafel aus weißem Marmor regulierte der Schausteller Dadinius Ohr mit einem Rheostaten den elektrischen Strom, bis der grelle Funke nicht mehr flackerte und ein ruhiger Strahlenkegel die Leinwand aufleuchten ließ. Nachdem er einen Filmstreifen eingesetzt hatte, erkannte man auf der projizierten Photographie einen Bahnhof. ›La Ciotat‹ stand auf dem Stationsschild. Dann drehte der Vorführer die Handkurbel, das Bild flimmerte, und die Zuschauer sahen deutlich, daß sich die auf dem Bahnsteig stehenden Menschen bewegten. Jetzt tauchte im Hintergrund ein Zug auf, der rasch näher kam und direkt auf das fasziniert dasitzende Publikum zuraste. Einige rückten erschrocken zur Seite, Frauen kreischten, dann füllte die dampfsprühende Lokomotive das ganze Bild und im nächsten Augenblick war der Spuk vorbei. In fassungslosem Staunen saßen die Besucher da, ein paar klatschten begeistert in die Hände. Erst nach einigen Sekunden der Verblüffung flammte enthusiastischer Beifall auf. Der Schausteller trat vor die weißstrahlende Leinwand, auf der sein scharfgezeichneter Schattenriß sichtbar wurde.

›Meine hochverehrten Damen und Herren! Soeben haben Sie den Beginn einer epochalen Erfindung erlebt, der Kinematographie, denn mit diesem Filmstreifen traten 1895 die genialen Brüder Lumiére in Paris erstmals vor die Öffentlichkeit.‹ Dadinius Ohr erläuterte allgemeinverständlich das Prinzip der ›Lebenden Bilder‹ und wies auf die soziale Bedeutung des Films als Mittel der Berichterstattung, der Aufklärung und nicht zuletzt der Unterhaltung hin.

Als Beispiel zeigte er in der zweiten Abteilung Aufnahmen des Erdbebens von San Francisco anno 1906, fremdartige Bilder einer Urwaldexpedition und als Abschluß eine spaßige Szene in einem Garten: Mit einem Schlauch sprengte der Gärtner die Blumenbeete. Ein kleiner Junge trat unbemerkt auf den Schlauch. Der Mann, nichts Böses ahnend, betrachtete die Öffnung der Spritzdüse, um festzustellen, warum kein Wasser käme. In dem Moment gab der Junge den Schlauch und damit das Wasser frei, das dem Gärtner ins Gesicht spritzte. Unter schadenfrohem Gelächter und fröhlich applaudierend, verließen die Besucher das Zelt.

Nur ich blieb an dem Vorführapparat stehen, stellte einige technische Fragen und bot dem Schausteller meine Dienste an, da ich als Maschinist das nötige Gefühl für mechanische Geräte hätte, um die Kurbel drehen zu können. Auf diese Weise konnte ich die ganze Sache eingehend studieren, denn von Stund an war ich der Kinematographie verfallen.

Ich dachte nur noch darüber nach, wie ich meinen Traum von einem feststehenden Lichtspieltheater verwirklichen könnte. Dabei ist mir beinahe einer zuvorgekommen, der die Fabrikhalle einer bankrotten Tabakmanufaktur pachtete und darin Filme vorführte. Aber er hatte kein Glück! Wegen Besuchermangels mußte er schnell wieder aufgeben. Vor dem Krieg, als die politischen Spannungen in Europa bedrohlich wuchsen, wurde in Weingarten die schon früher bestehende Garnison wiederbelebt. Man baute neue Kasernen und verlegte ein zusätzliches Regiment hierher. Das bedeutete einen Zuwachs von etwa 2000 Menschen, potentiellen Kinobesuchern! Dann übernahm ich 1913 das leerstehende Gebäude samt dem als Pfand für seine Schulden hinterlassenen Projektor meines Vorgängers und zeigte nun selber Filme, die derweil in größerer Auswahl angeboten wurden.«

»Offenbar hatten Sie damit den nötigen Erfolg«, kommentierte Ralf Dollberg die lebhafte Schilderung Scheufeles, der sich stolz über den schwungvollen Schnurrbart strich.

8. Die Kinofamilie

Im Obergeschoß des Lichtspielhauses befand sich die Wohnung der Familie Scheufele. Der größte und wichtigste Raum war die Küche. In deren rückwärtiger Hälfte dominierte ein monströser Kochherd mit blankgescheuertem Messinggeländer. Das ›Schiff‹, so nannte man den eingelassenen, länglichen Warmwasserbehälter, stand ständig unter Dampf, weil die Holzfeuerung (mehr oder minder geschürt) dauernd in Gang war. In einem rotemaillierten Topf simmerte ein Kaffee-Zichorie-Getränk vor sich hin, das während des ganzen Tages zur Verfügung stand, je nach Wunsch süß, schwarz oder melange, das hieß: mit der besonders sahnigen Ziegenmilch, die von den Scheufeles auf dem weitläufigen Gelände hinter dem Kino in einer eigenen, kleinen Landwirtschaft erzeugt wurde.

Auf der den beiden Fenstern zugewandten Seite des Raumes stand ein langer, wachstuchbelegter Tisch, um den sich ein gutes Dutzend verschiedenartiger Stühle gruppierte. Hier traf sich die Familie nicht nur zum Essen. Hier war das Kommunikationszentrum des Scheufele-Clans und überdies das unumschränkte Reich der Hausfrau Anna Scheufele, die von allen liebevoll Mam genannt wurde.

Einstmals, als Gutsbesitzerstöchterlein, war sie von ihren Eltern verstoßen worden, weil sie sich unstandesgemäß in den dort bediensteten Müller verliebt hatte. Trotz allen Widerstandes hatte sie den selbstbewußten jungen Mann geheiratet und folgte ihm in seine Heimat, wo er sich, mit mechanischem Räderwerk vertraut, an dem neuen Dampfaggregat verdingte, das über unzählige Transmissionen die vielgestaltigen Bearbeitungsmaschinen einer aufstrebenden Fabrik antrieb, die ihrerseits den braven Müllersmann samt seiner stetig wachsenden Familie ernährte. Als seiner Ehefrau letztlich doch noch ein beachtliches Erbe zugesprochen wurde, hatte Hieronymus Scheufele, den die Faszination der Kinematographie nicht mehr losließ, jene in Konkurs geratene Zigarrenfabrik gekauft und konnte nun endlich die ›Lichtspiele Weingarten‹ etablieren.

Anna Scheufele stand mit der obligaten Kittelschürze aus indigoblauem Kattun in ihrem Reich und überdachte das Abendessen. Während sie ein großes Küchenmesser wetzte, schaute sie auf die Wanduhr, die zwischen Mary Pickford und Rudolph Valentino hing. Der Raum war nämlich rundum mit bunten Kinoplakaten tapeziert, und die Uhr mit dem Zifferblatt aus Delfter Porzellan zeigte keineswegs die mitteleuropäische Zeit. Irgendwann hatte Anna Scheufele damit angefangen, die Zeiger vorzustellen. Sie glaubte, mit dieser Maßnahme garantieren zu können, daß keiner zu spät zur Arbeit oder in die Schule käme. Aber die Familie hatte sich schnell daran gewöhnt und kompensierte im Unterbewußtsein die vorgezogene Zeitspanne. So mußten die Zeiger bald noch weiter vorgestellt werden. Eigenartigerweise wurden die Intervalle der Anpassung immer kürzer und die erforderlichen Korrekturen immer häufiger, so daß der Unterschied mittlerweile vierzig Minuten betrug. Dennoch wurde Mams Prinzip von allen stillschweigend respektiert, sogar vom Dät, ihrem Mann. Die älteren und erfahreneren Geschwister wußten zu berichten, daß eine rigorose Rückstellung auf Normalzeit (plus fünf Minuten) immer dann erfolgte, wenn die Differenz nahezu eine volle Stunde ausmachte. Dies sei dann genau der Zeitpunkt gewesen, zu dem die Küche mit frischen Plakaten tapeziert wurde.

Hier also spielte sich das Leben der Scheufeles ab. Die Geschwister brachten oft Kollegen oder Schulfreunde mit, die sich in diesem Milieu recht wohl fühlten, und auch die Vertreter der Filmverleihfirmen machten ihre Abschlüsse lieber hier als in dem der Küche gegenüberliegenden Salon, der Guten Stube, der mit seinen verschossenen Chintztapeten, den altmodischen Samtvorhängen und den Plüschmöbeln eine gewisse Vornehmheit ausstrahlte. Der aus Mams Mitgift stammende Biedermeierschreibtisch fügte sich harmonisch in das distinguierte Ambiente und rechtfertigte, je nach Verwendung des Raumes, die wahlweise Bezeichnung Bureau.

Während Mutter Scheufele mit der Vorbereitung des Abendessens beschäftigt war, waren ihre Töchter Fanny und Irene, die sich beide als Damenschneiderinnen betätigten, aus ihrer Nähstube herübergekommen und hatten sich mit einer Handarbeit am langen Tisch niedergelassen, wo Markus interessante Dinge zu berichten wußte. Am anderen Ende machten die beiden kleineren Geschwister angeblich Hausaufgaben und spitzten dabei ihre Ohren, um ja alles zu hören, was die Erwachsenen interessant fanden.

Fanny, die ältere der beiden Näherinnen, war mit ihren dreiundzwanzig Lenzen eine unbeschwerte Frohnatur von naiver Gutmütigkeit und so familiengebunden, daß sie sich nicht vorstellen konnte, einmal zu heiraten um das elterliche Nest zu verlassen. Männerbekanntschaften hatte sie bisher gar nicht ernst genommen und fand auf schwärmerische Weise ihren Spaß am harmlosen Flirt. Ganz anders hingegen war die um fünf Jahre jüngere Irene, ein bildhübsches Nymphchen, dem der Spaß allein nicht genügend lukrativ erschien. Egoistisch auf den eigenen Vorteil bedacht, wußte sie stets ihren Willen durchzusetzen und sich selbst in den Mittelpunkt zu stellen. Nur die fatalistische Duldsamkeit der älteren ermöglichte eine reibungslose Zusammenarbeit der unterschiedlichen Schwestern, und abends im Kino, wenn die beiden in ihren schmucken, selbstentworfenen Uniformen aus dunkelrotem Samt mit goldenen Knöpfen als Platzanweiserinnen auftraten, dachte jedermann: »Was hat doch der Scheufele für reizende Töchterlein!«

Als der Dät heute nach Hause kam und sich ebenfalls an den langen Tisch setzte, schaute er vor Begeisterung strahlend, in die Runde. »Was meint ihr wohl, wen ich heute kennengelernt habe?«

»Einen steinreichen Amerikaner!« sagte die Mutter lakonisch.

Der alte Scheufele blickte seinen Sohn Markus, der sich hinter Mams blauer Schürze versteckte, vernichtend an.

»Das hätte ich mir natürlich denken können, du Schwatzbase! Dabei dachte ich, du müßtest Ersatzteile beschaffen!«

»Die bekomme ich erst morgen!« entschuldigte sich Markus.

»Sieht er wirklich so gut aus, Dät?« fragte Fanny, und Irene zog nach: »... und ist er tatsächlich so reich?«

»Falls er wirklich so vermögend ist, wie es scheint, sein Auto ist nämlich viel größer als das vom Doktor, so ist das für mich nicht maßgebend! Auf jeden Fall dürfte er ein sehr aufrichtiger Mensch sein.«

»Sei nur nicht zu vertrauensselig!« warnte seine Frau skeptisch. »Ein Auto ist doch kein Maßstab für den Charakter. Er könnte ja auch ein Hochstapler sein.«

Vater Scheufele kaute grimmig auf den Stockzähnen. Erst hatten sie ihm die Schau gestohlen, und jetzt zweifelte man auch noch an seinem Beurteilungsvermögen. Verärgert schaute er Anna zu, wie sie die große Aufschnittplatte richtete. Dann maulte er gereizt: »Meinetwegen müßte man nicht zu Abend essen. Ich habe bereits im Lamm gevespert – mit dem Hochstapler!«

Da war die Mam aber schnell in Rage und fauchte ihn giftig an: »Das ist ja wieder typisch Scheufele! Der feine Herr hat schon gegessen. Aber die große Familie, die sich der Pascha leistet, soll darben. Das möchte mir gerade noch fehlen!«

Ängstlich duckten sich die Kleinen hinter ihre Schulbücher. Auch die friedliebende Fanny blickte konsterniert auf die Eltern. Die vorlaute Irene aber flüsterte ihr deutlich hörbar die freche Bemerkung zu: »Das finde ich ja wirklich impertinent! So etwas dürfte sich mein zukünftiger Mann mal nicht erlauben!«

»Falls sich überhaupt einer trauen würde, dich Kratzbürste zu nehmen«, warf Markus schnippisch ein, und die Mutter fuhr ihr barsch über den Mund: »Ich bitte mir mehr Respekt aus vor deinem Vater, Irene!«

Markus, der das Zucken der Mundwinkel hinter Scheufeles Schnurrbart bemerkt hatte, brach unvermutet in prustendes Gelächter aus, dessen entspannender Wirkung sich keiner zu entziehen vermochte. Fanny atmete erleichtert auf und kam auf das Gespräch zurück, das dem kleinen Gewitter vorangegangen war.

»Nur gut, daß ich mit Lammwirts Pauline befreundet bin, da kann ich den Amerikaner auch mal aus der Nähe anschauen.«

Erst jetzt fiel dem Dät ein, daß er noch einen Trumpf in der Hinterhand hatte, und er genoß es sichtlich, ihn selbstgefällig auszuspielen: »Diese Gelegenheit bietet sich dir schneller als du denkst. Ich habe nämlich Mister Dollberg für heute abend eingeladen, damit er unsere Familie kennenlernt. Er interessiert sich sehr für das Kino, versteht auch viel von Technik und kennt sogar ein paar Schauspieler in Hollywood persönlich! Da heute keine Vorstellung stattfindet, wären wir doch alle beieinander. Was meint ihr dazu?«

Auf diese Frage erhielt er keine Antwort, denn alle wirbelten wie aufgescheuchte Hühner durcheinander. Fanny suchte nervös die Lockenschere, Irene wollte ihr neues Kleid aufbügeln und

Markus meinte, es wäre vielleicht besser, wenn er sich noch rasieren würde. Fanny sollte noch sein Jackett ansehen, denn er glaubte, da fehle ein Knopf. Der zehnjährige Erwin zupfte an Mams Schürzenband: »Darf ich heute länger aufbleiben? Ich habe morgen erst um neun Uhr Schule.«

Das Klärle schmiegte sich an den schmunzelnden Vater und strahlte ihn mit hoffnungsvoller Überzeugung an: »Ich darf, gell, Dätele? Ich bin ja schon zwölf und bald groß!«

Dann kam Sophie vom Dienst nach Hause. Mit ihren einundzwanzig Jahren war sie die jüngste Referendarin beim Finanzamt, was den Vater natürlich mit Stolz erfüllte. Sophie war bescheiden und rücksichtsvoll, meist still in sich gekehrt, obgleich sie gegebenenfalls geistreich und witzig zu plaudern verstand. Beim Betreten der Küche rief sie kopfschüttelnd aus: »Ist denn ein Fuchs in diesem Gänsestall?« Der Dät klärte sie rasch auf, und ein wenig skeptisch lächelnd meinte sie: »So, so, ein Amerikaner, na ja, den schauen wir uns mal an.«

Das Abendessen verlief an diesem Tage nicht so ruhig und harmonisch wie sonst. Als schließlich noch der Lehrling Konstantin, von allen nur Konsti genannt, von der Arbeit kam und nach dem Grund für diese Unruhe fragte, tuschelte Klärle ihm geheimnisvoll ins Ohr: »Ein Schauspieler oder so etwas Ähnliches kommt heute Abend extra aus Amerika, um ein richtiges Kino zu sehen!«

Endlich hatte jeder etwas zu essen vor sich, und die Mam konnte sich auch hinsetzen. Sie neigte sich zu ihrem Mann und bemerkte leise: »Du hast ja den Verein ganz schön auf Trab gebracht! Übrigens wollte ich dir noch mitteilen, daß sich Robert für heute Abend angesagt hat. Kann zwar etwas später werden. Seine Frau muß mal wieder ihre kranke Mutter hüten. Anscheinend ist es mit ihr schlimmer geworden.«

Fanny machte ein betroffenes Gesicht: »Die arme Amelie!« Aber da korrigierte Markus sie heftig: »Der Betroffene ist doch Robert!«

»Ach, die sollen die Alte doch in ein Pflegeheim bringen!« warf Irene bissig ein.

Sophie wies ihre Schwester sanft zurecht: »Sei doch nicht so hartherzig, Irene! Außerdem kostet das eine Menge Geld, und Robert spart ja zur Zeit auf ein Motorrad.«

Vater Scheufele hatte den Disput seiner Kinder nicht weiter beachtet und sagte zu seiner Frau: »Das trifft sich gut, dann kann

Robert mit Herrn Dollberg über die neueste Kinotechnik sprechen.«

Ralf Dollberg hatte die Einladung gerne angenommen, denn nach der langen Abgeschiedenheit in der Festung verlangte es ihn nach menschlicher Gesellschaft. Da schien ihm Hieronymus Scheufele mit seinem Kino und der großen Familie gerade das Richtige zu sein. Am Abend kam er mit einem voluminösen Picknickkorb, unter dessen Deckel ein paar Flaschen Champagner, erlesene Delikatessen, Konfekt und für die Kinder Schokolade verborgen waren. Der Lammwirt war recht verdutzt gewesen, als er die Köstlichkeiten zusammenstellen mußte.

»Was der Ami wohl mit dem Kinoscheufele zu feiern hat?« fragte er wißbegierig seine Frau, die nur kopfschüttelnd mit den Schultern zuckte: »Pauline soll morgen mal ihre Freundin Fanny aushorchen.«

★

Ralf plazierte den Henkelkorb mitten auf dem Tisch des Salons und begrüßte Frau Scheufele, die ihr Mann voller Stolz vorgestellt hatte. Mit einer höflichen Verbeugung wies der noble Gast auf den Korb: »Statt Blumen, Madame, erlaube ich mir, Ihnen ein kleines Mitbringsel ...«

Sie unterbrach ihn lächelnd: »Nur nicht so formell, Herr Dollberg! Ich freue mich, Sie kennenzulernen. Mein Mann hat mir interessante Dinge von Ihnen berichtet.« »Sie sind sehr liebenswürdig, Madam!«

Unwillkürlich hatte er die förmliche Anrede gewählt, denn Anna, in ihrem schlichten Nachmittagskleid aus altrosa Veloutine mit ecrufarbener Spitzengarnitur, das sie sonst nur an der Kinokasse trug und das sie heute ausnahmsweise mit ihrer blauen Kittelschürze vertauscht hatte, strahlte einen so vornehmen Charme aus, daß der Besucher sie voll Bewunderung betrachtete. Anbiedernd brach der Dät das kurze Schweigen: »Die Madame wird in unserem Hause von allen nur Mam genannt.«

»Das finde ich sehr passend«, konterte Ralf diplomatisch. »Das Wort madam wird bei uns wie ma'am gesprochen; das klingt ganz ähnlich wie Mam, und madam bedeutet in Amerika soviel wie Gnädige Frau!«

Verblüfft schielte der Dät zu seiner Angetrauten hinüber. Ralf aber spann den Faden weiter: »Dät gibt es im Amerikanischen auch, denn dad ist die Koseform für Vater, – Papa. Die Koseform für Mama ist mum, also sind wir auch so herum wieder bei Mam!«

»Was sind wir doch für eine amerikanische Familie!« staunte Vater Scheufele, und alle drei lachten herzlich. Auch Anna fand den Fremden sehr sympathisch.

Das immer lauter werdende Tuscheln und Kichern hinter der Tür ließ unschwer darauf schließen, daß dort der Rest der Familie versammelt war und lauschte. Während Anna und Ralf auf dem goldfarbenen Plüschsofa Platz nahmen, ließ der alte Scheufele seine Kinderschar aufmarschieren. Markus begrüßte Herrn Dollberg wie einen alten Bekannten. Feixend reichte er dem Gast einen Kinoprogrammzettel und deutete auf das Firmenzeichen, auf dem drei stilisierte Eulen über dem Schriftbalken Lichtspiele hockten.

»Und das sind sie!« er wies auf seine Schwestern, »Kinoscheufeles drei Eu... wollte sagen, drei Grazien.«

Mit einem empörten Aufschrei schubsten diese den ungalanten Bruder zur Seite und machten wie auf Kommando einen gemeinsamen, tiefen Knicks. Jetzt war es an Ralf Dollberg, zu staunen. »Donnerwetter!« dachte er bei sich. »Eine ist hübscher als die andere!«

Vater Scheufele zwirbelte die Spitzen seines Schnurrbartes nach oben und präsentierte stolz wie ein Zirkusdirektor seine ansehnlichen Töchter. Verlegen zupfte Fanny ihr apartes Jumperkleidchen aus lila- und grüngemustertem Wolltrikot zurecht und schaute verschmitzt in die Runde. Mitten auf dem frischgebrannten Lockenschopf trug sie eine große rote Satinschleife. Die in der Aufregung übereinandergestellten Spitzen der Schnürstiefeletten verdarben zwar die grazile Haltung, aber ihrem mädchenhaften Reiz tat das keinen Abbruch, konstatierte Ralf innerlich schmunzelnd.

»Welch ein Mann!« dachte Sophie in ihrem brünetten Köpfchen, das von lustig wippenden Schillerlocken umgeben war. Ihre schlanke Figur wurde von dem dunkelblauen Matrosenkleid vorteilhaft betont. Für einen kurzen Moment nur begegnete sie Dollbergs Blick, dann schlug sie züchtig die Augen nieder.

Irene reckte, sprühend vor Geltungsbedürfnis, den schwarzen Bubikopf, von dem ihr eine dünne Strähne ins Gesicht fiel und einen kessen Kringel auf die Stirn zeichnete. Der knielange Hänger aus weißgrundigem Crépesatin mit Längsstreifen in gelb und orange, ließ dezent ihre weiblichen Formen ahnen.

Vor dieser anmutigen Phalanx wagte Ralf kaum mehr als ein anerkennendes Lächeln. (Welch ein Glück, daß er nicht den Apfel des Paris zu vergeben hatte.) Zur Ablenkung verteilte er Süßigkeiten an die Kleinen. Den fünfzehnjährigen Konstantin, der wie alle Halbwüchsigen ein wenig aus den Proportionen geraten war, fragte er nach einigen Fakten seiner Berufsausbildung und versäumte nicht, auch gute Ratschläge zu erteilen. Dann mußten die Kinder zu Bett gehen, und der Hausherr wollte seinem Gast noch das Kino zeigen. Anna und die Mädchen sollten in der Zwischenzeit aus den übrigen Herrlichkeiten des Wunderkorbes Schnittchen richten und den Sekt kühlen, damit man nachher gemütlich zusammensitzen konnte.

Zwei dorische Säulen (aus Beton) trugen ein antik anmutendes Giebeldreieck mit dem Transparent des Schriftzuges Lichtspiele und dem Eulenemblem. Ein eisernes Gittertor zwischen den Säulen begrenzte den überdachten Vorplatz zur Straße hin. An den lanzenartigen Spitzen hing ein Schild: Heute geschlossen. – Bitte beachten Sie unsere Programmhinweise. Diese waren in Form von bunten Plakaten an den Seitenwänden angeschlagen. Dienstag bis Donnerstag: ›Der Gefangene von Zenda‹ mit Ramon Novarro. Freitag bis Sonntag: Wilhelm Dieterles Drama ›Das Wachsfigurenkabinett‹ mit Emil Jannings, Conrad Veidt und Werner Krauss. Voranzeige: Buster Keaton in ›Sherlock Holmes jr.‹. Ferner: Richard Dix in ›Die zehn Gebote‹ von Cecil B.de Mille. F.W.Murnaus ›Nosferatu‹ (in Wiederaufführung – nur zwei Tage!) Die neben der Eingangstür angebrachten Schaukästen zeigten die Photographien berühmter Filmstars. Ralf Dollberg kannte fast alle Namen: Lil Dagover, Paul Wegener, Adele Sandrock, Charlie Chaplin, Lya de Putti, Tom Mix ...

Er tippte auf Ramon Novarro und sagte:»Das ist ein guter Flieger! Bei einer aerobatic-competition, einem Kunstflugwettbewerb in Santa Barbara war er mein schärfster Konkurrent.«

Beeindruckt entgegnete der Kinoscheufele:»Das trifft sich ja gut! Morgen Abend spielt er den Gefangenen von Zenda«, er deutete auf das große Plakat, »da können Sie ihn wiedersehen, zumindest auf der Leinwand!«

Das Foyer mit dem Kassenschalter wurde durch einen Diwan und ein paar Plüschsessel, die sich um ein Tischchen gruppierten, wohnlich gestaltet. Ein doppellagiger Vorhang aus schwarzem Tuch verschloß den Durchgang zum Zuschauerraum. Der langgestreckte Saal war bordeauxrot getüncht, und auf dem schräg abfallenden Fußboden waren etwa dreihundert Klappsitze festgeschraubt. An der Stirnseite bildeten kulissenartig drapierte, schwarze Stoffbahnen einen rechteckigen Rahmen, hinter dem man die silberfarbene Leinwand aufgespannt hatte.

»Die linke Kulisse verbirgt einen Durchbruch zu dem kleinen Anbau, den wir das Klavierhäusle nennen. Dort ist, wie schon der Name sagt, ein Klavier untergebracht und auch noch Platz für eine Musikantengruppe, die manchmal, bei außergewöhnlichen Filmen, musiziert«, erklärte Scheufele seinem interessierten Begleiter. »Klavierspielen tut meistens die Sophie. Das ist die mit den Schillerlocken! Sie ist die intelligenteste meiner Töchter und auch musikalisch sehr begabt. Als sie aber beruflich in ihrem Amt immer stärker beansprucht wurde, habe ich ein elektrisches Piano angeschafft; da kann der Konsti auch mal die Rollen wechseln. Sophies Kinodienst wurde dadurch ein wenig gelockert. Sie hat ja auch noch die Bücher zu führen! Bei uns muß eben jeder mithelfen!«

»Oh ja«, nickte Ralf übertrieben beifällig, »ich verstehe, und wer viel kann, muß auch viel leisten!« Vater Scheufele hörte den ironischen Unterton dieser Bemerkung nicht mehr. Er ging eifrig voran und führte seinen Gast ins Allerheiligste, in den Vorführungsraum.

Mit bedeutsamer Miene öffnete er die blechbeschlagene Tür mit dem Blitzsymbol. Die Aufschrift ›Zutritt strengstens verboten‹ widersprach der einladenden Handbewegung des Kinobesitzers, der überschwänglich deklamierte: »Das Herz eines Filmtheaters ist der Projektor. Eigentlich bräuchte man ja zwei davon, um pausenlos vorführen zu können.« Weit weniger euphorisch fügte er hinzu: »Leider ist zur Zeit nur einer in Betrieb.«

Leicht zerknirscht berichtete er von dem Brand im vergangenen Jahr, der einen der Apparate zerstört hat. Markus, der gerade Dienst hatte, warf geistesgegenwärtig die brennende Filmspule ins Freie, wo sie auf dem Hinterhof verpuffte. Hiervon blieben ihm die Narben an seiner rechten Hand. Der feinmechanische Teil der Maschine ist durch die enorme Hitze des verbrennenden Zelluloids so stark beschädigt worden, daß eine Reparatur nicht mehr möglich war. Es muß alles sehr schnell gegangen sein und in den Sekunden, bevor die Feuerschutzklappe fiel, projizierte sich der Widerschein der Flammen auf die Leinwand. Dennoch hat es keine Panik gegeben. Zufälligerweise brannte in dieser Sequenz des Films ein Zirkuszelt nieder. Da glaubte das Publikum, die Filmbilder wären coloriert und klatschte Beifall, wegen des naturgetreuen Effektes.

»Zum Glück war die Kopie gut versichert, der Projektor leider nicht!« knurrte der alte Scheufele, und Ralf wollte wissen: »Wie kam es denn zu dem Brand?«

»Die alten Geräte waren noch mit Greifern ausgerüstet. Dieses Tranportsystem schlägt die Perforation aus und eines Tages reißt sie ganz durch, das Filmband bleibt im Bildfenster stehen und in dem konzentrierten Lichtstrahl steigt die Temperatur rasch bis zum Flammpunkt des Zelluloids und – zisch ...« Seine Hände stellten pantomimisch die Explosion dar. Dann ließ er sie wieder sinken und zuckte gleichmütig mit den Schultern.

»Wenn das Kino weiter so gut geht, habe ich das Geld bald zusammen.«

Dollberg wollte noch wissen, wie es um den anderen Projektor bestellt wäre. Der Kinofachmann war schnell wieder in seinem Element und erläuterte: »Diese Maschine stammt schon aus der zweiten Generation. Der Filmtransport erfolgt dabei über ein Malteserkreuz.«

»Ist das nicht ein Ritterorden?« fragte Ralf verblüfft. Aber Scheufele deutete auf eine schematische Zeichnung an der Rückwand der Vorführkabine. Das dunkel dargestellte Teil sah tatsächlich genau so aus wie das achtspitzige Kreuz des Johanniterordens auf Malta.

»Das ist die geniale Erfindung von Oskar Meßter. Ernemann aus Dresden hat die Lizenz erworben. Er baut heute in Berlin seine bewährten Projektoren mit diesem Schaltwerk, das auf schonende Weise eine kontinuierlich umlaufende Bewegung in eine ruckartig fortschreitende umwandelt, wobei das Filmband die Transportrolle weitgehend umfaßt und mehrere Zähne beidseitig in der Perforation liegen. Damit ist das Prinzip der Kinematographie optimal.«

Dollberg hatte die technische Erklärung zwar verstanden, doch ging ihm in diesem Augenblick ein ganz anderer Gedanke durch den Kopf. »Sagten Sie in Berlin?« fragte er zurück. »Ja, gewiß, die Dresdener Firma hat in Berlin ein Zweigwerk eingerichtet. Ich habe oben bereits ein Angebot vorliegen.«

Scheufele ließ sich nicht so schnell aus dem Konzept bringen und dozierte eifrig weiter. Er zeigte auf einen komplizierten Apparat mit Exzenter, Rasterklinke, Zahnrädchen und Schneckenwellen. »Ein Vorschubgerät, das automatisch durch die Veränderung des elektrischen Widerstandes gesteuert den Abbrand der Kohlestifte in der Bogenlampe ausgleicht. Das hat mein Sohn Robert selbst gebaut, und der dumme Kerl ist zu blöd, das Patent anzumelden. Er meint, das koste nur Geld und Zeit und dann habe es längst ein anderer erfunden!«

Erstaunt blickte Ralf Dollberg auf. »Von diesem Sohn haben Sie mir bisher noch nichts erzählt. Ist er auch hier?«

»Nein, er wohnt in Ravensburg, das ist unsere Nachbarstadt. Er ist Textilingenieur und dort seit zwei Jahren verheiratet. Robert ist mein ältester, siebenundzwanzig. Sie erinnern sich vielleicht, als ich 1916 als kriegsuntauglich in die Heimat entlassen wurde. Der Junge glaubte damals, in einer patriotischen Schwärmerei, er müßte für mich einspringen und meldete sich freiwillig, noch keine neunzehn Jahre alt, zur Marine. Er hat sich sehr hervorgetan und ist bald Offizier geworden. Zum Glück geriet er rechtzeitig in englische Gefangenschaft und kam nach dem unseligen Krieg gesund wieder heim.«

»Verdammt!« fuhr es Ralf in die Glieder. Nun gab es in dieser reizenden Familie doch noch ein schwarzes Schaf. Laut sagte er: »Sie haben achtbare Kinder, Herr Scheufele!« Noch ehe er weitere Überlegungen anstellen konnte, inwieweit ein Mensch solcher Denkungsart seine Sicherheit gefährdete, teilte ihm Vater Scheufele mit, daß er schnell Gelegenheit bekäme, Robert kennenzulernen, da dieser für heute Abend seinen Besuch angesagt hätte.

Die Geschwister waren mit Mutter Scheufele in der Küche versammelt. Robert saß, wie in früheren Zeiten, am Kopfende des langen Tisches, gegenüber von Däts Stammplatz. Die Tafel war festlich gedeckt. Anna hatte sogar einen Leuchter mit drei Kerzen in die Mitte gestellt und diese angezündet. Alle hatten ihm zugestimmt, als er meinte, in der Küche wäre es doch gemütlicher als im Salon. Überdies, sagte er, für diesen Ami wäre das gut genug, wenn nicht gar schon zu gut!

Da schauten sie alle verlegen auf den Boden. Er war verärgert, weil er sich ein persönliches Gespräch mit Eltern und Geschwistern erhofft hatte, bei dem er der Mittelpunkt sein würde, und jetzt kam ihm dieser Fremde in die Quere.

Mam versuchte, ihn zu beschwichtigen: »Ach, Robert, ich freue mich doch so über deinen Besuch, und der Herr Dollberg ist gewiß ein recht netter Mensch.« Sie berichtete ihm von dessen Schicksal, wie es ihr der Dät von seiner Begegnung mit dem Amerikaner geschildert hatte. Dabei bemerkte sie nicht, wie Roberts Miene sich veränderte und einen hämischen Zug annahm.

»... außerdem läßt er Markus ein paar Mark verdienen, die der dringend brauchen kann.«

Finster blickte der ältere Bruder zu Markus hinüber. »Laß dich nur nicht kaufen von diesem Deserteur! Solche Leute haben keinen guten Charakter!«

Sein verdrossener Gesichtsausdruck hellte sich ein wenig auf, als er berichtete: »Habe übrigens mit meinem Chef gesprochen, deinetwegen, und ihr könnt mir glauben, daß es heutzutage sehr schwer ist, irgendwo reinzukommen! Er hat mir große Hoffnungen gemacht. Du sollst dich in nächster Zeit für ein Vorstellungsgespräch bereithalten.«

Vater und Sohn begrüßten sich herzlich. Der alte Scheufele stellte Robert vor, doch als Dollberg ihm die Hand reichen wollte, wandte der sich ab und redete weiter auf Markus ein: »Sind deine Papiere auch in Ordnung, deine Zeugnisse?«

Mam spürte sofort die peinliche Spannung und bot dem fremden Gast rasch einen Stuhl an. Dieser bat den Hausherrn, die Gläser zu füllen. Der Mam und den Mädchen spendete er viel Lob für den geschmackvoll arrangierten Tisch mit den delikaten Leckerbissen und bat die Umsitzenden zuzugreifen. Dabei versuchte er unauffällig, Scheufeles ältesten Sohn zu fixieren. Im Gegensatz zu Markus mit seinem offenen, fröhlichen Gesicht und der lustigen Haartolle, wirkte Robert ernst und verschlossen. Die kleinen, engstehenden Augen blickten mißtrauisch, und die schmalen Lippen waren zusammengekniffen. Der militärische

Bürstenhaarschnitt ließ seine stramme Haltung noch kantiger erscheinen. Am Revers seines marineblauen Sakkos entdeckte Ralf eine winzige Anstecknadel (vermutlich das Abzeichen eines Veteranenvereins, dachte er bei sich) und durch das Knopfloch schlang sich ein schmales Ordensbändchen. Das alles trug nicht dazu bei, Dollbergs Bedenken zu zerstreuen. Dennoch hob er sein Glas und lächelte jenem freundlich zu. Aber Robert winkte ab. »Danke, ich trinke heute keinen Alkohol!«

Als Fanny die Platte mit den Schnittchen herumreichte, lehnte er ebenfalls demonstrativ ab, er wäre nicht zum Essen gekommen, schon gar nicht zu einem solchen von fremden Leuten.

Da mokierte sich Irene: »Laß doch dieses dumme Getue, Robert, und verdirb uns nicht den schönen Abend! Außerdem ist es ungezogen. Was soll denn Herr Dollberg von uns denken.«

»Halt' du ja schnell deine vorlaute Klappe, du freche Göre!« fauchte er sie an. Sophie beugte sich rasch zwischen die beiden über den Tisch, um ein Brötchen zu angeln. Markus hatte schon Irenes Handgelenk eisern im Griff, denn er kannte die Gefahr der Eskalation, wenn diese beiden Temperamente aufeinanderprallten. Vater Scheufele bemühte sich, Robert in ein Gespräch zu verwickeln, ohne zu ahnen, daß er damit Öl ins Feuer goß.

»Herr Dollberg hat sich im Vorführraum besonders für deine Konstruktion interessiert. Du solltest dich mal mit ihm unterhalten. Er meinte auch, man müßte sie patentieren lassen. Übrigens hatte er eine gute Idee mit dem defekten Projektor. Optik und Lampenhaus sind doch noch in Ordnung. Wenn man dazwischen eine Halterung einbaute für Diapositive, wie bei einer laterna magica, könnte man in den Pausen Reklame machen und nebenbei ein paar Mark verdienen für den neuen Apparat. In Amerika praktiziere man das schon seit längerem.«

»Aber, Vater (er sagte Vater, nicht Dät, und das ließ Böses ahnen), wir brauchen keine Ratschläge, denn wir wissen selbst am besten, was wir zu tun haben. Außerdem gilt für uns noch lange nicht, was in Amerika Sitte ist. Warum ist dieser Herr denn aus Amerika geflohen?« Er blickte herausfordernd um sich. »Habt ihr mir nicht erzählt, er sei ein Flüchtling. Ein Fahnenflüchtiger ist er, einer, der das Gesetz gebrochen hat.«

»Weil er nicht gegen Deutschland, die Heimat seiner Eltern, kämpfen wollte!« bemühte sich Anna Scheufele zu vermitteln.

Aber Robert ließ sich nicht beeindrucken. »Es geht nicht darum, gegen wen man kämpfen will oder nicht, man hat seine Pflicht zu erfüllen gegenüber dem Vaterland. Alles andere ist Verrat!«

Ralf Dollberg hatte bisher ruhig und gelassen zugehört, als beträfe ihn das nicht. Jetzt richtete er sich auf und wandte seinen Blick abschätzig auf Robert.

»Sie irren sich, Herr Scheufele, ich bin kein Deserteur. Ich habe den Kriegsdienst verweigert, das ist etwas anderes! Es liegt mir allerdings fern, mit Ihnen über den Krieg zu philosophieren, aber gestatten Sie mir eine Frage? Wie stellen Sie sich als Angehöriger der Kriegsmarine zu der Meuterei von 1918, die letztlich Ihrem Vaterland das Genick gebrochen hat?«

Robert stieg die Zornesröte ins Gesicht. »Damit können Sie mich nicht treffen! Niemals hätte ich mich an diesem infamen Treuebruch beteiligt. Ich war in England in ehrenhafter Gefangenschaft. Wäre ich bei meinen Leuten gewesen, hätte ich dieses Verbrechen mit allen Mitteln zu verhindern versucht und ...«

»... und wären von Ihren eigenen Kameraden liquidiert worden!« fiel ihm Ralf Dollberg hart ins Wort, »... ein schwacher Trost für's Vaterland.«

Robert stand abrupt auf und wandte sich der unglücklich dreinblickenden Mutter zu: »Verzeih', Mam, ich muß gehen, sonst erreiche ich die Straßenbahn nicht mehr. Adieu, Dät, sag' mir Bescheid, wenn du mich brauchst.«

Ohne die übrigen Anwesenden zu beachten, eilte er zur Tür. Dort drehte er sich noch einmal um und sagte mit zitternder Stimme: »In dieser Gesellschaft störe ich nur.«

Anna ging ihm nach und begleitete ihren Sohn zum Haustor. Als sie zurückkam, herrschte betretenes Schweigen in der sonst so turbulenten Küche. Dollberg hatte sich erhoben und ging auf sie zu: »Es tut mir aufrichtig leid, liebe Frau Scheufele.«

Sie winkte indes lächelnd ab und sagte in munterem Ton: »Aber, ich bitte Sie, Herr Dollberg, wir haben uns zu entschuldigen. Er ist halt ein schrecklicher Choleriker, unser Robert.« Dabei stieß sie ihrem Mann, der dumpf vor sich hinstarrte, derb in die Rippen.

»Hast recht, Mam, das ist er und dazu ein hanebüchener Militarist!«

9. Der Mädchenhändler

Hieronymus Scheufele, der sich so auf den Abend mit seinem neuen Bekannten, Ralf Dollberg, gefreut hatte, war bitter enttäuscht von Roberts negativer Reaktion. Dann aber versuchte er, die lethargische Stimmung abzuschütteln und forderte alle am langen Tisch Versammelten auf, sich's nicht verdrießen zu lassen und die gebotenen Köstlichkeiten zu genießen. Mam erhob beispielgebend ihr Glas und prostete Herrn Dollberg zu. Später richtete dieser die Frage an Sophie, die doch auf dem Finanzamt tätig wäre, ob sie da auch die neuen Devisenbestimmungen kennen würde? Sie lachte ihn offen an und erklärte, bei der Veranlagung der zu den umliegenden Gemarkungen zählenden Landwirte hätte sie nichts mit Devisen zu tun, jedoch wollte sie ihm gerne einen Auszug besorgen. Das Gespräch plätscherte träge dahin, und es kam keine fröhliche Stimmung zustande. Als Fanny bettelte, Ralf möchte von seinen Reisen und Abenteuern erzählen, vertröstete er sie auf ein andermal und verabschiedete sich alsbald herzlich von allen. Dem Kinoscheufele flüsterte er noch zu: »Über den neuen Projektor aus Berlin müssen wir noch sprechen!«

Die Reparatur des Maybach durch Markus Scheufele ging erfolgreich vonstatten. Der Motor lief jetzt tatsächlich besser als zuvor. Spontan schlug der erfreute Besitzer dem jungen Mann vor, auch fürderhin den Wagen in Ordnung zu halten und ihn, den unsteten Reisenden, hin und wieder auf seinen Exkursionen zu begleiten. Solange Markus nichts Besseres finden könnte, würde Ralf Dollberg ihn gern als Chauffeur engagieren, natürlich auf freundschaftlicher Basis! Begeistert nahm dieser das Angebot an, denn an Robert und die Arbeit in der Fabrik mochte er gar nicht gern denken. Für seinen neuen Freund und Gönner dagegen ginge er sogar durch's Feuer. Diese überschwengliche Loyalität gegenüber Dollberg sollte ihm bald zum Verhängnis werden – in Friedrichshafen am Bodensee ...

Jener Abend, den Ralf im Kreise der Familie Scheufele verbracht hatte und der durch den cholerischen Robert verpatzt wurde, war nicht der letzte. Bald war Ralf ein gern gesehener Gast in dem unkonventionellen Haus. Einerseits fühlte er sich in dieser Atmosphäre sehr wohl, andererseits wäre es gewiß ratsam, den militaristischen Spinner im Auge zu behalten.

Auf kleineren Ausflügen nahm er ab und zu die Kinder des Kinobesitzers mit. Besonders lustig wurden solche Unternehmungen immer dann, wenn die drei Eulentöchter, wie Markus sie scherzhaft nannte, im Fond des Wagens saßen und fröhliche Lieder sangen: die naive Fanny mit ihrem herzerfrischenden Lachen, die blitzgescheite Sophie, immer einen geistreichen Spruch zur Hand, und die kapriziöse, wenn auch mitunter launenhafte Irene.

So war es auch an jenem heiteren Montag. Markus half der Mam beim Filmversand, als eine Fahrt ins Blaue mal wieder am Bodensee endete. Nach einem erfrischenden Bad ließ man sich von der exzellenten Küche der Bahnhofsgaststätte verwöhnen. Die weiteren Ereignisse wurden von der örtlichen Presse aus verschiedenen Perspektiven berichtet.

Die *Oberschwäbische Volkszeitung* schrieb:

Aufsehenerregende Verhaftung! Mädchenhändler gefaßt!

Friedrichshafen, den 25. August 1924.

Gestern nachmittag wurde durch den städtischen Polizeiinspektor auf dem Areal des Stadtbahnhofes ein Automobil beschlagnahmt. Der Besitzer, angeblich ein Deutsch-Amerikaner namens Dollberg, wohnhaft z.Zt. in Weingarten, saß mit drei jungen Damen in der Bahnhofsrestauration I. Klasse und machte sich durch luxuriöses Leben auffällig. Zu wiederholten Malen schon war dieser Automobilist mit blutjungen Mädchen hier. Nun schöpfte man Verdacht, es mit einem Mädchenhändler zu tun zu haben. Da derselbe weder im Besitz eines Personalausweises war, noch über einen Führerschein verfügte, wurde er in polizeilichen Gewahrsam gebracht. Dort fand man bei ihm ca. 8.500 Rentenmark, etwas über 500 Dollar und eine geladene Browningpistole, obwohl er keinen Waffenschein hatte. Die drei Mädchen sind aus Weingarten und im Alter von 17, 20 und 22 Jahren. Nach ihrer Vernehmung wurden sie wieder auf freien Fuß gesetzt. Das Auto, mit den allerneuesten Errungenschaften ausgestattet, dürfte einen Wert von mindestens 10.000 RM repräsentieren. Das Landespolizeiamt vermutet, daß man es in der Person des Autofahrers mit einem Abenteurer zu tun habe. Automobil, Geld und Schußwaffe sind in Friedrichshafen sichergestellt worden.

Mutmaßlich im Zusammenhang mit diesem Fall spielte sich im Stadtbahnhof noch eine weitere Szene ab. Ein junger Mann kam abends um fünf Uhr, nach Aussagen von glaubwürdigen Zeugen mit dem Personenzug aus Ravensburg hier an und hielt sich in der Nähe des Automobils auf. Bei Erscheinen der Polizei verschwand er jedoch spurlos und tauchte erst gegen acht Uhr abends in der Friedrichstraße vor der Garage Pelzer, wo das Fahrzeug eingestellt wurde, auf und verlangte die Freigabe des Autos von dem dort postierten Beamten. Dieser verwies ihn mit dem energischen Vermerk, er habe sich nicht in polizeiliche Angelegenheiten zu mischen. Darauf hin begab er sich in die Bahnhofswirtschaft und schimpfte über die Polizei und die Friedrichshafener Zustände, so daß sich einige Bürger verpflichtet fühlten, ihm eine Tracht Prügel zu verabfolgen. Der Sanitätswagen brachte den Maulhelden ins Olga-Krankenhaus, wo mehrere Platzwunden versorgt werden mußten. Dem Wunsch des Rebellen, ihn noch nachts gegen Bezahlung nach Weingarten zu befördern, entsprach berechtigterweise die Besatzungsmannschaft des Sanitätsautos nicht. Xy.

Das *Seeblatt* kritisierte anderntags die Konkurrenz:

Die Verhaftung eines Deutsch-Amerikaners

Friedrichshafen, 26. August 1924.

Viel Lärm um nichts! In einigen Zeitungen, namentlich in der Oberschwäbischen Volkszeitung, erschienen gestern unter marktschreierischen Kolportageüberschriften längere Ausführungen über eine angeblich aufsehenerregende Verhaftung in der Bahnhofsrestauration. Hier wurde am Montagabend ein Amerikaner, der sich in Begleitung einiger Mädchen befand, wegen des Verdachtes des Mädchenhandels festgenommen. Der vermeintliche Mädchenhändler entpuppte sich aber als harmloser Tourist, der in der Wahl seiner Eltern sehr vorsichtig war und von seinem Vater, einem erfolgreichen Tabakpflanzer (?), Reisegeld und ein Auto des Fabrikates Maybach (!) erhielt, was ihm gestattet, sich die Welt anzusehen. Insbesondere gefielen ihm das Württemberger Oberland und die sanften Anhöhen des Allgäus mit dem Fernblick auf die Alpenkette. Weingarten und Ravensburg mit ihrer ungewöhnlichen Romantik haben es ihm angetan. Hier bringt er seine Zeit mit Vorliebe zu. Auf jenem Ausflug zog er nun, vermutlich aufgrund einer Verleumdung, die Aufmerksamkeit der Polizei auf sich und da er ohne Papiere war, mußte er sich der einstweiligen Inhaftnahme fügen. Inzwischen befindet er sich wieder auf freiem Fuß! Übrigens soll der junge Ausländer in seinen persönlichen Ansprüchen keineswegs protzenhaft sein und sich andererseits sehr freigebig gezeigt haben. Er verfügt über elegantes Auftreten und trägt stets ruhiges Benehmen zur Schau. Offenbar durch den Genuß dieser Freigebigkeit hatte sich der junge Mann aus Weingarten veranlaßt gefühlt, die Maßnahmen der Polizei zu kritisieren, in einer Weise, daß die handgreifliche Gegenkritik einiger Bürger ihm ein paar Platzwunden am Kopf einbrachte. So löste sich die Festnahme eines Mädchenhändlers, der, wenn er tatsächlich einer wäre, sicherlich nicht immer dieselben jungen Mädchen an sich gezogen hätte, in Wohlgefallen auf und mit der Sensationslust jener Blätter und ihrer zugkräftigen Kolporteure ist es nichts! Herr Dollberg ist nach Weingarten zurückgekehrt und wird bei der zuständigen Behörde Beschwerde über seine Verhaftung einreichen. nn.

Die *Oberschwäbische Volkszeitung* rechtfertigte sich mit folgendem Artikel vom 27. August, unter der Rubrik Regionales:

Verhaftung eines Deutsch-Amerikaners

Wir konstatieren ein für allemal, daß jedes Wort unseres Berichtes über die Verhaftung des Automobilisten wahr ist und auch vom Schönfärber des Seeblatts nicht bestritten wird. Dieser Autofahrer ist durch sein Benehmen und durch den Verkehr mit blutjungen Mädchen schon längst der Bevölkerung und den Polizeiorganen aufgefallen. Daß dieser Herr in der Wahl seiner Eltern vorsichtig war, tut nichts dazu. Gerade solche Leute, die als Millionäre zur Welt kommen, leisten sich oft Dinge, die dem gewöhnlichen Manne in dieser schweren Zeit, in der so manch anderer am Hungertuche nagt, ärgerniserregend sind. Und daß diesem Herrn das Oberland und Weingarten so gut gefallen, das glauben wir gerne. Auch diese Tatsache schwächt das ihm zur Last Gelegte nicht ab. Das Seeblatt muß selber konstatieren, daß der Amerikaner ohne Ausweispapiere war. Warum verschweigt das Seeblatt die Tatsache, daß der Herr Millionär eine geladene Browningpistole ohne Waffenschein bei sich hatte? Wir weisen jeden Vorwurf der Sensation in unserer Berichterstattung mit Protest zurück! Leider darf man nicht die Wahrheit sagen, namentlich dann, wenn es Millionäre betrifft. Dem Mann aus dem Volk werden vielfach Dinge zur Sünde angerechnet, die dem Millionär als Tugend gebucht werden. Gibt nicht der vorliegende Fall den schlagenden Beweis hierfür? Wir werden uns indes auch durch das Seeblatt und seine Hintermänner nicht abhalten lassen, immer, wenn wir es für angezeigt erachten, das Publikum über ärgerniserregende Begebenheiten aufzuklären, nicht um Sensation zu erregen, sondern um Gerechtigkeit nach unten und nach oben zu üben. Xy.

»Ich habe gar nicht gewußt, daß die Oberschwäbische Volkszeitung derart rot angehaucht ist!« Vater Scheufele wischte sich die Lachtränen aus den Augen. Dann schob er die Zeitungsausschnitte von sich und meinte mit wieder ernstem Gesicht: »Aber, so lustig ist die ganze Sache natürlich nicht!«

»Wem sagst du das?« knurrte Markus und tastete vorsichtig über seinen Kopfverband.«

»Das hätte nicht unbedingt sein müssen, Markus!« ließ sich nun auch Ralf Dollberg hören, der ein wenig betreten am langen Tisch saß. »Natürlich freue ich mich über dein loyales Verhalten, aber künftig wünsche ich mehr Besonnenheit. Man muß nicht mit dem Kopf durch die Wand, wenn diese zu umgehen ist.«

Zerknirscht senkte Markus sein bandagiertes Haupt.

»Okay, werd mir's merken, Herr Dollberg!«

»Wir wollten doch auf die förmliche Anrede verzichten. Es wäre mir lieb, wenn dieser Name möglichst wenig genannt würde. Schlimm genug, daß er schon in den Zeitungen steht!«

In der Schneiderstube ratterten die Nähmaschinen um die Wette. Am andern Ende des langen Tisches war Mutter Scheufele mit Gemüseputzen beschäftigt.

»Mein Gott, war das ein Schreck!« erinnerte sie sich an das Geschehene: »Die Mädchen kamen allein nach Hause und berichteten völlig aufgelöst von Ralfs Festnahme. Kaum hatte Markus die Kunde vernommen, stürzte er schon davon, ganz aufgeregt und blaß vor Zorn. Da habe ich mir große Sorgen gemacht und wie man sieht, durchaus berechtigt.«

Auf Dollbergs Mahnung anspielend, warnte sie jetzt ihrerseits: »Sie selbst sollten ebenfalls vorsichtiger sein, mein lieber Ralf! Dieser absurde Firlefanz«, dabei zeigte sie mit der Messerspitze auf die Zeitungsartikel, »ist zwar lächerlich, doch wie leicht könnten dadurch Ihre Verfolger aufmerksam werden!«

Ralf nickte ihr dankbar lächelnd zu. »Wie recht Sie haben, verehrte Mam! Auch ich will mir's merken, doch gibt es keinen Grund zur Panik. Im Augenblick habe ich ein größeres Problem und möchte gern mit Ihnen beiden, und natürlich auch mit Markus, darüber sprechen.« Er machte eine kleine Pause, als müßte er alles noch einmal überdenken.

»Die neue Devisenverordnung bringt mich über kurz oder lang in finanzielle Schwierigkeiten. Die Einfuhr von Dollar und der illegale Kauf deutscher Valuta, sprich Schwarzhandel, der mir bisher erhebliche Vorteile brachte, sind streng verboten. Diese Maßnahme soll die Reichsmark stützen. Das sehe ich zwar ein, aber die Amerikaner haben damit eine Möglichkeit in der Hand, mich auf Dauer auszuhungern. Meine gute Mutter tut selbstverständlich alles, um mir zu helfen. Dazu wäre es zunächst erforderlich, daß ich persönlich bei der deutschen Filiale unserer amerikanischen Hausbank in Berlin ein Sonderkonto eröffne.«

Ralf stellte zufrieden fest, daß der Dät bei dem Wort ›Berlin‹ aufhorchte. Er hatte nämlich die Absicht, dessen Interesse zu wecken und hakte darum sofort nach: »Wird nicht der Projektor, den Sie so dringend brauchen, in Berlin hergestellt?«

»Ja, doch, in Berlin-Lichterfelde. Bei Ernemann! Ich habe schon das Angebot, aber ...« Der begeisterte Elan in Scheufeles Antwort verebbte rasch, während er leise weitersprach: »... wir haben das Geld noch nicht ganz zusammen.«

»Was kostet denn so eine Maschine?«

»An die 3.800 Goldmark!«

»Und wieviel fehlt noch?« fragte Ralf sachlich. Bekümmert antwortete der Kinobesitzer: »Mehr als die Hälfte.«

»Nun, mein lieber Dät«, sehr bedächtig brachte Ralf seinen Vorschlag ein, »wir könnten doch ein Geschäft miteinander machen.«
»Sie und ich?« fragte der Dät, verständnislos lächelnd.

»Ich meine es absolut ernst!« Dann erklärte Ralf Dollberg seinen gespannt lauschenden Zuhörern, wie die Lösung der gemeinsamen Probleme aussehen könnte: »Meine Aufenthaltsgenehmigung ist örtlich begrenzt. Aber der Kinobesitzer Hieronymus Scheufele dürfte ohne weiteres einen Passierschein erhalten, zumal er ein stichhaltiges Motiv vorzuweisen hätte.« Ralf glaubte nämlich, unauffälliger über die Landesgrenzen zu kommen, wenn Markus und sein Vater ihn begleiten. Als Gegenleistung wäre er bei der Beschaffung des Filmvorführgerätes behilflich.

»Das ist sehr nett von Ihnen, Ralf, aber es geht nicht, denn so schnell kann ich den Rest des Geldes unmöglich auftreiben.«

»Das könnte ich doch übernehmen.«

»Sie?«

»Warum nicht? Ich gebe Ihnen ein Darlehen, zinslos! Wenn Sie wollen, können Sie mich am Gewinn des Theaters beteiligen. Als Ihr Teilhaber hätte ich Sicherheit genug. Aber diese Formalitäten haben Zeit, nur Berlin duldet keinen Aufschub!«

Der Dät war ganz verwirrt. »Hm, das muß ich mir erst überlegen. Anna, Markus, was sagt ihr denn dazu?«

Markus bekundete voller Begeisterung, für ihn sei das keine Frage; aber, einer von ihnen müßte eben zum Vorführen da sein. »Ich kann auch meinen Posten beim Elektrizitätswerk nicht so lange verlassen. Das mit dem Vorführen ließe sich schon machen. Der Konsti ist ja zur Not auch noch da«, überlegte der Vater.

»Es sieht eben unverfänglicher aus, wenn man zu dritt reist«, meinte Ralf mit Nachdruck. Fragend blickte der Dät zur Mam hinüber. Die lächelte nur: »Wir haben ja auch noch eine Menge Töchter!«

Das leuchtete dem Vater ein. »Na klar, wenn der Bruder dabei ist, könnte doch eins von den Mädchen mitfahren.«

»Warum nicht? Es wird aber eine Strapaze werden!« warf Dollberg ein, und der Dät konterte sarkastisch: »Warum sollen sich die Frauen nicht auch mal strapazieren?«

Dann wandte er sich an Mam und fragte intuitiv: »Glaubst du, daß die Sophie Urlaub bekommt?«

»Du mußt doch erst wissen, ob sie überhaupt will!« wies seine Frau ihn zurecht.

Sophies Herz machte einen Hüpfer. Ein heißes Wallen durchflutete den schlanken Körper und trieb ihr das Blut in die Wangen. Rasch senkte sie den Kopf und verbarg ihre glückselige Erregung. Niemand sollte wissen, daß sie heimlich für Ralf Dollberg schwärmte. Mit nüchterner Sachlichkeit erklärte sie sich grundsätzlich bereit, vorbehaltlich der Einwilligung des Amtes, ihr Chef sei momentan auf einem Kongreß und erst am Montag wieder zu sprechen. Markus müßte ja auch noch warten, bis man den Kopfverband abnehmen könnte.

Das Tischgespräch an diesem Abend drehte sich nur um dieses Thema. Besonders Fanny war ganz aufgedreht und plapperte unentwegt, welches Glück die beiden hätten, daß sie so eine große Reise machen dürften.

Irene stieß sie unsanft an und maulte bissig:»Hab' dich nicht so, wegen dem Quatsch! Und was heißt hier Glück? Das war doch ein abgekartetes Spiel! Haben sie dich vielleicht gefragt? Du bist doch die ältere. Oder gar mich? Ich käme auch mal gern raus hier!«

Doch Fanny kicherte nur und beschwichtigte die aufgebrachte Schwester:»Ach, ich bleibe lieber daheim und bin gespannt, was sie uns zu erzählen haben.«

Irene tippte sich an die Stirn und winkte vielsagend ab:»Oh ja, du harmloses Schaf, die werden dir was erzählen!«

Mutter Scheufele setzte sich zu ihren Töchtern.»Na, was habt ihr so Wichtiges zu tuscheln?«

»Ach, nur Unsinn, Mam!« blockte Irene die schwatzhafte Schwester.

»Übrigens, die Lammwirtin sprach mich heute an. Eine von euch soll mal rüberkommen, sie möchte ein Kleid geändert haben.«

»Wird prompt erledigt, Mam, morgen vormittag geh' ich gleich zu ihr.« Irene nahm die Entscheidung vorweg und fügte maliziös hinzu:»Die will uns doch nur aushorchen, was sich hier so tut, und du weißt ja, daß Fanny den Mund nicht halten kann.«

»Sei doch nicht so garstig, Irene, ich laß dir gerne den Vortritt, denn ich weiß, wie geizig die Alte ist!« schmollte Fanny, und Irene dachte bei sich:»Klatschsucht ist gewiß ein Übel, doch vielleicht könnte sie mir diesmal von Nutzen sein!«

Bevor Hieronymus Scheufele am nächsten Tag seinen Dienstgang antrat, erinnerte er Mam daran, daß Markus sich um die Papiere kümmern sollte.

»Das geht in Ordnung«, erwiderte sie. »Ralf hat den Jungen heute früh schon abgeholt. Sie fahren nach Ravensburg auf's Oberamt und später noch zum Karosseriebau Spohn. Ich glaube am Auto sollte etwas ausgebessert werden.«

Er nickte befriedigt, nahm sein Ablesebuch und verabschiedete sich. Irene stürmte übermütig mit Maßband und Nadelkissen an den Eltern vorbei, wünschte dem Vater einen schönen Tag und vermeldete der Mutter, sie ginge jetzt ins Lamm hinüber, »... mal sehen, was die Megäre will!«

Als sie nach einiger Zeit, ein Kleid über dem Arm tragend, in die Nähstube zurückkam, meinte Fanny: »Die Lammwirtin hat dich ja ziemlich lange aufgehalten!«

»Ach nein, ich muß nur den Saum etwas höher machen, aber geplatzt ist sie beinahe, weil Ralf mich zum Frühstück eingeladen hat.« Lauernd beobachtete Irene die Wirkung dieser Worte. Doch neidlos staunte die Schwester: »Da ist dir's heute morgen schon gut gegangen. Was gab's denn, und was habt ihr geredet?«

»Er sprach natürlich von der Reise, und denk dir nur, das muß aber unter uns bleiben, Fanny! Schwörst du? Die Sophie hat er nur akzeptiert, weil der Dät das so wollte. Er selbst hätte viel lieber mich mitgenommen. Kannst du dir das vorstellen?«

Mit großen Augen bewunderte Fanny ihre jüngere Schwester. »Gewiß, wenn ich nur daran denke, wie er neulich im Strandbad mit dir geschäkert hat!«

★

»Franziska!« rief Sophie übermütig ihrer Schwester Fanny zu, als sie vom Dienst nach Hause kam. »Ich habe eine geheime Botschaft für dich. Komm mit in mein Zimmer, damit ich sie dir aushändigen kann.«

Kaum waren sie allein, nahm Sophie eine Bonbonniere aus ihrer Aktentasche und berichtete, der lange Willi aus der Konditorei habe sie abgepaßt und gebeten, ihrer reizenden Schwester Fanny einen lieben Gruß zu bestellen.

»Ach, der!« sagte sie nur und riß die bunte Packung auf, um

der Überbringerin eine Praline anzubieten. »Danke! Du solltest ihn aber nicht so an der Nase herumführen. Ich glaube, der meint es ernst, und demnächst soll er den Laden übernehmen; dann braucht er eine tüchtige Frau!« redete Sophie der älteren zu. Doch diese schüttelte nur den Kopf und sagte: »Auf die Männer ist doch kein Verlaß! Das sieht man ja am besten wieder bei unserem guten Ralf.«

Erschrocken hielt sie inne, machte Ausflüchte, aber die clevere Sophie hatte bereits Verdacht geschöpft und bedrängte nun ihre Schwester so lange, bis diese schließlich ihr Geheimnis preisgab.

Kreidebleich rang die Betroffene um Fassung und tonlos kamen die Worte über ihre zitternden Lippen: »Dann ist es ja gut so, denn ich bekomme sowieso keinen Urlaub.«

Endlich hatte sie sich wieder völlig im Griff und stellte fest: »Jetzt muß ich aber schleunigst ins Klavierhäusle, um die Noten zu richten, denn heute ist doch Premiere!«

Es war ein heiterer Film mit Harold Lloyd, zu dem sie geeignete Musikstücke aussuchen sollte, doch dazu hatte sie kaum die richtige Stimmung. Schließlich fiel ihr das Album von Franz von Suppé mit ›Dichter und Bauer‹ in die Hände und sie meinte, das passe immer! Während sie die Ouvertüre spielte, kullerten dicke Tränen über ihre Wangen. Hier, ganz allein im Dunkeln, nur die schwache Notenbeleuchtung glomm, konnte sie sich richtig ausweinen. Draußen im Saal lachte das Publikum. Aus allen heraus tönte ein schallendes Gelächter, das ihr trotz der Tränen ein gelindes Lächeln entlockte. Dieser durchdringende Lacher war Rudi Sonnentag, ein reisender Stoffhändler, der Sophie einst heftig den Hof gemacht hatte, bevor er dann doch eine andere heiraten mußte.

Eigentlich war er durch die schneidernden Schwestern ins Haus gekommen. Als der Dät sein lautstarkes Organ vernahm, engagierte er ihn spontan. Nun durfte er alle Lustspielfilme gratis sehen und bekam obendrein noch ein gutes Trinkgeld dafür, wenn er an den passenden Stellen aus Leibeskräften lachte. Der Kinoscheufele sagte damals, und er hatte recht behalten, wenn der Rudi lache, risse er alle anderen mit und sie lachten aus vollem Herzen über den kleinsten Gag. Am Schluß gingen sie froh und glücklich nach Hause und kamen bald wieder ins Kino. Psychologische Kundenwerbung nannte das der Dät und zwirbelte die Spitzen seines ausladenden Schnurrbartes nach oben.

Ruhig und sachlich, wie immer, teilte Sophie dem Vater mit, daß ihr Chef sie in der fraglichen Zeit nicht entbehren könne. Sie schlug dem Vater vor, an ihrer Stelle Irene zu schicken.

»Ausgerechnet die jüngste!« dachte der Dät, aber die älteste schien ihm noch weniger geeignet, und weil die Sophie es empfohlen hatte, war er schließlich damit einverstanden. Auch Mam hatte nichts einzuwenden. Ralf Dollberg schickte sich ebenfalls in die neue Gegebenheit, obgleich ihm persönlich im Hinblick auf seine geplanten Geldtransaktionen, die Sophie mit ihrer Amtserfahrung lieber gewesen wäre.

Ralf hatte sich einen leichten Ledermantel besorgt. Der Dät lieh ihm eine seiner Dienstmützen, denn an kritischen Punkten wollte er in dieser Verkleidung als Chauffeur agieren. Das junge ›Paar‹ sollte dann die Herrschaft spielen, und wenn deren Papiere in Ordnung waren, würde kaum jemand auf den Gedanken kommen, den Bediensteten zu kontrollieren.

Eines Tages war es dann soweit. Irgendwo krähte ein Hahn und der Milchmann fuhr mit einem Karren voll scheppernder Kannen vorbei. Die Zeitungsfrau steckte die Morgenblätter in die Briefkästen. Dann wurde der Motor des sich nähernden Maybach hörbar. Dollberg und Markus saßen darin. Sie hielten vor der privaten Eingangstür des Hauses Scheufele. Markus hupte. Ralfs chevreaulederne Kabriomütze verhüllte diskret die letzten Reste seiner Blessuren. Mam und Dät traten heraus. Irene folgte ihnen mit einer Reisetasche. Sie sah reizend aus in ihrem schicken Kostüm aus naturfarbenem Leinenpikee. Den enganliegenden Hut mit der schmalen Krempe hatte sie tief über ihren schwarzen Bubikopf gezogen. Siegesbewußt lächelnd, winkte sie zum Haus zurück, wo sich Fanny im Morgenmantel weit aus dem Badezimmerfenster beugte und ein Handtuch schwenkte. Sophie stand am geschlossenen Fenster ihres Zimmers und hob nur schwach die Hand. Die Kleinen drückten sich an ihren Fensterscheiben die Nasen platt. Konsti brachte noch den beinahe vergessenen Dollbergschen Picknickkorb, den die gute Mam mit Proviant gefüllt hatte.

»Für unterwegs!« sagte sie und umarmte Irene. Der Vater drückte ihr die Hand. Er war gerührt.

»Paßt auf euch auf, damit ihr wieder gesund zurückkommt!«

Markus, der stolz hinter dem Lenkrad saß, lachte selbstbewußt: »Wir werden uns schon durchschlagen.« Dabei tastete er instinktiv über seinen Kopf.

Scheufele drückte auch Dollberg die Hand: »Viel Glück, Ralf! Wenn es mit der Bank nicht klappt, sorgen wir schon dafür, daß Sie trotzdem nicht in Not geraten.«

»Danke, vielen Dank, lieber Dät, aber Berlin ist nicht so weit. Ich bringe Ihre Kinder wieder heil zurück!«

Galant half er Irene in den Wagen. Dann noch ein letztes Winken und ab ging's. Die Zurückgebliebenen schauten ihnen nach, bis sie hinter der nächsten Kurve verschwunden waren. Anna Scheufele konnte eine unterschwellige Besorgnis nicht ganz verdrängen. »Hoffentlich geht alles so, wie ihr euch das vorstellt!«

»Aber sicher, Mam, und außerdem ist es doch ganz gut so: Die jungen Leute lernen die große Welt kennen, und ich bekomme den zweiten Projektor!«

Er nahm seine Frau an der Hand und führte sie ins Haus.

10. Die Reise nach Berlin

Bei angenehmem Spätsommerwetter verlief die Fahrt ohne Komplikationen, und die Reisenden waren guter Dinge. Markus saß unermüdlich am Steuer und entwickelte eine wahre Leidenschaft für's Autofahren. Lernbegierig freute er sich über jeden Tip seines erfahrenen Mentors, der ihm auch den sinnvollen Gebrauch von Landkarten näherbrachte. Ralf ließ sich und seinen jungen Begleitern viel Zeit.

»Der Weg ist das Ziel!« sagte er. Markus dachte lange über den Ausspruch nach, wobei er zu dem Schluß kam, daß dies wohl die beste Einstellung zum Reisen sei. Stuttgart, Heilbronn und Würzburg waren einige Stationen, und nachdem die Kontrolle zwischen Württemberg und Bayern planmäßig verlief, wagte sich Dollberg bis Nürnberg. Irene sog alle Eindrücke auf, wie ein trockener Schwamm. Sie war hell begeistert, was für große und herrliche Städte es außer Ravensburg noch gab. In ihre Rolle als Dame der gehobenen Gesellschaft hatte sie sich erstaunlich schnell eingelebt. Maßgebend waren dabei, neben ihrer narzißtischen Selbsteinschätzung, gewiß auch die ›Erfahrungen‹ aus der schillernden Scheinwelt des Kinos. Wie oft schon hatte sie sich in Wachträumen mit großen Stars wie Lya de Putti oder Lil Dagover identifiziert. Jetzt durfte sie solche Vorbilder nachahmen und wurde obendrein noch von ihren Begleitern beifällig gelobt, und natürlich entgingen ihr auch nicht die bewundernden Blicke manches Fremden.

Markus hatte da eher Probleme. Aber unter den dargestellten Umständen wurde sein bisweilen etwas linkisches Verhalten von Außenstehenden als vornehme Blasiertheit gedeutet. Ralf amüsierte sich köstlich über die beiden. Wenn sie im Hotel ein Doppelzimmer buchten, zweifelte niemand an dem jungen Glück dieses reizenden Pärchens.

»... und so sozial eingestellt! Hast du bemerkt, wie der gnädige

Herr besorgt ist, daß auch seinem Domestiken ein gutes Zimmer, möglichst in seiner Nähe, zugewiesen wird?«

So flüsterten die Hotelangestellten unter sich, denn dafür hatten sie ein feines Gespür.»... und Trinkgelder gibt er auch reichlich.«

Sie konnten natürlich nicht ahnen, wie sich der bescheidene, sparsame Markus überwinden mußte, diese Anweisung Ralfs zu befolgen. Wenn die drei dann irgendwo unbeobachtet zusammensaßen und sich gegenseitig ihre Eindrücke schilderten, artete das Kichern oft in ein Gelächter aus, daß Dollberg die Tränen über die Wangen rannen.

Dabei wurde keinem bewußt, am wenigsten ihr selbst, wie in Irenes Psyche Rolle und Realität zu verschwimmen begannen. Allerdings bekam ihrem äußeren Erscheinungsbild dieser Zustand recht gut, denn so bezaubernd sah sie nie zuvor aus. Ralf ertappte sich immer öfter dabei, sie mit Wohlgefallen zu betrachten.

Über Dresden und Leipzig erreichten sie schließlich Berlin. Ralf hatte sich bereits Telefonisch in einem vornehmen, kleineren Hotel in ruhiger Lage, das ihm von der Bank empfohlen worden war, angemeldet. Es war ein diskretes Haus, in dem vorwiegend Geschäftsleute abstiegen, die in der Reichshauptstadt unauffällige Zusammenkünfte arrangieren wollten. Dennoch zog er es zur Sicherheit vor, auch hier sein Inkognito weitgehend zu wahren. Dank der Bankreferenz waren die Formalitäten schnell erledigt. Der Maybach verschwand in der Hotelgarage. Mit einer Pferdedroschke ließ sich das Kleeblatt ins Zentrum kutschieren. Ralf nahm devot auf dem Kutschbock Platz, denn auch er hatte ja seine Rolle zu spielen.

Die jungen Leute waren überwältigt vom brausenden Lärm und hektischem Getriebe der Metropole, die selbst den Globetrotter Dollberg beeindruckte. Die scheinbar ziel- und planlos durcheinanderwimmelnde Menge veranlaßte Irene zu dem Ausruf: »Mein Gott, ich habe gar nicht gewußt, daß es so viele Leute gibt!«

Markus schüttelte staunend den Kopf und flüsterte andächtig: »... und so viele Automobile!«

Am Brandenburger Tor stiegen sie aus und bummelten über die Prachtallee Unter den Linden. Die Männer hatten Irene in die Mitte genommen und ihr empfohlen, sich gut einzuhaken. Später benutzten sie verschiedene öffentliche Verkehrsmittel. »Zur

Übung«, wie Ralf sagte. Die elektrische Trambahn und einen Doppelstockomnibus, den Markus besonders bestaunte. Als absolutes Weltwunder bezeichnete Irene mit großen Augen die Untergrundbahn, die teils durch dunkle Tunnels ratterte und dann wieder hoch über der Straße dahinbrauste.

So gelangten sie zur Kaiser-Wilhelm-Gedächtniskirche, von wo aus sie den großen Boulevard ›Kurfürstendamm‹ hinunterflanierten. Ein über das andere Mal jauchzte die junge Frau beim Anblick der eleganten Modesalons. Da meinte Ralf, es würde ja auch nicht schaden, sich neu einzukleiden. Für Irene war das ein Fest, für Markus aber eine peinliche Prozedur. Sie fanden ein lachsrotes Deux-Pieces aus feinem Chintz, das fabelhaft mit ihrem schwarzen Haar kontrastierte, dazu einen eierschalenfarbenen Staubmantel, ebensolche Pumps und ein Hütchen im dernier cri, wie die charmante Verkäuferin versicherte.

»Meine Frisur ist schrecklich ramponiert von der Reise«, jammerte Irene und zog die Stirn in Falten. Ralf vertröstete sie auf den kommenden Tag, für den man sowieso noch den Zeitplan zu machen hätte.

»Wir sind ja nicht nur zum Vergnügen hier!«

Für Markus kauften sie einen sportlichen Knickerbockeranzug aus englischem Kammgarn, perlgrau mit Glencheckmuster und eine flotte Schildmütze, ein Hemd mit Fliege, silbergraumelierte Kniestrümpfe und Halbschuhe aus bordeauxrotem Flechtleder.

Mit Paketen beladen, flüchteten sie aus dem Menschenstrom auf die Terrasse eines Kaffeehauses. Den jungen Leuten rauchte der Kopf, aber auch Ralf war abgespannt.

»Heute spielt sich nichts mehr ab«, bestimmte er in einem Ton, bei dem selbst Irene keinen Einspruch wagte, »denn morgen wird ein harter Tag. Ich habe uns schon früh bei Ernemann angemeldet. Markus wird dort die technischen Details klären. Inzwischen fahre ich zur Bank. Wichtigster Termin ist natürlich Irenes Friseur. Und am Nachmittag irgendwann treffen wir uns alle wieder hier, im *Café Kranzler*!«

Ralf Dollberg nahm das Abendessen auf seinem Zimmer ein. Das ›Pärchen‹ hatte sich mit den neuen Kleidern im Speisesaal zu präsentieren. Alle gingen früh zu Bett, um am nächsten Tag ausgeruht und frisch zu sein.

Ralf, der Chauffeur, zog seine Mütze, öffnete dienstbeflissen die Wagentür und ließ die Herrschaften einsteigen. Dann lenkte er den Maybach in einem sanften Bogen aus der Hoteleinfahrt und erreichte bald die Chaussee nach Lichterfelde. Die drei waren immer wieder erstaunt über das viele Grün in und um Berlin. Es war, als hätte man eine Anzahl Dörfer rund ums Zentrum zusammengeschoben, samt Seen, Flüßchen und dem ganzen ländlichen Baumbestand. Dadurch wirkte diese Millionenmetropole nicht so trostlos wie manche andere Großstadt, insbesondere, im Vergleich mit den Großstädten in Amerika, dachte Ralf.

Unterwegs tauschte er seinen Platz mit Markus und zog die Uniform aus. Im Werk von Ernemann wurden sie schon erwartet. Nach einem kurzen Rundgang besprach Dollberg mit dem Verkaufsleiter die Zahlungsmodalitäten. Dann ließ er Markus mit dem zuständigen Ingenieur allein.

Für den jungen Mechaniker war die Fabrik ein Erlebnis! Mit großer Aufmerksamkeit prüfte er die neuen Geräte, hatte viele Fragen und legte Type, Ausführung, Baugruppen und Verpackungseinheiten fest. Das Kernstück des Apparates sollte im Maybach verstaut werden. Nur der gußeiserne Fuß und ein paar sperrige Verkleidungsbleche kämen per Bahn zum Versand. Nach einigen Stunden waren alle Punkte geklärt. Eifrig trug Markus Skizzen und Daten in sein Notizbuch ein. Der Betriebsleiter hatte die Bereitstellung für die nächsten Tage zugesagt. Dann brachte ein Werksfahrer den jungen Mann ins Zentrum zum Alexanderplatz, wo er sich aufgeregt in das Abenteuer ›Allein in Berlin‹ stürzte. Fiebernd eilte er kreuz und quer durch die Straßen und wollte alles in sich aufnehmen. Am liebsten hätte er seine Augen überall gehabt, um möglichst viele Eindrücke zu sammeln. Just in diesem Moment hatte er sie jedoch an der falschen Stelle.

Der Zusammenprall mit der jungen Dame, die um die Ecke bog, war ziemlich heftig. »Tölpel«, schimpfte sie erbost, »kannste nicht aufpassen!«

Verdattert stammelte er eine Entschuldigung, ging dabei ein paar Schritte rückwärts, wobei sich seine Beine in der Hundeleine verhedderten. Er stolperte und fiel auf den Schnauzer, der dies als persönlichen Angriff deutete und aus dem ihn bedrängenden Gesäß einen ansehnlichen Dreiangel riß. Einige der Vorüberhetzenden fluchten, andere lachten. Die zornige junge Dame lachte jetzt auch, als sie Markus' unglückliches Gesicht sah, der sich verzweifelt bemühte, aus seiner prekären Lage zu kommen. Sie bot ihm ihre Hand und zog den Bedrängten aus dem Passantenstrom. Der jaulende Hund kam auch wieder frei und bellte vorwurfsvoll.

»Ganz ruhig, Hektor, ist ja schon gut, komm zu Frauchen!« Sie tätschelte dem Tier beruhigend die Flanke. Zu dem wie ein begossener Pudel neben dem knurrenden Schnauzer stehenden Markus sagte sie:»Es tut mir leid«, und um sich von der Sache zu distanzieren, fügte sie treuherzig hinzu,»der Hund gehört meiner Mutter.«

Als Markus den Staub von seinem neuen Anzug klopfte, spürte er das Loch im Hosenboden. Das gab ihm den Rest. Jammernd fragte er, was er denn nun bloß machen sollte.

»Kommen Sie weiter«, sagte sie freundlich und zog ihn fort in eine kleine Häusernische,»drehen Sie sich mal um, und seien Sie nicht so zimperlich!«

Aus ihrer Handtasche hatte sie eine Sicherheitsnadel gekramt und versuchte, den klaffenden Riß provisorisch zu schließen. Seine wenigen Worte ließen sie den fremden Dialekt heraushören: »Sie sind wohl aus der Provinz?« Als Markus nickte, lenkte sie ein:»Dort drüben ist ein kleiner Park. Kommen Sie erst mal aus dem Gewühl heraus, und lassen Sie uns einen Kaffee trinken auf den Schreck hin. Ist ja schon schade um die schöne Hose, aber schließlich kann ich doch wirklich nichts dafür!«

Die letzten Worte hatte sie eher kleinlaut vor sich hingemurmelt. Nach wenigen Schritten befanden sie sich in einer hübschen Grünanlage. Ein Restaurant hatte Tische im Freien aufgestellt. Dort ließen sie sich nieder und schauten einander erst einmal richtig an. Dieser junge Mann war ihr auf Anhieb sympathisch und er fand sie ganz bezaubernd, was ihn noch mehr aus der Fassung brachte. Aus Verlegenheit streichelte er sogar den noch immer knurrenden Schnauzer.

Sie hatte ihr sehr dunkles, vermutlich fast hüftlanges Haar im Nacken nach innen hochgesteckt. Die üppige Fülle wurde durch ein schmales, über den Stirnansatz verlaufendes Band zusammengehalten und erinnerte unwillkürlich an eines der klassischen Frauenbildnisse von Anselm Feuerbach. Der dunkle Teint, die pechschwarzen Augen und die ungewöhnlich tiefe Stimmlage gaben ihr eine aparte Note. Markus war hingerissen. Als er sich zu dem jetzt unter seinen Stuhl gekrochenen Hund hinunterbeugte, streifte sein Blick die langen schlanken Beine, die in flachen Sandalen endeten. Obgleich sie vom Typ her etwas älter erschien, schätzte er sie höchstens auf achtzehn. Er hatte Zeit und Raum vergessen und hätte sie am liebsten unentwegt angeschaut. Sie zupfte ihr schlichtes Empirekleidchen aus lichtgelbem Organdy, das dicht unter dem kleinen Busen gegürtet war, zurecht und räusperte sich.

Mit einer Kopfbewegung machte sie ihn auf den wartenden Kellner aufmerksam. Markus hatte diesen erst jetzt bemerkt und bestellte hastig, eine verlegene Entschuldigung murmelnd, zwei Kännchen Kaffee. Als sie wieder allein waren, lachten sie beide wie über einen gelungenen Streich. Für Markus wirkte das befreiend und löste seine Zunge.

Er stellte sich vor und berichtete kurz über seine Mission, für das elterliche Kino eine Vorführmaschine zu beschaffen, ohne natürlich Ralf Dollberg erwähnt zu haben. Sie fand das hochinteressant. Vor kurzem hätte man hier auch wieder ein großes Filmtheater eröffnet, den Ufa-Palast am Alexanderplatz, aber sie hätte selten Zeit, ins Kino zu gehen. Sie hieße übrigens Sarah, Sarah Ellias, und studiere Philosophie und am Abend träte sie in einer Kneipe auf, nein, nicht so, wie er dächte, erklärte sie auf Markus‹ erstaunten Gesichtsausdruck hin. Das wäre so ein literarisches Kleinstkabarett, ein Lokal, wie es in Berlin viele gebe, mit den verschiedensten Gesinnungsrichtungen. Eine Pazifistenbewegung, der eine Menge ihrer Komilitonen angehörten, hätte die ›Olle Destille‹ als Stammlokal auserkoren. Da würde viel diskutiert, und man läse Gedichte und Essays von Brecht und Ringelnatz oder Tucholsky und Konsorten. Sie sänge Chansons zur Gitarre und verdiente sich so ein paar Mark, außerdem läge ihr der Friede sehr am Herzen, wo doch die Militaristen schon wieder eifrig auf den Putz hauten. So plauderte sie unbefangen, und Markus hörte ihr fasziniert zu.

»Mein Vater war Reserveoffizier und ist im Krieg gefallen. Er war Jude«, sagte sie unvermittelt. »Haben Sie was gegen Juden? Ich bin zwar getauft, das haben sie an der Uni lieber.«

Der Ober tauchte wieder auf, und sie winkte zum Zahlen. »Ich schlage vor, wir gehen noch ein wenig durch den Park, der Hund sollte bewegt werden.«

Sie griff nach der Tasche, aber Markus wehrte ab. »Lassen Sie mich, bitte!« Während er zahlte, kramte sie eine Karte aus der Tasche und schob sie ihm hin.

»Das ist unsere Pinte, vielleicht, wenn Sie noch länger in Berlin bleiben, vielleicht kommen Sie mal hin.«

Dann schlenderten sie durch die gepflegte Anlage. So ganz arm wären sie ja nicht. Mutter hätte ein Haus, das sie vermietete, und mit der kleinen Kriegerwitwenrente könnte sie leben, aber Sarah wollte ihr nicht so schwer auf der Tasche liegen.

An einem kleinen Teich ließ sie den Schnauzer laufen, er sprang ins Wasser, trank und holte schwimmend einen Ast, den sie hineingeworfen hatte. Beim Apportieren schüttelte er das Wasser aus seinem Fell. Als die beiden den sprühenden Tropfen entfliehen wollten, stießen sie erneut zusammen. Markus fing sie mit starkem Arm auf, denn diesmal war es Sarah, die stolperte. Sie lachten wie Kinder. Für einen Moment aber fanden sich ihre Augen in einem tiefen Blick.

»Seltsam«, dachte sie, »daß mir dieser Fremde so vertraut erscheint.«

Er ließ sie schnell wieder los und schaute verlegen auf den Hund, der ihm schwanzwedelnd das Holzstück vor die Füße legte. Auf der gegenüberliegenden Straße ratterte ein Lastwagen vorbei. An der Bordwand war ein Transparent befestigt: Deutschvölkische Freiheitspartei. Die Männer, die auf der Ladefläche standen, schwangen Fahnen. Fetzen eines Liedes wehten herüber. In den Insignien der Fahnen erkannte Markus ein Hakenkreuz.

»Die vielen Parteien spielen zur Zeit wieder verrückt«, kommentierte Sarah diese Demonstration, »irgendeine Wahl steht ins Haus.«

»Ich dachte, die Nazis sind verboten worden?« meinte Markus.

»Ja, das stimmt wohl, aber eine Splittergruppe ist bei den Deutschvölkischen untergekrochen, die ähnliche Parolen haben, zumindest das gleiche Emblem. Aber die SA spukt trotz des Verbotes noch herum. Zum Glück sind die so zerstritten wie unsere Regierung. Leider kommt es immer wieder zu Ausschreitungen. Sogenannte Rollkommandos demolieren die Lokale von Gesinnungsgegnern.«

Markus interessierte das überhaupt nicht, und er ärgerte sich, daß das Gesprächsthema ins Politische wechselte.

»Ich weiß das von einem Nachbarn, einem widerlichen Typen. Er gehört auch zu den Nationalsozialisten, irgendein SA-Führer, der immer noch große Töne spuckt. Obwohl Mutter sagt, die mögen uns Juden nicht, stellt er mir in penetranter Weise nach. Als er mich neulich sogar begrapschen wollte, habe ich ihm eine massive Abfuhr erteilt. Und wissen Sie, was der zu mir sagte? Das würde mir noch leid tun, denn jetzt könne er natürlich seine schützende Hand nicht mehr über mich halten. Ist das nicht lächerlich? Unsere Verbindung wäre gewissen Leuten ein Dorn im Auge. Wir sollten nur auf der Hut sein. So ein aufgeblasener Heini, dieser Francke, Sturmführer nennt er sich!«

Irgendwo schlug eine Uhr. »Mein Gott«, rief Sarah aus, »ist das schon spät. Ich muß jetzt leider gehen. Es war nett, sich mit Ihnen zu unterhalten, Markus. Vielleicht, ich meine, vielen Dank für den Kaffee! Das mit der Hose tut mir ehrlich leid!«

»Ach, das ist nicht so schlimm. Ich, ich möchte Sie gerne wiedersehen, Sarah, ich komme in Ihre Kneipe. Versprochen!«

Sie standen wieder an der Ecke ihres Zusammenstoßes.

»Tschüs«, sagte sie nur und war in der Menge untergetaucht samt ihrem graumelierten Schnauzer. Dann war Markus allein.

Er ging die große Straße entlang. An einer Bushaltestelle fragte er einen älteren Herren, der freundlich nickte, nach der hier verkehrenden Linie, und mit ihm zusammen stieg er in das gerade ankommende Fahrzeug. Nach ein paar Stationen bedeutete ihm der Alte auszusteigen. Er nannte ihm noch die Nummer der anderen Linie. So gelangte er zum Bahnhof Zoo. Dort sah er die Kirche und fand schnell das Kaffeehaus, wo Ralf und Irene schon warteten.

Als er beschämt den Schaden seiner Hose vorzeigte, mußte er für den Spott nicht sorgen. Dann aber drückte ihm Ralf einen Geldschein in die Hand und sagte leichthin: »Das Geschäft ist nicht weit, gleich dort vorn links. Geh' und tausche sie einfach um; die werden gewiß nochmal so eine Hose dahaben.«

Nach Markus' Rückkehr suchten die drei ein Restaurant auf, um gemeinsam das Abendessen einzunehmen. Da gab es natürlich viel zu erzählen. Ralf war mit dem Ergebnis seiner Verhandlungen nicht so recht zufrieden. In der Devisenwirtschaft hatte sich vieles geändert.

»Es wird mir nichts anderes übrigbleiben, als zu versuchen,

zusätzlich noch einmal auf illegale Weise Dollar einzuführen!«
sagte er mehr zu sich selbst. Nach einigen Minuten nachdenklichen Schweigens wandte er sich an Markus:»Sag mal, mein Junge, wenn es sich als notwendig erweisen sollte, würdest du für
mich nach Amerika fahren und auf irgendeine, noch auszubaldo-
wernde Art die Dollar nach Deutschland schmuggeln?«
Spontan antwortete Markus:»Na klar, du weißt doch, daß ich
alles für dich mache! Das bedarf keiner Frage, Ralf.«
»Ich danke dir, mein Junge. Du bist ein feiner Kerl!«
Ralf und Irene hatten volles Verständnis für Markus' Wunsch,
sich für heute Abend freizumachen. Sie beide wollten das neue
Kino am ›Alex‹ unter die Lupe nehmen. Man spielte den erst vor
kurzem uraufgeführten Film von F.W. Murnau ›Der letzte Mann‹
mit Emil Jannings. Es war die Geschichte eines Hotelportiers
und dessen Abstieg zum Toilettenwart. Jannings stellte das gewiß überzeugend dar, aber der gesellschaftskritische Aspekt war
schwach. Murnau wollte wohl das Mitleid der Masse ansprechen,
doch weder Irene noch Ralf waren für dieses Drama das geeignete Publikum. Irene beeindruckte vor allem Größe und Ausstattung des neuesten Ufa-Theaters.
Da die beiden noch nicht in ihr Hotel zurückkehren wollten,
besuchten sie die exclusive Adlon-Bar. Die Kapelle spielte einen
›English Waltz‹ und sie tanzten gedankenverloren. Dann wechselte der Rhythmus: Black-Bottom! Die Tanzfläche brodelte, als
hätte man einen Eimer Piranhas in den Karpfenteich geschüttet.
Ralf führte seine Dame abrupt zum Tisch zurück.
»Schade«, schmollte Irene.
»Ich mag das moderne Zeug nicht!« sagte er fast heftig. Dann
aber hellte sich seine Miene auf. Er winkte dem Ober und flüsterte ihm etwas zu. Im nächsten Moment tauchte ein junger, korrekt
gekleideter Mann auf. Höflich neigte er vor Dollberg den Kopf:
»Sie gestatten«, und zu Irene:»Darf ich bitten?«
Unsicher schaute sie Ralf an, doch als der lächelnd nickte, war
sie schon auf der Tanzfläche und in den Armen des attraktiven
Eintänzers, der ihr dezent die Schritte zeigte und sie dann mit
starkem Arm ins Getümmel führte. Sie hatte Talent und Temperament genug, um schnell zu lernen. Als das Paar wieder mal in
Sichtweite kam, winkte sie Ralf strahlend zu.
»Sie sieht bezaubernd aus!« dachte er; und er dachte auch an ih-

re Jugend und an den alten Scheufele, der sein ganzes Vertrauen auf ihn gesetzt hatte, und er dachte an Eva, die kaum älter war als Irene. Gewiß, Eva war reifer, hatte schon ein wenig Lebenserfahrung. Ralf glaubte nämlich nicht, daß Irene schon intimen Kontakt mit einem Mann gehabt hatte. Das machte ihn unsicher.

Die Tanzkapelle intonierte einen Tango. Die Beleuchtung dämmerte dahin. Scharf gebündelte Strahlen einiger Spotlights trafen die spiegelbesetzte Kugel, die über den Tanzenden rotierte. Die Reflexe huschten bizarr durch den Raum und ließen alles wie in Bewegung erscheinen. Ein leiser Tusch der Kapelle warnte Verträumte vor dem wieder heller werdenden Licht. Der Eintänzer komplimentierte Irene artig an ihren Platz. Mit roten Wangen flüsterte sie Ralf ins Ohr: »War das ein echter Gigolo, wie in dem Lied vom treuen Husaren?«

Er nickte. »Ja, diese Sitte hat sich etabliert, und so mancher gebildete junge Mann aus gutem, aber bankrottem Hause verdient sich so sein Geld.«

»Ein eigenartiges Gefühl!«

Ihren schlanken Körper durchlief ein Schauer, und sie kuschelte sich an Ralf Dollberg, der seinen Arm um ihre Taille legte.

Den nächsten Tag begannen sie mit einem Ausflug nach Potsdam. Schloß Sanssouci war ein lohnendes Ziel, und besonders romantisch erschien ihnen die Pfaueninsel im Wannsee. Stadteinwärts besuchten sie dann Charlottenburg und wurden nicht müde, durch den prächtigen Schloßpark zu schlendern. Inmitten einer bunten Blumenrabatte breitete Irene die Arme aus, drehte sich rundum und rief voll Begeisterung aus:»Das ist alles so herrlich, und du bist so, so ...«

Sie fiel Ralf um den Hals und küßte ihn stürmisch auf die Wange. Markus ergänzte das fehlende Wort: »... knorke, würde der Berliner sagen!«

Eine glückselige Ausgelassenheit hatte sich der drei Menschen bemächtigt. Markus schwärmte in jungenhafter Verliebtheit von der kleinen Sängerin, die Philosophie studiert, und von dem urigen Bierlokal, den intellektuellen Gästen, von denen er nur verstanden hatte, daß sie gegen den Krieg waren.

»Du bist doch auch gegen den Krieg, Ralf! Ihr solltet das unbedingt mal gesehen haben!«

Ralf lag daran, Markus eine Freude zu machen. Er blinzelte Irene zu:»Na, was meinst du, sollen wir heute abend mit ihm hingehen?«

Daß sie zu diesem Plan spontan »Ja« sagte, war auf die übermütige Stimmung der Stunde zurückzuführen. Normalerweise hätte sie sicher andere Wünsche gehabt als in einer Literatenkneipe zu hocken.

★

Nun aber waren sie da, in Rauch und Bierdunst gehüllt. Auf dem Tisch standen kelchförmige Gläser mit grünem und rotem Inhalt: Berliner Weiße mit Schuß, für die Männer mit Waldmeister und für Irene mit Himbeergeschmack. Das Lokal war gut besucht. Das Publikum schien sehr gemischt zu sein. Offenbar saßen hier einfache Arbeiter und Büroangestellte neben Hochschulprofessoren, ohne diesem Umstand irgendwelche Beachtung zu schenken. Der rückwärtige Teil dieses, einen rechten Winkel bildenden Raumes war anscheinend der studentischen Vereinigung vorbehalten. Ein etwas erhöhter Bretterverschlag stellte die Bühne dar, an deren hinterem Rand, wie eine abschließende Kulisse, ein Klavier stand, auf dem einer der Mitwirkenden improvisierte. Über dem Instrument, im Dunkel des Hintergrundes verlaufend, war ein Transparent aufgespannt mit einem Spruch, der vermutlich von Zeit zu Zeit wechselte:»Jede Glorifizierung eines Menschen, der im Kriege getötet worden ist, bedeutet drei Tote im nächsten Krieg«.

Von der Bühne zum Eingang hin ragte wie eine Barriere die mächtige Theke in den Raum. Zwischen den Zapfhähnen standen riesige Gläser mit Salzgurken und auf Stangen gereihte Säulen von Bierbrezeln. Ralf beugte sich zu der nicht gerade enthusiastischen Irene:»Du mußt die Typen beachten, ist das nicht eine Bilderbuchpinte!«

Dann kam Sarah. Sie hatte Markus entdeckt und begrüßte ihn herzlich. Er stellte Irene als seine Schwester vor, stutzte einen Moment und bezeichnete dann Ralf mit kühnem Grinsen als deren Freund. Der stieß den frechen Kerl in die Rippen und begrüßte die junge Dame seinerseits mit einer galanten Verbeugung. Dabei murmelte er förmlich: »Gestatten, mein Name ist Winter, Rudolf Winter.« Im stillen dachte er: »Hoffentlich hat sie das schnell wieder vergessen.«

Sarah trug ein knöchellanges Kleid, eher ein Gewand im Jugendstil, aus alabasterfarbenem Kattun, das sie noch klassischer erscheinen ließ. Der Klavierspieler trat ans Mikrophon: »Sarah Ellias, mit einem Gedicht von Kurt Tucholsky, zu dem Friedrich Hollaender eine Melodie schrieb: die ›Rote Melodie‹.

Starker Applaus von der Studentenseite. Sarah trat auf. Sie hatte eine Gitarre in der Hand und strich spielerisch über die Saiten, während der junge Mann am Klavier einen harten Akkord anschlug. Dann klang ihre klare Altstimme durch den Raum:

»Ich bin allein – es sollt nicht sein.

Mein Sohn stand bei den Russen. Da fuhr

man sie, wie's liebe Vieh, zur Front –

mit Omnibussen ...«

Das Publikum war erstaunlich diszipliniert und hörte aufmerksam zu. Der Pianist spielte eine Kadenz als Überleitung zum Refrain:

»General! General!

Wag es nur nicht noch einmal!

Es schreien die Toten – denk an die Roten!

Sieh dich vor! Sieh dich vor!«

Der Klavierspieler setzte in hartem Stakkato zu einem Marschrhythmus an, der abrupt abbrach. In die Stille hinein wiederholte Sarah eindringlich:

»General! General!

Wag es nur nicht noch einmal!«

Während der zweiten Strophe spürte Ralf eine gewisse Unruhe.

»Ich sah durchs Land im Weltenbrand

da weinten tausend Frauen. Der Mäher schnitt ...«

Noch war nichts zu sehen. Doch wie alle Verfolgten hatte er einen sechsten Sinn für aufkeimende Gefahren. Angespannt beobachtete er den Raum.

»... sie litten mit, mit hunderttausend Grauen.

Und wozu Todesangst und Schreck? Haho! Für einen

Dreck!«

Mehrere Männer in Trenchcoats quollen durch die Eingangstür

und verteilten sich im Raum. Einer im braunen Ledermantel drehte sich kurz um. In diesem Augenblick sah Ralf, daß draußen der Türsteher am Boden lag und von zwei Gestalten zur Seite gezogen wurde.

»Die Leiber – die Leiber – sie liegen in der Erd.
Wir Weiber – wir Weiber – wir sind nun nichts mehr
wert ...«

Noch mehr Männer drangen ein. Einige ohne Mantel, mit Braunhemden. Ralf erkannte ihre roten Armbinden mit dem Hakenkreuz. Der mit dem Ledermantel hielt die Tür auf und gab Anweisungen. Alles spielte sich unheimlich ruhig ab. Das Publikum war wie hypnotisiert.

»General! General!«

Beim Anblick des Hakenkreuzes kam Ralf eine Idee, die sich in seinem Hirn blitzartig zu einem tollkühnen Plan entfaltete. Rasch nahm er das goldene Parteiabzeichen aus seiner Brieftasche und steckte es hinters Revers. Dabei fiel ihm Kattwinkels Karte in die Hand. Schon wurden wütende Zwischenrufe laut. Mit einem Satz jagte der Ledermantel an Ralf vorbei zur Theke, wo der Bierzapfer sich am Telefon zu schaffen machte. Hart knallte die schlagringbewehrte Faust auf die wählende Hand.

»Wag es nur nicht noch einmal!«

Im Hintergrund hörte man schrille Pfiffe und Protestschreie der Studenten. Dann das Krachen und Splittern berstender Stühle. Ganz in der Nähe brüllte jetzt einer: »Holt sie runter, die pazifistische Judensau!«

Markus sah rot, doch Ralf packte ihn schon hart am Arm. »Gibt's hier einen Hinterausgang? Nimm die zwei Frauen und raus. Warte im Auto auf mich, verstanden? Los!«

Markus rannte mit Irene hinter die Theke, dort war der Bühnenabgang. Aus Leibeskräften brüllte er: »Sarah! Hierher!«

Schon war sie an seiner Seite. Er zog sie nach hinten, so heftig, daß die Gitarre über den Boden schlitterte. Im Augenblick noch war die massige Theke zwischen den Fliehenden und den Schlägern.

Ralf ging den Anführer, der seinen Ledermantel ausgezogen und über das Telefon geschmissen hatte, von hinten an, packte die Hand mit dem Schlagring und drehte den Arm des SA-Mannes so hinter dessen Rücken, daß der mit einem Schmerzensschrei herumwirbelte und seinem Angreifer direkt ins Gesicht schaute. Mit der Linken wendete Ralf sein Revers und zischte dem völlig Verdutzten, der entgeistert auf das Abzeichen starrte, mit bedrohlicher Schärfe ins Ohr:»Blasen Sie die Aktion sofort ab, Sie Idiot! Wissen Sie denn nicht, daß wir in diesem Fall ganz andere Pläne haben? Los!«

Er drehte den Arm noch ein wenig weiter, um seinen Worten Nachdruck zu verleihen. Der andere blies in seine Trillerpfeife und kommandierte:»Stoppen! Alle Mann abtreten, sammeln und zum Aufsitzen klarmachen!«

Es war allerdings auch höchste Zeit, denn zwei der Schlägertypen wollten gerade ihrem Anführer mit Gummiknüppeln zu Hilfe kommen. Ralf löste den Griff und klopfte dem Mann beruhigend auf die Schulter.»Schon gut, Kamerad. Wer hat diese Aktion angeordnet?«

»Sturmführer Francke.«

»Hätt' ich mir denken können, dieses Arschloch!«

Ralf gab dem SA-Mann Kattwinkels Karte und sagte in süffisantem Tonfall:»Sagen Sie dem feinen Herrn, er soll sich bei mir melden!«

»Jawohl, Herr Hauptmann!« und als wollte er die Ehre der SA noch halbwegs retten, nahm er stramme Haltung an und brüllte: »Heil Hitler!«

Dollberg salutierte militärisch und antwortete:»Deutschland erwache!« In diesem Augenblick flammte ein Blitzlicht auf. Der SA-Mann fluchte:»Verdammte Scheiße!«

Noch bevor die geblendeten Augen etwas erkennen konnten, war der Photograph schon hinter der weißen Wolke aus Magnesiumrauch verschwunden. Der mit dem Ledermantel machte eine Kehrtwendung und setzte sich als letzter ab. Draußen hörte man Kommandos und dann das rasselnde Abfahren eines Lastwagens.

Das Lokal war noch glimpflich davongekommen: Ein paar Stühle und ein Korb voll Gläser waren zerbrochen. Einige Platzwunden mußten versorgt werden, besonders bei den Studenten, die sich bedenkenlos auf die Angreifer gestürzt hatten. Ehe sich jemand um den geheimnisvollen Fremden kümmern konnte, der auf so unverständliche Weise in das Geschehen eingegriffen hatte, eilte dieser zum Ausgang, wo ihm der blutüberströmte Portier entgegentaumelte. Dann war er auf der Straße. Um die Ecke wartete Markus mit laufendem Motor und fuhr sofort los, als Ralf eingestiegen war. Zwei Straßen weiter begegnete ihnen das Überfallkommando der Berliner Schutzpolizei.

»Junge, Junge«, atmete Ralf auf, »das ist ja gerade noch gut gegangen!«

Markus schaute betreten drein. »Es tut mir leid, daß ich euch in diese Situation gebracht habe.«

»Da konntest du doch nichts dafür, Markus«, tröstete ihn Ralf, »und außerdem ...«

»Außerdem kann ich ja von Glück sagen, daß ihr mich da rausgeholt habt! Herzlichen Dank, Herr Winter!« Sarah schaute ihn mit großen Augen an. »Wie haben Sie das nur geschafft?«

»Nun, mein kleines Fräulein, ich habe einfach geblufft«, lächelnd griff er an seinen Bizeps, »nicht hier, sondern da!« und tippte sich an die Stirn.

Irene stöhnte laut. Sie war noch ganz geschockt und jammerte immerzu: »Mein Gott, das glauben sie uns daheim nie!«

Markus fuhr rechts ran und brachte den Wagen zum Stehen. »Jetzt kurve ich schon eine ganze Weile durch die Stadt und habe keine Ahnung, wo wir uns überhaupt befinden. Sarah sollte sich zu mir setzen und uns den Weg zeigen.« Sie tauschten die Plätze. Ralf setzte sich zu Irene und legte beruhigend den Arm um ihre Schulter. Sarah schaute Markus tief in die Augen: »Danke, mein lieber Markus!« Scheu küßte sie ihn auf den Mund.

Dann fuhren sie schweigend weiter. Nur hin und wieder gab Sarah einen Hinweis. Bald gelangten sie zum Haus ihrer Mutter. Bevor sie ausstieg, sagte Ralf beschwörend: »Es wäre vielleicht besser, wenn Sie ein paar Tage untertauchen. Melden Sie sich krank, und schwänzen Sie mal die Uni! Wenn ich es recht bedenke, war das mehr ein persönlicher Racheakt als eine politische Maßnahme. Markus erzählte mir von ihrem Zusammenstoß mit diesem Francke. Solche Opportunisten können recht gefährlich werden! Mein junger Freund wird sich morgen nach Ihrem Befinden erkundigen. Sie haben übrigens eine wunderschöne Stimme.«

»Vielen Dank, Herr Winter, ich werde Ihren Rat beherzigen! Markus, darf ich Dich morgen meiner Mutter vorstellen?«

Er nickte nur. »Ich bring' dich noch zur Tür.«

11. Menschenraub

Es war nicht ungewöhnlich, daß im Redaktionsgebäude der ›BZ am Mittag‹ zu so später Stunde noch die Lichter brannten. Fast immer, meist rund um die Uhr, arbeitete in den modernen Großraumbüros das eine oder andere Journalistenteam, um mit ihren Nachrichten die unersättliche Neugier der Masse zu befriedigen. Der Lokalreporter Georg Kaminski tippte seinen letzten Artikel für die morgige Ausgabe in die klappernde Remington. Dabei fluchte er vor sich hin: »So ein verdammter Quatsch!«

Eine kriminelle Story – seinetwegen auch ein unheimlicher Mord – wäre ihm leichter von der Hand gegangen als dieser fade Bericht über die Pressekonferenz des neuen Reichsbankpräsidenten ... Wie schrieb sich doch gleich dieser komische Name? Dr. Hjalmar Schacht. Kaminski mußte für seinen Kollegen, den Wirtschaftsreferenten Westernhagen, einspringen, der mit – nein, grinste er, jetzt *ohne* – Blinddarm im Krankenhaus lag. Eigentlich war das schon ein imposanter Banker, dieser Dr. Schacht. Mit der bescheidensten Miene rühmte er sich, so ganz nebenbei, die Rentenmark erfunden und damit die Inflation gestoppt zu haben. Dann erläuterte er den Journalisten die Durchführung des Dawes-Planes, nein, ›Gesetz‹ mußte er schreiben, denn inzwischen war es ratifiziert worden.

Er zündete sich eine neue Zigarette an der noch glimmenden Kippe an und schrieb weiter, wie der Bankpräsident mit nüchternen Worten von Transaktionen und Umschuldungen berichtete, die zur Konsolidierung der Währung unabdingbar wären. Dabei hatte er die Milliarden hin- und hergeschoben wie unsereins die Knöppe beim Mühlespiel! Hätten die bloß dem Herbert Westernhagen den Blinddarm ein paar Tage früher herausgeschnippelt, dann müßte der seinen Bericht selber schreiben! Und wenn sie nächsten Monat die ›Reichsmark‹ einführten, dann glaubte er, Kaminski, auch wenn der Herr Schacht das Gegenteil versicherte, daß die wieder einen Schnitt machen werden, den der kleine Mann zu bezahlen hatte, wenn auch mit einem gewissen Stolz, denn Reichsmark klang ja vornehmer als Rentenmark. Aber das durfte er natürlich nicht so schreiben. Der Westernhagen wüßte da sicher viel bessere Worte! Als er und seine Kollegen heute morgen durch die Räume der Reichsbank geführt worden waren und auf den Präsidenten warteten, dachte er sich aus, wie ein paar Gangster die Goldreserven klauten und wie er den Exclusivbericht schreiben dürfte, da wäre er aus dem Schneider gewesen. Die Verbrecher konnten seinetwegen hopps gehen, Hauptsache, er hätte seine Story gehabt. Verdammt! Er hatte ja eine, nur mußte er sie endlich schreiben.

Warum konnte er sich heute nur so schwer konzentrieren? Er zündete eine neue Zigarette an, dachte an Westernhagen, dem jetzt gewiß eine bildhübsche Krankenschwester den Puls fühlte. Und er dachte an den Chefredakteur, der morgen früh den Artikel absegnen sollte.

Karl Reinicke, der sich ebenfalls als Lokalreporter für die ›BZ am Mittag‹ die »Hacken abschtrampeln dut«, wie er selbst zu sagen pflegte, platzte hustend durch die hüfthohe Pendeltür in Kaminskis verqualmtes Abteil. »Mensch, Orje, biste och noch an't krampfen!?«

»Stör' mich jetzt nicht, Kalle, möglicherweise habe ich es bald geschafft! Sag' mal, hast du eigentlich deinen Blinddarm noch?«

»Klar, ick hare allet noch! Un'n Zorn ha'ck och dabei! Denk bloß an, ha'ick nen Tip jekriegt von so'n Typen, un laß dafiere och een Zehner springen, det die verbotnen Braunhemden een Lokal aufrollen dun. Ick mach mir hin un denk so bei mich, det könnt ne jute Schtory sind ...«

Karl Reinicke berichtete von den Ereignissen in der ›Ollen Destille‹. »Kaum det die braunen Möbelpackers mit Stiehlericken bejinnen dun, da denke ick, mir huppt'n Floh ieber de Leber! Im selbichten Momente steht da eener wie'n Gralsritter, un kieke da, de SA zieht'n Schwanz ein un von dannen, und der janze Schpuk war jeloofen!«

»Ein Gralsritter? Sag'mal, du spinnst wohl, Kalle!«

»Nee, weeßte, ick meene, der Mensch hatte so'n jewisset Scharisma. Det kann wohl ooch sind, det'et wejen den Ieberaschungsmomente waa.«

»Aber, Kalle, da ließe sich doch eine viel bessere Geschichte draus machen als aus dem üblichen Käse. Überleg doch mal!«

»Mensch, Orje, so ha'ck det ja noch janich jesehen! Schreib' du man fertich. Ick jeh' mang die Platte entwickeln, wenn et keen Jespenst nich wa, müßte ihm eijentlich druff sind!«

Aufgedreht eilte er in die Dunkelkammer. Kaminski rief noch »Verrücktes Huhn!« hinter ihm drein.

Als Reinicke wieder auftauchte, triumphierend den noch nassen Abzug schwenkend, zog sein Kollege gerade mit einem tiefen Aufatmen das Manuskript des Wirtschaftsberichtes aus der Maschine. »Kiek dir det an, Orje, allet knallscharf!«

Kaminski stutzte, als er die Aufnahme betrachtete. Dann nahm er eine Lupe aus dem Schubfach und behauptete: »Das Gesicht habe ich schon mal gesehen! Du weißt, Kalle, wenn ich ein Gesicht sehe, vergesse ich es nie wieder!«

»Du vajißt heechstens, *wo* du et jesehen hast!« höhnte Reinicke.

Aber Kaminski ließ sich nicht foppen. Nachdenklich murmelte er: »Ich hab's nicht wirklich gesehen, sondern auf einer Photographie, die dieser ganz ähnlich war, auch eine Blitzlichtaufnahme. Hast du übrigens gut hingekriegt, Kalle, Kompliment!«

Er schloß die Augen, als könnte er sich so besser konzentrieren, dann rief er siegessicher aus: »Ich hab's, jetzt weiß ich wo! Ich war damals noch beim *Karlsruher Tagblatt*; weißt du, Kalle, dieses kleine Beamtenkaff im Badischen, hab' dir sicher mal von meinem Job dort erzählt.«

Georg Kaminski schob seinen Kollegen zur Seite und ging zu einem Schrank, in dem einige Ordner standen. Kaminskis Privat-Archiv stand auf den Etiketten und jeweils eine Jahreszahl. Er zog den Jahrgang 1923 heraus und blätterte eine Weile. Dann nahm er einen der gesammelten Zeitungsausschnitte und hob ihn aus der Halterung:

Entführungsversuch endete tödlich

von unserem Korrespondenten Immanuel Wäckerle aus Moosbach.

Auf dem Bild war ganz deutlich das Gesicht von Ralf Dollberg zu sehen, hinter dem zwei Polizisten standen ...

»Jott sei's jetrommelt un jepfiffen, nu bin ick aba baff, Orje!«

Reinicke las interessiert den Bericht über jene Ereignisse. Die Erwähnung des Kopfgeldes in Höhe von 50.000 Dollar war rot angestrichen. Am Rand stand mit Bleistift Koblenz und eine Tele-phonnummer.

»Ich erinnere mich jetzt ganz deutlich, daß am Tag nach dem Er-scheinen dieses Artikels ein Mann, angeblich Beamter des ameri-kanischen Geheimdienstes, anrief und den Verfasser sprechen wollte. Da ich der verantwortliche Redakteur war, wurde die Ver-bindung mir zugeschaltet. Er nannte keinen Namen, nur diese Nummer. Unter Hinweis auf die Belohnung bat er mich um weite-re Informationen über den Verbleib dieses Flüchtlings.« Dabei deutete er auf die beiden Bilder, die jetzt nebeneinander lagen.

»Ich setzte mich mit unserem Korrespondenten in Verbindung, ohne jedoch die Belohnung zu erwähnen, aber wir verloren die Spur sehr schnell, da der Ausländer inzwischen des Landes ver-wiesen worden war.«

»Mensch, Orje, det is ne irre Schose, aber die Schtory machen wir zwee jemeinsam. Det is zu heeß for een'n!«

»Gewiß, Kalle, aber mir schwebt da eine ganz andere Dimen-sion vor ...«

Kaminski schaute auf den Chronometer. Es war kurz vor ein Uhr, mitten in der Nacht. Trotzdem ging er entschlossen zum Te-lefon, blickte rasch um sich, ob kein dritter in der Nähe wäre und bat die Vermittlung um eine Fernverbindung. Nach geraumer Zeit meldete sich Koblenz und er gab die Zahlen durch. Klicken und Knacken, dann Stille. Schon wollte er aufhängen, in der An-nahme, daß der Anschluß vielleicht nicht mehr bestehe. Da tönte eine mürrische Stimme aus dem Hörer:

»Hallo, wer spricht?«

»Interessiert Sie dieser Amerikaner aus Eberbach immer noch?«

»Wer sind Sie? Von wo rufen Sie an?«

»Das tut nichts zur Sache! Beantworten Sie nur meine Frage! Sonst lege ich auf«, sagte Kaminski mit schneidender Schärfe.

»Nein, bitte bleiben Sie, ich wollte sagen: Ja!«

»Steht das Kopfgeld noch?«

»Ja, fünfzig Mille!«

»Dollar?«

»Gewiß, aber ...«

»In bar, Zug um Zug!?« Der andere zögerte einen Moment, sag-te dann aber hastig: »Ja! Was wissen Sie?«

»Gut, ich rufe Sie morgen mittag wieder an, Punkt 12 Uhr! Dann erfahren Sie definitive Einzelheiten. Ende.« Er legte rasch auf und schaute seinen Freund und Kollegen, der mit großen Augen zugehört hatte, gedankenverloren an.

»Jetzt müssen wir den Burschen erst finden! Kalle, erzähl noch einmal ganz genau ...«

»Wie ick det Photo jeschossen hatte, machte ick natierlich ne Flieje. Vor't Lokal stell'ick mir in'ne finstere Toreinfahrt un kieke, wat sich dut. Da kam der Gralsritter, hatt's ooch eilich, stieg in'n jroßen Maybach un weg war ihm. Det Kennzeichen ha'ck uff die Schnelle nich jesehen ...«

»Maybach? Das ist gut, da gibt's nicht viele! Und nun, Kalle, wenn wir das ganz logisch überdenken, ergeben sich folgende Fakten: So einer hat keinen festen Wohnsitz, also logiert er im Hotel. Aber kein großes, da hat's zu viele Leute. Und kein kleines, da wäre er zu schnell bekannt. Seiner gepflegten Erscheinung und seinem Auto nach zu urteilen, stellt er gewisse Ansprüche. Also, was müssen wir suchen, Kalle? Ein mittleres, vornehmes und diskretes Haus in ruhiger Lage!«

»Ick bewunre dir, Orje, aba so'ne Hotels jibt et in Balin tausendundeens!«

»Klar, ein wenig Glück gehört natürlich dazu. Also, du nimmst jetzt das Adressbuch oder besser den Hotelführer und selektierst die in Frage kommenden Häuser, und ich setze mich ans Telefon. Gott sei Dank, daß wir in Berlin schon Selbstwählapparate haben!«

»Berliner Schutzpolizei, hier spricht Hauptwachtmeister Kulicke, wir recherchieren in einem schweren Verkehrsunfall. Fährt einer Ihrer Gäste ein Maybach-Kabriolett?«

Nach fast vier Stunden, Kaminski war der Erschöpfung nahe, hatten sie zwei Adressen: Schuchardts Hotel in Grunewald und das Savoy in der Fasanenstraße. Beide Nachtportiers beantworteten die Frage positiv und fügten fast gleichlautend hinzu, der betreffende Gast wäre samt Fahrzeug wohlbehalten im Hause und habe demnach mit dem Unfall nichts zu tun. Zu weiteren Informationen wäre man darum nicht verpflichtet.

»Lassen wir's gut sein, Kalle! Vielleicht haben wir Schwein und er ist dabei.«

»Jut, nu muß ick mir aba minstens zwee Stunden uffs Ohr lejen. Morjen frieh machen wir uns uff de Socken un ziehn den Knaben en schnieket Interview us de Neese!«

Kaminski schaute den anderen betroffen an. »Mensch, Kalle, ich glaube, du hast immer noch nicht begriffen, um was es hier geht. Wir wollen kein Interview, wir reißen uns den Kerl selbst unter den Nagel und verkloppen ihn für fünfzigtausend Dollar! Kalle, das sind mehr als 200 Mille in Goldmark, für uns zwei! Kannst du dir soviel Geld überhaupt vorstellen?«

»Nee, Orje, det jeht doch nich. Du kannst doch aus mein' Jewissen keene Mördergrube nich machen. Mann, det wär ja Menschenraub, wär det, un det iss wat janz Kriminelles!« jammerte Reinicke völlig verstört.

»Nun reg' dich bloß nicht auf, Kalle! Dieser Mensch ist vogelfrei, ein Staatenloser, einer, der jemanden totgeschossen hat. Nach so einem kräht doch kein Hahn! Außerdem ist mein Plan hundertprozentig sicher. Aber du hast recht, jetzt müssen wir erst mal schlafen. Mir fallen schon die Augen zu.«

In der Fasanenstraße stutzte der Gärtner die hohe Hecke, hinter der sich ein hübscher Garten ausbreitete und das gepflegte, nach rückwärts versetzte Gebäude aus der Gründerzeit mit freundlichem Grün umgab. Die schlichte Fassade in altrosé stand im Widerspruch zu dem modernen, grellrot leuchtenden Transparent *Savoyhotel*. Mitten in der Auffahrt wurde das Maybach-Kabrio vom Hausburschen auf Hochglanz gewienert. Die beiden Zeitungsleute sahen sich bedeutungsvoll an. Dann bewunderten sie die Fertigkeit des Gärtners, der kunstvolle Formen in die Heckenkrone schnitt. Kalle sprach ihn in dem vertrauten Dialekt an und bewunderte so nebenbei das Automobil. Das gehörte einem Wurstfabrikanten aus Württemberg, wußte der biedere Gärtnersmann zu berichten. Ein älterer, korpulenter Herr kam gerade die Stufen der kleinen Freitreppe herunter, gefolgt vom Hotelboy, der einen Golfsack mit mehreren Schlägern trug. Das wäre der Besitzer des Wagens. Lautes Gelächter und schrille Schreie wurden laut. Dann tauchte eine sehr jugendlich gekleidete Dame auf, die aber selbst nicht mehr ganz taufrisch zu sein schien. Sie hatte sich bei zwei jungen Schnöseln untergehakt und strampelte kindisch mit den Beinen. »Die Frau Gemahlin«, erklärte der Gärtner, als die drei auf den Rücksitz kletterten. Der Wurstproduzent hatte am Steuer Platz genommen, neben dem Golfsack. Auch er machte einen ungemein fröhlichen Eindruck. Die jungen Herren wären dann wohl die Söhne, meinte Kalle, aber der Gärtner schüttelte den Kopf: »Nee, nur die Hausfreunde der Dame ...«

»Fehlanzeige!« murmelte Kaminski und wünschte dem Gärtner einen schönen Tag. Dann fuhren sie zu der anderen Adresse. Hier stand kein Maybach auf der Rampe, denn er war heute in der Garage geblieben. Die zwei Reporter betraten das Foyer des behaglichen Hauses. Der Portier identifizierte sie sogleich als Fremde und fragte höflich, aber betont dienstlich, womit er den Herrschaften dienen könne. Diese äußerten die Absicht, ein opulentes Gabelfrühstück einnehmen zu wollen, falls dies dem Hüter des Hauses genehm sein sollte, ging Kaminski auf den Tonfall des Bediensteten ein. In diesem Augenblick öffnete sich die Tür des Lifts, und Ralf Dollberg betrat die Halle. Karl Reinicke stieß dem Kollegen den Ellbogen in die Rippen. Dieser schlug sich mit der flachen Hand an die Stirn.

»Ach, da fällt mir ein, ich muß ja dem Baron noch Bescheid sagen, mein lieber Freund, hätten Sie die Güte, sich noch einen Moment zu gedulden ...«

Zum Portier sagte er wesentlich unfreundlicher: »Wo kann man hier telefonieren?«

»Bitte sehr, der Herr, an der Rezeption.«

Dollberg legte gerade den Schlüssel auf die Theke. Der Empfangschef stellte den Telefonapparat daneben und nahm den Schlüssel weg, doch Kaminski hatte die Nummer schon registriert. Es war die Vierzehn. Nach einem fingierten Ferngespräch begab er sich ins Frühstückszimmer. An der Tür ließ er galant einem jungen Pärchen, das ihm entgegenkam, den Vortritt, ohne es weiter zu beachten. Sonst hätte er gesehen, daß die beiden sich draußen mit Dollberg trafen und gemeinsam in eine Autodroschke stiegen. Auf der Fahrt ins Stadtzentrum eröffnete er den jungen Leuten, daß nun ihr Aufenthalt in Berlin zu Ende ginge.

»Bei Ernemann sind morgen früh die Projektorenteile verfügbar, und die Bank ist endlich bereit, mir ein zunächst ausreichendes Akkreditiv einzuräumen, und außerdem brennt es mir schon auf den Nägeln ...«

Als er die langen Gesichter der beiden sah, fügte er tröstend hinzu: »... aber heute wollen wir uns noch einen schönen Tag machen! Seht nur das herrliche Wetter!«

★

»Es klappt alles, wie am Schnürchen!« strahlte Kaminski seinen Komplizen an, der nur süßsauer zurückgrinste. Ihm war diese Sache immer noch nicht ganz geheuer. Georg Kaminski aber ließ sich die köstlichen Häppchen schmecken und schlürfte genüßlich seinen Kaffee. Zwischendurch erkundete er das Terrain. Von der Toilette gelangte man in die erste Etage. Dort orientierte er sich über die Lage von Zimmer 14. Dann verließen auch sie das Hotel und fuhren ins Zentrum zurück. Unterwegs hielten sie an der Charité, wo Kaminski einen Bekannten traf, der ihm heimlich ein kleines Päckchen zusteckte. In einem Bekleidungsgeschäft verpaßte er dem staunenden Kalle einen weißen Arztkittel.

Danach suchte er einen Friseur auf, einen Optiker und schließlich mietete er im Stadtteil Kreuzberg in einer windigen Absteige zwei Zimmer für drei Tage und zahlte im voraus.

Auf Reinickes fragenden Blick sagte er nur: »Wart's ab, heute nachmittag spielen wir den ganzen Plan in aller Ruhe durch!«

Die große Normaluhr der Redaktion zeigte zehn Minuten vor zwölf Uhr, als sie in ihrer Bürokoje angelangt waren. Fünf vor zwölf rief Kaminski die Vermittlung an: »Bitte Koblenz!« Dann nannte er die Rufnummer. Schlag zwölf Uhr meldete sich der Teilnehmer: »Hallo, wer spricht?«

»Morgen früh, fünf Uhr, Berlin-Kreuzberg, Pension Faltermaier, Tempelhoferstraße 18, Zimmer 4. Verstanden? Nur gegen bar! Und keine Tricks! Wir haben entsprechende Vorkehrungen getroffen. Kommen Sie pünktlich, sonst ist das Nest leer und betreten Sie das Haus allein! Verstanden?«

»Ja, gewiß, aber ich brauche Helfer für den Abtransport ...«

»Einverstanden. Aber nur eine Person, hat auf der Straße zu warten, in einem geeigneten Fahrzeug. Klar?«

»Okay!«

»Ende ...«

Mit der linken Hand kritzelte der Teilnehmer in Koblenz die Daten dieser Anweisung auf ein Blatt Papier, während seine rechte Schulter mit dem kurzen Armstumpf die Hörmuschel ans Ohr klemmte. Ein Klicken zeigte an, daß die Verbindung getrennt war. Fluchend warf der untersetzte Mann den Hörer auf die Gabel. Mit diesen Leuten war offenbar nicht gut Kirschen essen! Nun, das konnte ihm nur recht sein; würde es doch um so sicherer gelingen, diesen verdammten Verräter endlich zu fassen. Das ausgesetzte Kopfgeld hatte er bisher immer nur als Lockmittel angesehen, aber nun war wohl die Auszahlung nicht zu umgehen. Doch das mußte der Chef entscheiden.

»Gut! Sehr gut, mein lieber Sachs! Wir zahlen, aber nur, wenn er noch lebt! Passen Sie gut auf! Das Geld erhalten Sie in vier, sagen wir fünf Stunden. Marmotte wird es Ihnen persönlich übergeben. Was für ein Fahrzeug haben Sie für die Aktion vorgesehen?«

»Ich dachte an einen Sanitätswagen der Army.«

»Nein, nein, lassen Sie die Army aus dem Spiel. Haben Sie den, den Spezialsarg noch? Gut! Ich denke, ein ziviler Leichentransport wäre unauffälliger, vor allem neutraler! Wer kommt von Ihren Leuten mit?«

»Amos Elliot, wenn Sie ...«

»Okay, machen Sie's gut, Sachs!«

»Jawohl, Sir!« Gegen Abend rollte der bei einem Wiesbadener Beerdigungsinstitut gemietete Leichenwagen in mäßigem Tempo in Richtung Berlin. Die Standardbesatzung hatte bei dem hohen Trinkgeld nichts gegen einen freien Tag einzuwenden und war auch bereit, dem Einarmigen und seinem Gehilfen ihre Dienstmützen samt den schwarzen Pelerinen leihweise zu überlassen.

Georg Kaminski hechelte mit seinem Freund Karl Reinicke alle Einzelheiten seines Planes durch, den er selbst für absolut perfekt hielt: »Von dem mit Büschen und Bäumen bestandenen Garten auf der Rückseite des Hotels kann ich durch die Balkontür Zimmer 14 observieren. Eine angemessene Zeitspanne, nachdem Dollberg sich zur Ruhe begeben hat, werde ich über die Feuerleiter einsteigen. Selbst wenn die Glastüren trotz der warmen Witterung geschlossen sein sollten, ist es kein Problem, die einfachen Riegel mit einer dünnen Stahlklinge anzuheben ...«

Kaminski hatte das Paket seines Informanten aus der Charité, eines bestechlichen Krankenpflegers, geöffnet und zeigte dem konsterniert dreinblickenden Kalle dessen Inhalt: eine in Mullbinden gehüllte Flasche mit Chloroform, zwei Ampullen Morphium, eine Spritze und einige Injektionsnadeln.

»Ich schleiche mich dann an den Schlafenden heran und drücke ihm die chloroformgetränkte Gazekompresse auf Mund und Nase. Die Betäubung hält zwar nur einige Minuten an, aber das genügt mir, um eine entsprechende Dosis Morphin intramuskulär zu injizieren. Das wird den ›Patienten‹ für ein paar Stunden in Tiefschlaf versetzen. Dann werde ich über das Haustelefon den Nachtportier anrufen und mit schwacher Stimme sagen, es ginge mir, also Dollberg natürlich, sehr schlecht, und er soll meinen Hausarzt, Herrn Dr.Benrath, anrufen, der wüßte Bescheid und käme sofort. Ich nenne deine Nummer, Kalle. Du meldest dich als Assistent von Dr. Benrath und bittest den Mann, Ruhe zu bewahren. In einer halben Stunde wären wir da. So lange dauert nämlich die Fahrt von deiner Wohnung bis zum Hotel. Ich habe Zeit genug, mich zurückzuziehen und mit Brille und Bart in Dr. Benrath zu verwandeln. Du legst deinen weißen Kittel an und trägst das Aktenköfferchen. Wir treffen uns Ecke Berlitzstraße / Humboldtweg. Dann fahren wir gemeinsam am Hotel vor, wo der Nachtportier uns bereits erwartet. Ich gebe ihm meine Karte ...«

Kaminski zeigte dem staunenden Reinicke eine Visitenkarte von Dr. Max W. Benrath, Internist und prakt. Arzt. und fügte überlegen lächelnd hinzu: »Es ist immer ratsam, bei passender Gelegenheit solche Requisiten zu sammeln.«

Nach einer Kunstpause fuhr er dozierend fort: »Ich gebe ihm also meine Karte und verlange, ebenso dringend wie geheimnisvoll, den Geschäftsführer zu sprechen, möglichst unauffällig, aber schnell! Diesem erkläre ich dann, mein Patient leide an einer heimtückischen Infektion mit dem äußerst ansteckenden Thyphusbazillus TX 32, die er sich offenbar in Ägypten zugezogen habe und müsse augenblicklich in klinische Behandlung, unter strengster Quarantäne, versteht sich! Du wirst sehen, Kalle, daß uns der Hoteldirektor auf Knien bittet, den Kranken ohne Aufsehen aus dem Haus zu schaffen, und er wird uns dabei jede Unterstützung zuteil werden lassen. Da fällt mir gerade noch ein, wir müssen einen Mundschutz anlegen, wenn wir uns dem Patienten nähern, denk' dran!«

»Mensch, Orje, ick jloobe, det haut hin! Und die Hotelanjestellten wern uns jewiß nich uff de Zehennägel treten.«

»Da kannst du sicher sein! Dann fahren wir mit unserem Freund zu der Absteige in Kreuzberg. Die Alte dort ist um diese Zeit meist schon so beduselt, daß sie sicher volles Verständnis hat, wenn wir unseren stockbesoffenen Kumpel auf die Bude schleppen. Du bleibst dann als Wache bei ihm. Ich gehe auf Zimmer Nr. 4 und erwarte den Kunden. Sobald der die Moneten berappt hat, überlassen wir ihm den Mann und ziehen Leine. Es gibt dort einen Hinterausgang, der durch das Souterrain des Nachbarhauses auf eine ganz andere Straße führt ...«

»Dat eenfachste is doch imma det jenialste!« begeisterte sich Kalle und hatte nun auch keine Bedenken mehr. Er überlegte bereits, was er mit seinem Anteil alles unternehmen könnte.

★

Die drei, die wieder einen schönen Tag mit der Besichtigung von Sehenswürdigkeiten verbracht hatten, wollten sich nachmittags trennen. Markus sollte sich, wie versprochen, nach dem Befinden von Sarah erkundigen. Ralf ermahnte ihn, der Mutter einen Blumenstrauß zu überreichen. Außerdem, meinte er, müßte Markus seiner kleinen Freundin ein passendes Präsent zum Abschied schenken. Als Trost, das mache sich immer gut.

»In solchen Dingen hast du gewiß viel Erfahrung, Ralf?« warf Irene spitz dazwischen. Markus aber fühlte sich in seiner Rolle nicht so sicher, obwohl er jetzt Geld hatte, denn sein ›Arbeitgeber‹ überreichte ihm heute, als er von der Bank kam, ein Kuvert mit dem ersten offiziellen Gehalt als Chauffeur und Privatsekretär. Und das konnte sich sehen lassen.

So gingen sie zusammen in ein Juweliergeschäft, wo Markus eine Brosche entdeckte, die ihn an Sarah erinnerte. Eine Gemme mit einem klassischen Frauenkopf. Weil auch die anderen meinten, daß das gut zu ihr passe, erwarb er das schöne Stück mit hochrotem Gesicht. Irene stand derweil ganz verträumt vor dem Spiegel und hielt sich eine Perlenkette an den Hals.

Da sagte Ralf mit einem charmanten Lächeln: »Als Belohnung für deine Hilfe bei der Durchführung meiner Berlinaktion solltest auch du etwas haben.« Er machte den Verschluß hinter ihrem

Nacken zu. Jauchzend drehte sie sich um, fiel ihm um den Hals und küßte ihn vor allen Leuten auf den Mund.

Nachdem Markus sich abgesetzt hatte, aßen Ralf und Irene in einem feinen Restaurant zu Abend. Dann bummelten sie noch ein wenig durch die Straßen. Am Bahnhof Friedrichstraße schauten sie mal bei ›Steinmeier‹ rein, wo in einer pikanten Nonstoprevue ein Dutzend gutgewachsene und spärlich bekleidete Tänzerinnen ihre hübschen Beine in exakter Gleichmäßigkeit schwangen. Eine Chansonette sang frech-frivole Lieder, und ein schwarzhäutiger Schönheitstänzer wand zuckend seinen ölglänzenden Körper zu den heißen Rhythmen einer Jazzband.

Entgegen ihrer sonstigen Unersättlichkeit drängte Irene heute schon bald zum Aufbruch. Ein Taxameter brachte sie ins Hotel. Ralf saß noch eine Zeitlang am Tisch und machte Notizen in seinem Taschenbuch; dann ging er auf den Balkon, um die kühle Nachtluft zu atmen. Kaminski stand hinter einem Gebüsch und erkannte deutlich Dollbergs Gesicht. Was er nicht hören konnte, war das leise Klopfen an der Zimmertür. Er sah nur, wie Ralf sich umwandte und ins Zimmer zurückging.

»Jetzt wird er sich gleich ins Bett legen und das Licht löschen«, dachte der Lauernde und machte sich seelisch bereit.

Vor der Tür stand Irene in einem hauchdünnen, knöchellangen Nachthemd aus zartlila Chiffon. Über die Schultern hatte sie ein alabasterfarbenes Spitzennegligé gelegt, das sie mit der linken Hand vor der Brust zusammenhielt. Ihre Rechte ergriff Ralfs Arm und zog ihn mit sich. Er fühlte deutlich ihr Zittern, als sie flüsterte: »Ralf, ich habe Angst! In meinem Zimmer hat sich etwas bewegt ...«

Er umfaßte sie beschützend und redete tröstlich auf sie ein: »Geh nur wieder unbesorgt ins Bett. Ich sehe nach, ob alles in Ordnung ist. Markus kommt ja auch bald.«

»Ich glaube, wenn Markus jetzt noch nicht da ist, dann wird es sicher wesentlich später werden ...«, entgegnete sie mit einem hintergründigen Gurren in der Stimme. An ihrem Appartement angekommen, schob ihn Irene vor sich her in den offenstehenden Raum, als fürchte sie sich, allein hineinzugehen. Dann zog sie rasch die Tür hinter sich zu.

An den blankpolierten Messingzahlen der Zimmernummer steckte ein nicht zu übersehender Zettel: »Markus! Bitte, schlafe heute in Ralfs Zimmer. Danke! Irene«

Während Ralf sich pro forma in dem luxuriös ausgestatteten Raum umsah, hatte Irene das Negligé abgelegt. Dabei löste sich eine der beiden Schleifen, die das fast durchsichtige Nachthemd auf den Schultern hielten. Ihr vergeblicher Versuch, diese wieder zu binden, ohne etwas zu entblößen, das man sowieso sehen konnte, wirkte so unschuldsvoll liebreizend, daß Ralf sie spontan in die Arme schloß. Er fühlte, wie sie ihren warmen Leib an ihn schmiegte. Sie zitterte immer noch, doch nicht aus Angst. Eine ungeheure Erregung hatte sie ergriffen: Diesen Mann wollte sie haben. Er sollte es sein, der ihren Körper erschloß für jenes Gefühl, das sie sich in ihren Wachträumen oft ausgemalt hatte, und dem sie sich bisher in Augenblicken der Lust stets versagt hatte, aus Stolz! Auch jetzt war es ihr Stolz, der ihr Handeln bestimmte: der Triumph, diesen Mann erobert zu haben. Mit wonnigem Schauer fühlte sie sein heißes Begehren in dem leidenschaftlichen Kuß.

Als sie sich aus seiner Umarmung wand, um ihm den Morgenrock abzustreifen, verlor auch jener Hauch aus Chiffon seinen letzten Halt. Nur die Perlen um ihren schlanken Hals bekleideten sie noch. Die Zurückhaltung, die Ralf sich bisher auferlegt hatte, brach wie der morsche Damm eines Bergsees, in dem sich sein Verlangen aufgestaut hatte. Doch so ungestüm seine Begierde auch war, als erfahrener Liebhaber huldigte er ihrem blutjungen, makellosen Körper erst mit zärtlichen Liebkosungen, bevor er rücksichtsvoll in sie eindrang. Irene empfand nur einen winzigen Schmerz, dann schlugen die Wogen der Glückseligkeit über ihr zusammen. Aus der Spätsommernacht klang das Zirpen verliebter Grillen zu ihnen herein.

★

Georg Kaminski, der nun schon einige Stunden auf seinem Beobachtungsposten ausharrte, wurde immer nervöser. Er wagte nicht, eine Zigarette anzuzünden. Und außer den zirpenden Grillen war der Garten von blutgierigen Mücken bevölkert. Er fluchte leise vor sich hin: »Verdammt! Wann löscht der Kerl endlich das Licht? Ob er wohl im Bett noch liest? Vielleicht ist er trotz des Lichtes eingeschlafen ...«

Von der nahen Turmuhr tönte ein Glockenschlag herüber. Er

schaute auf seinen Taschenchronometer: viertel nach zwei! Wohl hatte er eine große Reserve in seinem Zeitplan, aber auch die schwand langsam dahin. So entschloß er sich, etwas zu unternehmen. Vorsichtig robbte er über den Rasen zur Feuerleiter. Katzenhaft erklomm er den Balkon. Zum Glück waren die Türen nur angelehnt. Wegen des Lichtes konnte er auch von draußen gesehen und möglicherweise für einen Einbrecher gehalten werden. Darum kroch er auf dem Fußboden in den Raum. Das Bett war leer und unbenützt! Diese Überraschung machte ihn für einen Moment völlig ratlos.

Markus ging in diesem Augenblick mit strahlendem Lächeln an der Dame in der Nachtportiersloge vorüber, die mißmutig in der Rezeption hockte und den späten Gast schläfrig anblinzelte. Beschwingt stieg er die Treppe empor. Schon wollte er leise die Tür öffnen, um sein Schwesterherz nicht zu wecken, da fiel sein Blick auf deren eindeutige Botschaft.

»Na, endlich ..!« schmunzelte er verständnisvoll, denn auch er hatte heute Nacht ein beglückendes Liebeserlebnis gehabt. Markus steckte das Papier in die Tasche und ging leise über den Flur auf Ralfs Zimmer zu.

Kaminski, der immer noch wie ein Ölgötze dastand, hörte die Schritte vor der Tür. Mit einem Satz war er hinter dem Schrank und kauerte sich eng an die Wand. Markus gab ihm unbewußt noch mehr Sichtschutz, indem er die Schranktür aufklappte und seine Kleider darüberwarf. Dann ging er ins Bad. Der Reporter eilte auf den Balkon und versteckte sich dort in einer von Efeu überwucherten Nische. Dabei stieß er einen zusammengeklappten Liegestuhl um, doch Markus, der gerade den Duschhahn aufgedreht hatte, registrierte das Gepolter nicht. Im Schrank fand er einen frischen Pyjama von Ralf. Dann nahm er aus seiner Jackettasche einen verschnörkelten Jugendstilrahmen mit einer Portraitphotographie von Sarah, ein Abschiedsgeschenk.

»Zum Andenken an ein paar schöne Stunden«, hatte sie schlicht gesagt, als er ging, und Markus glaubte, zwei glitzernde Tränen in ihren dunklen Augen gesehen zu haben. Im Bett schaute er das Bildnis noch eine Weile an, dann löschte er das Licht und war in wenigen Minuten eingeschlafen. Der silberne Bilderrahmen entglitt seiner Hand und fiel geräuschlos auf die flauschige Bettvorlage.

Kaminski wartete noch eine kurze Zeit, bis seine Augen sich an die Dunkelheit gewöhnt hatten, dann trat er leise ins Zimmer und tränkte den Wattebausch mit dem Betäubungsmittel. Er hörte den gleichmäßigen Atem des Schlafenden. Noch ein Schritt, er trat auf Sarahs Bildnis, und mit einem knirschenden Knall brach das Glas. Markus war sofort hellwach und riß an der Kordel des Zugschalters. Das Licht flammte auf. Kaminski, erschrocken, geblendet und verblüfft, ein ganz anderes Gesicht zu sehen, verlor entscheidende Sekunden. Da traf ihn auch schon ein Faustschlag ins Gesicht. Zurückweichend stürzte er über einen Stuhl. Blitzschnell war Markus über dem fremden Eindringling, bemerkte in dessen Hand die süßlichscharf riechende Mullkompresse und drückte ihm diese auf Mund und Nase. Erst als die verzweifelte Abwehr Kaminskis erlahmte, löste er den harten Griff.

Dann lag der andere reglos am Boden. Da Markus nicht wußte, wie lange die Ohnmacht anhielt, band er ihm mit einer Krawatte die Hände auf den Rücken und schnallte mit seinem Ledergürtel die Beine zusammen. Als er seinen Gefangenen in eine Ecke schleifte, um dessen Oberkörper aufrecht zu setzen, atmete der tief auf. Da hielt er ihm noch einmal das Chloroformtuch unter die Nase. Dann ging er hinüber und klopfte leise an die Tür des anderen Zimmers. Ralf hörte ihn sofort und löste sich behutsam von der friedlich schlummernden Irene. Den Morgenrock überziehend, glitt er lautlos aus dem Raum.

Mit knappen Worten schilderte Markus den Vorfall und Ralf Dollberg konstatierte, die Stirn in krause Falten legend: »... also sind sie immer noch hinter mir her!«

»Vielleicht ist es nur ein Hoteldieb, den wir einfach der Polizei übergeben«, versuchte Markus ihn zu beschwichtigen.

»Nein!« fiel ihm Ralf in scharfem Ton und mit einer wegwischenden Handbewegung ins Wort. »Auf keinen Fall darf diese Sache publik werden, sonst habe ich die Meute wieder auf dem Hals!«

Sie knieten vor dem immer noch bewußtlosen Reporter. Dollberg schlug ihm mit der flachen Hand an die Wange, aber der Kopf fiel nur kraftlos zur Seite. In seinem Jackett fanden sie die Morphinampullen, die Injektionsspritze und einen Presseausweis. In der Brieftasche steckte das Photo, das Karl Reinicke in der Ollen Destille geschossen hatte, und daneben der Zeitungsausschnitt aus Karlsruhe mit dem Artikel von Immanuel Wäkkerle über die Entführungsaffäre in Eberbach. Die Zeile mit der Kopfgeldsumme war rot angestrichen. Ralf pfiff durch die Zähne und schob alles zusammen in seine Tasche.

»Was machen wir denn jetzt mit diesem Gauner?« fragte Markus und sah Ralf ratlos an.

»Die Chlorformflasche muß verschwinden. Schütt' den Rest weg und pack' sie zunächst in deinen Koffer. Den Lappen wirfst du ins Klo. Es darf niemand auf die Idee kommen, es hätte hier ein Überfall stattgefunden.«

Markus verstand das zwar nicht ganz, aber Ralf kombinierte schon weiter: »Für diese Aktion muß der Kerl einen Helfer haben, der eventuell draußen auf ihn wartet. Also dürfen wir ihn nicht aus dem Haus schaffen.«

Das leuchtete Markus ein, und Ralf nahm Spritze und Morphium aus der Tasche. »Ich injiziere ihm jetzt das Zeug, das er mir verpassen wollte, dann schläft er einige Stunden tief und fest. Am besten bringen wir ihn in die Hotelbar hinunter. Diese Räume nimmt die Putzfrau als letztes vor, wie ich beobachtet habe. Man findet ihn also erst, wenn wir über alle Berge sind. Nachdem ich bereits gestern dem Empfangschef unsere Abreise avisiert habe, dürfte es kaum auffallen, wenn wir schon in aller Frühe das Haus verlassen. Auf gar keinen Fall wird der Zeitungsmann mit uns in Verbindung gebracht werden. Man entdeckt das Spritzenbesteck und die Ampullen und hält ihn für einen Süchtigen, der in betrunkenem Zustand eine zu hohe Dosis erwischt hat. Vorläufig ist er jedenfalls außer Gefecht gesetzt. Überdies könnte ich mir vorstellen, daß die Angelegenheit seitens der Hoteldirektion sehr diskret behandelt wird.«

»Raffiniert! Darauf wäre ich nie gekommen!« staunte Markus.

Ralf hatte bereits die Spritze aufgezogen. »Dreh' ihn mal zur Seite, am besten gebe ich es ihm in den Gesäßmuskel; das ist relativ ungefährlich und hat obendrein Langzeitwirkung, weil die Infiltration über das Gewebe langsamer erfolgt als bei einer intravenösen Injektion.«

Er stach einige Male an verschiedenen Stellen zu, bevor er den Kolben allmählich durchdrückte. »Es soll aussehen, als ob er sich des öfteren einen Schuß verpaßt!«

Mit dem Taschentuch wischte er Spritze und Ampulle sorgfältig ab, machte mit Kaminskis Fingerkuppen deutliche Abdrücke darauf und ließ die so präparierten Utensilien in die Jackentasche des Reporters gleiten.

Indessen schlich Markus über den Flur und setzte den Lift in Betrieb, was allerdings in der Stille der Nacht einen Heidenlärm verursachte. Gemeinsam schleppten sie den Bewußtlosen in die enge Kabine, die alsbald rumpelnd in die Tiefe sank. Das einfache Schloß der gläsernen Schiebetür vor der Bar war für Markus kein Problem. Jedoch als nahezu unmöglich erwies es sich, dem ohnmächtigen Kaminski Aquavit einzuflößen. Darum schütteten sie einen Teil des stark riechenden Wacholderschnapses über seine Kleider und stellten die Flasche mit dem Rest auf den Boden der Toilette, wo sie den besinnungslosen Reporter so zwischen Klosettschüssel und Trennwand plazierten, daß er nicht umfallen konnte. Den Riegel legte Markus mit seinem Universaltaschenmesser um, damit der Eindruck entstand, es wäre von innen geschlossen worden. Auch die Bartür wurde wieder verriegelt, bevor sie in die zweite Etage nach oben fuhren, um über die Treppe hinunter lautlos in Ralfs Zimmer zu gelangen.

★

Kalle Reinicke war am Telefon eingeschlafen. Das schrille Klingeln ließ ihn hochfahren. Noch ganz benommen meldete er sich: »Reinicke, ick meene der Assi, hier spricht der Assistent von Herrn Dr. Benrath. Sie wünschen, bitte?«

»Mann, reden Sie doch keinen Stuß oder sind Sie besoffen? Hier spricht Reichardt!«

Völlig verdattert erkannte Reinicke die Stimme des Chefredakteurs der Mittagsausgabe und bemerkte gleichzeitig, daß draußen bereits der Morgen dämmerte.

»Verzeihung, Chef, icke muß ieber meene Arbeet injeschlafen sind, nu war ick janz wejetretn, for'n Momente!«

»Sagen Sie mal, wo liegt denn der angekündigte Artikel über den SA-Krawall? Im Reichstag hat's irgend'nen Stunk gegeben mit den Deutschnationalen. Das macht jetzt der Jellinek, und da will ich Ihre Story als Füller miteinbauen. Kommen Sie sofort her, beeilen Sie sich! Und wo treibt sich Ihr Freund, der Kaminski 'rum? Der ist schon seit vierundzwanzig Stunden samt dem BZ-

Wagen überfällig. Wenn der nicht bis zum Umbruch mit'nem echten Knüller aufkreuzt, schmeiß ich ihn endgültig raus! Stecken Sie ihm das, Reinicke, und Sie reißen sich jetzt am Riemen! Verstanden?«

»Jawohl, Chef!« nickte Reinicke völlig verwirrt. Er hatte doch schon geglaubt, seinem Chef nie wieder begegnen zu müssen. Was war denn nur geschehen? Und was sollte er jetzt tun?

★

Etwa um diese Stunde rollte in angemessener Geschwindigkeit ein Leichenwagen auf der Straße von Tempelhof her in Richtung Kreuzberg. Der Beifahrer holte seine Uhr aus der Westentasche. »Okay, Amos, wir sind gut in der Zeit«, sagte er und zog die Uhr in der linken Hand haltend geschickt mit zwei Fingern eben dieser Hand auf, denn er hatte nur einen Arm.

»Ja, Boß, wollen Sie tatsächlich allein reingehen?«

»Klar, Amos, wir halten uns an die Abmachung. Aber, Sie geben mir auf jeden Fall Rückendeckung!«

»... und Feuerschutz, Boß, da können Sie sicher sein!« erwiderte Elliot, der Fahrer. Der ehemalige Army-Sergeant schlug seine schwarze Pelerine zurück und zeigte auf eine schwere Luger, die in seinem Hosenbund steckte. »Ich hoffe sehr, es geht ohne Schießerei!« brummte Sachs.

»Im Notfall hab' ich noch 'ne abgesägte Schrotflinte unter'm Sitz.«

Drei Minuten vor fünf Uhr stieg der Einarmige aus, ging über die Straße und betrat die Pension Faltermaier. Die Alte in der Portiersloge schnarchte wie tausend Russen, und aus der Schalteröffnung strömte ein penetrantes Gemisch aus Fuseldunst und kaltem Zigarettenrauch, so daß sich Sachs angewidert abwendete und die Stufen zum ersten Logisflur hochstieg. Links Zimmer 7, rechts Nummer 6, also ging er umsichtig witternd nach rechts. Zimmer vier, hatte der Anrufer gesagt.

Der Major war gespannt, in welchem Zustand er Dollberg vorfinden würde. Vermutlich bewußtlos? Nun, das zeigte sich ja bald. Gegebenenfalls konnte man ja nachhelfen. Sergeant Elliot war Experte in solchen Dingen, und er selbst ... Sachs griff an seine linke Hosentasche, in der die stählernen Glieder von Handschellen klirrten. Er ging davon aus, daß jener Unbekannte sofort nach der Übergabe untertauchte. Dann konnte er mit Amos den Gefangenen in der Spezialkiste verstauen, die genügend Luftlöcher hatte, damit der nicht ersticken konnte, und niemand würde bemerken, daß sie einen Menschen gegen dessen Willen wegschafften. Zum Glück ist die alte Vettel in ihrem Verschlag besoffen, dachte er und pochte an die Tür mit der Nummer vier. In diesem Augenblick schlug eine Turmuhr. Sachs grinste. Pünktlichkeit war immer schon sein Prinzip.

Am frühen Vormittag war das letzte Paket verstaut und der Maybach verließ die Peripherie der Reichshauptstadt in südlicher Richtung. Da es nach Regen roch, hatte Markus vorsorglich das Verdeck geschlossen. Die Rücksitze waren vollgepackt, aber das große Automobil bot auf der vorderen Sitzbank genügend Platz für drei. Sie redeten nicht viel. Jeder war mit seinen eigenen Gedanken beschäftigt. Nur einmal fragte Irene:»Ist es eigentlich ein gutes oder ein schlechtes Omen, wenn man einem Leichenwagen begegnet?«

Markus gab Gas und antwortete:»Solange man ihn noch überholen kann, ist es auf jeden Fall ein gutes!«

★

Verdrossen fuhr Amos Elliot das kitschig verbrämte Vehikel mit dem leeren Sarg nach Wiesbaden zurück. Den vorbeiziehenden Wagen beachtete er kaum. Sein Chef war stinksauer aus der Pension gekommen und gab ihm mürrisch die Anweisung, nach Hause zu fahren. Er selbst wollte ausfindig machen, was schiefgelaufen war. Als sich auf sein Klopfen nichts rührte und die Tür zugesperrt war, rannte der Major zur Rezeption und holte den Schlüssel. Doch das Zimmer war leer, – unbenutzt. Aus der wachgerüttelten Portiersfrau war nur herauszubringen, daß ein Mann, den sie nicht beschreiben konnte, ebenfalls das Zimmer Nr. 6 gemietet und im voraus bezahlt hatte. Dieses Logis war gleichermaßen unbenutzt. So blieben die Bemühungen des Geheimdienstoffiziers ein hoffnungsloses Unterfangen.

12. Irenes Verlobung

Die *Schwäbische Zeitung* brachte im ›Stadtanzeiger Weingarten‹ eine besonders auffallende Annonce unter dem Emblem der drei Eulen über dem fettgedruckten Schriftzug Lichtspiele:
Hiermit wird einem hochgeschätzten Publikum kund und zu wissen getan, daß die neue Ausstattung mit der modernsten Vorführtechnik ab sofort eine *pausenlose* Darbietung der Filmschauspiele ermöglicht. Den Auftakt bildet das packende Drama von René Clair, dem Großmeister des französischen Kunstfilms: ›Das schlafende Paris‹ in 5 Akten (ohne Unterbrechung)!
Die Einweihung des neuen Projektors war einer der Anlässe für das Familienfest der Scheufeles, das im Nebenzimmer des Hotel Lamm gefeiert wurde. Der andere Grund war die Verlobung von Irene mit Ralf Dollberg. Obgleich immer noch in siegesbewußter Hochstimmung, deutete doch der leichte Ansatz zu einem Schmollmund darauf hin, daß es ihr nicht ganz in den Kram paßte, wie diese für sie so ungemein wichtige Zeremonie in aller Stille und im engsten Kreise stattfand. Dabei hatte sie sich extra ein neues Kleid geschneidert! Wenigstens würde Lammwirts Pauline vor Neid erblassen, denn die hatte sicher auch schon ein Auge auf den attraktiven Gast geworfen. Ralf hatte mit allem Nachdruck darauf bestanden, keinerlei Aufsehen zu erregen, nicht mal in der Zeitung durfte es stehen!

Auch Sophie trug nicht gerade die strahlendste Miene zur Schau. Als sie den beiden gratulierte, nahm Ralf sie väterlich in den Arm und versicherte ihr, er schätze sich glücklich, so eine famose Schwägerin zu bekommen. Schwägerin! Was sollte ihr das bedeuten? Sie trug sich ohnehin mit dem Gedanken, ins Kloster zu gehen. Wohl war sie sich dessen bewußt, wie hart das die anderen treffen würde, doch gerade dieses untergründige Gefühl der Vergeltung war es, was der Enttäuschten die Kraft gab, Haltung zu bewahren. Sie bat Konstantin, der erstmals lange Hosen trug, sich als ihr Tischherr neben sie zu setzen, und der Junge war richtig froh, daß er endlich wußte, was er hier sollte.

Der Dät zwirbelte wohlgefällig seinen ausladenden Schnurrbart. Derzeit flossen alle Wasser auf seine Mühle. Außer der Erfüllung seines ureigensten Wunsches, nämlich der technischen Verbesserung des Kinos, war er auf dem besten Wege, eine seiner Töchter unter die Haube zu bringen, und er gewann dazu noch einen vielversprechenden Schwiegersohn als großzügigen Partner. Dabei schielte er zur Fanny hinüber, die ihren Konditor eingeladen hatte, eigentlich nur, um bei dieser Feier nicht ohne Kavalier dazustehen. Der viel zu lange, schlaksige Willi saß strahlend neben seiner Angebeteten und hielt glücklich ihre Hand.

»Der wäre mir im Grunde auch recht«, überlegt der Dät, »Café und Konditorei sind gut im Schuß!« Aber er kannte seine älteste Tochter! Die würde ihm nicht so leicht aus dem Hause gehen. Sie benutzte den Verehrer doch nur als Aushängeschild. Insbesondere wegen Lammwirts Pauline. Der Vater erinnerte sich an Fannys Tanzstunden. Da ging sie nie hin, ohne einen Bruder, einen Freund des Hauses, oder gar ihn selbst in der Hinterhand zu haben, damit sie niemals sitzen bliebe, falls gerade keiner der Kursteilnehmer sie auffordern sollte.

Schmunzelnd dachte der alte Scheufele bei sich: »Wenigstens weiß Irene was sie will!« Natürlich hatte er Ralf gegenüber Bedenken geäußert, als dieser, von Berlin zurückkommend, um ihre Hand anhielt. Das gehörte sich so, und schließlich hatte er auch sein Patriarchat zu wahren. Denn Hieronymus Scheufele war ein Patriarch wie er im Buche stand! So mancher Streit war schon entstanden wegen dieser Weltanschauung, wobei es meist gar nicht um eine Sache an sich ging, sondern nur darum, wer darüber zu bestimmen hatte. Das war nämlich ganz allein er, der Dät! Wenngleich er oft insgeheim anerkennen mußte, wie klug und weise seine Anna doch wäre. Aber schließlich war sie nur eine Frau. Basta! Und so fiel ihm auch gar nicht ein, bei der Entscheidung über Ralfs Antrag Irenes Mutter zu fragen. Gewiß, das Mädchen war noch sehr jung, aber offenbar alt genug, um zu wissen, was sie tat, und hinreichend selbstbewußt war sie ebenfalls, weiß Gott!

Doch Anna Scheufele hatte nichts gegen diese Verbindung,

denn sie mochte Ralf Dollberg recht gern. Sorgen machte sie sich eigentlich nur wegen Robert. Eingeladen hatten sie ihn, aber er hatte sich bisher nicht geäußert. Ob er wohl kommen würde?

Ein anderer Kummer, der die Mam bedrückte, betraf ihren jüngsten Sohn Erwin. Er klagte seit einiger Zeit über Schmerzen im rechten Fuß. Der Schuh paßte auch nicht mehr richtig, weil der Fußrücken unnatürlich gewölbt war. Was der Junge nur haben mochte? Er würde doch nicht etwa einen Klumpfuß bekommen! Der Dät hatte sie nur ausgelacht: so was hätte man von Geburt an. Aber Erwin vernachlässigte seine Freunde und statt des geliebten Fußballspiels saß er ganze Nachmittage im stillen Kämmerlein und döste vor sich hin.

Als er und seine Schwester Klara den Verlobten ihre Glückwünsche darbrachten, bemerkte Ralf das leichte Humpeln des Knaben und erkundigte sich besorgt nach dessen Ursache. Aber Erwin zuckte nur mit den Schultern. Ralf schaute den Dät an und fragte, was denn der Arzt dazu sagte. Hieronymus Scheufele hatte nur abgewinkt und gebrummt, das gäbe sich ganz von selbst, man müsse deshalb nicht gleich so einen Quacksalber bemühen. Bei Erwin käme das von der verflixten Fußballerei, die ihm sowieso nicht passe. Eine ganze Schulklasse, die sich um einen Ball streite, das könne doch auf die Dauer nicht gut gehen. Wenn die Schule nicht in der Lage wäre, jedem Schüler einen Ball zu geben, sollten sie gefälligst einen anderen Sport treiben, falls ein solcher überhaupt zu vertreten wäre, denn er halte jeden Sport für ungesund.

»Wenn ich am Ruder wäre ...«, eiferte der Alte mit erhobenem Zeigefinger, während Robert den Raum betrat. Er ging lachend auf den Vater zu und fiel ihm spaßhaft ins Wort: »Obwohl unsere Regierung dringend eines starken Steuermannes bedürfte, sind wir doch alle heilfroh, wenn der gute Dät der Familie erhalten bleibt, schon wegen der armen Fußballer!«

Sie schüttelten sich herzlich die Hände, und die Mutter begrüßte ihren ältesten Sohn mit einer innigen Umarmung. Nun war er ja doch noch gekommen!

Ihrem Mann dicht auf den Fersen, trippelte Roberts Frau Amelie wie sein Schatten hinter ihm drein. Sie war nicht unhübsch! Eine überschlanke, dunkelhaarige, aber dennoch farblose Erscheinung, die selten eine eigene Meinung äußerte, hingegen um so eifriger nickte, wenn ihr Mann einen Kommentar von sich gab. Man bemerkte sie kaum neben dem eher arrogant wirkenden Robert, der in diesem Moment die Aufmerksamkeit aller Anwesenden auf sich lenkte. Er ging zu Ralf Dollberg hinüber, der sich taktvoll erhob, und blickte diesem kühl ins Gesicht. »Nachdem es Ihnen nun offenbar gelungen ist, in unserer Familie Fuß zu fassen ...«

Er unterbrach die förmliche Ansprache und fügte mit einem ironischen Lächeln ein: »Ich denke, als zukünftige Schwäger sollten wir uns wohl duzen.«

Ralf streckte ihm spontan seine Hand hin, die der andere mit höflicher Gelassenheit ergriff. Dann vollendete Robert seine begonnene Rede: »... wünsche ich dir und vor allem natürlich meiner kleinen Schwester ...«, dabei umarmte er Irene und küßte sie auf die Stirn, »... viel Glück, ein dauerhaftes Glück!« setzte er bedeutungsvoll hinzu.

Dann fuhr er mit fast nebensächlichem Tenor fort: »Man hörte ja wieder recht abenteuerliche Dinge von eurer Reise nach Berlin!? Hoffentlich lassen dich deine Rachegeister bald aus ihren Fängen!«

Ralf dankte freundlich für die guten Wünsche, doch er glaubte in Roberts Blick ein hämisches Funkeln erkannt zu haben. Ein ungutes Gefühl, das er aber sofort unterdrückte. Es entsprang gewiß nur seinem Vorurteil, das er sich aufgrund jenes peinlichen Auftrittes vor einigen Wochen gebildet hatte.

Neugierig drängelte sich Amelie in den Vordergrund und beklagte theatralisch das Versäumnis ihres Gatten: »Mir wurde dieser interessante Herr noch nicht vorgestellt!«

»Richtig, du warst damals bei Mutter. Verzeih' bitte! Ich bin wirklich unaufmerksam, ja, das ist er nun also, unser zukünftiger Schwager Ralf Dollberg, und das ist Amelie, meine Frau.«

»Ach, wie ich mich freue, Sie, nein, dich endlich persönlich kennenzulernen, lieber Ralf! Nachdem man sich doch über dich so aufregende Geschichten erzählt. Mein Gott! Die arme Irene, muß ja schon gute Nerven haben ...«

»Hat es ihr daran jemals gemangelt?« Lachend platzte Markus in die Runde und klopfte Irene, die ein wenig pikiert dastand, denn sie konnte Amelie nicht leiden, ermunternd auf die Schulter.

»Höchst erfreulich, Markus, daß man dich mal wieder zu Gesicht bekommt! Wie geht's denn, alter Junge?« Der mokante Unterton in Roberts Gruß war nicht zu überhören, als er dem Bruder derb in die Rippen stieß: »Kann man wieder mit dir rechnen? Dein Herr und Meister hat künftig sicher besseres zu tun, als mit dir durch die Gegend zu kutschieren.«

Verbissen lächelnd erwiderte Markus: »Nein! Werde wohl bald mal in die Staaten reisen. Danach wird man weitersehen. Hallo, Mam!« Er wandte sich rasch seiner Mutter zu, um sie zu begrüßen.

»Ihr entschuldigt mich, bitte!« sagte er flüchtig und ging mit der Mam zu den anderen, die sich schon zu Tisch setzten. Händereibend stand der Lammwirt in der Tür und signalisierte seiner Frau in der Küche, daß nun alle versammelt wären und man mit dem Servieren beginnen könne. Käte, die brave Bedienerin aber runzelte die Stirn und flüsterte ihrem Chef ängstlich zu: »Wenn des bloß guat goht! S'war allweil scho a schlechtes Omen, wenn dreizeh' Leit am Tisch hocked.«

★

Auf dem langen Tisch in Scheufeles Küche lag der kleine Erwin, den Schulranzen als Polster unter dem Kopf und schaute beklommen zu dem Mann auf, der seinen rechten Fuß betastete. Wie ein Anatomieprofessor stand Ralf vor dem Patienten und dozierte über diesen hinweg. Das Auditorium bestand zunächst nur aus Anna und Hieronymus Scheufele. Letzterer in seiner Dienstuniform, das Stromablesebuch unter den steifen Arm geklemmt. Er blickte finster drein, denn er fühlte sich überrumpelt. Dieser Ralf nahm sich ja allerhand heraus!. Aber im Augenblick blieb dem Alten nichts anderes übrig, als still zuzuhören.

»Es handelt sich eindeutig um ein Ganglion, eine an sich harmlose Schwellung des Schleimbeutels, der die Gelenkgleitflüssigkeit enthält ...«

Während des Vortrages war Irene mit Dr. Matthies, dem Hausarzt der Familie, eingetreten. Der grüßte die Anwesenden flüchtig und winkte Dollberg zu, er möge weiterreden.

»... es hat sich eine sogenannte Kapselgeschwulst gebildet und derart verhärtet, daß man das Gefühl hat, der Knochen selbst habe sich hochgewölbt, weshalb man im Volksmund von einem Überbein spricht ...«

Dr. Matthies war um den Tisch herumgegangen und befühlte nun ebenfalls das Fußgelenk des Knaben. Dann deutete er eine galante Verbeugung an und sagte anerkennend:»Korrekt! Eine exakte Diagnose, die auch ein Mediziner kaum treffender formulieren könnte. Eine Röntgenaufnahme muß noch die genaue Lage der Verwachsung aufzeigen, denn, mein lieber Hieronymus, ohne Operation ist da nichts zu machen!«

Er strich dem verängstigten Jungen beruhigend über den Kopf.»Keine Bange, kleiner Mann, das ist halb so schlimm, merken tust du auch nichts, Lokalanästhesie, nicht wahr, Herr Kollege?« Die letzte Bemerkung des Arztes klang keineswegs ironisch, eher beifällig.

Aber Dollberg winkte ab und meinte bescheiden:»Nein, nein, ich bitte Sie, Herr Doktor, medizinische Zusammenhänge haben mich immer schon fasziniert, doch würde ich mir nie erlauben ...«

Dann hob er behutsam den tapfer lächelnden Erwin vom Tisch und sah dem auf den Stockzähnen kauenden Kinoscheufele herausfordernd ins Gesicht:»Einverstanden, Dät?«

»Natürlich!« brummte dieser in seinen Bart.»Fährst du ihn ins Krankenhaus, Ralf? Anna gibt dir frische Wäsche mit und ein Nachthemd! Wie lange wird's denn dauern?«

Etwas linkisch tätschelte er Erwin die Wange. Dr. Matthies antwortete anstelle Ralfs:»Vier, fünf Tage, dann wird ein leichter Gips mit Gehbügel angelegt, dann kann der Bub schon wieder herumhatschen.« Und zu dem Kleinen sagte er zuversichtlich: »... in drei bis vier Wochen spielst du wieder in deiner Fußballmannschaft, Mittelstürmer, gell?«

Irene hatte sich bei der Mam untergehakt und flüsterte ihr stolz ins Ohr:»Ist mein Ralf nicht ein fabelhafter Mann!«

Der beugte sich zu Erwin hinunter und versprach ihm hoch und heilig einen ganzen Sack voll Erdnüsse, sobald er wieder zu Hause wäre, denn davon kriege man feste Knochen, und die müßte ein guter Mittelstürmer unbedingt haben.

★

»Come in, please!« lebhaft, fast heiter klang die prompte Antwort auf das energische Klopfen. Lieutenantcolonel Mortimer Fullton blickte erwartungsvoll auf die ledergepolsterte Tür seines Amtszimmers. Dabei lehnte er sich so weit zurück, daß sein gedrungener Körper tief in den flauschigen Fauteuil sank. Nur der spiegelblanke, völlig kahle Schädel ragte über den klotzigen Schreibtisch, hinter dem das Portrait von Calvin Coolidge an der Wand hing. Der Präsident der Vereinigten Staaten von Amerika wurde von zwei Sternenbannern flankiert. Effektvoll wehten die bunten Tücher im Luftzug der sich öffnenden Tür. Der Eintretende, ein schlanker, hochgewachsener Offizier meldete sich mit militärischer Ehrenbezeigung:»Lieutenant Bradley zur Stelle!«

Fullton begrüßte den jungen Mann mit einer lässigen Handbewegung. Seine wasserblau schimmernden Glupschaugen glitten abschätzend über die stramme Gestalt.»Steh'n Sie bequem, Lieutenant!« brummte er freundlich.»Bin froh, wieder mal ein neues Gesicht zu sehen! Haben Sie sich in Straßburg schon umgeschaut? Nun ja, Paris wäre mir auch lieber! Momentan tut sich nicht viel in der Alten Welt, aber keine Sorge! Für Sie habe ich bereits einen interessanten Job in petto!«

Mortimer Fullton, Adjutant von Colonel Adrew Meadows, dem Chef der American Mission in Frankreich, war offiziell zuständig für die Überwachung des großen amerikanischen Soldatenfriedhofes in Romagne. Als Mitglied der Legion war er zugleich Funktionär dieser paramilitärischen Organisation und inoffiziell beauftragt, Deserteure und Verräter der US-Army in Europa aufzuspüren, zu ergreifen und für deren Deportation in die Staaten zu sorgen, möglichst ohne diplomatische Komplikationen!

Zu diesem Zweck hatte Fullton an der gegenüberliegenden Wand, um sie immer im Auge zu haben, eine lange Tabelle befestigt, in der etwa hundert Namen untereinanderstanden. Ein großer Teil davon war bereits mit dicken roten Balken durchgestrichen. Dahinter stand jeweils ein Datum mit dem Vermerk ›Erledigt‹.

»Meine Abschußliste!« erklärte der Generalstabsoffizier mit sarkastischem Grinsen. Dann verfinsterte sich sein Blick, und bitterböse knurrend zeigte er mit einem Lineal auf jenen Namen, der als erster in der Kolonne stand. Auf einen hinter ihm stehenden Stahlschrank weisend, forderte er Bradley auf:»Nehmen Sie die Akte Dollberg aus der Kartei, studieren Sie das ganze Dossier aufmerksam und machen Sie einen vernünftigen Vorschlag. Unser Kollege von der deutschen Sektion, Major Sachs, ein durchaus fähiger Mann, hat sich schon die Zähne ausgebissen an dieser harten Nuß, und einer Ihrer Vorgänger wurde von dem Berserker kaltblütig umgelegt: Major Griffith!«

Fullton führte seine Rechte salutierend zur Stirn und machte den vergeblichen Versuch, sich zu erheben, ließ sich dann aber wieder schwerfällig in die weichen Polster sinken.»Nun, Sie werden's ja lesen. Morgen früh erwarte ich Ihre Meldung, Lieutenant! Abtreten!«

Als Bradley nach einer schneidigen Kehrtwendung den Raum verlassen hatte, wischte sich Fullton mit einem riesigen Taschentuch die Schweißperlen von der glänzenden Glatze und murmelte gehässig:»Diese verdammten Schweine werde ich alle noch kriegen und wenn ich sie dem Teufel abjagen müßte!« Ein kräftiger Schluck aus der Bourbonflasche, die er einem Seitenfach des mächtigen Schreibtisches entnommen hatte, hellte seine Miene rasch wieder auf, und während des rituellen Stopfens seiner Tabakspfeife summte er ein frivoles Liedchen vor sich hin.

In der Nähstube rasselten die Maschinen um die Wette. Fanny unterbrach ihren monotonen Singsang, den sie immer dann anstimmte, wenn die Arbeit erhöhte Konzentration erforderte. Aufatmend wandte sie sich zu Irene:»Wo ist denn eigentlich dein Ralf? Man hat ihn schon seit Tagen nicht mehr gesehen, und Markus schleicht mißmutig und tatenlos umher.«

»Er wollte ein Phototechnisches Labor aufsuchen, ich glaube in der Nähe von Stuttgart. Dort wird angeblich eine neuartige Sache entwickelt, an der Ralf sehr interessiert ist.«

»...und wann werdet ihr zwei nach St. Petersburg reisen, um zu heiraten?«

Irene schien nicht besonders gut gelaunt zu sein. Unfreundlich herrschte sie ihre Schwester an:»Du hast aber heute deinen neugierigen Tag. Was soll die ewige Fragerei? Ich weiß es auch nicht. Der Dät muß noch irgendwelche Papiere besorgen, und überhaupt bin ich mir noch gar nicht im klaren, ob ich nach Rußland will! Weißt du denn, wo Rußland ist?«

»Nein, keine Ahnung! Weit muß es schon sein, aber Ralf hat doch gesagt, daß es nur dort möglich sei, zu heiraten.«

»Wie steht's denn mit dir und Willi?« wich Irene aus. »Ihr müßt doch nicht nach Rußland, um heiraten zu können. Sein alter Herr will ihm ja bald das Geschäft übergeben.«

»Ach, weißt du, der Willi ist wohl ein lieber Mensch, und sein Vater meint es gewiß gut, aber das Sagen hat die Mutter, und die hat Haare auf den Zähnen, da wäre ich nur eine bessere Putzmagd.«

»Ich hab' einen unheimlichen Appetit auf Sahnetorte! Geh' doch mal rüber und besorg' uns was, die Alte wird dich schon nicht erwischen. Ich mach' inzwischen Kaffee. Aber tratsch nicht so lange, bis der kalt ist!«

Als Fanny mit den zwei Tortenstücken anrückte, einen Sonderklecks Sahne obendrauf, kam Irene mit einem Gurkenglas aus der Küche und fischte genüßlich eine Essiggurke nach der anderen heraus. »Ich habe doch eher Lust auf etwas Saures!« sagte sie schnippisch.

»Sag' mal, du spinnst wohl, erst Sahne, dann Essiggurken! Du bekommst anscheinend ein Kind!«

»Mal' nur den Teufel nicht an die Wand! Das würde mir gerade noch fehlen!« entfuhr es Irene erschrocken. Kleinlaut fügte sie hinzu: »... mir ist schon einige Zeit so komisch zumute!«

»Na, na – so schlimm wär's auch wieder nicht! Du hast ja einen Vater dafür. Ullmanns Mariele hatte keinen und mußte ins Wasser gehen!« philosophierte die gutmütige Fanny beschwichtigend. Dann aber fragte sie ganz sachlich: »Sind deine Tage etwa ausgeblieben?«

»Ach, du weißt doch, daß das bei mir ganz unregelmäßig ist. Aber die Zeit seit dem letzten Mal erscheint mir jetzt doch ziemlich lang.«

Fanny machte ein nachdenkliches Gesicht. »Du solltest unbedingt mit Ralf darüber sprechen!«

Die Scheufeles saßen gerade beim Abendbrot, als es klingelte. Ralf Dollberg meldete sich zurück. Schnell machte man ihm Platz in der Runde. Nein, gegessen hätte er schon, er wollte nur von seiner Reise berichten und etwas zeigen. Der Dät stellte ihm ein Glas Bier hin und schaute gespannt auf die Ledermappe, der Ralf ein Bild entnahm und es demonstrativ auf den Tisch legte: ein Stilleben mit Orangen, grünem Blattwerk und einer blauen Hyazinthe, in natürlichen Farben.

»Eine echte Photographie, nicht coloriert!« sagte Ralf ein wenig pathetisch und blickte erwartungsvoll um sich. Dann erklärte er: »Da werden drei dünne Schichten auf die Platte beziehungsweise auf das Papier gebracht, die auf die Grundkomponenten des Lichtes, blaugrün, gelb und purpur, reagieren. Mit entsprechenden Chemikalien entwickelt, zeigen sie am Ende übereinandergebracht die Mischfarben des Aufnahmeobjektes. Ist das nicht fabelhaft!?«

Voller Enthusiasmus schaute er Hieronymus Scheufele an: »Mein lieber Hiram – manchmal wandelte er den altmodischen Vornamen ins amerikanische ab –, das ist der Beginn des Farbfilms. Es bedarf natürlich noch einiger Verbesserungen, aber die Leute bei Eastman sind sehr zuversichtlich! Und, das müßt ihr auch noch wissen, die ganze Sache basiert auf einer Erfindung der uns Kinoleuten wohlbekannten Brüder Lumiere!«

»Aber zuerst«, bremste der Dät die begeisterte Zukunftsvision des Jüngeren, »... zuerst kommt jetzt der Tonfilm! Hast du schon gehört, wie weit sie damit sind?«

Der Auftritt Ralfs löste bei den Scheufeles eine lebhafte Diskussion aus. Nur Irene war auffallend zurückhaltend und von ihrem Verlobten darauf angesprochen, antwortete sie still: »Ich muß mit dir reden, Ralf, laß uns zu dir gehen.«

Als die beiden allein waren, versuchte Ralf, die Geliebte an sich zu ziehen, aber Irene wandte sich ab. Es kostete sie Mühe, ihren Stolz zu überwinden. Schließlich preßte sie die Worte über ihre Lippen: »Ich bekomme ein Kind.«

Einen Augenblick lang war er überrascht. Dann schaute er sie ungläubig an. »Aber, mein Liebes, du irrst dich bestimmt! Wie kommst du denn auf diesen Gedanken?«

»Meine – meine Tage ...«

»Aber, Kleines, das ist noch gar nicht so weit! Nach dem Kalender, du weißt doch, das kleine Büchlein, das ich dir gab ...«

Sie unterbrach ihn barsch: »Ach das, das hat doch nichts zu sagen!«

»Ich hatte dich gebeten, stets die betreffenden Termine einzutragen.«

Halb schuldbewußt, halb trotzig entgegnete Irene: »Ich hielt das für eine deiner wissenschaftlichen Marotten, mit denen du immer alles kontrollierst und aufnotierst, und ich schämte mich wegen der Unregelmäßigkeit meiner Periode. Da hab' ich einfach die von Fanny angekreuzt, bei der kann man doch die Uhr danach stellen!«

Ralf schlug sich die Hand vor die Stirn.»Nein! So dumm kannst du doch nicht sein! Mit diesen Daten habe ich die Tage errechnet, an denen wir gefahrlos zusammensein konnten!«

Jetzt war Irene die Verblüffte.»Aber um Gottes willen, warum hast du mir das nicht erklärt?«

»Ich wollte deine Gefühle nicht verletzen, kalkulierte Zärtlichkeit, fürchtete ich, würde dein seelisches Empfinden stören.«

»Seit wann bist du denn so sentimental und so rücksichtsvoll?« fragte sie mit beißender Ironie, und mehr für sich selbst flüsterte sie nachdenklich:»Ich wußte gar nicht, daß es bestimmte Tage gibt, an denen nichts passieren kann.«

»Nun, jetzt ist es passiert, und wir sollten uns freuen darüber!« Er nahm sie bei den Schultern und schaute ihr strahlend ins Gesicht.»Irene, wir wollen doch, so bald es geht, heiraten, und Kinder habe ich mir immer gewünscht. So viel wie möglich!«

Ralfs aufflackernde Begeisterung flaute schnell ab, als er ihren starren Blick und den eiskalten Glanz der dunklen Augen wahrnahm. Mit tonloser, aber fester Stimme entgegnete sie:»Ich nicht! Viele schon gar nicht! Ich hab's doch bei meiner Mutter gesehen, was für ein Leben das ist mit vielen Kindern, eins nach dem anderen. Nein, Ralf, das darfst du mir nicht antun. Du, du mußt mir helfen! Du hast so gute Kenntnisse in medizinischen Dingen ...«

Entrüstet herrschte er die wachsbleiche Irene an:»Wie stellst du dir das eigentlich vor? Ich bin doch kein Arzt, und selbst wenn ich's wäre ...«

»Dazu braucht man kein Arzt zu sein, das kann jedes Kräuterweib!«

Dollberg hob jähzornig die Hand, und obwohl er diese, über sich selbst erschrocken, sofort wieder sinken ließ, schrie Irene hysterisch auf:»Ja, schlag' nur zu! Jetzt weiß ich wenigstens, was ich von deiner Liebe zu halten habe. Und glaub' nur nicht, du hättest mich damit in der Hand! Ehe ich vor dir kusche, gehe ich ins Wasser wie Ullmanns Marie!« Ein Weinkrampf schüttelte die Verzweifelte. Schluchzend lehnte sie sich an Ralfs Brust, der ihr beruhigend über den Kopf strich.

»Verzeih, Liebes, ich wollte nicht so heftig sein. Wir haben es beide nicht bös' gemeint. Glaub mir, du und ich werden das schönste Baby der Welt haben, und seiner schönen jungen Mutter soll es gewiß an nichts fehlen. Morgen rede ich mit deinem Vater. Markus muß, so schnell es geht, nach Amerika fahren und Geld besorgen. In St. Petersburg werden wir herrliche Flitterwochen verbringen. Dort ist der Dollar das Zehnfache wert, und ich werde dich entsprechend verwöhnen.«

Er wischte ihr die Tränen aus dem Gesicht und küßte sie zärtlich auf den Mund. Seine Liebkosungen ließen ihre garstigen Gedanken rasch verfliegen. Sie liebten sich mit ungestümer Leidenschaft, und bald war Irene in Ralfs Armen eingeschlummert.

Als es an der Tür klopfte, rutschte sie schnell unter die Decke, bis das Zimmermädchen das Frühstück serviert hatte. Dann nahm sie einen tiefen Schluck aus der Kaffeetasse, die Ralf ihr reichte und fragte mit kindlichem Augenaufschlag:»Ralf, müssen wir wirklich nach Rußland?«

Er lächelte geduldig.»Es wird dir gefallen, Liebes! Übrigens wollten wir heute Erwin aus der Klinik holen. Kommst du mit?«

»Ich schick' dir den Markus.« Sie schaute vorsichtig aus der Tür. Er nickte kauend.

»Okay! Wir müssen ja noch bei Feinkost-Seidenspinner den bestellten Sack Erdnüsse mitnehmen.«

Irene huschte durch das dämmerige Treppenhaus und verließ unbemerkt das Lamm durch den rückwärtigen Hoteleingang.

★

Der kleine Erwin war heute Mittelpunkt der Familie. Mit dem bandagierten Fuß saß er putzmunter im Lehnstuhl, mitten in der Küche. Alle hockten um ihn herum, und er mußte erzählen, wie es im Krankenhaus war. Aber mit vollem Mund war das nicht so leicht, denn aus dem Jutesack mit dem eindrucksvollen Faktoreistempel *Brasilia Peanuts* holte er eine Erdnuß nach der anderen und kaute genüßlich die goldenen Kerne. Auch die anderen durften zugreifen, denn angesichts dieser Menge war der Knabe großzügig. Die Schalen bedeckten schon einen Großteil des Fußbodens. Sobald sich einer von der Stelle rührte, knisterte es unter den Schuhsohlen. Fanny zerdrückte gerade wieder knirschend eine der dürren Hülsen zwischen den Fingern und meinte verschmitzt: »Ist schon ein Teufelszeug, wenn man mal angefangen hat zu knabbern, kann man nicht mehr aufhören.«

»Das darfst du laut sagen!« bestätigte Irene, die ebenfalls ihre Arbeit niedergelegt hatte und sich eifrig am Verzehr der exotischen Früchte beteiligte. Doch, wie es schien, bekamen ihr diese nicht sonderlich. Auf einmal wurde sie leichenblaß und blickte verstört über die mampfende Gruppe. Dann hastete sie plötzlich über den raschelnden Nußschalenteppich zur Tür, wo sie mit der Mam zusammenstieß, die erschrocken ausrief: »Mein Gott, du siehst ja aus wie ein Gespenst! Hast wohl zuviel Erdnüsse gegessen?«

Besorgt wartete sie vor der Toilette, in die sich ihre Tochter geflüchtet hatte. Erschöpft sank diese schließlich ihrer Mutter in die Arme und stöhnte: »Oh, Mam, mir ist so entsetzlich schlecht, aber es sind, glaube ich, nicht die Erdnüsse.«

So kam es, daß Anna Scheufele Bescheid wußte, bevor es der Dät von Ralf Dollberg offiziell erfuhr. Die Eltern nahmen die Eröffnung gelassen hin. In ihrer Weltanschauung waren Kinder ein Segen, vorausgesetzt natürlich, der Vater bekannte sich dazu und bekundete die ernsthafte Absicht, die junge Mutter schnellstens zu ehelichen.

Ralf erläuterte noch einmal, warum sie in St. Petersburg heiraten mußten, und Vater Scheufele versprach, unverzüglich die Heiratserlaubnis für seine minderjährige Tochter auszustellen und beglaubigen zu lassen.

Schließlich wurde Markus in die gute Stube gerufen. Ralf teilte ihm mit, daß nun der Zeitpunkt für seine Mission gekommen wäre: »Wir fahren gemeinsam auf unsere spezielle Art nach Holland. In Vlissingen finden wir einen Fischer, der dich unauffällig nach Folkestone übersetzt. Mit der Eisenbahn fährst du dann via London nach Liverpool und suchst dort ein Linienschiff, das Kurs auf Kanada nimmt und möglichst Quebec anläuft. Bis dahin gibt es keinerlei Probleme! Den restlichen Weg, meine persönliche Route werde ich dir unterwegs ganz genau beschreiben, klar?«

»Aye, aye, Sir!« Markus salutierte. Der Junge war begeistert und strahlte über das ganze Gesicht.

13. Eine heiße Spur

Dieser Mensch erinnert mich, verdammt, an eine rosarote Schildkröte«, ging es Mike Bradley durch den Sinn, als er sich heute früh weisungsgemäß bei seinem neuen Chef meldete. Mit unverhohlener Neugier reckte Mortimer Fullton seinen dürren Hals aus dem überdimensionalen Polstersessel. »Es ist der rosig glänzende Kahlkopf mit dem fliehenden Doppelkinn, der mir diesen tierischen Vergleich aufdrängt«, dachte der Lieutenant, während er strammstand. Der Stabsoffizier hob gönnerhaft die sommersprossige Hand.

»Rühren, Bradley, haben Sie Ihre Nase mal in die Akte gesteckt? Wie wollen Sie den leidigen Fall angehen, he?«

»Zu Befehl, Sir, habe sämtliche Fakten aufgelistet, Fahndungsraster angelegt, Analyse ergab nur einen einzigen gemeinsamen Nenner, und der ist gewissermaßen der rote Faden ...«

Händereibend unterbrach Fullton den knappen Rapport des jungen Offiziers: »Jetzt bin ich aber gespannt, was die moderne Schulweisheit zu bieten hat!«

»Es ist das Automobil, das in allen Berichten über die verschiedenen Kontakte mit dem Gesuchten immer wieder erwähnt wird: Ein Maybach, Baujahr 23, Modell ›W4‹ Kabriolett, ein Typ, der in sehr begrenzter Auflage hergestellt wurde, dürfte heute bereits Liebhaberwert haben.«

»Donnerwetter! Wie konnten Sie das so schnell recherchieren?«

»Mein Steckenpferd, Sir, ich sammle Autos aus aller Welt, natürlich nur in Form von Abbildungen und technischen Beschreibungen.«

»Fabelhaft, und wie geht's weiter?«

»Leider spreche ich nicht gut deutsch, sonst würde ich nämlich bei den Maybachwerken in Friedrichshafen am Bodensee beginnen, den Faden aufzurollen ...«

»Kein Problem, Bradley! Wir haben da einen zuverlässigen

Mann, französischer Agent, der für unsere Dienststelle arbeitet, Elsässer, spricht fließend deutsch, Léon Marmotte, steht Ihnen ab sofort zur Verfügung!«

Fullton griff zum Telefon und während er den Kurbelinduktor betätigte, nickte er Mike Bradley freundlich zu:»Abtreten, Lieutenant! – Das scheint endlich der richtige Mann zu sein!« Die letzten Worte brummte er leise vor sich hin, während der andere die Hacken zusammenschlug, salutierte und mit einer zackigen Wendung den Raum verließ. Als das Klingeln des Apparates anzeigte, daß die Verbindung hergestellt war, brabbelte er sabbernd in die Sprechmuschel, denn er hatte gerade einen Schluck aus seiner Whiskyflasche genommen. »Marmotte soll sich bei mir melden, sofort, vite, vite!«

Der Verkaufsleiter der Friedrichshafener Motorenwerke empfing die beiden Männer, die sich als Beamte der französischen Geheimpolizei melden ließen, in seinem Bureau. Der distinguierte Herr zupfte rasch noch den Stresemann zurecht und tastete gewohnheitsmäßig nach der dunklen Krawatte, um sich von deren korrektem Sitz zu überzeugen.

Lieutenant Bradley, der ausgezeichnet französisch sprach, stellte sich als Kommissar Lefévre von der Police Judiciaire vor. Er war natürlich in Zivil. Marmotte bezeichnete er als Detektiv der Brigade Criminelle. Dieser übersetzte die Worte seines Kollegen und übernahm dann selbst die Konversation.

So fortschrittlich die technische Einrichtung des Werkes war, an der Verwaltung schien jede Entwicklung vorübergegangen zu sein. Das kleine Büro glich einem Kaufmannskontor der Jahrhundertwende. In dem türlos anschließenden Nebenraum waren rohe Holzregale an allen vier Wänden aufgestellt. Fenster gab es hier nicht, nur dicht unter der hohen Decke ein paar schmale Lüftungsschächte. In dieser Registratur wurden von einem älteren Faktotum mit blauen Ärmelschonern Geschäftsvorgänge sortiert und abgelegt. August Hofgärtner registrierte an seinem Stehpult sorgfältig jede Akte, bevor sie mit Bindfaden verschnürt in das Regalsystem eingefügt wurde. Ein grüner Augenschirm an der Stirn schützte ihn vor dem grellen Licht der Hängelampe.

Sehr reserviert hörte sich Direktor Wagner das Anliegen der Kriminalbeamten an. Er sprach von Diskretion und Kundenschutz und erklärte, daß kaum ein Wagen direkt in der Fabrik gekauft würde. Eine Liste der Vertragshändler, ja, die könnte er den Herren wohl zur Verfügung stellen. Da flunkerte der gerissene Marmotte, daß es sich schließlich bei dem Gesuchten um einen berüchtigten Frauenmörder handle, der als reicher amerikanischer Abenteurer durch die Lande reise.

Hofgärtner spitzte die Ohren. Dann spähte er zögernd um die Ecke. »Bitte untertänigst um Verzeihung, Herr Direktor, wenn ich vielleicht etwas sagen dürfte ...«

Der Chef blickte mit zusammengezogenen Augenbrauen auf den vorlauten Untergebenen, konnte aber nicht umhin, diesem das Wort zu erteilen.

»Aber bitte, bitte, reden Sie nur, Hofgärtner, wenn Sie glauben, etwas zu wissen. Ich muß Sie wohl nicht an Ihre Schweigepflicht in Bezug auf Geschäftsgeheimnisse erinnern!«

»Nein, nein, gewiß nicht, Herr Direktor!« dienerte Hofgärtner mit scheuem Seitenblick auf die Geheimpolizisten. Dann erzählte er in seiner biederen Art von dem Vorfall in der Bahnhofsrestauration, an dem er keineswegs beteiligt, sondern rein zufällig Zeuge desselben geworden war. Das wäre auch der Grund, weswegen er sich für das Gerangel zweier Lokalzeitungen interessierte, das dieser Fall ausgelöst hatte.

Er eilte in sein Kabäuschen und kam nach wenigen Minuten mit ein paar alten Zeitungen zurück, die er betulich seinem Chef vorlegte und auf einige Artikel zeigte, die mit Rotstift gekennzeichnet waren. Beflissen erläuterte der Alte: »Das Seeblatt hat sogar ausdrücklich auf den Maybach des mutmaßlichen Mädchenhändlers hingewiesen.«

»Ja, ja, ich seh's schon, Hofgärtner, ist ja gut, geh'n Sie wieder an Ihre Arbeit! – Meine Herren ...« Er schob die Zeitungsausschnitte zu den Franzosen hinüber, die aufmerksam dem Bericht gefolgt waren. Als sie den Namen Dollberg lasen, schauten sie sich triumphierend an. Bradley alias Lefévre rief erregt aus: »En effet! C'est l'oiseau, d'accord?«

Marmotte aber stieß seinem Kollegen den Ellbogen in die Rippen und erwiderte, bemüht, seine Erregung zu unterdrücken, mit ruhiger Stimme: »Ja, wir werden auch diesen Hinweis gerne verfolgen. Dürfen wir die Dokumente vorläufig konfiszieren? Sie erhalten das Material schnellstens zurück, wenn die Untersuchung abgeschlossen ist.«

Mit einer leichten Verneigung erhob er sich demonstrativ: »Monsieur, verehrter Herr Direktor, vielen Dank für Ihre tatkräftige Unterstützung, au revoir.«

Wagner läutete die Tischglocke und sagte zu der eintretenden Sekretärin:»Die Herren möchten gehen.«

Sie brachte Bradleys Trenchcoat und die Melone von Marmotte, der seinen Paletot nicht ausgezogen hatte, da er immer ein wenig fröstelte. Dann verließen die beiden Agenten das Gebäude mit sehr zufriedenen Mienen. Der kleine, ältliche Marmotte blickte anerkennend zu dem hochgewachsenen jungen Offizier empor und zitierte lächelnd:»Das Glück ist mit dem Tüchtigen! Gratuliere, mein lieber Bradley, und wann fährt die nächste Bahn nach Weingarten?«

★

Die Eisenbahnlinie Friedrichshafen – Ulm führte über Ravensburg und ließ das Städtchen Weingarten abseits liegen. Es war kaum erklärbar, weshalb beim Bau der Strecke durchs Schussental, um das Jahr 1850, der Flecken Altdorf (so hieß Weingarten, bevor es sich nach dem weithin bekannten Kloster benennen durfte) übergangen wurde.

Der Lammwirt, dessen geheime Passion stets das Spekulieren mit Immobilien war, hatte sich eh und je den Kopf über solche Dinge zerbrochen und machte in diesem Fall die Kurzsichtigkeit – oder gar die persönliche Opportunität des damaligen Ortsvorstehers, Schultheiß Prielmayer, für die ungünstige Trassenführung verantwortlich. Inzwischen war jedoch, als Ersatz für den Eisenbahnanschluß, eine private Dampfstraßenbahn von Ravensburg nach Weingarten gebaut worden, die direkt am Hotel Lamm vorbeiführte. So war der clevere Gastronom dennoch recht zufrieden mit der Entwicklung, denn vor seiner Tür wurde eine Haltestelle eingerichtet, die den Namen des Hauses trug, der nun bei jedem Halt der seit eineinhalb Jahrzehnten elektrifizierten Lokalbahn von einem adrett uniformierten Schaffner ausgerufen wurde.

Mit solchen Gedanken im Hinterkopf saß er über seinen Geschäftsbüchern, als draußen das gewohnte Bimmeln und der helle Ruf Lamm ertönten. Rasch zerstreuten sich die ausgestiegenen Fahrgäste. Die zwei Fremden schauten forschend über den kleinen Platz und entdeckten sogleich Autoreifenspuren, die an der Tankstelle vor dem Hoteleingang vorbei in den Hinterhof zu einem länglichen Schuppen führten.

Der Kleinere mit der schwarzen Melone nahm witternd die Fährte auf. Sein Begleiter, ein großer, sportlich gekleideter, jüngerer Mann folgte ihm zögernd. Dann standen sie vor den Lattenverschlägen der improvisierten Garagen, die offenbar früher einmal Pferdeställe waren. Während sich der Lange umsah, spähte der andere durch einen Spalt zwischen den Brettern in die Boxen. Dabei wurden sie von einer Hausangestellten des Hotels beobachtet, die Bettdecken zum Fenster hinaus aufschüttelte. Das Zimmermädchen rief eine zweite Person, die daraufhin ebenfalls ans Fenster trat: »Schauen Sie doch mal her, Fräulein Pauline, was haben denn diese Kerle da unten zu suchen?«

»Oh, der sieht aber verdammt gut aus!« murmelte die ein wenig dralle Tochter des Hauses vor sich hin und leckte lüstern über die Lippen. Fast verschlang sie Bradleys drahtige Gestalt mit den Augen. Dann erst bemerkte sie den älteren Marmotte, der sich soeben aufrichtete und den ins Genick gerutschten steifen Hut zurechtrückte.

»Du brauchst dich nicht darum zu kümmern, Martha, ich sehe schon selbst nach dem Rechten. Mach' du die Zimmer, damit wir endlich fertig werden!« schnauzte sie hochnäsig die Dienstmagd an und ging nach unten.

Die Mittzwanzigerin wirkte in ihrer spätjüngferlichen Art etwas reifer und betonte das überdies mit einer strengen, altmodischen Haartracht. Am liebsten hätte sie selbst die Männer angesprochen, wenn auch mit klopfendem Herzen, doch das ziemte sich nicht. Sie wußte auch nicht so recht, was sie hätte sagen sollen. Mürrisch teilte sie darum dem Vater mit, daß zwei seltsame Fremde sich am Autoschuppen zu schaffen machten. Der warf einen kurzen Blick hinaus, rollte listig seine kleinen Äuglein und konstatierte, vielsagend erst die Tochter, dann seine Frau, die gerade aus der Küche kam, betrachtend: »Das könnten doch jene Agenten sein, von denen unser Amerikaner immer faselt! Aber ein guter Gast ist für uns wichtiger als alle Staatsräson, fremder

Länder!« fügte er vorsichtshalber hinzu. Mit erhobenem Zeigefinger mahnte er die beiden, den Mund zu halten.

Da betraten die Männer schon den Empfangsraum, wo der Hotelier in der Rezeption an seiner Buchführung arbeitete. Bradley alias Lefévre räusperte sich und Marmotte grüßte höflich: »Einen schönen guten Tag, mein Herr ...«

»Moment, bitte« sagte der und machte noch rasch eine Eintragung.

»Wir hätten gern eine Auskunft«, drängte der kleine Franzose.

»Sie suchen gewiß komfortable Zimmer. Alle mit fließendem Wasser, empfehle auch unsere bekannt gute Küche.«

»Ja, doch, möglicherweise wollen wir bei Ihnen übernachten.« Marmotte stellte seine Reisetasche ab. Dabei entdeckte er die von einem Türpfosten halb verdeckte Pauline und lüftete kurz seine Melone: »Guten Tag, schönes Fräulein!«

Bradley, der nun auch bemerkte, wie die junge Frau ihn fixierte, neigte galant den Kopf: »Mademoiselle!«

Sie lief rot an und machte sich schnell hinter der Theke zu schaffen.

»Wir suchen einen Bekannten, den wir hier zu treffen hofften. Er ist Amerikaner, Dollberg, Ralf Dollberg ist sein Name.«

»Bei uns ist kein Amerikaner! Dollberg, nein, der wohnt hier nicht!«

»Er fährt einen auffälligen Wagen, einen Maybach.«

Der Lammwirt schüttelte bedauernd den Kopf. »Tut mir leid, meine Herren, ich kann Ihnen nicht helfen. Wir haben zwar schon Amerikaner und andere Ausländer beherbergt, aber Dollberg, nein!«

»Können wir etwas zu trinken bekommen?«

»Selbstverständlich, meine Herren, Sie sind wohl auch Ausländer? Bitte, nehmen Sie nur Platz, am besten an der Theke. Unsere Serviererin hat heute ihren freien Tag, aber – Pauline! Kundschaft! Meine Tochter wird die Herren gern bedienen.«

Als lautes Motorengeräusch hörbar wurde, horchten die Fremden auf. »Ah, das ist der Doktor! Er stellt seinen Wagen immer im Hof ab, wenn er in der Nähe zu tun hat.«

»Der Doktor?« brummte Marmotte argwöhnisch. Die Männer blickten sich bedeutungsvoll an. Ihr Jagdfieber führte zur Überreaktion. Sie sprangen auf und rannten durch die Halle ins Freie.

Dabei schoben sie die Hände in die Tasche, so als griffen sie nach einer Waffe. Der Ankömmling holte gerade seinen Ambulanzkoffer vom Rücksitz des Kraftwagens. Als er sich umdrehte, schaute er erstaunt auf die fremden Männer, die entschlossen herankamen und ihm mit drohenden Mienen den Weg versperrten. Da nahm Dr. Matthies seine weiße Ballonmütze mit der großen Autobrille ab. Bradley warf seinem Kollegen einen fragenden Blick zu. Der schüttelte nur den Kopf, hob kurz die Melone und murmelte: »Pardon, ein Irrtum! Ich bitte vielmals um Verzeihung.«

Enttäuscht wandte er sich ab und ging zum Lokal zurück. Der andere folgte ihm fluchend: »Un raté, merde!«

»Geduld!« zischelte Marmotte, »haben Sie nicht bemerkt, wie die Kleine Sie anhimmelt? Ich habe das dumpfe Gefühl, daß die uns was sagen könnte.«

Hinter der Glasscheibe hatte der Lammwirt die Szene amüsiert beobachtet. Als der Doktor das Hotelfoyer betrat, winkte er ihn beiseite und zog seinen ärztlichen Freund durch eine Tür mit der Aufschrift Privat in ein Hinterzimmer. Dort erklärte er ihm die Situation. Dr. Matthies war ebenfalls der Meinung, daß man Dollberg, den er sehr schätzte, decken müsse.

»Die Reaktion auf deine Ankunft zeigte doch deutlich, daß die keinen guten Freund erwarten! Nun, zur Zeit ist der mal wieder unterwegs.

»Aber die Burschen sind ihm auf der Spur. Laß uns mal überlegen, wie wir sie irreführen könnten.«

Marmotte ließ sich ein kühles Bier zapfen, während Bradley einem schottischen Whisky den Vorzug gab.

»Dürfen wir Sie zu einem Gläschen einladen, schönes Fräulein?« säuselte der Elsässer galant. Als sie sich ein Schlückchen Samos einschenkte, um mit den Herren anstoßen zu können, meinte er hintergründig: »Vielleicht könnten Sie uns helfen, unseren guten Freund zu finden!«

Bradley hob sein Glas und versuchte ein charmantes Lächeln: »Mademoiselle, mein schönes Fräulein«, ahmte er Marmotte gebrochen nach, »à votre santé!« Dabei blickte er ihr tief in die Augen. Pauline schaute irritiert zu Boden, dann beugte sie sich so weit vor, daß ihr Dekolleté die Aussicht auf den üppigen Busen freigab und raunte geheimnisvoll: »Vielleicht fragen Sie mal drüben im Kino bei den Scheufeles nach Ihrem guten Freund.«

Als ihr Vater und Dr. Matthies in den Gastraum kamen, waren die beiden Fremden schon gegangen.

»Nanu, wo sind unsere Freunde abgeblieben?«

»Die wollten sich noch anderweitig umhören!« antwortete Pauline kurz.

»Haben sie auch bezahlt?« fragte der Lammwirt mißtrauisch.

»Ja, gewiß und sehr großzügig!« entgegnete seine Tochter schnippisch.

★

In einer der übelsten Spelunken der holländischen Hafenstadt Vlissingen saßen Ralf und Markus bei einem steifen Grog. Die finstere, verräucherte Atmosphäre paßte nicht so recht zu den beiden gutgekleideten Herren. Markus fröstelte. Er fühlte rundum feindselige Blicke auf sich gerichtet. Ralf klopfte seinem jungen Freund ermunternd auf die Schulter.

»Ist doch alles glatt gelaufen, Markus, und wir haben die berechtigte Hoffnung, daß es so weitergeht. Der Alte mit dem Fischkutter hat ja schnell angebissen!« dabei zog er seine Uhr aus der Westentasche. »In England hast du nichts zu befürchten, und drüben in Kanada ist alles noch problemloser. Der einzige kritische Punkt ist der Grenzübergang in St. Vincent, aber wenn du es so machst, wie ich es dir erklärt habe, wird es gut gehen! Hast du den Taschengürtel umgeschnallt? Wenn der Hosenbund darüber liegt, fällt er überhaupt nicht auf. Am besten, du nimmst immer nur das nötigste Geld in die Brieftasche und die Reserve verstaust du in dem Lederriemen. Das Reisebudget ist für die Hinfahrt reichlich bemessen, und drüben wird Mutter dich mit den nötigen Mitteln für die Rückreise versorgen. In meinem Brief habe ich alles geschrieben. Hast du ihn gut verwahrt? Und immer kühlen Kopf behalten!«

Ralf überlegte angestrengt, ob er Markus alle Instruktionen vermittelt hatte. Da fiel ihm noch etwas ein: Er griff in die Innentasche seines Jacketts und brachte den chromfarbenen Browning zum Vorschein. Nach kurzem Zögern legte er diesen seinem Vertrauten in die Hand: »Zur Hebung des Selbstbewußtseins, doch nur für den äußersten Notfall!«

Kaum hatte Markus die Waffe eingesteckt, trat ein bärtiger

Mann an den Tisch. Der kalte Zigarettenstummel klebte an der fleischigen Unterlippe. Er hatte die blaue Seemannsmütze tief in die krause Stirn gezogen und den speckigen Kragen seines abgegriffenen, hüftlangen Marinekulanis hochgeschlagen.

»Wir können«, brummte er auffordernd, »aber erst die Kohle!« Ralf nahm ein paar Geldscheine aus der Tasche, gab eine Hälfte dem Fischer und die andere Markus. »Den Rest kriegen Sie drüben, ehe wir an Land gehen. Okay?«

Der Alte nickte.

»Markus, zeig' ihm deine Kanone, und leg' den Sicherungshebel um.«

»Mumpitz!« knurrte der Seemann und spuckte die speichelnasse Kippe auf den Tisch.

»Laß den gottverdammten Heckmeck und beweg' deinen faulen Arsch, bevor ich mir's anders überlege!«

Er packte Markus mit seiner Riesenpranke am Arm und zerrte ihn hoch. Mit der anderen griff er die Reisetasche seines Klienten und stapfte grußlos aus der Kaschemme. Mit gemischten Gefühlen winkte Ralf den entschwindenden Gestalten nach. Dichte Nebelschwaden waberten durch die engen Gassen. Die klobigen Seestiefel des Fischers hallten dumpf auf dem Kopfsteinpflaster. Dann hatte der graue Brodem die beiden Schatten verschluckt. Irgendwo tutete eine Sirene, gedämpft, wie durch einen Watteschleier. Ralf fühlte, wie die Kälte in seine Kleider kroch und war froh, daß er Markus und sich selbst mit warmen Überziehern ausgestattet hatte.

Der kurzbeinige Franzose trippelte mit den wehenden Rockschößen des offenen Paletots neben seinem amerikanischen Kollegen her, der mit weitausholenden Schritten über die Straße eilte. Unter dem Kinotransparent mit den drei Eulen sahen sich die beiden suchend um. Am Vormittag war das Gittertor noch verschlossen. Marmotte schob seine Melone in den Nacken und redete gestikulierend auf Bradley ein, während sie, nach einer Kontaktmöglichkeit Ausschau haltend, um das Anwesen herumschlenderten. So stießen sie auf den rückwärtigen Privateingang, dessen derbe Eichentür nur angelehnt war. Sie gelangten in ein winkliges Treppenhaus. Hinter einem schwarzen Vorhang aus schwerem Tuch öffnete sich ein schmaler Durchgang zum Theaterfoyer. Links davon befand sich eine blechbeschlagene Tür mit der Aufschrift: ›Zutritt strengstens verboten‹, durch die sich als Symbol eines Blitzes ein grellgelber Zickzackstrich zog. Marmotte stieg über die Holzstiege nach oben, während Bradley, dessen Reisetasche hütend, in der Nische hinter dem Vorhang Posten bezog.

Auf dem Küchentisch lag ein Berg Gemüse. Anna Scheufele und ihr Töchterlein Klara putzten Salat. »Wann kommt denn Onkel Ralf wieder, um Irene zu heiraten?«

»Ach, Klärle, das hat noch Zeit. Er muß erst in Amerika etwas erledigen. Der Markus hilft ihm dabei!« beschwichtigte Mam die Kleine.

»Wo werden die beiden denn wohnen?«

»Ich weiß es auch noch nicht. Es kommt wohl darauf an, wo ihm Asyl gewährt wird.«

»Asyl, was ist das?«

»Wenn man jemanden aufnimmt, der einer gerechten Sache wegen verfolgt wird.«

»Was ist gerecht?«

»Der Staat sagt, gerecht ist, wer mein Gesetz achtet! Leider macht jeder Staat die Gesetze, die seinem eigenen Vorteil dienen, und wenn sie gegeneinander in den Krieg ziehen, behauptet jeder, er kämpfe für die gerechte Sache.«

Klärle schaute die Mutter mit großen Augen an. »Der Dät hat mir von einem Mann erzählt, der nicht in den Krieg ziehen wollte und den sie bis nach China gejagt haben, wo er sich dann aus Verzweiflung selber umgebracht hat.«

»Ach, diese Schauermärchen! Weißt du, Klärle, der Dät kann gut Geschichten erzählen! Warum sollten sie einen Menschen so weit verfolgen, nur weil er andere nicht totschießen will. Allerdings werden Kriegsdienstverweigerer überall verachtet. Als ob es nicht besser wäre, nein zu sagen zum Töten!«

★

Marmotte war auf dem Treppenabsatz stehengeblieben. Ein dumpfes Motorengeräusch hatte ihn aufhorchen lassen. Auch Bradley lauschte und griff instinktiv nach seiner Pistole. Er spähte durch den Türspalt, dann winkte er Marmotte, er könne weitergehen. Vor der Tür war Robert mit seinem Motorrad angekommen.

Die Harley-Davidson konnte er gebraucht recht günstig erwerben. Der Tüftler hatte die Maschine bis ins kleinste überholt und auf Hochglanz poliert, daß sie wie neu aussah. Er hatte ja viel Zeit jetzt, denn die Konjunktur war inzwischen so schlecht geworden, daß sein Arbeitgeber zeitweise den Betrieb einstellen mußte. So kam es ihm sehr gelegen, daß Markus mit Dollberg auf Reisen ging. Im Kino konnte er sich mit Vorführen ein paar Mark verdienen. Auf dem Soziussitz hatte er mit Riemen die schwere Filmkiste befestigt, die er gerade vom Bahnhof geholt hatte. Jetzt bemühte er sich, diese in den Vorführraum zu schaffen, um die Rollen umzuspulen.

Bradley hielt ihm die Tür auf und machte gute Miene: »Bon jour, Monsieur! Vous permettez?«

»Nanu, was machen Sie da? Ich spreche nicht französisch! Nur englisch.« Das hatte er während seiner Gefangenschaft in England gelernt. Bradley war darüber sehr erfreut und erklärte, er sei ein guter Bekannter von Mister Dollberg und man hätte ihm gesagt, er könne diesen hier finden.

»Ach, der Verlobte meiner Schwester. Da haben Sie leider Pech! Der ist zur Zeit unterwegs, ich glaube in Holland, mit meinem Bruder, der nach Amerika fahren soll. Sie können ja oben bei meiner Mutter eine Nachricht hinterlassen. Danke für Ihre Hilfe! Entschuldigen Sie bitte, ich muß mich sputen.«

Die eiserne Tür knallte ins Schloß und Bradley war wieder allein.

Klärle rannte sofort los, als es an der Glastür klingelte; dann kam sie zurück und rief in die Küche:»Mam, ein fremder Mann steht in der Diele.«

Anna Scheufele kam heraus, in einer Hand das Küchenmesser, die andere wischte sie an ihrer blauen Kittelschürze ab. »Grüß Gott! Wollen Sie zu uns?«

Marmotte hob für einen Augenblick die Melone. »Ich suche einen Bekannten. Er fährt einen auffälligen Kraftwagen, einen

Maybach, soll im Hotel Lamm abgestiegen sein. Ralf Dollberg, ein Amerikaner, man sagte mir, Sie würden ihn kennen.«

Mam war sofort argwöhnisch, als sie die blauschwarzen Mäuseaugen in dem wenig vertrauenerweckenden Gesicht funkeln sah. Und überhaupt, wie der Kerl schon da stand: eine Hand in der Tasche, den Hut auf dem Kopf, vor einer Dame! Unwirsch antwortete sie: »Man kennt viele Leute, nur Sie kenne ich nicht! Kommen Sie aus Frankreich?«

Marmotte biß sich auf die Lippe und nahm rasch seinen steifen Hut ab. Mit einem leichten Lächeln versuchte er freundlich zu klingen: »Pardon, Madame, mein Name ist Lefévre, Kommissar Lefévre von der Police Judiciaire (er hielt es für besser, Bradleys falschen Namen zu nennen), ich komme aus dem Elsaß. Das ist nahe bei Frankreich, da spricht man so! Madame verstehen Französisch?«

Er konnte seinen schlechten Eindruck nicht mehr verbessern. Anna Scheufele, die in ihrer Backfischzeit im Internat der ›Englischen Fräulein‹ diese Sprache erlernte, antwortete in perfektem Französisch: »Monsieur, wenn dieser Herr, – wie hieß er doch gleich? – im Hotel Lamm wohnte, könnte man sicher bei der Polizei näheres erfahren, und da Sie angeblich selbst Polizist sind, wissen Sie auch, daß Fremde gemeldet sein müssen. Das Polizeirevier befindet sich ganz in der Nähe, nur ein paar Häuser weiter links um die Ecke. Au revoir, Monsieur!«

Marmotte dankte verlegen und stieg wie ein begossener Pudel die steile Treppe hinunter, wo ihn Bradley, den Finger auf den Mund gelegt, erwartete. Mam schaute aus dem Fenster und sah, daß es zwei waren, die das Haus verließen und eilig der Straßenbahnhaltestelle zustrebten. Dabei bemerkte sie auch Roberts Motorrad und dachte bei sich: »Er wird gewiß zum Mittagessen bleiben, wenn er die Filme hergerichtet hat!«

Erfreut darüber, nahm sie sich vor, das Thema Dollberg bei Tisch nicht anzuschneiden. Damit könnte sie ihren Sohn vielleicht nur unnötig verstimmen! Dann konzentrierte sie sich wieder auf die Zubereitung der Speisen.

14. Zwei ältere Damen

Es war schon spät und bei dem dicken Nebel nicht ratsam, weiterzufahren. Ralf Dollberg beschloß deshalb, in Vlissingen zu übernachten. Als er seinerzeit auf der Flucht über Kanada und England hier landete, hatte er im Hotel *Gouden Kroon* gewohnt, wo er sich als Dave Winthrop eingetragen hatte. Ralf hatte das Haus in guter Erinnerung. Es mußte sich in der Nähe der Westerkerk befinden, an deren vierschrötigem Kirchturm er sich orientieren konnte. Dort hatte er auch den Wagen abgestellt, bevor er mit Markus zum Fischereihafen gegangen war, um einen willigen Fährmann zu suchen. Er schlug den Kragen seines Ulsters hoch, zog den Hut tief ins Gesicht und stapfte in die düstere Milchsuppe hinaus. Der nässende Dunst roch nach Brackwasser und Dieselöl. Dennoch atmete er jetzt freier als in dem stickigen Mief der schaurigen Kneipe.

Damals war Ralf mit der Eisenbahn über Eindhoven nach Venlo gefahren. Nachdem der Flüchtling problemlos die Grenze passiert hatte, war er nach Krefeld gelangt, wo er den Maybach gekauft hatte, der von einem betagten Seidenfabrikanten bestellt worden war. Nachdem dieser wenige Tage vor der Übernahme des Automobils das Zeitliche gesegnet hatte, war die trauernde Witwe froh, den Maybach vom Hals zu haben, und der Autohändler freute sich über die harten Dollar.

Der Rückblick lockerte Ralfs mißmutige Stimmung auf. Seinerzeit war er mit dem eleganten Kabriolett linksrheinisch an dem großen Strom entlang, bis hinauf nach Heidelberg kutschiert und schließlich nach Eberbach gelangt, ohne zu bemerken, daß die Verfolger bereits in Koblenz seine Fährte wieder aufgenommen hatten, was er damals rasch zu spüren bekommen hatte.

Schon früher, zu Hause, hatte er sich für den Fall, daß er irgendwann einmal nach Deutschland kommen sollte, zwei Adressen eingeprägt. Kommerzienrat Rupp, der Jugendfreund seines

Vaters, den er dann ja auch aufsuchte und eine weitläufige Cousine der Mutter. Die beiden jungen Frauen verband eine innige Freundschaft, die auch bestehen blieb, als Emma Dollberg nach Amerika auswanderte. Marie-Luise Stammler hatte einen Diplom-Chemiker geheiratet, der in Holzminden an der Weser eine interessante Aufgabe bei einem der dort ansässigen Aromenhersteller fand. Der Mann stand kurz vor dem Abschluß einer erfolgversprechenden Versuchsreihe mit neuartigen Benzolverbindungen, deren Resultat seine Karriere gesichert hätte, als die Explosion seines Laboratoriums dem hoffnungsvollen Leben ein jähes Ende gesetzt hatte. Die junge Frau erlitt einen Nervenschock, von dessen psychosomatischen Folgen sie sich nie mehr ganz erholte. Ihre finanzielle Versorgung durch den Arbeitgeber des Ehemannes erlaubte ihr, eine Hausdame zu engagieren. Das Verhältnis der beiden entwickelte sich im Laufe der Zeit zu einer solchermaßen intimen Beziehung, daß man bereits von einer beiderseitigen Abhängigkeit sprechen konnte. Der wirtschaftliche Ruin der chemischen Fabrik hätte Marie-Luise gezwungen, das schöne, gepflegte Haus mit dem prächtigen Garten sowie den gewohnten Lebensstil aufzugeben, wäre nicht just in dieser Zeit ihrer Herzensfreundin Ludwina Schmitz ein erkleckliches Erbe zugefallen. So war nach außen hin kein Wandel erkennbar, nur im Innern dieser Symbiose änderten sich die Vorzeichen.

Ralf Dollberg hegte die Absicht, Marie-Luise Stammler aufzusuchen, auch wenn ihm die jüngste Entwicklung der dortigen Situation nicht bekannt war. Er trug sich schon seit längerem mit dem Gedanken, einen weiteren Stützpunkt einzurichten, vor allem im Hinblick auf Irenes Zustand, falls sich St. Petersburg noch hinauszögern sollte.

Darum fuhr er nicht nach Süden, sondern über Nijmwegen und Arnheim an die Grenze, die er bei dem kleinen Örtchen Winterwijk passierte. Der deutsche Beamte inspizierte eingehend das Automobil, offensichtlich mehr aus Interesse an dem exclusiven Wagen als in der Hoffnung, etwaiges Zollgut zu finden. Hilfsbereit gab er dem seriösen Engländer, der einen deutschen Maybach fuhr, Auskunft, wie er am besten über Coesfeld nach Münster käme. Dabei machte er ihn höflich auf die begrenzte Aufenthaltsdauer aufmerksam. Ebenso freundlich wies der Zöllner darauf hin, daß der Paß in knapp drei Monaten abliefe und sein Inhaber das Gültigkeitsdatum verlängern lassen müsse, sobald er wieder in England weile.

Während der Reisende sich in Münster nach einem Gasthof umsah, fiel ihm die ungwöhnliche Fassade des gotischen Rathauses ins Auge. Eine Gedenktafel wußte zu berichten, daß in diesen Räumen anno 1648 der Westfälische Friede geschlossen und damit der dreißigjährige Krieg beendet wurde.

»Na, wenn das kein gutes Omen ist!« sagte er sich und faßte kurzerhand den Entschluß, ein oder zwei Tage hierzubleiben.

»Der Kaiserhof ist gewiß das beste Haus hier«, gab ein befragter Polizist bereitwillig Auskunft, »wenn der Herr aber von den Strapazen der Reise ausruhen möchte, dann würde ich den Hof zur Linde in Handorf empfehlen, mit Ihrem Auto in fünf Minuten zu erreichen.« Der Wachtmeister erklärte den Weg, und Ralf steckte eine Zigarre in die Brusttasche der grünen Uniform des Ordnungshüters.

Im Telegraphenamt meldete er ein Ferngespräch an, aber das Fräulein am Stöpselschrank meinte, es würde wohl eine gute Stunde dauern, bis sie eine Verbindung nach Süddeutschland zustandegebracht hätte. Da ihm ohnehin im Augenblick nicht nach reden zumute war, ließ er die Anmeldung streichen und gab ein Telegramm auf:

Liebste Irene Stop hoffe dich wohlauf Stop Selbst okay Stop habe grosse Sehnsucht nach meiner kleinen Frau und komme bald dorthin Stop Markus gluecklich unterwegs Stop gruesse alle Stop notfalls rueckdrahte postlagernd Dave Winthrop Muensterwestfalen Stop Ralf

Anderntags parkte er den Wagen am Dom. Das mächtige Bauwerk war in der Übergangszeit zwischen Romanik und Gotik entstanden und besaß eine astronomische Uhr, deren mechanisch-mathematisches Wunderwerk Ralfs besonderes Interesse fand. Später schlenderte er über den bunten Viktualienmarkt auf dem großflächigen Domplatz. Schließlich begab er sich zum Postamt, wo ihn die Telegraphistin von gestern gleich erkannte. Ohne sich legitimieren zu müssen, erhielt er die Depesche ausgehändigt. Gespannt überflog er die Nachricht und fluchte so laut, daß das biedere Mädchen erschrocken aufblickte.

Irene Okay nur zeitweise unwohl Stop sendet erwartungsvoll Liebesgruesse Stop Vorsicht Stop zwei Agenten auf Spur Maybach Stop spionierten im Kino Stop Mam konnte vorerst abwehren Stop Sophie

»Damned!!« Dabei fühlte er sich in Weingarten immer so sicher. Sophies Hinweis auf den Maybach wunderte ihn nicht. Er selbst dachte in letzter Zeit öfter daran, sich von dem auffälligen Erkennungszeichen zu trennen. Gedankenverloren bummelte Ralf durch die Straßen. Am Prinzipalmarkt lenkten ihn die reizvollen Arkaden der historischen Bürgerhäuser ab. Jede der prächtigen Fassaden war anders gestaltet und doch bildeten sie stilistisch eine einheitliche Front. Am Ende der imposanten Häuserzeile erhob sich unvermittelt die Lambertikirche, deren herrliche Spitzbogenfenster seinen Blick nach oben zogen, so daß er beinahe den wackligen Obststand einer Bauersfrau umgestoßen hätte. Aus Verlegenheit kaufte er der Alten eine Tüte Äpfel ab.

»Ja, ja, ist schon anschauenswert, unsere schöne Kirch'! Und sehen Sie, da oben am Turm von St. Lamberti die eisernen Käfige? Da haben sie so anno fünfzehnhundertundsoundso die Wiedertäufer hochgezogen, damit alle Leut' gesehen haben, wie sie verkommen sind. Der Herr kann sich vielleicht erinnern, Jan van Leyden und der Knipperdolling und so, mit glühenden Zangen hat man die Ketzer zu Tode gefoltert. Vergelt's Gott, der Herr, wünsch' Ihnen noch fröhlichen Aufenthalt!«

Ralf hatte der schwatzenden Vettel eine größere Münze gereicht und mit einer Geste auf das Restgeld verzichtet. Die Silhouetten der rostigen Eisenkörbe hoben sich drohend ab vom strahlenden Blau des Herbsthimmels. Sie trugen nicht dazu bei, Ralf Dollbergs Gedanken an Verfolgung und Gefangenschaft zu beschwichtigen.

Der kommende Morgen sah den unsteten Automobilisten wieder auf der Landstraße. Er durchquerte den Teutoburger Wald. Sein Weg berührte teils unwirtliche Gegenden, aber auch romantische Flecken: Schloß Holte-Stukenbrock mit seiner tausendjährigen Eiche, und von Ferne sah er, hoch über die Wipfel ragend, das Denkmal Hermanns, des Cheruskerfürsten, der eigentlich Armin hieß.

In Hameln suchte Ralf eine Autowerkstatt auf. Der Meister war sofort an seinem Wagen interessiert. Einer seiner Kunden suche seit langem so einen Maybach, genau dieses Modell. Wo ihn der Herr denn her habe, wollte er wissen und meinte: »Der Typ ist doch nicht mehr zu kriegen!« Dollberg war zunächst mißtrauisch, doch konnte er kaum glauben, daß ihm hier jemand auflauern sollte. Er ließ seine Absicht durchblicken, das Auto zu veräußern, weil er nach England zurückkehre und er es dort nicht mehr benötige. Da war der Meister schon am Telefon und kurbelte.

Mit gemischten Gefühlen erwartete Ralf den Interessenten im gegenüberliegenden Restaurant. Der Gastwirt ließ eine kräftige Mahlzeit auftragen und fühlte sich bemüßigt, den Fremden, den er als Ausländer taxierte, auf die Sehenswürdigkeiten der Stadt hinzuweisen.

»Der Herr sind gewiß Amerikaner?«

»Nein, ich komme aus England, Cambridge!« korrigierte Dollberg schroff und vermißte irgendwie seinen Browning. Doch der Wirt deklamierte unbeirrt weiter: »Bonifatiusmünster, Schloß Hämelschenburg, das Rattenfängerhaus, ob der Herr die Geschichte vom Rattenfänger kenne?

Und schon erzählte er: »Einstmals lockte ein fahrender Musikant mit dem schmeichelnden Klang seiner Schalmei die Ratten aus Hamelns Häusern und Mauern. So befreite er die Bürger von der lästigen Plage. Als er aber vom Magistrat einen angemessenen Lohn forderte, wurde er ausgelacht und der Stadt verwiesen. Doch nach Jahr und Tag tauchte jener Musikus wieder auf, unerkannt, und diesmal folgten alle Kinder dem lockenden Spiel. Ein unwiderstehlicher Zwang trieb sie hinter dem Fremden her zum Tor hinaus. Danach wurden sie nie mehr gesehen.«

»Ein imposantes Märchen«, befand Ralf Dollberg und nickte dem Erzähler anerkennend zu.

»Eine *Sage*!« korrigierte ein vornehmer Herr, der an den Tisch trat. Er reichte dem Wirt Hut und Mantel und bestellte ein Glas Wein. Verzeihen Sie, wenn ich mich einmische. Gestatten Sie?«

Rasch setzte er sich Ralf gegenüber. Seine hellblauen Augen funkelten hinter der dicken Hornbrille. Das flachsblonde Haar aus der hohen Stirn streichend, fuhr er eifrig fort: »Märchen sind reine Phantasiegebilde, deren frei erfundene Figuren im zeitlosen Raum einem zwischen Wunschtraum und Angstkomplex angesiedelten Handlungsablauf folgen. Sagen hingegen knüpfen stets an reale Orte, Personen und meist historischen Geschehnissen an. Der Rattenfänger dürfte nach den Erkenntnissen meiner Forschung seinen Ursprung ebenfalls in geschichtlichen Ereig-

nissen haben: Wirtschaftliche Not zwang die Jugendlichen aus-
zuwandern oder sich gar den zweifelhaften Versprechungen skru-
pelloser Rekrutenanwerber fremder Söldnerheere anzuvertrau-
en. Doch nun möchte ich mich erst einmal vorstellen: Axel von
Holtkamp, Doktor der Zahnheilkunde und Steckenpferdhistori-
ker, und wenn ich nicht irre, sind Sie jener Brite, der mir seinen
Wagen überlassen will. Stimmt's?«

Als der Wortschwall verebbte, stellte Ralf sich ebenfalls vor:
»Dave Winthrop, aus Cambridge.«

Der Zahnarzt war ihm sympathisch. Sie wurden schnell handelseinig, und der Mechaniker erledigte die Formalitäten. Am
nächsten Tag setzte sich Dollberg neben den neuen Besitzer des
Maybachs. Axel von Holtkamp hatte ihn gebeten, noch ein Stück
Wegs mit ihm zu fahren.

»Zu der überaus vielgestaltigen Gattung Märchen könnte man
auch jene Geschichten zählen, die völlig aus dem Rahmen des
Möglichen fallen und keinen weiteren Sinn haben, als die Fabu-
lierlust des Erzählers zu befriedigen: also offensichtliche Lügen
wie jene des Freiherrn von Münchhausen, der damit allerdings in
die Weltliteratur einging. Sie sollten ihn eigentlich kennen, denn
eigenartigerweise erschien das erste Buch in englischer Sprache.
Ein wegen betrügerischer Machenschaften nach England geflo-
hener Professor der Altertümer, ein gewisser Raspe, hatte Zugang zum Cirkel des Lügenbarons und veröffentlichte 1783 in
London eine Sammlung der Aventuren mit großem Erfolg.«

Ralf schaute den Doktor ungläubig von der Seite an: »Gab es
diesen legendären Baron denn tatsächlich?«

»Münchhausen? Ei, freilich, mein lieber Winthrop! Sehen Sie
den Fluß dort? Das ist die Weser, der entlang wir jetzt nach Bodenwerder fahren, wo dieser lebenslustige und humorvolle Spöt-
ter lebte. Gottfried August Bürger hat die ›Wunderbaren Reisen
und Abenteuer des Freiherrn von Münchhausen‹ ins Deutsche
zurückübersetzt und ihn damit in seiner Heimat unsterblich gemacht.«

Bald erreichten sie Bodenwerder und besuchten das heutige
Rathaus im einstigen Schloß derer von Münchhausen. In dem so-
liden Fachwerkbau mit seinen verschämt untertriebenen Roko-
koelementen wurde 1720 Karl Friedrich Hieronymus geboren.
Der alte Kastellan führte sie durch den Park zu dem Pavillon, wo

der Baron bei einem guten Tropfen mit seinen Freunden wahre Lügenorgien zu feiern pflegte. Im nahen Kloster Kemnade standen sie dann an seinem Grab, und der Doktor philosophierte mit glänzenden Augen:»Sehen Sie, mein lieber Winthrop, diese Inschrift besagt, daß er 1797 begraben wurde, also muß er doch zuvor gelebt haben! Manche Leute meinen sogar, er sei gar nicht gestorben!«

Im Lustigen Hannoveraner saßen die beiden noch lange beisammen, und Axel von Holtkamp brachte sein beachtliches Erzähltalent zur vollen Entfaltung. Schließlich fuhr er Ralf zum Bahnhof, wo sie sich wie alte Freunde verabschiedeten.

Im muffigen Erster-Klasse-Abteil des Personenzuges der eingleisigen Emmerthalbahn wurde es Dollberg erstmals so recht bewußt, daß er einen nicht unwichtigen Teil seines persönlichen Erscheinungsbildes verloren hatte: den Maybach! Daran mußte er sich erst gewöhnen. Zweifellos würde er bald wieder ein Auto kaufen. Vielleicht ein Serienmodell von Ford, das weniger auffällig wäre. Zunächst aber hatte er andere Probleme zu lösen.

Ein heißes Aufwallen ließ sein Herz stärker schlagen, als er an Irene dachte. Er hatte Sehnsucht nach ihrer Nähe, ihrer Zärtlichkeit, und wehmütig gedachte er auch des Hauses Scheufele, in dem er sich immer so geborgen fühlte. Ralf Dollberg faßte sich an die Stirn. Empfand er das alles schon als Vergangenheit?

»Nein, gewiß nicht!« lächelte er in sich hinein.»Ich muß doch dem Dät berichten, daß ich hier seinen Namensvetter gefunden habe, der sich, wenn er noch lebte, sicher gut mit ihm verstanden hätte.«

Der Zugschaffner riß ihn aus seinen Gedanken.»Zum Eilzug nach Holzminden, bitte umsteigen!«

Urplötzlich brach die Nacht herein. Wie ein schwarzes Tuch sank die Dunkelheit aus dem sternlosen Himmel herab und breitete sich über den Nordatlantik. Der Kombi-Liner *Incassable II* pflügte mit unverminderter Geschwindigkeit die ruhige See. Die leichte Dünung ließ das Rauschen der Bugwelle in gleichmäßigen Abständen anschwellen und wieder abklingen. Markus spürte unter seinen Füßen das rhythmische Stampfen der Maschine. Er stand auf dem Oberdeck, neben der weit zurückliegenden Kommando-brücke.

Ganz vorn auf der Back leuchteten ein paar Scheinwerfer auf. Ihre gespenstischen Strahlenfinger tasteten suchend über die bleigraue Wasserfläche. Der Posten im Ausguck beobachtete die bisweilen in einem der Lichtkegel gleißend aufblitzenden Eis-schollen, die im Labradorstrom nach Süden trieben. Ab und zu schlug so ein Brocken mit dumpfem Dröhnen an die Schiffswand und glitt dann schlurfend an der Wasserlinie entlang. Das erin-nerte Markus an den Untergang der Titanic, von dem er gelesen hatte.

Über zwölf Jahre mochte es wohl zurückliegen, daß der Luxus-dampfer in diesem Seegebiet einen Eisberg rammte und mit fünf-zehnhundert Menschen in die Tiefe sank. Ihm schauderte bei dem Gedanken. Oder war es die Kälte, die der eisige Fahrtwind durch seinen dicken Wollmantel blies?

Fünf Tage befand er sich nun schon auf See. Der 6000-BRT-Dampfer aus Le Havre hatte, von Cherbourg kommend, in Liver-pool angelegt, um noch Ladung und Passagiere an Bord zu neh-men. Dort konnte Markus die Überfahrt bis Quebec buchen: eine bescheidene Innenkabine mit drei Betten im Zwischendeck. Sei-ne Logisgenossen waren zwei Franzosen, die weder Deutsch noch Englisch verstanden, so daß keine Unterhaltung zustande kam. Markus war es recht so, denn Ralf Dollberg hatte ihm dringend geraten, unnötige Kontakte zu vermeiden.

Im Speiseraum setzte ihn der Obersteward an einen Tisch mit fünf deutschsprachigen Passagieren: einem Ehepaar aus Wanne-Eickel, einer älteren Dame, die ihr Haus in Baden-Baden ver-kauft hatte und nun zu ihrer verwitweten Schwester in Toronto zog. Neben Markus saß eine junge Krankenschwester aus Herne und ihr gegenüber ein österreichischer Gymnasiallehrer, der sich Professor nannte und eine Studienreise unternahm. Im großen und ganzen eine angenehme Tischgesellschaft.

Es war schon spät geworden, und Markus befand sich inzwi-schen ganz allein an Oberdeck. Fröstelnd zog er seine Mütze ins Gesicht und schlug den Mantelkragen hoch. Schließlich wurde es ihm doch zu ungemütlich und er stieg über den Niedergang ins Zwischendeck hinunter, um sein Quartier aufzusuchen. In der schummrigen Beleuchtung nahm er eine Gestalt wahr, die rasch in einen Quergang huschte. Als er dort anlangte, war die Erscheinung verschwunden. Kopfschüttelnd ging er weiter. Kurz vor seiner Kabine vernahm er ein leises Zirpen, drehte sich um und erkannte den jungen Heizer aus Deutschland, der ihn mit dringender Gebärde bat, ihm zu folgen.

Am zweiten Tag seiner Schiffsreise hatte sich Markus für den Maschinenraum interessiert und der wachhabende Ingenieur hatte einen Matrosen angewiesen, ihn zu führen. Der junge Mann hatte deutsch gesprochen und berichtet, er stamme aus Bremerhaven, sei gelernter Maschinenschlosser und habe auf diesem Pott nur angeheuert, weil er arbeitslos geworden sei. Jetzt zerrte er den verdutzten Markus in einen Abstellraum und schloß nach einem prüfenden Blick über den Flur rasch das eiserne Schott. Der Seemann wirkte reichlich nervös, erklärte aber sein Verhalten damit, daß es der Besatzung nicht gestattet wäre, sich außer Dienst in den Fahrgasträumen aufzuhalten. Markus zitterte vor Kälte. Der Junge reichte ihm einen verbeulten Flachmann.

»Nehmen Sie erst mal einen kräftigen Schluck! Ich habe Sie gesucht, weil ich Vertrauen zu ihnen habe und Sie bitten möchte, mir zu helfen.«

»Was könnte ich denn für Sie tun?« fragte Markus mit einem unguten Gefühl im Nacken. Der Matrose starrte einige Minuten vor sich hin, als überlegte er angestrengt, ob er reden sollte. Dann tischte er eine rührselige Geschichte auf, von seiner kranken Mutter, die er unterstützen müsse. Jeden Franc lege er auf die Seite und gönne sich kein Vergnügen. Nun habe er schon eine ansehnliche Summe gespart. Dieses Geld wolle er ihm anvertrauen. Markus solle es in Quebec auf das Postamt bringen und für ihn hinterlegen. Er selbst fühle sich belauert und bedroht von ein paar Ganoven, mit denen er in der Mannschaftsunterkunft zusammengepfercht sei.

»Nach der letzten Wachablösung war mein Spind aufgebrochen und durchwühlt. Keiner wußte etwas davon. Als ich dem diensthabenden Offizier Meldung machen wollte, drohten sie, mich wegen Kameradendiskriminierung über Bord gehen zu lassen. Ich wage kaum noch zu schlafen. Da habe ich an Sie gedacht. Bitte, helfen Sie mir!«

Dabei schaute er Markus so hilfesuchend an, daß dieser nicht nein sagen konnte. Er nickte nur. Der Matrose zog ein dickes Kuvert aus der Innentasche seiner blauen Drillichbluse. Mit einem Tintenstift, dessen Spitze er mit der Zunge anfeuchtete, schrieb er in steilen Buchstaben darauf:

Einschreiben Postlagernd Uwe Jens Bernholm Bremerhaven

Dann fischte er einen Dollar aus der Hosentasche, den er Markus mit dem Kuvert in die Hand drückte. »Für die Postgebühren, und vielen Dank!«

Vorsichtig lugte er in den Gang hinaus und schlüpfte flink aus dem Gelaß. Als Markus auf den dämmerigen Flur trat, war der andere bereits verschwunden.

★

»Mein lieber Sachs. Als Leiter der Sektion Germany kennen Sie gewiß das deutsche Sprichwort: Neue Besen kehren gut?«

Süffisant grinsend, reichte Fullton dem Major die linke Hand und wies ihm einen Stuhl an. »Unter diesem Motto möchte ich Ihnen einen jungen Mann vorstellen, dessen Talent Ihrem, in letzter Zeit leider ausgebliebenen, Erfolg auf die Sprünge helfen soll. Bitte, verstehen Sie mich nicht falsch. Ich will Sie keineswegs tadeln, sind doch Ihre früheren Verdienste wohlbekannt! Aber auch der Tüchtigste hat mal 'ne Pechsträhne.«

Sachs glaubte, einen leisen Spott aus den Worten seines Vorgesetzten herauszuhören. Sein blasser Teint wurde eine Nuance rosiger. Die stahlblauen Augen in dem undurchdringlichen Gesicht drückten eisige Kälte aus. Als es an der Tür klopfte, erhob sich der Einarmige schroff. Mit der Linken strich er die grauen Strähnen aus der fliehenden Stirn. Er war kaum größer als Fullton, bemühte sich aber im Gegensatz zu jenem, durch aufrechte Haltung jeden Zentimeter zur Geltung zu bringen. Im Vergleich mit dem hochgewachsenen Bradley, der soeben eintrat, war jedoch alle Mühe vergebens.

»Ein Grund mehr, diesem Burschen zu mißtrauen!« ging es Sachs durch den Kopf, während er den jungen Offizier mit freundlicher Herablassung begrüßte.

»Lassen Sie hören, Lieutenant. Der Chef hat mich schon neugierig gemacht.«

Bradley stellte die Hacken zusammen und deutete eine militärische Ehrenbezeigung an. Dann berichtete er in knappen Zügen:

»Über den Maybach, sein exclusives Automobil, kamen wir recht schnell auf die Spur des Gesuchten.«

Major Sachs biß sich auf die Unterlippe. Darauf hätte er auch kommen können!

Der Lieutenant fuhr fort: »Wir kennen jetzt seinen derzeitigen Schlupfwinkel, der eine gewisse Beständigkeit haben dürfte, da er eine Liaison mit der Tochter des Hauses eingegangen ist. Deren Bruder sprach sogar von einem Verlöbnis. Die Observierung dieser Frauensperson und ihres Umfeldes dürfte früher oder später zu Dollberg führen. Dennoch bringt uns das nicht weiter. Man sollte sich darüber im klaren sein, daß Wildwestmethoden wie damals in Eberbach nicht mehr angewendet werden dürfen. Die deutsche Staatshoheit wurde inzwischen anerkannt, so daß wir die Gesetze zu achten haben, um diplomatische Scherereien zu vermeiden, und eine offizielle Auslieferung kommt nach den geltenden Bestimmungen nicht in Frage.«

»Verdammter Juristenkram!« fluchte Sachs vor sich hin.

»Ich stimme Ihnen zu, mein Bester«, brummte Fullton aus der Tiefe seines Fauteuils, »aber die Paragraphenbürokratie stellt nun mal das gute alte Faustrecht ad absurdum. Leider hat unser junger Freund absolut recht!«

Bradley nickte wichtigtuerisch und fuhr dann eifrig fort: »Ich sehe nur eine Möglichkeit: Man müßte diesen Herrn eines kriminellen Deliktes überführen können, dann würde er rasch abgeschoben werden und wäre wieder vogelfrei!«

Fullton trommelte nervös mit den Fingerkuppen auf die Schreibtischplatte. »... und was halten Sie von dem anderen, der angeblich in die USA reist?«

»Ich kam zu der Überzeugung, daß er als Bote fungiert Dollberg wird Geld brauchen. So leicht wie bisher hat er es mit dem neuen Devisengesetz nicht mehr, vielleicht soll dieser Kurier bei seiner Mutter in Philadelphia Nachschub holen und herüberschmuggeln. Vorhanden ist ja offenbar genügend!«

»Ich glaube nicht, daß er für eine solche Aktion ein Visum beantragt hat. Das könnten wir überprüfen. Er wird schwarz über die Grenze gehen!« überlegte Sachs laut. »Fragt sich nur, wo!?«

»Der geschwätzige Schwager sagte etwas von Holland, und ich tippe auf Vlissingen«, spann der Lieutenant den Faden weiter und Fullton griff dieses Stichwort sofort auf.

»Ich denke wie Sie, Bradley! Wir haben Dollbergs Fluchtweg genau rekonstruiert, ich meine damals, als er rüberkam. Es liegt doch nahe, daß er dem Boten seine Erfahrungen mit auf den Weg gab! Also brauchen wir diese Route nur umzudrehen.

Meiner Meinung nach schwimmt der junge Mann bereits mitten auf dem Atlantik und ist auf dem Weg nach Kanada. Ich denke, wir sollten unsere Grenzposten alarmieren, insbesondere in St.Vincent, was meinen Sie, meine Herren?«

★

»Ludwina! Es hat geläutet!«

»Ja, ja, ich hab's gehört, Marie-Luise. Wer wird denn schon zu uns kommen wollen?«

Marie-Luise Stammler bugsierte ihren Rollstuhl an die offene Tür zum Flur und schaute neugierig auf die große Eingangstür. Ludwina Schmitz, die jüngere der beiden Damen spähte durch das Guckloch und murmelte:»Merkwürdig, es ist der Pikkolo vom *Weißen Kreuz*. Er hat einen Blumenstrauß ...«

»Na, laß ihn schon rein, als mein Edwin noch lebte, waren wir oft im Weißen Kreuz das ist ein feines Haus!«

Ludwina zögerte einen Augenblick, dann schloß sie die Tür auf. Der Junge reichte ihr ein ansehnliches Bukett aus weißen Rosen durch den Spalt und reckte seinen Kopf hinterher:»Das soll ich hier abgeben und, bitte schön, auf Antwort warten!«

»Ach, sind das herrliche Rosen!« rief Marie-Luise begeistert aus und rollte weiter in die geräumige Diele. Jetzt erst bemerkte Ludwina das Kuvert zwischen den Blüten und entzifferte die Adresse:»Es ist für dich, Marie-Luise!«

Die riß erregt den Umschlag auf, indessen die andere das Gebinde in eine Vase stellte. »Wir hatten schon lange keine Blumen mehr im Haus! Wer schickt uns denn so teure Rosen?«, fragte Ludwina lauernd.

Marie-Luise las mit zitternder Stimme:»Sehr verehrte, liebe gnädige Frau! Gestatten Sie mir, Ihnen meine Aufwartung zu machen, um die herzlichsten Grüße Ihrer Freundin Emma, meiner Mutter, zu überbringen.«

Sie zog Ludwina am Ärmel zu sich heran. »Du weißt doch, Emma Dollberg, die damals nach Amerika ging. Sie schrieb mir ab und zu, schrieb auch vom Schicksal ihres Sohnes, erinnerst du dich?«

»Ja, ja, nun lies schon weiter!«

»Bitte, nennen Sie mir einen Zeitpunkt, der Ihnen genehm ist, den Schreiber dieser Zeilen zu empfangen.«

»Natürlich müssen wir den Jungen empfangen! Rasch, bitte, reich' mir Briefpapier und Feder!«

Ludwina zog mißbilligend ihre Stirn in Falten. »Willst du das nicht zuerst bedenken, du weißt doch, wir schworen uns: kein Mann solle jemals diese Schwelle übertreten!«

»Ach, das ist doch kein Mann! Ich meine, nicht irgendein Mann! Der Sohn meiner besten Freundin, verzeih, damals kannte ich dich ja noch nicht! Ich, wir können ihn doch nicht abweisen!«

Ludwina stand stumm da und zuckte nur mit den Schultern. »Gewiß, es ist dein Haus, Ludwina, ich weiß, aber was sollen wir denn tun?«

»Du, Marie-Luise, du mußt etwas tun, und ich will es dir nicht verbieten!« Sie lockerte ihren mürrischen Ton. »Nun gut, schreib: du, nein, wir bitten den Herrn zum Tee, morgen nachmittag, sagen wir um drei Uhr. Ist es dir recht so?«

»Ja, ja, danke! Vielen Dank, Ludwina.«

Diese gab dem Botenjungen, der geduldig wartete, die Nachricht und schloß wortlos die Tür.

»Du hättest ihm vielleicht ein Trinkgeld geben sollen, Ludwina.«

»Ach was, Marie-Luise, das wäre völlig überflüssig, denn das bekommt er doch von seinem Auftraggeber.«

Ralf Dollberg erschien pünktlich zur Teestunde, von Kopf bis Fuß ein perfekter Kavalier. Er überreichte jeder Dame eine Bonbonniere, bestellte die Grüße seiner Mutter (»... an ihre alte Freundin«) und berichtete von ihrem Befinden. Interessiert und einfühlsam hörte er sich den Lebenslauf der Frauen an und wurde schließlich von beiden als überaus angenehmer Gesellschafter empfunden. Nach seinem eigenen Geschick befragt, antwortete er zögernd und erzählte bescheiden von einigen geeigneten Erlebnissen. Da Ludwinas einziger Freund im Krieg gefallen war, noch bevor die keimende Liebe sich erfüllen konnte, hatte sie volles Verständnis für Ralfs pazifistische Einstellung, und letzten Endes himmelte sie ihn an. Rein platonisch natürlich, denn sie hätte ja fast seine Mutter sein können. Nachdem es schon spät geworden war und Ralf sich schicklicherweise verabschieden mußte, bestand sie beharrlich drängend auf einem baldigen Wiedersehen. Marie-Luise Stammler beobachtete diese Entwicklung mit wachsendem Erstaunen; Ralf aber hatte erkannt, daß Ludwina Schmitz das Fundament war, auf dem er seinen Plan aufbauen konnte.

15. Markus in Not

Nach seiner seltsamen Begegnung mit dem Matrosen konnte Markus lange keine Ruhe finden. Das laute Schnarchen des dicken Franzosen schreckte ihn aus seinem oberflächlichen Dämmerzustand. Hatte er das alles nur geträumt? Er griff nach seiner Brieftasche unter dem Kopfkissen und fühlte das knisternde Kuvert. Also war es doch kein Traum gewesen! Erst gegen Morgen sank er in einen tiefen Schlaf. Als er endlich aufwachte, war es schon acht Uhr.

»Nanu, so spät heute?« mokierte sich Professor Sebonicz. »Sonst waren Sie doch immer einer der ersten!«

Aber er war nicht der letzte. Das ältliche Fräulein aus Baden-Baden fehlte noch in der Tischrunde. Mit herablassender Besorgnis stellte Frau Zirngiebel fest: »Gestern abend, nach dem Diner, es war ja wieder viel zu üppig, fühlte sich unser Fräulein Baumeister bereits unwohl. Sie tat mir so leid, die Ärmste.«

»Ach was!« brummte Herr Zirngiebel, der pensionierte Verwaltungsbeamte aus Wanne-Eickel. »Sie hat nur wieder zuviel gegessen!«

Dann schaute er fragend zu Schwester Annegret hinüber: »Haben nicht Sie die Dame zuletzt noch gesehen?«

»Ja, doch, ich ging mit Fräulein Baumeister in ihre Kabine, brachte sie zu Bett und gab ihr ein leichtes Beruhigungsmittel. Sie schlief dann ganz ruhig, als ich sie verließ. Später, ich saß mit Herrn Sebonicz noch eine Zeit lang an der Bar, schaute ich noch einmal zu ihr hinein. Sie machte einen so guten Eindruck, daß ich mich beruhigt schlafen legte. Nun, ich will jetzt aber doch mal nach ihr sehen.«

Ihre letzten Worte klangen ein wenig besorgt. Dennoch erhob sie sich mit dem optimistischen Lächeln der Krankenpflegerin und ging federnden Schrittes hinaus. Die leicht wiegenden Hüften gaben ihr trotz des hochgeschlossenen, sehr streng geschnittenen Kleides aus dunkelblauem Wollmusselin mit weißem Nadelstreifen eine erotische Ausstrahlung. Nur der gestärkte, blütenweiße Pastorenkragen und ihr in der Fülle der goldblonden Lockenpracht fast verschwindendes Häubchen, das am Hinterkopf befestigt war, deuteten auf ihren Berufsstand hin.

»Ist das nicht lieb von ihr? Eine bezaubernde Person, diese Schwester Annegret!« schwärmte der Professor. »Wir hatten einen reizenden Plausch, gestern abend. Leider waren Sie alle schon zu Bett gegangen.«

»Ach, wissen Sie, lieber Professor, mein Mann ist abends immer so müde.« Aus den resignierten Worten von Frau Zirngiebel war unschwer ein gewisser Vorwurf zu hören.

»Ich bin eben ein ausgesprochener Morgenmensch!« konterte Alfons Zirngiebel. »Habe heute schon an der Frühgymnastik teilgenommen.«

»Puh!« schüttelte sich der Lehrer. »Bei dieser Affenkälte!«

Mit leichenblassem Gesicht hastete Schwester Annegret zu den erschrocken aufblickenden Tischgenossen zurück. »Man hat sie umgebracht!« stieß sie heiser hervor.

Dann berichtete sie stammelnd: »Das alte Fräulein liegt blutüberströmt in ihrer Kabine. Mein Gott! Was sollen wir nur tun?«

»Bleiben Sie ganz ruhig! Wir müssen sofort den Kapitän verständigen!« ordnete der Professor an. »Kommen Sie!« Er faßte die Schwester am Handgelenk und eilte mit ihr aus dem Saal.

»Ich hab's geahnt!« knurrte der Beamte. »Vorgestern habe ich sie noch gewarnt. Man trägt nicht soviel Geld mit sich herum! An die dreißigtausend Kanada-Dollar. Bringen Sie's dem Zahlmeister, hab' ich gesagt, der schließt es in den Tresor, aber nein, nein, das darf doch nicht wahr sein!«

»Woher hast du das denn gewußt, Alfons, dreißigtausend, meine ich?« fragte Erna Zirngiebel mit lauerndem Nachdruck.

»Woher? Sie selbst hat es mir anvertraut, weil ich bemerkte, wie sie ihre Handtasche an sich preßte, als es neulich an Deck so stürmisch war. Ein wenig gehänselt hab' ich sie, die Arme! Sie müssen sich an der Reling festhalten, nicht an Ihrer Handtasche, hab' ich gesagt.«

»Alfons, ich glaube, wir sollten das auch dem Kapitän mitteilen. Komm, laß uns gehen! Entschuldigen Sie bitte!« sagte sie zu Markus, der nun allein am Tisch saß.

Tausend Gedanken schossen diesem durch den Kopf. Das Kuvert in der Brusttasche drückte schwer auf sein Herz. Er durfte doch nicht auffallen, hatte Ralf ihm eingeschärft, und jetzt war er vielleicht in einen Raubmord verwickelt, möglicherweise sogar als Hauptverdächtiger! Sicher würde man bald das Geld bei ihm finden. Wie wollte er dann seine Unschuld beweisen? Sollte dieser sympathische junge Matrose tatsächlich ein Mörder sein? Er konnte es kaum glauben, aber er hatte gleich so ein ungutes Gefühl gehabt! Markus wußte nicht mehr, was er denken, geschweige denn, was er tun sollte.

★

Marie-Luise Stammler legte das Spitzendeckchen, an dem sie gerade häkelte, in den Schoß und kurvte mit ihrem Rollstuhl lauernd um den hohen Lehnstuhl herum, in dem ihre Lebensgefährtin nachdenklich ein Buch durchblätterte. »Hast du es dir auch gut überlegt, Ludwina? Eine fremde Person und dazu noch so ein junges Ding in unserem Haushalt?«

»Aber natürlich, meine Liebe! Warum sollten wir sie nicht aufnehmen? Platz ist doch genug vorhanden. Das Gästezimmer wurde seit Jahren nicht mehr benutzt, und wir haben Unterhaltung. Ralf sagte, die Kleine wäre eine ausgezeichnete Schneiderin. Sie könnte unsere Garderobe in Ordnung bringen, außerdem wird das Wirtschaftsgeld erheblich aufgestockt werden.«

»Und wenn das Kind da ist?«

»Na, darauf freu’ ich mich besonders, nachdem wir beide es nie dazu gebracht haben! Ich hoffe nur, sie läßt es eine Zeit lang bei uns. Dann kannst du endlich mal was Nützliches häkeln, anstatt deiner langweiligen Spitzendeckchen.«

»Du bist gemein! Eigentlich tust du es doch nur ihm zuliebe, das sieht doch ein Blinder, wie sehr du für ihn schwärmst!«

»Ach, Marie-Luise, du bist doch nur eifersüchtig! Ja, ich mag ihn recht gern, und ich wünschte, er wäre mein Sohn und nicht der deiner besten Freundin!«

»Bitte, Ludwina, laß uns deshalb nicht streiten, ich bin ja schon einverstanden! Wohin ist Ralf heute gefahren?«

»Er wollte nach Göttingen fahren, in die Universitätsklinik, um seine junge Frau anzumelden, und dann, glaube ich, nach Jena, wo er die Firma Zeiss aufsucht, eine phototechnische Fabrik, die neuartige Kameras entwickelt hat. Er las im Photojournal darüber und interessierte sich brennend dafür, Stereoskopie oder so ähnlich.«

Der Chefarzt der Frauenklinik, Professor Heineken, schaute den jungen Mann, der ihm gegenüber saß, verbindlich lächelnd an. Sein gepflegter Kinnbart ersetzte den fehlenden Haarwuchs auf dem wohlgeformten, völlig blanken Schädel über der hohen Stirn. Die großen braunen Augen hinter der randlosen Brille blickten gütig und verständnisvoll.

»Sie können sicher sein, mein Lieber, daß die junge Dame als meine Privatpatientin medizinisch in besten Händen ist. Für Ärzteschaft und Pflegepersonal garantiere ich absolute Diskretion. Allerdings muß jede Geburt dem Standesamt gemeldet werden. In unehelichen Fällen kann schon mal eine Rückfrage vom Jugendamt oder vom Vormundschaftsgericht erfolgen, hinsichtlich der Vaterschaft. Deren Beantwortung dürfte jedoch ausschließlich der Mutter vorbehalten bleiben.«

In Jena kaufte Ralf das Reisemodell der Stereokamera. Eine solche Kamera nimmt durch die in Augenabstand angebrachten Linsen mittels gekoppelter Verschlüsse gleichzeitig zwei Bilder desselben Objektes auf. Bei der Entwicklung entstehen auf einer länglichen Glasplatte nebeneinander zwei durchsichtige Positive. Betrachtet man diese in einem Stereoskop, ähnlich einem Fernglas, sieht man den aufgenommenen Gegenstand dreidimensional: Der räumliche Eindruck ist so perfekt, daß man glaubt, einen Gegenstand greifen oder zwischen Bäumen hindurchgehen zu können. Ralf war von dieser Erfindung fasziniert und beschloß, künftig von allen interessanten Menschen, Tieren oder Sehenswürdigkeiten solche Photographien zu machen und auf diese Weise eine Stereo-Diapositive-Sammlung anzulegen. Die ersten Bilder, die er aufnahm, zeigten Schwäne auf der Weser und dann natürlich Portraits der Damen im Stammler'schen Haus, das jetzt Ludwina Schmitz gehörte, die es bereitwillig Ralf Dollberg für seine Zwecke zur Verfügung stellte.

Einige Tage später bestieg er in Kassel den Nord-Süd-Expreß, der in Ulm Anschluß an den Eilzug nach Ravensburg hatte. Gegen Abend fuhr er mit der Straßenbahn nach Weingarten. Das Kino öffnete gerade seine Pforten, und er betrat mit einigen Besu-

chern, die sich bereits vor der Kasse stauten, das Foyer. Hieronymus Scheufele überwachte wie ein Zerberus den reibungslosen
Ablauf des täglichen Zeremoniells.

Als er Ralfs ansichtig wurde, stutzte er einen Moment und
führte dann rasch den Zeigefinger zum Mund, während die andere Hand auf die Tür des Vorführraumes wies. »Es ist besser, wenn
er dich nicht sieht, komm!« flüsterte er und zog Dollberg in den
vorhangbewehrten Durchgang. Von dort gelangten die beiden unbemerkt über die Hintertreppe in die Wohnung und in Däts Bureau. Erst hier begrüßten sie sich mit einer herzlichen Umarmung.

»Mensch, Ralf, wo warst du nur so lange, und wie ist es mit Markus gegangen?« bestürmte der Alte den Ankömmling. Er berichtete mit wenigen Worten, während Vater Scheufele eine Weinflasche
entkorkte und zwei Gläser füllte. Schließlich äußerte der Dät seine
Vermutung, daß man offensichtlich die Kinofamilie beobachte.

»Robert hat sich da bös' verplappert, als der Fremde nach dir
fragte. Gewiß nicht in böser Absicht, das kannst du mir glauben,
sonst hätte er wohl kaum darüber gesprochen, aber dennoch sollte er deine weiteren Pläne besser nicht kennen. Weißt du, er
denkt immer anders rum als wir!« Scheufele hob sein Glas und
trank dem Jungen zu.

»Ich muß gleich wieder runter, um die Kinobesucher zu ästi-
mieren. Wir spielen heute ›Die Nibelungen‹ von Fritz Lang, mit
Paul Richter als Siegfried, hast du den schon gesehen? Ist ein
Riesenerfolg! Sobald der größte Andrang bewältigt ist, schick' ich
deine Irene 'rauf. Geh' derweil schon in ihr Zimmer, damit dich
keiner sieht! Am besten wär's wohl, wenn du heute hierbliebest.
Morgen reden wir dann über alles.«

★

Jean-Louis Tardelle, der Kapitän des Passagierfrachters sah
Schwester Annegret durchdringend an. »Sie fanden also die Tote,
als Sie heute morgen nachsehen wollten, warum Ihre Tischnach-
barin nicht zum Frühstück erschienen war, und Sie haben sie
nicht untersucht oder Wiederbelebungsversuche gemacht? Sie
sind doch Krankenschwester!«

»Mein Gott, nein, Herr Kapitän! Ich war so erschrocken über

den entsetzlichen Anblick, daß ich sofort weggelaufen bin, zu meinen Bekannten am Tisch.«

»Ich habe Schwester Annegret veranlaßt, Ihnen unverzüglich ihre Entdeckung zu melden. Als Kavalier trug ich der Dame meine Begleitung an. Wir bemühten uns aber, kein Aufsehen zu erregen«, ergänzte der Österreicher beflissen Annegrets Antwort.

»Bon, Monsieur, das war richtig! Inzwischen hat auch unsere Stewardeß die Leiche gefunden. Sie wurde auf die Krankenstation gebracht. Die Kabine bleibt natürlich verschlossen bis die Polizei eintrifft, denn offenbar liegt ein Verbrechen vor! Excusez moi, entschuldigen Sie bitte!«

Das Telefon hatte geklingelt. Der Kapitän hob den Hörer ab und lauschte. Seine Miene nahm einen erstaunten Ausdruck an. »Oui, quelque chose! Comment? Oui ... und alle Schotten dicht! Ich komme gleich mal runter.« Dabei sah er die beiden Passagiere nachdenklich an.

»Bitte, halten Sie sich zur Verfügung, wegen des Protokolls.« Er erhob sich und deutete eine Verbeugung an. »Madame, Monsieur, merci beaucoup!«

Als sie wieder an ihrem Tisch im Speisesaal Platz genommen hatten, wo Markus ganz allein saß, kam auch das Ehepaar Zirngiebel zurück. »Der Erste Offizier hat uns mitgeteilt, daß wir in Port Saint Pierre anlegen, um Kohlen zu bunkern. Das ist anscheinend französisches Hoheitsgebiet. Da käme die Polizei an Bord, um uns alle zu vernehmen«, tuschelte der pensionierte Beamte hinter vorgehaltener Hand. Mit scheuen Seitenblicken flüsterte seine Frau: »Mein Gott, ist das alles aufregend!«

»Denken Sie, daß sich unser Zeitplan dadurch wesentlich verzögern wird?« fragte Markus in die Runde, nur um überhaupt etwas gesagt zu haben.

»Nein, ich glaube kaum. Das Schiff wird nach Übernahme der Kohlen weiterfahren, während die Polizei ihre Untersuchung durchführt!« meinte Herr Zirngiebel wichtigtuerisch.

Dann ging Markus mit weichen Knien in seine Kabine im Zwischendeck. Die Franzosen waren nicht da. Seine Hände zitterten, als er den Umschlag aus der Brieftasche nahm. Er tauchte ein Handtuch in den Waschwasserkrug und legte das Kuvert mit der Rückseite auf die feuchte Fläche.

Irene riß die Tür ihres Zimmers auf und flog Ralf so stürmisch an den Hals, daß er seinen Halt verlor und in den ächzenden Korbsessel sank. Sie bedeckte sein Gesicht mit Küssen und drückte ihre Lippen so leidenschaftlich auf seinen Mund, bis er lachend nach Atem rang.

»Ich habe so sehr auf dich gewartet! Du darfst mich nie wieder so lange allein lassen. Nie wieder! Hörst du?« beschwor sie ihn mit Schmollmund und erhobenem Zeigefinger. Als er endlich Boden unter den Füßen hatte, hob er die junge Frau empor und legte sie sanft zwischen die vielen bunten Kissen auf der weißemaillierten Stahlrohrbettstatt. Rasch löste er die dekorativen Goldkordelschlingen von den glänzenden Messingknöpfen der Uniformjacke aus rotem Samt. Ihre Figur war durch die hoffnungsvollen Umstände ein wenig üppiger geworden. Der früher fast knabenhaft schlanke Körper strahlte eine so anmutige Weiblichkeit aus, daß Ralf sie entzückt betrachtete und ein ums andere Mal flüsterte: »Du bist wunderschön, meine Geliebte, schöner als je zuvor!«

Mit geschlossenen Augen genoß sie seine Liebkosungen, dann aber drängte sich ihr heißer Leib sehnsüchtig an den seinen, und er umarmte sie mit lustvoller Macht. Sie verloren jedes Gefühl für Zeit und Raum, spürten nur noch ihre alles überwallende Leidenschaft. Beglückt und erschöpft sanken sie engumschlungen in einen tiefen Schlaf, der sie für Stunden allen Ängsten und Sorgen entrückte.

★

Knapp zweitausend französische Francs in kleineren Scheinen fand Markus in dem ominösen Kuvert. Eine relativ bescheidene Summe! Herr Zirngiebel sprach doch von zigtausend Dollar, die das unglückliche Fräulein Baumeister leichtsinnigerweise in der Handtasche bei sich trug. Da fiel ihm ein großer Stein vom Herzen. Gleichzeitig aber schämte er sich wegen des schnöden Verdachtes, den er gegen den jungen Matrosen hegte, während dieser treu und brav für sein krankes Mütterlein gespart hatte. Wer war indessen wirklich der Mörder dieser netten alten Dame?

Anderntags legte der Dampfer am Kai von Port St. Pierre an.

Keiner durfte das Schiff verlassen. Die Gangway war eingezogen. An der Ladeluke des Kohlenbunkers standen bewaffnete Wachposten. Gegen Mittag fuhr die dunkelgrüne Polizeilimousine vor. Kriminalkommissar Roland Morain stieg mit seinem Assistenten Claude Garonne über das Fallreep an Bord der Incassable II. Sie wurden sofort zum Kapitän gebracht, in dessen Kajüte sich folgende Diskussion entspann: »Die Vierundsiebzigjährige wurde mit einem stumpfen Gegenstand niedergeschlagen, was eine klaffende Platzwunde über der linken Schläfe verursacht hat. Diese führte zu der ungewöhnlich starken Blutung. Der Schädelknochen ist nur geringfügig verletzt worden, dank des dichten, unter der Schlafhaube hochgesteckten Haares. Eine leichte Gehirnerschütterung in Verbindung mit dem Schock bewirkte die tiefe Ohnmacht des Opfers, zweifellos unterstützt durch die vorangegangene Applikation eines Langzeitsedativums«, erläuterte nüchtern der als Schiffsarzt fungierende Sanitätsoffizier.

»Außer einer sicher bald vorübergehenden Amnesie, einem gewissen Gedächtnisschwund, ist der Gesundheitszustand der Patientin zufriedenstellend, eine Vernehmung absolut unbedenklich.«

Dabei nickte er den Kriminalbeamten aufmunternd zu. »Ich ließ den angenommenen Tod des alten Fräuleins aus taktischen Gründen bestehen, um eventuell die Überführung des oder der mutmaßlichen Täter zu begünstigen«, bemerkte der Kapitän.

»Haben Sie denn schon einen Verdacht?«

»Ich möchte Ihnen keineswegs vorgreifen, Kommissar Morain.«

»Excusez!« meldete sich der Erste Offizier zu Wort: »Es war vermutlich nur eine Handvoll Leute, die Kenntnis von dem Vermögen hatte, das die alte Dame in der Handtasche trug.«

Inspektor Garonne griff den Faden auf und kombinierte: »Die Krankenschwester hatte den leichtesten Zugriff, jedoch hätte man sie auch als erste verdächtigt. Deshalb mußte sie den Raubüberfall vortäuschen.«

»Das ist mir zu einleuchtend! Alle meine Erfahrungen sträuben sich dagegen, entschuldige, Claude, aber ich möchte mir die Leutchen erst mal persönlich vorknöpfen!« Damit erhob sich der Kommissar.

»Wir haben alle Passagiere im Speisesaal versammelt. Falls

Sie auch die Mannschaft in Betracht ziehen, könnten wir die Freiwache ...«

»Danke, das ist im Moment nicht erforderlich. Zunächst interessieren mich vor allem die Tischgenossen der Dame.«

»Darf ich vorausgehen?« Zuvorkommend öffnete der Erste die Tür.

★

Anna Scheufele erwartete die Liebenden mit einem opulenten Frühstück in der Küche am langen Tisch. Ralf schloß sie innig in seine Arme und bedankte sich für ihre Aufmerksamkeit, mit der sie den Verfolgern begegnete. Auch Irene umarmte die Mutter.

»Ach Mam, ich bin ja so glücklich, daß Ralf wieder da ist!«

»Und wie lange wirst du da sein?« fragte Anna hintergründig, denn sie sah schon die Wolken am Himmel des Glücks und auch im strahlenden Antlitz ihrer Tochter aufziehen.

»Morgen, spätestens übermorgen früh werde ich wieder fahren müssen! Du kommst nach, Liebes, wir werden uns in nächster Zeit öfter sehen!«

Er wandte sich beschwichtigend an seine Verlobte, der schon die Tränen über die Wangen rollten. »Du mußt das verstehen, Irene! Wir dürfen nichts riskieren.«

In ihrer impulsiven Art stampfte sie zornig auf den Boden. »Ich will mich nicht immer verstecken müssen! Soll das denn mein Leben sein? Immer in Angst.«

»Na, na, was ist denn das für ein Auftritt?« Der Dät hatte die Küche betreten und reichte Ralf mit ernster Miene die Hand.

»Ich kann Irene schon verstehen! Dabei bin ich mir natürlich auch deiner Situation bewußt, mein Lieber, aber wie soll das denn weitergehen?« Er schob seiner Frau einen Stuhl hin und setzte sich selbst neben sie.

»Als Eltern haben wir die Pflicht, über das Wohl und Wehe unserer Kinder zu wachen! Das mußt du auch verstehen und darum wollen wir heute ganz offen deine Meinung hören und endlich konkrete Pläne schmieden!«

Ralf wußte schon lange, daß es früher oder später zu dieser Aussprache kommen würde. Er bemühte sich, ruhig und sicher zu wirken, berichtete sachlich von seiner Reise, von den netten

Damen in Holzminden, die sich darauf freuen würden, Irene in ihrem wunderschönen Haus aufzunehmen. Mit seiner beruhigend sonoren Stimme erzählte er von seinem Gespräch mit Professor Heineken in der Universität Göttingen, der als anerkannte Kapazität eine der besten Frauenkliniken der Welt leite ... und, daß es mit Rußland leider im Augenblick noch nicht klappe; Markus müsse erst wieder aus Amerika zurück sein.

»Ich hoffe nur, daß es ihm gut geht und alles wunschgemäß verläuft. Zur Zeit sind Unruhen in St. Petersburg, das man übrigens in Leningrad umbenannt hat, nach dem kürzlich verstorbenen Revolutionsführer. Meine Freunde haben mir geschrieben, daß bald wieder alles in Ordnung sein wird, und dann werden Irene und ich herrliche Flitterwochen an der Newa verbringen, ohne Verfolgung, denn dort haben die Amerikaner nichts zu suchen!«

»Aber ich mag nicht nach Rußland, ich habe Angst!«

»Dabei sieht sie mit ihrem Schmollmund ganz besonders reizend aus!« dachte Dollberg und blickte seinen ratlosen Schwiegereltern treuherzig in die Augen.

★

Kommissar Morain klopfte an die Tür der Kapitänskajüte. Jean-Louis Tardelle blickte dem Kriminalbeamten neugierig entgegen.

»Inspektor Garonne nimmt gerade den Tatort unter die Lupe; vielleicht findet er noch ein paar brauchbare Spuren. Ich selbst habe mir schon ein Bild gemacht. Die Krankenschwester ist so naiv, wie sie hübsch ist. Der traue ich das alles einfach nicht zu. Was aber zum Himmel stinkt, ist die arrogante Selbstsicherheit dieses österreichischen Oberlehrers. Ich möchte mein letztes Hemd verwetten, daß dieser saubere Professor unserer reizenden Annegret schöne Augen machte und an der Bar von ihr erfuhr, daß sie der Alten, Entschuldigung, dem kranken Fräulein ein Beruhigungsmittel verabreicht und sie schlafend verlassen hatte. Die Tür konnte somit nicht verschlossen sein, und die Alte war beduselt. Er brauchte also nur hineinzugehen und die Tasche mit dem Geld an sich zu nehmen. Dabei muß aber irgend etwas schief gelaufen sein. Vielleicht war sie aufgewacht, hat sich gewehrt, wollte schreien. Da hat er mit der Wasserkaraffe zugeschlagen und diese dann aus dem Bullauge geworfen. Sie fehlt nämlich!«

Kapitän Tardelle zündete zum wiederholten Mal seine Pfeife an und nickte zustimmend: »Das klingt recht überzeugend, aber wir sollten es beweisen können!«

»Ich würde ein psychologisches Experiment vorschlagen. Viel verlieren können wir dabei nicht. Aber vielleicht verliert der Schulmeister seine verdammten Nerven!«

»Lassen Sie hören, Kommissar!« brummte der Seemann, und die leidige Sache begann ihm Spaß zu machen.

★

Es war schon nach Mitternacht, als Fanny den Lichtschein an der gegenüberliegenden Tür bemerkte. Verhalten klopfend, drückte sie die Klinke nieder und steckte den Kopf ins Zimmer, wo Sophie, auf dem Bett sitzend, in einem Buche las.

»Komm nur herein, Fanny! Du findest sicher auch keinen Schlaf bei dem Herbstwind, der durch die Bäume braust.«

»... und an meinem klapperigen Fensterladen rüttelt. Wenn ich so wach liege, muß ich immer an unsere Schwester denken: Irene ist in letzter Zeit so still geworden. Man hat das Gefühl, sie ist nicht ganz zufrieden mit sich.«

»Oh ja, sehr glücklich sieht sie wahrlich nicht aus. Letztendlich geriet sie aber durch ihr eigenes, sehr selbstsüchtiges Wesen in diese Situation, aus der es nun mal, im Augenblick jedenfalls, keinen Ausweg gibt. Du weißt selbst, wie eigensinnig sie ist und wie grausam es für sie sein muß, die doch stets alles selbst bestimmen will, sich jetzt in die Konsequenz ihres Handelns zu fügen, ob es ihr paßt oder nicht!« Der Tonfall ihrer Stimme war ungewohnt hart geworden.

»Ach, Sophie, du hast so komplizierte Gedanken! Ich kann gar nicht recht verstehen, was du da sagst. Irene hat doch alles, was man sich nur wünschen kann: Sie ist schön, wird geliebt, und Ralf verwöhnt sie wie eine Prinzessin.«

»Gewiß, Schwesterchen, aber sie hat ihren Willen verspielt, ihr eigenes Ich, das ihr mehr bedeutet als alles auf der Welt! Es bedürfte einer demütigen Seele, sich gläubig und hoffnungsfroh ihrer Bestimmung hinzugeben, aber die hat sie ebensowenig wie ein großes Herz, das bedingungslos in der Liebe aufgeht. Sie will die Liebe zu ihrer Sklavin machen, doch sie weiß nicht, daß diese daran stirbt. Glaub mir, Fanny, einst wird sie den Mann hassen, den sie heute zu lieben vorgibt samt seinem Kind, das sie letztlich dafür verantwortlich machen wird!«

»Mein Gott, Sophie, woher weißt du nur so schreckliche Dinge? Steht das alles in den vielen Büchern, die du immer liest? Ich komme da nicht mit! Wenn ich ein Kind bekäme, würde ich eben meinen Willi heiraten und wäre froh, einen guten Mann zu haben und versorgt zu sein, und sicher würde ich mich auch über das Kleine freuen.«

»Du wirst auch nie solche Probleme haben, meine gute Fanny, denn du hast noch ein kindliches Gemüt und ein reines Herz. Dein Willi wird mal glücklich sein mit dir. Du darfst aber keinen Vergleich ziehen mit einem Ralf Dollberg! Der ist ein Ausgestoßener, ein Verfolgter! Wer sich mit so einem verbindet, muß dieses Schicksal auf Gedeih und Verderb mit ihm teilen. Darüber bin ich mir immer im klaren gewesen!«

Erschrocken hielt sie in ihrem leidenschaftlichen Philosophieren inne. Sollte womöglich doch Eifersucht im Spiele sein und ihr sonst so objektives Urteilsvermögen vergiften? Gewiß, Ralf hatte sich damals für Irene entschieden, und sie fand sich stillschweigend damit ab, ... und damit Punktum!

»Da bin ich schon froh, bescheidener zu sein, nur Irenes unscheinbare Schwester, und dafür meinen Frieden zu haben, und dich, meine gescheite Sophie!« Fanny umarmte impulsiv ihre Schwester und fügte aufatmend hinzu: »Gott sei Dank, warst du damals nicht abkömmlich in deinem Amt, denn ursprünglich solltest du doch nach Berlin mitfahren? Gute Nacht, liebe Sophie, schlaf recht gut und träum was Schönes!

Markus saß mit seinen Gefährten am gemeinsamen Tisch im Speisesaal des Passagierfrachtdampfers. Die anfänglich heftige Diskussion des Vorfalles war rasch verebbt und einer bedrückten Stimmung gewichen. Der Kommissar stellte allen einige Routinefragen. Für Markus zeigte er kaum Interesse. Um so erleichterter war dieser und schwor, sich künftig auf nichts mehr einzulassen, was nicht unmittelbar mit seiner Mission im Zusammenhang stand. Während er so in Gedanken versunken war, trat der Inspektor an den Tisch und bat die ganze Gruppe, ihm zu folgen. In der Offiziersmesse war der Kommissar mit der Abfassung einiger Schriftstücke beschäftigt. Wie geistesabwesend blickte er auf die Eintretenden.

»Verzeihen Sie, bitte, wenn ich Sie noch einmal belästigen muß. Sie waren offenbar am engsten mit dem bedauernswerten Fräulein Baumeister zusammen, und die Tote muß von einer neutralen Person identifiziert werden.« Er zuckte mit den Schultern. »Vorschrift!« Dann blickte er teilnahmslos in die Runde. »Einer von Ihnen würde genügen, dürfte ich Sie vielleicht bitten, Herr Professor?« Sebonicz nickte dem Kommissar freundlich zu, als er diesem ohne zu zögern folgte.

»Der Bursche hat sich erstaunlich im Griff, oder ich bin ein Trottel«, dachte Morain.

Der Wachposten vor dem Sanitätsraum salutierte. Dann öffnete er die Tür. Die ›Tote‹ hatte ihre Schlafhaube über den Wundverband gezogen und lag still im Bett. Daneben stand ein Nachttisch und darauf eine Wasserkaraffe. Der Kommissar drängte: »Bitte!«

Sebonicz trat heran. Mit einem Ruck hob das Fräulein den Oberkörper, riß die Augen auf und schrie mit ihrer schrillen Stimme: »Nicht schlagen, Professor! Bitte, nicht noch einmal!«

Dieser, kalkweiß im Gesicht, griff instinktiv nach der Karaffe. Morain packte seinen Arm, klirrend zersplitterte das Glas auf dem Fliesenboden.

»... und warum haben Sie überhaupt zugeschlagen?« fragte der Kommissar, der die Hand des Österreichers blitzschnell auf dessen Rücken gedreht hatte, mit beißender Schärfe.

Sebonicz blickte ihn mit leeren Augen an und antwortete tonlos: »Der Henkel, sie hatte den Henkel ihrer Tasche um das Handgelenk geschlungen. Als ich es lösen wollte, wachte sie auf und schrie.«

Metallisch klickten die Handschellen. Dann führte der Inspektor den völlig apathischen Lehrer ab. Ohne weitere Verzögerung lief das Schiff nach Übernahme der Kohlen aus und nahm im Sankt-Lorenz-Golf Kurs auf Quebec. Das Wetter hatte sich verschlechtert. Die Temperatur lag nahe dem Nullpunkt. Am nächsten Tag erreichte die Incassable II den Zielhafen. Fräulein Baumeister konnte mit der fürsorglichen Unterstützung von Schwester Annegret an Land gehen. Ihr Geld konnte ihr wieder zurückgegeben werden. Der Professor hatte es im Futter seines Tweedmantels eingenäht. Markus hinterlegte beim Postamt das Kuvert des Matrosen und erreichte mit dem D-Zug am gleichen Tag Montreal, wo er in einem einfachen Hotel Nachtquartier bezog. Am folgenden Morgen fuhr er mit dem Canadian-Express nach Westen. Sein nächstes Ziel war Winnipeg.

Gemäß dem Prinzip, wonach ein bewegtes Ziel schwerer zu treffen ist als ein ruhendes, befand sich Ralf Dollberg unentwegt auf Reisen. Bei dem unfreundlichen Herbstwetter vermißte er sein Auto nicht so sehr, wie er zunächst befürchtet hatte. Sein Aktionsradius beschränkte sich auf den ihm vertrauten Südwesten des Gastlandes. Die Zusammenkünfte mit seiner Geliebten ließen sich auch leichter arrangieren, wenn die Entfernungen nicht allzu groß waren. Allerdings vermied Ralf immer mehr ein Rendezvous im Kino. Nicht nur wegen der vermutlich akuteren Gefahr. Mehr und mehr fühlte er die Sympathie und das Vertrauen der Scheufeles schwinden. Vielleicht bildete er sich das nur ein, doch saß ihm beim letzten Treffen ein ungutes Gefühl im Nacken. Andererseits zeigte Irene ein feines Gespür für eventuelle Verfolger und entwickelte ein raffiniertes Geschick, diese erfolgreich abzuwimmeln. Den leidenschaftlichen Vereinigungen folgten jedoch immer wieder ernüchternde Auseinandersetzungen, die oft in häßlichen Streit ausarteten und mit bitteren Vorwürfen über ihre Situation endeten, deren Problematik Ralf Dollberg machtlos gegenüberstand. Er konnte nun einmal die Tatsachen nicht aus der Welt schaffen, sondern nur Mittel und Wege suchen, um durch die Maschen des stählernen Netzes zu schlüpfen.

Der Winter hatte in diesem Jahr früher als gewöhnlich den Süden Kanadas erreicht. Eisige Schneestürme fegten über die Hochflächen von Ontario hinweg. Ganze Ortschaften waren zeitweise von der Außenwelt abgeschnitten. Selbst der gewaltige Fernzug kam einige Male zum Stehen, weil haushohe Verwehungen die Weiterfahrt unmöglich machten. Die beiden Lokomotiven schnaubten und stampften, vor Ungeduld zitternd, bis riesige Schneepflüge die Strecke frei gefräst hatten. Dann ließ man die zischenden Dampfrosse wieder los, die sich in die schmale Schlucht zwischen den beiderseits hoch aufgetürmten Schneemassen warfen, um erneut voranzustürmen. Dicke Eisplatten bildeten vom Viehschutzgitter bis hinauf zu dem bauchigen Funkenfänger des Schornsteins einen bizarr gezackten Panzer, der sich seitlich über das Dach des Führerstandes zum Tender hin fortsetzte und die modernen Maschinen in phantastische Urwelttiere verwandelte. Markus saugte alle Einzelheiten der abenteuerlichen Fahrt in sich auf, um daheim, in der trauten Runde, die er schmerzlich vermißte, von seinen Erlebnissen berichten zu können. Einige hundert Meilen von der vorläufigen Endstation entfernt, war die Bahnlinie wieder frei, und der Expreß ratterte mit hoher Geschwindigkeit vorbei an endlos scheinenden Wäldern, seinem Ziel entgegen.

In Winnipeg übernachtete Markus in einem kleinen Gasthof in der Nähe des Bahnhofes. Aufgrund der extremen Witterungsverhältnisse war der Verkehrsplan zusammengebrochen. Erst am anderen Tag gelang es ihm, einen Platz im Eilzug nach Minneapolis zu bekommen. Mit Ralf hatte er vereinbart, Philadelphia nicht direkt, sondern in Etappen anzufahren. Außerdem mußte Markus einen Zug wählen, der in Emerson, kurz vor der Grenzstation, anhalten würde. Dort sollte er aussteigen und sich in die Büsche schlagen. Ralf hatte ihm zu diesem Zweck eine sehr genaue Landkarte mitgegeben und darin minutiös Weg und Steg eingezeichnet, denn in der Red-River-Niederung bei St. Vincent kannte er jeden Stein! An der nächsten Station auf amerikanischem Boden könnte er wieder in denselben oder falls es doch nicht reichen sollte in den folgenden Zug einsteigen und weiterfahren.

Wenn er sich unauffällig benähme, könnte gar nichts passieren, meinte Ralf, aber die unterschwellige Beklemmung, die in den letzten Tagen seine Zuversicht beeinträchtigte, vermochte Markus nicht so leicht abzuschütteln. Entgegen Ralfs strikter Anweisung, nur im Notfall Verbindung mit daheim aufzunehmen, konnte er sich nicht verkneifen, eine Postkarte von Winnipeg nach Hause zu schicken. So allein in der fremden, oft unheimlichen Welt fühlte er immer häufiger das Heimweh an seinem

Herzen nagen. Die Grüße an Mam und Dät und an die Geschwister, die er auf die Rückseite der Abbildung eines grimmig blickenden Grislybären schrieb, linderten ein wenig den Schmerz und gaben ihm neuen Mut.

Abermals jagte ein Blizzard über das Land und blies ungeheure Schneemengen auf Straßen und Schienenwege. Der Eilzug hielt auf offener Strecke und rangierte auf ein Nebengleis, damit die schweren Räummaschinen an die weiße Front gelangen konnten. Die Eisenbahner rannten aufgeregt mit Laternen umher, denn der Himmel hatte sich verfinstert, obwohl die Sonne hoch im Zenit stehen mußte. Es wäre die beste Gelegenheit, den Zug unbemerkt zu verlassen, doch Markus hatte keine Ahnung, wo er sich im Moment befand. Ein Schaffner ging durch die Abteile und versuchte, die Fahrgäste zu beruhigen. Erst nach Stunden hatte sich der Sturm gelegt, und die Schneeräumfahrzeuge wurden zurückgezogen. In den Lichtkegeln der Scheinwerfer flimmerten die ruhig rieselnden Schneeflocken. Hornsignale von fern beantwortete die Dampftute der Eilzuglokomotive. Donnernd raste auf dem Hauptgleis der Express vorüber, spukhaft in eine weiß aufwirbelnde Wolke gehüllt. Die Trillerpfeife des Zugführers mahnte Neugierige, sich wieder auf ihre Plätze zu begeben. Dann setzte sich der Zug zögernd in Bewegung. Der abgehetzt wirkende Schaffner verkündete, daß man bis zur Grenzstation durchfahren müßte. Reisende, die in Emerson aussteigen wollten, würden mit einem Sondertransport dorthin zurückgebracht werden, sobald die Situation dies erlaube. Selbstverständlich auf Kosten der Eisenbahngesellschaft, die alles daran setzte, Sicherheit und Komfort ihrer Fahrgäste zu gewährleisten.

Markus starrte verzweifelt auf die dicht an seinem Fenster vorbeiziehende Wand aus Eis und Schnee. Offenbar saß er jetzt in der Falle! Während der Eilzug mit kreischenden Bremsen in den Bahnhof einfuhr, drängelte sich Markus mit seiner Reisetasche zur Plattform des Waggons. Auf dem immer langsamer vorübergleitenden Perron bemerkte er eine große Zahl Uniformierter: Polizisten und Zollbeamte! Da geriet der junge Mann in Panik.

Als unmittelbar vor seinen Augen ein Emailleschild mit den Buchstaben WC funkelte, betrat er, ohne lange zu überlegen, das winzige Kabinett, aufatmend die schmale Tür hinter sich schließend. Daß er hier erst wirklich gefangen war, wurde ihm spätestens klar, als jemand die Klinke niederdrückte und die Tür zu öffnen versuchte. Die rundliche Frau murmelte eine Verwünschung und entfernte sich wieder. Doch ehe Markus sich entschließen konnte, diesen beengten Raum zu verlassen, stand sie erneut davor und hämmerte mit ihren kleinen Fäusten ungestüm an die dröhnende Tür. Dabei zeterte die mollige Dame in einer unverständlichen Sprache. Offensichtlich war auch sie in Panik, wenn auch aus einem anderen Grund als Markus.

Einer der Zöllner wurde aufmerksam und winkte einem Kollegen. Dann erschien auch der Schaffner, rief hinein und horchte an der Tür. Da Markus sich nicht rührte, schaute dieser die Beamten fragend an. Als diese nickten, öffnete er mit seinem Universalschlüssel das stille Örtchen, in dem Markus wie eine Salzsäule stand. Einer sprach ihn an, versuchte den stumm Dastehenden am Ärmel zu fassen. Da griff dieser blitzschnell in die Tasche, zog eine Browningpistole hervor und hielt sich den Lauf an die Schläfe. Die dicke Frau kreischte, als wäre sie die Bedrohte. Mit einem Satz stürzte sich der Zöllner auf Markus, riß ihn zu Boden und entwand ihm die Waffe.

Colonel Andrew Meadows, Leiter des europäischen Hauptquartiers der American Mission in Straßburg, bot seinem Adjutanten bewußt keinen Stuhl an, obgleich er selbst in einem bequemen Sessel sitzen blieb. Dies geschah jedoch keineswegs aus Arroganz gegenüber dem Untergebenen. Vielmehr war es dem braungebrannten Hünen peinlich, wenn der abnorm kleinwüchsige Fullton zu seinen nahezu zwei Metern emporblicken mußte. Der Colonel wußte die Arbeit des überaus tüchtigen Geheimdienstoffiziers zu schätzen. Dieser war soeben dabei, seinen Chef über den neuesten Stand der pendenten Fälle zu informieren.

»In der Sache Dollberg hat unser Mann von der German Section in Koblenz, Major Sachs, leider immer noch keine greifbaren Ergebnisse, ist aber scharf am Ball! Der von Lieutenant Bradley ausgemachte Freund und Helfer des Gesuchten wurde planmäßig geschnappt. Bitte ...« Er legte seinem Vorgesetzten einen Zeitungsausschnitt auf den Tisch:

New Yorker Staatszeitung und Herold
Junger Deutscher als ›Dollberg-Bote‹ verhaftet
Grand Forks N.D. (AP) Ein Beamter der hiesigen Einwanderungsbehörde teilte gestern mit, daß vor einiger Zeit in St. Vincent in Minnesota ein Bote Ralf F. Dollbergs verhaftet worden sei, der sich im Besitz eines an Frau Emma Dollberg in Philadelphia gerichteten Schreibens des Brauersohnes und Justizflüchtlings befand. D., der sich bekanntlich der Aushebung für den Kriegsdienst entzogen hat und nach Deutschland zu entfliehen vermochte, soll in dem Brief, der dem Boten abgenommen wurde, seine Mutter um schleunigste Übersendung von $ 5000 gebeten und erklärt haben, er hoffe, bald wieder in den Vereinigten Staaten zu sein. Er werde auf seiner eigenen Route zurückkehren. Die Behörde nimmt an, daß das Geld D. die Reise ermöglichen solle und seine Route über den an der kanadischen Grenze gelegenen Ort St. Vincent führen werde, von wo ihm seinerzeit die Flucht gelang.

Der abgefangene Bote ist der 25jährige Deutsche Markus Scheufele. Dieser soll, als er erkannte, daß er seiner Verhaftung nicht entrinnen konnte, nach einer Pistole gegriffen haben, die er im Gepäck mitführte, wie er eingestand, in selbstmörderischer Absicht. Er war der Ansicht, durch das Fiasko seiner Botenreise entehrt zu sein. Er weigerte sich, irgendeine Aussage über Dollberg und seinen Verbleib zu machen. Inzwischen wurde Scheufele auf dem üblichen Weg nach Deutschland abgeschoben.

C.S. Hollon, der hiesige Distriktleiter der Einwanderungsbehörde, begründete die bisherige Geheimhaltung der Sache damit, daß Einwanderungsamt und Justizdepartement mit Ermittlungen in dieser Angelegenheit beschäftigt gewesen seien, deren Erfolg durch vorzeitige Bekanntgabe der Festnahme und Deportierung des Dollbergboten nicht gefährdet werden sollte. Über irgendwelche weiteren Ergebnisse der behördlichen Ermittlungen erfährt man nichts. -hc-

Colonel Meadows legte das Papier aus der Hand und schaute Fullton fragend an. »Wir haben Marmotte auf diesen Scheufele angesetzt. Irgendwann wird er sicher mit seinem Auftraggeber Verbindung aufnehmen.«

Zu diesem Zeitpunkt wußte Ralf Dollberg noch nichts von Markus' Mißerfolg. Als er zuletzt bei den Scheufeles in Weingarten hereinschaute, hatte man ihm die Postkarte aus Winnipeg gezeigt, die ihn ziemlich beunruhigte. Nach seiner Berechnung mußte Markus längst wieder zu Hause sein. Er konnte ja nicht ahnen, daß der unglückliche Junge wochenlang im Gefängnis von Grand Forks in North Dakota festgehalten wurde.

Ralf selbst hatte inzwischen sein Winterquartier, wie er es Sophie gegenüber scherzhaft genannt hatte, bezogen. Sie war übrigens die einzige Person, zu der er rückhaltloses Vertrauen hegte. Nur sie kannte seinen derzeitigen Standort: Heidelberg. Dorthin sollte sie ihm, sobald Markus auftauchen würde, Nachricht zukommen lassen.

Ralf mochte die romantische Universitätsstadt am Neckar. Eine Zeitungsannonce hatte ihn auf die Idee gebracht, eine Privatwohnung zu mieten. Er glaubte, da sicherer zu sein als im Hotel. Auf diese Weise war er spurlos untergetaucht. Ein Ehepaar, das schon bessere Zeiten gesehen hatte, suchte einen alleinstehenden, seriösen und gutsituierten Herrn. Der Mietpreis war entsprechend!

Aber Ralf gefiel das Appartement: zwei hübsch möblierte Zimmer im Obergeschoß eines Einfamilienhauses. Das gemeinsame Bad befand sich auf seiner Etage. Die Hausbesitzer wohnten Parterre, nur das elfjährige Töchterlein hatte sein Zimmer in der Mansarde, wo früher das Dienstmädchen untergebracht war, als die Haeberlins sich das noch leisten konnten. Karl-Eugen Haeberlin war Berufsoffizier gewesen, der im Felde sein Bein verloren hatte. Als arbeitsloser Krüppel konnte er sich nicht mit den Gegebenheiten der Nachkriegszeit abfinden und wurde zum Alkoholiker. Die Eltern seiner Frau Ilse hinterließen ihr zwar die kleine Villa, ihr gesamtes Vermögen aber verloren die vaterländischen Bürger mit Kriegsanleihen. So mußten die Haeberlins jetzt einen Teil ihrer Wohnung vermieten, um so wenigstens das Haus erhalten zu können.

Das Anwesen lag gegenüber von Heidelberg am Ufer des Nekkars, oberhalb der grünen Auen, mit einem malerischen Ausblick auf den Fluß und die alte Bogenbrücke aus buntem Sandstein. Die roten Ziegeldächer der winkligen Altstadt schmiegten sich eng um die Heiliggeistkirche, und hoch über dieser Idylle erstreckte sich, alles beherrschend, das gewaltige Renaissance-schloß vor der tiefblauen Silhouette des Königstuhls.

Mit Irene traf Ralf sich jeweils an verschiedenen anderen Orten, denn er mußte damit rechnen, daß seine Verlobte überwacht wurde. Ihr Stelldichein fand einmal in Baden-Baden, ein anderes Mal in Freiburg und bisweilen auch in Konstanz am Bodensee statt. Wo immer es sein mochte, verbrachten sie wunderschöne Stunden miteinander. Dennoch wurde der Abschied meistens von Irenes hysterischen Ausbrüchen überschattet. Da war es nicht weiter verwunderlich, wenn die Abstände von Mal zu Mal größer wurden. Ralf suchte die Ursache für ihr Verhalten in Irenes Zustand und übte sich in Geduld. Schließlich kam der Zeitpunkt, den man für die Übersiedlung nach Holzminden vereinbart hatte. Obwohl dies alles längst abgesprochen war, fühlte er ihren inneren Widerstand. Es fiel Irene unendlich schwer, sich von ihrem Elternhaus zu trennen.

Ludwina Schmitz und Marie-Luise Stammler bereiteten der jungen Frau einen herzlichen Empfang, und so schien es, als wäre diese Hürde überwunden. Aber der Schein trog!

Meine liebe Irene!

Deinen traurigen Brief habe ich erhalten und kann dir dazu nur sagen: Du mußt eben Geduld haben! Wir können nichts Besseres tun, als die Zeit abzuwarten. Ludwina ist bereit, Dich vorläufig zu behalten. Du mußt in Holzminden bleiben, bis das Kleine so weit ist, daß du es dort bei einer Pflegerin lassen kannst. Wenn wir schon einen eigenen Haushalt haben, kannst du es auch mitbringen. Auf jeden Fall darfst du vor einem halben Jahr nicht wieder fort! Ich habe Ludwina 1000 RM gegeben. Das reicht für die ersten vier Monate. Wieviel Bargeld hast du noch bei dir? Zu Ludwina habe ich gesagt, sie soll nicht so streng mit dir sein. Aber du darfst ihr eben nicht immer widersprechen! Warst du schon bei Professor Heineken zur Untersuchung? Wann erwartest du unser Engelchen? Du hast gar keine Ahnung, wie oft ich an dich denken muß. Jede Minute, Tag und Nacht, kommt mir meine kleine Nixe in den Kopf. Ich habe so große Sehnsucht nach dir, daß ich's fast nicht aushalten kann!

Dein Ralf in Ewigkeit

N.B. Ich werde dir bald alles Weitere schreiben, was du zu machen hast, damit alles gut geht. Du mußt auch alle Briefe, die du hast oder empfängst in Zukunft sofort verbrennen, da es möglich ist, daß sie ganz unverhofft zu dir kommen und deine Post beschlagnahmen, um mich ausfindig zu machen! Also, sieh zu, daß du dies gründlich ausführst, sonst kann es schlecht gehen!

★

Wenn auch die überraschende Heimkehr von Markus bei der Familie Scheufele große Freude auslöste, so waren doch alle bestürzt über sein Aussehen. Hohlwangig und abgezehrt, schien er um Jahre gealtert. Sein unbeschwertes, fröhliches Wesen hatte sich in eine trübsinnige Lustlosigkeit gewandelt. Da sein Geld für die Rückreise nicht reichte, mußte er als Kohlentrimmer für die Passage schuften. Aber es war vor allem das Mißlingen seiner Aufgabe, was ihn bedrückte. Besonders warmherzigen Zuspruch bekam der Bruder von Sophie, die ihm zwischen trostreichen Worten zuflüsterte, sie werde Ralf Dollberg sogleich seine Ankunft melden.

Insgeheim formulierte sie in Däts Arbeitszimmer, an dessen Tür das große Emailleschild Bureau prangte, eine Nachricht für Ralf, dessen absolutes Vertrauen ihr nun Ersatz für die damals erträumte Liebe geworden war. Hastig steckte sie das Schreiben in ein bereits frankiertes Kuvert und adressierte es mit der nur ihr bekannten Anschrift: Dave Winthrop Postlagernd Hauptpostamt Heidelberg.

Dann schob sie verstohlen den Umschlag in ihre Handtasche und bat Markus, weil es schon dunkelte, um seine Begleitung. Untergehakt wie ein Liebespaar schlenderten sie zum Briefkasten. Es war lange her, dachte Markus, daß er sich so unbekümmert wohl fühlte, wie jetzt am Arm seiner Schwester. Dabei bemerkten sie nicht, wie sich eine dunkle Gestalt aus dem Schatten des gegenüberliegenden Hausflures löste und ihnen in angemessenem Abstand folgte.

16. Die Verleumdung

Lt.Col. Mortimer Fullton von der American Mission in Straßburg hatte seinen V-Mann, Léon Marmotte, darüber informiert, wann das Schiff in Bremerhaven einlaufen würde und wo man beabsichtigte, den Deportierten auf freien Fuß zu setzen. Dort heftete sich der Detektiv an dessen Fersen, in der Hoffnung, Markus würde ihn geradewegs zu Ralf Dollberg führen. Aber nun stand der Agent wieder vor dem Scheufelehaus, das ihm schon seit der Aktion mit dem Klugscheißer Bradley bekannt war. Er spuckte verächtlich in den Rinnstein. Vom Nachrichtendienst konnte Marmotte erfahren, daß sich der Gesuchte schon seit Wochen hier nicht mehr blicken ließ. So schlich er unschlüssig um das Anwesen herum. Während er angestrengt darüber nachdachte, was jetzt wohl zu tun sei, trat der junge Mann, den er observierte, mit einer Frauensperson auf die Straße. Als diese einen Brief in den Postkasten steckte, kombinierte der Beobachter scharfsinnig:

Das könnte eine Nachricht an Dollberg sein! Die Wahrscheinlichkeit war gering, da er aber sonst gar nichts in der Hand hatte, beschloß er, diesen Strohhalm zu ergreifen. Im Schutze der Dunkelheit öffnete der ebenso versierte wie skrupellose Schnüffler mit einem Dreikantschlüssel die Klappe des Entleerungsschachtes, aus dem einige Briefe und Postkarten in seinen steifen Hut glitten, den er vorsorglich unter die Öffnung hielt. Rasch blätterte er im hellen Licht des Kinotransparents die Adressen durch. Dabei hätte er vergeblich den Namen Dollberg gesucht, wäre nicht der guten Sophie ein fatales Versehen unterlaufen. Sie verwendete gewohnheitsmäßig ein Firmenkuvert mit dem Emblem der Drei Eulen. Grinsend blickte Marmotte zu der Leuchtreklame empor, in deren Widerschein er die Anschrift auf seiner gestärkten Manschette notierte. Nachdem er den Briefkasten wieder in Ordnung gebracht hatte, suchte der Detektiv voll Selbstzufriedenheit eine Bleibe für die Nacht, wobei er das Hotel Lamm tunlichst mied. Am nächsten Tag fuhr er mit demselben Zug, der auch die Briefsendungen der Post beförderte, in Richtung Heidelberg.

★

Irgendwo unterwegs warf Ralf Dollberg einen Brief in den Kasten. Er war an Ludwina Schmitz in Holzminden adressiert und enthielt ein zweites Kuvert mit einem Schreiben an Irene. Der Absender war fingiert. Man hätte keine Rückschlüsse auf seinen Aufenthalt daraus folgern können.

Geliebte Irene!

Deinen Brief habe ich auf dem üblichen Wege erhalten und bin sehr froh, daß Du Dich entschlossen hast, vernünftig zu sein. Anbei sende ich Dir noch 400 RM, damit hast Du jetzt 600! Ich werde rechtzeitig mehr schicken. Du mußt Dir ein Notizbuch anschaffen und alle Ausgaben darin notieren, damit ich weiß, wohin das Geld geht. Du mußt auch Sachen für das Kleine besorgen, so bald wie möglich. Aber alles aufschreiben in Deinem Buch! Und wenn das Kleine kommt, mußt Du die genaue Stunde und Minute der Geburt eintragen. Das ist sehr wichtig, und ich würde Dir nie verzeihen, wenn Du dies vergißt. Wenn Du es nicht selbst machen kannst, dann bitte eine Schwester, daß sie auf die ganz genaue Uhrzeit achtet. Nachher kannst Du wieder zu Ludwina gehen mit dem Kind, und ich werde sofort dorthin kommen zu meiner lieben kleinen Frau und dem süßen Engelchen!

Aber jetzt noch eine wichtige Sache. Ich hoffe nur, daß Du es recht verstehst: Wenn jemand Dich fragt, wer der Vater ist, dann sagst Du, das wüßtest Du nicht, und wenn sie weiter drängen, dann sage einfach, Du hättest mit drei Männern Verkehr gehabt, aber ihre Namen sagst Du nicht. Weiter können sie Dich nicht ausfragen, und das genügt auch vor dem Gesetz! Es ist der einzige Weg, wie wir die Sache geheim halten können. Ich weiß, was für eine Qual es für Dich sein wird, aber, wenn Du mich lieb hast, wirst Du es gerne tun. Nachher werde ich wieder so gut zu Dir sein. Du mußt auch Deinen Verlobungsring verstecken, damit sie nicht hineinschauen können. Dann wird alles glatt laufen, und ich werde sofort, wenn es vorbei ist, nach Holzminden kommen und alles Weitere regeln. Auf jeden Fall mußt Du einige Monate dort bleiben und für das Kind sorgen. Du mußt es aber unbedingt selbst ernähren, nicht mit der Flasche! Nimm jeden Tag drei Kalzan-Tabletten, trinke viel Milch und iß Eier, damit es recht kräftig wird. Du kannst auch täglich ein Glas Bier trinken, aber keinen Schnaps und keinen Wein! Wenn alles vorbei ist, wirst Du Deinen guten alten Appetit wieder bekommen und dann habe ich Dich lieber als zuvor. In Gedanken bin ich bei Dir! Grüße Ludwina und Marie-Luise von mir. Dein treuer Ralf.

★

Nach einem heftigen Streit mit seiner Frau verließ Karl-Eugen Haeberlin demonstrativ das Haus. Sie wußte genau, was das bedeutete. Zu oft schon hatte sich dieser Vorgang wiederholt! Früher kämpfte sie dagegen an und versuchte ihn zurückzuhalten. Im Laufe der Zeit aber stumpften ihre Gefühle ab. Sollte er sich doch zugrunde richten, wenn er keine anderen Ideale mehr finden konnte, als die Erinnerung an seine ›ruhmreiche‹ Vergangenheit, in der Dienstgrad und Uniform die mangelnde Persönlichkeit ersetzten. Aber wenn er sich am Ende einer solchen Sauftour elend und wie schon oft zerschunden nach Hause schleppte oder wenn der Samariterdienst der Barmherzigen Brüder den hilflosen Krüppel heimschaffte, dann würde sie ihn wieder pflegen, und er wäre dankbar und rücksichtsvoll wie der Kavalier, den sie einst liebte, bis nach kurzer Zeit alles wieder von vorn begann: Ein unseliger Kreislauf!

Wenn sich die Eltern zankten, flüchtete die kleine Monika in die Einsamkeit ihres Mansardenzimmerchens. Das Zetern und Keifen der Mutter war ihr peinlich, und den Vater haßte sie deswegen. Außerdem schämte sie sich vor dem netten Herrn, der seit kurzem in der Beletage wohnte. Der war immer so freundlich. Von seinen Reisen brachte er ihr oft Süßigkeiten mit. Neulich photografierte er sie sogar mit Mamas großem Strohhut auf dem Kopf, und das lustige Bildchen hatte er ihr dann geschenkt. Manchmal durfte Monika ihm das Frühstück bringen, das Mama stets besonders schön anrichtete. Sie sagte, er sei ein verwöhnter Amerikaner und müßte immens reich sein. Aber diese Begriffe beeindruckten die kleine Moni kaum. Für sie zählte nur ihre persönliche Zuneigung, die sie für den Zimmerherrn empfand.

In der Universitäts-Frauenklinik zu Göttingen war Irene gut untergebracht. Als Privatpatientin von Professor Heineken ließ man ihr eine besonders aufmerksame Pflege angedeihen. Die frommen Ordensschwestern waren der Ledigen gegenüber etwas reserviert, aber der hübsche junge Oberarzt zeigte so herzliches Mitgefühl, daß Irene schon ungeduldig auf die Visite wartete. Dann setzte er sich zu ihr ans Bett, fühlte den Puls und plauderte ein wenig mit ihr. Insgeheim bildete sie sich sogar ein, die täglich frischen Blumen kämen von ihm. Aber sie waren eine anonyme Aufmerksamkeit von Ralf, der so weit fort war und ihrem Herzen ganz fremd wurde. Irene plagte arges Heimweh. Sie sehnte sich zurück in den Schoß der Familie.

Die Geburt des Kindes verlief völlig normal. Das Kind kam genau um ein Uhr und fünf Minuten! In der schwersten Phase hielt der sympathische Stationsarzt die Hand der jungen Mutter und seine aufmunternden Worte halfen ihr über die schlimmsten Wehen hinweg. Schließlich waren auch die katholischen Nonnen von St.Michael versöhnt, als sie den strammen Jungen in ihrer Pfarrei taufen durften.

Irene gab ihrem Sohn Ralfs zweiten Vornamen: Frederick.

In dem vornehmen Gasthof *Zum Ritter*, der mit seiner üppigen Stuckfassade zu den schönsten Bürgerhäusern Heidelbergs zählte, nahm Ralf Dollberg das Mittagessen ein. Nach dem Kaffee schlenderte er gemächlich durch die altertümlichen Gassen zum Postamt hinüber, wo er routinemäßig seinen inzwischen abgelaufenen englischen Paß am Schalter für postlagernde Sendungen vorlegte. Dienstbeflissen händigte ihm der Beamte Sophies Nachricht aus. Schon an der schwungvollen Handschrift erkannte er die Absenderin. Ungeduldig riß er den Umschlag auf und las die kurzen Zeilen. Eine tiefe Falte grub sich dabei zwischen seine Brauen.

»Was, zum Teufel, ist da nur schief gelaufen?« dachte er und entschuldigte sich bei dem kleinen Mann, den er im Weggehen anstieß. Der zog seine schwarze Melone und grüßte freundlich, während ihm der Schalterbeamte kopfschüttelnd bedeutete, es wäre keine Sendung für diesen Namen eingegangen.

Sophie schrieb von Schneestürmen, damit hatte er in diesem Gebiet nicht gerechnet und nicht zu dieser Jahreszeit. Er zuckte mit den Schultern und murmelte vor sich hin: »Na, Gott sei Dank! Wenigstens war der arme Kerl wohlbehalten zurückgekehrt!«

Dann promenierte Ralf über die Alte Brücke und schaute den Schwänen zu, die sich im grünblauen Wasser des Neckars tummelten. Ihr schneeweißes Gefieder leuchtete grell in der Nachmittagssonne. Wie Blütenblätter flatterten die winzigen Papierschnipsel von Sophies Brief auf den Fluß hinunter. Als Ralf seinen Weg fortsetzte, war er so tief in Gedanken versunken, daß er nicht registrierte, wie der unscheinbare Mann mit dem pechschwarzen Paletot seine Melone weiter ins Gesicht zog und ihm in angemessenem Abstand folgte.

Wenige Tage später hielt Major E.T.Sachs in Koblenz den Bericht Marmottes in seinen Händen, samt der Weisung des Chefs, er möge sich erneut, und diesmal hoffentlich erfolgreicher, des Falles Dollberg annehmen.

★

Liebe Irene!

Deinem Vater habe ich den Mund glücklicherweise schnell gestopft. Er ist jetzt ganz ruhig und zufrieden. Du brauchst gar keine Angst zu haben, wenn Du nach Hause gehst. Aber das Kind mußt Du vorläufig noch dort lassen. Ludwina sagte doch, das nette Ehepaar von nebenan möchte den Jungen so lange in Pflege nehmen. Er ist ja auch wirklich ein reizendes Kerlchen. Habe meiner Mutter das Bild geschickt, und sie ist ganz verliebt. Sie wird in nächster Zukunft in Deutschland eintreffen und das Geld mitbringen. Dann können wir bald heiraten. Wenn Du heimkommst, sieh zu, daß Dein Vater endlich die Papiere besorgt, Geburtsurkunde usw. Wenn nicht, plagst Du ihn Tag und Nacht, bis er alles zusammen hat. Ich konnte nicht lange in Weingarten bleiben. Wenn Dich jemand fragt, mußt

Du unter allen Umständen bei Deiner ersten Aussage bleiben! Ob sie es glauben oder nicht, das spielt gar keine Rolle. Bis jetzt ist doch alles glatt gelaufen. Ich komme mit Markus und vielleicht auch mit Fanny in der nächsten Woche nach Holzminden und werde alles regeln, wenn Du es nicht vorher verdirbst. Nur standhaft bleiben, dann ist es vorüber für immer. Grüße an alle!
Dein Ralf
N.B. Sage Ludwina, sie soll doch nicht so böse zu Dir sein.

Das Holzbein des Kriegsinvaliden knarrte auf den ausgetretenen Steinstufen, die ins Souterrain führten. Dumpfes Stimmengewirr brandete ihm entgegen, als er mit dem Krückstock die derbe Tür zum Schankraum aufstieß. Eine Wolke aus Bierdunst und Tabakrauch entquoll dem niedrigen Portal aus rohen Steinquadern, und die penetranten Schwaden stiegen empor, drehten sich als fahle Schleier um die trübe Funzel über dem Eingang zum Schwarzen Walfisch, bis sie sich in der kühlen Nachtluft auflösten.

Haeberlins Stammkneipe, Relikt einer vergangenen Epoche, wurde vorwiegend von Monarchisten und Deutschnationalen besucht. Das vergilbte Portrait des letzten Kaisers hing an der rußgeschwärzten Rückwand des düsteren Raumes und war mit schwarzweißroten Schärpen geschmückt. Im Hinterzimmer schmetterte ein Studentenkorps die Ruhmeshymne alter Burschenherrlichkeit: Gaudeamus igitur ...

An diesem Abend betrat kurz nach Haeberlin ein untersetzter Mann das Lokal. Geschickt warf er mit der Linken seinen schwarzen Schlapphut auf das Ablagebrett des Garderobenpaneels. Dann schwang er die graue Pelerine von den Schultern wie ein Torero die Capa und drückte sie im Vorbeigehen der verdutzten Bedienerin in die Hand. Der rechte Ärmel seines Jacketts lag flach am Körper. Der Wirt hinter der Theke schien den Einarmigen zu kennen, Er zwinkerte ihm zu und gab der drallen Maid ein Zeichen. Die geleitete den Gast zu einem Tisch, an dem Karl-Eugen Haeberlin hockte und dumpf vor sich hin stierte.

»Wenn der Herr vielleicht da Platz nehmen möcht'«, maulte sie einfältig. Der Fremde knallte die Hacken zusammen:

»Sie gestatten?« und Haeberlin nickte nur apathisch. Aber bald gelang es dem neuen Gast, ihn in ein Gespräch zu verwikkeln. Er kenne hier niemanden und würde sich freuen, wenn der Herr, offenbar ein Schicksalsgenosse, fügte er, die Schulter mit dem leeren Ärmel vorschiebend, hinzu, ein Gläschen mit ihm trinken wollte. Sein Name sei Sachs.

Der psychologischen Taktik des Einarmigen gelang es leicht, das Vertrauen des Invaliden zu gewinnen, und es dauerte nicht lange, bis dieser sein ganzes Seelenleben vor dem aufmerksamen Zuhörer ausbreitete. Wortgewandt ließ er bei den Schilderungen von Kriegserlebnissen das Hohelied vom tapferen Frontsoldaten einfließen, zitierte die Idee von Blut und Ehre, im Prinzip seien sich doch Freund und Feind in dieser Ansicht einig: Verwerflich sei nur der Deserteur, der feige sein Vaterland verriete.

Die Schankmaid brachte ein neues Glas, und Sachs lenkte das Gespräch auf die gegenwärtigen Verhältnisse. Da sei er, meinte Haeberlin, doch ein armes Schwein. Die besten Räume seines Hauses müßte er vermieten, an so einen reichen Tagedieb und Spinner, mit einem photographischen Tick:»Steto ... stero ... stereoskopische Bilder, so'n Quatsch!«

Mit schwerer Zunge versuchte Haeberlin, das Steckenpferd seines Logiergastes zu beschreiben. Und seine Frau sei ganz vernarrt in diesen Kerl, selbst seine kleine Tochter, ein Kind noch, zöge der fragwürdige Amerikaner mit Geschenken an sich und er, der arme Krüppel, verlöre seinen letzten Einfluß und den Respekt, der dem Vater gebührte!

»... und dem Ehemann!« raffiniert weckte Sachs das Mißtrauen des Verbitterten gegen den Fremden, der in Haeberlins Privatleben eingedrungen war.

Er versuchte, noch möglichst viele Fakten zu erfahren, um sich ein umfassendes Bild machen zu können, bevor er sich verabschiedete. Dabei versprach er seinem neuen Freund, ihn schon bald wiederzusehen. Major Sachs verließ die Stadt tatsächlich, um die Saat keimen zu lassen, denn der arglistige Plan, den er schmiedete, bedurfte noch einiger Vorbereitungen.

In Holzminden verabschiedete sich Irene von den beiden Damen, in deren Haus sie das letzte halbe Jahr zugebracht hatte. Mehr oder weniger freiwillig und mit erheblichen Schwierigkeiten, sich dem Kuratel der Ludwina Schmitz unterzuordnen. Unseligerweise waren da zwei gleichermaßen eigensinnige Charaktere aufeinandergestoßen. Nun, da die Erlösung unmittelbar bevorstand, fand die junge Frau dennoch herzliche Worte des Dankes. Impulsiv umarmte Ludwina die Scheidende.

»Ich werde dich sehr vermissen, meine Liebe, hast mit deiner Renitenz wenigstens Leben in die Bude gebracht!« stellte sie mit ihrer gutturalen Stimme fest. Marie-Luise saß im Rollstuhl und blätterte in einem dicken Buch, als gehe sie das alles nichts an. Ihr aufgesetztes Lächeln wirkte ein wenig debil, als sie pathetisch deklamierte: »... und redetet ihr mit Engelszungen, hättet aber der Liebe nicht, so wäret ihr nur tönendes Erz und klingende Schellen ... hahaha!« Sie lachte lauthals, wiederholte das Wort Schellen und geriet in heftiges Husten, so daß Ludwina ihr auf den Rücken klopfen mußte.

»Ach, Marie-Luise, du quasselst schon wieder dummes Zeug!« und zu Irene gewandt, bemerkte sie abfällig: »Es wird immer schlimmer mit der Ollen, nun ist sie auch noch bigott! Man kann sich nicht mal mehr mit ihr anlegen. Auf jedes krumme Wort von mir reagiert sie mit einem Bilbelzitat. Soll ich mich denn mit dem Herrgott streiten? Da hast du's besser, Irenchen, du kannst jetzt deiner Wege gehen. Und um diesen Mann beneide ich dich glühend! Mein Gott! Wäre ich zwanzig, dreißig Jahre jünger, glaube mir, ich führe mit ihm nach Rußland und wir brächen eine zweite Revolution vom Zaun! Nun geh', ich wünsche euch beiden alles Glück!«

★

Im Foyer des Hotels Weißes Kreuz warteten Markus und Fanny auf die heimkehrende Schwester. Ralf Dollberg hatte sich schon heute früh mit unbekanntem Ziel abgesetzt, nachdem alles Nötige geregelt war. Der Pikkolo schaffte bereits die Koffer zum Bahnhof. Mit strahlender Miene erschien jetzt Irene. Sie trug ein elegantes Reisekostüm aus feinstem schiefergrauen Kammgarn, dazu einen mohnroten Hut und im gleichen Ton eine schicke Handtasche und hochhackige Pumps. Die Geschwister erhoben sich unwillkürlich. Markus pfiff anerkennend durch die Zähne. Irene hatte sich vom Backfisch zu einer bildschönen Frau entwickelt. Ihre weiblich betonte Figur war von formvollendeter Wohlgestalt. Wie sie so, mit hoch erhobenem Kopf daherschritt, flüsterte Fanny dem Bruder ins Ohr:»Hast du gesehen, wie ihr die Herren dort drüben nachschauten?«

Als die drei dann im Zug saßen und einander berichteten, was inzwischen alles geschehen war, dachte die bescheidenere Schwester bei sich:»Nein, wenn ich ihre kalten Augen sehe, beneide ich sie wahrhaftig nicht um ihre äußere Schönheit!«

★

Ernst Göhmann, ein biederer Beamter, Mitte vierzig, bewohnte mit seiner um einige Jahre jüngeren Frau Florentine das schmucke Haus, dessen gepflegter Garten an das Grundstück von Ludwina Schmitz grenzte. Das kinderlose Ehepaar hatte den kleinen Frederick in Obhut genommen und überschüttete ihn mit liebevoller Fürsorge. Für das Baby war es im Augenblick gewiß die glücklichste Lösung. Den innigen Wunsch der Pflegeeltern, das Kind zu adoptieren, hatte Dollberg entschieden, ja fast unhöflich abgeschlagen. Irene wurde erst gar nicht gefragt, doch nahm die junge Mutter bemerkenswerterweise auch keinerlei Stellung zu diesem Ansinnen. Für sie war die Heimkehr ins elterliche Haus vorrangig. Um alles andere würde Ralf sich kümmern, und wenn er sie sehen wollte, würde er sie das schon wissen lassen.

Er war in diesen Wochen wieder viel unterwegs. In seinem Heidelberger Domizil ließ er sich auch nur sporadisch blicken. Ralf Dollberg bemerkte zwar das reservierte, fast feindselige Verhalten der Hauswirtin, als er wieder mal einige Zeit in seinem Appartement zubrachte, machte sich aber deswegen keine weiteren Gedanken. Er hielt sie eben für launisch und unzufrieden. War ja auch kein Wunder bei diesem Ehemann! Doch, was sollte ihn das kümmern? Mit seinen eigenen Problemen hatte er schließlich Sorgen genug.

Hätte er jedoch ernstlich darüber nachgedacht, wäre ihm gewiß mancherlei klargeworden: Die junge Frau mit ihren unerfüllten Sehnsüchten machte ihm bei jeder Gelegenheit Avancen, die es, wie sie selbst glaubte, an Deutlichkeit nicht fehlen ließen und manchmal sogar die relativ engen Grenzen ihres weiblichen Stolzes erheblich überschritten.

Einmal, sie kam gerade vom Friseur und bat ihn, ihre neue Haartracht zu begutachten, erbot er sich, sie zu photographieren. Während der Aufnahme fragte sie beiläufig, was er denn so alles ablichte und ob er gar Aktbilder mache. Für sie war diese verfängliche Frage soviel wie ein Angebot, doch er winkte nur lächelnd ab und meinte, das sei gewiß nicht sein Metier. Dabei war sich Ilse Haeberlin durchaus ihres wohlgestalteten Körpers bewußt. Neulich richtete sie es so ein, daß ihr Untermieter überraschend nach Hause kam, während sie in seiner Abwesenheit das Bad benutzte. Sekundenlang stand sie hüllenlos vor dem begehrten Mann, doch dieser erwies sich als untadeliger Gentleman und wandte sich mit einer artigen Entschuldigung ab. Da sie ihn für einen alleinstehenden Junggesellen hielt, der auch niemals Besuch in seinen Räumen empfing, kam die attraktive Mittdreißigerin letztlich zu der Überzeugung, daß Dollberg Frauen ablehne, speziell sie persönlich. Und das beleidigte sie!

Scham und Enttäuschung kompensierte sie unbewußt mit einem gewissen Haß, in den sich ihre heftige Zuneigung mittlerweile verwandelt hatte. Sie konnte ja nicht wissen, daß sich der Herr ihrer sündigen Träume anderweitig gebunden fühlte.

Eines Tages befand sich Ralf tatsächlich wieder in der Nähe von Weingarten, wo er unter Berücksichtigung aller gebotenen Vorsichtsmaßnahmen im gemütlichen Kreis der Kinofamilie weilte. Das Zusammensein mit seiner Verlobten brachte letzten Endes erneut das leidige Thema ihrer Heirat in Leningrad zur Sprache. Irene befürchtete ernsthaft, daß Ralf die Absicht hatte, in Rußland zu bleiben. Im Traum beunruhigte sie manchmal schon die Wahnvorstellung sibirischer Schneestürme, die sie und ihre Zukunft verwehten. Erst kürzlich sah sie nämlich einen Film über Anna Karenina.

★

Der schrille Ton der Hausglocke schreckte Ralf aus seiner Beschaulichkeit, der er sich bei der Lektüre eines belletristischen Buches in dem bequemen Ohrensessel hingab. Als es zum zweiten Mal beharrlich klingelte, blickte er irritiert auf. War denn

niemand da bei den Haeberlins? Dumpfes Pochen dröhnte von
der Haustür herauf, und der Hund des Nachbarn schlug an.
Dann hörte er eine harte, drohende Stimme: »Aufmachen! Polizei! Jeder Fluchtversuch ist vergeblich, das Haus ist umstellt!«

Und wieder krachten derbe Schläge gegen die hölzerne Türfül-
lung. Fieberhaft überlegte Ralf, was das bedeuten könnte, während er seinen seidenen Hausrock überzog und in die Diele hinun-
terstieg. Von den Haeberlins keine Spur. Er öffnete die Tür. Ein
Beamter der Kriminalpolizei, der sich mit seinem ganzen Gewicht
dagegengeworfen hatte, stürzte ihm entgegen. Er fing den Tau-
melnden auf und stellte ihn, ein paar Schritte zurücktretend, auf
die Beine. Zwei Kollegen stürmten herein, die Pistolen im Anschlag. Einer brüllte: »Umdrehen! Hände an die Wand!«

Schon fühlte er die tastenden Finger über seinen Körper gleiten. Dann meldete der Polizist dem jetzt ebenfalls eintretenden
Inspektor: »Er ist unbewaffnet!«

Der brummte: »Schon gut, Winkler, mach' die Tür zu!« und zu
Ralf sagte er ruhig, fast gelangweilt: »Dollberg!? Ich muß Sie ver-
haften! Ist das Ihre Wohnung?«

Ralf deutete nach oben und bemühte sich, ebenfalls ruhig zu
bleiben: »Darf ich fragen, was das alles soll?«

»Ich nehme an, das können Sie sich denken, oder haben Sie
sonst noch was auf dem Kerbholz?«

»Sie, Sie sind doch von der deutschen Polizei?«

»Na klar, das sehen Sie doch! Sie wurden angezeigt, Sittlich-
keitsverbrechen, Kindesmißhandlung, scheinen'n schwerer Fall
zu sein. Der Staatsanwalt hat sofortige Festnahme und Haus-
durchsuchung angeordnet.« Er zog zwei amtliche Schreiben aus
der Innentasche seines Trenchcoats und hielt sie Ralf flüchtig unter die Nase. Drei weitere Beamte traten ein. Der Inspektor wies
mit dem Kopf nach oben.

»Seht euch gut um! Vor allem den Photokram beachten,
scheint irgendwie besonders brisant zu sein.«

Er wandte sich wieder Dollberg zu. Dieser sagte mit tonloser
Stimme: »Es muß sich hier um einen Irrtum handeln, denn ich
bin mir keiner Schuld bewußt, Herr ...«

»Kornbeck, Kriminalinspektor Kornbeck. Sie sind unschuldig.
Natürlich, das sagt jeder! Ist aber nicht mein Bier. Ich führe Sie
nur dem Haftrichter vor. Der trifft die Entscheidung, aber, wie's

_244_

aussieht: Verschärfte U-Haft, wegen Fluchtverdachts und Verdunkelungsgefahr! Sie sind Ausländer?«

»Staatenlos.«

»Um so besser, dann bleiben die Diplomaten aus dem Spiel! Haben Sie einen Anwalt?«

»Nein, ich kenne hier niemanden. Ich habe auch keinen Grund.«

»Keine Ahnung haben Sie, werden einen Offizialverteidiger kriegen. Wenn die Leute von der Spurensicherung das Beweismaterial sichergestellt haben, können Sie die nötigsten Dinge für den Knast einpacken.«

Die beiden Polizisten an der Tür senkten langsam ihre Pistolen. Der Inspektor nahm eine Zigarette aus der Tasche. Der dritte Beamte, der immer noch dicht bei Ralf stand, gab ihm Feuer.

»Danke, Winkler! Wenn er seine Siebensachen gepackt hat, legst du ihm Handschellen an.«

Dollberg fixierend, bemerkte er:»Sie sehen eigentlich gar nicht so aus, aber das sind meist die Gefährlichsten!« fügte er an die Beamten gerichtet hinzu. Dann ließ er sich in einen Sessel fallen und legte die Füße auf den Couchtisch.

Kurze Zeit später befand sich Ralf Dollberg in einer kärglichen Einzelzelle des Untersuchungsgefängnisses. Der Haftrichter hatte ihm noch einmal die Anklagepunkte und die übrigen Fakten, die schon der Inspektor erwähnte, bestätigt. Außerdem konnte er erfahren, daß die Strafanzeige von Herrn Haeberlin erstattet wurde, der in dem Gerichtsverfahren als Nebenkläger auftreten wollte. Die Bestallung eines Rechtsbeistandes für seine Verteidigung wäre amtlicherseits erfolgt. Ob dem Wunsche des Angeklagten, seine Mutter in den Vereinigten Staaten telegraphisch zu verständigen, stattgegeben werden könne, müsse von der Staatsanwaltschaft noch geprüft werden.

Wie vor den Kopf geschlagen saß Ralf auf dem Spreusack der rohen Holzpritsche. Er glaubte immer noch, ein böser Traum hätte ihn genarrt. Was konnte die Haeberlins veranlaßt haben, eine solch infame Anklage gegen ihn zu erheben? Je mehr er über seine Lage grübelte, desto klarer kristallisierte sich der Gedanke heraus, daß die ganze Sache eine Intrige seiner Verfolger sein mußte, die ihn auf diese Weise hinter Gitter bringen wollten, oder, schlimmer noch, man provozierte seine Auslieferung an die Vereinigten Staaten. Doch wer würde ihm das je glauben?

Nach einigen Tagen wurde der Gefangene in ein Sprechzimmer geführt. Der Beamte mit dem großen Schlüsselbund setzte sich wortlos auf den Stuhl neben der Tür. Die weißgetünchten Wände waren kahl und schmucklos, im unteren Bereich speckig und abgewetzt, mit eingeritzten Namen übersät. Nur an der Schmalseite hing sehr hoch, nicht ohne weiteres zu erreichen, ein schlichtes Kruzifix. Auf der dem vergitterten Fenster gegenüberliegenden Wand stand in verblassender Schrift ein Vers, dessen erste Zeilen gerade noch zu erkennen waren:

Wer nie sein Brot mit Tränen aß,
wer nie die kummervollen Nächte ...

Ralf erschien dieses Goethegedicht, das ihm durch die germanistische Passion seiner Mutter bekannt war, wie ein Hohn, denn er fühlte sich keineswegs wie ein armer Sünder, der seine Schuld zu büßen hatte, sondern als Opfer niederträchtiger Arglist.

In der Mitte des Raumes erwartete ihn ein Mensch von ungewöhnlicher Leibesfülle. Den schwachen Versuch, sich zu erheben, gab dieser rasch auf. Die zwei zusammengeschobenen Stühle ächzten beängstigend unter dem zurücksinkenden Gewicht. Mit verlegenem Lächeln wischte er die Schweißperlen von der rosaroten Glatze, die von einem dünnen Kranz aus silberblondem Flaum gesäumt wurde. Der winzigen Augen lagen so tief in dem aufgedunsenen Fettpolster des Gesichtes, daß man ihre Farbe nicht erkennen konnte, geschweige denn ihren Ausdruck. Das machte den Mann unsympathisch. Mit einer gönnerhaften Armbewegung wies er Ralf eine Sitzgelegenheit zu und neigte knapp den Kopf: »Rechtsanwalt Dr. Gerstäcker, bin Ihr Pflichtverteidiger, mein lieber Herr Dollberg, hm, freue mich, Sie kennenzulernen.«

Dann stellte er die umfangreiche Aktentasche zwischen seine Füße auf den Boden und beugte sich zu seinem Mandanten hinüber, indem er den massigen Körper auf dem Tisch ausbreitete und dicht vor Ralf die fleischigen Finger verschränkte.

»Nun wollen wir mal schön unsere Geschichte erzählen, was?« brabbelte sein breiter Mund. Die Äuglein glitzerten lauernd in den tiefen Höhlen. Ralf berichtete wahrheitsgemäß, was sich zugetragen hatte, schilderte auch die erbarmungslose Verfolgungsjagd und äußerte seinen Verdacht. Dabei hatte er das Gefühl, daß der Anwalt ihm überhaupt nicht zuhörte.

Als seine knappe Darstellung beendet war, blubberte das

Froschmaul mit kindischem Singsang: »Nun ja, so weit, so gut, hm, ganz schön zurechtgelegt, mein Lieber. Doch jetzt wollen wir mal Ihre tatsächliche Situation klarstellen. Aber, vor der schlechten erst die frohe Botschaft: Die Benachrichtigung Ihrer Frau Mutter in Amerika ist amtlich genehmigt worden. Werde das gerne für Sie besorgen, Moment! Da war doch noch eine Anmerkung.«

Dr. Gerstäcker zog ein Schriftstück aus der dicken Ledertasche und zitierte: »Die anfallenden Kosten gehen zu Lasten des Antragstellers. So ein bürokratischer Quatsch, was? Nun ja, lieber Herr Dollberg, um's gerade heraus zu sagen: Sie haben verdammt schlechte Karten in diesem Spiel! Dem zuständigen Staatsanwalt wurde, ist zwar schon viele Jahre her, das einzige Kind entführt, man fand es tot, verstümmelt, mißbraucht. Der Täter wurde nicht gefaßt. Ich glaube, die Eltern konnten das nie verwinden, fataler Zufall, was?«

Ralf war blaß geworden. Er wußte, was das für ihn bedeutete. »Aber, ich bin völlig unschuldig!« flüsterte er heiser, denn seine Kehle war trocken. Auch der Anwalt setzte eine bekümmerte Miene auf.

»Damit werden wir kaum durchkommen. Das Beweismaterial ist erdrückend, die Aussage der Eltern vernichtend, widerliche Details. Die Leute sind durchaus bereit, zu schwören.«

Jetzt erst erfuhr Dollberg, was die Beamten in seiner Wohnung gefunden und beschlagnahmt hatten. Außer ein paar Kinderdessous, eindeutig pornographische Photographien der kleinen Monika, in Stereoskopie! Er war völlig verzweifelt, denn es gab keine Erklärung dafür.

»... aber Monika selbst?« würgte er tonlos hervor.

»Die Kleine wurde von ihren Eltern sofort weggebracht. Aufenthaltsort unbekannt. Der Staatsanwalt verzichtet auf ihre Einvernahme. Das Gericht dürfte sich dem mit Sicherheit anschließen, um weitere psychische Schäden des Kindes zu vermeiden, wie es in der Begründung heißt!«

»Und Sie, Herr Doktor, glauben Sie selbst eigentlich an meine Unschuld?«

»Nun, das dürfte sehr schwer sein, was? Doch muß ich mich wenigstens theoretisch auf diesen Standpunkt stellen. Es ist schließlich meine Aufgabe, Ihre Interessen zu wahren, so weit dies eben möglich ist.«

»... und welche Möglichkeiten sehen Sie überhaupt?«

»Ich denke zum Beispiel an eine dramatische Darstellung Ihrer exponierten Situation, permanente Verfolgung, quälende Einsamkeit, was? Und nicht zuletzt der Zwang, jedem Menschen, insbesondere jedem erwachsenen Menschen mißtrauen zu müssen! Deshalb Ihre Zuflucht zur Unschuld des Kindes, eine Romanze, die Verständnis weckt, die vor allem den häßlichen Anstrich von Gewalt oder gar Mißhandlung abschwächt, vielleicht gar eliminiert, was!? Möglicherweise könnte das Gericht Ihre Ausweisung ...«

Ralf sprang erregt auf und packte den Anwalt an den Schultern. »Mann, das ist es doch, was meine Feinde mit dieser schändlichen Verleumdung erreichen wollen! Begreifen Sie das denn nicht? Wir müssen meine Unschuld beweisen. Ich weiß zwar auch nicht wie, aber ich weiß, daß das niemals möglich sein wird, wenn Sie selbst daran zweifeln. Sie können mich nicht verteidigen, Sie sind doch bestenfalls ein Handlanger dieses rachsüchtigen Staatsanwaltes! Nie und nimmer sind Sie der Anwalt meines Vertrauens. Ich entziehe Ihnen mein Mandat!« Mit hochrotem Gesicht löste Dollberg seine verkrampften Fäuste aus dem flauschigen Wollstoff des riesigen Jacketts und ließ sich schweratmend auf seinen Stuhl fallen. Dr. Gerstäcker schüttelte nur erstaunt seinen Kopf und winkte dem Vollzugsbeamten, der ebenfalls aufgesprungen war und unschlüssig zu dem Juristen herblickte, beruhigend ab. Ralf hob besänftigend die Hände. »Tut mir leid, Herr Doktor.«

»Schon gut, schon gut, werde dem Staatsanwalt Ihre Entscheidung mitteilen. Schade nur um meine Phantasie, die ich bereits in das Plädoyer investiert habe, wollte ehrlich versuchen, Sie aus dem schlimmsten Schlamassel zu zerren. Aber Vertrauen gegen Vertrauen, wir sind quitt, denke ich, was?«

Er streckte Dollberg die schwammige Hand hin, die dieser widerwillig berührte.

»Trotzdem, vielen Dank, Doktor!«

»Ehrlich gesagt, jetzt fühle ich mich irgendwie wohler, mein Lieber. Adieu! Gott stehe Ihnen bei!«

Außer der Anstrengung, sich zu erheben, sah man dem Advokaten keinerlei Gemütsregung an. Mit watschelndem Gang schleppte er sich und seine voluminöse Aktentasche aus dem Sprechzimmer. Der Wärter hatte bereits die Tür aufgeschlossen und legte zum Gruß seine Hand an die Mütze. Dann brachte er den Gefangenen wieder in seine Zelle. Dort gelang es Ralf nur mit Mühe, seine wirren Gedanken zu ordnen.

★

Dr. Gerstäcker hatte Wort gehalten und Emma Dollberg in Philadelphia telegraphisch die mißliche Lage ihres Sohnes zur Kenntnis gebracht. Über das im Atlantischen Ozean verlegte Telefonkabel setzte sich diese sofort mit dem Rechtsanwalt in Verbindung und verpflichtete ihn erneut, ungeachtet der Höhe seines Honorars, die juristischen Interessen des Untersuchungsgefangenen so lange zu vertreten, bis der von ihr eingesetzte Strafverteidiger aus Amerika in Heidelberg eintreffen und den Fall übernehmen würde. Sie selbst käme so bald wie möglich nach. Dies sollte er ihrem Sohn mitteilen.

Die Witwe des philadelphischen Brauerkönigs, deren enormer Stolz ihr den Beinamen Lady Emma eingetragen hatte, verband ein recht zwiespältiges Verhältnis mit dem Staranwalt dieser Stadt: Als notorische Rassistin lehnte sie den gesellschaftlichen Verkehr mit Farbigen ab. Und dazu zählte sie auch Juden. Andererseits nützte sie jedoch gern die genialen Fähigkeiten des überaus erfolgreichen Juristen Dr. Simon Grünbaum. Der wiederum bewunderte diese starke Persönlichkeit und trug Emma Dollberg ihren Irrglauben, wie er deren ablehnendes Verhalten scherzhaft nannte, nicht weiter nach, zumal ihm der Gesellschaftsrummel keinen Pfifferling wert war. Außerdem erinnerte er sich dankbar an die Zeit, in der ihm Lady Emma Honorare zahlte, die er damals in solcher Höhe nicht zu fordern wagte.

Vor wenigen Jahren schlug er sich noch als schäbiger Winkeladvokat mit den kleinen Fischen der Frankfurter Unterwelt mehr schlecht als recht durchs Leben. Zufällig geriet er an einen etwas größeren Fisch, schon eher einen Hai, der sein Talent erkannte. Für dessen Organisation holte Simon in Chicago ein paar heiße Kartoffeln aus dem Feuer und kam in die Schlagzeilen der Boulevardpresse. Er konnte rechtzeitig aussteigen, nützte seine Berühmtheit und ließ sich in Philadelphia nieder: Ein Anwalt für schwierige Fälle! Damit begann seine kometenhafte Karriere als Strafverteidiger.

Dr. Grünbaum war ein unauffälliger Durchschnittstyp im grauen Flanell. Alles an ihm war mittelmäßig, außer seiner überragenden Intelligenz, verbunden mit einem unbändigen Arbeitseifer. Da er nie Zeit für eine Familie hatte, war er lieber Junggeselle geblieben. Sein Alter war schwer zu bestimmen, besonders wenn sein unvermeidlicher Panamahut das schüttere Grauhaar verbarg. Die dunkelbraunen Augen strahlten jungenhaft aus dem verwitterten Gesicht, und über die ausgeprägten Lippen flackerte ständig ein irritierendes Lächeln, das zu einem breiten Grinsen ausuferte, als er im Telefonhörer die markante Stimme von Mistress Dollberg erkannte.

»Hallo, Mylady, was verschafft mir die hohe Ehre?«

»Haben Sie noch Ihre Lizenz für drüben, Dr. Grünbaum?«

»Gewiß, Lady Emma, was könnte man denn dort für Sie tun?«

»Sie müssen mir helfen, ich bitte Sie, zum ersten Mal bitte ich Sie, Doc.«

»Gott, der Gerechte! Dann muß es aber verdammt ernst sein!«

»Mein Sohn in Deutschland steckt ganz abscheulich in der Klemme.«

Grünbaum pfiff überrascht durch die Zähne. Nach einer winzigen Pause antwortete er mit fester Stimme, die den eben noch deutlich spürbaren Zynismus völlig verloren hatte: »Sie können mit mir rechnen, Madam, wollte schon lange mal wieder in's Land meiner Väter.«

»Danke, Simon!« Ihre Worte klangen warm. »Ich danke Ihnen von Herzen. Wann könnten Sie fahren?«

»Augenblick, bitte, der nächste Dampfer sticht morgen in See, nein, übermorgen geht einer, der ist zwei Tage eher dort, und ich bin morgen früh, sagen wir gegen zehn Uhr bei Ihnen, Mistress Dollberg! Okay?«

»Ich erwarte Sie, lieber Doktor, danke!«

★

»Es hat sich nichts verändert«, dachte Simon Grünbaum, als er die knarrende Holztreppe hinaufstieg. Neben der grünlackierten Tür bammelte immer noch der abgenutzte Holzgriff des kaputten Klingelzuges über einem ovalen Emailschild: *Samuel Hirsch, Privatdetektiv*. Der Besucher klopfte an und sogleich ertönte eine helle Stimme: »Treten Sie näher, es ist alles offen!« Der hagere Mittvierziger nahm seine Füße vom Tisch und faltete die Zeitung zusammen. Seine großen melancholischen Augen, die zur Hälfte von den schweren Lidern bedeckt wurden, schauten erwartungsvoll in die Eingangsdiele. Dann sträubte sich sein ohnehin schon struppiger Schnurrbart unter der schmalen Adlernase und dem vor Staunen weit geöffneten Mund entrang sich ein Schrei: »Nein!! Simon Grünbaum! Du altes A... ja, lebst du auch noch? Ich dachte, wir sehen uns nie wieder! Was machst du denn in Frankfurt?«

»Gut und gern lebe ich noch, Sammy! Und wie geht's dir?« Sie schlugen einander auf die Schultern und grienten sich an.

»Wenn ich nicht so'n Optimist wär', würde ich sagen: beschissen! Der gleiche Krampf, tagaus, tagein. Wenn's dicke kommt, sucht ein reich Verstorbener seine Erben, hatte ich letzte Woche einen, aber sonst hüpf' ich nur von einem Ehebruch zum anderen, und dazwischen geh' ich Kohle holen. Auf gut deutsch: Inkasso, da kommt auch nicht viel Freude auf.«

Er strich sich über das schwarze Kraushaar, das, mit Brillantine gebändigt, in der Mitte gescheitelt war, um die riesigen Ohren zu kaschieren.

»... ja, in den guten alten Tagen«, lamentierte er weiter, »als ich für dich geschnüffelt habe, da machte dieser Job noch Spaß!«

»Nu', jammere nicht wie'n altes Klageweib! Pack lieber deine Klamotten zusammen und mach den Laden dicht für ein paar Tage. Hab' da'n lukrativen Auftrag, der könnte dir auch schmekken!«

★

Meine liebe Irene!
Vielen Dank für Deinen Brief. Ich freue mich, daß es Dir wieder besser geht. Mir geht es gut, mindestens so gut, wie es unter diesen Umständen gehen kann. Natürlich ist es ziemlich langweilig hier, aber jetzt darf ich wenigstens Zeitungen lesen. Nun werden es schon fünf Wochen! Habe aber große Hoffnung, daß es nicht mehr so lange dauert. Der neue Rechtsanwalt, den mir meine Mutter geschickt hat, macht einen cleveren Eindruck. Er glaubt auch, daß die ganze Sache nur eine Hetze-

rei seitens der Amerikaner ist. Du wirst mich ja so gut kennen, daß Du weißt, ich bin unschuldig. Sobald ich wieder frei bin, werde ich sofort zu Dir kommen und dann werden wir endlich heiraten, Du weißt ja, wo. Und dann, wenn mich die Amerikaner in Ruhe lassen, werden wir irgendwo im Badischen eine Villa und eine Fabrik erwerben und nichts wie schaffen. Das wird eine schöne Zeit werden.

Grüße an alle! Dein Ralf.

NB. Hast Du die Papiere bereit? Sophie soll sich darum kümmern!

Ralf Dollberg war immer ein Einzelgänger gewesen. Er interessierte sich nie für Politik oder Gesellschaft. Gewiß war das ein Fehler, denn in der Vergangenheit hätte er bei Beachtung der jeweils geltenden sozialen und ideologischen Prioritäten manche Entscheidung anders getroffen. Mit Simon Grünbaum diskutierte er häufig dieses Thema und nahm sich vor, solchen Dingen künftig mehr Aufmerksamkeit zu widmen.

Der Anwalt, der Dollberg fast täglich besuchte, wirkte sehr sympathisch und gewann rasch das Vertrauen seines Mandanten. Er versorgte den Häftling mit Zeitungen aller Art: Berliner und Frankfurter Tageblätter, amerikanische Journale und manchmal auch Zeitschriften aus Österreich oder aus der Schweiz, die sich gegenwärtig als Friedensstifter aufspielte, nur weil die Konferenz zur Wiederherstellung einer kooperativen Ordnung in Europa zufällig in Locarno stattfand. War es nicht der deutsche Außenminister Stresemann, der zusammen mit seinem französischen Kollegen Briand den entscheidenden Anstoß gab? Dollberg setzte gewisse Hoffnungen in diese Bemühungen, denn er glaubte, daß der friedliche Aufbau eines geeinten Europas auch ihm persönlich die Möglichkeit der freien Entfaltung geben würde. Aber dieses Propagandablatt aus Bayern, das in dem heutigen Pack enthalten war, der Völkische Beobachter, lief Sturm gegen den Locarno-Vertrag und warf Stresemann vor, die deutschen Rechtsansprüche unnötig aufzugeben. Bei näherem Besehen erkannte Ralf mit großem Erstaunen das Emblem dieses Fanatikers von Landsberg, und da, tatsächlich, da stand auch der Name! Aus dem Artikel ging hervor, daß jener längst wieder in Freiheit war und seine Partei, die damals verboten wurde, neu organisieren konnte. Offenbar hatte er diesen Mann unterschätzt. Hauptmann Kattwinkel fiel ihm ein: ein Reichswehroffizier! Wenn solche Leute diese Idee stützten ... Und jetzt erinnerte sich Ralf auch irgendwo gelesen zu haben, daß der im Frühjahr gewählte Reichspräsident ein überzeugter Anhänger der Monarchie und ein Militarist par excellence sein sollte.

»Simon Grünbaum hat schon recht!« dachte er. »Es ist tatsächlich wichtig, solche Entwicklungen zu beobachten, denn sollte das Militär wieder die Vorherrschaft in Deutschland erlangen, muß ich damit rechnen, daß man für meine pazifistische Haltung, derentwegen die Amerikaner mich verfolgen, kein Verständnis mehr haben wird.«

Als er umblätterte, glitt eine Zeitungsbeilage zu Boden. Er las: Stahlhelm – Bund der Frontsoldaten.

»Das ist sicher ein Pendant zur American Legion« konstatierte Ralf und überflog neugierig diese Druckschrift. Sein Blick blieb auf der Überschrift einer langen Liste hängen: Mitteilungsblatt und Standesnachrichten der Kameraden. Darunter stand eine Reihe von Ereignissen und Namen. Einer fiel ihm ins Auge:

Nachruf:
Friedrich Planck, Weinsberg, Württbg. Inf.-Regiment 143, Oberfeldw., EK I, Tpfkts.-Med., verw. b. Ypern, † 8.10.25.
Evas Vater war gestorben! Ob sie jetzt wohl ganz allein in dem kleinen Lehenshäuschen bei der Staatl. Heil- und Pflegeanstalt zu Weinsberg wohnte? Vielleicht war sie schon lange verheiratet.

Ralf Dollberg fühlte das Bedürfnis, seiner früheren Geliebten zu schreiben, wie er durch Zufall Kenntnis vom Tode ihres Vaters erhalten hatte und sie seiner Anteilnahme versichern möchte. Er fragte höflich nach ihrem Befinden und schilderte ganz offen seine peinliche Lage. Er würde sich freuen, von ihr zu hören.

Als er Herrn Grünbau bat, den Brief zu befördern, reichte dieser ihm ein von der Zensur geöffnetes Kuvert mit Irenes Handschrift.

Lieber Ralf!
Ich will Dir heute, auch wenn es schmerzt, meine endgültige Entscheidung mitteilen. Oft und lange habe ich darüber nachgedacht und auch mit Vater einen heftigen Disput gehabt des-

wegen. Aber ich sehe keinen anderen Weg, als mich von Dir zu trennen. Ich halte diesen Zustand der Unsicherheit, der Angst und des ewigen Wartens nicht mehr länger aus. Gewiß glaube ich nicht, daß Du schuldig bist. Aber Du schreibst ja selbst, sie hätten schlimme Beweise gegen Dich. Ich wünsche Dir ganz ehrlich, daß Du aus dieser scheußlichen Sache herauskommst. Doch, wie der Prozeß auch immer ausgeht, es ändert sich nichts an Deiner Situation. Du wirst immer auf der Flucht sein! Ich will das nicht und ich gehe auch nicht mit Dir nach Rußland!

Bitte, laß mich in Frieden leben – ich kann nicht anders. Lebe wohl! Ich wünsche Dir alles Gute. Irene

N.B. Sophie wird alles andere regeln. Markus ist sehr traurig. Er spricht nicht mehr mit mir – aber er wird schon darüber hinweg kommen.

Ralf war nicht überrascht. Er hatte es längst gefühlt, doch wollte er es nicht wahrhaben. Jetzt, da die Gewißheit im Raum stand, versuchte er, Irene zu verstehen, aber es gelang ihm nicht, den tiefen Groll in seinem Herzen zu überwinden.

Ein paar Tage später überreichte ihm Simon Grünbaum einen anderen Brief:

Mein lieber, lieber Ralf!

Du glaubst gar nicht, wie ich mich über Deine Nachricht gefreut habe. Ich konnte Dich nie vergessen! Vaters Tod tat schon weh, doch tröstete ich mich mit dem Gedanken, daß er schließlich von einem schweren Leiden erlöst wurde.

Entsetzt war ich allerdings, als ich las, was für eine Schurkerei die Amerikaner gegen Dich ausgeheckt haben. Eine derartige Anschuldigung ist doch einfach lächerlich! Ich kenne Dich gut genug, um zu wissen, daß Du freigesprochen wirst. Darf ich Dich dort besuchen? Deine Frage, die ich zwischen den Zeilen zu lesen glaube, will ich gerne beantworten: Ich bin noch allein und jetzt ganz unabhängig. Persönlich geht es mir gut. In Vaters Amt hat man mir eine bescheidene Stellung angeboten, und überdies erhalte ich eine kleine Waisenrente, von der ich leben kann.

Ich freue mich unsagbar darauf, Dich wiederzusehen!

Immer Deine Eva

★

Wiederholt hechelte Dr. Grünbaum mit dem Untersuchungsgefangenen alle Einzelheiten durch. Sobald er meinte, ein Haar in der Suppe gefunden zu haben, setzte er den Detektiv Samuel Hirsch auf diese Fährte. Dabei stießen sie auf überraschende Zusammenhänge, doch der Anwalt verhielt sich in diesem Punkt seinem Mandanten gegenüber sehr zurückhaltend. Es wäre erfahrungsgemäß nicht ratsam, seine Trümpfe vorzeitig auszuspielen. Ralf müßte ihm einfach vertrauen, meinte er lakonisch.

Ganz nebenbei bemerkte er:»Es geht übrigens bald los! Der Gerichtstermin steht jetzt endgültig fest. Die Eröffnung der öffentlichen Hauptverhandlung wurde für nächsten Dienstag anberaumt.«

17. **Der Prozeß**

Richter Cyrill Börger, einer der angesehensten Juristen dieser Stadt, etwa Anfang sechzig, war zum Vorsitzenden im Strafprozeß gegen Ralf Dollberg designiert worden. Seine schmächtige Gestalt stand in krassem Gegensatz zu seiner starken Persönlichkeit. Trotz der griesgrämigen Miene, die er gewöhnlich zur Schau trug, wurde er auf Grünbaums Umfrage hin als überaus feinfühlig und kultiviert beschrieben, und jedermann bescheinigte ihm einen ausgeprägten Gerechtigkeitssinn.

Joachim Korska, der Vertreter der Anklage, war hochgewachsen und hager. Sein affektiertes Auftreten rief bei Richter Börger eine senkrechte Falte über der Nasenwurzel hervor, was der Verteidiger mit Befriedigung registrierte. Allerdings mußte er bald feststellen, daß die Zuhörer von der blendenden Rhetorik seines Gegenspielers beeindruckt waren. An dem einzelnen Tisch, seitlich hinter dem Staatsanwalt, räkelte sich Herr Haeberlin, der als Nebenkläger auftrat. Sein Rechtsbeistand blätterte immerzu in seinem Aktenbündel, als müßte er sich erst noch über den Fall informieren. Auf der linken Seite beugte sich Dr. Grünbaum über die Barriere, um seinem Mandanten, der neben einem Wachtmeister auf der Anklagebank saß, noch ein paar beruhigende Worte zuzuflüstern.

Korska schleuderte die Strähnen seines schweren Blondhaares mit einer scharfen Kopfbewegung aus der hohen Stirn, als wolle er damit seine haßerfüllte Tirade unterstreichen, mit der er den Angeklagten als charakterlich fragwürdigen Justizflüchtling aus welchen Gründen auch immer bezeichnete, der es dem großmütig Asyl gewährenden Lande ebenso schlecht zu danken wußte wie den ehrenwerten Eheleuten, die in ihrem schmucken Häuschen zusammenrückten, um ihm, dem Fremden, eine angenehme Unterkunft zu bieten. Auf schändliche Weise hätte er deren Vertrauen mißbraucht und sich an ihrem unmündigen Kind vergangen.

»Einspruch!« rief Simon Grünbaum mit fester Stimme und hob einhaltgebietend die Hand, wobei sein Talar wie eine schwarze Flagge wehte. »Der vom Vertreter der Anklage so anschaulich geschilderte Tatbestand ist eine reine Hypothese! Ob seine Mutmaßung zutrifft, steht frühestens am Ende dieses zweifellos ordnunggemäßen Gerichtsverfahrens fest.«

Mürrisch, fast traurig schüttelte der Richter sein Haupt mit dem feierlichen Barett. Die Unmutsfalte in seinem Gesicht hatte sich erheblich vertieft. »Dem Einspruch der Verteidigung wird stattgegeben. Der Herr Staatsanwalt möge sein Plädoyer in üblicher Reihenfolge am Schluß der Verhandlung vortragen.«

Korska warf dem Verteidiger einen giftigen Blick zu. Dann wandte er sich an Cyrill Börger und verneigte sich devot. »Ich bitte um Vergebung, Hohes Gericht, daß ich in sittlicher Empörung ...«

»... und in der irrigen Annahme, mit der Verurteilung meines Mandanten ein persönliches Trauma abbauen zu können«, warf Grünbaum ungewöhnlich scharf dazwischen.

»Die Verteidigung erhält eine Verwarnung!« stellte der Vorsitzende mit aller Strenge fest, den Holzhammer senkend, mit dem er energisch auf den Richtertisch geschlagen hatte, um seinen Worten Nachdruck zu verleihen.

»Im Protokoll ist die ungehörige Einflechtung in Bezug auf ein persönliches Motiv der Anklagevertretung zu streichen.« Grollend zupfte er die in Unordnung geratene Robe zurecht. »Ich bitte jetzt, in die Beweisaufnahme einzutreten. Der Herr Staatsanwalt hat das Wort.«

Joachim Korska bemühte sich, ruhig und sachlich zu argumentieren: »Hohes Gericht! In jenem Holzkasten, der von der Polizei in der Wohnung des Angeklagten beschlagnahmt und von diesem als sein Eigentum identifiziert wurde, befinden sich stereoskopische Diapositive, die mittels eines optischen Gerätes betrachtet werden können.«

Der Gerichtsdiener trat heran und erklärte die Handhabung des Stereoskops. »Die betreffenden Aufnahmen wurden mit einem gelben Punkt gekennzeichnet.«

Der Richter schaute mit undurchdringlicher Miene durch die Linsen und reichte das Gerät wortlos an seine zwei Beisitzer und die beiden peinlich berührten Schöffen weiter. Auch einige raffinierte Spitzendessous wurden mehr oder weniger verschämt inspiziert. Diese Prozedur dauerte geraume Zeit. Das sich ausgeschlossen fühlende Auditorium wurde unruhig. In der ersten Reihe erhob sich eine ältere Dame mit tiefverschleiertem Hut. Sie stieß unwillig mit ihrem Schirm auf den Fußboden und zischelte: »Warum unternehmen Sie denn nichts, Simon?«

Grünbaum sah sie lächelnd an und flüsterte zurück: »Geduld! Unsere Zeit ist noch nicht reif, Lady Emma!«

Mahnend klopfte der Hammer auf die schwere Eichenplatte des Richtertisches. »Ruhe!« gebot der Vorsitzende gereizt. Mit Nachdruck fügte er hinzu: »Äußerste Ruhe! Sonst lasse ich den Saal räumen!«

Dann schaute er den Verteidiger an und wies mit einladender Geste auf den ominösen Kasten. Aber Grünbaum schüttelte uninteressiert den Kopf. »Vielen Dank, Herr Vorsitzender.«

»Und Sie, Herr Staatsanwalt?«

»Danke! Wir haben uns bereits damit befaßt, auch der Herr Verteidiger hat diesen wohl eindeutigen Beweisen nichts entgegenzuhalten!«

Er grinste triumphierend zu Simon hinüber. Richter Börger wandte sich an Dollberg: »Angeklagter, wollen Sie uns etwas dazu sagen?«

Ralf stand auf und erklärte mit ruhiger Stimme: »Hohes Gericht! Die von der Anklage bezeichneten Bilder habe ich nicht aufgenommen. Es ist mir unerklärlich, wie diese in meine Sammlung kamen.«

Korska brach in schrilles Hohngelächter aus, was ihm einen Tadel des Richters einbrachte, der mit seinem Hämmerchen im Stakkato auf die Tischplatte pochte und eindringlich auf den Ernst der Angelegenheit hinwies.

Am Nachmittag rief der Ankläger Frau Haeberlin in den Zeugenstand. Unter Korskas geschickter Regie lüftete sie das kleine Geheimnis, das ihr Töchterchen Monika ihr angeblich anvertraut hatte. »Einzelheiten, die wir aus sittlich-moralischen Gründen der Öffentlichkeit vorenthalten müssen, hat die Zeugin niedergeschrieben. Die beglaubigten Abschriften des amtlichen Protokolls liegen dem Gericht vor.« Der Staatsanwalt troff vor Sarkasmus und Siegesgewißheit.

»Hohes Gericht!« meldete sich Simon Grünbaum zu Wort und

bat darum, die Zeugin der Anklage ins Kreuzverhör nehmen zu dürfen.

Während Cyrill Börger bereits nickte, sprach der Verteidiger mit Nachdruck weiter: »Außerdem stelle ich den Antrag, Frau Haeberlin zu vereidigen. Nur so kann dieser schwerwiegenden Aussage Beweiskraft zukommen, insbesondere unter Berücksichtigung der bereits getroffenen Entscheidung des Gerichts, der übrigens auch ich voll zugestimmt habe, die eigentliche Zeugin nicht vor dieses Tribunal zu zerren, damit ihre kindliche Seele nicht noch mehr Schaden nehme, wie es in der Begründung heißt.«

»Einspruch!« bellte Korska dazwischen. »Ich halte es nicht für erforderlich, die Zeugin unter Eid zu nehmen, da sie als unbescholtene und glaubwürdige Person bekannt ist.«

Karl-Eugen Haeberlin war aufgesprungen und versuchte mit fuchtelnden Armen ebenfalls Einspruch zu erheben, doch fehlten ihm die Worte. Sein Anwalt bemühte sich, ihn zu beruhigen, während Grünbaum in freundlichstem Ton zum Ankläger hinüberrief: »Ich nehme es der Gerechtigkeit wegen sogar auf mich, mit diesem Antrag Ihre Position zu stärken, Herr Staatsanwalt.«

Der Richter klopfte wieder mit seinem Hammer. »Ich sehe keinen Grund, den Antrag der Verteidigung abzulehnen, es sei denn, die Zeugin selbst würde den Eid verweigern, wozu sie durchaus berechtigt wäre. Frau Haeberlin, sind Sie bereit, Ihre Aussage zu beschwören?«

Sie schaute wie ein verschrecktes Kaninchen abwechselnd auf Korska und ihren Mann, der ihr eifrig zunickte. Dann sagte sie mit tonloser Stimme: »Jawohl, Herr Vorsitzender, Hohes Gericht! Ich, ich bin bereit.«

Nachdem die Formalitäten der Vereidigung vollzogen waren, trat Simon Grünbaum vor den Zeugenstand.

»Frau Haeberlin, ich habe Ihre schriftliche Bezichtigung, die ja nun durch Ihren Schwur zu einer wahrhaft erschütternden Tatsache geworden ist, gelesen und versucht, mir all diese perversen Vorgänge in der Praxis vorzustellen. Dabei drängte sich mir die Frage auf, warum Sie als Mutter so lange nichts bemerkt haben, bis Ihre Tochter zuletzt von sich aus an Sie herantrat?«

»Ich habe eben leider diesem abscheulichen Menschen vertraut.«

»Ist es richtig, daß Sie selbst einmal dieses ›Scheusal‹ sehr verehrt haben?« Karl-Eugen Haeberlin hob witternd sein Gesicht.

»Vertraut habe ich ihm, ahnungslos mein armes Kind anvertraut!«

»Haben Sie sich nicht auch von meinem Mandanten photographieren lassen, als Sie vom Friseur kamen, und ihn schließlich dazu animiert, was er entschieden abgelehnt hat, Aktaufnahmen von Ihnen zu machen? Ja, sie haben sich sogar hüllenlos dargeboten, um Ihre makellose Figur unter Beweis zu stellen. Leugnen Sie nicht! Sie stehen unter Eid, Frau Haeberlin.« Seine letzten Worte gingen fast unter im Tumult.

»Einspruch! Einspruch!« brüllte der Staatsanwalt. Auch Haeberlin schrie, seine Frau bekam einen Weinkrampf und der Hammer des Richters drohte zu zerbersten. Endlich kam er zu Wort. Er war sehr laut: »Herr Verteidiger, diese Dinge gehören nicht in diesen Prozeß! Ich verwarne Sie mit aller Strenge. Noch eine solche Entgleisung und ich entziehe Ihnen das Wort für den Rest der Verhandlung. Wir sind hier nicht in Amerika! Frau Haeberlin, begeben Sie sich wieder an Ihren Platz, das Kreuzverhör ist beendet.«

»Hohes Gericht!« Grünbaum senkte zerknirscht das Haupt. »Ich bitte um Vergebung! Mein Verhalten war ungehörig, doch entsprang es einer guten Absicht. Gewiß, Herr Vorsitzender, gibt es amerikanische Justizpraktiken und deutsche Gerichtsverfahren, aber es gibt nur eine Wahrheit! Diese zu finden, ist mein höchstes Gebot.«

»Hohes Gericht!« versuchte Korska, seinen Kontrahenten abzudrängen. Er war sichtlich nervös geworden. »Hohes Gericht! Ich gehe davon aus, daß die Beweisaufnahme abgeschlossen ist und bitte um's Wort für das Plädoyer der Anklage.«

Schon während der vorangegangenen Rede des Verteidigers tauchte Samuel Hirsch, anscheinend in höchster Erregung, an der Tür des Gerichtssaales auf. Ein Beamter versuchte, ihn zurückzuhalten, und Sammy sprach beschwichtigend auf den Mann ein. Offenbar konnte er ihn besänftigen, denn jetzt ließ er ihn eintreten. Der Detektiv eilte zu Simon Grünbaum und tuschelte geheimnisvoll. Trotz des lautstarken Auftritts von Staatsanwalt Korska richteten sich aller Augen auf diese Szene. Bevor der etwas irritierte Richter, der bereits seinen Hammer schwang, die Bitte des Anklagevertreters beantworten konnte, erhob der Verteidiger seine Stimme: »Hohes Gericht! Ich bitte um Vergebung. Soeben erhalte ich einen überraschenden Hinweis, der mir die Möglichkeit gibt, die Unschuld meines Mandanten zweifelsfrei zu beweisen. Ich beantrage die Vernehmung eines weiteren Zeugen.«

Cyrill Börger hatte sich erhoben. Es machte ihm sichtlich Mühe, Haltung zu bewahren, und die Falte über seiner Nasenwurzel war nie so tief gewesen. Alle anderen erhoben sich ebenfalls. Das anschwellende Volksgemurmel gab ihm die Möglichkeit, von seinem Hammer Gebrauch zu machen. Es war aber auch alles, was der Vorsitzende im Augenblick tun konnte, um seiner richterlichen Autorität Ausdruck zu geben. Dann rückte er sein Barett zurecht und verkündete in die wieder eingetretene Ruhe: »Die Verhandlung gegen Ralf Dollberg wird unterbrochen und bis auf weiteres vertagt. Zum nächsten Termin wird der noch zu benennende Zeuge der Verteidigung vorgeladen.«

Er ging ab. Frau Dollberg schüttelte Dr.Grünbaum die Hand. »Recht so, mein lieber Simon, der größte Stein ist mir schon vom Herzen gerutscht! Danke!«

Dann umarmte sie ihren Sohn, der sich weit über die Barriere beugte, innig und lange. Der Wachtmeister wartete geduldig.

Am Freitag eröffnete Gerichtspräsident Cyrill Börger den zweiten Verhandlungtag in der Strafsache Dollberg. Dabei wußte er nicht, wen er grimmiger anschauen sollte, Joachim Korska, den rachsüchtigen Staatsanwalt oder den Verteidiger Simon Grünbaum, der als deutscher Rechtsanwalt in den Vereinigten Staaten praktizierte und eigens für diesen Fall über den großen Teich gekommen war. Andererseits war der Richter neugierig, wie dieser clevere Jude heute lavieren würde. Auf seine Anweisung hin rief der Gerichtsdiener den Zeugen auf, der, mit einigen umfangreichen Gegenständen bepackt, den Gerichtssaal betrat. Der Schreiber nahm die persönlichen Daten zu Protokoll: »Kröhnke, Ewald, Photographenmeister, wohnhaft in Heidelberg,mit dem Angeklagten weder verwandt noch verschwägert.«

»Hohes Gericht! Bevor wir mit dem Kreuzverhör beginnen, bitte ich um Erlaubnis, mit Hilfe des Zeugen, der als hervorragender Fachmann bekannt ist, eine Demonstration durchzuführen.«

»Einspruch!« sagte Korska mit erstaunlicher Gelassenheit. »Meiner Ansicht nach handelt es sich hierbei lediglich um eine Verzögerungstaktik.«

Simon legte ebenfalls eine bemerkenwerte Ruhe an den Tag.

»Es handelt sich um eine Demonstration, Herr Vorsitzender, die zum besseren Verständnis der folgenden Ausführungen beitragen soll.«

»Also gut, Herr Grünbaum, fangen Sie an.«

Der Photographenmeister hatte bereits die Schlösser des vor ihm auf der Balustrade stehenden schwarzen Kastens aufspringen lassen und die Seitenwände heruntergeklappt. Eine Laterna magica wurde sichtbar. Als Kröhnke sich daran machte, eine weiße Leinwand zu entrollen, warf der Staatsanwalt zynisch ein: »Die Verteidigung plant offenbar eine Pornoschau zu veranstalten!«

Der Richter überging Korskas Bemerkung und schränkte seine soeben gegebene Zusage ein: »Wenn Sie allerdings vorhaben sollten, diese unseligen Bilder zu projizieren, was ich auf keinen Fall gut heißen würde, müßte dies unter Ausschluß der Öffentlichkeit erfolgen!« Seine Stimme hatte einen sehr mürrischen Ton angenommen.

»Keineswegs, Herr Vorsitzender, das würde ich mir nie erlauben. Weder der Herr Staatsanwalt noch sonst jemand wird sich an den Aufnahmen von der armen kleinen Monika delektieren können.«

»Worauf also wollen Sie hinaus?« tönte es jetzt scharf vom Richtertisch. Simon Grünbaum reichte Herrn Kröhnke eines der Dias und nickte ihm zu.

»Hohes Gericht!« begann dieser ein wenig zu pathetisch, »in der Kriminalistik kennt man seit langer Zeit schon die Einmaligkeit des Fingerabdruckes. Ebenso kann man von der Oberfläche eines Geschosses Rückschlüsse auf die Waffe ableiten, aus der es abgefeuert wurde. So ist es auch mit einer photographischen Aufnahme.«

Er schob das Dia so in den Projektor, daß auf der Leinwand nur der Mittelstreifen zwischen den beiden Bildern zu sehen war. Grünbaum zog mit einem schwarzen Stift die leicht gezackte Randlinie nach. »Es handelt sich hier um eine Aufnahme meines Mandanten.« Dann korrigierte er die Stellung der Glasplatte so, daß das Bild sichtbar wurde: Monika mit Strohhut.

»Wir nehmen jetzt eines der anstößigen Dias ...« Mit einer Hand deckte er das Objektiv ab und gab den Lichtstrahl erst frei, als nur der dunkle Trennstreifen auf der Bildwand erschien, den er durch Verschieben über den schwarzen Strich legte. »... und stellen fest, daß die Linien nicht deckungsgleich sind. Das Kriminallabor kann dies unter dem Mikroskop noch genauer untersuchen, für mich aber steht jetzt schon fest: Die Aufnahmen wurden mit einer anderen Kamera gemacht und meinem Mandanten untergeschoben.«

Korska war aufgesprungen. »Mit solchen Taschenspielertricks kann man das Gericht nicht ins Bockshorn jagen! Herr Vorsitzender, ich beantrage ...«

Cyrill Börger fiel ihm barsch ins Wort. »Beruhigen Sie sich, Herr Staatsanwalt, die kriminologische Untersuchung dieses hochinteressanten Phänomens wird die Behauptung des Verteidigers vermutlich bestätigen. Mich aber interessiert jetzt vordringlich, wie die Aufnahmen zustande kamen, wie sie in den Kasten von Herrn Dollberg gerieten und warum das alles geschah.«

»Ich bitte, Herrn Kröhnke ins Kreuzverhör zu nehmen.« Ohne die Stellungnahme des Vorsitzenden abzuwarten, geleitete Simon Grünbaum den Photographenmeister zum Zeugenstand.

»Herr Kröhnke, kennen Sie eine der hier anwesenden Personen?«

»Aber natürlich, Herr Doktor!« ereiferte sich jener und deutete auf den Angeklagten. »Herr Dollberg, ein ausgezeichneter Photograph, läßt doch seine Platten bei mir entwickeln.«

»Ist Ihnen außerdem jemand bekannt? Sehen Sie sich ruhig um!« Kröhnke zeigte spontan auf Haeberlin.

»Dieser Herr kam früher häufig in mein Geschäft, um für Herrn Dollberg Photomaterial oder entwickelte Dias abzuholen.«

»Haben Sie sonst noch Kunden, die stereoskopische Bilder machen?«

»Zunächst war Herr Dollberg der einzige, jedoch vor etwa drei Monaten erschien eine Dame, Frau Dr. Engelbrecht, in meinem Laden. Ein Bekannter, bei dem sie solche Aufnahmen sah, habe mich empfohlen. Als Kinderärztin sei sie vom Oberschulamt beauftragt worden, die körperliche Entwicklung von rachitischen Kindern zu registrieren. Dabei wollte sie dieses moderne Verfahren einsetzen. Die Frau Doktor bestellte übrigens sofort eine derartige Camera. Sie hatte die genaue Typenbezeichnung aufgeschrieben. Es durfte keine andere sein. Zum Glück konnte ich dieses Modell bei einem Großhändler in Frankfurt auftreiben und freute mich über das gute Geschäft, natürlich auch im Hinblick auf die zu erwartenden Entwicklungsaufträge.«

»Haben Sie danach solche Aufträge erhalten?«

»Frau Dr. Engelbrecht ließ nur das erste Dutzend bei mir entwickeln. Dann sah ich sie nie wieder.«

»Können Sie sich an die Bilder erinnern?«

»Nein, gewöhnlich werden Kundenaufnahmen außerhalb der Dunkelkammer nicht betrachtet, und da auch nur unter technischen Gesichtspunkten. Ich glaube zwar, anatomische Details von Kindern erkannt zu haben, was ja auch dem von der Ärztin genannten Zweck entsprach.«

»Können Sie uns diese Dame beschreiben?«

»Ja, gewiß, sie war sehr groß und stattlich«, er lächelte: »Größer als ich! Das glatte, dunkle Haar trug sie streng zurückgekämmt und zu einem Knoten gebunden. Der Pelzmantel fiel mir noch auf. Sicher ein teueres Stück und die große Hornbrille mit getönten Gläsern.«

»Besten Dank, Herr Kröhnke!« Grünbaum blickte verbindlich zu Dr. Korska hinüber.

»Haben Sie noch Fragen an den Zeugen, Herr Staatsanwalt?«

Dieser machte einen verwirrten Eindruck. »Ja, das heißt, nein, danke! Ich erkenne noch keinen sinnvollen Zusammenhang.«

»Dann bitte ich jetzt noch um Anhörung einer weiteren Zeugin.« Mit gespielt zerknirschter Miene schaute er, um Nachsicht bittend, zu Cyrill Börger hinauf: »Verzeihung, Herr Vorsitzender, meinem Mitarbeiter gelang es erst in der letzten Stunde, seine diesbezüglichen Recherchen erfolgreich abzuschließen. Die Dame wartet bereits draußen.«

Der Richter nickte resignierend. »Ich bin gespannt, wieviele Kaninchen der Herr Verteidiger noch in seinem Zylinder hat!« Mit ernster Stimme fuhr er fort: »Dem Antrag wird stattgegeben!«

Die mondän aufgetakelte Zeugin betrat mit wiegenden Hüften den Gerichtssaal. Sie hieß Amanda Frommhold und war Inhaberin einer exclusiven Wäscheboutique. Nach den üblichen Formalitäten eröffnete Simon Grünbaum das Verhör.

»Frau Frommhold, kennen Sie diesen Herrn?« er deutete dabei auf den Angeklagten. Sie kniff die Augen zusammen. Dann holte sie verschämt eine Brille aus der Tasche und sagte sehr bestimmt: »Nein, Herr Richter, tut mir leid, diesen Herrn habe ich nie gesehen.« Grünbaum fischte aus dem Beweismaterial eines der Dessous und reichte es der Zeugin.

»Kennen Sie dieses Fabrikat?«

»Aber natürlich, mein Herr, une création superbe. Die kriegen Sie nur bei mir und das auch nicht mehr lange. Seit dem Abzug der französischen Besatzung findet sich kaum noch ein Käufer für solche Salonessen.«

»Haben Sie eine Ahnung, wer dieses Stück und noch einige mehr, vor etwa drei Monaten gekauft haben könnte?«

»Einspruch!« Korska hatte seine Fassung wieder gefunden. »Mit so nebulösen Spekulationen begibt sich die Verteidigung endgültig ins Reich der Phantasie!«

»Einspruch abgelehnt! Zeugin, beantworten Sie die Frage des Herrn Verteidigers!«

Amanda Frommhold wendete die Spitzenrüschen spielerisch hin und her. »Beschwören kann ich das aber nicht, Ehrwürden! Ich erinnere mich wohl an eine Dame, die mir irgendwie auffiel. Frisur wie 'ne Spanierin, nur viel größer. Spanierinnen sind doch im allgemeinen zierlicher oder nicht? Aber der Breitschwanzmanteau war echt, da hab' ich'n Blick für! Jetzt dämmert's auch vor meinem inneren Auge: Die Dingerchen, sagte sie, wär'n Geschenk für ihre Nichte. Ich wollte sie auch schnuckelig einpacken, wie sich das für so'ne feine Boutique ziemt. Wollte sie partout nicht haben. Sie hätte keine Zeit, ihr Begleiter warte draußen. Na, denk' ich, den Freund kuckste dir an. Was sagen Sie, Herr Gerichtsrat, war der doch ein Kopf kleiner als sie und hatte auch nur einen Arm.«

»Diesen Herrn haben wir aufgespürt!« Grünbaum war in voller Fahrt. »Hohes Gericht! Dieser Mann ist die Schlüsselfigur der ganzen Geschichte. Sein Name ist Sachs und er ist ein aktives Mitglied der militanten Veteranenvereinigung American Legion, im Range eines Majors.«

Bei der Nennung des Namens war Haeberlin zusammengezuckt. Mit aschfahlem Gesicht bemühte er sich angestrengt, seine Erregung zu verbergen. Simon nahm ein Blatt Papier aus seinen Akten und reichte es dem Richter.

»Das ist seine augenblickliche Adresse. Ich beantrage die Einvernahme dieses Herrn.« Mit schwingendem Talar wandte er sich an Korska. »Es wäre ratsam, Herr Staatsanwalt, schnellsten einen Haftbefehl auszustellen! Diese Organisation strebt verbissen das Ziel an, meinen Mandanten in ihre Gewalt zu bringen und hat dafür ein Kopfgeld in Höhe von fünfzigtausend Dollar ausgesetzt!«

Ein Raunen ging durch den Saal. »Hohes Gericht, ist es da nicht durchaus verständlich, daß die ehrenwerten Eheleute Haeberlin angesichts einer solchen Belohnung bereit waren, ihren Logiergast ans Messer zu liefern!«

»Einspruch! Einspruch!« brüllte der Staatsanwalt.

Das Auditorium tobte und Haeberlin schrie verzweifelt: »Lüge, alles Lüge. Er kann uns nichts beweisen!«

Richter Börger hämmerte wie wild und gebot mit schwachem Erfolg: »Ruhe! Ich lasse den Saal räumen!«

Der Verteidiger schwenkte einen weiteren Zettel, wie eine Fahne. Der Lärm ebbte ab. »Hohes Gericht!« Simon Grünbaum drehte sich mit seinem Papier um die eigene Achse, als wollte er jedem einzelnen im Saal ins Gesicht schauen. »Hohes Gericht! Ich beantrage, die wichtigste Zeugin in diesem Prozeß vorzuladen!«

Atemlose Stille.

»Monika Haeberlin! Wir haben ihren Aufenthaltsort ausfindig gemacht.« Mit theatralischer Geste reichte er dem Richter auch dieses Blatt. »Hier steht die Adresse!«

Cyrill Börger warf einen langen Blick darauf. Dann verkündete er entschlossen: »Dem Antrag wird stattgegeben!«

Aus den brodelnden Zuschauerreihen löste sich eine Gestalt und drängte mit rudernden Armen nach vorn. Es war Ilse Haeberlin. Ihre Stimme überschlug sich vor Erregung: »Nein, nein, laßt mein Kind in Frieden! Es ist alles nicht wahr! Ich gestehe, mein Mann hat mich überredet, das viele Geld! Moni hatte keine Ahnung. Sie glaubte, die falsche Ärztin untersuche sie für das Kinderheim, in das wir sie gebracht haben. Bitte, Hohes Gericht, Herr Richter, bitte, Sie dürfen meine Tochter nicht ...«

Sie war am Ende ihrer Kräfte und brach vor dem Richtertisch zusammen. Das Blitzlicht eines Reporters flammte auf. Ein Polizist drängte ihn ab. Grünbaum bemühte sich um die Bewußtlose. Der Gerichtsdiener eilte mit einem Glas Wasser herbei.

Karl-Eugen Haeberlins Kopf war auf den Tisch gesunken, das Gesicht in beide Hände vergraben. Der Anwalt an seiner Seite klappte ostentativ seinen Aktendeckel zu und wandte sich ab.

Der Vorsitzende erhob sich, zupfte seine Robe zurecht und setzte das Barett auf. Der Tumult flaute ab. Die Zuschauer waren ebenfalls aufgestanden. Cyrill Börger erklärte ruhig und sachlich: »Das Gericht zieht sich zur Urteilsfindung zurück.«

Bevor er sich abwandte, nickte er Simon bedeutungsvoll zu und gab ihm dessen zweiten Zettel zurück: Ein Bluff! Ich werde Monika niemals in den Zeugenstand rufen!

Der Verteidiger zerknüllte das Papier und schob es schnell in die Tasche. Es dauerte nicht lange, bis das Urteil feststand: Nicht schuldig!

Am Ende seiner richterlichen Begründung betonte Cyrill Börger die Abscheulichkeit dieser Verleumdung, die ihre gerechte Sühne finden werde. Frau Dollberg schloß überglücklich ihren Sohn in die Arme. Im Hotel Zum Ritter hatte sie bereits eine Suite bezogen. Bald lernte sie auch Eva kennen, ihre zukünftige Schwiegertochter, die durchaus ihrem Geschmack entsprach. Nach einigen Tagen reiste das junge Paar mit den Segenswünschen und den Dollar der fürsorglichen Mutter versehen nach St. Petersburg, das inzwischen Leningrad hieß.

Zuvor hatte Ralf noch einen Brief geschrieben.

Liebe Irene!

Nachdem Du unsere Verlobung gelöst hast, habe ich eine Frau gefunden, die bereit ist, mein unstetes Leben mit mir zu teilen. Sie geht auch mit mir nach Rußland! Das Gericht hat mich freigesprochen. Ich lege Dir einen Zeitungsausschnitt bei. Meine Mutter ist zur Zeit in Deutschland. Sie wird sich um den Jungen kümmern.

Grüße an Sophie und Markus und alle anderen. Grüße ganz besonders Deine lieben Eltern von mir. Es war trotz allem eine gute Zeit!

Lebe wohl!

Ralf

Heidelberger Nachrichten – Neues vom Tage
Der Fall Dollberg
Der hier im Exil lebende Deutschamerikaner Ralf Dollberg, der unter der Anklage eines Sittlichkeitsverbrechens stand, wurde vom Gericht freigesprochen. Dollberg war 1918 von einem amerikanischen Kriegsgericht zu 5 Jahren Gefängnis ver-

urteilt worden, weil er, von deutschen Eltern abstammend und aus Zuneigung für Deutschland, sich geweigert hatte, seine im Verein mit den Brüdern Wright gesammelten Kenntnisse zur Ausbildung von Heeresfliegern zur Verfügung zu stellen und jeden direkten oder indirekten Kriegsdienst auszuführen. Den ihm angebotenen Majorsposten lehnte er ab. Gleichzeitig wurde das Millionenvermögen seiner Eltern unter brutalster Verletzung der Gesetze konfisziert, welches inzwischen wieder teilweise freigegeben wurde. D. ist dann aus der Festung über Kanada und England geflohen, verfolgt von einem Heer von Detektiven und kam schließlich nach Deutschland.

Seither versucht die American Legion, eine Militärorganisation, beständig und mit allen Mitteln, auf diplomatischem Wege oder durch Verschwörung, D. in ihre Gewalt zu bekommen. In Erinnerung dürfte noch der Überfall im Jahre 1923 in Eberbach sein, wobei D. in Notwehr einen Amerikaner getötet und einen Schweizer schwer verletzt hatte. Die übrigen Mitglieder des Komplotts, ein Russe und ein farbiger Amerikaner erhielten schwere Gefängnisstrafen. Ein gewisser Sachs versuchte nun auf andere Weise D.s Aufenthalt in Deutschland unmöglich zu machen und seine Auslieferung zu erreichen. Er veranlaßte eine Heidelberger Familie, Strafanzeige gegen D. zu erstatten und versprach ihnen eine hohe Summe, wenn durch ihre Zeugenaussagen eine möglichst hohe Bestrafung D.s herbeigeführt werden könne. Die Verhandlung hat klar erwiesen, daß die gegen D. erhobenen Beschuldigungen absolut unzutreffend waren. Bezeichnend ist, daß der Urheber der Anklage, Sachs, sich inzwischen durch sein Verschwinden aus Deutschland einer Strafverfolgung wegen Beleidigung, Verleumdung sowie Verleitung zum Meineid entzogen hat. D. hat unschuldig fast zwei Monate in Untersuchungshaft gesessen. (AS)

18. Hochzeit in Leningrad

Colonel Andrew Meadows, der Leiter der American Mission in Straßburg, trommelte nervös mit den Fingerkuppen auf die Schreibtischplatte. Als sein Adjutant mit dem Chef der deutschen Sektion, Major Sachs, eintrat, schimpfte er wie ein Rohrspatz. Fulltons rosiger Glatzkopf nickte bei jedem Kraftausdruck seines Vorgesetzten verständnisinnig, während Sachs zerknirscht seine Schuhspitzen betrachtete. Nach dem Fiasko in Heidelberg war dieser mit überstürzter Eile zum Rapport ins Hauptquartier beordert worden. Der hünenhafte Wikingernachfahre strich seine blonde Mähne aus der Stirn und fauchte gereizt:

»Es ist doch zum Kotzen, Major, daß wir dieses gottverdammte Millionärssöhnchen nicht beim Wickel kriegen! Dabei haben wir schon so viel Staub aufgewirbelt, daß ich jetzt von höchster Instanz die Weisung erhielt, in dieser Sache nicht weiter aktiv zu sein. Man fürchtet da oben diplomatische Kalamitäten. Auch die Legion machte einen Rückzieher. Zumindest offiziell! Das Kopfgeld ist gestrichen worden, es gebe wichtigere Probleme, sagen die. Und nachdem Sie, mein lieber Sachs, nun auch noch von der deutschen Kripo gesucht werden, hält man es für das Beste, Sie aus dem Verkehr zu ziehen.«

Der Major starrte ihn bestürzt an.

»Na, eigentlich könnten Sie doch froh sein, endlich in die Heimat und in den Genuß Ihrer Invalidenrente zu kommen, die haben Sie ja wenigstens verdient, Sachs!«

Nach dieser Spitze wurde der Ton des Alten verbindlicher. »War ja ein raffinierter Coup, den Sie da landen wollten.«

Sachs verzog seine Mäusevisage zu einem säuerlichen Grinsen. »Wenn dieser schäbige Jude mit seinem verflixten Schnüffler nicht alles vermasselt hätte ...«

»Vergessen Sie's, Major, übrigens, Ihre Mitarbeiterin, diese Jutta ...«

»Die Agentin Jutta Mannhard« half Sachs dem Colonel auf die Sprünge.

»Ja, diese Kinderärztin a. D. wird von Ihrem Londoner Kollegen Ambrose übernommen. Das Büro Koblenz wird völlig neu besetzt.« Er gab seinem Adjutanten einen Wink.

»Fullton hat bereits Ihre Marschpapiere ausgestellt. Tauchen Sie schleunigst unter und leben Sie wohl, Major Sachs, und gönnen Sie sich eine geruhsame Überfahrt. Jetzt haben Sie ja Zeit dafür!«

★

Frau Göhmann äugte mißtrauisch durch einen Spalt der Gardine in den Vorgarten hinaus.

»Sieh doch, Ernst, wen bringt denn die Schmitzen da an?« Bis der Amtsvorsteher sich von seiner Briefmarkensammlung erhoben hatte, standen die beiden Damen schon vor dem Eingang und klingelten. Zögernd öffnete Florentine die Tür.

»Wir wünschen einen schönen Nachmittag, Frau Nachbarin, das hier ist die Mutter von Herrn Dollberg, eigens aus Amerika angereist, um ihren Enkel zu sehen! Wir dürfen doch eintreten? Vielen Dank, meine Liebe! Komm nur Emma, ganz reizende Leute, die Göhmanns.«

Ludwina hatte sich schon an der Dame des Hauses vorbeigedrängelt und zog Emma Dollberg in die Diele, wo jetzt auch Herrn Göhmann auftauchte und die beiden höflich, jedoch ein wenig zurückhaltend begrüßte. Frau Dollberg entschuldigte sich für ihr Eindringen und wiederholte die Bitte, das Kind ihres Sohnes anschauen zu dürfen. Betulich komplimentierte der biedere Beamte die Damen in den Salon, wobei er bedächtig feststellte: »Sie meinen den Jungen von Fräulein Irene, gnädige Frau? Meines Wissens hat Ihr Sohn, den wir gewiß als ehrenwerten Herrn schätzen, die Vaterschaft nie offiziell anerkannt. Dennoch freuen wir uns, nicht wahr, Florentine, Ihre Bekanntschaft zu machen. Bitte, meine Damen, nehmen Sie doch Platz.«

Er zwinkerte seiner konsterniert dreinblickenden Frau beruhigend zu. »Nun hol' schon den kleinen Frederick und sage Marie, sie soll den Tee servieren. Wir dürfen Ihnen doch ein Täßchen anbieten, meine verehrten Damen?«

Frederick, ein wahrlich entzückendes Kind, gewann im Nu das Herz der alten Dame. Der nun folgende Disput wurde zwar in aller Form ausgetragen, doch konnte dies nicht über die harte Entschlossenheit beider Parteien hinwegtäuschen. Frau Dollberg vertrat den Standpunkt, es sei ihr Enkel und das mit der offiziellen Anerkennung, auf die Herr Göhmann anspielte, hinge, wie alle wohl wüßten, mit der politisch exponierten Situation ihres Sohnes zusammen und habe menschlich keinerlei Bedeutung. Auf jeden Fall würde sie den Jungen in die Staaten mitnehmen, denn niemand könnte ihm soviel bieten, wie sie.

»Die leibliche Mutter hat das alleinige Verfügungsrecht!« entgegnete Herr Göhman sanft. »Meine Frau und ich dürfen davon ausgehen, daß dieses ledige Mädchen sein Kind uns überläßt, weil es weiß, wie sehr wir den Jungen lieben. Wir werden ihn adoptieren und wie unseren eigenen Sohn aufziehen. Nachdem Herr Dollberg sich ja nun anderweitig gebunden hat, kommt das Kind auf diese Weise wenigstens zu ordentlichen Eltern, ich meine in eine intakte Familie!«

Die heiße Debatte wurde schließlich ergebnislos abgebrochen, indem Florentine Göhmann in Tränen ausbrach und Emma Dollberg wutentbrannt das Haus verließ. Am Gartentor zischelte sie zornig ihrer Begleiterin zu: »Ludwina, du fährst gleich morgen nach Weingarten! Die Kleine werden wir schon herumkriegen. Das ist nur eine Frage des Angebots, und da will ich, bei Gott, nicht knausern! Nach allem, was ich von ihr weiß, soll sie auf diesem Ohr nicht taub sein.«

Im Hause Scheufele ratterten die Nähmaschinen wie eh und je. Die Mam werkelte in der Küche und Konstantin, der heute Urlaub hatte, ging allen auf die Nerven. Als es klingelte, raste er neugierig durchs Vestibül und die Treppe hinunter zur Eigangstür. »Mam, eine fremde Frau will was von Irene. Ich habe sie in die Gute Stube geführt. ... ist vielleicht eine Kundin, die ein Kleid nähen läßt.«

»Nun, dann sag' ihr Bescheid!«

Im nächsten Augenblick vernahm man Irenes erstaunten Ausruf: »Ludwina! Das kann doch nicht wahr sein! Was machst du denn hier?«

»Hallo, Irene, wie geht es dir? Siehst gut aus, Kindchen!«

»Mam, Fanny, seht doch, wer da ist!« und zu Ludwina sagte sie: »Komm, wir gehen hinüber, dort ist es gemütlicher.«

»Ah, das ist nun also die berühmte Küche, von der du so oft erzählt hast?«

Während der allgemeinen Begrüßung stellte Mam die besorgte Frage:»Ist was mit Frederick?«

»Aber nein, dem geht es gut. Ein süßer Fratz ...« Dann sagte sie etwas leiser:»Anlaß meines Besuches ist eigentlich schon der Junge.«

Sie berichtete von Ralfs Mutter, die Frederick mitnehmen wollte, und wie gut das doch für das Kind wäre, ein richtiger Glücksfall, und für Irene, deren Weg in eine neue Zukunft damit frei sei, zumal sie eine schöne Mitgift bekäme: ein kleines Vermögen! Sie zeigte Irene den Scheck und ein Formular.

»Du mußt nur bei einem Notar diese Erklärung unterschreiben, Irenchen, dann kannst du sofort über das Geld verfügen.«

Anna Scheufele bat alle zum Kaffee und fügte hinzu:»Ich glaube, diese Sache sollten wir erst noch mit dem Dät bereden, das ist nämlich mein Mann«, erklärte sie der Besucherin, »vielleicht muß er als Vater mitunterschreiben, denn Irene ist ja noch minderjährig!«

Es traf sich gut, daß im Kino heute keine Vorstellung stattfand. Ludwina Schmitz logierte im Hotel Lamm und wurde am Abend zum Familienrat erwartet. Die Wogen der Diskussion schlugen hoch. Als Hieronymus Scheufele erschien und sich am langen Tisch niederließ, ebbte das Stimmengewirr ab und aller Augen richteten sich auf ihn. Aber er äußerte noch keine Meinung, sondern blickte nur ernst in die Runde. Auch Irene hatte bis dahin zu allem geschwiegen. Jetzt erst mokierte sie sich.»Ich möchte mal wissen, warum ihr eure Köpfe zerbrecht. Es ist schließlich mein Kind und meine Entscheidung!«

Der Dät korrigierte sie mit einem strengen Seitenblick:»Die Entscheidungen in diesem Haus treffe immer noch ich! Du hast höchstens die Wahl ...«

Es klingelte. Konstantin sprang auf, doch der Dät winkte ab und ging selbst an die Tür. Als er mit Ludwina zurückkam, erhob sich Anna Scheufele und stellte noch Sophie vor, die soeben vom Amt zurückgekommen war.

»Ich freue mich, denn dieser Name ist mir nicht unbekannt. Ralf hat oft von Ihnen geredet.«

Der alte Scheufele ergriff wieder das Wort:»Ja, jetzt sind wir fast vollzählig. Einer meiner Söhne ist bereits verheiratet und sein eigener Herr, aber hier, hier habe ich noch das Sagen!« fügte er mit verbindlichem Lächeln hinzu. Er wies förmlich auf den Stuhl an seiner Seite:»Bitte, nehmen Sie Platz und tragen Sie Ihr Anliegen vor.«

Ludwina erläuterte noch einmal den Wunsch von Frau Dollberg und legte das Formular mit dem Scheck auf den Tisch. Dät, von der Höhe des Betrages offensichtlich beeindruckt, schob die Papiere seiner Tochter Irene hinüber.

»Ich sagte bereits, du hättest die Wahl, höre aber erst meine Bedingung. Du hast deine Verlobung gelöst, weil dir das Leben an der Seite dieses Mannes zu unbehaglich erschien. Das ist natürlich deine ganz persönliche Sache. Aber das Kind ist ein Teil der Familie. Es gehört hierher! Mit dem Jungen hast du stets deinen Platz bei uns. Würdest du ihn aber – verkaufen, hättest du dein Heimatrecht in meinem Haus endgültig verwirkt! Nun wähle gut!«

Bestürzt, doch voller Bewunderung starrte Ludwina den Patriarchen an. »Sicherlich hätte Marie-Luise an dieser Stelle ein Bibelwort zur Hand!« dachte sie bei sich.

Irene war leichenblaß geworden. Atemlose Stille herrschte in dem sonst so lebhaften Raum. Nur das Klärle in ihrer Arglosigkeit getraute sich, die zarte Stimme zu erheben:»Wann kommt denn nun der Frederick? Ich möchte gern mit ihm spielen!«

Dann hatte Irene ihre Fassung wieder. Sie kannte die Härte von Scheufeles Gesetz, wenn es die Familie betraf. Ihre Wahl war sicher nicht ganz frei, doch gab es keine Alternative nach ihrem Geschmack. Sie versuchte ein gleichmütiges Lächeln und schob entschlossen die Papiere zurück.

»Aber Dät, das ist doch keine Frage! Ich bin ja froh, wenn ich mein Kind heimbringen darf.«

★

Alle Toppen geflaggt und bereit zum Auslaufen, lag die *Mauretania* vor dem Kolumbuspier in Bremerhaven auf Reede. Die schwarzen Rauchfahnen über den vier Schloten bekundeten, daß alle Kessel beheizt wurden. Die Sirenen tuteten und Tausende bunter Luftschlangen woben einen papierenen Kokon um den riesigen Ozeandampfer. Auf dem Achterdeck intonierte die Schiffskapelle eine flotte Weise. Simon Grünbaum stand an der Reling und beobachtete amüsiert die letzten Passagiere, die über die Gangway an Bord kamen. Plötzlich stutzte er. Das war doch ... Er drängelte sich weiter nach vorn, wo soeben Frau Dollberg vom Ersten Offizier begrüßt wurde. »Natürlich!« dachte Simon, Fahrgäste der Luxusklasse werden stets mit besonderer Aufmerksamkeit behandelt. Er winkte lebhaft zu ihr hinüber.

»Hallo, Lady Emma, ahoi! Ich wünsche Ihnen eine angenehme Überfahrt!«

Jetzt war er an ihrer Seite, doch sie rümpfte indigniert die Nase und bemerkte von oben herab: »Junger Mann, Sie haben Ihre Sache gut gemacht, und ich habe Sie gut honoriert! Die Spesen können Sie mit meinem Sekretariat abrechnen. Der Vorschuß hat sicher nicht gereicht, wenn Sie so teure Schiffe benützen! Und sprechen Sie mich künftig mit meinem richtigen Namen an, falls es unbedingt nötig sein sollte. Im übrigen wünsche ich keine weiteren Kontakte.« Sie wandte sich abrupt dem Chefsteward zu, der ihr den Arm anbot und dem wie ein begossener Pudel dastehenden Rechtsanwalt einen mißbilligenden Blick zuwarf.

»Verflixt, diese perfide Lady diffamiert einen doch immer wieder mit ihrer hochnäsigen Arroganz!« murmelte er verdrossen. Aber im nächsten Moment lachte er darüber und bezog, fröhlich pfeifend, erneut seinen unterhaltsamen Beobachtungsposten.

Am zweiten Tag stand der Zeiger des Barometers auf Sturm. Der grobe Seegang ließ selbst einen solchen Ozeanriesen schlingern und stampfen. Die meisten Passagiere suchten ihre Kabinen auf. Aber Simon zog es vor, über die verschiedenen, fast menschenleeren Decks zu schlendern und dem rauhen Wind die Stirn zu bieten. In der tiefergelegenen economy-class erreichten die Spitzen der Wellenberge mitunter die Bordkante und zerstoben in den Sturmböen, die heulend über die Planken fegten. Hier und dort bildeten sich kleine Pfützen auf den stählernen Bodenplatten. Plötzlich taumelte dem Anwalt ein untersetzter Mann entgegen, der, indem er einem der sprühenden Brecher auswich, die Balance verlor und den rettenden Halt an der Reling verfehlte, weil er nur einen Arm hatte. Grünbaum stützte den Stürzenden und brachte ihn wieder ins Lot. Mit verlegenem Lächeln bedankte sich der Fremde, wobei Simon das eigenartige Gefühl be schlich, diesen Menschen zu kennen. Dann ging ihm ein Licht auf: »Genau so hatte der Detektiv Samuel Hirsch jenen dubiosen Major Sachs beschrieben.«

Ein unwahrscheinlicher Zufall! Aber mußte jener nicht Hals über Kopf just in diesen Tagen Europa verlassen? Die Mauretania war ein schnelles Schiff, und es fuhr zum rechten Termin! Warum also sollte er nicht ... Und Simon Grünbaum wollte es wissen: »Bitte sehr, es war mir ein Vergnügen, Major!« erwiderte er auf englisch den Dank des anderen.

»Kennen wir uns?« fragte dieser verdutzt.

»Gewiß, Mister Sachs, mein Name ist Grünbaum, Simon Grünbaum.«

Die stahlblauen Augen des Majors blitzten den Juristen lauernd an. »Sie stellen mir nach?«

»Aber nein, mein Lieber, für mich ist dieser Fall abgeschlossen. Ich hoffe nur, Sie bekamen dadurch keine Unannehmlichkeiten.«

»Wie man's nimmt, ich wurde pensioniert!«

»Herzlichen Glückwunsch! Ich denke, das sollten wir begießen!«

An der Bar erfuhr Simon von dem langsam auftauenden Offizier, daß die Verfolgung Dollbergs offiziell eingestellt worden war. Sein erster Gedanke war, diese für den Betroffenen doch recht wichtige Erkenntnis seiner früheren Klientin zu melden. Aber dann erinnerte er sich an ihre hochmütige Art und hämisch grinsend dachte er: »Soll ma' reden, wo ma' nicht gefragt ist?«

Mit dem Major stieß er auf einen friedvollen Ruhestand an.

Wäre Ralf Dollberg ein politischer Mensch gewesen, hätte er gewiß nichts weniger sein mögen als ein Kommunist. Dennoch empfand er eine gewisse Behaglichkeit in diesem sozialistischen Land, wo er vor den Amerikanern sicher war. Jetzt wurde ihm erst bewußt, wie schwer diese permanente Verfolgung sein Gemüt belastet hatte. Hier fühlte er sich frei! Am liebsten wäre er für immer hier geblieben.

Die Freunde aus früheren Tagen hätten sich inzwischen schlecht und recht mit dem neuen Regime arrangiert, meinte Grigori Lasareff, der Schiffsbauingenieur und zuckte mit den Schultern.

»Wir leben in Piter«, sagte Jekaterina Petrowna und benutzte diese liebevolle Bezeichnung für St. Petersburg, das nun schon zum zweiten Mal seinen Namen geändert hatte. Seit 1914 hieß die Stadt des bedeutendsten russischen Zaren, der mit ihrer Errichtung einen tollkühnen Traum realisierte, Petrograd. Ein anderer Mann verwirklichte seinen Traum von der Errichtung des Sowjetstaates. Als er 1924 starb, nannte man diese Metropole zu seinem Gedenken Leningrad.

»Wir leben in Piter und Moskau ist weit!« Sie lächelte hintergründig und ihre großen, schwarzen Augen hatten wieder diesen geheimnisvollen Glanz, der Ralf immer schon faszinierte.

Durch Grigoris Bürgschaft erhielten die beiden Verlobten rasch und anstandslos die erforderlichen Visa. Eine Besonderheit in diesem Land, dessen neue Herren Fremde durchaus nicht willkommen hießen. Andererseits brauchte man Devisen und machte in solchen Fällen doch manches Zugeständnis. Sowjetischen Staatsbürgern war es nicht gestattet, Ausländer einzuladen und in ihrer Wohnung zu beherbergen. Unterkünfte wurden von einer Behörde den Touristen zugewiesen, jeweils deren Zahlungskraft entsprechend. Eva und Ralf kamen in das Nobelhotel Jewropejskaja am Newskiprospekt. Das Doppelzimmer im Stil des Fin de siècle mit ausgebleichten, einstens purpurfarbenen Seidentapeten lag im rückwärtigen Trakt, und der immerwährende Lärm des verkehrsreichen Boulevards drang gedämpft durch die schweren Samtvorhänge. Der Blick aus dem Fenster fiel auf einen kleinen Park, vor der weißgelben Fassade des Michaelspalastes, in dem jetzt das Russische Museum untergebracht war. Dahinter funkelten die vielen goldenen Zwiebeltürmchen der Erlöserkirche, die nach dem Vorbild der Moskauer Basiliuskathedrale erbaut wurde.

Beim Grenzübertritt hatte man den Hochzeitsreisenden gegen harte Dollar eine Aufenthaltsgenehmigung für drei Monate ausgestellt. Dieses Papier genügte dem sowjetischen Standesbeamten im Leningrader Rathaus, die Eheschließung amtlich zu beglaubigen. Die fehlende Geburtsurkunde des Bräutigams ersetzte ein diskret beigefügter, größerer Geldschein. Nach der nüchternen Zeremonie, die der städtische Beamte mit bürokratischem Ernst vollzogen hatte, traten Ralf und Eva mit ihren Trauzeugen auf die Freitreppe des ehemaligen Marienpalais hinaus, wo Walentina und Sergej Fedorowitsch sie bereits erwarteten. Jekaterinas Freunde beglückwünschten das Brautpaar mit Brot und Salz. Geblendet blickten sie auf die monumentale St.-Isaaks-Kathedrale, deren gewaltige, vergoldete Kuppel das gleißende Sonnenlicht reflektierte.

»Dieser Kuppelbau gehört zu den drei größten der Welt! Als ich das letzte Mal hier war«, erläuterte Ralf seiner jungen Frau, »habe ich dort das große Pendel besichtigt, mit dem der französische Physiker Léon Foucault die Erddrehung nachgewiesen hat.«

»Keine Zeit für Kultur und Wissenschaft«, drängelte Sergej, ein Studiengenosse von Grigori, »jetzt wird gefeiert! Unser Dampfer wartet schon.«

Am Kai des Kanals tuckerte die kleine Barkasse. Ein junger Mann winkte der Gruppe ungeduldig zu. »Beeilt euch gefälligst! Ich habe schon einen Bärenhunger.«

»Das ist Mitja, unser Bootsmann, und am Steuerruder steht seine geliebte Lenka!« stellte Grigori die neuen Freunde vor.

Eva war begeistert von den sympathischen Leuten, die sich um Ralf und sie bemühten.

»Lob' den Tag nicht vor dem Abend!« beschwichtigte Mitja ihren Enthusiasmus und Sergej rief übermütig dazwischen: »Wir haben noch mehr Genossen in petto. Die organisieren im Austerija schon das Hochzeitsmahl. In eurem noblen Hotelpalast dürfen sich arme Russen wie wir ja nicht sehen lassen.«

»Los, legt endlich ab«, zischelte Grigori und wies mit dem Daumen über die Schulter, »sonst kriegen wir noch Zaungäste.«

Kaum waren alle an Bord, hatte es keiner mehr eilig. Gemächlich glitt das Boot über die Mojka, an der Erlöserkirche vorbei, in den Gribojedowkanal. Unter vielen anmutigen, von ehernen Löwen und Greifen bewachten Brücken hindurch, fuhren sie kreuz und quer durch die kleinen Kanäle. Eine Wodkaflasche machte die Runde.

»Verstehst du jetzt, warum St. Petersburg das Venedig des Nordens genannt wird?« sagte Ralf zu Eva, aber Sergej fiel ihm ins Wort: »... vermutlich wurde Peter der Große eher von Amsterdams Grachten inspiriert!«

»Auf jeden Fall gefällt es mir hier!« antwortete Eva schwärmerisch. Über die Fontanka gelangten sie in einen Mündungsarm der Newa, in den Bolschaja. Irgendwo, nicht weit von der Admiralität, deren goldene Turmnadel gerade in Sicht kam, geriet das Boot plötzlich in den Schatten eines Kriegsschiffes, das hier vor Anker lag. Der unförmige Stahlkoloß war die legendäre Aurora. Vor dem Buggeschütz des Panzerkreuzers flatterte die rote Fahne. Eva versuchte ihre Geschichtskenntnisse anzubringen: »... und mit dieser Kanone wurde bei der Oktoberrevolution das Winterpalais sturmreif geschossen.«

Grigori unterbrach sie sanft: »Alles nur politische Agitation! Der Sturz der Provisorischen Bürgerregierung verlief in Wirklichkeit absolut unblutig. Die Aurora feuerte nur einen Blindschuß ab, um den Aufständischen, die keine Uhren hatten, das Signal zum Sturm auf den schon umstellten Palast zu geben, über die Hintertreppe übrigens. Es ist noch nicht entschieden, ob der alte Kahn verschrottet, oder zum Nationaldenkmal erhoben wird. Die wahre Tragödie begann erst mit dem Bürgerkrieg. Der forderte fünfmal mehr Menschen als die Zahl der im Weltkrieg gefallenen russischen Soldaten betrug.«

»Wir sind dem Schatten der Aurora entronnen, Kameraden, die Sonne scheint uns wieder und wir wollen fröhlich sein!« versuchte Sergej, die ernste Stimmung zu bannen.

»Aye, aye, Sir!« Mitja salutierte theatralisch. »Außerdem haben wir heute Uhren, und ich stelle fest, daß es höchste Zeit ist, unser Ziel anzusteuern!«

Das Boot tuckerte unter der Schloßbrücke hindurch und nahm Kurs auf die Haseninsel. An der Anlegestelle vor der massigen Peter-Pauls-Bastion machten sie fest. Über den Kathedralenplatz erreichte die Gruppe schnell das in den historischen Festungsmauern eingerichtete rustikale Restaurant Austerija. Dort wurden sie vom Rest der in Ralfs Auftrage von Grigori eingeladenen Freunde enthusiastisch empfangen.

Ein rauschendes Fest nach altrussischer Sitte nahm seinen Lauf. Eva war fasziniert von den mitreißenden Klängen der Balalaikas und klatschte angeregt in die Hände bei den akrobatischen Darbietungen einer Volkstanzgruppe in farbenprächtigen Trachten. Sie bemerkte nicht die zwei dunkelgekleideten Männer, die im Hintergrund des Lokals standen und das fröhliche Treiben mit eisigen Mienen beobachteten. Als Ralf mit Jekaterina an den beiden vorübertanzte, flüsterte er ihr zu: »Ich sah sie schon vor dem Rathaus.«

»Keine Sorge, Ralf, das gilt nicht dir! Zumindest nicht direkt. Gregori hat die Hochzeitsfeier ordnungsgemäß angemeldet und alles mit deinen Dollar bezahlt, ganz offiziell. Dennoch ist es diesen Herren suspekt. Man duldet eben keine Freundschaften mit Ausländern. Es ist darum besser, wenn wir uns morgen wieder zurückziehen. Ich hoffe trotzdem, daß wir uns noch sehen, bevor ihr wieder abreist. Ruf mich oder Grigori in ein paar Tagen an, wenn sich alles wieder beruhigt hat. Und laß Eva nichts merken, sie ist so glücklich!«

Aber auch Ralf gegenüber verschwieg Jekaterina, daß sie alle in nächster Zeit überwacht werden würden. Mit stundenlangen Verhören durch die Geheimpolizei Tscheka würde man versuchen, sie einzuschüchtern, bis sie schließlich auf jeden Kontakt nach draußen verzichteten.

Die Zeit verging wie im Fluge. Bald nach Mitternacht verstummte die Musik. Die Gesellschaft löste sich langsam auf. Jekaterina zog Eva ins Freie. Die Straßenbeleuchtungen waren ausgeschaltet. Dennoch lag ein glimmendes, rötliches Licht über der Stadt. Verwundert schaute Eva ihre neue Freundin an.

»Es ist die Zeit der Weißen Nächte! Um die Sommerwende taucht die Sonne nur für eine knappe Stunde unter den Horizont.«

Grigori und Ralf traten zu den Frauen, die andächtig zum Himmel blickten. Ralf legte Eva den Zobelmantel, den er ihr zur Hochzeit geschenkt hatte, über die Schultern. Grigori schlug vor, noch ein wenig am Strand zu flanieren. Mitja sollte in der Barkasse warten und sie später zum Hotel bringen.

»Leningrad ist die einzige Stadt der Welt, die um zwei Uhr früh ihre Brücken öffnet und damit die Inseln voneinander trennt. Sie geben den großen Schiffen den Weg frei vom und zum Ladogasee. Bei dieser Beleuchtung ist das ein besonders imposantes Schauspiel.«

In der nicht endenwollenden Dämmerung wurden nur wenige Worte gewechselt und doch glaubte jeder, den anderen zu verstehen.

Die folgenden Wochen waren erfüllt von immer neuen, überwältigenden Eindrücken. Eva wandelte wie eine Süchtige durch Museen und Paläste. Ralf war glücklich, seiner jungen Frau soviel Freude vermitteln zu können. Allein vier Tage benötigten sie für die einzigartige Gemäldesammlung der Staatlichen Ermitage. Mit dem Raddampfer fuhren sie zum Peterhof.

»Das Versailles am Meer!« kommentierte Ralf, aber Eva meinte:»Mindestens so prächtig, aber doch ganz anders! Mit der Schweizer Internatsschule waren wir einmal in Paris, mit Beate. Mein Gott, wenn die wüßte!«

Mit einer Troika, dem russischen Dreispänner, kutschierten sie nach Zarskoje Selo und dann nach Pawlowsk, der Sommerresidenz des Zaren.

Plötzlich, wie aus heiterem Himmel, verdunkelte sich Evas Gemüt. Ihr unbekümmertes Strahlen war erloschen. Sie wurde launisch und klagte des öfteren über Unwohlsein. Im Herzen spürte sie ein Gefühl wie Heimweh. Ralf glaubte den Grund für diesen Stimmungswechsel zu kennen und bereitete die Rückreise vor. Schon lange waren sie sich einig, zunächst Evas Heimat Weinsberg als Ziel zu wählen.

Nach den glücklichen Tagen in St. Petersburg, das ja nun Leningrad hieß, überkam Ralf Dollberg eine seltsame Melancholie. Nie fühlte er das Damoklesschwert so deutlich über sich schweben wie jetzt, da er sich wieder auf deutschem Boden befand. Mißtrauisch beobachtete er die Menschen in seiner Umgebung. Überall sah er drohende Schatten. Er wußte ja nicht, daß die Hetzjagd auf ihn abgeblasen worden war, zumindest offiziell. Und so erreichten sie unangefochten ihr künftiges Domizil.

19. Das Haus an der Mauer

Indessen waren mehrere Jahre vergangen, seit die Dollbergs ihren Wohnsitz in der schwäbischen Kleinstadt eingerichtet hatten. Das *Haus an der Mauer* nannten es die Leute, und mancher von den älteren machte dabei eine bedenkliche Miene.

Ein betagtes Weiblein schlug gar das Kreuzeszeichen über die Brust, als man sie danach fragte. »Nein, nein, mit den derzeitigen Bewohnern hat das nichts zu tun! Diesen Herrn bekommt man ja eh nie zu Gesicht.«

Der Alte, der neben ihr auf der Parkbank hockte, nahm seine Pfeife aus dem zahnlosen Mundwinkel und sabberte wichtigtuerisch: »... soll ein steinreicher Amerikaner sein.«

Auf der Nebenbank strickte eine der Klatschbasen emsig mit klappernden Nadeln und warf ein: »Aber seine junge Frau ist recht freundlich! Eine adrette Person. Sah sie neulich mit ihren zwei Kindern. Hab' fast den Eindruck, das dritte ist auch schon unterwegs!«

»Sie stammt aber von hier, müßt ihr wissen«, berichtete eine andere, und die Strickerin nickte ihr eifrig zu: »Gewiß! Ich hab' noch ihren Vater gekannt, ein netter Herr! War Beamter in der Irrenanstalt. Ich war dort mal im Dienst, in jungen Jahren. Als der Witwer starb, war das arme Mädel ganz allein. Dann kam sie plötzlich mit diesem Fremden an. Hat uns alle sehr gewundert, daß sie in das unheimliche Haus gezogen sind.«

Mit zittrigen Händen hatte der Greis seine Pfeife wieder in Brand gesetzt. Nach ein paar Zügen lehnte er sich genüßlich zurück und schilderte unter beständigem Wiegen des Kopfes: »War einstmals ein Teil der Stadtmauer, die Wohnung des Fronvogtes, ein getreuer Vasall vom Landgrafen Ludwig, dem Helfensteiner. Mein Großvater hat's oft erzählt, wie ihm die aufständischen Bauern, samt Frau und Kind mit der Sense ...«

Er machte die Geste des Halsabschneidens und gab dabei einen gurgelnden Laut von sich, der die Frauen in der Runde erschauern ließ. Hämisch grinsend, fuhr er dann fort: »In der ausgebrannten Ruine soll es seither spuken, sagte man früher, als ich noch ein kleines Kind war. Immerhin sind das nun schon an die vierhundert Jahre her.«

Als die Zuhörer in schallendes Gelächter ausbrachen, bemerkte er erst den Unsinn seiner Worte und beendete kichernd den angefangenen Satz: »Ich meinte natürlich, als die Rebellen den Fronvogt lynchten.«

Jetzt räusperte sich ein Mann, der bisher nur still der Unterhaltung gelauscht hatte, und meinte: »Interessant! Interessant! Ich kannte noch den Herrn Kammersänger, der, ein gutes Jahrzehnt mag es wohl her sein, trotz mahnender Stimmen dieses Grundstück erworben hat, als er sich zur Ruhe setzte. Er war ein Romantiker.«

Die alte Vettel unterbrach ihn mit einer wegwerfenden Handbewegung: »... ein Spinner war's! Sein ganzes Vermögen steckte er in den verrückten Bau. Über die Warnungen der Einheimischen lachte der übergeschnappte Operntenor, bis er sich schließlich total ruiniert am Kristallkronleuchter seiner Prunkvilla aufgehängt hat.«

»... und sich somit einen glänzenden Abgang verschaffte!« lästerte der Sabbergreis mit seiner Knasterpfeife. Die frömmlerische Matrone schlug erneut das Kreuzeszeichen über die Brust und faselte geheimnisvoll: »Mit so einem Fluch ist eben nicht zu spaßen!«

Auf der Suche nach einer geeigneten Heimstatt stieß Ralf Dollberg bald auf das Anwesen jenes unglücklichen Sängers, das mangels Erben von der Gemeindeverwaltung übernommen worden war und nie veräußert werden konnte. Die Lage am Ortsrand, in eine Ecke der alten Stadtmauer geschmiegt, von einer mannshohen Bruchsteinwand umfriedet, deren einzige Öffnung ein mächtiger Torbogen war, welcher durch ein kunstvoll geschmiedetes Eisengitter verschlossen wurde, gab Ralf ein Gefühl der Geborgenheit. Die Villa war gut in Schuß und bot genügend Raum für Dollbergs Vorstellung von einem adäquaten Wohnhaus, wobei durchaus Parallelen zur Burg seiner Mutter in Philadelphia anklangen. Der Bürgermeister von Weinsberg war froh, einen gutsituierten Mieter gefunden zu haben, und Eva akzeptierte die Entscheidung ihres geliebten Gatten ohne persönliches Engagement. Mit einer gewissen Passivität nach außen widmete sie sich vollkommen ihrer Aufgabe als Hausfrau und Mutter. So freudig erfüllt war sie von dieser Bestimmung, daß ihr die beängstigende Veränderung in Ralfs Wesen gar nicht bewußt wurde, zumal er sie in jeder Hinsicht verwöhnte.

Von seinen früheren Plänen, eine Automobilfabrik aufzubauen, war nicht mehr die Rede. Kam man dennoch darauf zu sprechen, entwickelte er immer neue Theorien, die einer Realisierung dieses Projektes entgegenstanden. Sein persönliches Vermögen, das der amerikanische Staat seinerzeit konfisziert hatte, wurde bisher nicht freigegeben. Die Mittel, die Ralfs Mutter ihm, gewissermaßen als Vorschuß auf sein Erbe, zur Verfügung stellte, reichten zwar für ein luxuriöses Leben, doch den zur Gründung einer Fabrik erforderlichen Kredit könnte er nur durch Eingliederung in die Geldpolitik der Vereinigten Staaten erhalten, die entsprechend dem Dawesplan die Finanzierung des Wiederaufbaus in Deutschland übernommen hatten. Aber eben dies lehnte Ralf Dollberg kategorisch ab. Nicht nur seiner persönlichen Prinzipien wegen, sondern verständlicherweise auch aus Angst, seinen Feinden dadurch direkt in die Arme zu laufen.

★

Mit ihrer Vorrangstellung auf dem Weltmarkt erlebten die USA eine Hochkonjunktur, die zu übermäßigen Investitionen und lebhaften Aktienkäufen führte. Als Auswirkung der Überproduktion kam es an jenem Schwarzen Freitag, am 25. Oktober des Jahres 1929, zu einem rapiden Absturz der Börsenkurse. Die kurzfristigen amerikanischen Kredite, auf denen die wirtschaftliche Blüte basierte, wurden schlagartig abgezogen. Eine weltweite Katastrophe war die Folge. Viele Banken mußten ihre Schalter schließen, zahlreiche Firmen brachen zusammen und Massenentlassungen ließen die Zahl der Arbeitslosen sprunghaft ansteigen.

Ralf Dollberg sah sich durch diese Entwicklung bestätigt und hatte nun erst recht keine Veranlassung, seine zurückgezogene Lebensweise zu ändern. Sein erstes Kind, das ihm Eva gebar, war ein Knabe und Ralf nannte ihn Frederick! Zweifellos war dies eine Trotzreaktion auf Irenes Verhalten, und er wollte damit offenbar demonstrieren: Dieser soll mein erstgeborener Sohn sein! Bald kam auch ein Mädchen zur Welt und erhielt natürlich den Namen Emma. Eva war glücklich und zufrieden und auch bereits wieder guter Hoffnung. Längst hatte sie sich mit Ralf darüber geeinigt, daß sie mindestens vier Kinder haben wollten. Schon bei Fredericks Geburt engagierten sie ein alleinstehendes ältliches Mädchen, dessen einziges Ideal darin bestand, der dienstbare Geist dieser Familie zu sein, die der verstoßenen Waise in ihrem vornehmen Haus eine – aus ihrer Sicht – märchenhafte Heimstatt gab. Treuergeben, bescheiden und still, war Agathe der einzige fremde Mensch, den Ralf um sich duldete. Den Garten hielt ein Taglöhner in Ordnung, der innerhalb des Hauses nichts zu suchen hatte. Auch in diesem Punkt war Gathe, wie die Kinder und bald auch die Eltern sie nannten, eine echte Perle. Wie ein Zerberus wachte die Jungfer über den Lebensraum ihrer Herrschaft.

Ralf Dollberg verbrachte die meiste Zeit in seinem Arbeitszimmer, in dessen Regalwänden sich unzählige Bücher stapelten, die er in den letzten Jahren studiert hatte. An dem riesigen Zeichentisch in der Mitte des größten Raumes der weitläufigen Zehnzimmervilla konstruierte der Hausherr phantastische Brücken über fiktive Abgründe, entwarf futuristische Automobile, die niemals gebaut werden würden, oder Flugzeuge, die in den Papierkorb flogen. Er verließ das Haus nur für einen gelegentlichen Spaziergang. Dann stieg er auf einsamen Wegen durch die Rebberge hinauf zur Ruine der Burg Weibertreu. In den noch gut erhaltenen Gewölben lagerte die Winzergenossenschaft ihre edelsten Weine, gepflegt und behütet von Jakob Rombach. Zu dem biederen Kellermeister hatte Ralf Zutrauen gefaßt und ließ sich zuweilen gerne verleiten, einen erlesenen Tropfen zu verkosten. Außerdem hatte er noch Kontakte mit Korbinian Zengerle, dem Buchhändler und mit dem Apotheker Adalbert Trautmann. Die vier Männer verbrachten von Zeit zu Zeit einen Skatabend miteinander. Auch Evas Hausarzt, Doktor Elling, den sie seit ihren Jugendjahren kannte, animierte den Sonderling manchmal zu einer Partie Schach.

Als neulich ein paar amtliche Papiere auszustellen waren, zeigte sich der Ortsbüttel Hugo Carle in seiner Eigenschaft als Gemeindeschreiber besonders zuvorkommend und hilfsbereit. Dennoch erschien Ralf dieser teils devote, teils aufdringliche Bursche nicht ganz geheuer. Auch Agathe machte letzthin die Bemerkung, er sei einer von den Nazis.

Für Dollberg war es immer noch unbegreiflich, wie der Irre von Landsberg nach seiner vorzeitigen Entlassung aus der Festungshaft die zerrüttete Partei so schnell wieder aufbauen konnte. Aber aus den Reihen der Arbeitslosen erhielten die Oppositionsparteien von rechts und links immer größeren Zulauf. Übrigens hatte Ralf mit seinen Freunden nie über jene Begegnung in Landsberg gesprochen, und das goldene Parteiabzeichen ließ er vor langer Zeit schon in einen Abwassergully gleiten.

Inzwischen brachte Eva eine zweite Tochter zur Welt. Nach ihrer frühverstorbenen Mutter nannte man sie Minna. Dr. Elling riet dem Ehepaar, aus Rücksicht auf Evas Gesundheit, mit dem vierten Kind noch zu warten.

In den folgenden Monaten beobachtete Ralf besorgt die politische Entwicklung. Die Regierung stand der wirtschaftlichen Misere hilflos gegenüber. Panische Notverordnungen untergruben das Vertrauen des Volkes, und die Reichstagswahl brachte einen sensationellen Erfolg der Nationalsozialisten. Zwar sagte sich Ralf immer wieder, daß er von dieser Seite eigentlich kaum etwas zu befürchten hätte. Instinktiv aber sträubten sich seine geistigen Nackenhaare, und eines Abends stand er mit seinen Skatbrüdern am Fenster der Apotheke. Gebannt schauten sie auf die Straße hinunter, wo eine Kolonne der Braunhemden vorübermarschierte. Gespenstisch flackerte der Schein ihrer lodernden Fackeln über die harten Gesichter. Trotz der späten Stunde schmetterten die Männer lauthals ein drohendes Kampflied, und ihre Stiefel schlugen dröhnend den Takt auf das Kopfsteinpflaster. Der Anführer blickte zu ihnen herauf und hob grüßend den Arm. Es war Carle, der Ortsbüttel. Er grinste triumphierend. Die Freunde sahen sich betreten an und schwiegen. Nur Korbinian Zengerle wiederholte leise, mit zusammengebissenen Zähnen eine Zeile des Refrains: »... wenn alles in Scherben fällt ...«

★

Inzwischen hatten die Vereinigten Staaten von Amerika die Folgen der Weltwirtschaftskrise überwunden. Präsident Hoover, der wieder die prosperity seines Vorgängers Coolidge erreichen wollte, strebte eine Normalisierung der Beziehungen zu den ehemaligen Feindländern an, um die Entwicklung von lukrativen Handelsverbindungen zu fördern. In Zusammenhang mit diesen Bemühungen stand offenbar auch der Artikel in der New Yorker Staatszeitung *Herold*, Amerikas führender deutschsprachiger Tageszeitung, der ausgeschnitten und auf ein Blatt Papier geklebt auf dem Schreibtisch von Marvin Jones lag:

Feindbesitz-Vorlage geht heute an den Senat

Washington, 21. Oktober. Das Repräsentantenhaus nahm gestern mit 223 gegen 26 Stimmen die Vorlage für Rückgabe des in der Kriegszeit beschlagnahmten feindlichen Eigentums in fast genau der Form an, in der das Mittel-und Wege-Komitee sie dem Plenum unterbreitet hatte. Die Vorlage geht nun heute an den Senat, der sie seinem Finanzausschuß überweisen wird. Ohne Einspruch von seiten des Hauses wurde der von dem Demokraten Tarver aus Georgia beantragte Zusatz angehängt, daß alle Justizflüchtlinge von den Vergünstigungen der Bill ausgeschlossen sind. Herr Tarver wies mit der Erklärung, daß das Amendement auf einen jetzt angeblich in Deutschland weilenden Philadelphiaer gemünzt sei, auch ohne Namensnennung darauf hin, daß er Ralf Dollberg im Auge hatte, der sich im Weltkrieg der Aushebung zum Militärdienst durch die Flucht über den Atlantik entzog.

Nach dieser Zeile begrenzte ein dicker Strich den Text des Artikels und mit steiler Handschrift stand darunter: Was ist eigentlich aus D. geworden? F.

F. bedeutete Ferguson, Lloyd Ferguson, Chefredakteur und Vorgesetzter von Marvin Jones. Dieser junge, ehrgeizige Reporter war soeben im Begriff, eine Reise nach Europa anzutreten, wo er ein Jahr in Deutschland verbringen sollte, um als Korrespondent des Herold über die politische und wirtschaftliche Entwicklung zu berichten. Der Name Dollberg war ihm nicht unbekannt, und er begrüßte den Hinweis seines Chefs durchaus positiv. Zweifellos ließe sich daraus eine Story machen, auch wenn man nur die alten Kamellen aufwärmen würde. Außerdem kannte er das gute Gedächtnis von Ferguson, der eine unbeantwortete Frage niemals verzieh! Im Archiv der Redaktion existierten unzählige Personalakten prominenter Leute, und Mister Dollberg war berühmt oder berüchtigt genug, um diese fragwürdige Ehre in Anspruch nehmen zu dürfen. Der clevere Journalist stieß beim Studium des Dossiers auf einige Anhaltspunkte, die ihn mit ein wenig Glück auf die Spur des Flüchtigen führen konnten.

Die Heidelberger Affäre hatte sich Marvin Jones als Aufhänger notiert. Es war der letzte. Dann verlor sich die Fährte. Der Reporter logierte im Hotel Zum Ritter. Ein älterer Herr mit gepflegtem Kinnbart thronte würdevoll in der Rezeption und seine wachsamen Augen kontrollierten das Geschehen in der mit antiken Holzschnitzereien geschmückten Hotelhalle. Während Jones interessiert die blankpolierten Rüstungen betrachtete, die den Anmeldeschalter flankierten, dachte er bei sich: »Das ist mein Mann!« und frischte mit ein paar Dollarnoten dessen Gedächtnis auf, das sich als ganz ausgezeichnet erwies.

Deutlich erinnerte er sich an die wohlhabende Amerikanerin: »Eine sehr resolute Dame, die in der Fürstensuite zu wohnen beliebte.«

Er strich mit geschlossenen Augen bedächtig über seinen schlohweißen Bart. »Sie traf sich hier mit ihrem Sohn, einem noblen und großzügigen Herrn.«

Jones schob noch einige Banknoten über die Theke. Daraufhin holte der Alte aus dem verschlossenen Schrank hinter sich einen Folianten und blätterte eine Weile darin.

»Sehen Sie, mein Herr, hier hat sich eine junge Dame eingetragen, Eva Planck aus Weinsberg. Herr Dollberg reiste später mit ihr zusammen ab. Ich glaube, sie war seine Verlobte oder so ähnlich.«

»Erwähnten sie das Ziel ihrer Reise?«

»Nein, ich kann mich nicht entsinnen, doch, sehen Sie, hier ist ein Vermerk. Könnte vielleicht ein Hinweis sein: Herr Dollberg führte ein sehr teures Telefongespräch mit Leningrad in Rußland.«

»Leningrad ist weit«, sagte sich Marvin Jones, »und Rußland ist groß!« Dabei dachte er an die berühmte Nadel im Heuschober. Schon einmal bei den Sprichwörtern, fügte er noch hinzu: »Warum denn in die Ferne schweifen, möglicherweise erfahre ich schon in Weinsberg etwas über diese Dame.«

Die wenigen Fahrgäste des Bummelzuges stapften fröstelnd durch den strömenden Regen und verschwanden wie Schemen in der diesigen Dunkelheit, während der Journalist mit hochgeschlagenem Mantelkragen dem schummrigen Transparent *Gasthof zur Eisenbahn* zustrebte. In der bescheidenen Absteige nahm er ein Zimmer. Die Stühle im Schankraum waren bereits auf die Tische gestapelt. Fast widerwillig schenkte ihm der mürrische Wirt noch einen Schnaps ein. Auf die Frage des Fremden brummte der Dicke verschlossen: »Ich lebe erst ein paar Jahre in diesem Kaff und kenne niemand mit diesem Namen. Der letzte Zug ist übrigens schon durch, und ich mache den Laden jetzt dicht.«

Weder der Wirt noch das Wetter zeigten sich anderntags freundlicher, aber wenigstens hatte der Regen aufgehört. Marvin Jones schlenderte nach dem kärglichen, lieblos servierten Frühstück mißmutig die Bahnhofstraße hinunter. Der dumpfe Druck in seinem Kopf assoziierte sich mit dem Anblick einer Apotheke zu dem Entschluß, vorsorglich ein Röhrchen Aspirin zu erwerben. Die kecke Verkäuferin lächelte ihn neugierig an und fragte, während sie ihm die Tabletten überreichte: »Sie sind g'wiß 'n Amerikoner!«

Der Reporter machte ein enttäuschtes Gesicht und entgegnete: »... und ich dachte immer, ein gutes Deutsch zu sprechen.«

»Des scho, aber ma hörts eba am Akzent. Bei mir merkt ma ja au glei, daß i von hier bin.«

»Interessant! Wenn Sie eine Weinsbergerin sind, können Sie mir sicher helfen. Ich suche eine gewisse Eva Planck!«

Schon als das Stichwort Amerikaner zum ersten Mal fiel, horchte der Apotheker in der Rezeptur auf und kam rasch nach vorn, wo er noch den letzten Teil der Unterhaltung mitbekam. Ruhig, aber bestimmt gab er dem Mädchen die Anweisung, eine soeben eintretende Dame zu bedienen. Er selbst würde inzwischen dem Herrn die gewünschte Auskunft geben. Kaum war die Angestellte außer Hörweite, beugte er sich über den Ladentisch und flüsterte dem Fremden geheimnisvoll zu: »Wenn Sie mehr wissen wollen, gehen Sie in die Buchhandlung am Justinus-Kerner-Platz und fragen Sie nach Herrn Zengerle. Sagen Sie, ich hätte Sie geschickt! Mein Name ist Trautmann.«

Marvin Jones war so verblüfft, daß er sich ohne weiteres von dem Apotheker hinausführen ließ. Vor der Tür beschrieb ihm dieser noch den Weg. Auf der Straße schüttelte der Reporter den Kopf und fragte sich grinsend: »Hab' ich nun so eine gute Nase, oder gilt hier der Spruch vom Glück, das ein Rindvieh ist und seinesgleichen sucht?«

Adalbert Trautmann aber eilte zum Telefon und führte ein längeres Gespräch mit seinem Freund Korbinian, dem Buchhändler. Danach rief er Ralf Dollberg an, der in seinem Arbeitszimmer über neuen Phantasiegebilden brütete. Als er die Meldung des Freundes vernahm, fuhr ihm ein eisiger Schreck in die Glieder. Mit aschfahlem Gesicht murmelte er vor sich hin: »Also haben sie mich doch wieder gefunden!« während er der aufgeregten Stimme im Telefonhörer lauschte: »... wie der Amerikaner sich nach Eva erkundigte, fiel mir sofort die Geschichte von deiner Verfolgung ein und deinen Befürchtungen, sie kämen dir eines Tages wieder auf die Spur. Ehrlich gesagt, ich hielt das immer für übertrieben! Als aber plötzlich dieser Ami in meiner Apotheke stand, überkam mich so eine Intuition. Ich habe den Kerl in die Buchhandlung geschickt. Korbinian lotst ihn zu Jakob, und dort werden wir ihm auf den Zahn fühlen. Da erfahren wir schnell, was er im Schilde führt. Bleib du in deinem Bau, und sei auf der Hut! Wir halten dich auf dem Laufenden, bis bald!«

Ehe Ralf etwas erwidern konnte, zeigte das Knacken im Apparat an, daß der streitbare Apotheker eingehängt hatte.

»Gathe!!« brüllte Dollberg durch die Halle, daß die treue Seele in der Küche zusammenzuckte. Hastig wischte sie die Hände an der Schürze ab, die fast so lang war wie das schwarze, bis zu den Knöcheln reichende, hochgeschlossene Kleid aus feinplissiertem Taft. Das lange brünette Haar war zu einem üppigen Nest geschlungen und mit einer ebenfalls tiefschwarzen Samtschleife auf dem höchsten Punkt des stets leicht geneigten Kopfes festgesteckt. Die strenge Tracht war für Agathe so obligatorisch wie eine Uniform. Jetzt rauschte sie aufgescheucht über Treppen und Flure, wobei die Absätze ihrer hochhackigen Schnürstiefel im Stakkato klapperten, wenn sie zwischen den flauschigen Teppichen auf die alabasterfarbenen Marmorfliesen gerieten. Die Flügeltür des Arbeitszimmers stand bereits weit offen.

Agathe deutete einen Knicks an: »Der gnädige Herr hat gerufen ...«

»Das Hoftor wird augenblicklich fest verschlossen. Niemand geht ohne mein Wissen hinaus oder herein. Dies ist ganz wichtig, Gathe! Hast du das verstanden?«

»Nein, gnädiger Herr, aber ich werde sofort tun, was der gnädige Herr befohlen hat.«

»Das ist brav, Gathe. Wo befindet sich meine Frau?«

»Die gnä' Frau ist im Salon, Blumen stecken.«

»... und die Kinder?«

»Frederick ist in der Schule, Emma im Kindergarten und Minna spielt in ihrem Zimmer.«

»Es ist gut, Gathe, danke!«

Mit einem Knicks machte sie die Tür hinter sich zu. Das zeitweise Klappern ihrer trippelnden Schritte verhallte in der Ferne.

Aus dem schweren Eichenschrank nahm Ralf eine doppelläufige Schrotflinte, die er angeschafft hatte, weil ihn Jakob Rombach manchmal zur Entenjagd in den Neckarniederungen animierte. Der Blick aus dem Erkerfenster fiel direkt auf das große Tor, dessen schmiedeeiserne Flügel soeben von Agathe verriegelt wurden.

Er legte das Gewehr mit einer Schachtel Munition auf die breite Fensterbank. Dann tastete er im hintersten Winkel der Schreibtischschublade nach seiner – schon fast vergessenen Mauser 7.65 Automatic. Nachdem er das Magazin kontrolliert hatte, lud Ralf die Pistole entschlossen durch und steckte sie in den Hosenbund.

In diesem Augenblick betrat Eva das Zimmer. Sie trug einen sehr weit geschnittenen Hänger. Offensichtlich war die von Dr. Elling verordnete Karenzzeit für das vierte Kind längst abgelaufen. Mit einem bezaubernden Lächeln stellte sie eine rote Rose in die schlanke Porzellanvase.

»Verzeih, Liebster, wenn ich dich in deinem Allerheiligsten störe, aber Gathe machte eben einen so seltsamen Eindruck.«

Das gutturale Timbre ihrer tiefen Stimme erschien Ralf so betörend, daß er für einen Augenblick seine Sorgen vergaß und sie ebenfalls anlächelte. »Du siehst heute besonders reizend aus, meine Liebe, und vielen Dank für die wunderschöne Blume!«

Er nahm sie sanft in die Arme und küßte ihre Stirn. »In dieser Minute wollte ich dich aufsuchen, um dir alles zu erklären.«

Ralf war wieder sehr ernst geworden und berichtete von der Warnung des Apothekers. Mit besorgter Miene sagte sie bitter: »Ich hoffte so fest, daß sie dich endlich vergessen hätten, und seit einiger Zeit glaubte ich es schon wirklich.«

Jetzt sah sie das Gewehr auf dem Fensterbrett und warf ihrem Mann einen flehenden Blick zu. »Bitte, Ralf, tu nichts Unüberlegtes! Vielleicht ist es ein falscher Alarm.«

Marvin Jones schlenderte durch die Weinberge zur Burgruine hinauf. Die frische Luft tat seinem Kopf gut. Sicher war auch die Wirkung des Aspirins schon zu spüren. Außerdem hatte er eine Fährte aufgenommen: Für den Vollblutjournalisten gab es da kein Halten mehr. Dennoch schweifte sein Blick hin und wieder über die sich zu seinen Füßen ausbreitende Landschaft, deren kräftiges Grün bereits mit den rotgoldenen Tupfen des nahenden Herbstes übersät war. Durch die zarten Dunstschleier, die aus dem silbernen Band des Flusses stiegen, schimmerte tiefblau die sanft geschwungene Hügelkette der Löwensteiner Berge. »Eine wunderschöne Gegend hat sich dieser Dollberg als Zufluchtsort ausgesucht«, dachte er bei sich und stapfte weiter bergan.

Auf dem schmalen Fahrsträßlein, das sich über die weniger steile Seite des Bergkegels emporschlängelte, zuckelte ein rotschwarzer DKW. Der Apotheker Trautmann betätigte krachend die Schaltung und beruhigte dabei den ein wenig verkrampft neben ihm sitzenden Buchhändler: »Keine Sorge! Mit seinen 28 PS schafft er es im ersten Gang spielend.«

»Um dein Vehikel mach’ ich mir keine Gedanken, aber die Sache mit dem Amerikaner ist mir nicht geheuer.«

»Ach, papperlapapp! Du hast eben keine Zivilcourage, Korbinian! Was soll denn schon passieren? Wir nehmen den Kerl ein wenig in die Zange, und selbst wenn er uns dabei über den Jordan segelt, wozu kennen wir den geheimen Eingang ins Verlies!«

»Du spinnst ja, Adalbert!«

»Ich denke nur gerade an das Buch, das du mir zum Geburtstag geschenkt hast, Edgar Allan Poe, die Geschichte von dem Faß Amontillado.«

»Du bist ein alter Narr, Adalbert! Nächstes Mal schenk ich dir den Struwwelpeter!«

»Aber du mußt zugeben, daß ihn kein Mensch mehr fände, falls überhaupt einer suchte.«

»Wenn es aber Komplizen gibt?«

»Dann haben wir erst recht die verdammte Pflicht, unserem Freund beizustehen!« Trautmann hatte rote Wangen vor Eifer, und in seinen kleinen graugrünen Augen flackerte ein gefährlicher Glanz: Er sah sich schon als Femerichter. Ängstlich blinzelte der biedere Buchhändler zu seinem Kameraden hinüber, dessen cholerisches Temperament ihm wohlbekannt war.

»Wir können den jungen Mann doch höchstens höflich befragen.«

»Laß mich nur machen, Korbinian! So, da sind wir.«

Der Apotheker bog um die letzte Kurve in den Hof der Kellerei und stellte den Wagen vor dem Tor ab, wo Jakob Rombach den beiden schon entgegenkam. Er hatte einen Feldstecher umhängen.

»Der Bursche wird gleich heroben sein, hab' ihn nämlich beobachtet, vielleicht hundert Meter noch. Geht ihr schon nach hinten, in's Vesperstüble! Ich will ihn hier allein empfangen.«

»Gott zum Gruß, Herr Wandersmann.«

»Guten Tag! Sind Sie der Kellermeister?«

Als Rombach zustimmend nickte, streckte ihm Marvin die Hand hin und stellte sich vor: »Jones, vom New Yorker Herold. Ein Freund wies mir den Weg. Er meinte, Sie könnten meine Fragen am besten beantworten.«

»Interessant! Doch kommen Sie zunächst einmal herein. Ein kühler Tropfen wird Sie erfrischen.«

»Ich mach' mir nichts aus eurem Wein. Whisky wäre mir im Augenblick lieber!«

Jakob lächelte nachsichtig über die Unhöflichkeit des Amerikaners, der sich erschöpft auf die derbe Verkaufstheke stützte, hinter der sich in großen Mengen die Weinkisten stapelten.

»Amerikanischen Whisky führen wir leider nicht, mein Herr, doch einen urdeutschen Trester könnte ich anbieten, sehr zum Wohl, der Herr!« Während er dies sagte, hatte er schon zwei Gläser gefüllt und stieß mit dem Fremden an. Der kostete prüfend und trank dann genüßlich.

»Peculiar! Eigenartig, aber nicht schlecht!«

Jakob füllte das Glas noch einmal bis zum Rand und prostete dem anderen zu: »Cheerio, Mister Jones, und was wollten Sie eigentlich wissen?«

»Kennen Sie Eva Planck?«

Der Kellermeister hob erstaunt die Augenbrauen und sagte ein wenig zögernd: »Gewiß, gewiß, aber kommen Sie doch bitte weiter.«

Er führte Jones ins Hinterzimmer, ließ die schwere Eichentür ins Schloß fallen und stellte die Tresterflasche hart auf den klobigen Tisch, an dem die anderen zwei saßen und dem Journalisten mit kühlem Lächeln entgegensahen. Der staunte nicht wenig und setzte sich verdutzt auf den ihm zugewiesenen Platz. Jakob Rombach hängte das Fernglas umständlich in den mit allerlei Jagdwaffen bestückten Holzverschlag neben seinem Stuhl. Die Wände des kleinen Raumes waren mit präparierten Hirschköpfen und Geweihen dekoriert.

»Welches Interesse könnte ein Fremder, wie Sie, mit diesem Namen verbinden?«

Der scharfe Ton in Trautmanns Worten ließ Marvin argwöhnisch aufhorchen. Er hatte ein instinktives Gespür für Gefahrenmomente. Jetzt bemühte er sich, ruhig und verbindlich zu antworten. Dabei schob er das erneut gefüllte Glas mit freundlicher Miene zur Seite und erläuterte seine Tätigkeit in Berlin als Korrespondent der größten deutschsprachigen Zeitung Amerikas.

»Die Leser unseres Blattes sind vorwiegend die in den USA lebenden Deutschen, die mit größtem Interesse die Ereignisse und Entwicklungen in der alten Heimat verfolgen. Insbesondere nachdem es dem Reichskanzler gelungen ist, durch das Ermächtigungsgesetz seine Regierung derart auszubauen, daß Deutschland offensichtlich auf eine totalitäre Diktatur der Nationalsozialisten zusteuert. Sind Sie, meine Herren, sich dessen bewußt? Wie auch immer man darüber denken mag!«

Die drei Männer nickten betreten. Marvin Jones hatte ihnen mit wenigen Worten allen Wind aus den Segeln genommen. Der Apotheker faßte sich aber rasch wieder und brauste auf: »Was hat das alles, in drei Teufels Namen, mit Eva Planck zu tun?«

»Nun, aus Ihrer Reaktion darf ich schließen, daß meine Ermittlungen zutreffend sind und diese Dame hier lebt, zusammen mit ihrem Mann, Ralf Dollberg! Doch bin ich keineswegs als Verfolger hinter ihm her, eher als Freund, wenn Sie so wollen. Mir geht es lediglich um die Story, um einen Artikel für meine Zeitung, denn auch dieser Fall findet ein gewisses Interesse in der amerikanischen Öffentlichkeit. Weiß Ihr Protegé eigentlich, daß man die Fahndung einstellte? Gleich nach dem Prozeß in Heidelberg, der ja etwas Staub aufgewirbelt hat. Die Agenten der American Legion, für einen solchen hielten Sie mich wahrscheinlich, wurden längst zurückgepfiffen. Das ominöse Kopfgeld hat man storniert. Im Senat verhandelt man derzeit über die Rückgabe des im Krieg beschlagnahmten feindlichen Eigentums.

Dollberg hätte da ja einiges zu erwarten, nur müßte er sich darum bemühen, anstatt sich beleidigt in seinem Asyl zu verkriechen. Sehen Sie, meine Herren, darüber wollte ich mit ihm sprechen, aber leider hat Ihr Komplott dies verhindert, und meine Zeit ist knapp bemessen.«

Die Freunde blickten sich verlegen an. Der Zorn über den verlorenen Schachzug und seine eigene Unsicherheit trieben dem Hypertoniker Trautmann das Blut in den Kopf. Die schräg über seinen Mundwinkel verlaufende Mensurnarbe blitzte weiß auf in dem roten Gesicht. Er stierte grimmig vor sich hin und warf schließlich bissig ein: »Wie können wir sicher sein, daß dieser Ausländer die Wahrheit spricht? Wahrscheinlich will er uns täuschen, um aus der Falle zu entwischen, in die wir ihn gelockt haben.«

Marvin Jones hob lakonisch die Schultern und schaute auf die Uhr. Zengerle schlug vor, telefonisch Verbindung mit Dollberg aufzunehmen. Die anderen stimmten zu, und der Buchhändler ging zum Apparat, der im Verkaufsraum installiert war. Trautmann stellte sich demonstrativ an die Tür und ließ kein Auge von dem Journalisten. Jakob Rombach nahm eines der Gewehre aus dem Halter und prüfte scheinbar spielerisch die Gängigkeit des Schlagbolzens. Ein wenig zu auffällig ließ er eine Schrotpatrone in die Kammer des aufgeklappten Laufes gleiten und rastete diesen wieder ein.

Nach geraumer Zeit kam Korbinian zurück und berichtete niedergeschlagen, daß Ralf dem Amerikaner nicht traue. Zu oft schon hätten die Agenten versucht, ihn zu täuschen. Sollte der angebliche Reporter vor seinem Hause auftauchen, würde er ihn ohne Zögern über den Haufen knallen.

»Sehen Sie, dieser Gefahr können wir Sie, lieber Mister Jones oder wie, und auch unseren Freund, der dadurch in erhebliche Schwierigkeiten kommen könnte, natürlich nicht aussetzen.«

Die Worte des Apothekers troffen von Sarkasmus. »... darum sind wir gezwungen, Sie hier in sicherem Gewahrsam zu halten, bis wir Herrn Dollberg durch unsere persönliche Fürsprache von Ihrer Version überzeugt haben.«

»Das ist Nötigung und Freiheitsberaubung, meine Herren! Ich muß Sie warnen. Sie glauben doch nicht, daß ich, daß mein Land das so einfach hinnehmen würde. Die Botschaft der USA ...«

»Ihr Botschafter hat nicht die geringste Ahnung, wo sich sein treuer Vasall befindet. Selbst, wenn man Ihren Weg noch bis

Weinsberg verfolgen könnte, spätestens vor der Apotheke verliert sich Ihre Spur!«

»Sie vergessen, daß ich Sie kenne, alle drei, und Sie später zur Verantwortung ziehen könnte. Immerhin hat jeder von Ihnen eine Existenz zu verlieren.«

Trautmann spuckte Gift und Galle: »Das ist doch ein zwingender Grund, diesen verdammten Schnüffler für immer verschwinden zu lassen!«

Korbinian Zengerle schüttelte gequält den Kopf und stöhnte. »Aber, das ist doch Wahnsinn!«

Marvin Jones wollte sich auf Trautmann werfen, aber Rombach hob seine Flinte und brüllte: »Halt! Keine Bewegung!«

In diesem Augenblick trat der Buchhändler dazwischen und riß den Gewehrlauf hoch. Ein ohrenbetäubender Knall drohte den engen Raum zu sprengen. Doch der Schuß traf nur einen Hirschkopf, der sich von der Wand löste und Trautmann auf die Schulter fiel. Die Spitze eines der sechzehn Geweihenden ritzte ihm die Stirnhaut und setzte damit ein Pendant zu seiner Blessur aus der Studentenzeit, in der er einer schlagenden Verbindung angehört hatte.

Verwirrung und Pulverdampf nutzend, erreichte der Reporter mit zwei Sätzen die Tür, drehte von außen den im Schloß steckenden Schlüssel um und stand Sekunden später im Freien. Das Haupttor verriegelte er ebenfalls von außen. Dann fiel sein Blick auf das Auto. Der Zündschlüssel steckte. Er schwang sich hinein, betätigte den Anlasser und brauste nach kurzer Orientierung durch die Spitzkehren der Bergstraße dem idyllischen Städtchen zu. Vor der Apotheke stellte er den Wagen ab und betrat den Laden. Die junge Verkäuferin erkannte ihn gleich wieder: »Ja, grüß Gott'le, des isch ja der Herr Amerikoner! Hat's Aspirin nix g'holfe?«

»Doch, doch, vielen Dank! Sie wollten mir aber noch die Adresse nennen von der Eva Planck, ich meine Frau Dollberg.«

»Ja, natürlich, die hot ja au 'n Amerikoner!« Sie beschrieb ausführlich den Weg zum Haus an der Mauer und setzte süffisant hinzu: »... 's isch ja scho 'n komischer Heiliger, der Herr Dollberg. Mein Chef kennt ihn ja nähers, drum will i au nix g'sagt habe!«

»Vielen Dank für Ihre Hilfe. Geben Sie das bitte dem Herrn Apotheker mit einer freundlichen Empfehlung von Marvin Jones.«

Er legte den Zündschlüssel auf die Marmorplatte des Ladentisches. Dann ging er die Bahnhofstraße hinauf und legte sich im Gasthof zur Eisenbahn erst mal auf's Ohr, um dieses verrückte Abenteuer zu überschlafen.

»Eine fast uneinnehmbare Festung!« sagte sich Marvin Jones, als er in der Frühe des nächsten Tages der Dollberg'schen Villa ansichtig wurde. Gegenüber dem schmiedeeisernen Gittertor erstreckte sich ein freies Gelände, das mit niedrigem Buschwerk bewachsen war. Die wenigen, vereinzelt stehenden Bäume boten nicht genügend Deckung, um das Haus unauffällig beobachten zu können. In einem von Efeu überwucherten Gemäuer, offenbar ein Fragment der alten Stadtumfriedung, fand der Reporter schließlich Unterschlupf. Eine Schießscharte in der zerbröckelnden Mauernische gewährte ihm Ausblick auf das Tor, an dem sich eine dunkle Gestalt zu schaffen machte. Zum Glück hatte Marvin sein leichtes Monokularperspektiv bei sich, denn die Entfernung war zu groß, um mit dem bloßen Auge Einzelheiten zu erkennen. Kaum war das winzige, aber leistungsfähige Fernglas scharf eingestellt, erschien eine bildhübsche Frau am Eisengitter. Halt suchend schmiegte sich ein kleines Mädelchen an die üppigen Falten ihres wallenden Umstandskleides in lichtem Bleu. Dann rannte ein etwa siebenjähriger Knabe ins Bild. Er trug einen Schulranzen und zog sein jüngeres Schwesterlein hinter sich her. Ihr übermütiges Jauchzen drang bis zum Versteck des hartnäckigen Journalisten.

»Aha«, registrierte Jones lächelnd, »das ist also Eva Dollberg mit ihren drei, nein, bald vier Kindern.«

Sollte er sie ansprechen? Eingedenk der Warnung des Buchhändlers war er unschlüssig. Das offene Blondhaar der jungen Frau glänzte in der durchbrechenden Morgensonne, als sie sich niederbeugte, um die Kinder zu küssen, bevor sie diese der Obhut ihrer Gouvernante überließ. Agathe breitete die schwarze Pelerine aus und nahm die beiden an der Hand. Dann strebten sie zügig der nahen Stadt zu.

Jones beschloß intuitiv, der kleinen Gruppe zu folgen. Erst in den winkligen Gassen des altertümlichen Ortskerns wagte Marvin sich näher heran und beobachtete, wie das Dienstmädchen den Jungen vor dem Schultor verabschiedete. Winkend wartete sie, bis er in einer Horde johlender Schüler untergetaucht war.

Vielleicht könnte Dollbergs Sohn der geeignete Mittler sein, um eine Verbindung zum Vater herzustellen, überlegte er. Aber im Moment konnte er sich noch nicht vorstellen, auf welche Weise dies geschehen sollte. Da kam ihm wieder einmal der Zufall zu Hilfe! Jedoch zuvor ging er zum Postamt und meldete der Ortspolizei telefonisch einen mutmaßlichen Überfall auf die Weinkellerei in der Burgruine, für den Fall, daß sich die drei Alten inzwischen noch nicht selbst befreien konnten. Bei der Vorstellung, wie diese Spinner den Beamten ihre Situation erklären würden, mußte Jones so lachen, daß die Telefonistin irritiert aufblickte.

★

Sichtlich beeindruckt nahm der Hausmeister der Elementarschule für Knaben eine Zigarette aus der dargebotenen Chesterfieldpackung.

»Oh, amerikanische ...«

»Yes, wie ich selbst auch!« grinste der Reporter anbiedernd und stellte sich dem wackeren Kriegsinvaliden als Dollbergs Bruder vor, der sich auf der Durchreise befand und zwischen zwei Zügen seinen Neffen sehen möchte. Der Hausmeister nickte verständnisvoll und zog seine Taschenuhr aus dem Futteral. »Das trifft sich gut. In ein paar Minuten ist große Hofpause. Ein nettes Bürschle, der kleine Frederick, nur, mich geht's ja nix an, ein bißle arg behütet. Wird jeden Tag von der Hausangestellten hergebracht und nach dem Unterricht wieder abgeholt. Na, hören Sie, wenn ich an meine Kindheit zurückdenk': Der Schulweg mit den Kameraden war doch das Schönste, bei allem Streit und Gerangel.«

Vertraulich plapperte der Alte weiter. »Der Bub tut mir oft leid, wenn er deswegen von den anderen gehänselt wird, besonders von diesem Raufbold Volker, der Sohn vom Carle, ich meine, vom Herrn Ortsgruppenleiter. Die Partei legt halt Wert auf so rauhe Kerle. Wehrhafte Männer sollen sie werden, SA-Männer, Soldaten! Wahrscheinlich ist dies das andere Extrem, aber, wie gesagt: Mich geht's ja nix an.«

Nach einem erneuten Blick auf die Uhr humpelte er mit seinem steifen Bein in die Portiersloge und gleich darauf ertönte das schrille Signal der elektrischen Klingel. Wenige Augenblicke später waren Halle, Flur und Treppenhaus erfüllt vom Trampeln und

Kreischen der Freigelassenen. Der Hausmeister postierte sich mit dem Amerikaner am Fuße der breiten Steintreppe. Er deutete nach oben, wo Frederick mit rudernden Armen durch die Menge drängte, um die rettenden Stufen zu erreichen, denn er wurde von einem kräftigen Burschen verfolgt. Ein gellender Pfiff und die laute Stimme des Hausmeisters ließen die beiden Angerufenen erschrocken aufhorchen. Irgendwie kamen sie dabei aus dem Tritt und stürzten, übereinanderpurzelnd, die Treppe hinunter.

»Mein Gott, diese Rasselbande! Das gibt wieder Ärger.« Der Invalide war blaß geworden und humpelte auf die jammernden Knaben zu. Ein Lehrer schob sich mühsam durch den Kreis der verstummten Mitschüler und half ihm, Volker, der offenbar ein Bein gebrochen hatte, in den Geräteraum zu tragen. Der ›Onkel‹ bemühte sich um Frederick und versuchte, das aus einer Platzwunde am Hinterkopf strömende Blut zu stillen. Angesichts des blutbesudelten Dollbergsohnes schlug der herbeigeeilte Schulleiter entsetzt die Hände über dem Kopf zusammen. Willfährig befolgte er die Weisung des Journalisten und rief die Ambulanz an, welche die Verletzten schnellstens ins Krankenhaus transportieren sollte. Marvin Jones wollte sich dort um alles Weitere kümmern. Der Hausmeister nickte seinem konsterniert dreinblickenden Chef beruhigend zu: »Das geht in Ordnung, Herr Rektor! Mister Dollberg ist nämlich Fredericks Onkel. Den Carle, wollte sagen, den Herrn Ortgruppenleiter habe ich bereits verständigen lassen.«

Verstört und atemlos hastete Agathe, die kleine Emma hinter sich herziehend, zum Haus an der Mauer hinaus. Dollberg trat ihr schon in der Halle entgegen. Mit tränenerstickter Stimme berichtete die treue Seele vom Verschwinden Fredericks und von einem fremden Mann, der sich angeblich als dessen Onkel ausgab. Das übrige Geschehen in der Schule, das ihr vom Hausmeister ausführlich geschildert wurde, hatte sie in ihrer Aufregung überhaupt nicht registriert. Bei der in abgehackten Satzfetzen hervorgestoßenen, unvollständigen Darstellung fuhr Ralf ein eisiger Schreck in die Glieder. Die Möglichkeit einer Entführung der Kinder hatte er bei allen Vorsichtsmaßnahmen außer Acht gelassen. Jetzt bemühte er sich, selbst vor Erregung zitternd, seiner Frau die Hiobsbotschaft behutsam mitzuteilen. Eva wurde weiß wie die Wand. Stöhnend sank sie ihrem Mann in die Arme. Im nächsten Augenblick trommelte die Verzweifelte mit ihren

Fäusten auf seine Brust und beschwor ihn aufschluchzend:»Tu doch etwas, Ralf! Bitte, wir müssen ihn befreien! Mein armer Frederick.«

Der stete Gedanke an feindliche Aggression hatte sich bei den Dollbergs so festgesetzt, daß ein anderer Sachverhalt gar nicht in Betracht gezogen wurde und die gegenwärtige Situation augenblicklich in Panik ausartete. Evas sonst so ruhige Stimme überschlug sich in schrillem Diskant:»Wir müssen sofort die Polizei alarmieren oder vielleicht noch besser: Ruf' Herrn Carle an, er soll seine Organisation einsetzen.«

»Laß bitte die SA aus dem Spiel!«

Ralfs Worte klangen ungewöhnlich scharf. »... und die Polizei könnte die Sicherheit des Jungen gefährden. Wir müssen erst die Forderung des Kidnappers abwarten.«

Dollberg war wieder ruhiger. Er versuchte, einen klaren Gedanken zu fassen. »Dieser Kerl gab sich also für meinen Bruder aus!«

Er lachte bitter. »Der Onkel aus Amerika. Ha, das ist doch ein starkes Stück! Ich bin sicher, da steckt dieser angebliche Journalist dahinter.«

»Du hättest eben mit ihm reden sollen, Ralf!« stellte Eva vorwurfsvoll fest, aber ihr Mann winkte nur ärgerlich ab.

»Wir sollten uns jetzt nicht um des Kaisers Bart streiten.«

»... und deine Freunde? Haben die sich noch einmal gemeldet?«

»Nein. Aber du hast recht, Eva! Ich rufe gleich mal bei Adalbert an.«

Von der Angestellten in der Apotheke erhielt Ralf die Auskunft, Herr Trautmann sei verunglückt und befinde sich zur ärztlichen Behandlung im Krankenhaus. »Nein, nichts Ernstes, nur ambulant. Der Herr Apotheker ist gewiß am späten Nachmittag wieder zu sprechen.«

Fredericks Wunde war schnell genäht. Da keine Anzeichen von Gehirnerschütterung festgestellt werden konnten, durfte Jones den tapferen Jungen wieder mitnehmen, nachdem die OP-Schwester einen leichten Kopfverband angelegt hatte. Im Korridor kam ein Mann in brauner Uniform auf die beiden zu und streckte Marvin spontan die Hand entgegen.

»Carle! Hugo Carle, mein Name. Möchte mich bedanken, daß Sie sich so fürsorglich meines Sohnes angenommen haben. Außerdem freue ich mich, den Bruder unseres verehrten Herrn Dollberg kennenzulernen. Wir schätzen ihn als deutschfreundlichen Ausländer mit vaterländischer Gesinnung. Mir persönlich, als Ortsgruppenleiter, ist es eine Ehre, Ihrem Herrn Bruder in unserer Gemeinde Asyl gewähren zu können. Sind Ihre Landsleute eigentlich immer noch sauer wegen ..., na, Sie wissen schon.«

Ohne eine Antwort abzuwarten, beugte er sich zu Frederick hinunter und strich ihm über den Verband.»Tut's noch weh? Deinen Freund Volker hat's viel schlimmer erwischt. Kriegt einen Gipsverband an's Bein. Da ist mit Fußballspielen vorläufig Sense! Nun, ein deutscher Junge kann das verkraften. Wie sagt unser Führer? Hart wie Kruppstahl, zäh wie Leder ... Wirst du auch noch lernen, wenn du erst bei den Pimpfen bist!«

Der Ortsgruppenleiter Carle wandte sich wieder an Jones: »Wie gesagt, habe mich gefreut, Herr Dollberg.« Er schlug die Hacken zusammen und hob den Arm.»Heil Hitler!«

Der Reporter atmete erleichtert auf, als sich der geschwätzige Mensch nach einer strammen Kehrtwendung entfernte.

»Da ist ja Onkel Adalbert!«

Frederick rannte froh zu dem Mann hinüber, der den gleichen Verband trug wie er selbst. Trautmann erkannte verblüfft den Journalisten und wußte im Moment nicht so recht, wie er sich verhalten sollte. Jones aber lachte den alten Herrn offen an und deutete auf dessen Kopfschmuck.»Dieses Geweih haben Sie sich selber aufgesetzt!«

Der Apotheker kaute auf den Stockzähnen und giftete noch ein wenig. Dann grinste er spitzbübisch und hielt dem anderen die Hand hin.»Friede! Aber was ist mit Frederick, und was machen Sie denn hier?« Marvin erzählte kurz, was sich ereignet hatte.

»Sein Bruder!« lachte Trautmann schallend.»Das finde ich ja köstlich! Aber jetzt müssen wir mit Ralf, mit Herrn Dollberg, ein ernstes Wörtchen reden. Kann ich Sie und Frederick in meinem Wagen mitnehmen?«

Unterwegs beschlossen sie, erst mal zur Apotheke zu fahren und sich von dort aus nach einem gehörigen Versöhnungstrunk mit den Dollbergs in Verbindung zu setzen.

Die Stimmung in der Dollbergvilla war inzwischen auf dem Tiefpunkt angelangt. Ralf hockte mit versteinerter Miene am Schreibtisch und starrte auf den Telefonapparat. Eva wanderte ruhelos auf und ab. Von Zeit zu Zeit wurde ihre stattliche Gestalt von einem verzweifelten Schluchzen geschüttelt.

»Ich halte das nicht mehr aus. Das entsetzliche Warten und überhaupt dieses Leben in ewiger Angst, nein, ich kann dieses unwürdige Versteckspiel einfach nicht mehr ertragen!« Noch nie hatte sie sich beklagt, doch jetzt durchbrach der lange aufgestaute Gram wie eine Flut den Damm ihrer Duldsamkeit. Ralfs Gesicht war eine Nuance grauer geworden. Eva blieb plötzlich mitten im Raum stehen. Die grünblauen Augen blickten ins Leere und ihre Hände umfaßten tastend den gewölbten Leib. »Wir hätten uns dieses Kind nicht mehr wünschen dürfen!«

Diese Worte warfen dunkle Schatten auf ihr Glück und auf die hoffnungsvolle Erwartungsfreude. Das Gefühl der Machtlosigkeit gegenüber dieser Situation deprimierte Ralf Dollberg bis zu tiefer Melancholie.

Gathe, mit immer noch rot umrandeten Augen, servierte den Tee im Arbeitszimmer, denn Ralf war nicht zu bewegen, seinen Platz zu verlassen. Die kleine Emma schaute scheu zur Tür herein und fragte leise: »Mami, wann kommt denn endlich der Frederick, ich bin so allein.«

Das gellende Klingeln des Telefons zerriß jäh die atemlose Stille. »Mein Gott!«

Eva preßte das Taschentuch auf den Mund, als könnte sie diesen Aufschrei noch zurückhalten. Ralf schnellte hoch. Seine zitternde Hand griff zögernd nach dem Hörer.

»Hallo! Wer spricht?«

Seine Augen weiteten sich und trafen Evas fragenden Blick. Er nickte ihr bestätigend zu und räusperte sich nach endlosen Sekunden des Lauschens, denn seine Kehle war trocken. Dann sagte er fast fröhlich: »Danke, alter Freund, aber selbstverständlich. Wir erwarten euch.«

Nach einem gemeinsamen Abendessen, zu dem auch der Buchhändler Zengerle und Jakob Rombach geladen wurden, saßen die fünf Männer mit Eva im kleinen Salon. Das knisternde Kaminfeuer verbreitete eine behagliche Atmosphäre. Rubinrot funkelte der vollmundige Spätburgunder im sanften Schein der leise flackernden Kerzen. Der Kellermeister hatte selbst die langstieligen Kristallkelche gefüllt, denn der Wein war sein Gastgeschenk – gewissermaßen als Sühneopfer, erklärte er mit hintergründigem

Lächeln. Korbinian überreichte dem jungen Amerikaner ein Buch über das historische Weinsberg. Das Titelbild zeigte die Ruine der ehemaligen Burg Weibertreu. »Nur ein kleines Andenken!« sagte er bescheiden.

Natürlich war zunächst Frederick der Held des Tages. Immer wieder mußte er seinen Schwestern die Ereignisse schildern, die sich von Mal zu Mal dramatischer gestalteten, bis er schließlich von der Erschöpfung übermannt von Gathe zu Bett gebracht wurde. Dabei kamen dem braven Mädchen erneut die Tränen, doch nunmehr aus Freude über den glücklichen Ausgang dieser schrecklichen Geschichte.

Marvin Jones verstand es trefflich, die Sympathie der Tafelrunde zu gewinnen. Selbst Ralf Dollberg, der sich zunächst in kühler Zurückhaltung übte, konnte sich auf die Dauer seinen Argumenten nicht verschließen.

»Werfen Sie endlich Ihre melancholische Resignation über Bord! Die Welt hat sich verändert, auch drüben in den Staaten weht ein frischer Wind. Die Legion ist doch ein alter Hut! Packen Sie den Stier bei den Hörnern. Angriff ist die beste Verteidigung!«

Der Journalist hatte sich in Eifer geredet. Ralf nickte nur versonnen. Adalbert Trautmann strahlte: »Recht so, junger Mann! Auf meinem Banner stand eh und je die Strategie der Vorwärtsverteidigung.« Mit herausfordernder Miene blickte der Apotheker in die Runde. Korbinian Zengerle tat den kämpferischen Elan des alten Haudegens ab und versuchte, das Gespräch in konstruktive Bahnen zu lenken.

»Und wie stellen Sie sich die weiteren Maßnahmen de facto vor, Mister Jones?«

Dieser beachtete den Einwurf kaum und fuhr beharrlich dem Hausherrn zugewandt, fast schwärmerisch fort: »Schicken Sie doch zunächst einmal Ihre Frau nach Amerika. Sie könnte beim Präsidenten eine Begnadigung erwirken. Meine Zeitung würde diese Aktion mit einer gezielten Kampagne unterstützen! Eine so charmante Lady«, fügte er lächelnd hinzu und warf einen anerkennenden Blick auf Eva, »mit so reizenden Kindern hat schnell die öffentliche Meinung auf ihrer Seite!«

Für einen Augenblick spürte Ralf, wenn auch gewiß unbegründet, einen Hauch von Eifersucht. Mit zusammengezogenen Augenbrauen versuchte er, Einspruch zu erheben.

»Meine Frau dürfte vorerst eine ganz andere Aufgabe haben.«

»Na, das ist doch klar, aber wir brauchen ja auch nichts übers Knie zu brechen.«

Bei sich dachte der Journalist selbstzufrieden, daß der von Lloyd Ferguson angeforderte Artikel über Dollbergs Aufenthalt sichergestellt wäre. Darüberhinaus hätte er schon eine gehaltvolle Story in petto, möglicherweise in mehreren Folgen. Laut plante er weiter:»Innerhalb Jahresfrist dürfte ich wohl in die Heimat zurückberufen werden. Dann könnte ich drüben die Sache vorbereiten. Wir bleiben auf jeden Fall in Verbindung!«

Dabei schaute er Eva an, die zustimmend nickte, weil sie endlich eine Möglichkeit sah, ihr Schicksal selbst in die Hand zu nehmen. Die Eskalation der Angst hatte Gefühlsäußerungen zutage gefördert, die unter normalen Umständen auf dem Grunde ihres Herzens geblieben wären. Nun widerstrebte es ihr, einfach so zu tun, als ruhten sie noch immer dort, nachdem der Sturm sich gelegt hatte. Sie wollte sich bewußt dazu bekennen, und der Plan des Reporters bot ihr die beste Gelegenheit. Außerdem hatte sie Vertrauen zu dem jungen Mann. Wie aus weiter Ferne drangen Ralfs Worte in ihre Gedanken.

»Ich denke, wir sollten die Kinder aus dem Spiel lassen!«

»Aber deine Mutter hat sie alle noch nicht gesehen, Liebster«, sagte Eva leise, »sie würde sich doch gewiß darüber freuen!«

»Und wenn ich an meine Begegnung mit diesem Parteibonzen denke, der Ihren Frederick am liebsten gleich als Hitlerjungen eingekleidet hätte, da wäre es wahrhaftig besser, die Kinder rechtzeitig außer Landes zu bringen.«

Damit hatte Marvin Jones einen Aspekt angeschnitten, an den bisher noch niemand dachte, der aber seine Wirkung auf Ralf Dollberg nicht verfehlte.

20. Evas Mission

Auf der Titelseite der deutschsprachigen New Yorker Staatszeitung Herold stach besonders das große Photo ins Auge, das eine junge Frau mit vier Kindern zeigte. Die Aufnahme war offensichtlich auf dem Promenadendeck eines Überseedampfers entstanden. Darüber prangte die Schlagzeile:

Sie plädiert für den Vater ihrer Kinder.

Als Bildunterschrift konnte man lesen: Frau Eva Dollberg, die deutsche Gattin des amerikanischen Brauersohnes aus Philadelphia, der sich dem Militärdienst im Weltkrieg entzogen hat und deswegen von einem Kriegsgericht verurteilt wurde, ist hier eingetroffen, um sich bei Präsident Roosevelt für den Vater ihrer Kinder zu verwenden und die Erlaubnis für seine Rückkehr in die Vereinigten Staaten zu erwirken. Die Kinder sind Frederick 8, Emma 7, Minna 6 Jahre und Erwin 13 Monate alt.

Dann folgte unter einer etwas kleineren Schlagzeile der Artikel von Marvin Jones:

Dollbergs Gattin will Roosevelt um Gnade für ihren Mann anflehen

New York. Freitag, den 3. Mai 1935. Offizielle Friedensschalmeien mögen in diesen harten Zeitläufen gar lieblich klingen und mitunter auch Leichtgläubigkeit finden, aber die Behandlung eines überzeugten Pazifisten, der sich weigert, Kriegsdienste zu leisten, durch den Staat ist eine andere Sache.

Eine junge blonde Frau und vier Kinder ohne Vaterland bildeten gestern bei Ankunft der *Washington* von den United States Lines aus Hamburg einen schlagenden Beweis für die oft widerspruchsvolle Art menschlichen Denkens.

Die schlanke, blauäugige Schwäbin von 28 Lenzen, an deren Rockschößen sich zur allgemeinen Verwunderung zwei typisch deutsche Mädchen mit langen Zöpfen und ein keck dreinblikkender Junge klammerten, während sich in ihrem Arm ein Buebele von 13 Monden durch unentwegtes Geschrei bemerkbar machte, ist die Frau Ralf Dollbergs, der seit 15 Jahren als Verbannter in Deutschland lebt. Man hatte ihm 1920 seine amerikanische Staatsbürgerschaft und sein Millionenvermögen entzogen, weil er sich als Pazifist im Weltkrieg weigerte, gegen Deutschland zu kämpfen. Menschen mögen einander verzeihen. Der Staat ist supreme! Er vergißt ein ihm zugefügtes Unrecht nicht.

»Seine Verbannung von fünfzehn langen Jahren scheint mir eine hinreichende Strafe zu sein«, sagte Frau Dollberg. »Er will jetzt wieder nach Hause kommen.« Ihr Paß trägt hinter dem Namen den Vermerk »Staatsangehörigkeit unbekannt«. In Klammern steht ›Deutsche Staatsangehörigkeit zweifelhaft‹.

»Wissen Ihre Kinder, warum sie heimatlos sind?« wurde die junge Mutter gefragt.

»Dazu sind sie wohl noch zu klein«, antwortete Frau Dollberg, »aber einmal werden sie es ja erfahren.« Und während sie sonst lächelnd und mit bewunderungswürdiger Ruhe alle an sie gerichteten Fragen beantwortet hatte, traten ihr hierbei die Tränen in die Augen.

Sie kommt auf Wunsch ihrer Schwiegermutter, Frau Emma C. Dollberg aus Philadelphia, nach Amerika. Die betagte Dame möchte gerne ihre Enkel sehen. Außerdem kommt Frau Eva noch in einer höchst persönlichen Mission hierher, will sie doch mit ihren Kindern in einer Audienz beim Präsidenten um einen Generalpardon für ihren Mann bitten, nachdem alle Appelle an das menschliche Gefühl des Staates nichts geholfen haben. Man kann ihr dazu nur von Herzen Erfolg wünschen.

Aus der Loyalität und der Ergebenheit, mit der Frau Dollberg von ihrem 43 Jahre alten Mann spricht, läßt sich der Schluß ziehen, daß dieser es nicht zu bereuen braucht, Eva Planck aus Weinsberg geheiratet zu haben. Daß sie auch eine vorbildliche Mutter ist, sieht man an ihren vier hübschen Kindern, welche als erklärte Lieblinge der Mitreisenden mit Spielzeug reich beschenkt wurden.

Erwin, der Jüngste, schrie zwar fürchterlich nach der Flasche. Aber das war ja sein gutes Recht, und er lachte sofort vergnügt, als man sie ihm reichte.

Seine drei Geschwister waren Musterbeispiele gut erzogener Kinder. Während der Stunden dauernden Ausfragerei, Filmerei und Photographiererei hielten sie ohne einen Mucks zu sagen und wacker wie ihre Mutter aus. -MJ-

Der Journalist Marvin Jones begrüßte Eva am Pier. Er brachte sie und die Kinder in seinem Wagen nach Philadelphia. Schon vor längerer Zeit hatte er Kontakt mit Frau Emma Dollberg aufgenommen und war inzwischen ein gern gesehener Gast in der Burg. Ralfs Mutter schätzte ihn als echten Freund, der sein damals in Weinsberg gegebenes Versprechen konsequent erfüllte. Sein Artikel wurde zwar nicht überall so positiv aufgenommen, wie er gemeint war, doch er zeitigte zumindest einen Schneeballeffekt: Im ganzen Lande erinnerte man sich wieder an den Fall Dollberg. Alle Medien berichteten darüber und allerorts löste das Thema heiße Diskussionen aus. Marvin vertrat die Meinung, ob gut oder schlecht wäre nicht so wichtig, die Hauptsache sei, es würde überhaupt darüber geredet.

»Sein Wort in Gottes Ohr!« dachte Eva und nahm geduldig in Kauf, daß ein Interview- und Phototermin den anderen jagte. Auch Lady Emma, die seit einem halben Jahr stark gehbehindert war, glaubte an die Notwendigkeit der Publizität und machte den Rummel mit stoischer Gelassenheit mit. Der alte Osborn kam manchmal außer Atem, wenn er die inzwischen recht gewichtige Dame im Rollstuhl durch Haus und Garten kutschieren mußte. Auch Eugene Stecher gehörte noch zum Stab. Er sammelte alle Meldungen in Presse und Rundfunk, wertete sie aus und analysierte auf diese Weise die öffentliche Meinung.

Cummings gegen Gnade für Dollberg

Der Generalanwalt weist auf die noch schwebenden Anklagen gegen den Brauerssohn hin.

Washington, den 5. Mai 1935 (AP) »Vom Justizamt hat er keine Gnade zu erwarten«, erklärte heute Generalanwalt Cummings, darauf aufmerksam gemacht, daß Ralf Dollberg, der Brauerei-erbe von Philadelphia, der sich in den Kriegsjahren der Militärgefangenschaft entzog, um nach Deutschland zu flüchten, durch seine mit ihren vier Kindern in New York gelandete Gattin eine glimpfliche Regelung seiner Schwierigkeiten mit der amerikanischen Justiz sowie die Retournierung seines beschlagnahmten Vermögens anstrebe.

»Dollberg ist ein Justizflüchtling«, fuhr der Generalanwalt fort, »der von einem Kriegsgericht schuldig befunden wurde, sich der Aushebung für den Kriegsdienst entzogen zu haben, und er floh aus der Militärhaft. Beim Bundesgericht Philadelphia schweben noch Komplottklagen in gleicher Sache gegen ihn und seine Mutter, Frau Emma Dollberg, sowie gegen Eugene Stecher und einige ungenannte Personen, die bei der Flucht behilflich waren. Wenn Dollberg einen Erlaß der rechtmäßig zudiktierten Strafe wünscht, so muß er sich an das Kriegsamt und den Präsidenten wenden. Mehr noch als Frau Dollberg liegt der Justizbehörde an der Rückkehr des Flüchtlings in die Vereinigten Staaten!« betonte Generalanwalt Cummings.

Im Weißen Hause beschränkte man sich auf die Mitteilung, die Entscheidung in der Dollberg-Angelegenheit liege beim Staats- und Justizamt. Im übrigen habe Frau Dollberg offiziell noch nicht um eine Unterredung mit Herrn Roosevelt nachgesucht.

(Meldung der Associated Press)

Die Konferenz im Cabinet Room des Weißen Hauses war beendet. Mit einer energischen Handbewegung stieß sich Franklin Delano Roosevelt an der schweren Palisanderplatte des achteckigen Schreibtisches ab, so daß die ledergepolsterte Rückenlehne seines Rollstuhles beinahe die Wand berührte, an der das lebensgroße Bildnis seines bedeutenden Vorgängers George Washington hing. Seit der Erkrankung des Präsidenten an Kinderlähmung konnte er kaum mehr gehen und nur noch mit äußerster Anstrengung kurzzeitig stehen.

Während die Gesprächsteilnehmer mit ernsten Mienen den Raum verließen, strich er sich nachdenklich die langen grauen Strähnen aus der feuchten Stirn. Er sah müde aus. Sicher war es nur die drückende, für diese Jahreszeit zu schwüle Atmosphäre. Hinter der im grellen Sonnenlicht strahlend weißen Kuppel des Kapitols ballten sich düstere Wolken zusammen. Das Gewitter wird die Spannung lösen, dachte Roosevelt, und gewiß auch die erregten Gemüter besänftigen.

In der heutigen Sitzung war eine heiße Debatte entbrannt. Wie immer, wenn es um schwerwiegende Entscheidungen ging, strebte der Präsident eine Meinungsbildung auf höchster Ebene an. So saßen sie dann um den mächtigen Konferenztisch: Er und sein Stellvertreter, die Minister für Wirtschaft und Verteidigung, der Nationale Sicherheitsberater, der Außenminister, zwei hochrangige Generale vom Pentagon und der Direktor der CIA. Sie diskutierten die Lage in Europa; speziell in Deutschland, wo der Reichskanzler sich immer mehr herausnähme, beklagte der CIA-Chef. Mit der Einführung der allgemeinen Wehrpflicht setzte sich Hitler dreist über die Bestimmungen des Versailler Vertrages hinweg. Nach Meinung des Vizepräsidenten steuerte die aggressive Politik dieses Usurpators, wie er ihn nannte, unverkennbar auf einen neuen Weltkrieg zu. Unter der lebhaften Zustimmung des Verteidigungsministers beschwor er die versammelten Regierungsmitglieder, dafür Sorge zu tragen, daß die USA im Ernstfall wohlgerüstet bereitständen. Demonstrativ hob er dabei seinen Blick zu George Washington, dessen erhabenes, in Öl gemaltes Antlitz höchste Verantwortlichkeit gebot. Wofür auch immer! Und der Außenminister warf mahnend ein: »Die Welt schaut auf Amerika!«

Präsident Roosevelt versuchte, die Gefahr eines Weltbrandes zu bagatellisieren. Seine Sorgen lagen im eigenen Land. Kriegsvorbereitungen würden den Verteidigungshaushalt, den er mühsam gekürzt hatte, wieder hochschnellen lassen. Sein liebstes Kind, der New Deal, erforderte alle verfügbaren Mittel. Diese sozialpolitischen Maßnahmen hatte er auf sein Banner geschrieben: Bekämpfung der Wirtschaftskrise. Und dieses Programm begann doch bereits zu greifen. Der Bundeskredit stieg stetig als Folge des sparsamen Budgets, so glaubte er, doch sein Kabinett war anderer Meinung, die Militärs argumentierten: Die Rüstung kurble die Wirtschaft an. Das Problem der Arbeitslosigkeit würde über Nacht gelöst werden, und der Kredit steige mit dem Machtpotential! War es da ein Wunder, daß der hochgewachsene, trotz seiner Behinderung stattlich wirkende Mann gebeugt und abgespannt erschien. Draußen grollte der Donner. Jeden Augenblick mußten sich die Schleusen des Himmels öffnen und das kühlende Naß auf die Erde gießen.

»Bitte sehr, Mister President!« räusperte sich der Privatsekretär und reichte ihm besorgt ein Glas Wasser. »Mister Easterwood wartet im Oval Office.«

»Danke, Clarence, es ist gut! Legen Sie bitte die Akten in den Safe.« Er drückte ihm das auf seinen Knien liegende Bündel mit der Aufschrift »Top secret« in die Hand und rollte mit eigener Kraft zielstrebig den Korridor entlang. Der mit Hagelkörnern durchsetzte Gewitterregen prasselte heftig gegen die Fenster. In dem relativ kleinen ovalen Zimmer, das für vertrauliche Gespräche im engeren Kreis vorgesehen war, schaute Lionel Easterwood fasziniert in das dämmerige Dunkel hinaus, das in kurzen Abständen von blendenden Blitzen erleuchtet wurde. Die fast unmittelbar folgenden Donnerschläge ließen die Scheiben klirren. Als der Rollstuhl des Präsidenten über die präparierte Schwelle rumpelte, nahm Roosevelts Sonderberater rasch die kalte Pfeife aus dem Mund und steckte sie in die Seitentasche seines karierten Jacketts. Wieder in gelösterer Stimmung, winkte ihm der Präsident freundlich zu und wies auf den seinem Vehikel gegenüberstehenden Sessel.

»Bitte, machen Sie sich's bequem, Lionel, und zünden Sie ruhig Ihr obligates Pfeifchen an. Ihr Tabak verbreitet so ein anheimelndes Flair.«

»Lieber nicht, Mister President! Die First Lady möchte mich sonst wieder rügen«, lehnte der Rechtsgelehrte mit höflichem Lächeln ab.

»Ach, Lionel, bin ich nicht ein geplagter Mann?« jammerte Roosevelt übertrieben pathetisch. »Apropos, was machen wir denn nun mit der aufdringlichen Bierbrauerswitwe?«

»Peinlich, Mister President, äußerst peinlich!« druckste Easterwood mit gespielter Leidensmiene, fuhr dann aber in sachlichem Ton fort: »Klugerweise hat sie ihr Ersuchen um eine Audienz nicht offiziell an den amerikanischen Präsidenten gerichtet, sondern den Weg über die Partei gewählt. Vermutlich auf Anraten ihres Anwaltes, der clever genug zu sein scheint, um den Pferdefuß zu erkennen: Als Staatsoberhaupt könnten Sie auf keinen Fall ein Urteil des Kriegsgerichtes anfechten, nur um Parteifreunde zu begünstigen; zumal der seinerzeitige Richter ein Republikaner war. So können wir ebenfalls inoffiziell Stellung nehmen. Letzteres bleibt uns allerdings nicht erspart, denn Sie dürfen, Sie sollten nicht ablehnen, wenigstens mit ihr zu reden.«

Nach einer gedankenvollen Pause fuhr er in vertraulichem Ton fort: »Wie Sie selbst wissen, Mister President, hat Frau Dollberg beachtliche Summen für den Wahlkampf der Demokraten bereitgestellt. Und wie ich jetzt in Erfahrung brachte, hat sie schon seit ihrer Einbürgerung in die Vereinigten Staaten die demokratische Sache gefördert. Nach aller Regel verpflichtet das.«

Roosevelt nickte bei jedem Satz mit säuerlichem Gesichtsausdruck, während er unentwegt seine randlosen Brillengläser polierte. »Und was schlagen Sie vor, Lionel?«

»Hm, ich denke da an das alljährliche Sommerfest auf der Ranch von Senator Vallentine. Er gilt als sehr aufgeschlossen und spielt sicher mit, schon um Ihnen, Mister President, gefällig zu sein.«

»Ich denke, das ist eine ausgezeichnete Idee, Lionel. Da befinden wir uns auf neutralem Territorium, ganz privat und völlig unverbindlich! Auf diese Weise freut es mich sogar, diese Deutsche kennenzulernen. Soll ja eine recht aparte Frau sein. Es ist sowieso immer stinklangweilig auf der unvermeidlichen Cowboy-Party!«

Easterwood legte beschwichtigend den Finger auf den Mund. Roosevelt zog eine demütige Grimasse und beteuerte mit theatralischem Ernst: »Ich habe nichts gesagt, Lionel, und Jimmy Vallentine ist gewiß ein ehrenwerter Mann! Nur seine verdammte Bauernfete ...«

Das gellende Krachen eines Donnerschlages überdeckte seine letzten Worte. In den dumpf rollenden Nachhall hinein philosophierte der betulich grinsende Easterwood: »Es ist eine jener illustren Gesellschaften, zu denen keiner gern hingeht, aber jeder tief gekränkt wäre, wenn er nicht dazu geladen würde.«

»Je nun, wir dürfen uns nicht ausschließen, mein lieber Lionel.« Mit breitem Lachen schlug Roosevelt seinem Sonderberater auf den Rücken, daß der zartgliedrige Justitiar fast vornüberkippte.

»Schließlich muß man sich und seinesgleichen beweisen, zur Creme der High-Society gezählt zu werden.«

Nachdenklich strich Easterwood über seinen spitzen Kinnbart: »Unerklärlicherweise scheint Senator Vallentine befähigt zu sein, einen solchen Maßstab zu setzen.«

»Wie auch immer, Lionel, meine Frau hat nun mal ein Faible für diesen Menschen. Bitte, treffen Sie mit ihr das erforderliche Arrangement!«

★

Das im milden Licht der Nachmittagssonne aufleuchtende *Phantom* zog eine gewaltige Staubwolke hinter sich her, denn die aus dem kleinen Vorort führende Fahrstraße war mittlerweile von einem unbefestigten Schotterweg abgelöst worden. Wohlweislich hatte Eugene Stecher trotz des warmen Sommerwetters das Verdeck des eleganten Kabrioletts geschlossen. Eine weite Ebene breitete sich aus. Nur vereinzelte Büsche unterbrachen die Gleichförmigkeit des unwirtlichen Graslandes. Stumm, fast ein wenig bedrückt, schauten die beiden Fahrgäste aus den kaffeebraunen Saffianpolstern im Fond des schweren, hellorange lakkierten Rolls Royce. Lediglich Kotflügel und Kühlerhaube bestanden aus blankem Aluminium.

»War es dieser Wagen, Eugene, mit dem Sie seinerzeit die Flucht meines Mannes bewerkstelligt haben?« unterbrach Eva das Schweigen.

»Nein, Madam, damals fuhren wir den Silver Ghost. Den haben wir als corpus delicti gleich in Kanada abgestoßen. Dieses Modell stellt die neueste Entwicklung von Rolls dar. Die gnädige Frau legt großen Wert darauf, stets das beste und modernste Automobil zu fahren.« Auf deren ausdrücklichen Wunsch hatte der treue Chauffeur heute seine schmucke Galauniform angelegt.

»Wenn wir schon gemeinsam mit dem Präsidenten eingeladen werden, müssen wir auch entsprechend repräsentieren!« hatte Lady Emma gesagt. Sie selbst wollte dann aber doch nicht mitkommen, weil sie meinte, ihre momentane Verfassung sei nicht geeignet, sich in dieser Gesellschaft sehen zu lassen. Darum beorderte sie Marvin Jones als Dolmetscher an die Seite ihrer Schwiegertochter, denn Eva war der amerikanische Slang noch nicht recht geläufig, obwohl sie angesichts der großen Reise ihr Lyzeumsenglisch fleißig aufpoliert hatte.

»Von dieser Flucht müssen Sie mir gelegentlich erzählen, Mister Stecher!« Der Journalist witterte sogleich eine Story.

»Das war doch gewiß ein spannendes Abenteuer?«

»Das möcht' ich meinen, Sir!« nickte Eugene selbstgefällig. Auch an ihm waren die Jahre nicht spurlos vorübergegangen. Sowohl der dichte Oberlippenbart als auch das eher schüttere Haupthaar zeigten bereits erhebliche Grauanteile. Der Chauffeur deutete nach rückwärts, wo ein in weitem Abstand folgendes Fahrzeug ebenfalls einen riesigen Staubpilz aufwirbelte.

»Das erinnert mich an die Bibel«, stellte Eva lachend fest. »Gott schwebte in einer Wolke über die Wüste ...«

Aber es war nicht Gott, sondern der Präsident der Vereinigten Staaten mit seiner Gattin. Zwei Stander flankierten den weit vorausragenden Bug der außergewöhnlich langen Limousine: das Sternenbanner und Roosevelts Familienwappen. Im vorderen Teil des Wagens, durch eine Glasscheibe vom Präsidentencoupé getrennt, saßen der Chauffeur und sein Ersatzmann sowie die beiden grimmig aussehenden Bodyguards. Vier schwerbewaffnete Motorradfahrer eskortierten die in tiefem Schwarz gehaltene Staatskarosse. Roosevelt nutzte die Zeit für ein erholsames Nikkerchen, während seine Frau ihr Make-up überprüfte und den hochkarätigen Schmuck zurechtnestelte.

Der Rolls Royce erreichte inzwischen ein Tor aus zwei Rundpfeilern in der Art indianischer Totempfähle, die einen ausladenden Jochbogen trugen. An seinem höchsten Punkt war ein »V« angebracht, zwischen dessen Schenkeln ein monströser Rinderschädel seine geschwungenen Hörner in den blauen Himmel reckte. Hier begann Vallentines Land. Als Grenzposten tummelten sich dort zwei Cowboys, deren nervös tänzelnde Pferde beim Herannahen des Automobils stampften und wieherten. Als die Reiter die Plakette an der Windschutzscheibe erkannten, die den Gästen mit der Einladung zugestellt worden war, schwenkten sie grüßend ihre breitkrempigen Hüte und trabten zur Seite, um die Anreisenden mit einer großartigen Geste passieren zu lassen.

»Unser Gastgeber scheint ein Romantiker zu sein«, mokierte sich Eva schnippisch.

Marvin Jones erwiderte leichthin: »Kommt mir auch so vor. Habe schon mal was läuten gehört von dieser Fete, aber die Presse war nie zugelassen.«

Der Wagen rollte auf dem asphaltierten Privatweg ohne das unangenehme Rumpeln zügig voran. Eva spann den Faden weiter: »Doch nun ist es dem findigen Reporter Jones auf seine Weise gelungen, dennoch in die sorgsam gehütete Intimsphäre der obersten Gesellschaft einzudringen.«

Marvin fühlte die Spitze von Evas zynischer Bemerkung und schaute sie betroffen an. Mit bitterem Unterton antwortete er: »Ach, Eva, was Sie mir da unterstellen, berührt mich schmerzlich, denn unsere heutige Aktion habe ich wirklich nur inszeniert, um Ihnen zu helfen, allerdings, das kann ich nicht leugnen, war mein Wunsch, Sie wiederzusehen, letztlich der Vater des Gedankens. Den journalistischen Ehrgeiz im Fall Dollberg habe ich schon damals begraben, als ich Sie zum ersten Mal sah. In Weinsberg glaubte ich, Sie würden meine Zuneigung spüren, ja, ich hoffte sogar, Sie könnten sie irgendwann einmal erwidern.«

Sie blickte ihm erstaunt ins Gesicht. Alle Ironie war aus ihrer Stimme gewichen, als sie sanft entgegnete: »Aber Marvin, Sie wissen doch, daß ich verheiratet und meinem Mann treu ergeben bin.«

»Gewiß, indessen habe ich viel nachgedacht über Sie, liebe Eva«, und mit hintergründiger Betonung fügte er hinzu: »und über Ihre Ehe.«

Ihre Augen blitzten zornig, als sie ihm heftig ins Wort fiel: »Mister Jones, ich verbiete Ihnen, so mit mir zu reden!« Doch dann legte sie besänftigend ihre Hand auf seinen Arm und sagte ruhig: »Bitte, Marvin, ich habe ja nicht nur einen Mann, den ich liebe, sondern vier Kinder, denen ich vor allem verpflichtet bin. Die Kinder geben den Ausschlag für all mein Bestreben! Wenn Sie, mein lieber Marvin, mir dabei helfen wollen, bin ich gern bereit, Ihre Gefühle in diesem Sinne zu deuten und in Ihnen einen aufrichtigen Freund zu sehen.«

»Verzeihen Sie bitte meine Offenheit, Eva! Ich habe Sie wohl verstanden.« Er nahm ihre Hand und neigte sein Gesicht darüber, zu einem scheuen Kuß. »Und Sie können immer auf mich zählen!«

Die einstmalige Ranch war heute ein feudales Herrenhaus, und das unermeßliche Weideland um dieses Anwesen galt als größter privater Golfplatz Amerikas. Umfangreiche Stallungen schrumpften zu modernen Boxen für ein gutes Dutzend edler Pferde, von denen stets einige irgendwo auf der Welt in namhaften Rennen liefen. Die frühere Scheune erinnerte an einen altschwedischen Kronensaal, in dessen rotgetünchtem Deckengebälk an langen Ketten riesige Wagenräder hingen, die man in stilgerechte Lüster umgestaltet hatte. Darunter prangte ein lukullisches Büffet auf der hufeisenförmigen Tafel. Draußen im Hof brutzelte ein kapitaler Ochse am Drehspieß. Die meisten Gäste waren bereits eingetroffen. Sie standen in fröhlichen Gruppen zusammen oder flanierten über die Wiese und machten Konversation, deren Themen sich wie immer und überall mit Politik, Geschäft und Familienklatsch erschöpften. Den Honoratioren der verschiedenen Clans hatten sich auch in diesem Jahr wieder zahlreiche Vertreter der jungen Generation angeschlossen. Das gab dem Tag der Begegnung auf Vallentines Ranch einen besonderen Effekt, nämlich den eines Heiratsmarktes, der dem Erhalt und mitunter auch der Mehrung von Vermögenswerten dienlich war. Diesem Aspekt Rechnung tragend, intonierte eine Folkloreband am Rande der improvisierten Tanzfläche temperamentvolle Countrymusik. Bedienstete im Cowboydreß boten kühlen Champagner an, waren doch die trockenen Zeiten der Prohibition endlich vorbei.

Als Eva mit Marvin Jones unter der bunten Sonnenmarkise am Eingang der Halle erschien, empfing sie ein baumgroßer Farbiger und bat höflich um ihre Namen. Stolz trug er seinen schwarzen Cut mit den gestreiften Hosen. Ein Sternenbanner umschlang den überlangen Zylinderhut. Mit seinem mannshohen Stab stieß der Zeremonienmeister dreimal hart auf den Boden. Die hallenden Klopfzeichen heischten Aufmerksamkeit und mit lautstarker Stimme verkündete er: »Mistress Eva Dollberg aus Philadelphia mit Begleitung.«

Einige der Anwesenden blickten neugierig auf das Paar, andere eher gleichgültig. Aber es entging dem aufmerksamen Reporter durchaus nicht, daß manche Gesichter Erstaunen zeigten, das da und dort in Befremden umschlug. Etliche wandten sich brüskiert ab. Ein Raunen und Tuscheln ging durch die Reihen; zunächst noch hinter vorgehaltener Hand, aber aus der einen oder anderen Gruppe wurden entrüstete Mißfallensäußerungen laut.

Eva hatte besorgt die Wirkung ihres Namens auf das Publikum beobachtet. Dann riß sie sich zusammen, zeigte ein freundliches Lächeln und schritt hocherhobenen Hauptes in den Raum. Marvin bewunderte die Haltung der tapferen Frau, denn er selbst war erschüttert von der eisigen Welle der Ablehnung, ja, sogar Feindseligkeit, die ihnen entgegenrollte. Das hatte er nicht so erwartet. Offenbar schuf die jahrelange Kampagne der Boulevardpresse, immer wieder geschürt durch die Agitatoren der Legion, ein dauerhaftes Feindbild. Auch Jimmy Vallentine war überrascht von der Reaktion seiner Gäste. Verunsichert schaute der stiernackige Riese zu einem älteren Herrn von zierlicher Statur hinunter, mit dem zusammen er jetzt auf die beiden Ankömmlinge zusteuerte. »Verdammt, damit habe ich nicht gerechnet, Easterwood!«

Der Jurist strich bedächtig über seinen silbernen Spitzbart und zischelte dem anderen zu: »Haltung bewahren, Senator, das nimmt dem Volk am schnellsten den Wind aus den Segeln.«

Ganz wohl war ihm allerdings auch nicht, wenn er an Roosevelt dachte, der jeden Augenblick eintreffen mußte. Schließlich war es sein Vorschlag gewesen. Der bullige Rotschopf flüsterte: »Eine verdammt attraktive Person, diese Deutsche!«

»Oh, ja, ich hoffe nur, ihr Liebreiz lenkt den Präsidenten von der allgemeinen Stimmung ab!«

Mit ihrem natürlichen Charme strahlte Eva den ehemaligen Viehzüchter so entwaffnend an, daß dieser ihr anmutiges Lächeln mit einem breiten Grinsen erwiderte. Dabei stieß er Easterwood derb in die Rippen. Der machte einen artigen Diener und stellte Vallentine als Gastgeber dieses fabelhaften Festes vor. Der Senator revanchierte sich, indem er auf den distinguierten Herrn an seiner Seite deutete: »Mein Freund, Lionel Easterwood, Doktor der Jurisprudenz und nebenbei Sonderberater im Weißen Haus.«

Eva wies auf Marvin und sagte in ihrem gestelzten Englisch: »Das ist mein Begleiter und Dolmetscher, Mister Jones.«

»... und nebenbei Korrespondent des Herold. Wir kennen uns!« Der weißhaarige Jurist reichte dem jungen Journalisten die Hand.

»Ich hoffe, Sie machen uns keinen Ärger, Jones!«

»Keine Sorge, Doc, sagten Sie nicht, Sie würden mich kennen? Im übrigen bin ich ganz privat hier. Es war die Idee von Frau Emma Dollberg, die leider heute unpäßlich ist.«

Easterwood wandte sich an den mißtrauisch dreinblickenden Vallentine und versicherte: »Alles okay, Senator, der da ist keiner von den üblen Gazettenschmierern. Ich denke, wir können ihm trauen.«

Eva entschuldigte ihre kranke Schwiegermutter und erklärte: »Ich selbst wollte mir auf keinen Fall die Gelegenheit, mit Mister Roosevelt sprechen zu dürfen, entgehen lassen.«

Die Unruhe im Saal steigerte sich. Der Türsteher klopfte energisch und brüllte mit Stentorstimme: »Der Präsident der Vereinigten Staaten von Amerika und die First Lady!«

Umringt von Sicherheitsbeamten erschien Roosevelt im Rollstuhl sitzend, gefolgt von seiner Frau am Eingang. Alle Anwesenden hoben ihre Gläser und riefen:»Cheerio!«

Der Präsident hatte beide Arme hoch erhoben und schüttelte sich selbst symbolisch die Hände. Eleanor Roosevelt bleckte strahlend die riesigen Zähne. Um ihre hohe, vollschlanke Gestalt wand sich, zu eigenwilligen Falten drapiert, ein enganliegendes Gewand aus blauvioletter Atlasseide. Sie winkte mit ausgebreiteten Armen und öffnete dabei die fliederfarbene Stola wie flatternde Fledermausflügel.

»Trotz aller Extravaganz ist sie doch eine sehr imposante Erscheinung!«, dachte Eva bei sich.

Jetzt bahnten die Leibwächter eine Gasse durch die jubelnde Menge, und das Präsidentenpaar gelangte über eine eigens dafür konstruierte Rampe auf die mit bunten Flaggen geschmückte Tribüne.

Bei derartigen Veranstaltungen geschah es häufig, daß Leute zusammentrafen, die vertrauliche Dinge besprechen wollten. Zu diesem Zweck hatte man durch Aufstellen einiger Paravents ein Séparée gebildet, dessen Zugänge in diesem Augenblick von den Bodyguards besetzt wurden, denn Easterwood arrangierte dort die offiziöse Zusammenkunft.

Bei der Begrüßung des Präsidenten machte Eva einen tiefen Hofknicks, der selbst den König von England entzückt hätte. Ein wenig verlegen grinste Roosevelt seine Frau an, die Eva spontan in die Arme schloß und mit ihrer dumpfen Bruststimme in die Runde röhrte:»Ist sie nicht süß!?«

Dann aber wurde die erste Dame des Staates von Vallentines Tochter entführt und der Präsident bemerkte schulterzuckend: »Die sozialen Ambitionen meiner Frau werden durch Kathleen auch nicht gerade gebremst!« Erklärend fügte er dem hinzu: »Als Schirmherrin unzähliger Wohlfahrtsvereine nützt sie jede Gelegenheit zum Absammeln von Spenden.«

Jimmy Vallentine konstatierte mit breitem Lachen: »Ja, wenn die beiden zusammen sind, muß man befürchten, daß die Sponsoren selbst zu Sozialfällen werden!«

Er biß die Spitze einer Havanna ab und drehte die Zigarre zögernd zwischen den Fingerkuppen hin und her. Als auch Lionel Easterwood umständlich seine Pfeife stopfte und Eva dabei aus den Augenwinkeln betrachtete, munterte diese die beiden Senioren freundlich auf, sich doch ihretwegen nicht zurückzuhalten.

Dann atmete sie tief durch und legte dem aufmerksam lauschenden Präsidenten die fatale Situation ihres Mannes dar. Sie berichtete von seiner Bereitschaft, sich freiwillig den Zivilbehörden zu stellen, um sich der Kriegsdienstverweigerung schuldig zu bekennen. Mehr habe er nicht verbrochen, stellte sie mit Nachdruck fest. »Mein Mann ist weder ein Deserteur noch ein Verräter, Mister President! Deshalb knüpft er zwei Bedingungen an seine Rückkehr in die USA. Erstens, das Urteil des Kriegsgerichtshofes muß für ungültig erklärt und die Sache Dollberg aus dem militärischen Zuständigkeitsbereich genommen werden. Zweitens, der Staat gibt das beschlagnahmte Vermögen meines Mannes vollständig zurück, anerkennt seine ihm abgesprochenen Bürgerrechte und gewährt mir mit meinen Kindern eine dauernde Aufenthaltserlaubnis in den Vereinigten Staaten.«

Mit fester Stimme hatte Eva die Forderungen Ralf Dollbergs formuliert. Roosevelt schaute der jungen Frau ernst ins Gesicht und entgegnete bedächtig: »Dr. Easterwood, mein juristischer Berater, wird Ihnen, verehrte Frau Dollberg, gern die gesetzlichen Einzelheiten erläutern, die es dem Präsidenten nicht gestatten, eine solche Zusage zu machen. Diese würde jeder rechtlichen Grundlage entbehren und wäre darum ungültig. Auch sind die Voraussetzungen für eine Begnadigung in diesem Falle nicht gegeben. Ich sehe mich lediglich in der Lage, Ihnen als Mensch einen guten Rat zu erteilen.

Mister Dollberg möge sich getrost dem Gericht anvertrauen. Ich bin sicher, daß man die Angelegenheit in einem fairen Prozeß niederschlagen wird. Der Krieg ist lange schon vorbei und man sieht das heute gewiß aus einem anderen Blickwinkel. Nur das Gesetz darf nicht übergangen werden. So will es die Ordnung des Staates, dessen Verfassung seinen Bürgern die größtmögliche Freiheit garantiert.

Ich bin sehr beeindruckt von Ihrem Stolz, Ihrem Mut und Ihrer Offenheit. Es wäre wirklich zu bedauern, wenn wir Sie nicht schon bald willkommen heißen dürften in unserem Land, das dann auch Ihre Heimat sein wird.« Die letzten Worte deklamierte Roosevelt unwillkürlich im Pathos eines Parteiredners. Dabei betrachtete er Eva mit wohlwollendem Interesse und fiel schließlich wieder in einen vertraulichen Ton: »Wo ist denn eigentlich heute Ihr Zuhause?«

»In Weinsberg in Süddeutschland, Mister President.« Diese Ortsangabe sagte dem Präsidenten offenbar nicht viel, doch Eva fuhr fort: »In Weinsberg wurde ich geboren und bin dort auch aufgewachsen.«

»Ist es an diesem Ort üblich, daß die Frauen sich mit so tapferer Entschlossenheit für ihre beneidenswerten Gatten einsetzen?«

Eva senkte bescheiden die Augen. »Würde nicht jede Frau für ihren Mann kämpfen, wenn er in Not ist?«

Mit feinem Einfühlungsvermögen hatte Marvin Jones nur dann in das Gespräch eingegriffen, wenn Eva ein bestimmter Ausdruck fehlte oder wenn sie ein amerikanisches Idiom nicht übersetzen konnte. Jetzt aber richtete er das Wort beflissen an Roosevelt: »Verzeihen Sie, bitte, Mister President, wenn ich mich einmische. In Weinsberg entspricht diese Tugend tatsächlich einer uralten Tradition, und Frau Eva ist in dieser Beziehung wahrlich eine echte Weinsbergerin.«

»Kennen Sie denn Frau Dollbergs Heimat, junger Mann?« fragte der Präsident erstaunt und neugierig zugleich.

»Gewiß, ich hatte einmal beruflich dort zu tun und möchte Ihnen gerne eine historische Begebenheit aus der ruhmreichen Geschichte dieses schwäbischen Städtchens berichten: Anfang des zwölften Jahrhunderts, Amerika war zu dieser Zeit noch lange nicht entdeckt worden, lag der Stauferkönig Konrad in Fehde mit dem Grafen Welf VI, der ein Bruder Heinrichs des Stolzen von Bayern war ...«

Im Geiste dankte Easterwood dem Journalisten, der mit dieser Story von dem heiklen Gespräch ablenkte, und Senator Vallentine spitzte seine Ohren, weil er sich als Liebhaber europäischer Rittersagen angesprochen fühlte. Er setzte die erloschene Zigarre in Brand, kontrollierte paffend die Glut und ermunterte den Erzähler durch heftiges Nicken. Der Doktor fragte mit trockener Sachlichkeit, während er nuckelnd seine Pfeife in Gang hielt: »Dichtung oder Wahrheit?«

»Verbürgte Überlieferung, Doc, nach originalen Dokumenten des Württembergischen Staatsarchivs!« Er wußte wohl, welche Ehrfurcht man einem Amerikaner mit solchen Dingen einflößen konnte. Interessiert gab ihm der Präsident zu verstehen, er möge weitererzählen, nicht ohne durch einen Blick auf die Uhr darauf hinzuweisen, wie knapp seine Zeit bemessen wäre. Marvin hatte das Geschenk von Korbinian Zengerle gut studiert.

»Der Staufer wollte das reiche Weinsberg vereinnahmen, um seine Macht zu mehren, denn er strebte die Kaiserkrone an, die der Papst seinem Gegenspieler Lothar III zugeschanzt hatte. Seine Bemühungen um den Thron kamen allerdings erst nach Konrads Tod seinem Neffen Friedrich I zugute, den wir als den späteren Kaiser Barbarossa kennen. Zu Zeiten der Fehde aber leisteten die braven Bürger der gut befestigten Stadt erbitterten Widerstand. So mußte Konrad sein ganzes Kriegspotential aufbieten, um die Festung zu belagern. Die Weinsberger wehrten sich wie die Löwen, doch was zuviel war, war zuviel, und so mußten sie sich am 21. Dezember 1140 ergeben. Der erboste König wollte alle Männer henken lassen. Nur den Frauen sollte freier Abzug gewährt werden, mit ihren liebsten Schätzen, soviel sie tragen konnten. Was aber geschah, als der Morgen anbrach?

Der deutsche Dichter Gottfried August Bürger verfaßte um 1780 eine Ballade über dieses Ereignis. Bitte, lassen Sie mich den betreffenden Vers daraus zitieren: »Es öffnet sich das große Tor, und jedes Weibchen ziehet mit seinem Männchen schwer im Sack, so wahr ich lebe, huckepack ...«

Konrad hatte sich zwar nicht träumen lassen, daß das Weibervolk sein Wort so wörtlich nehmen würde, aber, sagte er, ein Kaiserwort soll man nicht drehn und deuteln, und so durften die Weinsbergerinnen mit ihren Männern auf dem Buckel abziehen.«

Der Erzähler machte eine Kunstpause. Die Zuhörer zollten ihm amüsiert Beifall und Roosevelt bemerkte schmunzelnd: »Sie haben ja ganz erstaunliche Kenntnisse der deutschen Geschichte, junger Mann. Sollte ich jemals einen Historienberater brauchen ...«

Marvin Jones hatte sich erhoben und dankte mit einer respektvollen Verneigung: »Das wäre mir eine hohe Ehre, Mister President!«

Er stand jetzt hinter Eva, legte seine Hand auf ihre Schulter und fuhr fort, wie ein Anwalt zu plädieren: »... aber, meine Herren, man sollte sich dieser geschichtlichen Begebenheit erinnern, um zu verstehen, mit welcher Unerschütterlichkeit Eva Dollberg an den Erfolg ihrer kühnen Mission glaubt. Bitte, bedenken Sie, Mister President, daß diese Frau nur die Aufgabe kennt, ihren Mann aus dem Exil zu befreien.«

Mit lakonischem Achselzucken entgegnete Roosevelt: »Ich kann meinen Ratschlag nur wiederholen. Mister Dollberg sollte persönlich herkommen, um seine Sache in Ordnung zu bringen. Vielleicht steht es gar nicht so schlecht, wie er meint. Jetzt aber wollen Sie mich bitte entschuldigen.«

Er nickte Eva mit unverbindlichem Lächeln zu und wandte sich dann an den Gastgeber: »Jimmy, wir haben noch andere Punkte auf der Tagesordnung.«

Senator Vallentine stand bereits hinter dem Rollstuhl und steuerte ihn geschickt durch die Reihe der Paravents aus dem Gesichtsfeld der Anwesenden. Lionel Easterwood rief hastig hinterher: »Verzeihung, Mister President, ich habe noch in meiner Kanzlei zu tun und bitte darum, mich zurückziehen zu dürfen. Frau Dollberg ist so liebenswürdig, mich in ihrem Wagen mitzunehmen.«

Dabei schaute er sie mit einem hintergründigen Grinsen an, und Eva verstand sofort diesen Wink mit dem Zaunpfahl. Sie war heilfroh, diese Gesellschaft so schnell wie möglich verlassen zu können.

21. Wiedersehen mit Sophie

Am späten Abend dieses tristen, regnerischen Septembertages war es ungewöhnlich kühl geworden. Agathe heizte deshalb im kleinen Salon den Kamin an. Bald strahlte die wabernde Glut eine wohlige Wärme in den Raum. Als das Mädchen noch ein paar trockene Kiefernscheite nachlegte, sprühten knisternde Funken aus den auflodernden Flammen. Ralf Dollberg räkelte sich in seinem bequemen Sessel und betrachtete sinnend das prasselnde Feuerwerk.

»Hätte der gnädige Herr wohl noch einen Wunsch?«

»O ja, bitte!« Er reichte ihr die Kristallkaraffe. »Bring' noch von dem Roten, dann kannst du zu Bett gehen, Gathe. Ich brauche dich heute nicht mehr.«

Vor ihm lagen einige Bücher, in denen er wißbegierig blätterte. Es waren Neuerscheinungen, die ihm sein Freund, der Buchhändler Korbinian Zengerle, zur Ansicht geschickt hatte. In dem kostbar ausgestatteten Band mit philosophischen Aphorismen stieß Ralf auf einen Sinnspruch, der ihn im tiefsten Innern berührte: »In der Liebe ist die Abwesenheit wie ein starker Wind, der die Kerze verlöscht, die Glut aber entfacht.«

Seine Gedanken kreisten um Eva, die nun schon über vier Monate in den Staaten weilte. Er hatte Sehnsucht nach seiner Frau und nach den Kindern. Zeitweise fiel er in eine tiefe Melancholie, dann wieder überkam ihn der Zorn und er schimpfte und fluchte, daß die entsetzte Agathe sich im hintersten Winkel der weitläufigen Villa verkroch. Verdammt, so hatte er sich die Sache nicht vorgestellt! Nun saß er hier einsam und verlassen, und dabei hatte Eva überhaupt nichts erreicht. Nur leere Phrasen und vage Verheißungen anstelle einer verbindlichen Akzeptation seiner Bedingungen. Und den Amerikanern traute er nicht über den Weg!

In einem Brief flehte er seine Frau mit zärtlichen Worten an, in einem anderen befahl er ihr in aller Strenge, endlich zurückzukommen. Sie aber hielt ihn immer mit Gründen hin, die er nicht widerlegen konnte: Seine kranke Mutter wollte ihre Schwiegertochter, die sie ins Herz geschlossen hätte und auch die Enkelkinder um sich haben, in ihren letzten Tagen, wie die alte Dame sich neuerdings gern auszudrücken pflegte, wenn schon ihr eigener Sohn nicht zu ihr käme. Nein, er würde nicht kommen! Noch fühlte er sich in Deutschland sicher.

Das neue Freiheitsgefühl nach der langen Klausur hatte er durch den Kauf eines Automobils erweitert. Den eleganten Mercedes-Kompressorwagen mit Klappverdeck und Speichenrädern benutzte er immer häufiger zu immer ausgedehnteren Exkursionen. Es war für Ralf ein erhebendes Gefühl, wieder wie in früheren Tagen, am Volant eines rassigen Autos zu sitzen. Die hochroten Polster kontrastierten kühn zu der perlweiß lackierten Karosserie, und die imposanten Kompressorschläuche, die seitlich aus der mit sportlichen Lederriemen befestigten Motorhaube ragten, erinnerten an einen modernen Rennwagen. Wie hatte er nur so lange dieser Passion entsagen können? Gleichwohl vermißte Ralf Dollberg auch hierbei seine Frau schmerzlich.

★

Eva hatte sich indessen gut in der Burg eingelebt, in jeder Weise von Ralfs Mutter verwöhnt, die es trefflich verstand, ihre Schwiegertochter davon zu überzeugen, daß dies nunmehr ihr Zuhause sei. Ralf würde gewiß bald kommen, um seinen künftigen Besitz zu übernehmen.

Die Kinder fühlten sich schnell heimisch in ihrem neuen Lebensraum. Eine englische Nurse betreute die Kleinen, während Frederick und Emma von einem Hauslehrer für die Aufnahme in die Junior High School vorbereitet wurden. Der Vater fehlte ihnen kaum. Er hatte seine Kinder gewiß recht gern, doch gab er sich wenig mit ihnen ab. Seine Devise, kleine Kinder solle man sehen aber nicht hören, konnte auch schwerlich zu einer innigen Beziehung beitragen.

Trotz ihrer körperlichen Behinderung, deren Ursache ein Schlaganfall war, den sie jedoch hartnäckig leugnete, gab Lady Emma illustre Feste, um Eva in die Gesellschaft einzuführen. Nach der Erfahrung auf der Ranch von Senator Vallentine, war sie als Gattin Ralf Dollbergs allerdings skeptisch, doch erfreulicherweise lernte sie eine Menge interessanter Leute kennen, die ihr dennoch Sympathie entgegenbrachten. Sie wurde eingeladen, besuchte Konzerte, Theater und Soireen, und die junge Frau war fasziniert von dieser Welt, die sich so grundlegend von der klösterlichen Abgeschiedenheit im Haus an der Mauer in Weinsberg unterschied, das in unendlicher Ferne entschwand.

Den Reigen ihrer Verehrer führte immer noch Marvin Jones an. Der Journalist nutzte die Gunst der alten Dame und entführte ihr zuweilen die Schwiegertochter unter dem Vorwand, diese mit ihrer neuen Heimat bekannt zu machen. Bei einem Ausflug nach Vermont, an einem strahlenden Herbsttag, geriet Eva ob der traumhaften Schönheit dieser in allen Farben leuchtenden Landschaft in eine solche Hochstimmung, daß sie gewiß dem unverdrossenen Liebeswerben des attraktiven Mannes verfallen wäre, hätte nicht just in diesem Augenblick ein junger Braunbär die Witterung des Picknicks aufgenommen und das trauliche Tête-à-téte jäh unterbrochen. Das arglose Tier jagte die beiden in panischer Angst zur Straße hinunter und auf den Pfad der Tugend. Als sie sicher im Auto saßen, fühlte Eva den Schreck nicht nur in den Gliedern, sondern auch im Herzen. War sie nun doch schon so weit entgleist?

Eine zweite Gelegenheit ergab sich nicht mehr, denn Eva war nach diesem Erlebnis mißtrauisch geworden, vor allem gegen sich selbst. Sie verlor Marvin, der immer häufiger im Ausland weilte, mehr und mehr aus den Augen. Erst Jahre später erfuhr sie, daß er als Berichterstatter im spanischen Bürgerkrieg ums Leben gekommen war.

Inzwischen dachte Eva gar nicht mehr daran, jemals wieder nach Deutschland zurückzukehren. Gewiß hätte sie sich gefreut, wenn Ralf dagewesen wäre und sie alles mit ihm gemeinsam erleben könnte. Aber schließlich mußte er selbst entscheiden, was er tun wollte. Außerdem war da noch ein anderer Aspekt, der übermächtig von all ihrem Denken und Fühlen Besitz ergriff. Lady Emma ließ immer wieder durchblicken, daß, wenn sie stürbe, ihr immenses Vermögen und ihr Lebenswerk, das Dollbergsche Brauerei-Imperium ihren Enkeln gehören solle. Sie erwartete, daß Eva, der sie voll vertraute, das Erbe in diesem Sinne verwalte. Die alte Dame hatte ihr bereits gewisse Vollmachten übertragen, und Eva verbrachte einen großen Teil ihrer Zeit im Verwaltungskuratorium, dessen Vorsitz der greise Seniorchef der Anwaltskanzlei Harrison & Harrison innehatte.

★

Kehren wir zurück zu jenem kühlen Septemberabend im Haus an der Mauer, wo Ralf Dollberg vor dem flackernden Kamin in trübe Gedanken versunken saß. Unwillkürlich huschten Schatten der Vergangenheit durch seinen Sinn. Menschen und Ereignisse, die er längst aus dem Gedächtnis verdrängt hatte. Da waren sie wieder: Markus, traurig lächelnd, daneben ein kleiner Junge, größer als Frederick, aber mit dem gleichen Gesicht. Er hob seine kleine Hand und zog eine junge Frau ins Bild: Sophie!

Ralf wischte sich über die Stirn. Dann sah er nur noch die glimmenden Holzscheite, aus denen da und dort blaue Flämmchen schlugen. Knatternd platzten glühende Splitter ab und zogen grelle Leuchtspuren durch den schwarzen Schlund. Bald übermannte ihn der Schlaf. Mitternacht war schon vorüber, als Ralf erwachte. Er fror. Die Glut im Kamin war längst erloschen, aber seine Gedanken waren klar und präsent. Obwohl er sich geschworen hatte, die Kinofamilie zu meiden, erfaßte ihn jetzt ein heftiges Verlangen, deren Schicksal zu erfahren. Er könnte doch mit Sophie in Verbindung treten, telefonisch, am besten über ihre Dienststelle!? Er suchte in seinen Akten und fand die Adresse: Finanzamt Weingarten. Noch quälten ihn Zweifel.

Als er schließlich zu Bett ging, stand sein Entschluß fest, morgen früh anzurufen. Dann schlief er beruhigt ein.

»Hier ist das Finanzamt Weingarten, Obersteuerinspektor Köhle, Sie wünschen bitte?« Hinter zwei etwa gleich hohen Aktenbündeln verschanzt, lauschte der biedere Beamte aufmerksam in die Ohrmuschel des Telefonhörers und nickte eifrig: »Ja freilich, unser Sophiele, ich meine das Fräulein Scheufele. Nein, ich bedaure, die können Sie leider nicht sprechen. So, so, ein Verwandter sind Sie? Ha, des freut mi aber! Sie isch jedoch zur Zeit nicht gegenwärtig, müssen Sie wissen.

Nein, nein, bloß in de Ferien, oder besser g'sagt in Erholung. Ha no, des Mädle hat ja wirklich ganz schlecht ausgesehen in letzter Zeit! Und denken Sie nur, sie wollte überhaupt nicht gehen, wo des doch gar nix kostet, in der amtseigenen Kuranstalt der Oberfinanzdirektion. Der Herr Amtmann hat direkt ein Machtwort sprechen müssen. Ja, doch, drüben im Bayerischen, am Tegernsee! Soll ja recht schön sein dort, in Rottach. Aber wir sind alle froh, wenn sie bald wieder kommt. Es bleibt eben doch viel Arbeit liegen, wenn so eine tüchtige Kraft ausfällt!«

Mit strahlendem Lächeln nickte er dem fernen Teilnehmer zu. »Ha no, des isch doch recht gern geschehen, mein Herr, ich bitt' Sie! Danke, das wünsche ich Ihnen ebenfalls. Grüß Gottle, ich meine: Heil Hitler!«

Ralf legte schmunzelnd den Hörer auf die Gabel. Mit seinem geschwätzigen Redeschwall hatte ihm der freundliche Beamte hinreichende Auskunft erteilt, und die schwäbisch gefärbte Aussprache milderte sogar den drohenden Klang der neuerdings amtlich vorgeschriebenen Grußformel.

Er kramte eine Landkarte von Oberbayern aus dem Schubfach und legte die Reiseroute fest. Endlich hatte er wieder einmal ein bestimmtes Ziel. Frohgemut kutschierte er mit seinem rasanten Sportkabrio über die Landstraßen, die wesentlich besser ausgebaut waren als zu jener Zeit, in der sein Maybach noch Aufsehen erregt hatte. Inzwischen hatte der Kraftfahrzeugverkehr ungeahnte Formen angenommen. Es verging kaum eine halbe Stunde, in der ihm nicht wenigstens ein Automobil begegnete. Die Grenzüberwachung zwischen den einzelnen Landesteilen war längst aufgehoben worden, und mit dem von Herrn Carle ausgestellten Passierschein konnte Dollberg sich ziemlich frei bewegen.

Rottach war ein heilklimatischer Kurort, dessen Ansicht vom See her mit dem spitzen Kirchturm und den Bergen im Hintergrund ein beliebtes Malermotiv darstellte. Ralf logierte in dem Nobelhotel *Bachmair am See*. Bald hatte er auch das gesuchte Erholungsheim ausfindig gemacht. Es war in einer ehemaligen Klosterdomäne eingerichtet worden, die auch heute noch von den Barmherzigen Schwestern des Franziskanerordens aus dem nahegelegenen Mutterhaus Kloster Reutberg bewirtschaftet wurde.

Auch hier berief sich Ralf auf die Verwandtschaft. Seine Frau sei derzeit im Ausland und er wollte sich nach dem Befinden seiner Schwägerin erkundigen. Der zuständige Kurarzt, ein jovialer älterer Herr, zeigte sich sehr aufgeschlossen und begrüßte die lobenswerte Absicht. Die Kur hätte wohl ordentlich angeschlagen, doch sorgte er sich um den seelischen Zustand seiner Patientin, die gewiß willig und kooperativ wäre, aber eine beängstigende Verschlossenheit, ja, er würde fast sagen, einen apathischen Fatalismus an den Tag lege, der dem Kurerfolg in gewisser Weise abträglich sei.

»Nun hege ich die berechtigte Hoffnung, daß die Anteilnahme eines näheren Verwandten sich positiv auswirkt. Aus diesem Grunde könnte man im vorliegenden Fall eine Ausnahme machen, denn im allgemein üblichen Reglement des Kurprogrammes werden die Patienten grundsätzlich von äußeren Einflüssen abgeschirmt.« Der Kurarzt zuckte beständig mit einem Auge, was sicherlich auf ein nervöses Leiden zurückzuführen war. Diese Erscheinung irritierte den ernsthaft zuhörenden Besucher, da sie dem Sinn der Worte eine hintergründige Bedeutung zu geben schien. »Keine Regel ohne Ausnahme, lieber Herr ..., wie sagten Sie doch?«

»Dollberg, Ralf Dollberg.«

»Ach ja, gewiß doch, Herr Dollberg. Sie sind dann also der Gatte der Schwester von Fräulein Scheufele?«

»Ja«, sagte Ralf leichthin, »und der Vater ihres Neffen!« Ganz wohl war ihm nicht dabei und er mußte sich Mühe geben, das unwillkürliche Zucken seines Augenlides zu unterdrücken. Dr. Müller-Mann winkte einer vorbeihuschenden Schwester und flüsterte ihr etwas zu. Kurze Zeit danach betrat diese mit Sophie das Empfangszimmer des Sanatoriums. Mit großen Augen starrte sie Ralf an.

»Du?« kam es fast tonlos von ihren Lippen. Dann eilte sie auf ihn zu, und er schloß sie herzlich in die Arme.

»Ich freue mich, dich wohlauf zu sehen, mein Täubchen!« Ein heißer Schauer durchrieselte die junge Frau bei diesem Kosenamen, mit dem Ralf sie in den guten alten Tagen zu rufen pflegte.

»Mein liebes Fräulein Scheufele, ich habe durchaus nichts dagegen, wenn Sie zusammen mit Ihrem Herrn Schwager nachmittags hin und wieder einen Spaziergang außerhalb des Heimes machen.« Zu Ralf Dollberg gewandt, fuhr der Arzt fort: »Ich nehme an, Sie bleiben ein paar Tage in unserer gottgesegneten Gegend. Haben Sie schon ein Quartier?«

Die Luxusherberge beeindruckte den Doktor mindestens ebenso wie der fabelhafte Wagen, den er bereits bei Ralfs Ankunft bewundert hatte. Er ließ sich das aber nicht anmerken, sondern belehrte den vornehmen Herrn in strengem Ton, dessen Ernsthaftigkeit allerdings von seinem zuckenden Auge untergraben wurde: »Um sieben Uhr wird in unserem Hause das Abendbrot eingenommen. Pünktlichkeit ist das oberste Gebot in dieser Anstalt. Ich bin sicher, wir verstehen uns, Herr Dollberg. Ich wünsche Ihnen einen angenehmen Aufenthalt.«

Er reichte ihm zwinkernd die Hand, nickte Sophie väterlich zu und war im nächsten Augenblick in seinem Arbeitszimmer verschwunden.

Das Tegernseer Land bot unerschöpfliche Wandermöglichkeiten. Ob sie zum Wallberg hinaufstiegen oder um den Spitzingsee spazierten, immer wurde ihre Mühe mit herrlichen Ausblicken belohnt. Aber die beiden hatten sich so viel zu erzählen, daß sie die Schönheiten der Natur fast nicht wahrnahmen.

Nachdem Ralf in kurzen Zügen berichtet hatte, was ihm inzwischen widerfuhr, war es an Sophie, die Begebenheiten in der Kinofamilie zu schildern. Der inzwischen pensionierte Dät widmete sich nun ausschließlich seinem Lichtspieltheater, das renoviert und baulich erweitert worden war. Der Tonfilm hätte überdies eine grundlegende Modernisierung der Technik erforderlich gemacht.

»Die Mam ist gottlob gesund und nach wie vor das Herz aller Dinge, in Geschäft und Familie.«

»Eine bewundernswerte Frau!« murmelte Ralf versonnen und bat Sophie, sie sollte doch weitersprechen. Diese balancierte gerade über einen schmalen Balken, der ein glucksendes Bächlein überbrückte. Als Ralf sie sichernd um die Taille faßte, spürte er das Zittern ihres schlanken Körpers. Dabei war sie früher nie ängstlich gewesen! Drüben drehte er sie zu sich und blickte ihr tief in die Augen. »Du bist noch hübscher geworden!«

Sie wandte sich rasch ab und ging weiter. »Robert hat sich freiwillig zur neuen Luftwaffe gemeldet. Als Berufsoffizier kann er dort sicher Karriere machen. Amelie hat er allein zurückgelassen. Ich fürchte, sie ist für seine ehrgeizigen Pläne ein paar Nummern zu klein. Wir bedauern die Arme natürlich, aber sie trägt es eigentlich mit Fassung.«

»Und Markus, wie geht es meinem guten Freund und getreuen Adlatus?«

»Er hatte Glück im Unglück. Als du weggingst, war er sehr niedergeschlagen, weil er glaubte, du hättest ihn wegen seines Versagens in Amerika verstoßen. Wir machten uns schon Sorgen um ihn. Schließlich bekam er bei einem Montagetrupp für Hochspannungsleitungen Arbeit. Da stürzte er von einem hohen Gittermast und brach sich fast alle Knochen. Doch er kam mit dem Leben und einem steifen Arm davon. Als Invalide erhielt er dann die Stellung, die durch Däts Pensionierung frei wurde. Er ist aber unwahrscheinlich gealtert. Du würdest ihn kaum wiedererkennen!«

Ralf war ehrlich bestürzt. »Das tut mir aufrichtig leid, denn ich habe ihn immer sehr geschätzt, und wir hatten eine gute Zeit miteinander.«

»Tröstlich ist, daß er eine brave Frau gefunden hat mit einem schmucken Häuschen, übrigens wird Irene demnächst heiraten, einen Baumeister, den sie beim Kinoumbau kennengelernt hat.«

»Mag sie glücklich werden! Ich wünsch' es ihr von Herzen. Und wenn ich es so recht bedenke, meine liebe Sophie, ist es doch jammerschade, daß du damals nicht mitkommen konntest – nach Berlin. Es wäre alles ganz anders gekommen.«

»Vielleicht«, sagte sie spitz, »aber du hast ja Irene den Vorzug gegeben.«

»Da ist nicht wahr!« brauste Ralf auf. Er war stehengeblieben und packte sie an den Schultern. Mit großen Augen schaute er ihr ins Gesicht. »Es war von Anfang an mein ausdrücklicher Wunsch, dich mitzunehmen. Das kann Markus bezeugen und dein Vater auch! Nachdem du in deinem Amt unabkömmlich warst, blieb mir doch gar nichts anderes übrig! Ich stand unter Zeitdruck. Nur deshalb willigte ich schließlich ein, daß Irene mitkäme, das mußt du mir glauben!«

Ralf hatte diese Worte mit großer Erregung hervorgestoßen und stand nun schwer atmend vor Sophie, die totenbleich geworden war. Die Erkenntnis des wahren Sachverhaltes traf sie wie ein Keulenschlag. Mühsam Haltung bewahrend, ging sie langsam weiter. Ralf folgte ihr nachdenklich. Es hat keinen Sinn, dem unwiederbringlich Verlorenen nachzuhängen, sagte sich Sophie und brach das Schweigen, um abzulenken: »Du hast dich überhaupt nicht nach deinem Sohn erkundigt! Ich werde dir dennoch von ihm berichten. Frederick ist ein ganz bezaubernder Junge und lebt glücklich und geborgen im Schoße der Großfamilie von Hieronymus Scheufele. Außer seiner Mutter lieben ihn alle von

Herzen. Oft ist mir, als wäre er mein eigenes Kind, und ich werde dafür sorgen, daß er weder Vater noch Mutter vermißt. Auf keinen Fall soll er deren Schuld büßen!« Ihre Stimme, die warmherzig und sanft begonnen hatte, klang bei den letzten Worten hart wie sprödes Glas. Ralf starrte sie verwundert an. Dann riß er sie impulsiv in seine Arme und versuchte, die Widerstrebende zu küssen. Aber Sophie schüttelte nur traurig den Kopf.

»Zu spät, Ralf! Diese Gefühle sind längst passé. Wir zwei können bestenfalls in platonischer Freundschaft aneinander denken. Geh' du zu deiner Frau und zu euren Kindern. Versuche wenigstens, dieses Glück zu erhalten. Es ist vielleicht deine letzte Chance! Wann wirst du reisen?«

Er hatte zerknirscht den Kopf gesenkt und ging lange wortlos neben ihr her. Dann antwortete er mit heiserer Stimme, denn seine Kehle war trocken: »Übermorgen!«

Fast flehentlich bat er sie: »Schenke mir noch einen Tag deiner Gegenwart und sprich von dem Jungen, den ich ebenso versäumt habe wie das Glück an deiner Seite.«

So wanderten sie am anderen Tag wieder durch das Tegernseer Land zu dem Franziskanerinnenkloster auf der aussichtsreichen Anhöhe von Reutberg. Die warmen Farben der Bäume leuchteten in der milden Herbstsonne. Bei der Besichtigung der prächtigen Barockkirche verharrte die religiöse Sophie einige Minuten in frommer Andacht. Dann setzten sie sich in den Kastaniengarten, wo die Nonnen das selbstgebraute Klosterbier ausschenkten. Bald hatten die beiden dazu eine deftige Brotzeit vor sich stehen, die das oberbayerische Idyll perfekt machte. Aber trotz dieser gemütlichen Atmosphäre schleppte sich die Unterhaltung stockend dahin. Jeder bemühte sich, die Themen von gestern zu meiden. Plötzlich wandte sich Sophie mit einem fröhlichen Lachen an Ralf: »Paß auf, heute will ich dir noch von einer lustigen Begebenheit aus Fredericks Alltag berichten: »Weißer Gips und schwarze Federn« könnte man darüber schreiben.«

Schon nach wenigen Sätzen lauschte Ralf fasziniert der lebhaften Schilderung. Sophie erzählte nicht nur mit Vorliebe Geschichten, sie hatte auch ein bemerkenswertes Talent, mit dem sie besonders den kleinen Frederick immer wieder in ihren Bann zog. In gleicher Weise geschah dies an jenem Sommerabend, mit dem Sophies heutige Erzählung begann.

22. Weißer Gips und schwarze Federn

Die ersten Strahlen des neuen Tages fielen auf den Pueblo am Rande des Dschungels. Die eng aneinander kauernden Hütten aus gekalktem Lehm leuchteten weiß wie Schnee und der Geruch von Holzfeuern wehte herüber. Hatuway, der Indiojunge, schob langsam sein Kanu ins Wasser. Er warf noch einen langen Blick auf die Stätte seiner Kindheit und flüsterte ›Adios Capalguan!‹

Dann stieg er in das kleine Boot und ruderte hinaus auf das glatte Wasser des träge dahinfließenden Stromes ...«

»Frederick, ausziehen, waschen und ab ins Bett! Aber sofort, ich muß gleich ins Kino.«

Irenes energische Stimme schreckte den Jungen auf, der vor sich hin träumend den Worten der Erzählerin gelauscht hatte. Jetzt blickte er ängstlich zur Tür. Sophie strich ihm beruhigend über den Kopf und rief: »Geh' nur, Irene! Ich kümmere mich um Frederick.«

Er schaute sie dankbar an und fragte: »Was ist das, ein Pueblo?«

»So nennt man in Mexiko, wo die Menschen dieser Geschichte leben, eine kleine Stadt.«

»Schön, so eine weiße Stadt ... Warum ist der Junge wohl weggegangen, Sophie?«

»Ich weiß es nicht, noch nicht.« Sie lächelte vielsagend.

»Ich würde nicht weggehen, sonst wärest du sicher traurig, nicht wahr?«

»Natürlich, und du hättest so Heimweh, daß du bald zurückkämst!«

»Was ist eigentlich Heimweh, eine Krankheit?«

»Oh ja, so könnte man es wohl nennen!« sagte sie nachdenklich.

»Der Opi hat einmal gesagt, Durst sei schlimmer als Heimweh.«

Sophie lachte lauthals. »Ach, der Dät macht immer solche Sprüche. Aber für dich wird es jetzt wirklich Zeit, schlafen zu gehen. Morgen erzähle ich dir, wie es weitergeht.«

»Ich habe noch Durst. Gibst du mir bitte was zu trinken?« Als sie Frederick ins Bett brachte, sagte der Junge mit großem Ernst: »Morgen werde ich eine weiße Stadt bauen. Am liebsten würde ich gleich damit beginnen. Ich könnte ja meine Bauklötze weiß anmalen.«

»Das läßt du besser sein! Stell dir vor, was Irene, deine Mami sagt, wenn du die schönen Kleider bekleckerst. Schlaf jetzt schön! Gute Nacht, mein kleiner Hatuway. Vielleicht träumst du von der weißen Stadt.«

Fanny saß in der Nähstube an der Maschine und konzentrierte sich summend auf den Saum eines neuen Kleides. Frederick hüpfte herein. Sie unterbrach ihre Arbeit und bedeutete dem Jungen, still zu sein. Hinter dem Wandschirm wurde Irenes Stimme hörbar: »Ist jemand gekommen?«

Schmunzelnd antwortete Fanny: »Ein Herr ist da, der unsere Kreationen bewundern möchte.«

Irene schaute neugierig über den Paravent und murrte enttäuscht: »Ach du, Frederick. Hast du die Hausaufgaben schon gemacht?«

»Ja, ja, ich, ich wollte nur die Fanny fragen, ob sie eine Feder für mich hat, von einem alten Hut, oder so.«

»Wozu brauchst du die denn?«

»Hatuway, der Indiojunge aus Capalguan, trug auch eine Kondorfeder an seinem Stirnband, müßte nicht unbedingt von einem Kondor sein.«

»Wir haben jetzt keine Zeit für deine Spinnereien. Die Sophie wird ihm wieder die Ohren vollgeblasen haben. Du störst uns bei der Arbeit. Geh' spielen!«

Fanny versuchte einzulenken: »Wenn ich eine Feder finde, gebe ich sie dir, Frederick. Was hast du denn sonst noch vor?«

»Ich will eine weiße Stadt bauen!«

»Was für eine Stadt?«

»Capalguan, weißt du, die Stadt, in der Hatuway wohnt.«

Irene kam hinter dem Wandschirm hervor. Sie trug ein neues, noch roh zusammengestecktes Kleid.

»Na ja, das sieht doch schon ganz gut aus!« meinte Fanny. Sie nahm ein Photo von der Filmwerbung zur Hand und verglich. »... aber Lilian Harvey hat natürlich eine andere Figur.«

»So!« zischte Irene pikiert, »und du siehst ja wahrhaftig nicht aus wie Greta Garbo, auch wenn du neulich ihr Kleid nachgemacht hast.«

»Sei nicht so giftig! Dreh dich mal um. Der Saum muß noch etwas höher.«

Frederick schaute sich das Bild an und fand: »... so ist es doch ganz ähnlich. Aber habt ihr schon den Hut, den die Harvey trägt?«

»Da hat er recht, Irene! Du brauchst noch den Hut.«

»Ihr könntet ihn ja aus einem alten machen.«

»Natürlich«, ereiferte sich Fanny, »in der Rumpelkammer finden wir sicher einen Hut zum Umformen. Das ist eine gute Idee, Frederick!«

»... und wenn ihr eine Feder findet, kriege ich sie dann?«

»Das ist doch klar!« versprach Fanny, »du hast uns ja auch geholfen.«

»Helft ihr mir auch beim Bauen?«

»Freilich helfen wir dir!« vertröstete Irene, »fang' du schon mal an.«

»Gerade der Anfang ist aber so schwierig.«

»Hast du mit dem Dät schon darüber gesprochen? Der werkelt im Kino und freut sich, wenn du ihm Gesellschaft leistest.«

»Ja, der Opi hilft mir bestimmt!« sagte Frederick und rannte fröhlich hinaus. Irene schüttelte mißbilligend den Kopf. »Mein Gott, woher der Kerl nur diese Phantasie hat?«

Im Vorführraum spitzte Vater Scheufele gerade ein Loch in die Wand, als Frederick dazukam. »Kann ich dir helfen, die Mauer umzuhauen?«

Der Dät lachte. »Nein, Frederick, die brauchen wir noch. Aber du kannst mir beim Dübeln helfen.« Frederick freute sich, weil er mitmachen durfte.

»Und was gibt das?«

»Da kommt der neue Umrolltisch hin. Um den anschrauben zu können, muß ich Holzklötzchen in die Wand gipsen. Das nennt man dübeln.« Er griff nach der Blechdose auf dem Tisch.

»Zuerst müssen wir den Gips anrühren. Siehst du, ein wenig von dem weißen Pulver und Wasser dazu. Das gibt einen Teig, den man formen kann.« Er schmierte die Masse in das Loch, drückte das Holzstück hinein und strich sie mit dem Spachtel glatt.

»... und in einigen Minuten wird das steinhart.«

»Fein, da könnte ich ja meine weiße Stadt bauen!« jubelte der Junge begeistert, und der Dät schaute ihn mißtrauisch an.

»Mein lieber Frederick, laß bloß die Finger davon. Der Gips gibt eine Riesensauerei, wenn man ihn an die Kleider schmiert.« Der Alte guckte in die Gipsdose. »Leer, hm! Für die andere Seite müssen wir erst Nachschub besorgen.«

Mit hellwachen Augen bot sich Frederick an. »Ich hole den Gips, Opi.«

»Gut, in der großen Holzkiste im Magazin, nein, lieber nicht! Bleib du mal da und halte die Dübel solange. Ich hol's schon selbst.« Er überquerte den Hof und ging in einen kleinen Schuppen, der als Materiallager diente. Frederick folgte ihm leise und spähte durch den Türspalt in den Raum, wo der Großvater aus einer Holztruhe Gips in die Dose füllte. Hurtig flitzte der Bub zurück und wartete mit unschuldsvoller Miene auf den Fortgang der Arbeit. Aufmerksam beobachtete er, wie der Dät mit dem Gips hantierte.

»So, das muß jetzt noch ordentlich trocknen, dann kann ich die Konsolen für den Umroller anschrauben. Inzwischen muß ich schnell mal zum Lammwirt rüber, und du kannst bei dem schönen Wetter im Garten spielen.«

Frederick ging zögernd hinaus. Draußen blinzelte er in die Sonne und hüpfte auf einem Bein in Richtung Werkzeugschuppen. Mitten auf dem Hof blieb er stehen und überlegte. Dann hüpfte er in die andere Richtung. Opa Scheufele nickte ihm lächelnd zu und schloß die Tür. Er sah nicht mehr, daß der hüpfende Frederick erneut die Richtung gewechselt hatte.

Durch das schmale, vergitterte Fenster warf die Sonne einen hellen Strahl in den Schuppen. Er fiel auf die hölzerne Truhe, über die sich Frederick beugte und mit der Hand in das weiße Pulver griff. Er ließ es durch die Finger rieseln, und der Gips leuchtete auf in dem grellen Schlaglicht. Auch das Gesicht des Jungen leuchtete, als er eine Blechdose mit dem Material füllte, dessen Eigenschaften ihn faszinierten. Dann schlüpfte er behende durch den engen Spalt in der Rückwand, der durch Verschiebung eines losen Brettes entstanden war.

Im Vorführraum hatte heute Erwin Dienst. Konstantin war häufig unterwegs, denn die Maschinenfabrik schickte ihn gern auf Montagereisen, wo er sich gut bewährt hatte. Markus wurde nur noch ausnahmsweise im Kino eingesetzt. Er sollte sich mehr seiner jungen Frau und der wachsenden Familie widmen. Erwin spulte die Filmrollen um. Er sagte zum Dät, der ihm bei den Vorbereitungen für die Abendvorstellung half:»Der neue, selbsttätige Umroller ist sehr praktisch. Die schonende Filmführung verhindert auch das leidige Zerkratzen der Kopie.«

Dät, der bereits seinen Stresemann angelegt hatte, ging zur Luke, durch die man ins Kinofoyer schauen konnte. Die Leute drängten sich vor der Kasse. Er summte vergnügt vor sich hin.

Aus dem Hintergrund fragte Erwin:»Wie sieht's aus?«

»Ganz ordentlich besucht heute. Der Film ist ja auch großartig. Wenn ein rechtes Stück läuft, braucht man sich nicht um Publikum zu sorgen.«

»Ja, nur zu dumm, daß man für einen guten Film immer drei schlechte nehmen muß!« kommentierte der junge Mann, der die Sorgen eines Kinounternehmers von klein auf kannte. Der Dät sagte nichts dazu. Er beobachtete gerade einen Hut, der über dem Gewühl von Köpfen und Schultern auf die Kasse zusteuerte. Ein Florentiner von enormem Ausmaß, garniert mit einem prächtigen Bukett aus schwarzen Straußenfedern. Erbost zischelte er durch die zusammengebissenen Zähne:»Das kann doch nur diese Jablonsky sein!«

»Ach, Frau Jablonsky vom Goldenen Ochsen?« fragte Erwin arglos.

»Sieh dir das an! Die hat wieder einen ihrer verrückten Hüte auf. Hach, wie ich diese blöden Hüte hasse!«

Er ließ Erwin durch die Luke schauen und maulte aufgebracht weiter:»... der verdeckt doch die ganze Leinwand!« Mit angriffslustigem Schnurrbartzwirbeln eilte er zur Tür hinaus.

»Au weia! Das gibt Ärger«, flüsterte Erwin und schloß die Luke bis auf einen schmalen Schlitz, durch den er gerade noch mit einem Auge sehen konnte, wie sich der alte Scheufele höflich durch die Besuchermenge komplimentierte. Erschrocken wich er zurück, als von links der schwarze Federbusch in sein begrenztes Blickfeld wogte. Als Erwin wieder einen Blick riskierte, wendete ihm die Dame das Gesicht zu. Es war tatsächlich Frau Jablonsky, eine üppige Enddreißigerin, attraktiv und ordinär. Von rechts tauchte jetzt der Dät auf. Er machte eine galante Verbeugung und sagte offenbar etwas Schmeichelhaftes, denn die Jablonsky lächelte herablassend. Dann redete er beflissen auf sie ein und deutete dabei auf ihren Hut. Sie reagierte entrüstet. Erwin schlug sich mit der flachen Hand vor die Stirn und stöhnte.

»Ich hab's ja gewußt, daß es Ärger gibt! Wenn nur die Mam da wäre.« Er konnte nicht hören, wie Frau Jablonsky sich empörte: »Ich verbitte mir diese Unverschämtheit! Wie können Sie von einer Dame verlangen, daß sie den Hut abnimmt. Den darf ich ja sogar in der Kirche aufbehalten.«

»Aber bedenken Sie doch, verehrte Frau Jablonsky, daß die hinter Ihnen sitzenden Zuschauer kaum etwas von dem ergreifenden Filmdrama sehen können.«

Das Argument schien die Dame zu überzeugen, und sie bot einen Kompromiß an: »Bitte, dann geben Sie mir und meinem Begleiter Plätze, auf denen niemand hinter mir sitzen kann.«

»Aber Sie haben doch Karten für's Parkett.« Hilfesuchend schaute er die Umstehenden an, die amüsiert den Disput verfolgten. Frau Jablonsky setzte sich in Szene. Sie fühlte sich völlig im Recht. »Das ist Ihr Problem, Herr Scheufele.«

Er stand unmittelbar vor der Explosion. Da trat die Mam in Erscheinung. Sie war von dem besorgten Erwin alarmiert worden. Fanny mußte solange die Kasse übernehmen. Der Ansturm hatte nachgelassen und die Vorstellung war schon fast ausverkauft. Anna Scheufele hielt der streitbaren Dame zwei Logenkarten hin und sagte in ruhigem Ton: »Bitte, geben Sie mir Ihre Karten zurück. Sie dürfen heute in der Loge sitzen, allerdings nur ausnahmsweise!«

»Wie klug von Ihrer Frau, Herr Kinobesitzer«, trumpfte die Jablonsky auf und rauschte siegesbewußt an dem wütenden Dät vorbei, ihren süffisant lächelnden Begleiter im Schlepptau, und die Mam schob ihren Mann aus der Gefahrenzone. Im Abgehen maulte der böse hinter dem Pärchen her: »Der Hut ist sowieso längst aus der Mode«, und etwas leiser murmelte er in seinen Bart: »Am liebsten risse ich ihr die Federn aus!«

»Ja, ja«, beschwichtigte sie den Alten, »das sähe dir schon ähnlich.« Der Zuschauerraum füllte sich. Die Frau mit dem großen Hut saß genau unter dem Bildfenster des zweiten Projektors. Wenn sie sich zu ihrem Kavalier hinüberbeugte, ragte eine der Federn bis vor die Öffnung.

Im Vorführraum ging der Dät nervös hin und her.

»Jetzt reg dich nicht so auf!« ermahnte ihn Anna. Noch immer in Rage, ereiferte sich der Dät: »Ich reg' mich doch nicht auf, die Jablonsky regt mich auf!

Es ärgert mich eben, wenn meine Besucher nichts sehen können wegen dieser ...«

»Pst!«

Der warnende Zischlaut überlagerte ein häßliches Schimpfwort. »Die Leute, die sich belästigt fühlen, werden schon selbst fertig mit der Madame. Du brauchst dich deswegen nicht auf das Niveau einer Frau Jablonsky herabzulassen. Hast du ihren neuen Galan gesehen? Das ist offenbar keiner von hier.«

»Aber weit kann der nicht her sein!« brummte der alte Scheufele und war wieder ein wenig ruhiger. Erwin machte gerade den zweiten Projektor fertig, da entdeckte er die Straußenfeder vor dem Bildfenster. Er stutzte, aber ein Blick auf die Eltern ließ ihn stillhalten. Flink klappte er die Tür der Feuerschutztrommel auf, die das Fenster und den nächsten Grund zur Aufregung verdeckte.

Anna Scheufele verließ den Vorführraum und stieß an der Tür beinahe mit Frederick zusammen. Seine Kleider waren voller Gipsspuren. Sie musterte den Buben entsetzt, drängte ihn hinaus und schloß rasch die Tür.

»Wie siehst du denn aus? Komm rasch, bevor das der Dät bemerkt!« Sie nahm den Jungen bei der Hand und ging mit ihm nach oben ins Badezimmer.

»Sophie! Klara! Kommt bitte mal her!« rief sie durch den Flur. Zu beiden Seiten des langen Ganges öffneten sich die Türen, und die beiden Schwestern fragten erstaunt, was es gebe.

»Nehmt mir den Frederick ab und macht ihn sauber. Ich muß wieder runter. Will zusehen, daß ich Irene aufhalten kann. Die macht dem Jungen sonst wieder die Hölle heiß wegen der dreckigen Kleider.«

Klara schlug die Hände über dem Kopf zusammen. »Woher hast du nur soviel Mehl?«

»Das ist doch kein Mehl, das ist Gips.«

»Was machst du denn mit Gips?« fragte Sophie kopfschüttelnd.

»Ich habe die weiße Stadt gebaut!«

»Die weiße Stadt? O jeh! Das hätte ich mir ja denken können!« Schuldbewußt schlug Sophie die Augen nieder, und Klara fragte ahnungslos: »Was ist denn das für eine Stadt?«

Sophie antwortete an seiner Stelle: »Capalguan, die Heimat Hatuways.« Dabei drückte sie Frederick an sich und streichelte ihm über das gipsverschmierte Haar. Klara schaute verständnislos auf die Szene, während sie die schmutzigen Kleider zusammenraffte und in einen Eimer stopfte.

»Hol ihm rasch frische Sachen, ich wasch ihn inzwischen«, sagte Sophie und stellte den Jungen in die Wanne. Er schaute sie ängstlich an: »Wird der Opi sehr böse sein wegen dem Gips?«

»Ach der Dät ist nicht so. Wenn er sieht, was du gebaut hast, dann freut er sich vielleicht. Du mußt die Stadt nur zuallererst ihm zeigen, als Geheimnis, das noch keiner gesehen hat. Das würde ihn gewiß sehr freuen. Nachher zeigst du sie dann mir. Ich bin schon ganz neugierig.«

Auf der Leinwand lief der Hauptfilm. Frau Jablonsky beugte sich zu ihrem Nachbarn und küßte ihn lange. Die Feder verdeckte das Bildfenster des noch unbenutzten Projektors. Erwin war ratlos, denn die Spule der ersten Maschine war nur noch halb voll und leerte sich fortwährend. In seiner Not rief er nun doch den Dät aus dem Foyer. Als der die Feder sah, blitzte in seinen Augen das Feuer der Rache. »Da kann uns nur noch ein Schraubenzieher und eine Schere retten!«

Er eilte in die Werkstatt. Wie angewurzelt blieb er auf der Schwelle stehen. Überall war Gips verstreut. Auf dem Boden und auf der Werkbank. Es sah aus, als hätte es geschneit. Hammer, Spachtel und Schraubenzieher waren voller Gipsspuren.

»Nein, das darf doch nicht wahr sein!« Dann aber besann er sich auf seine Aufgabe, suchte das benötigte Werkzeug zusammen, fand auch die Schere, die ebenfalls mit Gips verschmiert war, und rannte erschüttert zum Vorführraum zurück.

An der Tür begegnete ihm Frederick. »Ich wollte dir gute Nacht sagen, Opi.«

»Eine schöne gute Nacht! Warst du das mit dem Gips?«

Frederick blickte stumm zu Boden.

»Ich hätte nie geglaubt, daß du so eine Sauerei machen könntest! Überall Gips, Gips, Gips, sogar da!«

Er zeigte Frederick die Schere. Der nahm sie in die Hand und versuchte zerknirscht, die Gipsspuren mit Spucke zu entfernen. Als der Dät die Schere in der Hand des Jungen sah, traf ihn ein Geistesblitz.

»Bub', du mußt mir helfen, die blöde Feder von diesem verdammten Hut da abzuschneiden. Machst du das?«

»Klar, ich brauche sowieso eine Feder für Hatuways Kopfschmuck.«

»Also komm, wir müssen schnell machen, aber leise und schlau wie die Indianer, und du darfst es niemandem erzählen!«

»Ist es ein Geheimnis, Opi? Ich habe auch eins, eine Überraschung für dich. Das hat noch keiner gesehen! Ich zeig's dir nachher.«

»Gut, abgemacht, aber jetzt flugs ans Werk.« Erwin war entsetzt, als er die Schere sah, aber der Dät beruhigte ihn.

»Wenn sie's merkt, war's das Kind. Das gibt dann nicht so einen Skandal, wie wenn ich's mache. Außerdem hat Frederick die kleineren Hände.« Flink schraubte er die Glasscheibe ab. Vor der Öffnung schwang die schwarze Feder hin und her.

»Der werden wir's schon zeigen! Paß auf, Frederick«, flüsterte der Dät beschwörend, »wenn die Feder wieder erscheint, dann schnipp-schnapp! Aber du mußt es ganz leicht machen, damit sie nichts merkt.«

Frederick fühlte sich ungemein wichtig. Er nickte eifrig und beobachtete die Feder wie ein Jäger. Erwin zündete die Bogenlampe des zweiten Projektors. Er flüsterte dem Vater zu: »Gleich ist der Zweier dran. Vielleicht stört die dumme Feder gar nicht so sehr.«

»Klar stört sie!« fauchte der Dät, und Frederick schob die Hand mit der Schere durch die kleine Öffnung. In diesem Augenblick verschwand die Feder, bevor er sie erwischt hatte. Lauernd raunte der Alte dem Knaben zu: »Nur Geduld, sie kommt gleich wieder.«

Die Rolle im ersten Projektor war fast leer. Auf der Leinwand blitzte das Zeichen für die Überblendung. Erwin startete die zweite Maschine und beobachtete konzentriert das Filmband.

Draußen im Zuschauerraum sah man das Licht in der einen Luke erlöschen und gleichzeitig in der anderen aufleuchten. Die Dame mit dem großen Hut schmiegte ihre Hand in die ihres Liebhabers. Dann neigte sie sich wieder hinüber, um ihn zu küssen. Die Leinwand verdunkelte sich, und das Publikum wurde unruhig. Wie bei einem Schattenspiel erschien die Silhouette einer Schere und schnippte den dunklen Fleck aus dem Bild. Ohne weitere Störung nahm die spannende Filmhandlung ihren Fortgang, und das Liebespaar löste sich aus einem leidenschaftlichen Kuß.

Über den Köpfen der beiden verschwanden Schere und Feder durch das Bildfenster, für einen Augenblick noch einmal im grellen Licht der Projektionslampe aufleuchtend.

Im Vorführraum schwenkte Frederick triumphierend die schwarze Straußenfeder, und der Dät warf einen siegesbewußten Blick zu Erwin hinüber, der süß-sauer lächelte.

»Das hast du prima gemacht, Frederick!« tätschelte der Großvater die Wange des Jungen. »Dafür bekommst du sogar eine Mark in die Sparbüchse, aber pst! Du weißt ja, kein Wort!«

»Klar, Opi, das ist unser Geheimnis. Soll ich dir jetzt mein Geheimnis zeigen?«

»O ja, das interessiert mich.«

»Dann komm mit mir auf den Dachboden.« Auf dem Weg dorthin begegneten sie der Mam. Dät gab Frederick zu verstehen, er solle die Feder verbergen.

»Na, was führt ihr zwei denn im Schilde?«

»Weißt du, Omi, ich zeige dem Opi mein Geheimnis.«

»Hat das nicht bis morgen Zeit? Du mußt doch ins Bett.« Sie war beunruhigt.

»Opi soll der erste sein, dem ich es zeige.«

»Aber verhau ihn nicht gleich, wenn's was Dummes ist! Er kann doch nichts dafür, daß keiner Zeit für ihn hat!« versuchte die Mam das drohende Unheil abzuwenden, aber sie machte den Dät nur stutzig. Er blickte streng auf Frederick. »Der Gips etwa?«

Der Junge wedelte hinter seinem Rücken ein wenig mit der Feder. Da räusperte sich der Alte und schob ihn rasch weiter.

»Wie zwei Verschwörer!« murmelte Anna Scheufele und schaute ihnen kopfschüttelnd nach. Im Trockenraum hängte Klara gerade die gewaschenen Kleider auf.

»Es ist alles wieder sauber geworden, Frederick, deine Mami wird gar nichts merken.«

»Und du wirst auch nicht böse werden, nicht wahr, Opi?«

»Na, so furchtbar bin ich doch nicht, oder?«

»Manchmal wäre mir ein Gewitter lieber.« Zwischen Gerümpel und Spinnweben stiegen sie die oberste, steile Treppe hinauf. Rechts war der Taubenschlag, aus dem das Scharren und Gurren der unruhig gewordenen Tiere zu vernehmen war. Auf der linken Seite stand eine rohe Bretterwand. »Da drinnen ist es.«

Scheufele stieß gespannt die Tür auf und knipste den Lichtschalter an. Der schwache Schein der staubigen Funzel fiel auf das Gipsmodell einer kleinen weißen Stadt auf einem Hügel. In dem schummerigen Licht wirkte sie besonders eigenartig. Frederick schaute den Großvater ängstlich fragend an. Der kniete sich nieder, um das Werk genauer betrachten zu können. »Hast du das ganz allein gemacht?«

»Ja, es wollte mir ja keiner helfen!« Dabei brach er in Tränen aus. »Ich mache die Schmiererei bestimmt wieder weg. In der Werkstatt ist mir eine Dose mit Gips runtergefallen, drum ist es so schlimm.«

»Gut, morgen räumst du alles auf. Ich helf' dir dabei, und dann vergessen wir den Ärger. Deine Stadt ist ganz prächtig! Hat sie auch einen Namen?«

»Capalguan, und da wohnt ein Indiojunge. Er heißt Hatuway. Denk dir, der ist von zu Hause weggegangen. Jetzt hat er viel Heimweh.« Der Dät war gerührt und mußte sich schneuzen.

Irene erschien in der Tür. »So, da seid ihr also!« sagte sie vorwurfsvoll. »Frederick muß schleunigst ins Bett!«

»Hast du gesehen, was der Bub gemacht hat, sieh doch die schöne weiße Stadt.«

Irene schaute flüchtig das Modell an. Die Kleckserei auf dem Boden schien sie aber mehr zu beeindrucken. »Daß der Kerl immer so verrückte Sachen macht. Er hat viel zu viel Phantasie! Und Sophie unterstützt seine Spinnerei noch, indem sie ihm die unglaublichsten Geschichten erzählt. Ins Bett jetzt, marsch!« herrschte sie den Jungen an. Der Dät stieg hinter den beiden die Treppe hinunter und brummte vor sich hin: »Ja, ja, manchmal denke ich auch, er wäre besser Sophies Kind!«

Auf dem Flur wartete Anna schon im Kinogewand und ermahnte ihren Mann: »Zieh' den Gehrock an, Hieronymus, die Vorstellung ist gleich zu Ende und wir müssen die Leute verabschieden.«

Frederick drehte sich an Irenes Hand noch einmal um. »Gute Nacht, Opi, gute Nacht, Omi.« Er winkte dabei mit seiner Feder.

»Nanu, woher hat er denn die schöne Hutfeder?«

»Keine Ahnung!« sagte der Dät mit Unschuldsmiene. Im Kinofoyer öffneten sich die Türen und das Publikum strömte heraus. Vor der Kasse stand das Ehepaar Scheufele und grüßte freundlich nach allen Seiten. Aus der Logentür kam jetzt auch Frau Jablonsky am Arm ihres Begleiters. Sie lächelten sich verliebt an.

Als die beiden vorübergingen, dienerte der Dät besonders zuvorkommend. Die Jablonsky würdigte ihn keines Blickes. Anna
Scheufele aber stutzte. Auf dem Florentiner Hut ragte eine der
prachtvollen Straußenfedern nur noch als kahler Stummel empor. Sie musterte ihren Mann mißtrauisch von der Seite. Der
zwirbelte unbeteiligt seinen Schnurrbart und fragte verwundert:
»Ist was, Mam?«

★

Ralf klatschte vergnügt in die Hände. »Das ist eine herrliche Geschichte, liebe Sophie, und du hast sie so lebendig geschildert,
daß ich mir alles bildhaft vorstellen konnte.« Er lächelte versonnen in sich hinein. »Ja, die Kinofamilie Scheufele, das ist eine
Welt für sich. Leider kann ich sie nur noch als Vergangenheit in
meiner Erinnerung behalten.« Dann schaute er ihr ernst in die
Augen. »Darf ich dir wenigstens ab und zu schreiben, damit du
weißt, daß ich noch lebe und an dich denke?«

Sie verabschiedeten sich kurz. Jeder war bemüht, seine Gefühle zu verbergen.

Ralf Dollberg fuhr nach Weinsberg zurück, wo ihn ein Brief
von Eva erwartete. Der Gesundheitszustand seiner Mutter ver-
schlechtere sich ständig, die Kinder könnten bereits schulische
Erfolge vorweisen, und ihre Tätigkeit im Aufsichtsrat der Braue-
reigesellschaft, wohlwollend unterstützt von einem Rechtanwalt
namens Ronald Harrison, nähme sie immer mehr in Anspruch.

Sie beschwor ihn erneut, endlich in die Vereinigten Staaten zurückzukehren, um sein Leben und das seiner Familie in Ordnung
zu bringen. Er konnte sich jedoch noch nicht entschließen, diesen
Sprung zu wagen. »Wer die Freiheit liebt, darf die Einsamkeit
nicht scheuen«, stand in dem Aphorismenband, den ihm Korbinian Zengerle widmete.

So vergingen weitere Jahre.

23. Die Überfahrt

Einem weißen Schatten gleich glitt die *Milwaukee* über den nächtlichen Atlantik. Das schlanke Motorschiff der Hamburg-Amerika-Linie durchpflügte mit voller Kraft die schwarzblaue See. Geheimnisvoll fluoreszierend leuchtete die Schaumkrone der mächtigen Bugwelle, die sich geifernd aufbäumte, vornüber kippte und schließlich tosend auf die flache Dünung hinausrollte. In der klaren Luft funkelten die Sterne des nördlichen Himmels. Es war kühl, und der frische Fahrtwind wehte dem einsamen Wanderer auf dem Promenadendeck um die Ohren. Ralf Dollberg schlug den pelzbesetzten Kragen seines eleganten Kamelhaarmantels hoch und zog den Borsalino tiefer in die Stirn.

Sinnend blickte er auf die sanft wogende Wasserfläche, in der sich die bunten Lampen des Luxusliners als tanzende Lichtpunkte spiegelten. Durch die vibrierenden Stahlplanken spürte man deutlich das dumpfe Pochen der schweren Dieselmotoren.

Hierher hatte sich Ralf nach dem Abendessen zurückgezogen. Er wollte jeden unnötigen Kontakt vermeiden. An seinem Tisch saß ein jüdisches Ehepaar aus Wuppertal: Ester und Isidor Sternheim, die beide sehr wortkarg waren. Ihre scheuen Blicke signalisierten so etwas wie Schicksalsgemeinschaft, aber Dollberg wehrte sich instinktiv gegen das aufkeimende Gefühl der Verbundenheit.

Die bei den Mahlzeiten übliche Vierergruppe ergänzte der korpulente Akquisiteur einer rheinischen Spirituosenfabrik. Heute abend hatte er prahlerisch verkündet, mit dem hochgeistigen Produkt seiner Firma den Überseemarkt zu erobern. Er, Matti Grellmann, werde nicht erst dann zu laufen beginnen, sondern mit einer leistungsfähigen Vertriebsorganisation bereits vor Ort sein, wenn Großdeutschland endlich den ihm gebührenden Platz in der Welt eingenommen habe. »Jewiß jeht dat nich übers Knie zu brechen, dat wisse mer jo all.«

Mit einem hämischen Seitenblick auf das stille Paar fügte er leise hinzu: »... un wo jehobelt wird, do fall nu mol Spähn'.«

Sein schwammiges Gesicht bekam dabei einen rosigen Schimmer, der die Konturen der kurzgeschorenen rotblonden Haare verschwimmen ließ.

»Der Kerl erinnert mich an Schweinchen Dick!« dachte Ralf und legte angewidert sein Besteck in den Teller. Aber der Handelsvertreter schwafelte unentwegt weiter: »Made in Germany, dat wird der Wahlspruch aller Jenießer sin, die wat auf Qualität halte. Bitte, überzeugen Sie sich selbst. Sehr zum Wohle!« Mit der Geste eines Zauberkünstlers holte er drei Probierfläschchen aus der Rocktasche und stellte sie vor die verblüfften Tischgenossen. Zornig wollte der Jude hochfahren, denn das arrogante Geschwätz des Dicken hatte ihn in Rage gebracht, aber seine Frau hielt ihn zurück. Flehend sah sie ihrem Mann in die Augen.

»Das ist doch eine reizende Idee von dem freundlichen Herrn! Nicht wahr, Isidor?« und zu Grellmann sagte sie mit sanfter Stimme: »Sie sind wirklich sehr liebenswürdig, aber wir trinken nie Alkohol.« Lächelnd nickte sie Ralf zu.

»Wir wünschen Ihnen noch einen vergnügten Abend. Bitte, entschuldigen Sie uns.« Die beiden erhoben sich und verließen ohne Hast den Speiseraum.

»Perfides Judejesindel!« zischte Grellmann durch die zusammengebissenen Zähne und wandte sich Dollberg zu, der ostentativ aufstand und wortlos wegging. Der Handlungsreisende sah ihm kopfschüttelnd nach und maulte bissig vor sich hin: »Noch so'ne fiese Möp!«

Ralf hörte die Bemerkung nicht mehr. Aufatmend erreichte er den Ausgang und fand auch schnell die Treppe zum Promenadendeck.

Die frische Luft hier oben tat ihm gut. Seine Gedanken waren noch bei dem jüdischen Ehepaar. Die hatten es geschafft! Mit knapper Not vielleicht, aber sie ließen den Feind hinter sich.

Er, Ralf Dollberg, ging geradewegs auf seine Gegner zu, lief ihnen möglicherweise direkt ins Messer! Im Geist rekapitulierte er die Fakten, die ihn letztendlich dazu bewogen hatten, dem ständigen Bitten seiner Frau nachzugeben. Dabei wurde ihm schmerzlich bewußt, daß Evas Briefe in jüngster Zeit spärlicher und ihr Drängen schwächer geworden waren.

In Ralfs Erinnerung rollte das vergangene Jahr wie ein Film ab. Rückblende im Zeitraffertempo.

Ein Datum kam ins Bild: der 12. März 1938. Da feierte Adalbert Trautmann seinen 60. Geburtstag und gleichzeitig nach der erfolgreichen Behandlung einer akuten Angina pectoris seine Entlassung aus dem Krankenhaus. Die Freunde freuten sich, wieder in dieser vertrauten Runde beisammen zu sein und hoben ihr Glas auf das Wohl des Apothekers. Da unterbrach der Rundfunk seine musikalische Sendung und brachte die Sondermeldung vom Einmarsch der deutschen Truppen in Österreich. Die vier sahen einander bedeutungsvoll an.

Während der pathetischen Phrasen des Kommentators erfuhr die fröhliche Atmosphäre einen seltsamen Wandel. Es war, als würde das Licht im Raum seine Farbe verändern. Die folgende Diskussion deckte so gegensätzliche Standpunkte auf, daß der Fortbestand dieser scheinbar unerschütterlichen Männerfreundschaft in Frage gestellt wurde.

Der auffallend gealterte Adalbert Trautmann ereiferte sich so, daß seine Haushälterin entsetzt ins Zimmer stürzte. »Aber, meine Herren, ich bitte Sie! Der Herr Apotheker darf sich auf gar keinen Fall aufregen!«

Vorsorglich hielt sie Medizin und Wasserglas bereit, aber er wehrte energisch ab und wetterte mit hochrotem Gesicht: »Niemals werden England und Frankreich diesen Affront hinnehmen! Freunde, der Krieg, der heilige Krieg steht unmittelbar bevor, und dann hat dieser hirnrissige Gefreite endgültig ausgespielt!«

Zustimmung heischend, sah er sich um. Jakob Rombach schüttelte aber nur bedächtig den Kopf und konterte: »Keine Angst, Adalbert! Dein Krieg findet nicht statt. Die Macht des Führers ist so groß, daß keiner mehr wagt, ihn anzugreifen. Außerdem hat dieser Mann mit seiner konsequenten Politik doch ganz beachtliche Erfolge aufzuweisen. Man denke nur an das Problem der Arbeitslosen, das er in kürzester Zeit gelöst hat ... und an den beispiellosen Aufschwung der deutschen Wirtschaft.«

Der Apotheker starrte ihn entgeistert an und blickte hilfesuchend zu Korbinian Zengerle hinüber. Doch der schlug die Augen nieder. Die drohende Kontroverse berührte ihn peinlich. Er hätte am liebsten alles durch eine rosarote Brille gesehen. Und das konnte man ihm schließlich nicht verdenken. Ein wenig verlegen eröffnete der biedere Buchhändler seinen Skatbrüdern, er stände im Begriff, sich mit der Tochter des bekannten Verlegers Alfons Kroll zu verheiraten. Für einen Moment herrschte Stille. Dann redeten alle durcheinander. Diesen Namen kannte man wohl! Ein rücksichtsloser Emporkömmling, Nazikroll genannt, der sich einen Verlag nach dem anderen unter den Nagel riß.

»Wo die Liebe hinfällt ...« bemerkte Jakob Rombach lapidar. »Dann bist du gewiß auch schon Parteigenosse, denn mit den Wölfen muß man heulen!« stellte Trautmann bissig fest. Er war noch tiefer in den Sessel gesunken und schaute mit traurigen Augen auf Ralf, der ratlos die Schultern hob.

»Wir werden in diesem Kreise nie wieder offen miteinander reden können«, orakelte der Apotheker matt vor sich hin. »Vielleicht reden wir überhaupt nicht mehr miteinander ...«

»Nein!« Jakob Rombach erhob sich abrupt. »Wenn wir schon bei den Bekenntnissen sind, ich habe meine Stellung in der Domäne aufgekündigt. Ich will nicht in diesem Nest versauern, während draußen die Welt verändert wird! Als ehemaliger Offizier steht mir bei der Wehrmacht eine interessante Karriere bevor.«

Ralf Dollberg bedauerte zutiefst die Auflösung dieser Gemeinschaft, die ihm oft in Stunden des Zweifels und der Einsamkeit Trost und Halt gab. Er kam immer mehr zu der Überzeugung, auf einem Vulkan zu sitzen. Bei der zunehmenden Militarisierung und der agitatorischen Verherrlichung des heldenhaften Soldatentums befürchtete er, als Kriegsdienstverweigerer bald auch hier diskriminiert zu werden und den bisherigen Schutz zu verlieren.

Er fröstelte. Die Temperatur war weiter gesunken. Eine steife Brise aus Nordwest jagte düstere Wolkenfetzen über den Himmel. Die Sterne waren erloschen. Wetterleuchten loderte in dem fahl schimmernden Streifen am Horizont, und die elektrischen Funken eines Elmsfeuers flackerten knisternd durch die Takelage der Vormasten. Schon trugen die Wellenkämme weiße Schaumkronen, und das Schiff begann zu schlingern. Ralf ließ sich durch das aufkommende Gewitter nicht beirren. Im Windschatten der Deckaufbauten setzte er seinen Rundgang fort. Dabei schweiften seine Gedanken wieder in die Vergangenheit.

Im September sah er Korbinian Zengerle und Jakob Rombach zum letzten Mal, bei der Beerdigung von Adalbert Trautmann, der eine zweite Herzattacke nicht überlebt hatte. So blieb dem streitbaren Apotheker wenigstens die Enttäuschung erspart, daß beim Münchner Abkommen die Westmächte, auf deren Eingreifen er so große Hoffnungen setzte, vertreten durch Chamberlain und Daladier, klein beigaben.

Die sogenannte Reichskristallnacht hatte Anfang November ein blutiges Fanal für den Beginn der offiziellen Judenverfolgung gesetzt. Mit Entsetzen hörte Ralf von Agathe, daß Dr. Elling bei einer Auseinandersetzung mit SA-Leuten vom Balkon seines Hauses gestürzt war. Er hatte gar nicht gewußt, daß Dr. Elling Jude war. Oder ging man jetzt gegen alle unerwünschten Personen in dieser Weise vor? Ralf wagte kaum noch, das Haus zu verlassen.

Aus dem Rundfunkempfänger tönten Fanfarenklänge. Sie leiteten eine Sondermeldung ein: »In der Nacht zum 15. März 1939 begann die deutsche Wehrmacht mit der Besetzung von Böhmen und Mähren.« Die Eskalation der Gewalt nahm ihren Lauf. Immer schneller, immer kühner.

»Verdammt, so langsam wird's brenzlig!« sagte sich Ralf. »Vor dem großen Knall muß ich aussteigen, und wenn ich es recht bedenke, ist jetzt die höchste Zeit!« Er konnte nicht ahnen, daß sich auch ein anderer darüber Gedanken gemacht hatte.

Am nächsten Tag fuhr eine schwarze Limousine vor. Grellrot leuchteten die Hakenkreuzstander in der Frühlingssonne. Der stramme Chauffeur spritzte um den Wagen und riß die hintere Tür auf. Ralf blieb fast das Herz stehen. Als er dann Hugo Carle erkannte, der sich aus dem Rücksitz wuchtete, wagte er zu hoffen, daß es so ernst vielleicht nicht sein würde. Auf seine Anweisung öffnete Agathe das eiserne Tor und führte den behäbigen Ortsgruppenleiter in den Salon. Er hob lächelnd den rechten Arm.

»Heil Hitler! Ich freue mich, mein lieber Dollberg, Sie wohlauf zu sehen.« Ralf wies auf einen Sessel und fragte höflich, ob er etwas anbieten dürfe.

»Nicht nötig!« Carle nahm seine braune Schirmmütze ab, legte die Aktentasche auf den Tisch und ließ sich schwerfällig in die Polster sinken. »Wir werden schnell zur Sache kommen.«

Die dienstbar an der Tür harrende Agathe fauchte er in barschem Ton an: »Lassen Sie uns allein!«

»Was verschafft mir die hohe Ehre?« fragte Ralf und bemühte sich, ruhig und sicher zu wirken.

»Ich will Ihr Haus kaufen!«

»Aber, Herr Carle, Herr Ortsgruppenleiter, Sie wissen doch, daß ich das Haus von der Gemeinde gemietet habe.«

»Reden Sie keinen Unsinn, Dollberg!« fiel ihm der SA-Führer ins Wort. »Wenn sich einer im Katasteramt auskennt, dann bin ich das! Habe dort als Lehrbub angefangen, auch später jederzeit Zugang gehabt, und von den alten Beamten ist keiner mehr im Dienst. Glauben Sie mir, Dollberg, die Eintragung lautet auf Ihren Namen, durch Mietkauf erworben. Basta! Leider nützt Ihnen das wenig, oder vielleicht doch? Wenn ich richtig unterrichtet bin, tragen Sie sich mit dem Gedanken, unser schönes Land zu verlassen. Jedenfalls sollten Sie das jetzt tun, solange noch Gelegenheit dazu ist!«

Sein linker Mundwinkel war hochgezogen zu einem halbseitigen Grinsen. Die kleinen Äuglein aber blitzten den verdutzten Hausherrn eiskalt an, und ehe dieser etwas erwidern konnte, fuhr der andere mit hypnotisierender Bestimmtheit fort: »Ich denke, Sie sind ein kluger Mann, Dollberg, und können Ihre Situation richtig einschätzen.

Was Sie jetzt dringend nötig haben, wäre doch eine andere Identität. Nun, zur Zeit gibt es genügend Subjekte, die die ihrige verloren haben, ohne amtlichen Totenschein, versteht sich! Ich kann Ihnen einwandfreie Papiere beschaffen und eine problemlose Schiffspassage in die Staaten, zum Preis von ..., hm, sagen wir dreihundert Mille. Genau so viel nämlich, wie ich bereit bin, für Ihr hübsches Grundstück mit Villa samt Meublement und Mercedes einzusetzen.«

Bedächtig öffnete er seine Aktentasche und zog einige Schriftstücke heraus. »Sie haben nur den Vertrag hier zu unterzeichnen, vor dem Notar natürlich, damit die Eintragung im Grundbuch auf mich überschrieben werden kann. Und schon dürfen Sie als freier Mann in Frieden reisen.« Anzüglich lächelnd, fügte er noch hinzu: »... mit leichtem Gepäck.«

Ralf nickte nur. Natürlich hatte er die raffinierte Manipulation dieses skrupellosen Opportunisten durchschaut, aber was sollte er machen? Für ihn war es eine akzeptable Lösung.

Das sarkastische Grinsen war aus dem Gesicht des Ortsgruppenleiters verschwunden. Mit schneidender Schärfe kamen seine Worte: »Alles klar, Dollberg?« »Gewiß, Herr Carle, gewiß ...«

»Morgen früh laß' ich Sie abholen aufs Notariat, zehn Uhr! Anschließend Phototermin! Verstanden?«

Irgendwie imponierte ihm die Konsequenz dieses Burschen. Jetzt stand er unter Zugzwang. Seine zögerliche Unentschlossenheit war ihm selbst schon lästig. So antwortete er im gleichen Ton: »Jawohl, Herr Ortsgruppenleiter! Und an welchen Reisetermin haben Sie gedacht?«

»Ihr Dampfer sticht in Hamburg am kommenden Mittwoch in See.«

Der Paß war auf den Namen Stefan Wolsky ausgestellt, Volksdeutscher, gebürtig in Posen, und das Visum für die Vereinigten Staaten war bereits eingetragen. Eine Vormerkkarte lag ebenfalls bei, für den HAPAG-Luxusliner MS Milwaukee, Hamburg-New York, 1. Klasse, Single, E-Deck, Kabine 312, durchaus komfortabel!

★

Ein greller Blitzstrahl schreckte Ralf aus seinen Gedanken. Der unmittelbar folgende Donnerschlag ließ den Geblendeten in eine Nische taumeln. In den surrenden Verspannungsdrähten heulte der Wind wild auf. Stampfend wehrte sich das Schiff gegen die gierig nach ihm greifenden Wogen, und die ersten Brecher sprühten über den Vordersteven. Der Deckoffizier kam auf den einzelnen Fahrgast zu. Er hatte schon das Ölzeug übergezogen.

»Sie sollten sich in die Aufenthaltsräume begeben, mein Herr! Bei diesem Wetter ist es hier oben zu gefährlich. Sie wären nicht der erste, der über Bord geht. Kommen Sie, bitte!« Mit sanftem Nachdruck führte er ihn zum nächsten Niedergang und wünschte eine angenehme Nachtruhe. Aus dem Salon klangen noch die beschwingten Weisen der Stimmungskapelle, aber auch die Unentwegten hatten die Tanzfläche verlassen und strebten ihren Kabinen zu. Schwankende Gestalten mit bleichen Gesichtern begegneten ihm, und schließlich lag auch Ralf Dollberg alias Stefan Wolsky in seiner Koje. Bald hatte ihn der Schlaf übermannt.

In der Funkstation tickten die Morsetelegraphen. Routinemäßig kontrollierte der Funker die Papierstreifen. Meist Wettermeldungen und Positionsangaben von Schiffen, die sich in der Nähe befanden. Plötzlich stutzte er.

»Nanu, für den Alten persönlich!« brummte er und griff sich einen Formularblock, um den Funkspruch im Klartext mitzuschreiben. »Muß ja ein ganz schwerer Junge sein, wenn die amerikanische Justizbehörde das FBI einschaltet. Lesen Sie selbst, Petersen!« sagte Kapitän Uhlenkamp zum Ersten Offizier, der soeben die neuesten Daten in die Wetterkarte eingetragen hatte. Mechanisch nahm er das Telegramm entgegen und machte in gewohnter Weise seine Meldung: »Die Gewitterfront zieht nach Südsüdost ab, in längstens zwei Stunden sind wir durch und unsere lieben Fahrgäste können das Frühstück bei strahlender Sonne und ruhiger See genießen. Oh, verdammt!«

Während des Berichtes hatte er den Funkspruch überflogen und schaute nun seinen Vorgesetzten fragend an.

»Sie bleiben auf der Brücke, bis das Schlimmste vorüber ist. Wer hat heute nacht Ruderwache?«

»Steuermann Zeidler, Herr Kapitän!«

»Danke, Petersen! Ich gehe nach unten.«

Er nahm den Zettel wieder an sich. »Schicken Sie mir den Zahlmeister mit der Passagierliste in meine Kajüte!«

Wenige Minuten später las auch Fritz Hartung die unerfreuliche Depesche und murmelte leise mit: »... haben Grund zu der Annahme, daß sich der seit Jahren gesuchte Justizflüchtling Dollberg unter falschem Namen an Bord der Milwaukee befindet. Mumaßlicher Deckname Stefan Wolsky. Wir bitten Sie, uns bei der Überprüfung seiner Identität behilflich zu sein.«

»Wir können diese Bitte nicht abschlagen. Andererseits möchte ich keinerlei Aufsehen erregen, möglicherweise ist der Verdacht gar nicht zutreffend.«

»Kein Problem, Herr Kapitän!« meinte der Zahlmeister beflissen. »Die Leute vom FBI nennen ja ein prägnantes Kennzeichen: Wagerechte Narbe über der Oberlippe. Die müßte aus nächster Nähe trotz des erwähnten Menjoubärtchens erkennbar sein. Schlage vor, wir manipulieren das Kapitänsdinner und plazieren den Kerl direkt neben Sie.«

Claus Uhlenkamp stöhnte vernehmlich, doch der Zahlmeister fuhr dessen ungeachtet fort, nachdem er einen Blick in seine Liste geworfen hatte: »... jawohl, das läßt sich anstandslos machen, da sich nur eine Dame am Tisch des Gesuchten befindet. Die setzen wir dann an Ihre andere Seite. Sie wissen ja, daß die weiblichen Passagiere immer besonders scharf darauf sind. Ich werde dem Obersteward Anweisung geben, die Sache morgen abend beim Bordfest zu arrangieren, der Bursfeld ist da Spezialist!«

»Gute Idee, Hartung!« knurrte Kapitän Uhlenkamp naserümpfend, »jedoch nur deshalb, weil mir selbst nichts Besseres einfiel.«

Auf der MS Milwaukee war es Brauch, am Abend des vierten Tages der Überfahrt eine Soiree zu veranstalten. Erfahrungsgemäß hatte die Stimmung an Bord zu diesem Zeitpunkt ihren tiefsten Stand erreicht. Die Speiseräume wurden dann mit dem Salon durch Zusammenschieben der Trennwände zu einem großen Saal erweitert und mit Luftschlangen und Lampions geschmückt. Als stimmungsfördernde Maßnahme wurden läppische Papierhüte und Pappnasen ausgegeben. An diesem Tag nahmen Kapitän und Offiziere das festliche Abendessen gemeinsam mit den Passagieren ein. Zwei Tischgruppen durften dabei an der großen Tafel der Schiffsführung sitzen, und da dies eine besondere Ehre darstellte, wurden die Betreffenden durch das Los ermittelt. Natürlich kam niemand, am wenigsten die ältere Dame, der die Augen verbunden wurden, auf den Gedanken, daß die Zettel in dem Sektkühler, den Obersteward Otto Bursfeld präsentierte, alle die gleiche Nummer trugen, nämlich die von Dollbergs Tisch. Es bemerkte auch niemand, daß der clevere Zeremonienmeister, nachdem er mit pompöser Geste die Zahl bekanntgegeben hatte, für die Wahl der zweiten Gruppe einen anderen Sektkühler benützte. In diesem Fall war die Begeisterung der Auserwählten erheblich größer als bei den vorhergehenden. Hier war es nur Grellmann, der sich freute. Doch ebenso wie die Sternheims machte Dollberg alias Wolsky gute Miene in der eher peinlichen Situation, denn eine Zurückweisung der Gunst hätte gewiß mehr Aufsehen erregt.

Die Bordkapelle intonierte einen Tusch. Kapitän Claus Uhlenkamp erhob das Glas und brachte einen Toast aus auf die Reederei, das Schiff und seine Passagiere. Mit guten Wünschen für den Rest der Reise eröffnete er das Festbankett. Unter einschmeichelnden Melodien aus dem Operettenrepertoire des Unterhaltungsorchesters trugen Stewards und Stewardessen in bunter Reihe kulinarische Köstlichkeiten auf. Das revueartige Defilee vor dem Kapitänstisch war nach Bursfelds Choreographie bühnenreif. Ralf konnte nicht umhin, dem Kapitän ein ehrliches Kompliment auszusprechen, das Uhlenkamp mit bescheidenem Lächeln an den links neben Dollberg sitzenden Zahlmeister weitergab. Fritz Hartung verwies wiederum auf Bursfeld, seinen tüchtigen und talentierten Obersteward. Sie spielten sich gegenseitig die Bälle zu und schon bald war Ralf in eine angeregte Unterhaltung verwickelt. Mißgünstig beobachtete Grellmann das Interesse der beiden an seinem sonst so einsilbigen Tischnachbarn, aber dann gelang es ihm, den Zweiten Offizier, Franz Arnholm, für seine Likörproben zu gewinnen. Der Erste saß zwischen dem stillen Ehepaar aus Wuppertal. Die Konversation schleppte sich mühsam hin. Niels Petersen waren die beiden durchaus sympathisch, doch er scheute sich, dies offen zu zeigen. Die Sternheims hingegen mißtrauten dem blonden, blauäugigen Hünen, der so sehr das Deutschtum verkörperte.

»Dabei wäre er ein so reizender junger Mann!« bekannte Ester später, als sie mit Isidor wieder allein war.

Als das Dessert serviert wurde, mit funkensprühenden Wunderkerzen garniert, führte der Küchenchef höchstpersönlich den Reigen an und erhielt stürmischen Applaus. Dann spielte die Musik zum Tanz auf, und die Gesellschaft geriet in Bewegung. Vor allem die jüngere Generation strebte dem Salon zu, wo sich schon die ersten Paare im Walzertakt drehten. Andere suchten die Bar auf, um ihren Digestiv zu nehmen. Über den schweren Lederfauteuils der Räucherkammer schwebten blaue Dunstschwaden empor. Am Kapitänstisch wurde Champagner entkorkt. Nachdem sich die Sternheims zurückgezogen hatten, rückten die übrigen näher zusammen. Grellmann neigte sich zu Petersen hinüber und fragte anzüglich: »Meinen Sie, daß diese Leute drüben sehr willkommen sind?«

Der zuckte mit den Schultern. »Das dürfte vor allem eine Frage der finanziellen Möglichkeiten sein. Eine wirkliche Integration der vielen in den Staaten lebenden Rassen hat es wohl nie gegeben.«

»Ein Amerikaner erklärte mir einmal, im Himmel seien gewiß alle Menschen gleich, aber hier unten müßte man wohl die Farben auseinanderhalten, denn wozu sonst hätte der liebe Gott die verschiedenen Rassen gemacht?« berichtete Claus Uhlenkamp. Er selbst enthielt sich jedoch geflissentlich einer eigenen Meinung. Fritz Hartung befürchtete, daß dieses Thema zu ernsteren Diskussionen führen könnte und versuchte, die Sache ins Lächerliche zu ziehen. »Da fällt mir gerade eine komische Geschichte ein ...«

Mit spitzbübischem Lächeln begann er: »Es trug sich im Süden der Vereinigten Staaten zu. Ein Handelsvertreter suchte nach einem arbeitsreichen Tag todmüde ein Hotel auf. An der Rezeption erklärte man ihm höflich, er befände sich hier in den Südstaaten, wo man zwar nichts gegen Schwarze und natürlich auch nichts gegen Weiße habe, aber das doch tunlichst auseinanderhalten wollte. Dies sei nun ein Hotel für Schwarze, und man bedaure, ihm darum kein Zimmer geben zu können. Enttäuscht zog der Erschöpfte von dannen. Kaum war er wieder auf der Straße, begann es in Strömen zu regnen. Er flüchtete in eine Telefonzelle. Dort nahm er schwarze Schuhcreme aus dem Handgepäck und färbte sein Gesicht. Dann ging er ins Hotel zurück und begehrte Unterkunft, die ihm anstandslos gewährt wurde.

Er bat den Portier, ihn morgen früh rechtzeitig zu wecken; er müßte den Zug um sieben Uhr fünfzehn erreichen. Völlig übermüdet sank er, ohne sich zu waschen, auf's Bett und fiel sogleich in tiefen Schlaf. Am nächsten Morgen erwachte er an dem ungestümen Klopfen, und eine aufgeregte Stimme rief: »Mein Herr, verzeihen Sie bitte, ich habe verschlafen, es ist gleich sieben Uhr!« So wie er war, packte der Handelsvertreter seine Sachen, bezahlte und eilte zum nahen Bahnhof. In letzter Minute erreichte er den Zug und setzte sich aufatmend in ein leeres Abteil. Kurz darauf kam der Kondukteur und sagte höflich: »Mein Herr, wir befinden uns hier in den Südstaaten. Wir haben nichts gegen Schwarze. Nur halten wir Weiß und Schwarz auseinander, und dies hier ist ein Abteil für Weiße ...« Da winkte der Handelsvertreter lachend ab und nahm einen Lappen aus dem Gepäck, um sich die schwarze Farbe vom Gesicht zu wischen. Doch so sehr er auch rieb, er wurde nicht weiß. Was war geschehen?«

Der Zahlmeister blickte die gespannt lauschenden Zuhörer einen nach dem anderen fragend an. Als aber keiner eine Antwort wußte, gab er lapidar die Erklärung: »Der Portier des Hotels hatte in seiner Aufregung die Zimmernummer verwechselt und einen echten Neger geweckt.«

Es dauerte einige Sekunden, bis die irre Pointe verdaut war.

Ralf lachte lauthals, die anderen fielen zögernd ein, und Uhlenkamp gluckste feixend: »Verzeihen Sie, meine Herrschaften, aber Hartungs absurde Geschichten darf man nicht ernst nehmen. Ich selbst falle auch immer wieder darauf herein.«

Nur Grellmann, der sich vielleicht mit dem Handelsvertreter identifizierte, schaute hilflos umher und jammerte: »Aber dat jeht doch jarnich, dat kann doch nich sin!«

In seiner Koje mußte Ralf noch lächeln, wenn er an das Kapitänsdinner dachte. Es war ein vergnüglicher Abend gewesen, und er hatte sich lange nicht mehr so amüsiert. Für kurze Zeit vergaß er sogar seine konstanten Sorgen und Ängste. Der Champagner hatte ihn schläfrig gemacht, und er sank bald in einen tiefen Schlummer.

In der Kapitänskajüte saßen sich Uhlenkamp und Hartung gegenüber. Der Zahlmeister schüttelte den Kopf.

»Es ist kaum zu glauben, so ein sympathischer Mensch, habe seine Papiere überprüft, alles einwandfrei!«

Der Kapitän nickte mit ernster Miene. »... dennoch, Hartung, besteht kein Zweifel. Die Narbe ist deutlich zu erkennen. Es handelt sich fraglos um den Gesuchten. Wir müssen, wohl oder übel, der amerikanischen Polizei Mitteilung machen.«

»Mein Gefühl sagt mir, daß das kein gewöhnlicher Verbrecher ist.«

»Ein gewöhnlicher sicher nicht, Hartung, aber wie lautet die Definition in dem Telegramm: ein nach dem Gesetz vor einem ordentlichen Gericht Verurteilter, der sich durch die Flucht seiner gerechten Bestrafung entzog.«

»Möchte wissen, was der ausgefressen hat.«

»Ich auch! Wir werden diese Frage an die Amerikaner stellen.« Wenig später brachte der Funker die Antwort. Claus Uhlenkamp ließ Petersen und Hartung zu sich rufen und zitierte: »Fahnenflucht und Landesverrat ...«

»Keine schöne Sache!« brummte Niels Petersen mit eisiger Miene.

»... vielleicht zu unseren Gunsten?« warf Hartung ein, der nun mal einen Narren an Dollberg gefressen hatte.

»Verrat bleibt Verrat!« stellte der *Erste* fest.

»Sie holen ihn vor der Landung ab«, berichtete Uhlenkamp sachlich.

»Müssen wir ausliefern?« bohrte der Zahlmeister hartnäckig weiter.

»In diesem Fall: Ja!«

»Ist eigentlich ein Schiff nicht auch ein Asyl, wie, wie eine Kirche?«

»Ich glaube nicht, aber ich werde unseren Bischof fragen«, grinste Kapitän Uhlenkamp und gab eine Depesche an die Reederei auf. Die lakonische Antwort lautete: »Ausliefern!«

Übertrieben dienstlich fragte Petersen: »Soll der Delinquent arretiert werden?«

Claus Uhlenkamp schüttelte bedächtig den Kopf. »Nein, er kann ja nicht aussteigen.«

Schweißgebadet wurde Ralf Dollberg mitten in der Nacht von einem Alptraum aufgeschreckt. Es dauerte eine geraume Weile, bis er wieder einen klaren Kopf hatte. Dieser verdammte Champagner! Das Kapitänsdinner gestern abend, der sympathische Uhlenkamp und sein amüsanter Zahlmeister. Hoffentlich hatte er sich in seinem Hochgefühl nicht verplappert! Angestrengt konzentrierte er seine Gedanken und versuchte, die Szene zu rekonstruieren. Da fiel es ihm wie Schuppen von den Augen.

An scharfes Beobachten gewöhnt, registrierte er auch in dieser arglosen Stimmung unbewußt den winzigen Bruchteil einer Sekunde, der jetzt im Zeitlupentempo in seinem Gedächtnis ablief: Als er dem Kapitän in die Augen sah, senkte dieser für einen kurzen Moment den Blick und fixierte seinen Mund, nein, seinen Bart! So, als suche er etwas ... Ein kaum merkliches Zucken der Lider und das Aufblitzen der Iris zeigten, daß jener es gefunden hatte.

Dieser Vorgang wiederholte sich, als er mit Fritz Hartung sprach. Ralf Dollberg wußte, was sie suchten und fanden. Es war die Narbe, die er sich vor vielen Jahren bei einem kühnen Abfangmanöver zuzog, als ihm ein gerissener Verspannungsdraht seines Doppeldeckers ins Gesicht peitschte. Da er das verbleibende Mal mit seinem Bärtchen geschickt kaschieren konnte, hatte er es fast vergessen. Dennoch war die Narbe ein Erkennungszeichen. Und die sie suchten, wußten darum! Das konnte nur bedeuten, daß die Verfolger wieder auf seiner Spur waren ...

Urplötzlich beherrschte diese Erkenntnis in ihrer ganzen, niederschmetternden Tragweite Ralfs Bewußtsein. Wie konnte es nur dazu kommen? Wer wußte überhaupt von seinen Reiseplänen und von seinem Pseudonym? Konnte Carle ein Interesse an seiner Auslieferung haben? Eva? Absurd! Natürlich teilte er ihr seine Absicht mit. Er benutzte dafür eine Deckadresse, die sich bisher als zuverlässig erwiesen hatte. Auch Sophie schrieb er einen Brief und schickte Geld für Frederick, denn er hatte seine Bankverbindung aufgelöst. Doch dabei erwähnte er keinerlei Einzelheiten. Schließlich gab er es auf, über mögliche Ursachen nachzugrübeln. Die Tatsache bestand offensichtlich, und Ralf mußte jetzt alle seine Fähigkeiten konzentrieren, um einen Weg aus der Schlinge zu finden, ehe diese sich zuzog.

Noch konnte er sich frei bewegen und durchstreifte das Schiff auf allen Ebenen. Einmal begegnete er dem jungen Offizier, der ihn neulich, während des Gewitters, von Deck wies, und es fiel ihm wieder ein, daß dieser davon sprach, wie leicht man über Bord gehen konnte. Dann stand er unversehens vor einer eisernen Tür mit der eindeutigen Aufschrift:

Zutritt für Unbefugte nicht gestattet.

Vorsichtig betätigte er die knarrenden Hebel der Verriegelung und spähte lauernd durch den schmalen Spalt. Verstärktes Maschinengeräusch schlug ihm entgegen und der penetrante Geruch von Dieselöl. Kurz entschlossen stieg Ralf durch die Öffnung und schloß das Schott hinter sich. Ein schmaler Gang führte nach unten. Irgendwo mündete er in die Galerie über dem Maschinenraum, dessen Ausmaße in dem schummerigen Licht nicht abzuschätzen waren. Hitze und Öldunst engten den Atem ein, und das dröhnende Stampfen der Motoren lastete schwer auf der Brust.

Eine rotumrandete Tafel gebot:

Rauchen strengstens untersagt.

Stählerne Gangways strebten in mehrere Richtungen. Ihre Ziele waren in dem zitternden Brodem nicht zu erkennen. Wahllos schritt Ralf auf einem der schmalen Stege ins Ungewisse und stieß auf einen Mechaniker, der in seinem schmutzigen Overall rittlings auf einer Rohrleitung saß und die Muttern einer Flanschverbindung nachzog. Erschrocken nahm der Mann die Pfeife aus dem Mund und steckte sie schnell in die Tasche. Jetzt erkannte er, daß ein Passagier auf ihn zukam. »He, Sie da, Sie dürfen sich hier nicht aufhalten!« rief er barsch.

Ralf konterte in scharfem Ton: »... und Sie dürfen hier nicht rauchen!«

»Sie haben nichts gesehen!«

»Nein, ich bin ja auch gar nicht da.«

Der Matrose lachte einlenkend. »Wie kommen Sie nur hier herunter?«

»Ich habe Sie gesucht!« antwortete Ralf ruhig und freundlich.

»Mich gesucht? Wozu denn?«

»Sie könnten mir einen Gefallen tun, falls Sie einen kleinen Nebenverdienst suchen. Tausend Dollar wären in dem Geschäft drin.«

»Tau...?« Der Mechaniker hielt bestürzt das begonnene Wort zurück. Mißtrauisch schaute er sich um. Von seinem Rohr steigend, deutete er mit dem Schraubenschlüssel nach rückwärts. »Kommen Sie, in meine Werkzeuglast, rasch, damit uns keiner sieht.«

In dem kleinen Geräteraum putzte er umständlich seine öligen Finger, als wollte er Zeit gewinnen zum Nachdenken. Dann hielt er dem Fremden spontan seine Pranke hin. »Top, Hans Hahn ist mein Name, ... und wenn ich nicht gerade einen umlegen soll oder sonst was Hochkriminelles, dann bin ich Ihr Mann!«

Ralf schlug ein und sagte langsam: »Gewissermaßen schon. Sie müßten mich nämlich verschwinden lassen. Ich heiße übrigens Wolsky, Stefan Wolsky.«

Sodann erläuterte er dem verdutzten Seemann seine Absicht. Dollbergs Plan kam es sehr zustatten, daß der Mechaniker anderntags an Deck zu tun hatte. Ein Davit auf dem Achtersteven mußte repariert werden. Es war der vorletzte Tag der Überfahrt.

Schwarze Wolken verdunkelten den tief über dem Meer hängenden Himmel. Kein Lüftchen wehte, und die See lag ruhig und grau wie flüssiges Blei. Die düstere, naßkalte Atmosphäre trieb auch die letzten Passagiere hinunter in die behaglichen Aufenthaltsräume. Indessen schweißte und hämmerte Hans Hahn unverdrossen an dem defekten Kran in der hintersten Ecke des Schiffes. Der Ausguck im Krähennest bemerkte nur den ab und zu aufleuchtenden Widerschein des elektrischen Lichtbogens. Die eigentliche Arbeitsstelle war hinter den Aufbauten des Achterdecks verborgen.

Plötzlich sprang der Mechaniker hervor, trat an die nahe Reling und beugte sich weit hinaus. Er winkte heftig und brüllte etwas durch die zum Trichter geformten Hände. Der Matrose im Mast konnte es nicht hören. Doch im nächsten Moment erblickte auch er den hellbeigen Körper, der in der graublauen See trieb und rasch abdriftete. Kraftlos baumelten die schlaffen Arme im Kielwasser des Schiffes. Jetzt tauchte er unter, kam wieder hoch, dümpelte noch ein wenig und sackte dann gänzlich weg. Durchdringend gellte die Bootsmannspfeife des Beobachters. Mit dem Megaphon rief er zur Brücke hin: »Mann über Bord!«

Schrill rasselte der Maschinentelegraph. »Volle Kraft zurück!« Die Milwaukee verlor Fahrt. »Ruder hart backbord! Äußerste Kraft voraus!«

Der Schiffsrumpf erzitterte, Gischt wirbelte aus der Tiefe empor. Unendlich langsam gehorchte die stählerne Masse dem Steuerruder und zog eine Schleife rund um den mutmaßlichen Unglücksort. Schon stand die Rettungsmannschaft an der Reling bereit. Die ausgeschwenkte Barkasse hing klar zum Fieren an den Tauen. Von der Brücke beobachteten mehrere Ferngläser die sanft wogende Wasserfläche. Der Körper war nicht wieder aufgetaucht. Nur dort, ein heller Punkt, der auf den durch das Wendemanöver aufgewühlten Wellen tanzte. Niels Petersen versuchte, sein Glas schärfer zu stellen. Dann meldete er sachlich: »Zweifellos Wolskys Borsalino. Ich erkenne ihn deutlich, ist mir oft genug aufgefallen.«

Man ließ Stefan Wolsky im ganzen Schiff ausrufen, aber es erfolgte kein Lebenszeichen. Außer ihm wurde niemand vermißt. Seine Tischgenossen berichteten, er hätte gestern beim Abendessen über Unwohlsein geklagt und sich bald zurückgezogen.

»Er sah so niedergeschlagen, so traurig aus«, sagte Ester Sternheim leise, und Matti Grellmann stellte vorwurfsvoll fest: »... un auch heut morje, beim Frühstück, hät mer dä Herr nit mehr jesehe!«

Bald war auch der Hut verschwunden. Nach geraumer Zeit sagte Claus Uhlenkamp mit belegter Stimme: »Es ist zwecklos« und ließ die Aktion einstellen.

Dann kamen seine Anweisungen wieder klar und nüchtern: »Bereiten Sie den Eintrag ins Logbuch vor, Petersen! In einer halben Stunde möchte ich alle Offiziere der Freiwache zur Lagebesprechung in der Messe sehen. Lassen Sie den Jungen im Ausguck ablösen. Beordern Sie diesen Mechaniker dazu, und veranlassen Sie die Inspektion von Wolskys Kabine!«

»Jawohl, Herr Kapitän! Letzteres habe ich bereits angeordnet.«

Das Schiff hatte einen Kreis beschrieben und lag bald wieder auf seinem bisherigen Kurs. Der Zeitverlust betrug zwei Stunden und zwölf Minuten. Auf Wolskys Koje fand man einen Brief an Kapitän Claus Uhlenkamp. Sonst war nichts Auffälliges festzustellen, und Petersen ließ die Kabine versiegeln.

»Sein Abschiedsbrief«, sagte der Kapitän und verlas die letzte Nachricht des unglücklichen Flüchtlings: »Mein lieber Uhlenkamp! Es tut mir leid, wenn ich Ihnen Ärger mache. Natürlich habe ich bemerkt, daß Sie mich erkannten. Das war mein letzter Versuch, einem offenbar unabänderlichen Schicksal zu entkommen. Ich bin schrecklich müde, zu müde, um weiterzukämpfen. Leben Sie wohl! Ralf Dollberg.«

»Nun ja«, sagte der Zahlmeister und räusperte sich, denn seine Kehle war trocken, »er war wohl sensibler als wir dachten.«

Nachdem der Vorfall protokolliert und von allen Beteiligten abgezeichnet worden war, ging das Leben an Bord der Milwaukee wieder zur Tagesordnung über.

Das Patrouillenboot der New Yorker Zollbehörde rauschte mit halber Kraft unter der Brooklynbrücke hindurch und manövrierte sich geschickt durch das Gewimmel von kleineren und größeren Schiffen auf dem East River. In der Upperbay nahm es Fahrt auf und steuerte die offene See an. Außer der Crew und ihrem Kommandanten, Captain Lee Empson, befanden sich zwei Polizisten des Bundesjustizamtes an Bord: Inspektor Salkins und Sergeant Lambert, die Anweisung von Generalanwalt Cummings hatten, den kriegsgerichtlich verurteilten und flüchtigen Ralf Dollberg festzunehmen, sobald das deutsche Passagierschiff Milwaukee amerikanisches Hoheitsgewässer erreicht hatte.

Der dritte Gast an Bord des Zollkreuzers war der FBI-Agent Rodney Broker. Er saß abseits, soweit dies in der kleinen Kajüte möglich war, und ignorierte die beiden Kollegen in provokanter Weise, wobei er in ein Kreuzworträtsel vertieft, unablässig an seinem Bleistiftstummel kaute. Den völlig zerknitterten, speckigen Filzhut hatte er weit ins Genick geschoben. Sein Chef, der Direktor des New Yorker Departments, Brad Williams, hatte bei der obersten Behörde durchgesetzt, daß dieser Fall unter die Aufsicht der Bundeskriminalpolizei gestellt wurde.

Maßgeblichen Einfluß nahm hierbei sein Busenfreund, Senator Mayfield, ein aktives Mitglied der American Legion. Als kurz nach dem Funkspruch der Milwaukee, in welchem Kapitän Uhlenkamp bestätigte, daß man das avisierte Kennzeichen bei dem Passagier Wolsky festgestellt hätte, ein zweites eintraf, mit der Kundgabe, besagter Fahrgast sei über Bord gegangen und ertrunken, Suizid nicht ausgeschlossen, wollte Inspektor Salkins die ganze Sache abblasen und den Haftbefehl mit einer entsprechenden Aktennotiz zurückgeben. Aber dieser neunmalkluge Broker beharrte stur auf der planmäßigen Durchführung der Aktion. Mit einfältigem Grinsen, das seinem Allerweltsgesicht einen fast dümmlichen Ausdruck verlieh, erklärte er knapp: »Den deutschen Seeleuten traue ich nicht über den Weg.«

Ohne weiteren Kommentar zog er das obligate Kreuzworträtsel aus der Tasche seines überlangen Trenchcoats, mit dem er offenbar die kurzen, krummen Beine zu verbergen suchte.

»Schiff in Sicht!« meldete Commander Empson. »Man erkennt deutlich die beiden goldgelben Schornsteine mit den deutschen Nationalfarben am oberen Rand. Zweifellos handelt es sich um die Milwaukee.«

»Danke, Captain! Lassen Sie bitte rüberfunken, ob wir an Bord kommen dürfen. Sind wir eigentlich noch innerhalb der Dreimeilenzone?« Ein wenig unsicher stellte der Inspektor diese Frage in den Raum und schaute mißmutig zu dem FBI-Agenten hinüber. Dieser Wachhund war ihm suspekt. Als fühlte Broker seinen Blick, murmelte er, ohne aufzusehen: »Dreimeilenzone! Das ist doch ein alter Hut. Für meine Begriffe befinden wir uns in amerikanischen Gewässern, punktum!«

Die Milwaukee verringerte ihre Fahrt. Der Bootsmann pfiff Seite, und die Matrosen fierten das Fallreep außenbords. Das Patrouillenboot kam längsseits, legte Fender aus und zurrte die Leinen fest. Am oberen Ende der Treppe postierte sich Niels Petersen, der Erste Offizier, und empfing die drei Beamten, die sich ordnungsgemäß auswiesen, nach internationalem Marineritual. In der Offiziersmesse begrüßte Kapitän Uhlenkamp seine ungebetenen Gäste und legte sogleich das Logbuch vor. Broker hielt sich bescheiden im Hintergrund und ließ zunächst den Inspektor die Untersuchung angehen. Mit gemischten Gefühlen beobachtete der Mechaniker durch das Bullauge seiner Werkstattbude, wie der Zollkreuzer wieder losmachte und in sicherer Entfernung in Warteposition ging. Dann wurde Hans Hahn in die Messe beordert, wo er seine bereits protokollierte Aussage noch einmal wiederholen mußte.

»Also, das war so, wie ich schon sagte, der vornehme Herr mit dem schicken Kamelhaarmantel und dem auffallenden Hut mit so'ner breiten Krempe ...« Hans Hahn spreizte Daumen und Zeigefinger, um die Breite darzustellen.

»So breit!« erklärte er und kratzte sich hinter'm Ohr. »Bin ganz ordentlich erschrocken, als der Herr plötzlich neben mir stand und zusehen wollte, wie ich den Davit reparierte. Schauen Sie nicht in den Lichtbogen, hab ich gesagt, da kriegen Sie Schwierigkeiten mit den Augen, und überhaupt ist es hier draußen verboten, nicht gestattet für Fahrgäste, sich aufzuhalten. Ist nämlich gefährlich, sagte ich zu ihm, zumal ein Stück von der Reling wegen der Reparatur ausgehängt war, müssen Sie wissen, Herr Kommissar. Nichts für ungut, hab' ich gesagt. Schon recht. guter Mann, sagte er dann, gleich bin ich weg von dieser verbotenen Welt, und er ging langsam nach vorn. Ich arbeitete weiter und wunderte mich über seine eigenartige Ausdrucksweise. Da hat es geplumpst. Wie ich guckte, lag er im Wasser und trieb ganz schnell ab. Ich schrie und winkte wie verrückt, bis der Ausguck Signal gab. Mehr kann ich nicht sagen dazu, und schwimmen kann ich auch nicht. Nichts für ungut, Herr Kommissar.«

Inspektor Salkins nickte dem Mechaniker freundlich zu und wollte ihn schon entlassen, als Broker sich räusperte. Er betrachtete das maßstabgetreue Modell der MS-Milwaukee, das als Schmuckstück auf der Theke stand. »Zeigen Sie uns doch mal, guter Mann, wo das alles vonstatten ging!«

Er betonte das guter Mann auf anzügliche Weise, doch der Mechaniker schien es nicht zu bemerken. Er kam unschlüssig näher und blickte argwöhnisch zu dem Inspektor hinüber, als wollte er fragen, ob dieser Mann hier etwas zu bestimmen hätte. Salkins nickte aufmunternd und Hahn tippte schließlich an den winzigen Backborddavit auf dem Achterdeck. Der FBI-Agent reichte ihm seinen zerkauten Bleistift. »Zeichnen Sie genau an, wo sich der soeben geschilderte Vorgang abgespielt hat.«

Zögernd malte der Mechaniker ein paar Kreuze auf die Deckplanken des Modells.

»Das genügt, guter Mann! Vielen Dank! Sie können gehen.« Im Anschluß wurde der Matrose vernommen, der zum Zeitpunkt des

Unglücks Wache im Krähennest hatte. Er bestätigte alles so, wie es im Protokoll stand. Bevor der Zeuge entlassen wurde, ließ sich Broker am Schiffsmodell den Ausguck zeigen. Indessen tuschelte Sergeant Lambert mit dem Inspektor, der müde den Kopf schüttelte. Broker sah ihn fragend an.

»Der Sergeant schlägt vor, das Schiff zu durchsuchen, um ganz sicher zu sein ...«

»Nein, Salkins, ich glaube, das ist nicht mehr notwendig. Außerdem könnte es Tage dauern, und ich glaube ...« er wandte sich zu Uhlenkamp, »... das würde Ihrer Reederei nicht recht sein.«

»Gewiß nicht, aber wir möchten Sie in Ihrer Arbeit keineswegs behindern.«

Der FBI-Mann nickte dankbar und äußerte korrekt die Bitte, einen Blick in Wolskys Kabine werfen zu dürfen. Petersen begleitete die Beamten dorthin. Auf dem Nachttisch lag Wolskys Paß. Als Broker hineinschaute, erklärte der Erste Offizier: »Bei der Einschiffung nimmt der Zahlmeister alle Papiere an sich; nach sorgfältiger Prüfung, und wenn alle Fahrkarten ordnungsgemäß abgerechnet sind, werden sie den Passagieren wieder ausgehändigt, in der Regel am Tag des Bordfestes.«

»Also erhielt Wolsky seinen Paß noch vor seinem Tode zurück?«

»Zweifellos ...«

»Trotzdem ließ er ihn hier herumliegen?«

»Auf der Reise, die Herr Wolsky vorgestern antrat, benötigt man keinen Paß!« Niels Petersen stellte das mit bitterem Unterton fest.

»Da haben Sie natürlich recht!« lenkte Broker zuvorkommend ein. »Allerdings benötigt man auf dieser Reise auch kein Geld und auch nicht die sonstigen Utensilien, die er offenbar mitgenommen hat. Übrigens nützt ihm der Paß ohnehin nichts mehr, nachdem sein Pseudonym aufgedeckt wurde ...«

Er ging an dem verblüfften Petersen vorbei, winkte seinen Kollegen und schritt zügig in Richtung Offiziersmesse. Der Erste hatte Mühe, der Gruppe zu folgen, die von Kapitän Uhlenkamp bereits neugierig erwartet wurde. Broker wandte sich sogleich an diesen: »Können wir hier ungestört und ungehört reden?«

Uhlenkamp winkte dem Steward, der sich hinter der Theke zu schaffen machte und bedeutete ihm, die Tür von außen zu schließen. Dann baute sich der FBI-Agent vor dem Schiffsmodell auf, zog einen Bindfaden aus der Tasche und versuchte, das Krähennest mit den Markierungen des Mechanikers zu verbinden. Dies war jedoch wegen einiger Aufbauten, die sich vor dem Achterdeck erhoben, nicht möglich.

»Wie dieses Experiment beweist, meine Herren, war der Ort des Geschehens vom Ausguck nicht einzusehen.«

»Wollen Sie damit sagen, daß ...«

»... daß Ihr Mechaniker, der gute Mann, keinen Augenzeugen für das hatte, was er dort tat, nämlich einen Sack mit schwerem Material in Wolskys Mantel zu knöpfen und über Bord zu werfen, den Borsalino hinterher, und schon war der feine Herr weg von dieser schnöden Welt.«

Broker lachte zynisch und argumentierte weiter: »Haben Sie nicht bemerkt, daß die heutige Aussage Hahns wortwörtlich mit dem Protokoll im Logbuch übereinstimmte? Auswendig gelernt, wie eine Rolle am Theater! Bedenken Sie, meine Herren, Dollberg hat Geld! Er konnte den guten Mann leicht bestechen.«

»Ich lasse den Kerl sofort in Ketten legen!« ereiferte sich Uhlenkamp.

»Nein, Herr Kapitän, wir wollen ja nicht Ihren Mechaniker fassen, sondern Dollberg, den gerissenen Fuchs! Und der sitzt noch in seinem Bau, ahnungslos, wie ich hoffe! Also müssen wir es schlauer anstellen.« Unter einem Vorwand wurde Hans Hahn auf die Brücke befohlen.

Von dort konnte er sehen, wie das Zollboot erneut anlegte, um die Polizeibeamten zu übernehmen. Die gewohnten Kommandos und Signale ertönten. Dann kletterten die drei Leute über das Fallreep hinunter. Der letzte, der mit dem verbeulten Filzhut, mußte die Schöße seines überlangen Trenchcoats hochheben, um nicht darüber zu stolpern.

»Der zu kurz geratene Sherlock Holmes hält sich ja für besonders schlau«, grinste der Mechaniker selbstgefällig in sich hinein. Er ahnte nicht, daß ein Leichtmatrose Brokers Mantel und Hut anziehen mußte, um ihn zu täuschen. Erleichtert wähnte er, die Gefahr sei vorüber, denn während er flink den fingierten Schaden behob, es waren nur ein paar lose Schrauben nachzuziehen, nahm die Milwaukee volle Fahrt auf, und der Zollkreuzer war bald außer Sicht. Als Hans Hahn mit seiner Werkzeugkiste wieder nach unten stieg, bemerkte er nicht, daß ihm Rodney Broker wie ein Schatten folgte. Der FBI-Beamte trug einen dunkelblauen Spenzer, wie bei den Kabinenstewards auf diesem Schiff üblich, damit er nicht auffiel, wenn er sich im Mannschaftsbereich bewegte. Das weiße Schiffchen, das seine markante Glatze bedeckte, hatte er tief in die Stirn gezogen.

Seine Geduld wurde nicht sehr beansprucht. Der Mechaniker fühlte sich völlig sicher. Er blickte nicht einmal zurück, als er den von waberndem Dunst erfüllten Maschinenraum auf einem in halber Höhe angebrachten galerieartigen Steg durchquerte. Über ein Labyrinth von Gängen gelangte er ins Vorschiff. Broker folgte ihm auf dem Fersen. Jedoch um die nächste Ecke war der Mechaniker spurlos verschwunden. Der enge Durchgang mündete in einen riesigen stählernen Raum, der völlig leer zu sein schien. Im dämmerigen Halbdunkel erkannte der Agent haushoch über sich die dachartig aufgelegten Holzbohlen, durch deren Fugen das Tageslicht schimmerte. Neben dem gedämpften Dröhnen der Motoren vernahm er deutlich das Rauschen des Meeres. Schlagartig wurde ihm die Situation bewußt: Er befand sich offenbar im Schacht der großen Ladeluke. Fieberhaft lief er wie eine Maus im Schuhkarton die glatten Wände entlang. Als er sich nach längerer Zeit an die Dunkelheit gewöhnt hatte, glaubte er, gegenüber eine Öffnung zu erkennen, die in einen schmalen Gang führte, an dessen Ende er einen Lichtschein wahrnahm. Er eilte darauf zu und stolperte über einen Balken, der am Boden lag. Das Poltern seines Sturzes hallte von den eisernen Wandflächen wider. Fluchend raffte er sich auf, drang in den rechteckigen Stollen ein und stellte nach einigen Metern fest, daß er auf diesem Wege schon einmal hierher gelangt war.

Auf den quer zum Kiel liegenden Trägern, den Wrangen, war der wasserdichte Innenboden befestigt. Dadurch entstand an der tiefsten Stelle des Schiffes ein Hohlraum, der es bei Grundberührung vor dem Sinken schützen sollte. Die sogenannte Bilge war ein ideales Versteck, denn niemand würde dort unten ein Lebewesen vermuten. Nicht einmal Ratten hielten sich hier auf. Der penetrante Geruch von Fäulnis und Dieselöl in der stickigen Luft machte das Atmen schwer. Ralf Dollberg kauerte in dem kaum mannshohen Gelaß auf einer Holzbohle, die nur handbreit über die träge hin- und herschwappende, moderige Flüssigkeit ragte.

Er hatte jeden Zeitbegriff verloren. Eine Ewigkeit war vergangen, seit ihm Hahn zum Schutz gegen die eisige Kälte eine Wolldecke gebracht hatte, in die er sich schaudernd einhüllte. Danach hat der Mechaniker das Mannloch fest verschlossen, sodaß absolute Dunkelheit herrschte. Zeitweise schreckte ihn das Anspringen der Lenzpumpe, die das sich ansammelnde Leckwasser absaugte, aus seinen Wahnvorstellungen. Ralf fürchtete, ertrinken zu müssen, falls die Automatik versagte, oder zu ersticken, denn er roch deutlich die Abgase der Dieselmotoren, die vermutlich durch das beim Abpumpen entstehende Vakuum in die Bilge strömten. Er verspürte quälenden Durst. Sein Mund war ausgetrocknet und die Zunge klebte am Gaumen. Als er nach der Wasserfläche tastete, blieb eine klebrige Ölschicht an seinen Fingern. Von der eisernen Decke fielen in nervtötender Stetigkeit Kondenswassertropfen. Sie hallten wie dröhnende Gongschläge an seine überreizten Sinne. Ab und zu klatschte einer auf seine ausgestreckte Hand. Er schmeckte abscheulich nach Rost und Teer.

Als Rodney Broker die stählernen Platten abtastete, stieß er auf einen seitlich eingelassenen Schaltkasten. Wahllos drückte der FBI-Mann auf die Knöpfe. Ein brummendes Geräusch mischte sich in den dumpfen Lärm. Dann glitten zwei Türflügel zur Seite und gaben eine quadratische Plattform frei. Ohne Zögern betrat er den Boden des Lastenaufzuges, der sich, kaum hatte Broker den Schalter betätigt, schloß und mit beträchtlicher Geschwindigkeit in die Tiefe sank. Der Fahrstuhlkorb setzte hart auf, und die Schiebetüren öffneten sich. Der Kriminalpolizist befand sich inmitten riesiger Lagertanks für Treibstoff und Wasser. Weit und breit war keine Menschenseele zu sehen. Das brausende Maschinengeräusch empfand man hier nur noch als leises Vibrieren. Unschlüssig ging er ein paar Schritte in die Lagerhalle hinein. Dann kam ihm der Umstand zu Hilfe, daß Hans Hahn völlig arglos war und es an jeglicher Vorsicht fehlen ließ. So blieb das schwere Schott zum Nebenraum unverschlossen.

Der Mannlochdeckel über der Bilge kreischte in den Scharnieren, als der Mechaniker ihn hochklappte. Das Echo des schrillen Lautes tönte dem Lauschenden scheinbar aus allen Richtungen ans Ohr. Dann aber drangen, deutlich vernehmbar, die hohlklingenden Worte Hahns durch die klaffende Öffnung: »He, Macker! Die Polypen sind wieder verduftet. Hier, nehmen Sie erst mal 'nen Schluck aus der Pulle, da fühlt man sich gleich viel wohler. In ein paar Stunden legen wir in Ellis Island an. Solange müssen Sie noch ausharren. Ich mache den Deckel diesmal nicht mehr ganz dicht, dann geht es auch besser. Wenn alle von Bord sind, bringe ich Sie mit der Pinasse bei Nacht und Nebel irgendwo in New Jersey an Land. Dort müssen Sie selbst sehen, wie Sie weiterkommen. Ich kriege dann auf jeden Fall die restlichen Piepen! Klar?«

Als Hans Hahn sich aus seiner knienden Stellung erhob, blickte er mit unsäglicher Verwunderung in die Mündung einer 38er Smith & Wesson.

»Holen Sie den feinen Herrn nur gleich aus dem dreckigen Loch, guter Mann. Und machen Sie keine falsche Bewegung! Sonst knallt es, und das dröhnt hier unten recht unangenehm.« Mit der Linken zog er ein Paar stählerne Handfesseln aus der Gesäßtasche. Geschickt legte er eine Schelle um die aus der dunklen Öffnung gereckte Hand. Die andere umschloß im nächsten Moment das Gelenk des verdutzten Mechanikers, der sich bemühte, Ralf Dollberg nach oben zu hieven.

Das Patrouillenboot hatte inzwischen wieder an der Milwaukee festgemacht. Der Leichtmatrose überreichte Broker Hut und Mantel. Dollberg wurde von dem Sergeanten abgeführt, und Inspektor Salkins bedankte sich offiziell beim Kapitän für die Unterstützung. Der FBI-Mann schüttelte Uhlenkamp ebenfalls die Hand und meinte: »Mit Ihrem feinen Mechaniker müssen Sie selbst abrechnen. Ist ja schließlich Ihr Schiff! Leben Sie wohl, Kapitän.«

Anzüglich grinsend, kletterte er von Bord und stolperte dabei über seinen Mantel. Er wäre gewiß die Treppe hinuntergestürzt, hätte Niels Petersen nicht geistesgegenwärtig reagiert und den kleinen Agenten an der Schulter gepackt.

Ralf Dollberg brachte man nach Governors Island. Dort kam er sofort in den Sicherheitstrakt. Jeder Kontakt mit der Außenwelt wurde rigoros unterbunden. Besuche, auch von Familienangehörigen, waren nicht gestattet. Seine damaligen Freunde wurden seinerzeit natürlich ihres Amtes enthoben, und die Legende seines Ausbruches gereichte ihm bei den heutigen Wächtern kaum zum Vorteil.

Mit hektischer Eile wurde im Justizamt der Prozeß vorbereitet.

24. Gefangen

In der Grand Central Station, dem größten Bahnhof von New York City, wimmelte es wie in einem Ameisenhaufen. Tausende von Menschen strömten scheinbar sinnlos durcheinander, und dennoch strebte jeder von ihnen einem bestimmten Ziel entgegen. Alle paar Minuten fuhr auf einem der unzähligen Gleise ein Zug ab oder kam an, Fernzüge in den Norden oder Westen der Vereinigten Staaten. Der Union Pacific Express war schon startbereit. Planmäßige Abfahrt 19 Uhr 36. Ungeduldig zischte und prustete die schwere Lokomotive, und ihr Signal mahnte gellend die Säumigen. Der Fahrdienstleiter blickte nervös auf die Uhr. Keuchend hastete ein Mann durch die Menge, kam auf ihn zu und fragte atemlos: »... der Zug nach St.Louis?«

Der Beamte nickte und schaute erneut auf die Uhr. »Okay, Washington – St. Louis – Kansas City. Steigen Sie schnell ein! Höchste Zeit!« fügte er nachdrücklich hinzu und dachte bei sich: »Verdammt, schon 19 Uhr 39! Wo bleibt nur der avisierte Sondertransport?«

Der Reisende ließ sich aufatmend in das Polster eines Abteils sinken. Blechern röhrte es aus den Lautsprechern: »Vorsicht an Bahnsteig 48. Türen schließen. Bitte zurücktreten!«

Er öffnete das Fenster und erblickte eine Schar Bahnpolizisten, die über den Perron liefen. In Sekundenschnelle bildeten die Männer einen Kordon um den roten caboose, den Gepäckwagen mit dem Bremserhäuschen, in dem statt des Bremsers zwei Scharfschützen der Kripo postiert waren, die Winchesterbüchsen im Anschlag. Doch das konnte der nach St. Louis reisende Fahrgast nicht sehen. Polizeisirenen heulten auf, und durch die Nebelwand aus Dampf und Rauch tauchte schemenhaft ein Arrestantenwagen auf, aus dem ein gefesselter Mann gezerrt und in den Packwagen gestoßen wurde. Mehrere Beamte, zum Teil mit Gewehren bewaffnet, folgten ihm. Schrill tönte die Pfeife des Fahrdienstleiters. Der Zug setzte sich ruckend in Bewegung. Dem verblüfften Zuschauer erschien alles wie ein Spuk, aber ehe er sich einen Reim darauf machen konnte, war der Expreß in voller Fahrt und hatte das Häusermeer der Großstadt bald hinter sich gelassen.

Der Gefangene Dollberg hockte resigniert auf der harten Holzbank des Dienstabteils für Zugbegleiter, zwischen zwei Bahnpolizisten. Die Kette der Handschellen war um eine eiserne Stange gelegt worden. Auf der Bank gegenüber saßen drei weitere Beamte der Bundespolizei mit schußbereiten Karabinern. Die Behörden hatten alle erdenklichen Maßnahmen getroffen, um den Delinquenten nicht wieder entwischen zu lassen. Schon seit langem war die nationale Entrüstung der Bürger von den Medien so geschürt worden, daß kein Hund ein Stück Brot von ihm nehmen würde.

Der Prozeß vor dem mit großer Hast konstituierten Sondertribunal fand unter Ausschluß der Öffentlichkeit statt. Richter und Anklagevertreter waren hohe Militärs, und die Beisitzer hauptsächlich Veteranen, die sich mit dem durch Dollbergs Flucht diskriminierten Colonel Durby solidarisch fühlten. Die privaten Anwälte der Familie Dollberg wurden nur als Beobachter zugelassen.

Kriegsgerichtsrat a.D. Cecil Brown, der Pflichtverteidiger, konnte beim besten Willen, wie er beteuerte, keinerlei entlastende Momente finden. Er wachte jedoch mit Akribie über der gesetzlich einwandfreien Durchführung des Verfahrens, damit auch der gewiefteste Jurist keine Handhabe fände, um Berufung einlegen zu können.

Das Urteil lautete: Sieben Jahre Zwangsarbeit sowie Aberkennung der bürgerlichen Ehrenrechte auf Lebenszeit!

Der Schnellzug ratterte über das nächtliche Land nach Westen. Für Ralf war es eine Reise ins Ungewisse, denn ihm wurde das Ziel bislang verschwiegen. Gegen Mitternacht verlangsamte der Expreß seine Fahrgeschwindigkeit und hielt schließlich außerplanmäßig auf einer kleinen einsamen Station. Ein schwerbewachter, vergitterter Gefängniswagen übernahm den Verurteilten und rumpelte auf die Landstraße hinaus. Er verschwand rasch in der Dunkelheit, während der Eisenbahnzug bald wieder in voller Fahrt auf seinem Schienenweg dahinbrauste. Kaum einer der Fahrgäste hatte den kurzen Zwischenhalt registriert. Nur der Stationsvorsteher sagte zu seiner Frau, als er ins Bett stieg, um die unterbrochene Nachtruhe fortzusetzen: »Nichts besonderes. Sie haben nur wieder so ein armes Schwein verladen.«

Der dunkelgrüne Kastenwagen hielt vor einer hohen Ziegelsteinmauer. Über dem aus derben Quadern gefügten Rundbogen erkannte Ralf Dollberg im Licht der Scheinwerfer die Inschrift:

Fort Leavenworth – Federal Penitentiary.

Als sich die eisernen Torflügel hinter ihm schlossen, wußte der Gefangene, daß nunmehr die letzte Hoffnung verloren war. Das Staatsgefängnis Leavenworth war eines der ausbruchsichersten Zuchthäuser Amerikas.

Lionel Seymore galt als biederer Beamter, der den Posten als Gefängnisdirektor nicht gerade mit Begeisterung angestrebt, aber schließlich als Erfolg seines langjährigen Staatsdienstes akzeptiert hatte. Law and Order war seine Devise. So versah er dieses Amt gesetzestreu und menschengerecht, jedoch mit aller zu Gebote stehenden Strenge. Um seine geistigen Bedürfnisse zu befriedigen, hatte er sich der Psychologie zugewandt. Die Veröffentlichungen jenes inzwischen nach England emigrierten Wiener Seelenarztes Sigmund Freud weckten sein besonderes Interesse an der Psychoanalyse. Dazu stellten die in seiner Obhut befindlichen Sträflinge ideale und ergiebige Studienobjekte dar.

Als Direktor Seymore vor fünf Jahren sein Amt antrat, wurden gerade mehr als hundert der schlimmsten und gefährlichsten Verbrecher von Fort Leavenworth in das für schwerere Fälle neu eingerichtete Zuchthaus Alcatraz verlegt. Darunter befanden sich zum Beispiel der skrupellose Entführer Machine-Gun-Kelly und Robert Stroud, der berüchtigte Massenmörder, Birdman genannt, der nunmehr in der Bucht von San Franzisco ohne seine geliebten Vögel leben mußte, die er im Staatsgefängnis Leavenworth gehegt und studiert hatte, bis er schließlich zum anerkannten Vogelexperten wurde.

Diese Verlagerung nützte Lionel Seymore für eine Neuorganisation des ihm unterstellten Menschenzwingers. Im mittleren Teil, dem Zellenblock B, ließ er jetzt die nach seiner Meinung besserungsfähigen Häftlinge in größeren Zellen zu zweien oder gar zu viert unterbringen. Er machte kein Hehl daraus, daß ihm an einer eventuellen Resozialisierung der seiner Obhut anvertrauten Straftäter mehr gelegen war als am bloßen Vollzug des Gerichtsurteils. Für problematische Insassen gab es in diesem Trakt nur noch einen einzigen ganz separaten Kerker. Derzeit saß dort der Kindermörder Callahan. Der Grund für seinen Aufenthalt in dem offensichtlich bevorzugten Block B stand gewiß in irgendeinem Zusammenhang mit Sigmund Freud! Die Einzelhaft hingegen verdankte der Verbrecher eher seinen Mitgefangenen, die ihn wegen des widerwärtigen Deliktes verabscheuten und sogar mit tätlichen Angriffen bedrohten.

»Vermutlich bedürfen sie eines Opfers, um die angestauten Aggressionen abreagieren zu können«, dachte Seymore, während er flüchtig die auf seinem Schreibtisch liegenden Meldungen der Nachtwachen durchsah. »... und Callahan, der Geächtete unter den Verdammten, ist dazu auserkoren! Sein Vergehen wird in seiner ganzen Scheußlichkeit aufgebläht.« Mit einem Seitenblick auf die vor ihm stehenden Bücher seines geistigen Mentors sinnierte er angeregt weiter: »Je tiefer sie ihn in die Pfanne hauen, desto kleiner erscheint ihnen in der Relation ihre eigene Schuld.«

Plötzlich schreckte ihn ein klapperndes Geräusch aus seinen Gedanken. Dann mischte sich der schrille Ton der Alarmglocken in den fernen Lärm. Auf der Kontrolltafel leuchteten die Signallampen in Block B auf und blinkten nervös.

»Verdammt!« fluchte der Direktor. »Was ist dort unten nur wieder los? Und ausgerechnet in Block B!« fügte er ärgerlich hinzu. Er griff zum Telefon.

Die Gefangenen trommelten mit Blechnäpfen und Löffeln gegen die Eisenstäbe der Zellengitter. Wie von Geisterhand bewegt, schlossen sich die automatischen Schotte der Seitengänge. Das Knirschen der Rollen, auf denen sich die Stahlplatten bewegten, wurde von dem ohrenbetäubenden Getöse überlagert. Nur beim Aufprall im Gegenlager hallten dumpfe Schläge, ein wenig zeitversetzt, hohl verklingend durch den langen Raum. Das metallische Klicken der Schließbolzen zeigte an, daß die Querverbindungen abgeriegelt waren. Da und dort standen atemmaskenbewehrte Wärter an Tränengasbehältern, jederzeit bereit, die Düsen zu öffnen. Wasserwerfer richteten sich auf die tobenden Häftlinge. Mit lautem Zischen schoß aus jedem der Rohre ein armdicker Strahl und riß die Getroffenen zu Boden oder schleuderte sie an die Wand, bis sich alle schutzsuchend in den hintersten Winkel ihrer Zelle verkrochen. Das Kommando »Wasser halt!« löste eine atemlose Stille aus. Der ganze Spuk hatte nur wenige Minuten gedauert. Die kalte Flut verlief sich rasch in den Abflußrinnen und Schächten des Fußbodens. Fünf Fuß darüber hockte lauernd wie eine Spinne im Netz der dicke Oberaufseher Manson in einer gläsernen Kabine, die aus der Betonwand ragte.

Von hier aus konnte er den gesamten Zellentrakt B überblikken. Er hielt den Telefonhörer ans Ohr und nickte beflissen: »Alles in Ordnung, Herr Direktor! Wir haben die Situation voll im Griff. Nein, Herr Direktor, in den anderen Trakten herrscht Ruhe. Gewiß, Herr Direktor, ist bereits veranlaßt! Jawohl Sir, ich komme sofort zum Rapport!«

Er wuchtete seinen massigen Körper hoch und rief in den Nebenraum: »Hauptwachmann Beans, übernehmen Sie die Aufsicht! Ich bin beim Chef.«

Direktor Seymore schaute flüchtig über den Nickelrand seines Zwickers, als der Oberaufseher eintrat. »Nehmen Sie Platz, Manson!« Persönlich war ihm dieser stupide Kriecher nicht sonderlich sympathisch. Aber er schätzte dessen Zuverlässigkeit.

»Was, glauben Sie, ist der Grund für diese Demonstration?«

»Sie wollen den Neuen nicht in ihrem Block haben. Die machen zur Abwechslung mal auf vaterländisch!«

»... und woher wußten die denn überhaupt, wer heute eingeliefert wurde?«

Manson zuckte mit den Schultern, und der Direktor fuhr kopfschüttelnd fort: »Es ist mir immer wieder ein Rätsel, wie der Nachrichtendienst trotz aller Abschirmungen funktionieren kann.«

»Der Gefangene Flaherty, den die Häftlinge als Sprecher gewählt haben, schweigt sich über dieses Thema beharrlich aus. Er hat mir aber gesteckt, daß sie den Verräter lynchen wollen, wenn er in eine ihrer Zellengemeinschaften kommen sollte.«

»Wie ernst müssen wir das nehmen?«

Der Oberaufseher hob erneut die Schultern und meinte: »Immerhin werden wir permanent Ärger kriegen! Sollte man ihn nicht einfach in Block A unterbringen? Oder in C, die sind vielleicht weniger emotionell.«

»Nein, auf keinen Fall, Manson! Sie wissen, wie ich darüber denke.« Der Oberaufseher kannte wohl das Prinzip der psychologischen Sortierung, wenn er auch den Sinn nicht begriffen hatte. Er tat die Einstellung seines Chefs als Marotte ab. Natürlich würde er das nie äußern. Er hatte sich da eine einfache Formel zurechtgelegt: B wie besserungsfähig. A wie Abschaum, hoffnungslos asozial, und C wie chronisch, für lebenslänglichen Freiheitsentzug. Nach seiner unwissenschaftlichen Meinung wäre in den Blöcken A und C genügend Platz.

Lionel Seymore schien die Gedanken des Oberaufsehers zu erraten. »Ich habe Dollbergs Personalakte studiert. Dieser Mann ist kein Verbrecher im üblichen Sinne und gehört niemals hierher! Doch es ist nicht unsere Sache, die Entscheidung des Generalstaatsanwaltes zu kritisieren, welches Motiv auch immer zugrunde liegen mag. Wir können nur zusehen, daß wir mit den Problemen fertig werden. Wo befindet sich der Gefangene jetzt?«

»Ich habe ihn zunächst in die Quarantänestation bringen lassen.«

»Gut, Manson, aber da kann er nicht bleiben, und in Block B gibt es nur eine Einzelzelle, die von Callahan.«

»Gewiß, Herr Direktor, das habe ich meinem Verbindungsmann auch klargemacht. Daraufhin meinte Flaherty, die Knastbrüder, Verzeihung! die Häftlinge würden lieber den Callahan aufnehmen als diesen ...«

»Nanu!« horchte Seymore auf und murmelte vor sich hin: »Das Barabbas-Syndrom!«

Der Oberaufseher schaute seinen Chef verwundert an. »Verzeihung, Herr Direktor, das habe ich nicht verstanden.«

»Eine Geschichte aus der Bibel, Manson. Welcher Konfession gehören Sie an?«

»Mit Verlaub, Herr Direktor, ich bin Freidenker.«

»Nun, dann können Sie es wohl nicht wissen, mein Lieber.« Er überlegte einen Augenblick, während er den Zwicker abnahm und seine Nasenwurzel massierte, ob es wohl sinnvoll sei, diesen stumpfsinnigen Menschen mit solchen Gedanken zu konfrontieren. Dann aber zitierte er dennoch, eigentlich mehr für sich selbst, jene Begebenheit in Galiläa, die ihm soeben in den Sinn gekommen war und die immerhin alle vier Evangelisten im Neuen Testament für erwähnenswert hielten: »Es war damals üblich, daß der römische Gouverneur zum Passafest einen Gefangenen begnadigte, den das Volk bestimmen durfte. Als nun die jüdischen Priester Jesus zu Pilatus brachten und seinen Tod verlangten, fand dieser keine Schuld an ihm. Darum fragte er die versammelte Menge: »Soll ich diesen freilassen?«

Da tobten sie und schrien: »Nein! Gib uns den Barabbas frei und kreuzige den Nazarener!« Barabbas aber war ein berüchtigter Verbrecher und des Mordes angeklagt.«

Ralf Dollberg kam also in Einzelhaft, zum Schutz gegen seine Mitgefangenen, die ihn schlimmer anfeindeten als den bisher geächteten Kindermörder Callahan. Die tägliche Freistunde im tristen Gefängnishof glich einem Spießrutenlauf, bei dem er ständig heimtückischer Schikanen gewärtig sein mußte, und die Ordnungshüter schauten geflissentlich in eine andere Richtung.

Im Staatsgefängnis Leavenworth wurden die Sträflinge vollkommen von der Außenwelt isoliert. Zeitungslektüre und Radiohören waren verboten. Sprechen war nur in der Zelle oder im Gemeinschaftsraum unter Aufsicht des Wachpersonals erlaubt. Doch auch da fand Ralf keinen Partner, der sich mit ihm unterhalten wollte. Persönliche Briefe konnten weder empfangen noch abgesandt werden. Sie mußten alle durch die Zensur, wo sie mit der Maschine umgeschrieben wurden. Das dauerte oft einige Wochen. Einmal im Monat wurde eine Besuchserlaubnis für Familienangehörige erteilt. Voraussetzung waren gute Führung und ein schriftlicher Antrag auf Genehmigung, der von den Besuchern einen Monat vorher eingereicht werden mußte.

So vergingen acht Wochen, bis Ralf und Eva einander wiedersahen. Sie waren sich fremd geworden, denn vor diesen acht Wochen lagen ja bereits vier Jahre der Trennung. Ralf war erschreckend gealtert. Das verhärmte Gesicht, von tiefen Falten zerfurcht, hatte keinerlei Ähnlichkeit mit dem strahlenden Antlitz des selbstsicheren, weltgewandten Draufgängers, den sie in Eberbach kennengelernt und in den sie sich Hals über Kopf verliebt hatte. Seine gebeugte Haltung, der unstete, flackernde Blick und die schwache, zitternde Stimme, sollte das der kraftvolle Mann sein, der sie zu seiner Frau machte, die mit Respekt zu ihm aufblickte und stolz auf seine Liebe war, die sie innig erwiderte?

Eva hatte Mühe, ihre Erschütterung zu verbergen. Aber seinen traurigen Augen war es nicht entgangen, zumal er sie voll staunender Bewunderung betrachtete. Sie war schöner denn je! Gertenschlank, wie damals, als er sie im Hause des Kommerzienrates Rupp zum ersten Mal sah, nur die weiblichen Formen reizvoller ausgeprägt. Der Wärter, der die beiden beobachtete, starrte unablässig auf Evas hübsche Beine, die durch den schmalen

Rock ihres eleganten Kostüms aus marineblauem Kammgarn mit weißem Nadelstreifen besonders betont wurden.

»Verdammt! Was glotzt dieser Kerl so unverschämt?« ärgerte sich Ralf über den impertinenten Gaffer. Er irritierte ihn fast mehr als das engmaschige Gitter zwischen sich und Eva. War sie immer schon so groß gewesen wie sie ihm heute erschien, oder war es nur der breitrandige Hut, der diesen Eindruck erweckte? Ihre ganze Erscheinung strahlte Energie und Zielstrebigkeit aus. Offensichtlich hatte sich das treusorgende Hausmütterchen in eine selbstbewußte Dame von Welt verwandelt.

»Verdammt!« fluchte er abermals in sich hinein. Wie konnte er eine solche Frau nur so lange allein lassen. Aber eigentlich war es doch sie, die nicht mehr den Weg nach Hause gefunden hatte. Eifersucht wallte auf und überlagerte den Anflug von Reue in seiner Brust. Ohnmächtige Verzweiflung schnürte ihm die Kehle zu. Ralf schaute sie nur wortlos an, als sie von den Kindern erzählte, die er sich vier Jahre älter und integriert im *American way of life* kaum mehr vorstellen konnte. Er hatte sie verloren, wie auch diese Frau! Die Erkenntnis traf ihn so hart, daß er Evas Bericht über seine Mutter sehr unkonzentriert aufnahm.

Nach einem neuerlichen Schlaganfall war Emma Dollberg völlig gelähmt. Im Vollbesitz ihrer geistigen Kräfte erwartete sie den erlösenden Tod. Mit Evas Unterstützung hatte sie das Brauereiimperium in eine Stiftung umgewandelt und den persönlichen Nachlaß zugunsten ihrer Enkelkinder geregelt. In der Wynnefield Avenue zu Philadelphia wurde ein Teil der Burg als Intensivstation eingerichtet, wo sich Ärzte und Krankenschwestern Tag und Nacht um die Patientin bemühten, die jedoch mit Entschiedenheit alle lebensverlängernden Maßnahmen ablehnte. Wenn der Tod käme, wünschte sie mit Würde zu sterben, aber solange sie aus eigener Kraft noch denken konnte, wollte sie alles wissen, was um sie herum und in der Welt vorging. Vor allem interessierte sie die Entwicklung in Europa und in ihrer alten Heimat Deutschland, wo Hitler in Polen einmarschiert war, was die Kriegserklärungen Englands und Frankreichs zur Folge gehabt hatte.

»Das ist der Beginn eines neuen Weltkrieges, dessen schreckliches Ende ich nicht mehr erleben werde!« prophezeite Lady Emma ahnungsvoll.

Damit war das Gespräch auf einer neutralen Ebene angelangt,

und Eva fühlte sich erleichtert, als endlich ihre Sprechzeit abgelaufen war. Ronald Harrison, ihr treuer Freund und Rechtsanwalt, der sie nach Leavenworth begleitet hatte, wartete geduldig vor dem Zuchthaustor. Als sie aufatmend aus der kleinen eisernen Pforte trat, riß der Chauffeur Eugen Stecher die Tür des luxuriösen Wagens auf, um die beiden einsteigen zu lassen. Dann rollte der schwere Bentley mit vornehmer Gemächlichkeit auf die Landstraße hinaus.

Lionel Seymore stand am Fenster seines Büros und beobachtete die Szene. Während er umständlich die Gläser seines Zwickers polierte, kam ihm der Gedanke, diese attraktive Dame bei ihrem nächsten Besuch persönlich zu empfangen. Ein Gespräch dürfte wohl in mancherlei Hinsicht interessant sein. Dabei blickte er prüfend in den Spiegel und strich selbstgefällig über seinen gepflegten Schnurrbart.

In der Zwischenzeit war Ronald Harrison wiederholt beim Bundesjustizamt vorstellig geworden, um für den Häftling Dollberg Hafturlaub zu erwirken, damit dieser seine todkranke Mutter noch einmal sehen könnte. Aber die Gesuche wurden kurzerhand abgelehnt mit der lakonischen Begründung: »Akute Fluchtgefahr!« Als die alte Dame dann tatsächlich die Augen für immer geschlossen hatte, wies man behördlicherseits auch das Ansuchen zurück, dem Gefangenen die Teilnahme am Begräbnis zu gestatten.

Beim Rundgang im Gefängnishof wurde Ralf einige Male durch Steinwürfe und ähnliche Anschläge der Insassen von Block B verletzt und mußte im Revier ambulant behandelt werden. Direktor Seymore ordnete daraufhin an, daß der Sträfling seine Freistunde künftig allein zu verbringen habe. Bill Manson teilte ihm als Aufsicht den Oberwachmann Ryder zu. Der schwarze Riese aus Louisiana hatte während seiner Militärdienstzeit bei der Marineinfanterie als Ausbilder die sogenannten Ledernacken gedrillt. Jetzt machte er den Gefängnishof zum Exerzierplatz. Die durchdringende Stimme des ehemaligen Sergeanten hallte von den hohen Mauern wider:

»Im Laufschritt – marsch, marsch! Vorwärts, keine Müdigkeit vorschützen, du dreckiger Verräter, beweg deinen faulen Arsch, du miserable kleine Ratte – hinlegen – aufstehen! – Aufstehen!!«

Dollberg, der widerwillig zu Boden gegangen war, blieb liegen.

Der bullige Ryder baute sich breitbeinig vor ihm auf. Die Hände in die Hüften gestemmt, beugte er sich zu dem Gefangenen hinunter und brüllte, daß diesem die Ohren schmerzten:»Du erbärmlicher Feigling, willst du wohl aufstehen! Drückeberger gibt es hier nicht!«

Ralf zog das Genick ein, jeden Augenblick einen Schlag erwartend. Aber Tom Ryder rührte ihn nicht an. Nach Sekunden atemloser Stille kommandierte er, weniger laut, aber mit um so härterem Nachdruck:»Einrücken zum Latrinendienst!«

Als Ralf in den Block zurückging, mußte er sich dicht an dem Wärter vorbeidrängen, der mit böse zusammengekniffenen Augen in der Türöffnung stand und ihm mit beißender Schärfe ins Gesicht zischte:»Tom Ryder hat noch aus jedem Schlappschwanz einen tapferen Soldaten gemacht, da kannst du sicher sein, du gottverdammter Deserteur!«

Die Arbeiten, die der Häftling Dollberg in den nächsten Tagen verrichten mußte, ließen ihn bald zu der Erkenntnis kommen, daß Exerzieren wohl doch das bessere Los wäre. Er bat den Oberaufseher, ihm wieder das Privileg der besonderen Freistunde zu gewähren.

Nach einiger Zeit stellte Ralf fest, daß Tom Ryders Bewegungstraining sein Wohlbefinden offenbar günstig beeinflußte: Die geschwächte körperliche Konstitution festigte sich merklich und die endlosen unflätigen Schimpfkanonaden des stupiden Peinigers stärkten seine innere Widerstandskraft. Das half dem Gefangenen, die tiefe Verzweiflung zu überwinden, die ihn über kurz oder lang seelisch zugrundegerichtet hätte. Der militaristische Schinder bemerkte ebenfalls die positive Veränderung seines Opfers und war irgendwie stolz darauf, denn er sah darin die Bestätigung seiner Methode. So entwickelte sich eine seltsame Haßliebe zwischen den beiden, bis es eines Tages zum Eklat kam.

Der Sergeant stand bereits im Hof, als Dollberg erschien.»Na, kann sich unser Drückeberger heute noch entschließen? Papa Ryder wartet schon. Komm, vorwärts, Männchen machen!« höhnte der Bulle grinsend. Der Häftling ging entschlossen auf ihn zu und konterte kühn:»Halt doch endlich einmal dein dummes Maul, du dreckiger Nigger!«

Ryders Grinsen erstarrte zu einer verzerrten Fratze. Seine Pranke sauste durch die Luft. Aber Ralf wich geschickt aus.

Dennoch streifte der fürchterliche Schlag seine Schulter. Er stürzte zu Boden und rührte sich nicht mehr.

»Sag so etwas nie wieder!« preßte Ryder schweratmend durch die wulstigen Lippen. Während er mit aufgeblähten Nüstern scheu um sich blickte, half er dem bewegungslos am Boden liegenden in die Senkrechte. Kaum stand dieser auf den Beinen, drehte er sich blitzschnell um, ohne Ryders Hand loszulassen und schleuderte den völlig überraschten Farbigen mit einem gewaltigen Schulterwurf über sich hinweg. Dumpf dröhnend schlug der massige Körper auf die Erde. Für einen Augenblick lag er benommen da. Dann ruderte er wie ein auf den Rücken gefallener Käfer mit Armen und Beinen. Ralf lächelte und sagte ganz ruhig: »Judo! Hab's irgendwann mal gelernt, und mit den täglichen Leibesübungen funktioniert das immer noch!«

Mißtrauisch zögernd, hangelte sich der Riese an der dargebotenen Hand empor. Wieder aufrecht stehend, schüttelte er den Kopf und stellte mit unverhohlener Bewunderung fest: »Mann, du bist doch beileibe kein Feigling!«

Er schaute prüfend in die Runde, ob sie jemand beobachtet haben könnte. Dann erklärte er mit breitem Grinsen: »Wir wollen beide keinen Ärger haben! Ich krieg' ein Disziplinarverfahren an den Hals und du Dunkelarrest, nicht besonders angenehm, was? Aber sag' mal, warum bist du denn eigentlich desertiert, wenn du gar kein Feigling bist?«

»Ich bin nicht desertiert! Habe mich nur geweigert, gegen die Heimat meiner Eltern in den Krieg zu ziehen. Dafür bekam ich fünf Jahre Gefängnis, Castle Williams. Von dort bin ich abgehauen. Das haben sie mir übelgenommen.«

»Hm, so sieht das natürlich anders aus.« Man sah Ryders rollenden Augen an, wie schwer er an diesem Brocken zu kauen hatte. »... aber, aber exerzieren müssen wir trotzdem, Dollberg, sonst fallen wir auf. Und wir wollen keinen Ärger! Okay?«

Im nächsten Moment brüllte der schwarze Sergeant aus Leibeskräften: »Laufschritt, marsch, marsch! Hinlegen! Sprung auf, marsch, marsch!« Von nun an beleidigte Tom Ryder seinen Rekruten nicht mehr.

In den Verschnaufpausen, die sie sich ab und zu gönnten, mußte Ralf von seinen Erlebnissen berichten, und auch der Sergeant gab manche Anekdote aus seiner Militärzeit zum besten.

Zuweilen wurde der Strafgefangene Dollberg zum Gefängnisdirektor gerufen, der sich ebenfalls für sein Schicksal interessierte. Ralf liebte diese Gespräche, die meist zu angeregten Diskussionen führten, nicht nur, weil ihm Lionel Seymore sympathisch war; sie boten ihm auch die Möglichkeit, an gute Bücher zu kommen, die er mit der Sondererlaubnis des Direktors in seiner Zelle lesen durfte.

Evas Besuch gestaltete sich dieses Mal erfreulicher. Anstatt durch Drahtgitter getrennt und von lüsternen Wächtern beobachtet, standen sie sich heute in Seymores Büro gegenüber. Sie konnten sich die Hände drücken. Er durfte sie sogar umarmen, was ihn mit heißen Schauern erfüllte. Wohl bemerkte Eva die bessere Verfassung ihres Mannes, doch sie gab sich dennoch recht kühl. Ralf führte dies auf die Gegenwart des Direktors zurück. Seymore bat sie, Platz zu nehmen, ließ Kaffee kommen und erwies sich als ebenso geistreicher wie charmanter Plauderer.

Später begleitete er Eva galant zu ihrem Wagen, während der Häftling Dollberg von einem Wärter, der ihm Handschellen anlegte, in seinen Zellentrakt geführt wurde. Auf dem Wege dahin passierten sie zwei schwere Stahlgitter, die sich automatisch öffneten, sobald der Wachmann mit seinem Schlüssel den Schalter an der Wand betätigte und zu gleicher Zeit ein zweiter Wärter auf der anderen Seite in derselben Weise verfuhr. Die elektrische Steuerung war so geschaltet, daß jeweils ein Gitter geschlossen sein mußte, bevor das andere geöffnet werden konnte.

»Leavenworth wird nicht umsonst das ausbruchsicherste Zuchthaus genannt!« dachte Ralf, der alle Handgriffe der Beamten interessiert beobachtete. Er wußte nicht, daß Alcatraz inzwischen zur Nummer eins avanciert war.

Eine Woge von boshaften Verwünschungen und Buhrufen brandete dem Sträfling entgegen, als ihn der Wachmann zu seiner Einzelzelle am Ende des langen Ganges führte. Die Insassen von Block B wachten neidvoll über jede Vergünstigung ihres verfemten Mitgefangenen. Offenbar hatte die Buschtrommel wieder einmal gut funktioniert.

Ralf arbeitete derzeit in der Buchbinderei. Das geringe Entgelt für diese Tätigkeit setzte er in der Kantine fast vollständig in Streichhölzer um. Mit ein wenig Leim aus der Werkstatt bastelte er damit das Modell einer kühnen Brückenkonstruktion.

Eines Tages, während Dollberg auf dem Kasernenhof exerzierte, gelang es einem Häftling aus der Putzkolonne auf rätselhafte Weise, das filigrane Gebilde in Brand zu setzen. Es gab Feueralarm und massiven Ärger mit dem Oberaufseher. Da man den Täter nicht ertappte, wurde Ralf die Schuld angelastet. Manson untersagte ihm den Besitz von Streichhölzern für alle Zukunft, und zur Strafe wurde das Licht in seiner Zelle eine Woche lang schon um sieben anstatt um neun Uhr gelöscht.

Direktor Seymore, dem Ralf sein Werk zugedacht hatte, konnte oder wollte in diesem Fall nicht intervenieren. Es wurde ihm ohnehin schon unterstellt, den Vaterlandsverräter bevorzugt zu behandeln. Die Stimmung gegen Dollberg hatte sich erneut verschlechtert, nachdem die Deutschen jetzt auch Amerika den Krieg erklärt und die Militärs wieder Oberwasser bekommen hatten.

Bei einem der immer seltener gewordenen Besuche erschien Eva in Begleitung ihres Anwaltes. Zuvor telefonierte sie mit dem Direktor, der seine Einwilligung nur zögernd gab. Ronald Harrison sollte mit ihrem Mann die Regelung des Nachlasses von Emma Dollberg besprechen und ein paar notwendige Unterschriften einholen, deren Richtigkeit der Beamte bestätigen könnte. Während der Gefangene herbeigeholt wurde, schilderte Seymore, ein wenig ironisch lächelnd, die Sache mit der Streichholzbrücke.

Dann fuhr er mit ernster Miene fort: »Eigentlich paßt dieser Vorfall durchaus in das Psychogramm von Herrn Dollberg. Verzeihen Sie, Madam, aber ich halte es für meine Pflicht, auf die labile Gemütsverfassung Ihres Gatten hinzuweisen. Glauben Sie mir, verehrte gnädige Frau, ich habe mich sehr ausführlich und gewissenhaft mit dieser Materie auseinandergesetzt.«

Er ließ den Blick über die umfangreiche Büchersammlung auf dem Schreibtisch schweifen. Es waren durchweg Lehrbücher der Psychologie. Dabei strich er sich geziert über seinen Schnurrbart und nahm den Zwicker von der Nase, deren Wurzel er mit Daumen und Zeigefinger intensiv massierte.

»... habe mich natürlich auch mit dem Anstaltsarzt beraten. Wir haben es hier offenbar mit einem Fall von latenter Paranoia zu tun, einer Art Verfolgungswahn, was bei der tragischen Lebensgeschichte von Herrn Dollberg, mit der ich mich eingehend befaßt habe, durchaus erklärlich ist.«

Eva sah ihrem Freund mit großen Augen ins Gesicht, als wollte sie fragen: »Habe ich das nicht immer schon gesagt, Harry?«

Ronald Harrison nickte ihr beruhigend zu und der engagierte Gefängnisdirektor setzte das Thema mit großem Eifer fort: »Ich habe bereits eine Eingabe beim Justizamt gemacht dieserhalb mit dem Vorschlag, Ihren Mann vorzeitig zu entlassen, wegen guter Führung oder eventuell auf Bewährung.«

Eva, die gar nicht mehr richtig zuhörte, sagte mit fester Stimme zu ihrem Begleiter: »Ich glaube, Harry, wir sollten nur die Dinge zur Sprache bringen, die Ralf direkt betreffen. Alles andere würde ihn nur noch mehr verwirren.«

Es klopfte. Der Wachmann schob den Häftling ins Zimmer, nahm ihm die Handschellen ab und postierte sich pflichtgemäß draußen hinter der Tür.

Eva stellte ihrem Mann den Anwalt vor, den Ralf mißtrauisch begrüßte. Instinktiv sah er in Harrison den Nebenbuhler, den seine Frau in ihren früheren Briefen so lobend erwähnte. Trotzig zeigte er keinerlei Bewegung, als der Jurist mit großer Geste offenlegte, welche Summen ihm aus der Hinterlassenschaft seiner Mutter zugefallen waren. Zwar habe der Staat das Geld wie auch sein persönliches Vermögen vorläufig konfisziert, doch eines Tages würde er darüber verfügen können. Die Kinder und seine Frau erhielten bis dahin aus diesem Fond eine angemessene Unterhaltszahlung, der Anwalt nannte es stolz Apanage, deren Höhe Ralf zwar ein wenig erstaunte, aber er wollte ja gewiß nicht kleinlich sein.

Für Geschäft und Besitz seiner Eltern hatte er sich nie besonders interessiert, da ihm stets genügend Mittel zur Verfügung standen, und Eva hielt es jetzt nicht mehr für nötig, ihn darüber zu informieren, daß tatsächlich der Löwenanteil des Privatvermögens von Lady Emma an ihre Enkel ging und von deren Mutter vormundschaftlich verwaltet wurde. Ronald Harrison erwähnte auch nicht, daß Eva als Verwaltungsratspräsidentin der Stiftung ein erkleckliches Honorar bezog.

Ob sich Emma Dollberg wohl darüber im klaren war, als sie kurz vor ihrem Tode der Schwiegertochter die Burg mit allen Liegenschaften in Philadelphia übereignete, daß ihr einst so geliebter Sohn, der verwöhnte und sagenhaft reiche Brauersproß, nur noch einen relativ kleinen Teil des gewaltigen Imperiums übrigbehielt. Aber selbst das schien der emanzipierten Frau angesichts des gedemütigten, erbärmlich ohnmächtigen Sträflings noch zuviel zu sein.

Wie riesige, stocksteife Tausendfüßler bewegten sich lange Drainagerohre über die weite Ebene des Hochmoores. Beidseitig aufgereiht, stapften die Männer mit ihrer schweren Last durch die Riedgrasstoppeln. Ihre schlammschweren Schuhe schürften eine modrige Spur in das wankende Erdreich. Der sumpfige Untergrund machte den Einsatz von Maschinen unmöglich. Darum wurden die Häftlinge des nahegelegenen Zuchthauses Leavenworth zu der mühsamen Arbeit herangezogen. Bei jedem Schritt sanken die Füße unter dem Gewicht der Stahlrohre, etwa 30 Zoll lichter Durchmesser, in den Morast, aus dem durch die Trockenlegung fruchtbarer Ackerboden gewonnen werden sollte. Bald würden auf dem bisher brachliegenden Land goldene Weizenfelder wogen.

Der große Krieg in Europa hatte einen ungeheueren Absatzmarkt geschaffen, und nicht nur mit Waffen, auch mit Weizen war jetzt das große Geschäft zu machen.

Der Sträfling Dollberg war jener Kolonne zugeteilt worden, die den zentralen Ableitungskanal aushob. Der ständige Kampf mit dem Grundwasser trieb das Arbeitstempo an. Kaum waren die Flansche verbunden, wurde der triefende Moorboden wieder auf die Rohre geschaufelt. Endlich kündete der Ton einer Trillerpfeife den nahenden Feierabend an. Die durchdringende Stimme des Aufsehers befahl:

»Sammeln! Kolonne 4 antreten zum Werkzeugappell!«

Wie ein Echo ertönte weiter entfernt das Kommando: »Kolonne 5 hierher! Antreten zum Appell, vorwärts! Fertigmachen zum Abrücken!«

Rundum tauchten die vor Schlamm starrenden Häftlinge auf und stellten sich mit ihren Werkzeugen in Reih und Glied am Rande der Baustelle auf. Im Hintergrund rückte auch die Phalanx der Wachmannschaft näher. Drohend hielten die Polizisten ihre schußbereiten Maschinenpistolen im Anschlag. Auf der Behelfsstraße rumpelten die Lastwagen zum Abtransport der Gefangenen heran. Die Aufseher kontrollierten die Werkzeuge. Ralf Dollberg fühlte plötzlich den Druck eines Schaufelstiels in den Kniekehlen. Gleichzeitig erhielt er einen Schlag vor die Brust.

Er stürzte rückwärts und ließ den Spaten fallen, auf den er

sich soeben noch gestützt hatte. Der scharfe Pfiff des Aufsehers beendete das kurze Gerangel. Sekunden später war die Formation in militärischer Disziplin angetreten. Nur der Sträfling Dollberg stand ohne seinen Spaten da. Der aufsichtführende Wachmann scheuchte die ganze Kolonne zurück auf den Arbeitsplatz, aber der fehlende Spaten konnte nicht gefunden werden.

Als der Wärter eine kollektive Bestrafung androhte, wurde in der Gruppe die Vermutung laut, der Vaterlandsverräter hätte gewiß sein Werkzeug absichtlich in der Rohrleitung liegengelassen, denn Verräter wären doch meist auch Saboteure. Dann schrie einer: »Der Feigling soll seinen Spaten selbst wieder holen!«

Andere fielen aufgewiegelt ein: »Er muß in die Röhre kriechen. Jagt den Deserteur ins Loch!« Hysterisch johlten die Zuchthäusler: »Dollberg ins Loch! Dollberg ins Loch!«

Sie bildeten einen Kreis um das klaffende Ende der Leitung und stießen den Verfemten vor sich her. Einige Polizisten, schon auf dem Wege zur Sammelstelle, wurden aufmerksam und brachten ihre Maschinenpistolen in Anschlag. Die Pfeife des Aufsehers schrillte vergeblich. Die ersten Steine flogen, und schließlich zwängte sich Ralf in das dunkle Loch, aus dem ein schmutziges Rinnsal rieselte. Fast war die Öffnung zu eng für seine Schultern. Auf Ellbogen und Knien robbend, kroch er in den schwarzen Schlund. Die lautstarken Verwünschungen der Umstehenden verebbten zu einem leisen Murmeln. Dann lauschten sie auf das schlurfende Geräusch, das sich allmählich in der Tiefe verlor. Als nichts mehr zu hören war, wurde es dem Wachmann mulmig. Der Widerhall seines Rufes tönte hohl aus der Röhre:

»He – he, Dollberg – berg, alles – alles klar – klar?« Aber es erfolgte keine Antwort.

Die anderen Arbeitskolonnen waren bereits aufgesessen. Eng zusammengepfercht hockten die Gefangenen, jeweils zwei Mann mit Handschellen zusammengeschlossen, auf den Lastwagen. Der Konvoi war abfahrbereit. Die meisten Polizisten waren in ihre Jeeps gestiegen. Nur eine Gruppe fehlte noch. Ungeduldig bellten die Hupen einiger Fahrzeuge. Tom Ryder ging schließlich los, um nach den Säumigen zu sehen. Ein Polizeibeamter, der unschlüssig dastand, berichtete ihm von dem Vorgang an der Rohrleitung.

»Was? Die sind wohl total übergeschnappt. Wer? Dollberg?

Verdammt! Die elenden Idioten, diese vertrottelten Blödmänner!«
Dann lief er zurück, so schnell er konnte. Der Polizist rannte mit.
»Was sollen wir tun?«

»Alarmieren Sie die Sanitäter. Die pennen wahrscheinlich im
vordersten Wagen, sollen das Sauerstoffgerät mitbringen! Aber
dalli, los!« Beim nächsten LKW ließ sich der Oberwachmann ein
Seil geben und lief damit zur Baustelle. Dort standen die Häftlinge mit ihren Wärtern betreten vor der Mündung des Rohres. Ab
und zu rief einer hinein, horchte und schüttelte den Kopf. Ein anderer riß ein Zündholz an.

»Bleib mit dem Feuer weg, du Vollidiot!« schrie Ryder schon
von weitem. »... schon mal was von Sumpfgas gehört? Ihr gottverdammten Arschlöcher!«

Aufgebracht schimpfend und fluchend, knotete er das Ende
des Strickes um seinen Knöchel und reichte das andere seinem
verdatterten Kollegen. »Wenn ich schreie, ziehst du! Falls ich
nicht mehr schreien kann, ziehst du ebenfalls, nur schneller. Verstanden?«

Der andere nickte verwirrt. Dann war Ryder verschwunden.
Gebannt schauten alle auf das Seil, das ruckweise in die Öffnung
glitt. Jetzt lag es still. Unsicher blickte der Wachmann um sich,
bevor er leicht anzog. Da hallte es dumpf aus der Röhre: »Zieh
schon, du taube Nuß. Zieh ...«

Ein Hustenanfall unterbrach die dröhnende Schimpfkanona-
de. Die anderen packten mit an. Nach wenigen Minuten erschienen Ryders Beine, dann war er im Freien. Seine Hand umklam-
merte Dollbergs Fuß. Er zerrte den leblosen Körper vollends heraus. Die Sanitäter lösten die verkrampfte Hand vom Spatenstiel
und legten den Ohnmächtigen auf die Trage. Einer setzte die
Atemmaske des Sauerstoffgerätes an und der andere machte
Wiederbelebungsversuche. Tom Ryder hockte erschöpft vor der
Rohröffnung. Dann stemmte er sich mit dem Spaten hoch und
brüllte:»Hoffentlich seid ihr bald weg hier, ihr Blödhammel, ihr
stumpfsinnigen Halbaffen, ihr vertrottelten ...«

Drohend schwang er den Spaten über seinem Kopf, aber der
Kollege hatte seine Gefangenen bereits in Marschordnung gebracht und führte sie zur Straße. Mit umgehängten Maschinenpistolen trotteten die Polizisten hinterher. Ein wenig benommen
folgte der Oberwachmann den beiden Sanitätern, die ihren Pa-

tienten mit der Trage beförderten. Er war immer noch nicht bei Bewußtsein.

Ralf Dollberg lag im Krankenzimmer des Zuchthausreviers. Der weißgetünchte Raum war recht dürftig eingerichtet, jedoch sauber und hell. Das stabile Eisengitter vor dem Fenster ließ keinen Zweifel daran, daß der Kranke sich auch hier in sicherem Gewahrsam befand. Am Fußende der weißemaillierten Bettstatt stand Direktor Seymore und beobachtete seinen Gefangenen, der soeben die Augen öffnete. Mund und Nase waren von der Atemmaske verdeckt. Nachdem er den komplizierten Schließmechanismus der stählernen Doppeltür betätigt hatte, trat nun auch der Gefängnisarzt heran und beugte sich über den Patienten.

»Können Sie schon eine Diagnose stellen, Dr. Munro?«

Der wackelte bedächtig mit seinem schlohweißen Haupt und deklamierte seine theoretischen Erwägungen: »Hm, Sumpfgas, durch Fäulnis entstehend, dürfte an sich nicht sonderlich toxisch sein. Eine ernste Gefahr in solchen Fällen ist in erster Linie der akute Sauerstoffmangel. In geschlossenen Räumen oder Behältern verdrängt das schwerere Gas die atmosphärische Luft und damit den zum Atmen nötigen Sauerstoff, was meist zum Ersticken führt. Schon mancher Farmer, der ahnungslos in seine Jauchegrube stieg, kam auf diese Weise ums Leben.«

Er fühlte Ralfs Puls. »Nun, mir scheint, daß wir den da nochmal zurückgeholt haben. Dennoch könnten durch die Unterbrechung der Sauerstoffzufuhr Gehirnzellen abgestorben sein. Schäden, die irreparabel sind! Leider, denn wir wissen ja, daß der psychische Zustand Dollbergs ohnehin nicht besonders erfreulich ist.«

Seymore nickte nur und murmelte vor sich hin: »Bedauerlich, höchst bedauerlich.«

Dr. Munro leuchtete mit einer Taschenlampe in Ralfs Pupillen. »... noch keine Reaktion. Schade, daß wir hier nicht die Möglichkeit einer exakten Untersuchung haben. Können ihn nur beobachten und aus seinem Verhalten Rückschlüsse ziehen. Eigentlich gehört er in die Hände eines versierten Neurologen!«

»Danke, Dr. Munro, ich werde den Vorfall dem Justizamt melden, Ihren Befund beifügen und erneut auf meinen Vorschlag zur vorzeitigen Entlassung hinweisen. Mehr kann ich leider nicht tun!« Lionel Seymore fertigte von dem Bericht Dr. Munros eine weitere Kopie an und sandte diese mit einem sehr persönlich gehaltenen Begleitschreiben an Frau Eva Dollberg in Philadelphia.

Ralf erholte sich relativ schnell. Außer einem leichten Nachziehen des linken Beines war ihm äußerlich nichts anzumerken. Bald durfte er die Tätigkeit in der Buchbinderei wieder aufnehmen. Der Werkstattleiter berichtete von seinem begeisterten Arbeitseifer, dem immer wieder rasch eine starke Ermüdung folgte, bis hin zu völliger Erschöpfung.

Seymore notierte in seinem Tagebuch: »Dollberg fällt zeitweise in tiefe Teilnahmslosigkeit, die regelmäßig von aggressiver Gereiztheit abgelöst wird. Dr. Munro appliziert geeignete Sedativa. In den Zwischenphasen, die oft über Tage dauern, erscheint er völlig normal, mit höflichen, fast liebenswürdigen Umgangsformen und scharfem Intellekt.«

Beim nächsten Besuchstermin erschien der Rechtsanwalt Ronald Harrison zusammen mit einem Notar und bat den Direktor, bei dem Gespräch als Zeuge anwesend zu sein. Eva entschuldigte er wegen einer leidigen Erkältung. Die Bedauernswerte müsse das Bett hüten. Seymore zeigte volles Verständnis und entbot der Kranken seine besten Genesungswünsche. Er war gespannt, wie sein Schützling reagieren würde. Vorsichtshalber verdoppelte er die Wachen und beorderte Dr. Munro mit zwei Pflegern ins Nebenzimmer seines Büros.

Ralf Dollberg verzog keine Miene. Nur seine Augen blitzten auf, als er Harrison erkannte. Förmlich stellte dieser den Notar als den gesetzlichen Vertreter des Gerichtes vor und erklärte dann in seinem Juristenjargon, jener Kunstsprache, die Gefühl und Logik mit sophistischer Paragraphendeutelei ad absurdum zu führen vermag, daß Frau Eva Dollberg die Scheidung beantragt habe. Dem dahingehenden Richterspruch stände zwar unter den vorliegenden Gegebenheiten, die im einzelnen in diesem Dokument apostrophiert wären, dabei legte er ein geschlossenes Kuvert auf den Tisch, durchaus nichts im Wege, jedoch läge seiner Mandantin sehr daran, daß er persönlich seine Einwilligung gäbe. Er präsentierte ein weiteres Schriftstück und zückte demonstrativ den Füllfederhalter. Ralf zeigte keinerlei Regung. Er blickte starr durch den Anwalt hindurch, der sein Plädoyer routiniert fortsetzte: »Verehrter Mister Dollberg, Sie dürfen den Entschluß Ihrer Gattin keineswegs als persönlichen Affront betrachten. Vielmehr liegt er im besonderen Interesse Ihrer Kinder, die, leider ist es aus administrativen Gründen unumgänglich, ihrer Mutter zugesprochen werden. Wie gesagt, juristisch keine Frage, doch wünscht meine Mandantin, daß Sie Ihr persönliches Einverständnis auch zu diesem Punkt geben.«

Er zog wiederum ein vorbereitetes Formular aus seinem Aktenköfferchen. »Damit wäre Frau Dollberg in der Lage, den ihr und den Kindern zustehenden Anteil aus Ihrem, vom Staat konfiszierten Vermögen sofort zurückzufordern. Auch die vereinbarten Unterhaltszahlungen könnten in einem einmaligen Betrag abgelöst werden. Auf dieser Zusammenstellung ...«

Er holte erneut ein Schriftstück hervor und schraubte vorsorglich die Kappe von der Feder. »... die das Gericht bereits begutachtet hat, ist lediglich Ihre Kenntnisnahme zu bescheinigen.«

Ralf saß immer noch unbeweglich da. Dann lächelte er traurig. »Haben Sie vielleicht noch so einen Zettel in Ihrem Zauberkasten, aus dem ersichtlich ist, was mir selbst letzten Endes übrigbleibt?«

Harison war auch darum nicht verlegen. Er reichte seinem Gegenüber das Papier über den Tisch. Ralf warf einen kurzen Blick darauf. Es trug den Stempel der Kanzlei Harrison mit Ronalds Handzeichen.

»Herr Notar, können Sie die Unterschrift dieses Gentleman beglaubigen?« Der Beamte schaute Harrison fragend an, und als dieser nickte, setzte er schulterzuckend seine Unterschrift neben die des Anwaltes. Ralf faltete das Dokument zusammen und reichte es dem verdutzten Direktor.

»Bitte, mein lieber Seymore, verwahren Sie das für mich bis ich hier herauskomme. Einmal muß ich ja wohl herauskommen! Nicht wahr?«

Der Gefangene Dollberg hatte sich erhoben. Sein Gesicht war aschfahl. In der offensichtlich mit Mühe beherrschten Stimme schwang ein gefährlicher Unterton mit. Das flackernde Licht in den müde wirkenden Augen ließ den Anstaltsleiter erschauern. Im Geiste schritt er die Distanz zur Tür des Nebenzimmers ab.

»... nicht wahr? Irgendwann werde ich hier herauskommen! Dann muß ich doch wissen, was ich noch zum Leben habe. Ist es nicht eigenartig, meine Herren, daß mein persönliches, eher bescheidenes Vermögen kaum merklich größer ist als vor dem bedauerlichen Tode meiner guten Mutter, die, wie wir ja alle wissen, über immense Güter verfügte. Man muß sie doch schändlich getäuscht haben, daß es der treusorgenden Schwiegertochter gelungen ist, sich das alles unter den Nagel zu reißen! Im Komplott mit ihrem spitzfindigen Galan!«

Harrison war mit hochrotem Kopf aufgesprungen, aber der Notar hielt ihn zurück. Auch Seymore war aufgestanden und schaute erregt von einem zum anderen.

»Keine Sorge, Herr Direktor, ich falle nicht weiter aus der Rolle! Aber diese Gentlemen können doch nicht ernstlich erwarten, daß ich dieses infame Intrigenspiel mit meiner Unterschrift sanktioniere.« Er wandte sich an Lionel Seymore: »Ich stelle es Ihnen anheim, als Zeuge zu beglaubigen, daß ich mit allem einverstanden sein mußte, gegen das ich mich in meiner mißlichen Lage nicht wehren konnte, noch nicht, meine Herren, noch nicht! Wärter! Abführen!«

Die letzten Worte schrie er so laut, daß einer der Wachmänner erschrocken den Kopf zur Tür hereinschob und fragend seinen Chef anblickte. Gleichzeitig betrat der Arzt den Raum. Ralf streckte den beiden die Arme entgegen. »Zwangsjacke, Dr. Munro, oder Handschellen?« rief er pathetisch.

Seymore gab dem Arzt ein Zeichen, und die beiden Pfleger führten den Häftling behutsam ins Nebenzimmer. Er bebte am ganzen Körper und die Schweißperlen rannen ihm über sein Gesicht. Widerstandslos ließ er sich von dem Arzt eine Spritze geben, dann brach er zusammen. Die nächsten Wochen verbrachte er im Krankenzimmer des Zuchthausreviers in völliger Apathie.

Ein halbes Jahr später konnte Ralf Dollberg das Staatsgefängnis Fort Leavenworth als freier Mann verlassen. Wegen guter Führung wurden ihm fast drei Jahre der Strafe erlassen. Sein Geld erhielt er zurück, sogar ein paar tausend Dollar mehr als Harrison aufgerechnet hatte. Zinsschwankungen! Der Staat wollte sich doch an so einem nicht bereichern. Außer dem Entlassungsschein des Zuchthauses wurde ihm allerdings kein Papier ausgestellt. Er war ja nicht mehr Bürger der Vereinigten Staaten.

Das bürgerliche Ehrenrecht hatte man ihm auf Lebenszeit aberkannt. Er war staatenlos, aber das Land verlassen durfte er dennoch nicht.

25. Die Gespensterfarm

Der große Krieg war zu Ende. Deutschland wurde vernichtend geschlagen. Weltweit beklagte man viele Millionen Tote. Der Irre von Landsberg hatte sich durch Selbstmord seiner Verantwortung entzogen. Alle bedeutenden deutschen Städte lagen in Schutt und Asche.

Weingarten hatten die Bombergeschwader der Alliierten nicht gefunden. Sie hatten es auch nicht gesucht. Seine Existenz ist ihnen vermutlich gar nicht bewußt geworden. So waren das Kino und die Familie Scheufele der Vernichtung entgangen. Alle Söhne kehrten heil aus dem Feldzug zurück, auch Frederick, den man kurz vor Kriegsende zur Marine einberufen hatte. Nur die Mam und wenig später auch der Dät waren inzwischen gestorben.

Die junge Generation schöpfte neue Hoffnung und bemühte sich, gemeinsam das traditionsreiche Haus im Sinne der Alten weiterzuführen.

Sophie übergab Frederick die getreulich gesammelten Unterlagen über seinen Vater, von dem er kaum etwas wußte. Mit gemischten Gefühlen setzte sich der Junge damit auseinander und schielte irritiert über den großen Teich nach dem fernen Amerika, dem früheren Feind. Würde der jemals ein Freund werden können? Auf der Konferenz von Quebec hatten Roosevelt und Churchill den vom amerikanischen Finanzminister Morgenthau ausgearbeiteten Plan ratifiziert, nach dem Deutschland auf kleinsten Raum zusammengedrängt in einen reinen Agrarstaat umgewandelt werden sollte, von den schaurigen Gerüchten, was mit den deutschen Männern geschehen sollte, ganz zu schweigen!

Im Augenblick konnte man ohnehin nichts Besseres tun, als sich um die Beschaffung von Nahrungsmitteln und Heizmaterial zu kümmern, denn die Versorgungslage war katastrophal.

Die Kinovorstellungen waren täglich ausverkauft. Die Menschen versuchten, wenigstens stundenlang ihre Situation zu vergessen. Zum Erwerb einer Eintrittskarte mußte man ein Holzscheit oder ein Stück Kohle mitbringen, und mancher, der Beziehungen zum bäuerlichen Hinterland hatte, legte für die Reservierung eines guten Platzes auch schon mal ein kleines Freßpäckchen dazu.

Inzwischen hatten sich die Siegermächte, Präsident Roosevelt war gestorben, entschlossen, den Plan von Quebec fallen zu lassen. Deutschland sollte wirtschaftlich auf eigenen Füßen stehen, um als potentieller Handelspartner aufgebaut zu werden. Der amerikanische General und Staatsrat George Marshall entwikkelte ein Hilfsprogramm, und schon bald spürte man, daß sich die Räder wieder drehten, zwar langsam noch, aber die Hoffnung wuchs und mit ihr die Möglichkeit einer internationalen Verständigung. Frederick bat das amerikanische Rote Kreuz um Hilfe bei der Suche nach dem vermißten Vater. Die Antwort lautete:

Dear Sir

leider können wir in diesem Fall keine Auskunft erteilen, denn der Gesuchte zählt nicht zu dem von unserer Organisation betreuten Personenkreis. Wir glauben jedoch, daß Sie sich selbst direkt an ihn wenden können, denn Mister Dollberg ist in den Vereinigten Staaten bekannt genug. Yours truly E.M. Martinez
(first secretary)

Wie aber sollte er das anstellen? Ein Visum für die USA erhielt man nur, wenn ein amerikanischer Staatsangehöriger Bürgschaft leistete. Wenn er ihn erst gefunden hätte, würde sein Vater gewiß für ihn garantieren, dachte Frederick, aber er hatte ja keine Ahnung, in welch prekärer Situation sich dieser selbst befand.

Erwin, der jüngste der Scheufelesöhne wollte ebenfalls auswandern, denn ihm ging die Entwicklung in Deutschland zu langsam.

Die Schwester seiner Verlobten lebte in Kanada und war bereit, die beiden bei sich aufzunehmen. Doch Kanada erwies sich nicht als das Gelobte Land und Erwin war meist arbeitslos. Nach einiger Zeit ergab sich die Gelegenheit, das streikende Auto eines amerikanischen Geschäftsmannes wieder flott zu machen. Beeindruckt von dem technischen Talent und der persönlichen Ausstrahlung des jungen Deutschen, vermittelte er ihm eine Anstellung im amerikanischen Bundesstaat Rhode Island. Nun setzte Frederick alle Hoffnung auf den Onkel, und Erwin war selbst interessiert, den alten Freund der Familie wiederzusehen, mit dem ihn viele schöne

Kindheitserinnerungen verbanden. Kaum hatte er in seiner neuen Position Fuß gefaßt, begann er zu recherchieren.

Der Brief, den er wenig später an Frederick schrieb, floß ihm nur schwer aus der Feder, wußte er doch, wie enttäuscht der Junge sein würde. Eines Morgens nämlich wurde Erwin Scheufele zu Mister Alberts, seinem Boß gerufen.

»Uns ist zu Ohren gekommen, daß Sie sich auffallend intensiv nach einem gewissen Dollberg erkundigen«, begann der ältere Herr ohne Umschweife und blickte mit einem gequälten Ausdruck in den kleinen Augen über den Rand seiner starken Brillengläser. »Sie brauchen mir nicht zu erzählen, was Sie dazu veranlaßte, aber Sie sollten wissen, Erwin, daß wir Ihre Mitarbeit sehr schätzen. Auch Ken Reynolds, mein Kompagnon ist von Ihren Leistungen recht angetan. Umso mehr täte es uns leid, wenn wir uns trennen müßten.«

Erwin war leichenblaß geworden. Der Schreck hatte ihm die Stimme verschlagen. Eindringlich, aber mit versöhnlichem Unterton fuhr Alberts fort: »Lassen Sie die Finger von diesem ... outlaw.«

Er machte eine nachdenkliche Pause. Da er von seinem Angestellten keine Erklärung verlangt hatte, war dieser offenbar auch nicht geneigt, eine solche abzugeben. »Am besten wäre es wohl, Sie würden diesen unseligen Namen vergessen! Das ist ein guter Rat, Erwin, ja, eine persönliche Bitte, denn wir möchten Sie gerne behalten.«

Als der junge Mann etwas erwidern wollte, winkte der Chef ab: »Wir sollten kein weiteres Wort über diese Sache verlieren! Übrigens läßt Mister Reynolds fragen, wann der erste Probelauf des neuen Hydraulikantriebes erfolgen kann.«

»Spätestens morgen früh, Mister Alberts!«

»Ausgezeichnet! Ken wird sich freuen, und, wenn es auf Anhieb klappt, dürfen Sie mit einer ordentlichen Zulage rechnen.«

★

Der Hauptfilm hatte begonnen. Frederick, der heute den Saaldienst versah, stellte leise einen Klappstuhl neben den letzten Logensessel und setzte sich zu der jungen Dame, die ihm freundlich zulächelte. Während auf der Leinwand der Kaiser die liebreizende Försterchristl küßte, legte Frederick seine Hand auf die des blonden Mädchens. Sie ließ ihn gewähren. Ellen fand Gefallen an dem jungen Mann, der ihr so charmante Komplimente machte und der auch sofort ihre offensichtliche Ähnlichkeit mit der Hauptdarstellerin dieses Films bemerkt hatte. Nach der Vorstellung trug ihr Frederick seine Begleitung an. Dankbar faßte sie ihn am Arm, froh, des Nachts nicht allein nach Hause gehen zu müssen, denn in den dunklen Straßen strichen die Soldaten der französischen Besatzung umher. Die angeregte Unterhaltung der beiden war allerdings durch die nahende Sperrstunde kurz bemessen, doch reichte es noch für die Verabredung eines baldigen Wiedersehens.

Die letzten Strahlen der Abendsonne vergoldeten die Wipfel der hochaufragenden Tannen. Ellen und Frederick schlenderten Hand in Hand durch das malerische Lauratal zwischen Weingarten und Schlier, einer kleinen Ortschaft inmitten saftiger Viehweiden, auf denen prächtige Kühe grasten. Der Weg hielt an jeder Biegung ein neues, bald lieblich idyllisches, bald düster geheimnisvolles Landschaftsbild bereit. Im Zwielicht der Dämmerung breitete sich eine unheimliche Stimmung aus, als Frederick von schaurigen Begebenheiten zu berichten wußte; von Raubrittern, die hier hausten und aus dem Hinterhalt über die Kaufmannszüge herfielen, die auf dieser finsteren Waldstraße dahinzogen. Wohlig spürte er, wie sich Ellen ängstlich an ihn schmiegte und ihm Gelegenheit gab, seinen schützenden Arm um sie zu legen. Im Talgrund plätscherte munter ein Bach, dessen Wasser lustig verspielt über die großen, rundgeschliffenen Kieselsteine hüpfte.

»Leicht verständlich, daß man ihm den Namen Scherzach gab«, meinte Frederick, und Ellen fragte interessiert: »... und woher bekam wohl dieses romantische Tal seinen Namen?«

Der Mond war aufgegangen. Sein fahles Licht fiel durch die Bäume und streute bizarre Schatten auf den Weg. »Sieh doch, dort oben, die zerfallenen Mauerreste, die über die Tannenspitzen ragen. Dort stand vor uralten Zeiten die Haslachburg, das Stammschloß der Welfen, wo Judith einen Sohn gebar, der später zum Kaiser gekrönt und Barbarossa genannt wurde. Einst lebte dort der greise Ritter Dagobert mit seiner anmutigen Tochter Laura.«

Frederick zeigte über das tosende Wasser. »Drüben, auf der Nachbarburg wohnte der junge Ritter Adalbert. Er liebte das schöne Edelfräulein. Seine Liebe wurde erwidert und Lauras Vater hatte seine Freude an dem hübschen Paar. Am Abend vor der

Hochzeit kehrte der glückliche Bräutigam noch einmal auf der Haslachburg ein. Die Liebenden trennten sich in der Vorfreude auf den nächsten Tag, der sie für immer vereinigen sollte. Als Adalbert auf seinem Pferd hier entlang ritt, gerade da, wo wir jetzt stehen, zog ein schweres Unwetter auf. Drohende Wolken türmten sich hoch über dem Tal empor. Ein gleißender Strahl fuhr in den Turm der Haslachburg, warf den Schloßherrn betäubt zu Boden und setzte das alte Gebälk in Brand. Das verstörte Gesinde floh und überließ das Schloß dem Raub der Flammen. Laura schleppte mit letzter Kraft den bewußtlosen Vater durch Feuer und Rauch ins Freie. Dort gab der vermeintlich Gerettete in ihren Armen den Geist auf. Das arme Fräulein stand nun allein im tobenden Gewittersturm, der ihr den kalten Regen ins Gesicht klatschte. Ihre Gedanken eilten zu dem Geliebten. Dort hoffte sie Schutz und Hilfe zu finden. Atemlos hastete sie durch den aufgewühlten Wald. Ritter Adalbert, der den Blitzschlag beobachtet hatte, war sofort aufgebrochen, um seiner Verlobten und ihrem Vater beizustehen. Im Schein eines Blitzstrahls erblickten die Liebenden einander. Nur die von den Wolkengüssen hoch angeschwollene Scherzach trennte sie noch. Die schäumenden Wasser überspülten schon den Steg ...«

Die nächtlichen Spaziergänger erreichten gerade das hölzerne Brücklein und Frederick schob die zögernde Ellen auf die schwankenden Bohlen. Mit getragener Stimme deklamierte er weiter:

»... den Steg, über den sie so oft schon glücklich geschritten waren. Laura zauderte noch, ihn zu betreten, aber Adalbert faßte verzweifelt den Mut. Er hatte noch nicht die Mitte der Brücke erreicht, da rissen die wilden Wogen sie fort, und der Rittersmann versank in der brodelnden Flut, von den pausenlos niederfahrenden Blitzen beleuchtet, vor den Augen seiner entsetzten Braut. Mit einem gellenden Aufschrei breitete sie die Arme aus und stürzte sich dem Geliebten nach in die Tiefe.

Seither hat schon mancher Wanderer sie des Nachts im weißen Brautgewand durch das Waldtal irren sehen, als suche sie immer noch ihren Rittersmann.«

Vom dumpf glucksenden Bach klang es herauf wie murmelnde Stimmen. Durch das tiefschwarze Geäst bewegte sich silbern schimmernd ein gespenstisch wallender Schleier und in der Ferne verhallte der langgezogene Ruf einer Eule.

Erschauernd kuschelte sich Ellen noch tiefer in Fredericks Arme. »Du brauchst dich nicht zu fürchten, es ist nur ein Nebelstreifen, den das Mondlicht beleuchtet. Überdies muß man sich auf einer Holzbrücke küssen.«

Sein Mund berührte zart ihre Lippen. Er fühlte, wie sie den Kuß innig erwiderte. Dann flüsterte sie: »Ich fühle mich so wohl bei dir, Frederick!«

»Das ist schön, Ellen, aber leider müssen wir jetzt den Rückweg antreten.«

»Schade«, hauchte sie, während er sich sanft aus ihrer Umarmung löste. Wortlos gingen sie eine Zeit lang nebeneinander her, bis Ellen das Schweigen brach: »Du weißt so schöne Geschichten zu erzählen.«

»Ach, ich habe erst kürzlich ein Buch gelesen von unserer Heimatdichterin. Ihre Schwester hat es mir geliehen, weißt du, die bei der Zeitung. Sie schreibt Kuluressays und Filmkritiken in unserem Lokalblatt, wo ich immer fürs Kino inseriere.«

»Liebst du deine Heimat sehr?«

»Oh ja, ich möchte schon gern hier leben. Man sollte nur beruflich bessere Möglichkeiten haben!«

»Ich bin erst vor kurzem mit meinen Eltern in euer Städtchen gekommen, aber ich glaube, es würde mir hier auch gefallen.«

»Warum sprichst du im Konjunktiv?«

»Ich werde bald weggehen, nach Amerika. Muß mich als Fremdsprachenkorrespondentin weiterbilden. Meine Tante in Albany hat mich eingeladen. Ach, Frederick, ich möchte so gerne mit dir zusammen sein. Kannst du nicht mitkommen?«

»Aber, Ellen, wo denkst du hin? Ich habe drüben niemand, der für mich bürgen könnte, das heißt vielleicht doch ...«

Dann erzählte er ihr die Geschichte seines Vaters, soviel er eben wußte. Begeistert ging sie darauf ein: »Ich werde ihn finden, ihm sagen, was für einen lieben Sohn er hat. Er wird dich kommen lassen, und dann werden wir uns wiedersehen. Dann will ich immer bei dir bleiben, Frederick!«

Ein paar Tage später flog Ellen über den Atlantik.

Mein lieber Frederick!

Du hast gewiß schon lange auf ein Lebenszeichen von mir gewartet. Verzeih, aber mir ist, als wäre ich auf einem anderen Planeten!

Ich fühle mich hier so fremd und unendlich weit entfernt. Der Abschied vom alten Europa ist mir viel schwerer gefallen als ich erwartet hatte. Manchmal frage ich mich, ob es anders gewesen wäre, wenn wir uns nicht kennengelernt hätten? Ich denke oft an die schönen Stunden, die wenigen, die uns vergönnt waren; an die romantischen Spaziergänge und an Deine fantastischen Geschichten. Die Suche nach Deinem Vater habe ich nicht vergessen. Aber Du mußt noch Geduld haben. Es ergaben sich Schwierigkeiten, mit denen ich absolut nicht gerechnet hatte.

Tante Martha ist eine sehr strenge Frau mit puritanischen Grundsätzen. Sie hat mir eine Stellung vermittelt, damit ich etwas verdiene, um mein Kostgeld bezahlen zu können. Doch nicht etwa, weil sie zu wenig Geld hat. Ich glaube sogar, daß sie reich ist. Aber sie sagt, es leide der Stolz, wenn man von Almosen lebt. Sicher hat die alte Dame irgendwie recht! Die Tätigkeit im Sekretariat der Städtischen Kliniken gefällt mir recht gut. Leider kann ich nur halbtags arbeiten, weil ich noch den Haushalt der Tante besorgen muß. Als ich kam, hat sie das Dienstmädchen entlassen. Nebenbei eigne ich mir die vielen medizinischen Begriffe an, die in der Schule nicht gelehrt wurden. Du siehst, mein lieber Frederick, Langweile kommt da nicht auf!

Das alles ist jedoch nicht der Grund für meine augenblickliche Untätigkeit in Sachen Deines Vaters. Es fällt mir schwer, die richtigen Worte zu finden. Ich muß deshalb weiter ausholen.

Eigentlich ist Tante Martha gar nicht so eng mit mir verwandt. Als blutjunge Kriegerwitwe eines weitläufigen Großonkels, der im Ersten Weltkrieg wenige Tage nach ihrer Eheschließung in Frankreich gefallen war, lernte sie in den Wirren der Nachkriegszeit einen amerikanischen Okkupationsoffizier kennen, der sie heiratete und mit in seine Heimat nahm. Als Stadtverordneter und engagierter Kommunalpolitiker ebnete er seiner wesentlich jüngeren Frau den Weg in die (klein)bürgerliche Gesellschaft, in der sie sich offenbar erfolgreich integrierte. Auch nach seinem Tode war sie eine angesehene Person im Gemeindeleben geblieben.

Als ich Tante Martha im Überschwang meiner Gefühle von Dir erzählte und dabei auch den Namen Deines Vaters erwähnte, schaute sie mich so entsetzt an, als hätte ich den Gottseibeiuns zitiert. Sie herrschte mich an, dieser Name dürfe in ihrer Gegenwart nie wieder erwähnt werden. Ich sollte es beschwören. Dazu führte sie mich in ein kleines Zimmer, das ich bis dahin noch nicht betreten hatte. An der Wand hing ein Bild ihres Mannes als Offizier in Paradeuniform, bekränzt mit einem Trauerflor, dessen Schleife ein goldenes Ordenskreuz trug, dabei starb er eines ganz natürlichen Todes! Waffen und Uniformteile schmückten die übrigen Wände. Das winzige Fenster war mit schwarzen Portieren verhangen, und als einziger Farbtupfer in dem düsteren Raum lag ein rotsamtenes Kissen auf dem Tischchen unter dem Bild mit weiteren Orden und Ehrenzeichen. Davor standen ein uralter Betschemel und ein Kerzenleuchter, den sie feierlich entzündete. Du kannst Dir vorstellen, lieber Frederick, daß mir unheimlich zumute war.

Flüsternd erklärte sie mir, daß Onkel Alwin ein Offizier von höchster Ehrenhaftigkeit gewesen war, ja sogar Ehrenmitglied der American Legion sei er gewesen. Hieß nicht auch die Organisation, die Deinen Vater verfolgte, so oder ähnlich? Tante Martha erinnerte sich lebhaft, mit welcher Verachtung ihr Mann zu Lebzeiten von gewissen Leuten gesprochen habe, die sich gegen die Soldatenehre vergangen hätten und die auf der schwarzen Liste der Legion stünden. Als einer der schlimmsten sei immer wieder Dein Vater genannt worden. Darum sei sie so erschrocken gewesen, als sie diesen Namen aus meinem Munde vernahm. Ich mußte ihr hoch und heilig versprechen, die Sache zu ignorieren. Sie könnte sich sonst in ihren Kreisen nie wieder sehen lassen.

Es tut mir leid, lieber Frederick, so häßliche Dinge berichten zu müssen, aber es nützt ja auch nichts, wenn wir unsere Köpfe in den Sand stecken. Ich werde sicher Mittel und Wege finden, Dir zu helfen. Nur im Augenblick muß ich ein wenig Gras darüber wachsen lassen.

Es ist schon tief in der Nacht. Vor Müdigkeit fallen mir die Augen zu. Ich hoffe sehr, daß es Dir und den Scheufeles gut geht. Grüße sie alle von mir, besonders Fanny, die immer besonders nett zu mir war. In treuer Freundschaft sende ich Dir herzliche Grüße!
Deine Ellen.

Viele Wochen waren ins Land gegangen. Frederick hatte all seine Hoffnungen, die er in Ellen setzte, schon aufgegeben, als er wieder einen Brief von ihr erhielt.

... heute muß ich Abbitte leisten für meine Kleingläubigkeit. Aber Du mußt verstehen, lieber Frederick, wie groß meine Enttäuschung war, als ich keine Antwort auf meinen Brief erhielt. Doch jetzt weiß ich, daß Du mir geschrieben hast, sogar zweimal! Herzlichen Dank! Sicher waren es schöne Worte, die ich leider nie zu Gesicht bekam.

Zufällig erfuhr ich es von unserem Briefträger und habe Tante zur Rede gestellt. Sie gab offen zu, die Briefe unterschlagen und verbrannt zu haben. Zu meinem Besten, sagte sie. Es kam zu einem furchtbaren Streit, nach dem ich das Haus verließ. Du brauchst Dir aber keine Gedanken darüber zu machen. Die Briefe waren nur der letzte Anstoß für ein Aufbegehren, das längst fällig war. Diese Frau hat mich in niederträchtigster Weise gequält und ausgenützt.

Ich wohne jetzt bei einer Kollegin, einer Deutschen, die schon vor dem Kriege ausgewandert ist. Wir verstehen uns gut. Da ich nun den vollen Tag in der Klinik bin, habe ich auch keine wirtschaftlichen Sorgen. Die Vorgesetzten schätzen meine Mitarbeit. Die böse Tante wird sich hüten, mir Schwierigkeiten zu machen, steht doch ihr eigenes Renommee auf dem Spiel. So kann ich auch die Sache mit Deinem Vater wieder aufnehmen ...

Kurze Zeit danach kam ein weiterer Brief. Er enthielt einen Zeitungsausschnitt, der in einer New Yorker Boulevard-Illustrierten erschienen war.

... stell Dir vor, ein Patient, der in meinem Büro eine Erklärung unterschreiben sollte, legte die *Daily News* auf den Tisch. Bis er sein Formular durchgelesen hatte, betrachtete ich gelangweilt das Bild, das gerade obenauf lag, und überflog den dazugehörenden Artikel. Meine Reaktion war so heftig, daß der Mann kopfschüttelnd sagte, wenn mich das so sehr interessiere, dürfe ich die Zeitung gerne behalten ...

Das Foto zeigte einen über die Böschung der Straße gestürzten Lastkraftwagen. Der Chauffeur wurde offenbar herausgeschleudert und fiel so unglücklich, daß ihn das umkippende Fahrzeug unter sich begrub. Nur die seltsam verquer liegenden Beine ragten aus den Trümmern des zermalmten Fahrerhauses. Die fettgedruckte Bildunterschrift sprang reißerisch ins Auge:

Neuer Spuk auf der Gespensterfarm?

Richmond Jan. 28. (UPI) Für diesen schweren Unfall, der sich gestern Abend zwischen Honey Brook und Coatsville ereignete, konnte die Polizei weder Hergang noch Ursache feststellen. Augenzeugen gibt es nicht. Bemerkenswert ist jedoch, daß der Lieferwagen und sein Fahrer zu jener Farm in Bryn Mawr bei Charles City gehören, von der sich hartnäckig das Gerücht hält, es würde dort spuken.

Eigentümer ist der Millionär R. Dollberg, der als notorischer Militärdienstverweigerer im Ersten Weltkrieg für Aufsehen gesorgt hat. Es gelang ihm, sich auf abenteuerliche Weise zwanzig Jahre lang der amerikanischen Justiz zu entziehen. Als man seiner endlich habhaft wurde, verurteilte ihn ein Kriegsgericht zu sieben Jahren Zuchthaus, von denen er fünf verbüßt hatte, als er wieder auf freien Fuß gesetzt wurde. Danach erwarb er die jahrelang leerstehende Farm, auf der sich in der Folgezeit, wir berichteten mehrmals darüber, immer wieder mysteriöse Vorfälle ereigneten, die das Anwesen schließlich so in Verruf brachten, daß heute kaum noch jemand dort arbeiten will.

Wie wir in Erfahrung gebracht haben, handelt es sich bei dem tödlich verunglückten Fahrer um einen Indianer, der die Nachfolge des letzten Verwalters angetreten hatte, nachdem dieser ohne Angabe von Gründen kündigte und mit allen weißen Landarbeitern die Farm verließ. Dollberg, der kränklich ist und sich häufig im Hospital aufhalten muß, bewirtschaftet die Farm jetzt schlecht und recht ausschließlich mit Farbigen.

Nun hatte Frederick eine Adresse, an die er schreiben konnte. Seine Hoffnung, die Zeilen möchten den Vater erreichen, ging tatsächlich in Erfüllung. Eines Tages hielt er mit klopfendem Herzen einen Luftpostbrief in der Hand.

Mein lieber Frederick!

Habe lange nichts von Dir gehört und konnte Dir nicht schreiben, weil ich Deine Adresse nicht wußte. Hoffentlich kommt dieser Brief gut an. Probieren geht über studieren. Vielleicht kannst Du nach Amerika kommen. Darf man Geld nach Deutschland schicken? Oder ist das verboten? Sind die Franzmänner dort oder die Engländer? Was macht Markus? Lebt er noch? Ich habe viele gute Stunden mit ihm erlebt. Wie geht es Sophie und Fanny? Bin neugierig, was aus der Scheufelefamilie geworden ist. Haben die Weingartener noch den Blutritt? Habe ihn drei- oder viermal gesehen.

Ich tue hier alles Mögliche, um nach Deutschland zu kommen, um Dich zu sehen. Werde am besten über die Schweiz kommen und Dir von dort Nachricht geben, wo Du mich antreffen kannst. Hoffentlich geht alles gut! Wir werden viel Spaß haben in der alten Heimat. Ich habe viel zu erzählen. Grüße an alle und Glückwünsche für Dich. R.D.

Es entwickelte sich ein Schriftwechsel mit großen Pausen und vielen Lücken. Nicht alle Briefe kamen an. Ralf wechselte häufig die Anschrift. Meist waren es Schließfächer in kleineren Postämtern.

Lieber Frederick!

Habe Deinen Brief vom August gut erhalten. Vielen Dank dafür. Dein Foto gefällt mir gut. Ich hoffe, bald nach Deutschland zu kommen. Du weißt ja, daß die Amerikaner mir keinen Reisepaß ausstellen. Seit langem bemühe ich mich, einen Paß für Staatenlose zu bekommen, für einen Besuch in Deutschland, bei Dir. Die Sache geht aber nicht vorwärts.

Das Wetter ist hier sehr schlecht: viel Hitze und Feuchtigkeit! Es ist kaum auszuhalten. Die ganze Welt scheint verrückt zu sein; ich glaube, alles geht zum Teufel in der baldigen Zukunft. Wie sieht es drüben aus? Hier glauben die meisten Leute, daß bald ein dritter Weltkrieg kommt.

Kann nicht vor Herbst reisen, weil alle Dampfer voll besetzt sind. Auf baldiges Wiedersehen!

Viele Grüße an Dich und die alten Freunde. R.D.

P.S.: Ich suche schon lange ein deutsches Kochbuch. Die Verfasserin ist M. Schandri. Den Verlag weiß ich nicht mehr. Kannst Du mir solches besorgen?

Mein lieber Frederick!

Das Kochbuch und Dein Brief vom 6. Oktober, zu meinem Geburtstag, sind gut angekommen. Vielen herzlichen Dank! Ich habe alles Mögliche probiert, um nach dorten zu kommen. War beim schweizerischen und beim deutschen Konsulat, aber beide sagten, sie könnten mir nicht helfen, solange ich keinen Reisepaß von den Amerikanern habe. Vielleicht kannst Du bei der württembergischen Regierung in Stuttgart mit Hilfe der Weingartener Behörde erreichen, daß sie mir einen Paß für Staatenlose ausstellen. Ich hatte früher schon einmal so einen Paß vom Oberamt Ravensburg. Markus kann sich bestimmt erinnern. Ich besitze so viel Vermögen, daß ich dem deutschen Staat niemals zur Last fallen würde. Die Beweise dafür könnte ich dem deutschen Konsulat in Philadelphia vorlegen.

Also, sieh mal zu, was Du fertigbringen kannst. Probieren geht über studieren! Ich lege diesem Brief hundert Dollar bei. Wenn es durchgeht, sende ich mehr in Zukunft. Hoffe, Dich bald zu sehen. Schreibe nur noch an die neue Adresse! Alles Gute. R.D.

Lieber Frederick!

Habe Deinen Brief von Weihnachten erst heute (Februar 24) erhalten. Sonst habe ich keinen bekommen. Nein, ich war nicht krank, aber vier Schneestürme kamen hintereinander, so daß alle Wege fürs Auto und sogar für die Eisenbahn nicht passierbar waren. Ich war sechs Wochen von der Außenwelt abgeschlossen.

Schreibe in Zukunft nur an die neue Adresse! Das Paßfoto sende ich Dir so schnell wie möglich. Ich glaube, Dein Kunstgriff ist wunderbar. Habe dasselbe auch schon gemacht, viele Jahre zurück, um einen Paß zu bekommen. Du bist gerade so schlau wie Dein Vater, und ich denke, wir werden es schaffen.

Ich schreibe Dir öfter, sobald ich aus diesem Schnee und Eis herauskomme. So ein Wetter habe ich noch nie erlebt! Es scheint, als ob die Natur ebenso verrückt geworden ist wie die Menschen. Du bist der einzige, der mir helfen kann, und ich werde Dich reichlich belohnen, sobald ich dort ankomme.

Mit den größten Hoffnungen R.D.

Danach hörte Frederick nichts mehr von Ralf Dollberg. Seine eigenen Briefe blieben unbeantwortet oder kamen mit dem Vermerk »Unzustellbar« zurück.

Er berichtete Ellen während der ganzen Zeit über den Stand der Dinge. Sie hatte inzwischen im Deutschen Club einen sehr vermögenden Geschäftsmann kennengelernt und Frederick in aller Freundschaft mitgeteilt, daß sie diesen heiraten werde. Michael Steinschneider, ein vornehmer Herr mit grauen Schläfen. Bei seiner Reife und Ausgeglichenheit fühlte sich Ellen nach den

Verwirrungen der jüngsten Vergangenheit wohl und geborgen. Großzügig zeigte er volles Verständnis dafür, daß sie in alter Verbundenheit mit ihrem Jugendfreund weiterhin in der Sache Dollberg aktiv sein möchte. Der Fall interessierte ihn und er war sogar bereit, mit seiner jungen Frau nach Philadelphia zu fahren, um von dort aus persönliche Recherchen anzustellen.

Der stahlblaue Chevrolet verließ das verschlafene Provinzstädtchen Charles City in westlicher Richtung. Die staubige Landstraße führte schnurgerade in die baumlose Ebene hinein und verlor sich in der flimmernden Atmosphäre. Nur Telegrafenmasten säumten den Weg. Dann tauchten vereinzelt kärgliche Holzhütten auf, wie Relikte aus der Goldgräberzeit. Ein verwittertes Ortsschild besagte, daß sie Bryn Mawr erreicht hatten. Die dem kleinen Dorfplatz zugewandten Fassaden standen in einem Mißverhältnis zu den sich dahinter verbergenden Häusern. Sie erinnerten eher an die Kulissen eines Wildwestfilmes. Kein Mensch ließ sich blicken, als der elegante Wagen über die vom Regen ausgewaschenen Schlaglöcher rumpelte. Nur ein angepflockter Esel, den die Räude plagte, wälzte sich auf der Erde und stieß kurze, heisere Schreie aus. Jetzt bemerkten die beiden ein altes, verhutzeltes Weib, das am Ziehbrunnen Wasser schöpfte.

Als Ellen nach der Dollbergfarm fragte, ließ die Alte den Eimer fallen, schlug die Hände vor's Gesicht und humpelte so schnell sie konnte davon. Ein kleiner Junge schob neugierig den Kopf durch einen Türspalt und schaute zu den Fremden herüber. Zögernd kam er näher, als Michael ihm ein Päckchen Kaugummi anbot. Ellen wiederholte ihre Frage. Da nickte der Knabe eifrig, lief ein Stück voraus und zeigte auf einen von tiefen Reifenspuren zerfurchten Feldweg, der auf ein fernes Gatter zulief. Über die breite Öffnung des Zaunes wölbte sich, auf zwei klotzigen Pfosten gestützt, ein hölzerner Jochbogen, an dessen Stirnseite die aus Messingblech getriebenen Initialen R D prangten. Michael deutete hinauf: »Offenbar sind wir auf dem richtigen Weg.«

»Ich bin gespannt, wie er uns empfangen wird«, rief Ellen aus und lachte unternehmungslustig.

»Immerhin hat er den Schlagbaum für uns öffnen lassen«, bemerkte Michael anzüglich grinsend.

Von hier an begrenzte niedriges Buschwerk die leidlich befestigte Fahrstraße, und bald bildeten Baumreihen eine Allee, die in einen weiten Vorhof mündete. Das Anwesen lag wie ausgestorben da. Aufgescheucht flatterte ein Schwarm wilder Tauben hoch, um sich wenige Meter weiter wieder gurrend niederzulassen. Entschlossen betätigte Ellen den derben Klingelzug, der neben der Eingangstür baumelte. In den verklingenden Glockenton mischte sich das aufgeschreckte Meckern einer Ziege. Dann hörten sie schlurfende Schritte. Mit kreischenden Angeln öffnete sich langsam das schwere Portal. Ein alter Neger mit schlohweißem Kraushaar streckte seinen riesigen Kopf durch den Spalt und blickte mit ängstlich aufgerissenen Augen mißtrauisch auf die Fremden.

»Wir sind Freunde von Mister Dollberg!« erklärte Ellen mit sanfter Stimme und ging zielstrebig auf den Alten zu, der immer noch unschlüssig hinter der Tür stand.

»Bitte, melden Sie uns bei Mister Dollberg! Mein Name ist Steinschneider. Wir kommen aus Deutschland,« sagte Michael energisch und trat nun ebenfalls an den Schwarzen heran, der zögernd den Eingang frei gab. Jetzt erst sahen die beiden, daß er an Krücken ging. Ein Bein war unterhalb des Knies amputiert.

»Ich bitte die Herrschaften ergebenst einzutreten«, murmelte er devot. Schwerfällig humpelte er voraus. Die im Weg stehende Ziege schubste er schimpfend mit seinem Beinstumpf weg. Gakkernd flogen ein paar Hühner über den Küchentisch und verkrochen sich unter dem Herd, in dem ein Feuer brannte. Das Wasser im Topf brodelte. Der Alte rückte zwei Stühle zurecht und bat die Fremden, Platz zu nehmen. Er selbst ließ sich in einen Sessel fallen und legte die Krücken beiseite.

»Ich bin Jeremy, der Kuhhirte«, brummte er und wischte mit dem Ärmel Federn und Krümel vom Tisch. Tausend Runzeln durchzogen das welke Gesicht wie Gleise einen Verschiebebahnhof. »Dürfte ich den Herrschaften vielleicht Kaffee anbieten?«

Er versuchte umständlich, das heiße Wasser in die Emaillekanne zu schütten. »Gern, Jeremy«, sagte Ellen freundlich, »ich werde Ihnen dabei helfen.« Sie setzte ihre Ankündigung sofort in die Tat um.

»Danke, Madam, ich bin schon daran gewöhnt, alles selbst zu machen, bin tatsächlich ganz allein! Als ich vor zwei Wochen aus dem Spital kam, waren alle weg, sogar die Tiere. Total leer die Farm, alles saubergefegt wie verhext! Glauben Sie an Gespenster? Alle sagen, hier würde es spuken ...«

Ellen unterbrach das wirre Gefasel des Alten: »Trinken Sie schwarz oder ...?«

»Es gibt nur Ziegenmilch, Madam. Schmeckt aber ganz gut. Die Ziege ist mir zugelaufen, müssen Sie wissen, die Hühner habe ich, ich wollte sagen, die sind mir zugeflogen.«

»... und Sie wissen nicht, wo sich Mister Dollberg aufhält?« versuchte Michael, das Gespräch wieder in konkrete Bahnen zu lenken.

»Nein, Sir, ich schwöre es bei Gott!« stammelte der alte Jeremy verlegen, »als Jessica tot war und die paar Leute, die noch da waren, ebenfalls wegliefen, da war ich lange Zeit ganz allein mit Master Dollberg. Wir bekamen um alles in der Welt kein Personal. Es war verrückt, Niemand wollte auf der Spukfarm arbeiten! Ich schuftete für drei bis zu meinem Unfall ...«

Er schlug mit der flachen Hand auf sein verkrüppeltes Bein und schüttelte verzweifelt den Kopf. »... aber es war kein Unfall! Gott ist mein Zeuge.«

Michael bot dem Alten eine Zigarette an und gab ihm Feuer. Gierig sog Jeremy den Rauch in die Lungen. Das schien ihn zu beruhigen. »Erzählen Sie uns jetzt bitte der Reihe nach, was sich hier zugetragen hat. Wer ist Jessica?«

»Gewiß, Sir, gewiß, aber es ist verrückt. Jessica war unsere Haushälterin, wenn Sie so wollen, eine dicke alte Mammi, ho, ho ...« er lachte schallend und deutete mit einer weit ausholenden Armbewegung ihren offenbar beträchtlichen Leibesumfang an. »Eigentlich war sie Mädchen für alles, aber eine Seele von Mensch, das kann Gott bezeugen, Madam. Master Dollberg mochte Jessica gern, weil sie fabelhaft kochen konnte, und eine treue Seele war sie, weiß Gott.«

Michael trommelte ungeduldig mit den Fingerkuppen auf die Tischplatte, aber Ellen zwinkerte ihm lächelnd zu und fragte den Schwarzen mit sanfter Stimme: »Warum mußte Jessica sterben, Jeremy?«

»Das war so, Madam, sehen Sie dort!« Er zeigte zum Fenster hinaus. Der Blick fiel auf einen hochstelzigen Wasserbehälter, der beängstigend schief in der Landschaft stand.

»Eines Nachts, in der Dunkelheit, kamen sie und schlugen einen Strebepfeiler des Wasserturms kaputt. Er neigte sich schon, und wäre gewiß ganz umgefallen, wenn nicht Jessica etwas Verdächtiges gehört hätte und mit Tyrass, das war unser Hund, ein Hirtenhund, der das Vieh auf der Weide bewachte ...

Ein Prachttier, das dürfen Sie mir glauben, Sir ...«

Er verstand Michaels strengen Blick sofort und redete schnell weiter: »Verzeihung, Sir! Jessica ging also mit Tyrass und einer Laterne nach dem Rechten sehen. Dann knallte es ein paarmal. Aufgeschreckt aus dem Schlaf, rannten wir alle hinaus, zündeten Fakeln an und fanden sie beide tot, Jessica und Tyrass, aus nächster Nähe abgefeuerte Schrotladungen hatten ihre Körper durchlöchert, zerfetzt. Gott im Himmel, sie waren grauenhaft zugerichtet. Die einen sagten, es war ein Spuk. Andere flüsterten etwas vom Ku-Klux-Klan, und der Sheriff meinte, eine Untersuchung wäre sinnlos, weil es bei Schrotflinten nicht möglich sei, die Waffe und ihren Besitzer zu identifizieren. Er glaubte, es wäre eine herumstreunende Diebesbande, die man eines Tages schon erwischen werde. Ich denke, es waren die Leute, die schon öfter etwas gegen Master Dollberg angezettelt haben. Ich glaube nicht an Gespenster, und was sollte ein Dieb mit dem Wasserturm anfangen?«

Ellen und Michael sahen sich verständnisvoll an. »... und wie ging es bei Ihrem Unfall zu, Jeremy?«

»Das war so, Madam, Verzeihung, Mister, eine meiner Aufgaben war es, die Kühe zu melken und die Milchkannen an die Dorfstraße zu karren. Dort werden sie täglich eingesammelt und nach Charles City in die Molkerei transportiert. An dem Unglückstag schickten sie nicht den Lastkraftwagen, sondern ein Pferdefuhrwerk. Das kam manchmal vor, wenn das Auto kaputt war oder anderswo gebraucht wurde. Ich hatte gerade meine Kannen auf die Rampe gestellt, da preschte das Gespann schon heran. Es sah so aus, als wären die Pferde durchgegangen. Die Kannen stürzten vom Podest und die Milch floß auf die Straße. Da griff ich in die Zügel. Und mit Pferden weiß ich umzugehen, das dürfen Sie mir glauben, Sir, habe schon viele scheuende Pferde zum Stehen gebracht. Aber der Kutscher, ich hatte ihn noch nie gesehen und sah ihn auch später nicht wieder, er schlug mit der Peitsche wie wild auf die Tiere ein. Es war verrückt, Sir! Alles ging blitzschnell. Als die Pferde samt Wagen über mich hinwegrasten, verlor ich das Bewußtsein.

Alle sagten, es wäre ein bedauerlicher Unfall gewesen und ich dürfe Gott danken, daß ich überhaupt noch lebte. Bill Henderson, der Sheriff, der alles zu Protokoll nahm, sagte, ich sollte in meinem eigenen Interesse unterschreiben, wegen der Invalidenrente. Wenn es nämlich kein Unfall, sondern ein Anschlag gewesen wäre, wie ich immer wieder behauptet habe, und Bill meinte, ich bilde mir das alles nur aufgrund des Schocks ein, dann müßte die Polizei nach einem Täter fahnden, der gar nicht existiere, und die Versicherung der Farmergenossenschaft wäre aus dem Schneider, weil sie dem Opfer eines Verbrechens keine Unterstützung zahlen müßte. Das leuchtete mir ein, und da habe ich eben unterschrieben, daß es ein Unfall war. Was sollte ich denn machen, Sir? Ich habe ja sonst nichts zum Leben mit einem halben Bein! Und Master Dollberg war auch nicht mehr da. Es ist verrückt!

Wie ein böser Traum, aber trotzdem, Sir, der alte Jeremy glaubt nicht an Gespenster. Und ein Unfall war es auch nicht!«

Die beiden Amateurdetektive fuhren zurück nach Charles City. Michael hatte Blut geleckt und wollte jetzt unbedingt am Ball bleiben. Schließlich fanden sie auch das Office des Districtsheriffs und hatten das große Glück, ihn persönlich anzutreffen, wie Bill Henderson, der breitbeinig unter der Tür stand, selbstgefällig versicherte. Der rotblonde Hüne schob dabei den Rangerhut ins Genick. Seine wasserblauen Augen strahlten jungenhaft aus dem sommersprossigen Gesicht, als er die Besucher mit einer saloppen Verbeugung in sein Büro bat. Michael dankte höflich, und Ellen dachte bei sich: »Er könnte mir fast sympathisch sein, wäre da nicht der zynisch grinsende Mund, der breiter zu sein scheint als die ohnehin schon beachtliche Kinnlade.«

Henderson hängte den Pistolengürtel mit dem schweren Colt über die Stuhllehne und schleuderte seinen Hut mit artistischer Geschicklichkeit auf einen altersschwachen Kleiderständer.

»Sie interessieren sich für die Dollbergfarm?«

Die beiden konnten ihre Überraschung nicht verbergen. Der Sheriff beantwortete ihre fragenden Blicke mit der lapidaren Erklärung: »Ach, wissen Sie, hier auf dem Lande ist nicht viel los, da machen derartige Neuigkeiten schnell die Runde.«

Er schob einen neuen Kaugummi zwischen seine kräftigen Zähne. »Um ganz offen zu sein, wir wären alle froh, wenn wir vernünftige Leute auf die verdammte Farm kriegten.« Dabei taxierte er Ellen mit einem unverschämten Blick.

»Leerstehende Anwesen sind wie kranke Stellen im Organismus. Sie werden schnell zu Schlupfwinkeln von Desperados, die unsere Gegend unsicher machen könnten. Außerdem wäre dem armen Teufel geholfen, Jeremy. Sie haben ihn ja schon kennengelernt! Würden Sie ihn übernehmen? Wäre kein Fehler! Natürlich, immer vorausgesetzt, daß die Alte, Verzeihung! Ich meine, wenn Mistress Dollberg überhaupt verkauft.«

»Sehen Sie, Mister Henderson, das ist der springende Punkt! Bevor wir Pläne schmieden, wollen wir mit Mister Dollberg sprechen. Wir glaubten, ihn hier anzutreffen.«

Der Sheriff warf einen argwöhnischen Blick auf Michael. »Nun, mir scheint, Sie wissen weniger als ich dachte! Dollberg ist nämlich krank. Verstehen Sie?«

Er tippte mit dem Finger an die Stirn. Als er die erstaunten Blicke der beiden sah, winkte er zunächst verächtlich ab, dann aber holte er tief Luft und berichtete: »Nun, ich erlebte seinen letzten Auftritt, verdammt widerlich, kann ich Ihnen sagen! Er ist wohl der verhaßteste Mensch, den ich je gekannt habe. Trotz seiner Millionen blieb er eben immer der verdammte Drückeberger und Vaterlandsverräter. Er desertierte im Ersten Weltkrieg, da war ich noch lange nicht auf der Welt! Aber Amerika hat ihm nie verziehen. Sie müssen sich mal vorstellen: sein Leben lang gejagt, die besten Jahre im Zuchthaus, von der Familie verlassen, das hat er nicht gepackt! Auf der Farm glaubte er, sich verkriechen zu können, aber seine Feinde oder diejenigen, die ihn zu ihrem Feindbild machten, wenn Sie verstehen, was ich meine, das waren verdammt viele und einflußreiche Leute. Die ließen ihn nicht in Frieden. Schließlich war er ganz allein, nachdem der letzte seiner Getreuen, der alte Jeremy ›verunglückt‹ war.«

Bill Henderson spuckte seinen Kaugummi in den Papierkorb. Dann schaute er seine beiden Besucher nachdenklich an, als überlege er, ob er überhaupt weiterreden sollte. Nach einem tiefen Räuspern fuhr er schließlich fort: »Meilenweit hörte man in jener Nacht die Schreie der Tiere, die kein Futter bekamen, das Brüllen der Kühe, die gemolken werden sollten. Da haben sie mich alarmiert. Die verdammten Nachbarn gingen nicht rüber! So fuhren wir eben hinaus. Ich hatte Ben Dorset, den Hilfssheriff, mitgenommen.

Als wir uns der Farm näherten, dröhnten plötzlich Schüsse durch das laut vernehmbare Muhen der Kühe. Wir dachten schon, der verdammte Irre schießt auf uns und gingen in Deckung. Bei jedem Schuß wurde das Gebrüll leiser, und näherkommend hörten wir auch das dumpfe Fallen der schweren Körper. Da schwante mir die grausige Wahrheit. Ich rannte über den Hof, schoß ein paarmal in die Luft und rief laut seinen Namen. Für ein paar Augenblicke trat tiefe Stille ein. Dann wankte er aus dem Stall, warf mir die noch rauchende 45er Magnum vor die Füße und stöhnte mit schluchzender Stimme, er hätte das nicht mehr mit anhören können.

Er ließ sich widerstandslos abführen. Wir brachten ihn zunächst aufs Revier und später ins Krankenhaus. Judge Farrow, der Friedensrichter, setzte sich mit Dollbergs geschiedener Frau in Verbindung. Sie hat ihn dann binnen kurzem abholen lassen.«

»... und die Tiere?« fragte Ellen erschüttert.

»Die holte der Abdecker, und was noch lebte, kam unter den Hammer. Den Rest besorgte eine Reinigungskolonne. Das Anwesen ist doch einigermaßen in Ordnung, oder?«

»Oh ja, gewiß doch«, bestätigte Michael und kam wieder zu der Kernfrage: »... aber wo hält sich Mister Dollberg jetzt auf?«

Achselzuckend meinte Henderson: »Keine Ahnung, vermutlich in irgendeinem Sanatorium. Doch halt, Moment mal, da kommt mir eine Idee ...« Er kramte in seiner Schublade, zog eine abgegriffene Kladde heraus und blätterte darin.

»Ah ja, hier ist es! Sehen Sie, eine Anwaltsfirma aus Philadelphia hat die Übernahme des Patienten bestätigt: Harrison & Harrison, Unterschrift: Sinclair Walton oder Malton. An diese Kanzlei könnten Sie sich doch wenden.«

»Ausgezeichnet, Mister Henderson! Damit haben Sie uns sehr geholfen!« sagte Michael, der sich Anschrift und Namen notierte. »Vielen Dank!«

Dann spielte er seine Rolle noch zu Ende: »Falls wir mit den Dollbergs handelseinig werden, dürfen Sie uns beim nächsten Mal als neue Bürger von Charles City willkommen heißen!«

»Das würde ich mit Vergnügen tun«, feixte Henderson und streckte den beiden seine riesige Pranke entgegen.

»... und wir freuen uns, in naher Zukunft unter dem Schutz eines so umsichtigen Sheriffs zu stehen«, fügte Ellen süßlich lächelnd hinzu.

26. Das Ende

Michael Steinschneider mußte sich wieder um seine Geschäfte kümmern. Außerdem hatte er das ungute Gefühl, sich fast schon zu weit in diese doch sehr private Angelegenheit eingemischt zu haben. Ellen verstand das durchaus. Sie wollte Frederick nur noch die Adresse der Rechtsanwaltskanzlei mitteilen, an die er sich mit seinem Anliegen wenden sollte. Sie hatte ja nun, weiß Gott, alles Mögliche unternommen, und Michael hatte sich wirklich über die Maßen engagiert. Ellen empfand tiefe Dankbarkeit für ihren Mann, denn sie sah in seinem Verhalten den Beweis seiner Liebe und seines Vertrauens. Glücklich und zufrieden machte sie sich daran, dem fernen Freund von den Ermittlungen in Charles City zu berichten. Plötzlich stand Michael hinter ihr und streichelte zärtlich über die blonden Flechten ihrer Gretchenfrisur.

»Verzeih', mein Liebes, wenn ich Dich störe, aber die Sache geht mir nicht aus dem Kopf. Ich habe nochmals über alles nachgedacht und bin zu der Erkenntnis gekommen, daß es nicht gut ist, wenn Frederick sich an den Anwalt in Philadelphia wendet.

Laß uns noch einmal rekapitulieren, was eigentlich geschehen ist. Nachdem die Behörden von Charles City Frau Dollberg mitgeteilt haben, daß ihr Mann sehr krank sei, beauftragte sie spontan die Kanzlei mit dessen Unterbringung in einem adäquaten Pflegeheim. Sie hatte mindestens zwei Gründe, diese Initiative zu ergreifen: der eine war mit Sicherheit das Geld, das sie unter ihre Kontrolle bekommen wollte; der andere mochte zugegebenermaßen die Pietät gegenüber dem Vater ihrer Kinder sein.

Worauf ich aber eigentlich hinaus will, ist folgendes: Diese Frau betraut doch nicht irgendein Büro mit einer so heiklen Angelegenheit, sondern den Anwalt ihres Vertrauens, mit dem sie meiner Meinung nach schon im Hinblick auf die Dollbergschen Vermögensverhältnisse in einem dauernden und vermutlich sehr engen Konnex stehen dürfte. Dieser Mister Harrison hat also in erster Linie ihre Interessen zu wahren. Und was würde der mit einem Brief von Frederick machen?«

Ellen faßte sich an die Stirn. »Du hast natürlich recht, mein kluger Micha! Sie wird alles tun, um diesen für sie fremden Eindringling abzuwehren!«

»Siehst Du, meine Liebe, das ist der wunde Punkt! Frederick muß damit selbst fertig werden, dabei können wir ihm nicht helfen. Aber, wir sollten ihm eine Basis schaffen.«

Ellen, die ein wenig traurig, aber voller Verständnis genickt hatte, schaute bei seinen letzten Worten gespannt zu ihm auf. »... und, wie stellst du dir das vor?«

»Nun, die Verhältnisse in Deutschland haben sich inzwischen wesentlich gebessert. Das Reisen ist freizügiger geworden. Der junge Mann könnte doch ein paar Wochen bei uns verbringen.«

Ellen war erschrocken, faßte sich aber schnell wieder. »Ist das dein Ernst?«

»Natürlich, oder hast du irgendwelche Bedenken?«

Sie schaute ihrem Mann tief in die Augen. »Nein, Micha, was meine Person betrifft, ganz bestimmt nicht!«

»Na also, schreib ihm, er sei herzlich eingeladen. Er kann sich ja revanchieren, wenn wir im nächsten Jahr Old Germany besuchen.«

Wenige Wochen später landete Frederick als deutscher Tourist in New York. Ellen und Michael holten ihn vom La Guardia Airport ab. Die Männer waren sich auf Anhieb sympathisch, und Ellen wurde schon eifersüchtig, weil die beiden dauernd die Köpfe zusammensteckten und wie kleine Jungen blödelten. Dabei könnten sie beinahe Vater und Sohn sein. Bei ausgedehnten Exkursionen sollte Frederick die amerikanische Art zu leben kennenlernen, damit er sich so schnell wie möglich selbständig bewegen konnte. Durch alle Unternehmungen lief aber wie ein roter Faden das Thema Ralf Dollberg. In lebhaften Diskussionen schmiedeten die drei Verschworenen Pläne, wie das Geheimnis seines Aufenthaltes zu lösen sei und wie Frederick mit seinem Vater zusammenkommen könne. Wenn die Steinschneiders ihren persönlichen Aufgaben nachkommen mußten, hatte Frederick seine Sprachkenntnisse zu vertiefen und sich vor allem den amerikanischen Slang anzueignen.

Michael studierte immer wieder die Notizen, die er in Charles

City gemacht hatte. Dann kombinierte er in der Manier von Sherlock Holmes, dessen Abenteuer zu seiner Lieblingslektüre zählten und den er köstlich zu persiflieren wußte: »Der Fall liegt sonnenklar vor meinem inneren Auge, lieber Watson. Wir können mit einer an Sicherheit grenzenden Wahrscheinlichkeit davon ausgehen, daß jener Mann, der Dollberg unter seine Fittiche nahm, ein Angestellter der Kanzlei Harrison war. Nach den Gesetzen der Logik dürfen wir weiterhin annehmen, daß dieser seinen Schutzbefohlenen auf dem schnellsten Wege in das Sanatorium X gebracht hat. Da uns der Name dieses Mannes bekannt ist, brauchen wir ihn nur um die Adresse zu bitten ...«

»... die er natürlich niemals bekanntgeben wird!« bremste Ellen den Elan ihres Hobbydetektivs.

»Selbstverständlich müssen wir ihn motivieren, mein Liebes! Paß auf, ich bin der Friedensrichter von Charles City und du bist meine Sekretärin, und dort drüben steht unser Komplize, das Telefon.«

Das Telefon im Sekretariat der vornehmsten Anwaltskanzlei von Philadelphia klingelte. Die üppige Blondine stellte mürrisch ihre Kaffeetasse ab.

»Harrison & Harrison. Guten Tag! Sie wünschen?«

»Guten Tag! Hier ist der Districtcourt von Charles City«, meldete sich Ellen sachlich kühl, »Judge Farrow wünscht Mister Sinclair Malton zu sprechen, in einer dringenden Angelegenheit.«

»Moment bitte, ich höre nach, ob sich Mister Malton im Hause befindet.«

Die drei sahen sich gespannt an. Michael schmunzelte vergnügt. Solche Dinge machten ihm einen Heidenspaß.

»Hallo, Charles City, sind Sie noch dran? Mister Malton ist sprechbereit. Ich stelle durch.« Es knackte ein paarmal in der Leitung, dann schnarrte eine Fistelstimme aus der Hörmuschel: »Sinclair Malton, von Harrison & Harrison, bitte ...«

Michael sprach im jovialen Tonfall eines älteren Kollegen. »Hallo, Malton, hier spricht Farrow. Ich hoffe, es geht Ihnen gut, wenigstens besser als mir ...« Seine kehligen Laute nahmen eine wehleidige Färbung an.

»Sie wissen ja, mein verflixtes Ischias! Leider, mein Lieber, wurde unsere Bekanntschaft von jener peinlichen Angelegenheit überschattet, und Sie werden es nicht glauben, ich habe immer noch Ärger mit diesem Kasus. Sie erinnern sich doch, der Verrückte, Entschuldigung, ich meine diesen fragwürdigen Mister Dollberg.« Er machte eine effektvolle Pause.

»Ja, ja, natürlich, Sir, gewiß erinnere ich mich, aber das ist doch längst erledigt!«

»Erledigt, sagen Sie! Was heißt erledigt? Sie müssen wissen, mein lieber Malton, ich habe hier die Bundeskriminalpolizei am Hals, wegen der obskuren Vorgänge auf dieser verflixten Farm. Stellen Sie sich vor, das FBI glaubt, man habe Dollberg gelyncht und irgendwo eingebuddelt, ho, ho. Und ich, sagen sie, stecke mit der Feme unter einer Decke. Was sagen Sie nun? Sinclair, Sie haben den Mann hier weggeholt! Und seither ist er spurlos verschwunden.«

»Aber ich bitte Sie, Judge Farrow, Dollberg ist keineswegs verschwunden! Ich persönlich habe ihn wohlbehalten in Heavenscorner eingeliefert! Was sagen Sie, das FBI? Hm, peinlich! Die Familie wünschte strikte Diskretion. Aus begreiflichen Gründen! Die Leute vom FBI sollen sich an mich oder besser noch an Mister Harrison wenden. Amtsintern können wir die Adresse sicher bekanntgeben, denke ich.«

»Na, das beruhigt mich ungemein. Haben Sie herzlichen Dank, mein lieber Malton!«

»Aber bitte sehr, Judge Farrow, es war mir eine Ehre! Und gute Besserung für Ihr Zipperlein. Bye!«

Süffisant lächelnd legte Sinclair Malton den Hörer auf die Gabel. »Diese Hinterwäldler haben vielleicht Sorgen!« maulte er noch.

Michael hingegen schmunzelte siegesbewußt. »Es geht doch nichts über die Verschwiegenheit eines Advokaten!«

»Können wir denn mit dem, was dem Herrn da herausgerutscht ist, etwas anfangen?« fragte Frederick kleinlaut.

»Aber klar doch! Es gibt wahrscheinlich viele Orte mit diesem schönen Namen Heavenscorner, aber sicher nur einen mit so'ner hochkarätigen Klapsmühle. Entschuldige, wollte sagen Sanatorium.« Er warf Frederick einen zerknirschten Blick zu.

»Alles klar, Michael, hab's nicht so aufgefaßt! Aber, wie geht es denn jetzt weiter?« Der engagierte Tüftler studierte bereits Adreßbücher und Landkarten. Plötzlich schwenkte er seine Lupe und rief triumphierend aus: »Hier ist es, Frederick, siehst du den winzigen Punkt in den Bergen? Das ist die psychiatrische Klinik eines gewissen Professor Morlander. Morlander, Mor...?« Michael steckte theatralisch die Tabakspfeife zwischen die Zähne und imitierte wieder mal Sherlock Holmes. Er wandte sich dem imaginären Watson zu: »Der Fall spitzt sich zu, Doktor! Erinnern Sie sich noch an Professor Moriarty? Dachte mir's doch gleich, daß mein Erzfeind Morarty seine Hand im Spiel hat! Watson! Ich denke, wir nehmen die Herausforderung an!«

»Micha!« Der empörte Aufschrei seiner Frau ließ ihn zusammenzucken. Jetzt erst bemerkte er den mißbilligenden Blick von Ellen und steckte rasch die Pfeife in die Tasche.

»Du spinnst wieder mal im höchsten Grad!« maulte sie und fügte mit einem Seitenblick auf Frederick leise hinzu: »Er liest eben zu viel Kriminalromane!«

»Sie hat ja recht! Aber diese brillanten Gedankenkombinationen von Sir Arthur Conan Doyle faszinieren mich nun mal, regen mich an und haben doch geholfen, dieses Rätsel zu lösen!«

Mit ernster Miene fuhr er fort: »Aber jetzt ganz ohne Spaß, Frederick. Ich denke, wir sollten dir zunächst mal einen Wagen besorgen und ...«

»Er könnte doch meinen VW nehmen«, warf Ellen ein, »ich brauche in den nächsten Tagen kein Auto.« »Einverstanden«, sagte Michael, der am liebsten selbst mit von der Partie gewesen wäre, »und vergiß nicht die Reservekanister! Und pack' auch Werkzeug ein, Brecheisen, Drahtschere und Bolzenschneider ...«

»Na, hör' mal, Micha, du redest ja so, als ob Frederick einen Einbruch plane«, ereiferte sich Ellen.

»Ich denke da eher an einen Ausbruch«, konterte Michael voller Eifer, und schon waren sie mitten in einer heißen Debatte über die Situation, die Frederick wohl vorfinden würde, sowie über die eventuell erforderlichen Maßnahmen.

»Da fällt mir gerade die Geschichte ein, die mein Onkel Markus immer wieder zum besten gab, obwohl er selbst gar nicht dabei war. Du kennst doch Onkel Markus aus Weingarten, Ellen?«

»Oh, ja, natürlich! Ich erinnere mich gut«, bestätigte diese und erklärte ihrem Mann, »ein liebenswürdiger älterer Herr, der damals die Filme vorführte. Er war immer so nett zu mir, wenn ich ins Kino kam. Soviel ich gehört habe, reiste er in seiner Jugend mit Fredericks Vater durch die Lande.«

»Mein Vater erzählte Markus damals von seiner abenteuerlichen Flucht über Kanada. Der Grenzort hieß, glaube ich, St. Vincent, oder so ähnlich. Ob so etwas heutigen Tages ebenso gelingen könnte?« fragte Frederick nachdenklich.

»Jetzt mußt du erst mal mit ihm reden«, bemühte sich nun Michael, die fantasievollen Spekulationen auf den Boden der Wirklichkeit zu stellen. Man einigte sich schließlich, daß Frederick am nächsten Tag in aller Frühe aufbrechen sollte.

Zur selben Stunde, in der die drei sich die Köpfe heiß redeten, passierte ein hellbeiger Bentley mit schokoladefarbenen Kotflügeln die Paßhöhe bei Heavenscorner und kurvte durch die steilen Spitzkehren der talwärts führenden Bergstraße. Die rotgoldene Abendsonne ließ die von dem schweren Wagen aufgewirbelte Staubwolke in zartem Rosé aufleuchten. Am Steuer der eleganten Limousine saß Ronald Harrison, denn Eva Dollberg hatte sich immer noch nicht gefaßt. Mit zitternden Händen träufelte sie ein Duftwasser auf das Taschentuch, das ihr der Rechtsanwalt in der Klinik gereicht hatte, und kühlte damit ihre pochenden Schläfen. Ein Schauer lief ihr über den Rücken. »Ach, Harry, es war furchtbar, glaube mir, er ist wirklich wahnsinnig!«

»Beruhige dich, meine Liebe, es ist vorbei, für immer vorbei. Du wirst nie wieder in eine solche Situation kommen. Nach diesem Anfall können wir ihn bedenkenlos entmündigen lassen. Professor Morlander wird ohne weiteres das erforderliche Attest ausstellen.«

★

Vierundzwanzig Stunden später rumpelte Ellens pinkfarbener Volkswagen auf einer von Schlaglöchern übersäten Straße durch die karge Gegend. Die Entfernung bis zu den Bergen am Horizont ließ sich kaum abschätzen, denn ihre Konturen verschwammen im Zwielicht der Dämmerung. Am Wegesrand tauchte eine Tankstelle auf. Warnend wies ein verwittertes Schild darauf hin, daß die nächste bestenfalls nach 80 Meilen zu erwarten sei.

»Na, dann nehme ich doch lieber gleich diese hier!« sagte sich Frederick und hielt vor der altertümlichen Zapfsäule an. Er war heilfroh, endlich jemanden nach dem Weg fragen zu können.

»Alle Wege führen nach Rom«, antwortete gleichmütig der dürre Alte, der gemächlich die Benzinpumpe betätigte, »eigentlich hätten Sie die letzte Ausfahrt nehmen müssen. Ist aber nicht weiter tragisch, schließlich leben wir hier auch ein wenig von den Falschfahrern.« Er kicherte verschmitzt in sich hinein. »Ich stelle Ihren Wagen in die Box. Sie bleiben doch über Nacht? Meine Frau kocht ein ganz passables Bohnenfleisch.«

Frederick war müde und hungrig. Er hatte den ganzen Tag hinter dem Lenkrad gesessen. So nahm er das Angebot gerne an. Bei Nacht konnte man dort oben ohnehin nichts ausrichten.

Jetzt erst bemerkte er die windschiefe Holzbaracke, über deren Giebel die grünblaue Leuchtschrift *Motel* flackerte. Das Glimmen der Neonröhren tauchte den hinter dem Haus aufragenden Wasserturm in ein gespenstisches Licht. Wie die Zinnen eines Burgfrieds zierten alte Blechkanister den oberen Rand des Behälters, und das ganze Gebilde war in naiver Manier mit Steinquadern bemalt worden. Auf dem Schild über der Tür stand *Knights Inn.*

Neben der Theke präsentierte sich denn auch eine lebensgroße Ritterfigur, deren Rüstung aus Konservendosen bestand, die der schrullige Tankwart zusammengelötet hatte. Frederick schmunzelte. Die Freude der Amerikaner an haarsträubendem Kitsch hatte er nun schon des öfteren beobachten können. »Was soll's«, sagte er sich, »sie sind eben wie große Kinder!«

Der Wirt bugsierte ihn in die schummrige Gaststube. Dichte Rauchschwaden wallten um drei oder vier Männer, die an roh gezimmerten Tischen hockten. »Tom ›Carry‹, der Dicke dort drüben, kann Ihnen morgen früh den kürzesten Weg nach Heavenscorner zeigen, fährt alle paar Tage in die Klinik. Warentransport, rein und raus, ist gar kein schlechter Job.«

Einer der Männer hob den Kopf, als sein Name genannt wurde. Frederick grüßte freundlich und bat, Platz nehmen zu dürfen. Der Koloß mit dem gutmütigen Gesicht rückte einen Stuhl zurecht. Sie kamen schnell ins Gespräch, als der junge Deutsche eine Runde Whisky springen ließ. »Der könnte mir vielleicht nützlich sein«, dachte er im Stillen, hielt aber mit seinen Absichten noch hinter'm Berg. »Ich muß erst mal die Lage peilen!«

Am nächsten Morgen zuckelte er hinter dem Laster her. Kurz vor dem Sanatorium parkte er den Wagen abseits und erkundete das Areal zu Fuß. Als er sich der mit dornigem Buschwerk bewachsenen Umfriedung näherte, schlugen sofort ein paar Hunde an, die zwischen dem doppelten Gitterzaun das Grundstück umkreisten. Bösartig knurrend, starrten sie den Eindringling an, der sich eilends entfernte. An einer anderen Stelle, wo die Büsche weniger dicht standen und streckenweise den blanken Maschendraht freigaben, warnten grellgelbe Schilder vor Hochspannung. Der Stacheldraht über dem Doppelzaun war an Isolatoren befestigt. Eine Unterbrechung des Stromkreises würde sicher Alarm auslösen. Erschüttert registrierte Frederick die Sicherheitsvorkehrungen des Sanatoriums. Die moralische Entrüstung wich aber schnell einem verständnisvollen Grinsen, als er sich seine eigenen Absichten vor Augen führte.

»Von außen ist dieser Festung nicht beizukommen«, sagte er sich und beschloß, offiziell in die Höhle des Löwen zu gehen.

Sein Plan erforderte sicheres Auftreten. Also bog er zügig in die Zufahrtsstraße ein, auf der vor einer Weile der Lastwagen von Tom Carry verschwunden war. Dicht vor dem eisernen Tor brachte er den staubigen Volkswagen zum Stehen. Ein uniformierter Wächter trat aus dem Pförtnerhäuschen. Frederick grüßte flüchtig und sagte sehr bestimmt:»Guten Tag, mein Name ist Dollberg, Frederick Dollberg. Ich wünsche, meinen Vater zu sehen!«

Ganz wohl fühlte er sich nicht in dieser Rolle, doch er war fest entschlossen, sie konsequent durchzuspielen. Der Portier war offensichtlich verblüfft. Einen Augenblick stand er unschlüssig da.

»Aber, Mister Dollberg, ich meine, Verzeihung, ich melde Sie sofort dem Herrn Professor!« stammelte er verwirrt und eilte in seine Loge, um zu telefonieren. Während er den Fremden eingehend fixierte, nickte er mehrmals diensteifrig und drückte schließlich auf einen Knopf. Lautlos schob sich das verschnörkelte Gitter zur Seite. Frederick gab Gas und parkte den Wagen auf der gekennzeichneten Fläche. Dann ging er zielstrebig auf das Hauptportal zu, das er hinter der bombastischen Fassade zu erkennen glaubte. In der Eingangshalle betrachtete er zunächst abwartend den hohen, nahezu schmucklosen Raum, der vorwiegend in Weiß gehalten war. Nur einige Stuckverzierungen waren hellblau abgesetzt, und in einer riesigen weißen Bodenvase waren kunstvoll hellblaue Hortensien arrangiert.

Plötzlich stand eine hagere Frau hinter ihm. Sie trug das dunkelblonde Haar streng zurückgekämmt. Die Augen verbarg sie hinter den getönten Gläsern ihrer großen Hornbrille. »Mister Dollberg?«

Fredrick fuhr zusammen. »Ja, Madam, Guten Tag! Mein Name ist Frederick Dollberg.«

Sie machte keinerlei Anstalten, seinen Gruß zu erwidern. Beide Fäuste tief in die Taschen ihres makellosen weißen Arztkittels gepreßt, ging sie an ihm vorüber und murmelte unverbindlich: »Ich bin Dr. Maxwell, Herr Professor Morlander erwartet Sie.«

Mit schnellen kurzen Schritten, deren Maß von dem engen Kostümrock bestimmt wurde, trippelte die Assistentin des Professors auf eine hohe Tür zu, die in dessen Büro führte. Wortlos wies Frau Dr. Maxwell auf die Sitzgruppe aus Stahlrohrmöbeln. Dann ließ sie Frederick allein. Auch in diesem Raum war alles weiß in weiß, und als einziger Schmuck blühten hellblaue Hortensien auf einem riesigen Ölgemälde. In der Betrachtung des Bildes versunken, bemerkte er Morlander erst, als dieser mit ausgestreckten Armen auf ihn zukam.

»Hallo, Mister Dollberg, verehrter Mister Dollberg, nun, ich meine, ich darf Sie doch Frederick nennen, quasi als alter Freund der Familie, Freund der Familie! Ich freue mich ...«

»Ein seltsamer Vogel«, dachte Frederick, während die kleinwüchsige Gestalt im altmodischen Gehrock sich näherte. Die dunklen Augen, die aus dem mächtigen, fast kahlen, weißblonden Schädel stachen, hatten eine hypnotische Ausstrahlung. »Ich sollte gewiß auf der Hut sein!« Dennoch mußte er innerlich lächeln, wenn er an Michael dachte, der Morlander tatsächlich für die Inkarnation Moriartys halten würde, wenn er ihn so sehen könnte. Mit einer angedeuteten Verneigung warf Frederick höflich dazwischen: »Hallo, Professor, es ist mir eine große Ehre!«

»Ich freue mich, freue mich, trotz des traurigen Anlasses, der uns alle zutiefst erschüttert hat, glauben Sie mir, mein lieber Frederick, zutiefst erschüttert, freue ich mich, nun auch seinen ältesten Sohn kennenzulernen.« Morlander stand jetzt unmittelbar vor ihm. Er hatte seinen riesigen Kopf schräg nach oben gedreht und die kalten Amphibienaugen waren lauernd auf das Gesicht des jungen Mannes gerichtet. »Dennoch wundert es mich, Ihr Verhalten wundert mich ...«

Fredricks Gehirn arbeitete fieberhaft. Es mußte etwas geschehen sein, von dem er nicht wußte, aber wissen sollte. Wirre Gedanken jagten durch seinen Kopf. »Mein Gott, vielleicht hat sich Vaters Zustand verschlechtert, oder ...?« Er durfte sich jetzt keine Blöße geben. Da ihm nichts Besseres einfiel, versuchte er es tollkühn mit der Wahrheit.

. »Verzeihung, Herr Professor, ich kam direkt aus Deutschland und eilte sofort hierher, um meinen Vater zu sehen,« und wie für sich selbst, fügte er hinzu, »ich hing immer schon mehr an Papa, mit meiner Mutter habe ich mich nie besonders gut verstanden.«

»Um so tragischer, tragischer, mein junger Freund!« Morlander faßte sich an die Stirn. »Aber natürlich, jetzt erinnere ich mich, Ihre verehrte Frau Mutter hat es einmal gesprächsweise erwähnt, erwähnt. Sie sind als Besatzungssoldat in Deutschland stationiert! Stimmt's?«

Frederick nickte und Morlanders Mißtrauen schien zu schwinden. »Sie war vor zwei Tagen noch hier, und gestern mußten wir ihr telefonisch, telefonisch das Unfaßbare mitteilen ...«

»... ist er tot?«

Morlander nickte und flüsterte mit unerwarteter Wärme in der Stimme: »Lassen Sie mich unser aufrichtig empfundenes Beileid, unser Mitgefühl aussprechen, mein lieber Frederick.«

Jetzt konnte er sich gehen lassen. Seine offensichtliche Erschütterung schien aus jeder Sicht verständlich, und Frederick war tatsächlich zutiefst betroffen. So dicht vor dem Ziel waren seine Hoffnungen jäh abgestürzt.

»Aber, wie, wie ist er gestorben? Ich meine, warum, woran?«

»Sie wissen, daß Ihr Herr Vater sehr krank war. Seelisch und körperlich überaus labil, plötzliches Herzversagen, Herzversagen. Wir sind aber ganz sicher, daß er nicht gelitten hat in der Stunde des Todes. Er verlor das Bewußtsein, fiel in eine tiefe Ohnmacht, aus der er in dieser Welt nicht mehr erwachte, erwachte.«

»Aber, diese Ohnmacht, wie Sie sagen, muß doch eine Ursache gehabt haben.«

»Gewiß, mein junger Freund, gewiß, der Ursachen mag es so manche geben, aber medizinisch wäre das nur durch eine Obduktion zu klären. Das hat Frau Dollberg untersagt, ausdrücklich untersagt. Es ist auch besser so. Lassen wir ihn in Frieden ruhen, ruhen.«

»Wo ist mein Vater jetzt?«

»Der Tote ist heute früh von einem Bestattungsinstitut abgeholt worden, *Eternal Repose*, oder so ähnlich. Warten Sie, hier ist die Karte, Karte. Sie dürfen sie behalten. In unseren Akten ist bereits alles vermerkt. Soviel wir wissen, wird die Einäscherung im engsten Familienkreis, Familienkreis stattfinden. Die Urne soll später in aller Stille in der Familiengruft beigesetzt werden.«

Frederick erhob sich. Er war sichtlich betroffen. Höflich bedankte er sich bei Morlander für das Gespräch. »Keine Ursache, mein junger Freund, nur eine Frage, eine Frage habe ich noch. Verzeihen Sie meine Aufdringlichkeit, aber ich finde, Sie haben einen so ausgeprägt deutschen Akzent.«

Frederick hatte sich wieder soweit gefaßt, daß ihn dieser Punkt nicht mehr aus dem Konzept brachte. »Aber natürlich, verehrter Professor, ich bin in Deutschland geboren und aufgewachsen, ging dort zur Schule, habe später auf einer deutschen Universität studiert, and last but not least, leiste ich meinen Militärdienst in Old Germany. Ist es da ein Wunder, wenn meine Sprache deutsch klingt?«

»Aber nicht doch, lieber junger Freund, unter solchen Umständen ist es wahrlich nicht weiter verwunderlich, verwunderlich.«

Frederick aber wunderte sich seinerseits, warum dieser Mensch, der ihn unwillkürlich an eine Kröte erinnerte, seine Worte immerzu wiederholte. »Vielleicht muß er sich selbst stets glaubhaft machen, was er sagt. Mir scheint, dieser Herr ist nicht sehr vertrauenswürdig.«

Mit gemischten Gefühlen verließ Frederick das seltsame Sanatorium. Als sich das schwere Gittertor hinter ihm geschlossen hatte. fühlte er sich richtig erleichtert. Glücklich, seine eigene Identität wiederzuhaben, rumpelte er mit dem unverwüstlichen Volkswagen über das verwegene Sträßlein, auf dem er hergekommen war, zurück ins Tal und bezog erneut Quartier im Gasthof Zum Ritter. Von hier aus rief er bei Ellen und Michael an.

Sie hatten die Nachricht von Ralf Dollbergs Tod wenige Stunden nach Fredericks Abfahrt im Rundfunk vernommen, und waren darum sehr beunruhigt. Nun berichtete er kurz über den Verlauf seiner Mission und was er erfahren hatte. Dann bat Frederick die Freunde noch um drei Tage Zeit, denn er wollte wenigstens versuchen, an der Beisetzung seines Vaters teilzunehmen, wie auch immer sich das gestalten würde.

Nach einem Ruhetag im Knights Inn fuhr er nach Philadelphia.

27. EPILOG

Das Bestattungsinstitut von Fjedor Larmentoff befand sich mit seinem Geschäft in einem der renommiertesten Viertel der Stadt. Mit goldenen Lettern verbürgte sich die Fassade des Ladens für Ewige Ruhe, und goldene Palmzweige schwangen sich diagonal über die mit Trauerflor gerahmten Schaufenster. Geheimnisumwoben fiel der Blick durch malerisch drapierte Wolkenstores aus nachtschwarzem Tüll in den Ausstellungsraum, wo effektvoll beleuchtete Sargkreationen aufgereiht standen, deren Oberteile handbreit klafften und die verschwenderische Innenausstattung mehr erahnen ließen als sie augenfällig zu offenbaren. Wie ein Voyeur drang der Beschauer in das Intimleben der Toten ein.

»Schlief je ein Lebender in so prächtigen Pfühlen?« fragte sich so mancher biedere Betrachter. Fjedor Larmentoff hatte das Sterben zum Luxus erhoben. Sein Institut erfüllte auch die ausgefallensten Wünsche. Das Honorar des Leichenbestatters war entsprechend. ›Reichenbestatter‹ lästerte das niedere Volk. Er selbst sah sich als Verkörperung des Totengottes Anubis, dessen Bestimmung darin bestand, die Verstorbenen würdig ins Jenseits zu geleiten. Und diese Aufgabe nahm er sehr ernst. Durch die Eingangstür, die mit ihrem gotischen Spitzbogen einem Kirchenportal ähnelte, trat ein zierlicher, ganz in Schwarz gekleideter Herr auf die belebte Straße hinaus. Das nackenlange Haupthaar und der gepflegte Richelieubart waren silbergrau. Sorgfältig legte er Melone, Stockschirm und Aktentasche auf den Rücksitz des schwarzen Chevrolets. Dann setzte sich Fjedor Larmentoff selbst ans Steuer und manövrierte die schwere Limousine geschickt in den vorüberflutenden Strom des dichten Verkehrs.

Frederick Scheufele beobachtete vom gegenüberliegenden Gehsteig aus diesen Vorgang und dachte sich dabei, es wäre wohl besser, erst einmal mit der jungen Dame zu reden, die er inmitten der Accessoires des Todes entdeckt hatte. Ein sanfter Gong meldete sein Eintreten. Kaum vernehmbare Orgelmusik schwebte über der von Blumenduft und Weihrauch erfüllten Atmosphäre. Gemessenen Schrittes rauschte die in schwarzen Taft gehüllte Gestalt aus dem Labyrinth der kunstvoll angeordneten, kostbare Urnen enthaltenden Regale, auf den vermeintlichen Kunden zu. Sie mochte jünger sein, als es von draußen den Anschein hatte.

»Auf jeden Fall aber noch hübscher, als ich vermutet habe«, dachte Frederick und setzte sein charmantestes Lächeln auf.

»Womit kann ich Ihnen dienen, mein Herr?« erkundigte sie sich mit einem artigen Knicks und schlug sittsam die Augen nieder.

»Ich hätte gerne gewußt, wann und wo die Trauerfeier für Ralf Dollberg ...«

Ihre devote Haltung änderte sich schlagartig. Sie stampfte mit ihrem kleinen Fuß auf, daß die Urnen schepperten, und ihre dunklen Augen blitzten ihn zornig an: »Aha, also noch so ein schamloser Zeitungsreporter! Scheren Sie sich zum Teufel!« Aus den ärgerlichen Worten klang eine abgrundtiefe Enttäuschung über den jungen Mann, den sie gerade noch so sympathisch fand. Entrüstet schimpfte sie mit beachtlicher Laustärke weiter, um ihrem Herzen Luft zu machen:

»Sie sind heute schon der fünfte von diesen verdammten Schreiberlingen! Könnt ihr denn nicht 'mal die Toten in Ruhe lassen? Ihr dreckigen Schmierfinken habt diesen Mann doch sein Leben lang ausge-, ausgeweidet, sagt mein Vater«, setzte sie rasch dazu, denn diese Ausdrucksweise schien ihr für eine junge Dame doch nicht ganz passend zu sein. Als sie Luft holte, versuchte Frederick, zu Wort zu kommen.

»Einen Moment, mein Fräulein! Sie irren sich, und ich muß Ihre Unterstellung energisch zurückweisen. Mein Motiv ist von ganz anderer Art. Ich, ich bin der Sohn dieses Mannes!«

Ihre großen Augen blickten ihn überrascht an. Ein Hoffnungsschimmer blinkte darin auf, aber ihre Lippen schürzten sich hochmütig zu der spöttischen Bemerkung: »Eine dümmere Lüge ist Ihnen wohl nicht eingefallen?«

Frederick schüttelte beschwichtigend seinen Kopf und zeigte ihr die Visitenkarte, die man ihm in der Klinik überlassen hatte. »Ich komme mit einer persönlichen Empfehlung von Professor Morlander«, sagte er bedeutungsvoll, »und überdies bin ich Deutscher, vor ein paar Tagen erst eingereist.« Er reichte ihr seinen Paß mit dem Touristenvisum. »Sind Sie nun überzeugt, daß ich kaum ein amerikanischer Journalist sein kann?«

Ihr Unmut war verflogen. »Natürlich, deshalb sprechen Sie so einen lustigen Slang. Ich dachte nämlich schon, Sie kämen aus Texas oder so.«

Ihr glucksendes Lachen klang hell durch die pietätvollen Symbole des Sterbens, und bald plauderten sie fröhlich über die Dinge des Lebens. Sie sei die Tochter des exclusiven Bestatters und heiße Olga, Olga Fjedorowna. Aufmerksam lauschte sie dem Kurzbericht über Fredericks Herkunft.

»Das ist wirklich ein tragischer Fall. Es tut mir leid, Frederick, daß Sie Ihren Vater nicht mehr lebend angetroffen haben, und ich verstehe durchaus Ihren Wunsch, ihm die letzte Ehre zu erweisen. Wollten Sie ihn sehen?«

Die Frage kam sehr spontan. Frederick dachte einen Augenblick darüber nach. Dann antwortete er entschlossen: »Nein! Da ich ihn nie sah, machte ich mir mein eigenes Bild von ihm. Ich möchte nicht, daß dieses durch eine möglicherweise befremdliche Totenmaske zerstört wird.«

»Das finde ich gut! Meines Wissens ist der Sarg auch schon geschlossen worden, denn Mistress Dollberg wollte nicht, daß der Leichnam aufgebahrt wird. Sie traf Vorkehrungen, um Fremde, insbesondere die Leute von Presse und Rundfunk fernzuhalten. In diesem Punkt ist sie unerbittlich. Vater mußte eine ganze Truppe Bodyguards engagieren. Sie wären auf keinen Fall hineingekommen! Und wenn ich es recht bedenke, hat der Familienclan kaum Interesse daran, Sie kennenzulernen, geschweige denn, Sie als Mitglied anzuerkennen, bei dem Vermögen, das dabei zur Debatte stehen dürfte!«

Sie kniff die Augen zusammen, als überlegte sie angestrengt. »Die Dollbergs kennen Sie doch nicht von Angesicht, Frederick? Ich habe da nämlich eine Idee, wie ich Ihnen helfen könnte. Nur, mein Vater darf um Gottes willen nichts davon erfahren! Er hat seine festen Prinzipien, die er niemals durchbräche.«

Dabei blätterte sie in einem Vormerkbuch und murmelte: »Ah, gut, Gil Hooker ist ein zuverlässiger Bursche ...« Dann drückte sie auf einen Knopf. Nach wenigen Minuten erschien ein Mann in mittleren Jahren. Über der schwarzen Uniform trug er eine grüne Arbeitsschürze. Er neigte gehorsam den Kopf. »Sie haben geklingelt, Fräulein Olga?«

»Gil, ich kann mich doch, wie immer, auf Sie verlassen?«

»Selbstverständlich, Fräulein Olga, hundertprozentig!«

»Gut, Gil, nehmen Sie morgen, anstelle von Jeff diesen Herrn, er heißt Frederick, mit zur Einäscherung Dollberg! Sie wissen, im *Lincoln Memorial Cemetery.*«

»Jawohl, Fräulein Olga, weiß Mister Larmentoff Bescheid?«

»Nein, Gil, ich möchte den Chef nicht damit behelligen! Sie verstehen?«

»Okay, alles in Ordnung, Fräulein Olga!«

Er führte Frederick in den Produktionsbetrieb an der Rückseite des Häuserblocks. Hier befand sich neben Fahrzeugpark, Tischlerwerkstatt und Schneiderstube auch jener Bereich, in dem die Toten präpariert und in Kühlboxen bereitgestellt wurden. Sogar einen Pferdestall gab es hier, für die Prunkkalesche, die in einer separaten Remise stand. In der Kleiderkammer verpaßte Gil seinem neuen Mitarbeiter eine Uniform und zeigte ihm das Umkleidezimmer. Hier habe er sich morgen früh pünktlich um acht Uhr einzufinden. Dann brachte er Frederick wieder in den Verkaufssalon, wo ihn Olga Fjedorowna mit einem verschmitzten Lächeln erwartete.

»Ich denke, damit wäre Ihr Problem gelöst.«

»Das eine ja, und dafür bedanke ich mich ganz herzlich! Aber da wäre noch ein anderes ...«

Sie schaute ihn fragend an.

»Nun, Fräulein Olga, ich bin schließlich völlig fremd in dieser großen Stadt, und, angenommen, ich wollte eine sehr hübsche junge Dame ausführen, könnten Sie mir da nicht auch mit Rat und Tat zur Seite stehen? Es müßte allerdings ein ordentliches Restaurant sein, denn ich habe seit Tagen nichts Vernünftiges mehr gegessen!«

Und wieder perlte dieses gurrende Lachen durch den Raum. »So charmant bin ich schon lange nicht mehr eingeladen worden!

Ich nehme dankend an, Frederick. Holen Sie mich um sieben Uhr hier ab. Sollte mein Vater schon zurück sein, kommen Sie ruhig herein. Ich würde sie gerne vorstellen, aber kein Wort von Dollberg!!«

Wie ein Schiff glitt der Leichenwagen durch die tosende Brandung des hektischen Großstadtverkehrs. Einige Passanten hoben ehrfürchtig den Hut vor dem blumengeschmückten Sarg. Die meisten aber beachteten das illustre Gefährt kaum. Neben Gil Hooker, der den Wagen steuerte, saß Frederick in der gleichen Uniform. »Eine total irre Situation«, grübelte er, »den toten Vater durch Philadelphia zu kutschieren.«

Dabei wollte er ihn doch endlich kennenlernen. Aber es war zu spät! »Ein tragischer Fall«, hatte Olga Fjedorowna gestern gesagt.

Frederick lächelte versonnen, denn die Erinnerung an das Zusammensein mit der bezaubernden Tochter des Leichenbestatters überlagerte seine düsteren Gedanken. Sie hatte das schwarze knöchellange Dienstgewand mit einem tomatenroten Empirekleidchen getauscht, das ihre hübschen langen Beine preisgab. Auf dem dunklen Pagenkopf saß keck ein randloses Hütchen, das man hierzulande Pillbox nannte, in der gleichen Farbe, die sich grell vom Interieur des Ladens abhob. Wie es sich gehörte, half er ihr aufmerksam in den hellgrauen Gabardinemantel. Dann schlenderten sie durch die von der bunten Lichtreklame taghell erleuchtete City. Als suche sie einen Ausgleich für die todernste Traueratmosphäre des väterlichen Geschäftes, legte Olga eine ausgelassene Fröhlichkeit an den Tag. Ein ums andere Mal berührte ihr perlendes Lachen Fredericks Herz. So gerieten sie in eine unbeschwerte, ja glückliche Stimmung, und als sie sich später, es war lange nach Mitternacht, selig in den Armen lagen, glaubten beide, sie hätten einander ein Leben lang gesucht und sich nun endlich gefunden.

Ein dunkler Schatten flog über sein entrücktes Gesicht. Olga hatte ihn bereits verlassen, als er erwachte. Er mußte sich sputen, um den vereinbarten Termin wahrnehmen zu können. Von der Straße aus sah er im Laden Fjedor Larmentoff zwischen Urnen und Totenschreinen umhergehen. Er hätte den alten Herrn gerne kennengelernt. Olga war anscheinend noch nicht im Geschäft. Gil Hooker erwartete ihn schon, und jetzt saß er auf dem Beifahrersitz des hochmodernen Leichenwagens, der seinen Vater zur Einäscherung karrte. Es war verrückt, tragisch und irre zugleich! Auch die Sache mit Olga! Sein Herz war zum Brechen voll. In wenigen Tagen lief sein Visum ab, und sie hatte es gewußt, denn er hatte ihr doch gestern seinen Paß gezeigt.

Ein scharfer Ruck riß ihn aus seinem Grübeln. Sie waren an

der Lieferantenpforte des Krematoriums angelangt. Ein Gabelstapler hob den Sarg in den Aufzug, der ihn zur Einsegnungshalle beförderte. Gil und Frederick trugen den großen Lorbeerkranz mit den weißen Rosen und der goldenen Schleife – *Letzter Gruss von deinen Kindern* – an den arglosen Wächtern vorbei und fuhren mit hinauf. Gil konrollierte die Position des Sarges auf dem mechanischen Transportband, und Frederick holte die restlichen Blumen für die Dekoration aus dem Wagen. Als er wieder zurückkam, hatte bereits eine Person auf den vorderen Sitzbänken Platz genommen. Irgendwo im Hintergrund standen zwei finsterblikkende Männer in Ledermänteln. Offenbar gehörten sie zu den Bodyguards. Eine verhaltene Geisterstimme flüsterte: »Eins – zwei – drei – vier. Mikrofonprobe.« Dann herrschte wieder Ruhe.

Es war kurz vor elf Uhr. Frederick und Gil postierten sich zu beiden Seiten des Sarges wie eine Ehrenwache. Auf diese Weise hatte er Muße, die Trauergemeinde zu betrachten. Innerlich gestand er sich ein, daß außer dem Gedanken an seinen toten Vater auch eine gewisse Neugier sein Handeln bestimmte. Jetzt erst beachtete er den jungen Mann in der ersten Reihe, und wie ein elektrischer Schlag traf ihn die Erkenntnis: Jener mußte Frederick Dollberg sein! Er war etwa in seinem Alter, hatte die gleich schütteren Haare wie er selbst. Kein Zweifel, das war sein Halbbruder Frederick. Das Herz schlug ihm bis zum Hals. Eine verrückte Situation!

Der Friedhofsbedienstete öffnete die kupferbeschlagenen Flügel der Eingangstür. Eine schlanke Frau in wallendem Trauergewand schritt an der Seite eines vornehmen älteren Herrn im Cutaway durch den Mittelgang. Sie hatte einen dichten Schleier über ihre blonden Flechten gelegt, der bis zum Kinn reichte.

»Diese Dame dürfte Eva sein, die Frau meines Vaters«, resümierte Frederick, »und der Mann neben ihr ist fraglos Mister Harrison, der Advokat.«

Der junge Dollberg, der bisher vornübergebeugt auf den Fußboden starrte, erhob sich nun und ging den beiden entgegen. Es schien ihm kalt zu sein, denn er hatte seinen Trenchcoat über die Schultern gelegt und vor der Brust zusammengerafft. Die Mutter umarmte ihren Sohn herzlich. Der Rechtsanwalt sprach ihm aufmunternd zu. Leider konnte Frederick nicht hören, was er sagte. Aber die ganze Szene kam ihm so verkrampft vor.

Zwei Frauen betraten jetzt die Kapelle, gefolgt von ihren Ehegatten, vermutete der stille Beobachter. Sie redeten erregt aufeinander ein. Über irgend etwas war man sich offenbar nicht einig. Ein kleines Mädchen von etwa acht Jahren schmiegte sich verschüchtert an eine der beiden Schwestern, denn allem Anschein nach handelte es sich bei den Frauen um Emma und Minna, die heute Mitte bis Ende Zwanzig sein dürften, rechnete sich Frederick aus. Die mit dem Kind ging jetzt entschlossen nach vorn und küßte ihre Mutter. Den Bruder lächelte sie verständnisvoll an. Ihr Mann grüßte die Anwesenden mit freundlichem Kopfnicken und ließ sich dann mit seiner Frau bei dieser Gruppe nieder. Eva schloß ihre Enkeltochter zärtlich in die Arme. Das andere Ehepaar benutzte inzwischen ostentativ die gegenüberliegenden Bänke. Ihre Mienen drückten kühle Ablehnung aus.

Der Minutenzeiger der Uhr sprang auf die volle Stunde. Leise setzte die Orgel ein. Das Largo von Händel gab der sakralen Atmosphäre eine feierliche Note. Dröhnend fiel eine Tür ins Schloß. Hallende Schritte übertönten für einen Augenblick die erhebende Musik. Ein paar Gesichter sahen sich um. Im Mittelgang salutierte ein junger Mann in strammer Haltung. Er trug die Kadettenuniform der Militärakademie.

»Aha, das ist gewiß Erwin, der jüngste Dollbergsohn.«

Die Frau in der linken Bankreihe machte sich ihm bemerkbar und wies mit einer abfälligen Kopfbewegung auf die Gruppe um seinen Bruder. Ihr Mann winkte Erwin energisch zu sich heran. Ohne sonst jemanden eines Blickes zu würdigen, nahm dieser bei den beiden Platz. Als die Orgel ganz plötzlich verstummte, hing das erregte Getuschel der drei peinlich laut vernehmbar im Raum.

Würdevoll stieg der Prediger die Stufen der Empore hinauf und breitete die Arme aus: »Verehrte Trauerfamilie, wir haben uns heute im engsten Kreise zusammengefunden, um Abschied zu nehmen von Herrn Ralf Dollberg, der durch den unerforschlichen Ratschluß des Allmächtigen in die Ewigkeit abgerufen wurde ...« Mit ruhiger, fester Stimme sprach er die salbungsvollen Worte. Sein Ornat ließ keine Rückschlüsse auf eine bestimmte Konfession zu.

»Natürlich«, dachte Frederick, »soviel ich weiß, gehörte Vater keiner Religionsgemeinschaft an. Möglicherweise war er sogar Atheist!?«

»... ein liebender Gatte ...«

Eva erinnerte sich entfernt, wenn auch mit einem Hauch von Wehmut, an die glückliche Zeit in Weinsberg, die schließlich den widrigen Umständen zum Opfer gefallen war.

»... ein guter Vater, Schwiegervater und Opa ...«

Bei dieser Aufzählung stellte Erwin voll Bitterkeit fest, daß er ihn eigentlich nie als Vater hatte erleben dürfen. Einer der Schwiegersöhne, der links sitzende, sah in der Verwandtschaft mit dem querköpfigen Narren nur eine ständige Gefährdung seiner Karriere, und die kleine Evelyn dachte bei sich, daß ihr ›richtiger‹ Opa heute lieber zu Hause geblieben war.

»... wir entlassen ihn aus dieser Welt, in der er nicht unbedingt glücklich gewesen ist, einer Welt, an der er letztendlich verzweifelte, weil er vergeblich jene vollkommene Freiheit suchte, die wir Menschenkinder hienieden niemals zu erlangen vermögen ...«

Mit wissenschaftlicher Akribie versuchte der Reverend die Relativität des Begriffes Freiheit zu erläutern. Frederick erinnerte sich dabei an eine Vorlesung seines Philosophieprofessors.

»... dennoch glaubte der Verstorbene, seiner persönlichen Fiktion der Freiheit die Ideale von Gerechtigkeit, Toleranz und Menschlichkeit zugrundelegen zu dürfen. Ihm aber widerfuhr keine Gerechtigkeit in diesem Sinne. Sein Bestreben stieß auf erbitterten Widerstand, ja, auf Haß und Verfolgung ...«

Er machte eine nachdenkliche Pause. »... da nun seine Seele ihre Freiheit im unendlichen Universum gefunden hat, wollen wir dieser auch in unserem Geiste den Frieden geben und des Verstorbenen in Verständnis und Liebe gedenken.«

Er neigte andächtig den Kopf. Leise Musik klang aus der unsichtbaren Lautsprecheranlage. Die strahlende Tenorstimme des Evangelimann sang die tröstlichen Worte aus der Bibel: »Selig sind die Verfolgung leiden um der Gerechtigkeit willen, denn ihrer ist das Himmelreich ...«

Nachdem die letzten Takte verklungen waren, bat der Prediger die Anwesenden, sich aus Ehrfurcht vor dem Tode von ihren Sitzen zu erheben. Er selbst wandte sich dem Sarge zu und breitete segnend die Arme aus. Zarte Töne schwangen durch den Raum und schwollen zu einem dumpfen Orgelakkord an. »So übergeben wir denn deine sterbliche Hülle den reinigenden Flammen. Was vor Zeiten schon Asche war, soll fürderhin wieder zu Asche werden.«

Unmerklich betätigte er einen Schalter. Der Sarg bewegte sich langsam und lautlos auf eine schwere, schwarze Portiere zu. Wie von Geisterhand berührt, öffnete sich der düstere Vorhang. Dahinter erstrahlten im grellen Licht aufflammender Scheinwerfer wallende Nebelschwaden. In der wabernden Helligkeit verschwammen alle Konturen zu unwirklichen Schemen, und der Totenschrein verflüchtigte sich vor den geblendeten Blicken, die ihm zu folgen versuchten. Der Orgelpunkt steigerte sich einem brausenden Crescendo und überlagerte das Kreischen der Rollenbahn, über die der schwere Holzsarg in die Ofenhalle hinunterrumpelte. Rasch verklang der rauschende Akkord, mit dem das Orgelspiel abrupt endete. Der Vorhang fiel.

In die atemlose Stille hinein hallte die Stimme des Predigers wie aus weiter Ferne: »Gehet hin in Frieden!«

Stumm und mit ernsten Gesichtern schickte sich die Trauergemeinde an, die Kapelle zu verlassen. Anstelle des entschwundenen Sarges präsentierten Gil und Frederick den großen Lorbeerkranz mit der goldenen Schleife und der Widmung der Kinder. Der Reverend gesellte sich zu ihnen, um abzuwarten, bis sich die Tür hinter dem Letzten geschlossen hatte.

Frederick Dollberg stand noch allein im Mittelgang. Der Trenchcoat war von seinen Schultern geglitten. Die beiden Männer mit den Ledermänteln gingen auf ihn zu. Als er sich umdrehte, erkannte Frederick, der Deutsche, entsetzt, daß sein Halbbruder Handschellen trug.

»Was soll das denn bedeuten?« entfuhr es ihm erschrocken, und während die Beamten der Bundeskriminalpolizei ihren Gefangenen durch die Hintertür abführten, erklärte der Reverend lakonisch: »Wußten Sie das nicht? Frederick Dollberg hat im Koreakrieg den Wehrdienst verweigert und floh nach Deutschland, wo er sich lange Zeit dem Zugriff der Militärbehörden entziehen konnte, bis er schließlich doch gefaßt und zu fünf Jahren Gefängnis verurteilt wurde ...!«

ENDE

Inhaltsverzeichnis